Selected Studies of Chinese Literature
in the 20th Century

20世纪中国文学研究论文选

Selected Studies of Chinese Literature
in the 20th Century

Selected Studies of Chinese Literature
in the 20th Century

20世纪中国文学研究论文选

汉 代 卷

丛书主编　张燕瑾　赵敏俐

赵敏俐　选编

社会科学文献出版社

SOCIAL SCIENCES ACADEMIC PRESS (CHINA)

教育部人文社会科学重点研究基地

首都师范大学中国诗歌研究中心规划项目

目　录

前　言

　　本卷所选为20世纪的汉代文学研究论文，其选目对象限制在2000年以前去世学者的文章，按内容分为四组。

　　第一组是关于汉赋研究的论文。赋是汉代文学中最有代表性的文学样式，汉赋研究在20世纪的前后两期取得了比较突出的成就。受编选体例所限，这里所选的篇目大都属于20世纪前期研究的成果，只有个别篇章见于中后期。发表于《河南大学学报》1934年第1卷第1期的段凌辰的文章《汉志诗赋略广疏》一文，是以《汉书·艺文志》为基础对汉赋所作的比较系统的分析（也包括对于歌诗的相关分析）。论文先对《诗赋略》所述诸家诗赋之存佚作详尽考证，以下对赋名号、骚赋之别、赋之封略、赋之类别、赋家与地域之关系等均有较详论述。作者认为赋不源于诗，与诗之六义也无直接关系。作者持广义的赋文学观，认为不仅楚辞属于赋，其他如颂、赞、铭、吊等也属于赋体，可谓一家之言。沛清《论汉代的辞赋——辞赋产生之社会根源的分析与说明》一文，则是20世纪较早运用社会分析法来对汉赋产生问题所作的研究。文中对于赋体的来源和体裁论述虽然简短却颇为全面，论辞赋的演变、辞赋的本质均能结合社会分析而立论，是一篇很有思想的文章。朱杰勤的《汉赋研究——汉代文学史之一篇》一文，对赋在汉代的繁兴原因所作的分析借用了丹纳关于种族、时代、环境的理论，从时代的需求、经济的繁荣、君主的好尚、经学的影响等四个方面所作的分析，被后来的学者所接受。文章关于汉赋的文学批评，客观地指出其优缺点，也是较早地涉及汉赋艺术分析并且多有创获的文章。蒋天枢《汉赋之双轨》一文，把汉赋分为"畸于写实者"与"畸于抒情者"两类，细探其源流发展。不仅如此，论文还认为汉代以后文体日繁，多与赋异体同气，所以可以通过汉赋的探讨来看中国古代文体发展中递相依伏盛衰之间的关系。因为有这样的历史观点，故该文所论颇有助于从文体发展的角度来认识汉赋乃至前后文学的源流。俞士镇的《读〈两都赋〉偶记》是一篇短文，论《两都赋》之句法，造句、遣词、铺陈、排比、雕琢等，颇有特色，有助于认识汉赋之语言艺术。冯沅君的《汉赋与古优》一文是一篇角度别致的文章，倡优本是中国古代社会里被人戏弄的一类人物，而汉赋的作者中如枚皋等人的地位也与之相类，从一个侧面说明了汉赋这一文体在汉代帝王心中的地位，这对于认识汉赋的文体特征等都有重要的参考价值，这篇文章重点探讨了古优这一类人物在汉赋写作中的地位和作用，是一篇很有特色的文章。万曼的《司马相如赋论》和赵省之的《司马迁赋作的评价》两文是对赋体作家所作的个案研究。前者重在讨论司马相如《子虚赋》和《大人赋》里的若干问题，包括名称、作意、技巧等等，后者则对司马迁的赋学理论进行了开创性的分析。最后，我们选录了郑孟彤《汉赋的思想与艺术》一文，该文刊发于 1958 年《文学遗产增刊》第 6 辑，是新中国成立之后关于汉赋思想与艺术研究方面有代表性的文章。在当时的历史环境下，人们对汉赋的总体评价是不高的，对其艺术研究也多有否定。该文认为："汉赋虽然描写统治者的生活，歌颂统治者的功德，但它里面形象地体现出汉帝国社会的繁荣，物产的丰饶，国力的强大，使我们认识汉帝国的伟大气魄；以及真实地揭露了统治者的腐化、享乐生活，使我们了解当时统治阶级的丑恶面貌。这对我们认识汉代的社会现象来说，是具有一定的意义的。"这种对汉赋的肯定在今天看来虽然还是不够，但是在当时已经是难能可贵了。总的来说，20 世纪中期以前对汉赋的研究虽然取得了一定的成绩，但总的认识还远远不够，要改变这种状况，需要到 20 世纪 80 年代以后。受编写体例的限制，有关文章，我们只有以后再选了。

　　第二组是关于汉诗研究的论文。这又分为两个相对独立的部分，一是关于汉代乐府诗的研究，一是关于五七言诗和文人诗的研究。汉乐府本是配乐演唱的艺术，所以，关于乐府音乐的问题，自然受到了比较好的重视。朱希祖 1927 年 12 月发表于《清华学报》第 4 卷第 2 期的《汉三大乐歌声调辨》一文，是 20 世纪前期关于这一问题讨论中的较重要的一篇。这里所说的三大乐歌，指的是西汉《安世房中歌》、《郊祀歌》和《铙歌》，作者认为三者一为楚声，一为新声，一为西域北狄之声，皆非传统雅乐，其声调、句法等与传统雅乐也大不相同，这在一定程度上说明了汉代乐府的发展方向。黄节、朱自清师生二人《乐府清商三调讨论》，其旨在弄清相和歌与清商三调的关系，以及《宋书·乐志》所录相和曲与清商曲中哪些属于汉代乐府。这是一个比较复杂的问题，前此，梁启超、陆侃如在其著作中也有论及。黄节认为："汉之清商曲，在晋时已不传矣。列和与荀勖同作新律吕，举汉相和旧歌，合之魏武魏文所作，为十三曲。故原本汉相和旧歌十七曲，只采其六曲。其余十一曲，则荀勖采入清商三调，是以荀勖所撰之清商三调中有相和旧歌十一曲，与汉世清商曲全无关系。"此为关于相和歌与清商调之关系的重要一说，至今仍有参考价值。逯钦立的《"相和歌"曲调考》则是另一篇重要文章。他认为汉代最初的相和歌比较简单，有三种不同方式，以歌相和，以击打乐器相和，单用管乐器相和或单用弦乐器相和。而《宋书》中所说的"丝竹更相和"是相和歌的最高形式，它产生于魏文帝时，发达于晋朝。这同样是关于相和歌发展过程的重要一说。丘琼荪的《汉大曲管窥》没有涉及汉大曲的产生时代，而是比较详细地考证了汉大曲的表演形式特征和乐曲特征。把汉大曲视为演出曲目，这对于我们认识汉乐府诗的艺术，具有十分重要的意义。梁启超的《汉魏乐府》认为："乐府起于西汉，本为官署之名，后乃以名此官署所编制之乐歌，浸假而凡入乐之歌皆名焉，浸假而凡用此种格调之诗歌无论入乐不入乐者皆名焉。"这就把古代歌谣与乐府作了明确的区分，为后来的乐府诗研究划定了讨论范围。以此为基础，他对汉魏以来乐府做了较细致的新的归类，并结合具体历史记载对汉乐府歌辞进行了叙述考证。黄穆如的《乐府源流》一文则从雅俗乐、外乐的角度对汉魏乐府的源流问题进行了研究，并涉及古歌辞的辨伪与歌法问题。张长弓的《东汉乐府与乐府诗》一文是迄今为止关于东汉乐府体制、乐府分类、所存曲目以及其表演等考证最为详细的文章，所论虽有可商榷之处，但仍有重要参考价值。萧涤非的《乐府的诙谐性》与余冠英的《乐府歌辞的拼凑和分割》两文，则分别从两个不同的方面揭示了乐府诗的特点。前者指出了它的民间性和娱乐性；后者其实指出了乐府诗的即兴演唱的特点，亦即口传文学的一个重要特征。齐天举的《古乐府艳歌之演变》一文则从艳歌的发展角度再一次证明了歌舞表演对于汉乐府诗歌发展的影响，这对于我们从一个新角度来认识汉乐府是具有很大的启发意义的。游国恩的《论"陌上桑"》一文是对汉乐府诗的个案研究，该文认为汉乐府《陌上桑》所讲述的是一个古老的故事，有古老的题材传承，文章从《诗经》中提到的采桑女子溯源，再从战国秦汉间相类的故事中看其流变，这其实是采用主题学和文化原型的方法来对汉乐府所进行的最早的研究，比起当前一般文学史和教科书对此诗的认识更有价值。杨公骥的《西汉歌舞剧巾舞〈公莫舞〉的句读和研究》一文，同样是一篇具有创造性的文章。论文根据自己对于汉乐府古辞往往声辞杂写，并多与歌舞结合这一特点的理解，把《宋书·乐志》中所记载的自晋宋以来一直不可晓解的《巾舞歌辞》第一次进行了完整的断句卒读（前此虽有学者对里面的个别字句做过断句，但是因为没有找到破解全诗的门径，所以并没有在此诗的解读上有实质性进展），并对其内容、和声、舞蹈动作等进行了初步研究，指出大致的写作年代，最终指出："巾舞是我们今天所能见到的我国最早的一出有角色、有情节、有科白的歌舞剧，尽管剧情比较简单，但却是我国戏剧的祖型。在中国戏曲发展史上，它具有重要的价值。"其实，该文的价值不仅在于破解了我国现存最早的歌舞剧本，而且在文学研究方法上也有重要意义。可以说，正因为有了杨公骥此文的启示，才使以后的学者找到了研究此诗的基本门径，才有了继续深化此诗研究的可能。30余年后，学者们陆续关注此篇作品，研究上也有新的进展，但是所有的研究，都是在杨公骥先生研究的基础上进行的。

关于汉诗研究的另一组文章是关于五七言诗和文人诗的问题。汉代是中国五七言诗的开始期，并留下了一些传说是汉代文人的作品。但是由于有关这些作品的记载不详，所以在古代就引起了争论。20世纪以来，在疑古思潮的影响下，加之对民间文学的重视，产生了一种重要的学术倾向，即在关于五七言诗产生的问题上，主流的意见均认为中国的五七言诗起自民间，而传说中的汉代文人五七言诗则大都是后人假托，并不可靠。当然这其中也有一些反对的意见，但总的来说还是前者的意见占了上风，并对20世纪后期五七言诗的研究产生了巨大影响。这里所选录的，是这方面文章的代表性成果。五言诗方面，罗雨亭的《五言诗起源说评录》与游国恩的《五言诗成立的时代问题》是两篇观点对立的文章。罗雨亭认为五言诗起源于民间谣谚，传说中所谓的李陵诗、苏武诗、枚乘诗等均不可靠。文人五言诗要到东汉末年才有可能成熟。而游国恩则认为西汉完全有产生文人五言诗的可能，至于李陵诗，目前的证据也不能充分证明其为伪。在两文的互看中，读者可以进行自我判断，并且在研究方法上做相应的思考。在七言诗起源方面，我们则选录了罗根泽的《七言诗之起源及其成熟》和余冠英的《七言诗起源新论》两文，罗文先辨伪，进而认为七言诗从骚体诗中蝉蜕而出，民间歌谣在里面起了很大作用，到了东汉后期有了比较好的文人七言诗。而余冠英则否定七言诗与楚辞的关系，认为二者的句法节奏不同。七言诗产生于西汉，虽然民间谣谚对七言诗的产生也有影响，但是终有汉一代以至魏晋六朝时期，七言在社会上一直不被重视。这同样是可以互相参看的两篇文章。我们在这里还选了古直的《班婕妤怨歌行辨证》与游国恩的

《柏梁台诗考证》两文，这也是汉代诗歌史上的公案。相比较而言，这一时期关于五七言诗艺术研究的文章较少，我们在这里选录了马茂元的《论〈古诗十九首〉》一文，该文的主要贡献在对《古诗十九首》的内容以及其艺术成就的分析上，文章认为《古诗十九首》的基本内容是游子思妇的羁旅愁怀，而这种感情具有一定的普遍意义。《古诗十九首》有浓郁的生活气息，它的语言质朴自然，又有一定的文学修养，体现出高度精练的特色，有独到的艺术境界。该文在 20 世纪后半期的《古诗十九首》研究过程中，曾经产生过很大的影响。

　　第三组是关于司马迁和《史记》的几篇文章。《史记》既是史学名著，又是文学名著，文章较多，这里主要选录了几篇《史记》文学研究以及与文学研究相关的重要文章。司马迁的生平事迹问题，关系到研究《史记》的诸多方面，相关争论也较多，我们这里选录的王国维的《太史公行年考》是 20 世纪在这方面研究的最早的一篇文章。朱希祖的《太史公解》是对太史公名称的考证。程金造的《史记体例溯源》则详细论述了《史记》中本纪、世家、列传、表、书等的文体来源以及司马迁的创造，这三篇文章对于文学研究者都很有用处。李长之的《文学史上之司马迁》既有对司马迁性格的研究，又有对司马迁的文学观的论述。作者认为司马迁具有诗人一样的气质，他的《史记》也是"发愤以抒情"之作，这对我们研究《史记》之艺术具有重要的启示意义。苏仲翔的《试论司马迁的散文风格》、季镇淮的《司马迁是怎样写历史人物的传记的——从实录到典型化》、殷孟伦的《试论司马迁〈史记〉中的语言》三篇文章，均是对司马迁《史记》的文学研究，其中第一篇从作者到《史记》的内容再到人物性格的刻画和语言，显得比较系统，第二篇专论《史记》中人物的塑造，第三篇则详细分析了《史记》的文学语言。三篇文章结合起来，会使我们对《史记》的文学成就有个较好的把握。这三篇文章也代表了 50 年代关于《史记》文学研究的基本水平。

　　第四组是关于汉代散文、文论以及其他方面的文章。相比较而言，20 世纪关于汉代散文的研究，除了《史记》之外，都是相当薄弱的，特别是在本书所选的时限范围内更是如此。这里所选的段凌辰的《西汉文论概述》一文，是较早的关于汉代文论史的文章，主要论述了司马迁的发愤著书说和汉人的赋学观念，虽然不够全面，但是足资参考。相比较而言，赵仲邑的《新序试论》是把《新序》当作一部散文集来研究的较好的一篇文章，对其内容和写作特点作了初步分析。陈中凡的《论〈吴越春秋〉为汉晋间的说部及其在艺术上的成就》一文，是关于《吴越春秋》研究的重要文章，书中有对此书成书过程的考证，重点则在于对这部书中的三个人物——伍子胥、句践、范蠡的分析，非常细致，见解也较为深刻。陈直的《汉镜铭文学上潜在的遗产》一文，是把出土的汉代文献与汉代文学研究结合起来的较早的例证，从一定程度上开创了汉代文学研究的新领地。

20 世纪的汉代文学研究取得了比较突出的成绩，但是也存在着明显的不足。对赋体文学的评价不足，对乐府诗和文人诗的考证受疑古思潮影响太深，对汉代散文不够重视，是其中的三个主要方面。进入 20 世纪后期，以上三个方面的不足都有了不同程度的改进，但是总的来说，对于汉代文学的全面认识还有待于进一步提高。受选录体例所限，本卷所选并没有把汉代文学研究中全部优秀的论文包括进来，特别是 20 世纪 80 年代以后的一些重要论文，有待于下一部论文集来收录。同时，受编者学术水平所限，以上所收论文也许不一定都是最具有代表性的，只体现了编者个人的选录观点，还望专家学者多多批评。

汉志诗赋略广疏

段凌辰

一 总说

汉书艺文志，为辨章学术考镜源流者所必究，此学者所共知也。艺文诗赋一略，为古代纯文艺之总录，此又学者所共知也。（诗经已列入六艺，故古人不以与纯文艺等视。）故吾人欲明古代文学之源流派别，及其盛衰消长之故，不可不于斯篇，加之意焉。班氏此篇，原有自注，唯仅详作者名字时地，不及其它。颜师古所注，亦才明文字音义，余则阙而不说。宋王应麟著汉书艺文志考证，始措意于篇章存佚，清世沈钦韩汉书疏证、钱大昭汉书辨疑、周寿昌汉书注校补、王先谦汉书补注等，更踵伯厚，有所补益。近姚明晖、顾实复总集前人之言，折以己意，撰为专书。（姚著汉书艺文志姚氏学，顾著汉书艺文志讲疏。）故今日董理此篇，前人所指为存者，鲜能增益，其所阙疑，亦鲜能自吾辈而释也。惟寻班氏分艺文为六略，每略又各别为数种，每种始叙列为诸家。每略各有总叙，每种各有分论，大纲细目，互相维系，法至善也，义至详也。而诗赋一略，区为五种。除总叙外，每种之后，更无分论。夫名类相同，而区种有别，当日必有其义例。今诸家诗赋，十逸八九：而叙论之说，阙焉无闻，此实著录之遗憾，独有待于吾人之推求者也。（参看章学诚《校雠通义》卷三汉志诗赋第十五之一）今综辑旧说，略事整齐，参以鄙见，著为斯编。于篇目之存亡，论语之疏说，分类区种之意，源委兴替之故。皆略及之，共十五篇。其有罅漏讹误，异日当纠补焉。

二 屈原以下二十家赋篇存亡考

屈原赋二十五篇 （楚怀王大夫，有列传。）

旧说以楚辞中离骚一篇，九歌十一篇，天问一篇，九章九篇，远游一篇，卜居一篇,渔父一篇,当二十五篇之数,惟综览屈原之作,例必有韵;其结体散文,亦与通常文字,迥殊其趣,而渔父一篇,用韵既少,且与通常文字无别,疑非屈原所作。考史记屈原列传述原与渔父问答:真以事实载之;王逸亦谓"楚人思念屈原,因叙其辞。"(楚辞章句渔父篇叙其)非原作,晓然明白。又据屈原列传赞云:"余读离骚天问招魂哀郢,悲其志。"招魂明为屈原所作,子长在叔师前,其言当甚可信。故定二十五篇之数,当去渔父增招魂也。近人或谓九歌为屈原以前之作,余亦曾有此疑。然既无实证,将归之何人。必如朱熹所云:"昔楚南郢之邑,沅湘之间,其俗信鬼而好祀,其祀必使巫觋作乐,歌舞以娱神。蛮荆陋俗,词既鄙俚;而其阴阳人鬼之间,又或不能无亵慢淫荒之杂,原既放逐,见而感之,故颇为更定其词,去其泰甚。"(楚辞集注九歌序似亦可通。然既经原更定,亦如原作无异矣。或又疑九章之中,亦有后人羼入者。此乃臆测之词,不足深信。盖惜往日等篇,昔人固以为临绝之音。身遭惨变,形神失常,其文"颠倒重覆,倔强疏卤。"(楚辞集注九章序)正足证其为屈子之作也。

唐勒赋四篇 (楚人。)

御览六百三十三引宋玉赋曰:"景差唐勒等并造大言赋。"今亡。

宋玉赋十六篇 (楚人。与唐勒并时,在屈原后也。)

楚辞有九辩十一篇。文选有风赋高唐赋神女赋登徒子好色赋四篇。古文苑有大言赋小言赋钓赋笛赋讽赋五篇。凡二十篇,多四篇。依朱熹定九辩为九篇,犹多二篇,沈钦韩严可均(全上古三代文卷十)谓笛赋非宋玉作,则又多三篇或多一篇,张惠言以古文苑所载皆五代宋人聚敛假托为之,则又少一篇或少三篇。近人更有以九辩为一篇者。或又谓文选古文苑所载,皆为伪作;九辩中亦有后人羼入者。盖不能明矣。

赵幽王赋一篇

高五王传载幽王友歌一篇,用楚调,即此。

庄夫子赋二十四篇 (名忌,吴人。)

今存哀时命一篇,见楚辞。

贾谊赋七篇

楚辞有惜誓一篇。史记汉书本传载吊屈原赋服赋二篇。古文苑有旱云赋簴赋（残）二篇。共五篇。

枚乘赋九篇

文选有七发一篇。西京杂记有柳赋一篇。古文苑有梁王菟园赋一篇。凡三篇。文选谢朓休沐重还道中诗注引枚乘集有临霸池远诀赋一目，辞已不传。

司马相如赋二十九篇

史记汉书本传有子虚赋上林赋（依文选所分。）哀秦二世赋大人赋封禅文五篇。文选有长门赋一篇。古文苑有美人赋一篇。本集有琴歌二篇。文选魏都赋注有梨赋，已残缺。北堂书钞百四十六有菹鱼赋，玉篇石部梓桐山赋，辞已不传。共十二篇。若增难蜀父老喻巴蜀檄谏猎疏三篇，则为十五篇。不识刘班所指，有此三篇否？

淮南王赋八十二篇

今存屏风赋一篇，见古文苑。北堂书钞一百三十五御览七百十二引刘向别录云："淮南王有熏笼赋。"又乐家出淮南琴颂，亦当入此。辞并不传。

淮南王群臣赋四十四篇

今存淮南小山招隐士一篇，见楚辞。章学诚曰："淮南王群臣赋四十四篇……当隶杂赋条下。而猥厕专门之家，何所取耶？揆其所以附丽之故，则以淮南王赋列第一种，而以群臣之作，附于其下。所谓以人次也。"（校雠通义卷三汉志诗赋十五之四）案实斋谓以人次，信然。其谓当隶杂赋条下，似未足信。盖四十四篇既系于淮南王，未可谓无专名。且其群臣当时亦未必无名字也。此与孙卿赋下之长少王群臣赋三篇及魏内史赋二篇，实质相同。若谓为后人所乱，不宜如是之多矣。

太常蓼侯孔臧赋二十篇

伪孔丛子末附连丛藏谏格虎赋杨柳赋鸮赋蓼虫赋四篇。

阳丘侯刘隁赋十九篇
亡。

吾丘寿王赋十五篇
亡。

蔡甲赋一篇
亡。

上所自造赋二篇（颜师古注："武帝也。"）

外戚传有伤悼李夫人赋一篇。文选有秋风辞一篇。章学诚曰："上所自造赋二篇，颜师古注，武帝所作。按刘向为成帝时人，其去孝武之世远矣。武帝著作，当称孝武皇帝，乃使后人得以考定。今曰上所自造，何其标目之不明与？臣工称当代之君，则曰上也。否则摘文纪事，上文已署某宗某帝，承上文而言之，亦可称为上也。窃意上所自造四字，必武帝时人标目，刘向从而著之。不与审定称谓，则谈七略者，疑为成帝赋矣。班氏录以入志，则上又从班固所称。若无师古之注，则读志者又疑后汉肃宗所赋矣。"（校雠通义卷三汉志诗赋十五之五）

兒宽赋二篇
亡。

光禄大夫张子侨赋三篇（与王褒同时也。）
亡。

阳成侯刘德赋九篇
亡。

刘向赋三十三篇

楚辞有九叹九篇。古文苑有请雨华山赋一篇。文选蜀都赋归田赋琴赋七命傅咸赠何劭王济诗谢灵运七里濑诗古诗十九首注及初学记十六并引雅琴赋文选博弈论注引围棋赋，均残缺。高帝纪载刘高祖颂，当亦在内。（全汉文三十七严可均云："案刘向有世颂八篇。"）又有麟角杖赋芳松枕赋，辞并亡。乐家出琴颂，应入此。辞亦不传。

王褒赋十六篇

楚辞有九怀九篇。汉书本传圣主得贤臣颂一篇。文选有洞箫赋一篇。古文苑有僮约一篇。初学记十九有责髯奴辞一篇。（古文苑以为黄香作）文选魏都赋注艺文类聚六十二引甘泉宫颂，（文选注引作甘泉赋，疑赋乃颂之误。）后汉书西南夷传水经淹水注文选广绝交论注引碧鸡颂，辞并不全。若更加文选四字讲德论一篇，则适合十六篇之数。

右赋二十家，三百六十一篇

案史记屈原列传云："屈原既死之后，楚有宋玉唐勒景差之徒者，皆好辞而以赋见称。"扬子法言吾子篇称"景差唐勒宋玉枚乘之赋。"本书古今人表亦载景瑳之名。（颜师古注："瑳音子何反，即景差也。"）班氏离骚序亦云："自宋玉唐勒景差之徒，汉兴，枚乘司马相如刘向扬雄骋极文辞。"今楚辞大招一篇，即景差所作。此间不载景差之赋，不识何故？又按楚辞有东方朔七谏七篇。本传载上书自荐答客难谏除上林苑化民有道对非有先生论五篇。又称"其余有封泰山责和氏璧及皇太子生禖屏风殿上柏柱平乐观赋猎八言七言上下从公孙弘借车。"又北堂书钞百五十八引嗟伯夷，文选海赋注引对诏，艺文类聚一百引旱颂，本传及艺文类聚二十三御览四百五十九有诫子，拾遗记载宝瓮铭，释法琳辨正论载隐真论，开元占经载东方朔占，又有答骠骑难与友人书，（全汉文二十五）此虽非尽辞赋，辞赋固甚多矣。本志止杂家有东方朔二十篇，此间亦不见东方朔赋。又孔丛子谓孔臧"尝为赋二十四篇。"而此间所载，止二十篇。孔丛虽伪书，其言或有所据，未易斥为诬妄。举此数例，已足证刘班多有漏略矣。

三 陆贾以下二十一家赋篇存亡考

陆贾赋三篇

贾有孟春赋，见文心雕龙才略篇，辞则亡矣。

枚皋赋百二十篇
亡。

朱建赋二篇
亡。

常侍郎庄忽奇赋十一篇（枚皋同时。）
颜师古注："从行至茂陵，诏造赋。"辞无传者。

严助赋三十五篇
亡。

朱买臣赋三篇
亡。

宗正刘辟强赋八篇
亡。

司马迁赋八篇
艺文类聚三十有悲士不遇赋一篇。

郎中臣婴齐赋一篇
亡。

臣说赋九篇
亡。

臣吾赋十八篇
亡。

辽东太守苏季赋一篇
亡。

萧望之赋四篇

亡。

河内太守徐明赋三篇（字长君，东海人。元成世，历五郡太守，有能名。）

亡。

给事黄门侍郎李息赋九篇

亡。

淮南宪王赋二篇

亡。

扬雄赋十二篇

本传有甘泉赋河东赋校猎赋长杨赋四篇。后注云："入扬雄八篇。"盖七略所载止四赋也。本传又载反离骚一篇。又言"又傍离骚作重一篇，名曰广骚。又旁惜诵以下至怀沙一卷，名曰畔牢愁。"（畔牢愁当为九篇）辞已不传。古文苑有蜀都赋太玄赋逐贫赋三篇，文选陆倕石阙铭谢朓之宣城出新林渚诗陆机君子有所思行江淹诣建平王上书陈琳檄吴将校部曲文蔡邕郭有道碑文注及御览一皆引有核灵赋，已残缺。又本书游侠传陈遵传引酒箴一篇，他书或引作酒赋，（御览七百五十八又七百六十一）或称都酒赋。（北堂书钞一百四十八）说文氏部引扬雄赋："响若氏隤。"则解嘲固赋类也。更益以解难赵充国颂剧秦美新等篇，则溢出十二篇之数。故雄赋辞虽有亡者，仍可足成十二篇也。

待诏冯商赋九篇

艺文类聚八十引刘向别录云："待诏冯商作镫赋。"辞不可考。

博士弟子杜参赋二篇

亡。

车郎张丰赋三篇（张子侨子。）

亡。

骠骑将军史朱宇赋三篇

亡。

右赋二十一家，二百七十四篇。（入扬雄八篇）

今计二十一家，二百七十九篇。家数符，多一篇。（编者按：应为多五篇原计算有误。）案汉书枚乘传称枚皋赋"凡可读者百二十篇，其尤漫戏不可读者，尚数十篇。"据此则枚皋赋不止百二十篇，刘班但就可读者而言，是又有所漏略矣。又案本书地理志曰："始楚贤臣屈原被诬放流，作离骚诸赋以自伤悼，后有宋玉唐勒之属，慕而述之，皆以显名。汉兴，高祖王兄子濞于吴，招致天下之娱游子弟，枚乘邹阳严夫子徒，之兴于文景之际。而淮南王安亦都寿春，招宾客著书：而吴有严助朱买臣，贵显汉朝，文辞并发，故世传楚辞。"又朱买臣传亦称买臣善言楚辞。今考地理志所载屈原以下诸人，除邹阳不见诗赋略外，（案邹阳有酒赋几赋，见西京杂记。）宋玉唐勒枚乘严夫子（庄夫子，避明帝讳，改作严），并隶屈原赋下。似严助朱买臣亦宜附于屈原：今置于陆贾赋下。当别有说矣。又扬雄赋多拟相如，其反离骚广骚畔牢愁，尤与屈原相密迩，相如既与屈原同次，子云自亦当次屈原下。今以隶陆贾后，可疑也。（余别有说，见后。）

四　孙卿以下二十五家赋篇存亡考

孙卿赋十篇

荀子赋篇有礼赋知赋云赋蚕赋箴赋五篇。又有佹诗一篇。凡六篇，杨倞荀子成相篇注："汉书艺文志谓之成相杂辞，盖亦赋之流也。"王引之曰"杨谓汉书艺文志谓之相成杂辞。在汉人杂赋之末，非谓荀子之成相篇也。"案成相杂辞非荀子成相篇，王说甚是。然观本志所载，则成相为赋，断可知矣。今考荀子成相，审其辞义起迄，实可分为五篇。自"请成相世之殃"至"不由者乱何疑为"为第一篇，自"凡成相辨法方"至"宗其贤良辨其殃孽"为第二篇。自"请成相道圣王"至"道古贤圣基必长"为第三篇。自"愿陈辞"（愿陈辞上，疑脱请成相三字。）至"托于成相以喻意"为第四篇。自"请成相言治方"至"后世法之成律贯"为第五篇。合以赋篇所载，凡十一篇。佹诗既以诗名，当不在十篇之内也。

秦时杂赋九篇

文心雕龙诠赋篇曰："秦世不文,颇有杂赋。"盖既指此,其辞已不可考矣。

李思孝景皇帝颂十五篇

亡。

广川惠王越赋五篇

亡。

长沙王群臣赋三篇

亡。

魏内史赋二篇

亡。

卫士令李忠赋二篇

亡。

张偃赋二篇

亡。

贾充赋四篇

亡。

张仁赋六篇

亡。

秦充赋二篇

亡。

李步昌赋二篇

亡。

侍郎谢多赋十篇

亡。

平阳公主舍人周长孺赋二篇

亡。

洛阳锜华赋九篇

亡。

眭弘赋一篇

亡。

别栩阳赋五篇

亡。

臣昌市赋六篇

亡。

臣义赋二篇

亡。

黄门书者假史王商赋十三篇

亡。

侍中徐博赋四篇

亡。

黄门书者王广吕嘉赋五篇

亡。

汉中都尉丞华龙赋二篇

亡。

左冯翊史路恭赋八篇

亡。

右赋二十五家，百三十六篇。

案别栩阳赋五篇，王应麟云，"庚信哀江南赋："栩阳亭有离别之赋。'盖亭名也。"沈涛曰："案别栩阳当是姓别而封栩阳亭侯者。若以为离别之别，则当列于杂赋家，而不列于赋家矣，志兵阴阳家有别成子望军气六篇，此人当即成子之后。古有别性。元和姓纂引姓苑云：'京兆人。'"王先谦曰："前汉无亭侯之制，沈说非也。庚赋当有所本。"今考刘班所录屈原陆贾孙卿三家之赋，皆有主名，此不应独否，王应麟引哀江南赋，非。子山赋当别有所本。沈氏谓别当是姓，所见甚是谓封栩阳亭侯，乃臆测之词。其为别成子之后与否，今不可知，惟别若果为离别之别，则自当列入杂赋，不当系孙卿下也。王先谦谓前汉无亭侯，只能明沈说封亭侯之非，不足证别非姓也，又秦时杂赋九篇，既以杂赋为名，自当隶杂赋中。其为刘班自误，抑为后人所乱？不可考矣。章学诚知其不当"猥厕专门之家"，而又谓"列于荀卿赋后，孝景皇帝颂前，所谓以时次。"非也。（校雠通义卷三汉志诗赋十五之四）

五　杂赋存亡考

客主赋十八篇

亡。

杂行出及颂德赋二十四篇

亡。

杂四夷及兵赋二十篇

亡。

杂中贤失意赋十二篇

亡。

杂思慕哀悲死赋十六篇

亡。

杂鼓琴剑戏赋十三篇

亡。

杂山陵水泡云气雨旱赋十六篇

亡。

杂禽兽六畜昆虫赋十八篇

王应麟曰："刘向别录有行过江上弋雁赋行弋赋弋雌得雄赋。"按此等赋无主名，王氏以为当属此类，近是。惟其辞已不传矣。

杂器械草木赋三十三篇

亡。

大杂赋三十四篇

亡。

成相杂辞十一篇

亡。

隐书十八篇

刘向新序："齐宣王发隐书而观之。"当即此类。文心雕龙谐隐篇云："隐者隐也。遁辞以隐意，谲譬以指事也。"隐语亦称庚辞。国语晋语范文子曰："有秦客庚辞于朝。"韦昭注："庚，隐也。谓以隐伏谲诡之言问于朝也，东方朔曰：'非敢诋之，乃与为隐耳。'是也。"

右杂赋十二家，二百三十三篇。

案古文苑有董仲舒士不遇赋，似即此间杂中贤失意赋一类。（中即忠字）古文苑又有董仲舒山川颂，似与杂山陵水泡云气雨旱赋为一类。西京杂记有公孙诡文鹿赋，古文苑有路乔如鹤赋，似与杂禽兽六畜昆虫赋为一类。又西京杂记有中山王文木赋，古文苑有羊胜屏风赋，邹阳几赋，似与杂器械草木赋为一类。（西京杂记有公孙乘月赋邹阳酒赋，不知当属何类。）艺文类聚八十九引淮南王成相篇，似与成相杂辞为一类，左传宣公十二年还无社智井麦麴之谈，哀公十三年申叔仪佩玉庚癸之喻，战国策齐人海大鱼之说，史记楚世家伍举大鸟之问，列女传载楚庄姬隐语，又录臧文仲谬书，史记滑稽列传汉书东方朔传亦各存隐语数则，似即隐书之类，然刘班所录杂赋，皆无作者主名。而以上所举，除海大鱼外，皆有主名，故不能直指此等为杂赋也。（参看文心雕龙谐隐篇）

六　歌诗存亡考

高祖歌诗二篇
史记高祖本纪汉书高帝纪有大风歌，史记留侯世家汉书张良传新序善谋篇有鸿鹄歌，即此二篇也。

泰一杂甘泉寿宫歌诗十四篇
宗庙歌诗五篇
以上二家，合十九篇。王先谦谓即礼乐志郊祀歌十九章也。汉兴以来兵所诛灭歌诗十四篇。

王先谦曰："疑即汉鼓吹铙歌诸曲也。"宋书乐志所录十八曲，多以旧题被新声，盖拟古乐府之祖。其中战城南远如期等，当这原歌诗。

出行巡狩及游歌诗十篇
王先谦曰："盖武帝瓠子盛唐枞阳等歌。"汉铙歌上之回曲，当亦在内。御览五百九十二引武帝集云："奉车子侯暴病一日死，上甚悼之，乃自为歌诗。"

临江王及愁思节士歌诗四篇
亡。

李夫人及幸贵人歌诗三篇
汉书外戚传载李延年北方佳人歌及武帝是邪非邪诗，王子年拾遗记载武帝落叶哀蝉曲，或即此三篇也。

诏赐中山靖王子哙及孺子妾冰未央材人歌诗四篇
亡。

吴楚汝南歌诗十五篇

史记项羽本纪裴骃集解引应劭曰：“楚歌者，谓鸡鸣歌也。”郭茂倩乐府诗集有鸡鸣歌，首云：“东方欲明星烂烂，汝南晨鸡登坛唤。”案汝南与楚地相连，故楚歌而言汝南。由此可知吴楚汝南歌诗，次为一家，非无义矣。郭氏引太康地记曰：“后汉固始鲖阳公安细阳四县卫士皆此曲于阙下歌之，今鸡鸣歌是也。”此殆后汉袭用前汉歌辞，故太康地记云然。盖歌谣之辞，多本前代；故老相传，不能指出作者。今世各地谣谚，犹多如是：故不能谓鸡鸣出东汉也。又文选左思吴都赋云：“荆艳楚舞。”刘渊林注：“艳，楚歌也。”据此，则今世所传艳歌艳歌行等篇，或亦当在此十五篇中矣。又豫章亦吴楚属地，则豫章行亦吴楚歌诗也。又宋书乐志曰：“凡乐章古辞，今之存者，并汉世街陌谣讴。江南可采莲乌生八九子白头吟之属是也。”白头吟为楚调曲名，江南亦吴楚属地，（晋志：“吴歌杂曲，并出江南。”）此亦吴楚歌诗之可见者矣。

燕代讴雁门云中陇西歌诗九篇

宋志有雁门太守行，歌洛阳令王涣，盖本有此曲，后汉取其音节以祠王涣尔。（沈钦韩说）又乐府有陇西行陇头歌等，当亦在此九篇中。

邯郸河间歌诗四篇

沈钦韩曰：“崔豹古今注：陌上桑，邯郸女名罗敷作。疑即其辞，琴操有河间杂歌二十一章。”

齐郑歌诗四篇

案古今注谓薤露蒿里，本出田横门人。横自杀，门人伤之，为作悲歌二章。则薤露蒿里二篇，乃齐歌诗矣。

淮南歌诗四篇

汉书淮南王传载淮南民歌一首。乐府有淮南王篇或亦当在此四篇中也。

左冯翊秦歌诗三篇

或有存者，今不能确指何篇。

京兆尹秦歌诗五篇

本志名家有黄公四篇。注云："名疵，为秦博士，作歌诗，在秦时歌诗中。"辞已亡矣。

河东蒲反歌诗一篇

或尚未亡，今不能定为何篇。

黄门倡车忠等歌诗十五篇

乐府有黄门倡歌俳歌辞，当在十五篇中。

杂各有主名歌诗十篇

如项羽垓下歌（本书项籍传）戚夫人舂歌外戚传韦孟讽谏诗在邹诗韦玄成自责诗戒子孙诗（韦贤传）乌孙公主悲愁歌（西域传）杨恽拊缶诗（杨敞传）燕剌王旦歌华容夫人歌（武五子传）当属此类。案汉世有主名歌诗，后人多疑其伪。此就汉书所载，略事检举，已足十篇之数。其余如李陵别歌（李广传）朱虚侯章耕田歌（高五王传）等，当何属耶？章学诚曰："汉志详赋而略诗，岂其时尚使然与？帝王之作，有高祖大风鸿鹄之篇，无武帝瓠子秋风之什。（自注。'或云：秋风即在上所自造赋内。'）臣工之作，有黄门倡车忠等歌诗，而无苏李河梁之篇。"又自注云。"或云：杂各有主名诗十篇，或有苏李之作。然汉廷有主名诗，岂止十篇而已乎？"（校雠通义卷三汉志诗赋十五之九）斯则不能明矣。

杂歌诗九篇

疑乐府杂曲歌辞，当属此类。

雒阳歌诗四篇

疑有存者，不能指出何篇。

河南周歌诗七篇

疑有存者，不能指出何篇。

河南周歌声曲折七篇

亡。

周谣歌诗七十五篇

疑有存者，未能指出何篇。

周谣歌诗声曲折七十五篇

亡。

诸神歌诗三篇

亡。

送迎灵颂歌诗三篇

亡。

周歌诗二篇

或有存者，不能指定何篇。

南郡诗五篇

或有存者，不能指定何篇。

右歌诗二十八家，三百一十四篇。

今计二十八家三百十六篇，家数符，多二篇。

七　五言诗之起源

案文心雕龙明诗篇曰："成帝品录三百余篇，朝章国采，亦云周备；而辞人遗翰，不见五言。所以李陵班婕妤见疑于后代也。"今世论五言诗之起源者，多谓不始于西汉；或且假异土人之说，以助其武断之论。（小说月报第十七卷第五号有陈延杰译日本铃木虎雄五言诗发生时期之疑问一文，可参看。）是不可不辨也。文心雕龙明诗篇又曰："古诗佳丽，或称枚叔；其孤竹一篇，则傅毅之辞。比采而推，两汉之作乎？"诗品序曰，"古诗眇邈，人世难详。推其文体，固是炎汉之制，非衰周之倡也。"文选古诗十九首李善注云："并云古诗，盖不知作者。或云枚乘，疑不能明也，诗云：'驱车上东门。'又云：'游戏宛与洛。'此则辞兼东都，非尽是乘明矣。"寻刘李二氏所言，是古有以古诗皆枚乘所作者。故刘特标"傅毅之辞，"李云"非尽是乘。"徐陵撰玉台新咏，以"青青河畔草""西北有高楼""涉江采芙蓉""庭中有奇树""迢迢牵牛星""东城高且长""明月何皎皎""行行重行行"八首为枚乘作。（又有兰若生春阳一首，亦云枚乘作。）揆其用心，大抵因其余句多与时序不合耳。然玉台所录八首，陆机全有拟作。惟东城高且长作东城一何高。）统曰古诗，不云拟乘。昭明仲伟，在孝穆前，或并称古诗，或云"人世难详。"彦和亦空抒疑词，未敢直指。则徐氏所为，当属诬妄，未能取信于人也。惟案十九首明月皎夜光一诗，其称节序，皆是太初未改历以前之言。诗云："玉衡指孟冬，"而上云"促织鸣东壁"，下云"秋蝉鸣树间，玄鸟逝安适。"是此孟冬正夏正之孟秋，若在改历以还，称节序者，不应如是。然则此诗乃汉初之作矣，又凛凛岁云暮一诗，言"蟋蟀夕鸣悲，凉风率已厉。"据礼记月令："孟秋之月，凉风至。"蟋蟀之鸣，正当秋日。而此云岁暮，是亦太初以前之辞也。又东城高且长一诗，言"四时更变化，岁暮一何速。"上云"秋草萋已绿"下云"蟋蟀伤局促"。其时序亦与前二首同。是则五言诗源于西汉。班班可证。而后之学者，必欲明西汉无五言诗。乃于孟冬二字。或引天官书以为曲说，（张庚古诗十九首解）或不惜改冬为秋，以就僻论。（方廷珪文选集成）详孟冬二字，唐时已然。故李善注云："上云促织，下云秋蝉，明是汉之孟冬，非夏之孟冬矣。汉书曰：高祖十月至霸上，故以十月为岁首。汉之孟冬，今之七月矣。"李君博学多识，时号书籙。使古本有作秋字者，定能明其舛误，何必特为此说。吾人生千载后，无所据而逞臆改字，得不为古人所非笑乎，况十九首中，用汉初时序者，非止一首。此诗冬字可改，余二首将改何字？自非妄人，不出此矣。盖尝论之，五言之作，在西汉则歌谣乐府为多。而辞人文士，方尚辞赋，犹未肯相率模效。如汉书所载紫宫谚，（太平御览五百七十引汉书曰："李延年善歌，帝幸之。时人语曰：'一雌复一雄。双飞入紫宫。'"沈钦韩谓"今汉书中无是语，当亦汉杂事之类。"案御览此卷此条前引史记数条，其下引汉书礼乐志张释之传武帝纪外戚传武五子传元帝纪等数条，则此自是汉书本文，今亡佚耳，沈说非。符坚时长安歌，当本于此。）贡禹上书所引俗语，（贡禹传）长安为尹赏作歌，（酷吏传）成帝时黄雀谣，（五行志）皆足为歌谣五言之确证，戚夫人李延年苏武李陵班婕妤诸人，或本出倡家，或为宫闱之流，或结发为诸吏骑士。其所为歌诗，皆为谣谚无别。十九首中西汉诸诗，亦此类也。观刘班叙语云："自孝武立乐府而采歌谣，于是有代赵之讴，秦楚之风，皆感于哀乐，缘事而发。亦可以观风俗知厚薄云。"今考歌诗二十八家中，除诸不系于地者，有吴楚汝南歌诗，燕代讴雁门云中陇西歌诗，邯郸河间歌诗，齐郑歌诗，淮南歌诗，左冯翊秦歌诗，京兆尹秦歌诗，河东薄反歌诗，雒阳歌诗，河南周歌诗，河南周歌声曲折，周谣歌诗，周谣歌诗声曲折，周歌诗，南郡歌诗，都凡十余家。此与陈诗观风，初无二致。然则汉世歌谣之有十余家，无殊于诗三百篇之有十五国风也。挚虞文章流别论云："五言者，于俳谐倡乐多用之。"所谓俳谐倡乐，谓非大礼所用者也。以挚氏之言推之，则五言固俳谐倡乐所多有。刘班所列诸方歌谣，宜在俳谐倡乐之内，案乐府有上陵，（多五言）有所思，（多五言）江南，东光，（多五言）鸡鸣，陌上桑，长歌行，（二首，或析为三首，）君子行，猛虎行，（四句，后二句为五言。）豫章行，相逢行，长安有狭斜行，陇西行，步出夏门行，折杨柳行，艳歌何尝行，艳歌行（二首）艳歌，上留田，（里中有啼儿一首）白头吟。怨诗行，伤歌行，悲歌，（后数句为五言）枯鱼过河泣，离歌，古八变歌，古歌，（二首。篇中多五言。）古咄唶歌，古歌辞，古艳歌，黄门倡歌，乐府，古歌铜雀词，（二首皆四句，二句为五言。）又有茅山父老歌，古诗上山采蘼芜等八首，古诗采葵莫伤根等二首，古绝句四首，古歌高田种小麦一首，古诗青青陵中草一首。其辞淳厚清婉，近于国风，此等容有东汉所造，然武帝乐府所录，宜多存者。彦和谓"辞人遗翰，莫见五言。李陵婕妤，见疑后代。"此以当时文士不为五言，兼疑乐府歌谣亦无五言。不知少卿班姬，并非辞人之比也。今人谓五言诗不源于西汉，其最要理由，即为今日所传西汉有主名之五言诗，多为伪作。实则西汉有主名诗之真伪与五言诗之起源，无大关系。故即举虞美人答项王歌，（此为伪作，）戚夫人春歌，（除前二句皆五言。）枚乘诗，（此非伪诗，惟非枚氏所作耳。）卓文君白头吟，（即前所举白头吟，后人因西京杂记之说，举文君以实之，非是。）李延年歌，（除"宁不知倾城与倾国"一句外，皆五言，玉台新咏录此歌去"宁不知"三字，为纯五言诗。太平御览五百十七引此歌作"不惜倾城国，佳人难再得。"亦纯为五言。）李陵诗，苏武诗，班婕妤怨歌行，尽能证明其伪，而五言诗源于西汉自若也。盖虽能证明有主名者之伪，而无主名之乐府歌谣，不能尽伪。即举乐府歌诗，尽能证其晚出；而汉书中之五言谣谚，必非晚出，况有主名者，尚不能尽明其伪哉，然则五言诗源于西汉，更可疑乎？不逮东京，文士渐有五言之作。除乐府歌谣不知主名者外？

有班固咏史诗一首，傅毅冉冉孤生竹一首，（此诗在古诗十九首中，文心以为傅毅之词，今姑列之。）张衡同声歌一首，秦嘉赠妇诗三首，徐淑答秦嘉诗一首，赵壹疾邪诗一首，郦炎见志诗二首，蔡邕翠鸟一首，饮马长城窟一首（玉台新咏以为蔡邕作，今姑列之。）蔡琰悲愤诗一首，孔融杂诗二首，临终诗一首，辛延年羽林郎一首，宋子侯董娇饶一首。及魏武父子，建安诸贤，连篇累牍，几难数计。作者滋多，工拙之数，可得而言。故文帝与吴质书，始以五言见诸品藻。此可证五言初兴，乐歌为众，东汉文士，渐相模效，辞人竞作，隆自建安。其发达途辙，固甚分明矣。（铃木虎雄谓五言诗发达之径路不明，非是。）此为中国文学界一大问题，屡见争论，至今未决。兹注诸家歌诗存亡，亦曾引及五言，虑或有以彦和之语相非疑者，故详论之。（参看黄季刚先生文心雕龙明诗篇札记，拙著中国文学概论第十七篇文学之源流派别及汉诗辨证序）

八　诗赋别为一略及名称倒置之故

凡诗赋百六家，千三百一十八篇。（入扬雄八篇）

今计百六家，千三百二十一篇，家数符，多三篇。

章学诚曰："诗赋篇帙繁多，故不入诗经，而自为一略。"（校雠通义卷二补校汉艺文志十之三）又曰："诗赋浩繁，离诗经而别自为略。"（同上十之五）案汉世诗赋，作者蜂起，已足自成一科。后贤摘文敷义，亦不能尽合经典，故刘班不与诗经同次。实斋之言，亦近是矣。章氏又曰："赋者古诗之流，刘勰所谓六义附庸蔚成大国者是也。义当列诗于前，而叙赋于后，乃得文章承变之次第。刘班顾以赋居诗前，则标略之称诗赋，岂非颠倒与？每怪萧梁文选，赋冠诗前，绝无义理，而后人竞效法也，为不可解。今知刘班著录已启之矣。"（校雠通义卷三汉志诗赋十五之三）案中国文学体裁之伟大，当以辞赋为最。汉世为赋之极盛时代，作家之多，作品之富，远非歌诗所及。故以赋居前，次诗于后，正所以著赋之盛且大也。章氏知诗赋繁多，自为一略；不知赋篇繁多，故次居诗前，异哉！赋与诗之源流，后幅当详论之，兹不多述。至诗赋二名相次，实当时习惯使然，无顺逆之可言也。王应麟考证引唐氏之言曰："武帝好文，诗赋特盛。然五种凡百六家千三百一十八篇而已。非若后世滥取，至不可胜计。"余读此言，未尝不有动于中也。夫百六家中，今存者几何？千三百一十八篇，今存者几何？计赋七十八家，今存者不过十六家；千零四篇，今存者不过一百一十余篇；其残缺及可疑者，尚在其中。计诗二十八家，今所存可确定不疑者，不过十余家；三百一十四篇，今存者不过百篇左右。而此百篇中，又多不能确指属于何家。总计百六家，今存者不过三十家左右；千三百一十八篇，今存者不过二百余篇。则古人篇章湮没不传者，何其多也。恒见今人为文，数日成集；能于一年中，出书数十种。或自衒自媒，每于篇后，作种种标题，矜其敏速。虽古人据鞍制书，倚马为文，不能相比。而观其内容，则多无足取者。吾恐此类著作，将与身俱亡矣。尝读枚皋传，言皋"为文疾，受诏辄成，故所赋者多。司马相如善为赋而迟，故所作少而善于皋。皋赋辞中自言为赋不及相如。"今相如依然为辞赋大家，而皋之赋篇，无一存者。多将何为哉？故吾人读唐宋以下之书，犹如排沙简金，往往见宝。以其劣者未尽亡也。若读汉以上书，则烂若披锦，无处不善，以其劣者已尽亡矣，今之后生，喜诃古人。于旧日诗赋，抨击无所不至。非指为无用，即予以"死"名。吾不知彼辈所为，更数十百年，将能永不刊灭否也？杜甫诗云："尔曹身与名俱灭，不废江河万古流。"（戏为六绝句）学者宜知所戒矣。

九　论语疏说

班氏论诗赋语，本于刘歆七略。其中所言，不尽可信。兹录其原文，略施论证焉。其言曰：

传曰："不歌而诵谓之赋。""登高能赋，可以为大夫。"言感物造耑，材知深美，可与图事，故可以为列大夫也。古者诸侯卿大夫，交接邻国，以微言相感，当揖让之时，必称诗以谕其志。盖以别贤不肖而观盛衰焉。故孔子曰："不学诗，无以言"也。春秋之后，周道寖衰。聘问歌咏，不行于列国。学诗之士，逸在布衣，而贤人失志之赋作矣。大儒孙卿及楚臣屈原，离谗忧国，皆作赋以风，咸有恻隐古诗之义。其后宋玉唐勒，汉兴，枚乘司马相如，下及扬子云，竞为侈丽闳衍之词，没其风谕之义。是以扬子悔之，曰："诗人之赋丽以则，辞人之赋丽以淫。如孔氏之门用赋也，则贾谊登堂，相如入室矣。如其不用何！"自孝武立乐府而采歌谣，于是有代赵之讴，秦楚之风，皆感于哀乐，缘事而发。亦可以观风俗，知厚薄云。序诗赋为五种。

案刘班谓孙卿屈原之赋，有恻隐古诗之义。是无异谓孙屈之赋，为源于古诗也。考昔人论赋，多有此说。其端肇自刘安，不始于子骏孟坚也。安叙离骚传有曰："国风好色而不淫，小雅怨诽而不乱。若离骚者。可谓兼之矣。"（史记屈原贾生列传）此乃以诗比骚，非谓骚源于诗。然后人赋出于诗之说，实基于此。汉书王褒传宣帝曰："辞赋大者，与古诗同义。"辞赋之义，与古诗同，则辞赋当源于古诗矣。班氏两都赋序亦曰："或曰：赋者，古诗之流也。"文选五臣注吕向曰："或者，不定之辞。"详其语气，孟坚似犹未敢断定赋为出于古诗也。然其下文又曰："故言语侍从之臣，若司马相如虞丘寿王东方朔枚皋王褒刘向之属，朝夕论思，日月献纳；而公卿大臣，御史大夫兒宽太常孔臧太中大夫董仲舒宗正刘德太子太傅萧望之等，时时间作。或以杼下情而通讽谕，或以宣上德而尽忠孝。雍容揄扬，著于后世，亦雅颂之亚也。"此实以司马相如等之赋，为雅颂之流亚矣。孟坚之说如此，后儒多祖述之。今若一二其详，不胜烦琐，故仅取其著者以著于篇。如挚虞文章流别论云："赋者，古诗之流也。前世为赋者，有孙卿屈原，尚颇有古诗之义。"李白大猎赋序云："白以为赋者，古诗之流。"晁补之离骚新序云："自风雅变而为离骚，离骚变而为赋。"晁氏虽别骚于赋，然其谓赋为由诗转变而来，则仍刘班以来之旧说也。是说也，直至近世，论文之士，犹未敢稍持异议。盖三百篇，韵文也；后世之赋，亦韵文也。就其同为韵文而观之，其性质自可相通；本其发生之先后而言之，又似有父子之关系，欲攻破之，殊不易也。然自文学之起源论之，古初文学，本为韵语，此世界之公论，非一人私言。故后世各体韵文，胥当源于古初韵语。三百篇亦古初韵语之子孙，焉能当百世不迁之宗乎？且就赋之本身言之，最初以赋著称者，荀卿屈原也。荀卿之赋，质木无文，不能脱尽北方文学之本色，谓其源于诗经犹可。（荀卿之赋，亦受楚人影响，论详后节。）至屈原之赋，则命意修辞，与北方文学全异，俨然南派正宗。又何必效尊经者故为穿凿傅会之论，谓之为源于三百篇哉！故诗赋两体之关系，与其谓为父母子女，不若谓为兄弟长幼之为愈也。抑更有进者，以上所谓赋源古诗，实统诗之全部而言，非分指诗之一体也。然儒者明诗，旧有六义之说：六义之中，即有赋名。于是后之释辞赋者，又作皮相之论；是不可不辨也。案周礼春官宗伯下云："太师教六诗，曰风，曰赋，曰比，曰兴，曰雅，曰颂。"毛诗关雎序亦曰："故诗有六义焉；一曰风，二曰赋，三曰比，四曰兴，五曰雅，六曰颂。"以赋既为六义之一，故后之儒者，遂谓赋为诗之一义演变而成。此与"赋为古诗之流"之论，后人多混为一谈，实则其范围自有大小之分，不容忽之也。杨雄法言吾子篇曰"诗人之赋丽以则，辞人之赋丽以淫。"所谓"丽则丽淫"，乃文德问题，兹弗论。案孔颖达毛诗正义云："风雅颂者，诗篇之异体；赋比兴者，诗文之异辞耳。赋比兴是诗之所用，风雅颂是诗之成形。"由此言之，则赋不过诗中之一用耳。子云以"诗人之赋"与"辞人之赋"对举，其意若曰：

以辞人之赋比诗之一用，犹有"丽则丽淫"高下之差。是不啻认二者为有挛乳之关系，而兴每况愈下之慨也。皇甫谧二都赋序曰："诗人之作，杂有赋体。子夏序诗曰：'一曰风，二曰赋。'故知诗者，古诗之流也。"此谓赋由诗之赋体变化而来，言赋为诗之支与流裔也，刘勰文心雕龙，亦宗此说。诠赋篇曰："诗有六义，其二曰赋。赋也者，受命于诗人，拓宇于楚辞也。于是苟况礼智，宋玉风钓，爰锡名号，与诗画境。六义附庸，蔚成大国。"比较士安所言，更为明晰。其在后世，此种议论，几于众口一辞，牢不可破。观李善之注文选，于两都赋序，断断于六义之间，可识此说势力之大矣。今欲解决此问题，必先明先儒对于赋中赋体之解释。郑玄曰"赋之言铺，直铺陈今之政教善恶。"（周礼春官宗伯下注）孔颖达释之曰："郑以赋之言铺也，铺陈善恶。则诗文直言其事不譬谕者，皆赋辞也"。（毛诗正义）朱熹诗经集传云："赋者，敷陈其事而直言之也。"由此观之，赋实为诗之修辞方法之一，与比兴对列，不容相混。比体附类以指事，兴体假物以起情，与直陈其事不譬喻者有别也。苟后世之赋，为由诗之一义演变而成；则后世赋中，即不应有比兴之体。然验以后世之赋，附类假物，触处多然，焉得望文生义为此目论乎！或曰：赋为三百篇之进化，吾人既否认之。然则今于人所共称为"赋"之一种文体，究应作何解乎？曰：赋者，韵文之一种也。（赋中虽间有不用韵者，然当以用韵为正。）其体糅合古代多种韵文而成。故语句修短，初无定式；修辞用韵，变化多端。三百篇亦为古代韵文，其与赋之关系，吾人自不能完全否认之。惟绝不能如昔人所论，若是其密迩也。至于赋之命名，吾人既不承认其为六义之一，自亦应有相当之解释。毛诗大雅烝民传曰："赋，布也。"吕氏春秋慎大淮南子时则高诱注皆曰："赋，布也。"后汉书李固传董卓传李贤注皆曰："赋，布也。"是皆释赋为布。布者，散布陈列之义也。管子山权数尹知章注（据晁公武郡斋读书志说）曰："赋，敷也。"敷布义同。楚辞九章悲回风王逸注曰："赋，铺也。"铺亦陈列之义。郑注周礼"赋之言铺"，义与此同。其所谓"直铺陈今之政教善恶"，乃因释诗而为此言耳。小尔雅广诂一曰："颁，赋，铺，敷，布也。"广雅释诂曰："铺，散，瓯，拵，陈，列，播，莫，班，赋，布也。"由此言之，则凡事之有敷陈之义者，皆得谓之为赋。故段玉裁说文解字注曰："凡言以物班布与人曰赋。"卷六下贝部）至于文章，则亦文人自敷胸怀，播以笔墨，散在竹帛者也。既有敷陈之义，故亦名之为赋。故释名释典艺曰："敷布其义谓之赋。"文章流别论曰："赋者，敷陈之称也。"文选陆机文赋李善注曰："赋以陈事。"或曰：苟如是，则凡文字之能"敷陈其事""敷布其义"

者，皆得谓之为赋；而后世赋体，多属韵文，其理安在。曰：赋之一字，于文法为动词。其变为名词而为文体名号之一，亦有其经过之历史焉。左传隐公元年：公入而赋"大隧之中，其乐也融融。"姜出而赋"大隧之外，其乐也洩洩。"（文心雕龙诠赋篇以此为赋。案此间两赋字，实为动词，非名词。彦和误矣。）隐公三年左传云："卫庄公娶于齐东宫得臣之妹。曰庄姜，美而无子，卫人所为赋硕人也。"闵公二年左传云："许穆夫人赋载驰。"闵公二年左传又云："郑人恶高克，使帅师次于河上，久而弗召，师溃而归，高克奔陈，郑人为之赋清人。"僖公五年左传云："晋侯使士荐为二公子筑蒲与屈，不慎，公使让之。退而赋曰：'狐裘龙茸，一国三公，吾谁适从？'"（文心雕龙亦以此为赋，误与上同。）以上所引诸赋字，其词性相同，皆为动词。所称赋某某者，即谓作某某也。故隐公元年杜预注曰："赋，赋诗也。"孔颖达正义释之曰："赋诗，谓自作诗也，"隐公三年孔颖达正义曰："此赋谓自作诗也。此与闵二年郑人赋清人，许穆夫人赋载驰，皆初造篇也，"闵公二年杜预注云："许穆夫人痛卫之亡。思归唁之，不可，故作诗以言志。"僖公五年杜预注曰："士子自作诗也。"观此，则上引诸赋字，皆当训作，与赋比兴之赋不同，明矣。准斯以谈，则凡咏一事，歌一物，吟其胸怀，皆得称之为赋。更由"赋事""赋物""赋胸怀"诸动词之赋字，变为"某事之赋""某物之赋""某种感怀之赋"诸名词之赋字，则后世赋体之名号生矣。又上引左传中诸赋字，其所赋之词，皆为韵文。由此可知赋之一字，其用为动词时，习惯上皆就韵文而言。作散文而称之为赋，古所未见也。后世赋之一名，既由动词转变而来，故仍沿其原来之习惯，而多为韵文也。更有一事为吾人所不可不知者，赋既为文体之一，与赋比兴之无关，则其修辞方法，惟人所用，"或直陈其事"，或"附类指事"，或"假物起情"，均无不可。故六义中三种修辞方法，作赋时皆能适用也。或曰：刘班称"传曰：'不歌而诵谓之赋。'"（按此语皇甫谧三都赋序以为古人之言，未指其名。文心雕龙诠赋篇直以为刘向之语。）其义若何？曰：此就赋为动词时之一义而言，非谓辞赋本身也。后人不察，举此语以释辞赋，谓"不歌而诵"为赋之特性；直至近世，犹不悟其非。案左传隐公三年孔颖达正义引郑玄云："赋者，或造篇，或诵古。"是赋本有二义，创作固谓之赋，诵古人成文，亦谓之赋也。故楚辞招魂王逸注曰："赋，诵也。"以赋本有诵读之义，故古人诵读成文，亦称为赋。左传中此例甚多。如襄公二十七年云："郑伯享赵孟于垂陇，子展伯有子西子产子太叔二子石从。赵孟曰：'七子从君，以宠武也，请皆赋以卒君贶，武亦以观七子之志，'子展赋草虫。伯有赋鹑之贲贲。子西赋黍苗之四章。子产赋隰桑。子太叔赋野有蔓草。印段赋蟋蟀。公孙段赋桑扈。"又如昭公二年："春，晋侯使韩宣子来聘。公享之。季武子赋绵之卒章。韩子赋角弓。武子赋节之卒章。既享，宴于季氏，有嘉树焉。宣子誉之，武子曰："宿敢不封殖此树以无忘角弓？"遂赋甘棠。"宣子遂如齐纳币，自齐聘于卫，卫侯享之，北宫文子赋淇澳。宣子赋木瓜。"上引文中诸赋字，皆谓诵读古人成文也。刘班所谓"称诗谕志"，即指此类。孔氏所谓"不学诗，无以言。"谓"使于四方，不能专对"也。毛传所言"升高能赋"，（鄘风定之方中）亦谓"微言相感，歌诗必类"也。（章炳麟国故论衡辨诗篇说）是即"不歌而诵"之确解也。或引国语周语"师箴瞍赋矇诵百工谏"，以为古有赋体。案此所谓赋者，"赋公卿列士所献诗也。"（韦昭注）"箴赋诵谏"四字，皆为动词，焉得与后世辞赋混为一谈乎。谢榛四溟诗话，谓长门赋等篇，非不可歌。（卷一）其识见有过人者。以"不歌而诵"一语，证以辞赋本身，实不可通。如楚辞九歌，即为祀神之曲，先儒已有成说，（参看王逸楚辞章句九歌序朱熹楚辞集注九歌序）其本文中亦多内证。如东皇太一曰："扬枹兮拊鼓，疏缓节兮安歌，陈竽瑟兮浩倡。五音纷兮繁会，君欣欣兮乐康。"此辞赋能歌之铁证也。至于后世文人所作，多不可歌，实由无人为制乐谱耳，苟人有焉，为之按辞制谱，安见其不能歌乎？

十　骚赋之别

昔人论赋，每拘泥题目，遗其篇章；故有结体散文，明为辞赋，而乃被摈于辞赋范围之外者。如六朝人之于楚辞，即不免此种谬误，是不可不辨也。刘勰文心雕龙于诠赋篇外，别立辨骚一篇，总论楚辞。任昉文章缘起析赋与离骚反骚为三。萧统文选于赋目外，特立骚目，以楚辞所录充之。厥后姚铉唐文粹吕祖谦宋文鉴庄仲方南宋文范张金吾金文最苏天爵元文类薛熙明文在等书，复蹈文选之谬，分骚赋为二。是皆误于灵均骚之一名，未能深识赋体也。纪昀有言："离骚乃楚辞之一篇，统名楚辞为骚，相沿之误也。"（文心雕龙辨骚篇评语）是则统名楚辞为骚，不免以偏赅全之病。黄季刚先生曰："离骚二字，不可截去一字，但称为骚。"（文心雕龙辨骚篇札记）是则离骚二字，实为一名；截离存骚，揆以文理，便不可通。后人尾以赋字，称为骚赋，亦习焉不察者矣。然此种谬误，犹其小焉者。其别骚于赋，实足以淆乱是非。以此志衡之，绝不可通。考今楚辞所录诸家，除景差东方朔外，俱隶屈原赋下。屈原之作，统名为赋，则宋玉庄夫子贾谊淮南小山刘向王褒诸家附屈原而见于楚辞者，自亦当名之为赋。汉人目标楚辞，辞与赋本为一称。史记司马相如传言"景帝不好辞赋。"汉书扬雄传："赋莫深于离骚，辞莫丽于相如。"则辞亦为赋，赋亦为骚。所谓楚辞者，犹曰楚赋云尔。（参看刘熙载赋概）故刘班于宋玉庄夫子贾谊淮南王群臣刘向王褒诸人之作，亦直称赋若干篇。此非刘班之私言，实晋宋以前之公论也。谓余不信，请略证之。史记屈原贾生列传述原与渔父问答即竟，继之曰："乃作怀沙之赋。"夫怀沙乃九章中之一篇，名怀沙为赋，则九章皆可名赋矣。屈原贾生列传又曰："余读离骚天问招魂哀郢，悲其志。"离骚与天问招魂哀郢并举，足证子长不以楚辞统名为骚也。屈原贾生列传又曰："屈原既死之后，楚有宋玉唐勒景差之徒者，皆好辞而以赋见称。"是则楚辞中所录宋玉景差之作，均得名之为赋矣。扬雄法言吾子篇称"景差唐勒宋玉之赋"，今不复引。即在汉书一书中，其称屈原之作为赋者，亦不止艺文一志。如贾谊传云："屈原，楚贤臣也，被谗放逐，作离骚赋。"扬雄传云："赋莫深于离骚。"地理志曰："始楚贤臣屈原，被谗放流，作离骚诸赋以自伤悼。"颜师古注云："诸赋，谓九歌天问九章之属。"举上三证，足以为例，屈作名赋，尚何疑哉？班氏离骚序曰："其文弘博丽雅，为辞赋宗。后世莫不斟酌其英华，则象其从容。自宋玉唐勒景差之徒，汉兴，枚乘司马相如刘向扬雄骋极文辞谓好，而悲之，自谓不能及也。"宋枚马扬诸人，皆辞赋家，而皆则象屈原之作，苟原作非辞赋，焉能为辞赋宗乎？班氏离骚赞序云："至于襄王，复用谗言，逐屈原，在野，又作九章赋以风谏，卒不见纳。"孟坚直名九章为赋，疑骚赋有二者，可以涣然冰释矣。王逸楚辞章句序云："自终没以来，名儒博达之士，著造辞赋，莫不拟则其仪表，祖式其模范，取其要妙，窃其华藻。"此与离骚序之言，其意正同。综观上引诸说，可知汉人直名楚辞为赋，未尝别立骚名也。曹丕典论论文曰："或问屈原相如之赋孰愈？曰：优游按衍，屈原之尚也。浮沉漂淫，穷侈极妙，相如之长也。然原据托譬喻，其意周旋，绰有余度矣。长卿子云，未能及也。"此则屈原之作，与相如子云所为，同名为赋，魏世犹无异议。挚虞文章流别论曰："楚辞之赋，赋之善者也。故扬子称赋莫深于离骚。贾谊之作，则屈原俦也。"观挚氏之言，则以楚辞为赋，晋世犹然。而刘勰任昉萧统诸人，乃云如彼，是亦未识赋之源流者矣。然彦昇文章缘起一书，引据本多疏陋，四库提要疑为伪托，不足深讥。萧统文选，前人谓其"拙于文而短于识。"（苏轼答刘沔书）"淆乱芜秽。"（章学诚文史通义诗教下）"分体碎杂，立名可笑，"（姚鼐古文辞类纂序目）其不辨辞赋源流，亦固其所。至姚铉吕祖谦庄仲方张金吾苏天爵薛熙辈，明为袭谬踵讹，更可不论。惟彦和之书，辨章流别，卓跞千古，似不应不见及此。寻辨骚篇有云："固知楚辞者，乃雅颂之博徒，而辞赋之英杰也。"是刘氏直以楚辞为辞赋矣。诠赋篇云："及灵均唱骚，始广声貌。然赋也者，受命于诗人，拓宇于楚辞也。"此又以楚辞为赋也。黄季刚先生曰："彦和论文，别骚于赋，盖欲以尊屈子，使离骚上继诗经，非谓骚赋有二。"（文心雕龙辨骚篇札记）可谓得古人之用心者矣。吴子良林下偶谈曰："太史公言：'离骚者，遭忧也。'离训遭，骚训忧。屈原以此命名，其文则赋也。故班固艺文志有屈原赋二十五篇。梁昭明集文选，不并归赋门，而别名之曰骚；后人沿袭，皆以骚称，可谓无义。篇题名义且不知，况文乎？"（案史记屈原贾生列传："离骚者，犹离忧也。"班固离骚赞序曰："离犹遭也，骚忧也，明己遭忧作辞也。"吴引作太史公言误矣。）祝尧古赋辨体曰："屈子为骚，世号楚辞，不正名曰赋。然自汉以来，赋家体制，.大抵皆祖于是焉。"王夫之说文广义曰："离骚者，言已离此扰乱之世，而作赋以写忧也。离骚本赋题，东方朔刘向之徒别为一体，名之曰骚，不统于赋。然则幽通赋可名曰幽，述志赋可名曰志乎。"刘熙载赋概云："骚为赋之祖。太史公报任安书：'屈原放逐，乃赋离骚。'汉书艺文志：'屈原赋二十五篇。'不别名骚。"数子之言，直可破诸家之谬妄，总殊名而齐归者矣。（案广雅释诂："鄜赋，布也。"王念孙疏证："鄜者，广韵音卢启吕文二切，布也，陈也。昭元年左传：楚公子围设服离卫。杜预注云：离，陈也。离与鄜通。"离赋同训，则离亦可训赋。故离骚者，犹云赋忧也。如是，则离骚二字，自有赋义矣。）

十一 赋之封略

孙卿赋下有李思孝景皇帝颂十五篇。杂赋之末，附成相杂辞十一篇，隐书十八篇。名号有异，亦以入录，颇足启后人之疑，章学诚曰："孝景皇帝颂十五篇，次于第三种赋内，其旨不可强为之解矣。按六义流别，赋为最广，比兴之义，皆冒赋名。风诗无征，存于谣谚。则雅颂之体，实与赋类同源异流者也。纵使篇第传流，多寡不敌，有如汉代，而后济水入河，不复别出。亦当叙入诗歌总部之后，别而次之。或与铭箴赞诔，通为部录，抑亦可矣。何至杂入赋篇，漫无区别耶？"（校雠通义卷三汉志诗赋十五之七）又曰："成相杂辞十一篇，隐书十八篇，次于杂赋之后，未为得也。按杨倞注荀子成相："盖亦赋之流也。"朱子以为杂陈古今治乱兴亡之效。托之风诗以讽时君，命曰杂辞，非竟赋也。隐书注引刘向别录谓"疑其言以相问对通以思虑，可以无不喻。"是则二书之体，乃是战国诸子流列，后代连珠韵语之滥觞也。法当隶于诸子杂家，互见其名，为说而附于歌诗之后可也。"（同上十五之八）实斋之言，未达刘班之旨也。夫汉世韵文，惟诗赋两种，足以独立成体。其余韵文，立名虽异，其修辞方式，不能出诗赋之外。故刘班以诗赋为韵文之总汇，不顾名号之异，其体无别，即以入录，苟非立义有殊，科有专属，则不为别出，统归诗赋之类。如诗经之别自为类，以其为六艺之一也。雅歌诗四篇之入乐类，以其为古声古辞，（案即鹿鸣驺虞伐檀文王四篇）宜与雅琴诸家相类从也。（乐类有雅琴赵氏七篇雅琴师氏八篇雅琴龙氏九十九篇）其余如刘向列女传颂，（在儒家刘向所序六十七篇中）扬雄之箴，（在儒家扬雄所序三十八篇中）均列儒家。黄帝录六篇入道家。孔甲盘盂二十六篇，荆轲论五篇，（注："轲为燕刺秦王，不成而死，司马相如等论之。"文章缘起司马相如作荆轲赞。文心雕龙颂赞篇："相如属笔，始赞荆轲。"即指此。）并入杂家。当亦以其义有专属，故不隶诗赋略也。其它韵文之别属者，皆当视此。（参看章氏校雠通义卷二郑樵误校汉志十一之一卷三汉志六艺十三之八汉志诸子十四之八及十四之三十一）章氏徒见"颂""杂辞""隐书"等名号之异，谓宜别为部录或隶于他略。不知屈原之作，全无赋名。宋玉之九辨，赵幽王之歌，庄夫子之哀时命，贾谊之惜誓，枚乘之七发，司马相如之封禅文，淮南之琴颂，淮南小山之招隐士，武帝之秋风辞，刘向之九叹高祖颂琴颂，王褒之九怀僮约责髯奴辞甘泉宫颂碧鸡颂，（按王褒洞箫赋汉书本传称洞箫颂）扬雄之反离骚广骚畔牢愁解嘲解难赵充国颂剧秦美新，（案扬雄酒赋亦称酒箴）孙卿之成相篇，亦皆不名为赋。而刘班著录，统称之曰：某某赋若干篇。焉得以名号殊异为疑哉。善哉章炳麟之论诗赋曰："春曚瞢朦掌九德六诗之歌。然则诗非独六义也，犹有九歌。其隆也，官箴古谳皆为诗。故诗序庭燎称箴，汋水称规，鹤鸣称诲，祁父称刺，明诗外无官箴。辛甲诸篇，悉在古诗三千之数矣。诗赋略录隐书十八篇，则东方朔管辂射覆之辞所出。又成相杂辞者，徒役送杵，其句度长短不齐，悉以入录。其它有韵诸文，汉世未具，亦容附于赋录。古者大司乐以乐语教国子，盖有韵之文多矣。且文章流别，今世或繁于古。亦有古所恒睹，今隐没其名者，文章缘起所列八十五种，至于今日，亦有废弛不举者。夫随事为名，则巧历或不能数；会其有极，则百名而一致者多矣。武帝以后，宗室削弱，藩臣无邦交之礼。纵横既黜，然后退为赋家，时有解散，故用之符命，即有封禅典引；用之自述，而答客解嘲兴。文辞之繁，赋之末流尔也。杂赋有隐书者。传曰：'谈言微中，亦可以解纷。'与纵横稍出入。淳于髡谏长夜饮一篇，纯为赋体，优孟诸家顾少耳。东方朔与郭舍人为隐，依以谲谏。世传灵棋经，诚伪书，然其后渐流为占繇矣。管辂郭璞为人占皆有韵，斯亦赋之流也。诸四言韵语者，皆诗之流。"（国故论衡辨诗）章氏之言，可谓善体刘班之意者矣。盖文体多名，难可拘滞。或沿古以为号，或随宜以立称。或因旧名而质与古异。或创新号而实与古同。若推迹其本原，审察其体制，自不为名实所惑，可收以简驭繁之功也。（略本文心雕龙颂赞篇札记）考古人韵文作品，多有袭用诗赋之体，而别标名号者。吾人于此等作品，宜以修辞为断，不能拘于题目，而遂摈之于诗赋封略之外也。兹就其著者论之：如汉魏六朝文士，好为七辞。其端肇自枚乘，后贤承流，纷然继作。乘为七发。傅毅作七激。张衡作七辨。刘广世作七兴。崔骃作七依。崔瑗作七苏。（文心雕龙杂文篇言"崔瑗七厉"，误。）李尤作七叹七命。马融作七厉。（或作七广）桓麟作七说。崔琦作七蠲。刘梁作七举。桓彬作七设。（后汉书桓彬传误以七说为桓彬作）曹植作七启七咨。（初学记七引作七忿）王粲作七释。徐干作七喻。傅巽作七诲。卞兰作七牧。刘劭作七华。应真作七华。傅玄作七谟。杜预作七规。（一作七矫）成公绥作七唱。左思作七讽。（文选沈约齐故安陆昭王碑文李善注引作七略）张协作七命。孙毓作七诱。陆机作七羡七征。（或作七微）湛方生作七欢。谢灵运作七济。颜延年作七绎。孔欣作七诲。齐竟陵王宾僚有七要。萧统作七契。萧纲作七励。萧子范作七诱。颜之推作七悟。卫洪作七开。孔炜作七引。吴氏作七矜。傅玄七谟序言魏时有杨氏七训。文苑英华载有七召。今不能遍举。此类文字，虽展转相师，了无新气，亦足见其体之盛矣。傅休奕总集晋以前人七篇。署曰七林。（见文章流别论）挚虞文章流别论亦有七辞之目。（太平御览文部六作七辞，今从之。）萧统文选遂于骚赋之外，别标七目。章学诚讥之，其论甚是。（文史通义诗教下）夫七发七激，亦如九歌九章九辨九怀九叹九思九类，皆赋属也。故崔骃即作七依，复假扬雄论赋语以自警。（见文章流别论）足证七之与赋，初无二致。文选七发李善注曰："七发者，说七事以起发太子也。犹楚辞七谏之流。"楚辞七谏序洪兴祖补注曰："昔枚乘作七发，傅毅作七激，张衡作七辨，崔骃作七依，曹植作七启，张协作七命，皆七谏之类。"七谏为赋，如无异议；则七发以下之作，其为赋更何疑乎？章学诚见七林之文，皆为设问，因谓"孟子问齐王之大欲，历举轻暖肥甘声音采色，七林之所起。"（文史通义诗教上）实则七林与孟子，其辞气绝不相类。

实斋之言，未足宗也。章炳麟国故论衡辨诗篇谓"枚乘以大招招魂散为七发。"寻其辞采，实如所云。姚鼐古文辞类纂曾国藩经史百家杂钞，均取七发入辞赋类，所见甚是。张惠言七十家赋钞以七发七启七命入选，且以隶之屈原赋下，尤具特识矣。古人哀祭之作，多用赋体。文选所录，有诔文哀文吊文祭文等目。诔文祭文，自谢希逸宋孝武宣贵妃诔一首外，皆为四言。是诔祭之作，多袭诗体矣。哀文所录潘岳哀永逝文一首，纯为赋体。颜延之宋元皇后哀策文，全属四言。谢玄晖齐敬皇后哀策文，则前幅四言，后用赋体。是则昭明所名为哀文者，无定体矣。吊文所录贾谊陆机二作，与赋全无别异。吊屈原文，征之史记，固明言其为赋也。屈原贾生列传曰："贾生为长沙王太傅，意不自得。及渡湘水，为赋以吊屈原。"循斯以推，则吊魏武帝文，可名为赋，断可知矣。文选所用哀吊诸名，唐文粹以下，虽或宗或违，然犹多别立名号，未敢合而为一。至古文辞类纂经史百家杂钞，乃集文选哀祭诸体，统名之曰哀祭类。就文学分类进化史言之，姚曾二氏，实较昭明为善也。原哀祭之体，为"人告于鬼神者。"（经史百家杂钞序例）诗颂之大部，邶风二子乘舟，秦风黄鸟，即属此类。其行文出以赋体，楚辞实始启之，九歌招魂大招是也。后贤之作，有意属哀祭而直名为赋者，贾谊之吊屈原赋，（古文辞类纂七十家赋钞经史百家杂钞均本史记正其名为赋，较昭明为是。）刘彻之悼李夫人赋，司马相如之哀二世赋，傅咸之吊秦始皇赋，潘岳之悼亡赋，皆此类也。有名为吊祭而实用赋体者，糜元之吊夷齐文，陆机之吊魏武帝文，李充之吊嵇中散文，后魏孝文帝之吊比干文，周颖文之祭梁鸿文，皆此类也。有意主哀悼体用辞赋而不以哀祭名亦不以赋名者，淮南小山之招隐士，（王逸序曰："小山之徒，闵伤屈原，故作招隐士之赋，以章其志也。"）东方朔之七谏，（王逸序曰："东方朔追悯屈原，故作此辞以述其志。"）王褒之九怀，（王逸序曰："褒读屈原之文，追而愍之，故作九怀以裨其辞。"）刘向之九叹，（王逸序曰："向追念屈原忠信之节，故作九叹。叹者，伤也，息也。"）扬雄之反离骚，（汉书扬雄传："通作书，往往摭离骚句而反之，自岷山投诸江流，以吊屈原，名曰反离骚。"）王逸之九思，（序云："逸与屈原同土共国，悼伤之情，与凡有异。作颂一篇，名曰九思。"）皆此类也。吾人于上述三类及类似此三类之文，亦宜以赋视之。盖私意以为凡文体之出以辞赋者，皆可作辞赋观。犹之文辞之出以诗体者，皆宜作如诗观。不当拘其名号，滞其所施也。昔文心雕龙哀吊篇谓"相如之吊二世，全为赋体。"又谓"华过韵缓，则化而为赋。"味舍人之言，知哀辞主于痛伤，赋体崇乎华丽。哀吊宜为四言，辞赋始尚缓句。畛域判然，不容混同。然古今文人，即以赋体为哀辞；吾人当明其非哀吊正体。而此等作品，既同于赋，自亦当以赋论。故以上云云，与彦和所论，亦不相背戾也。箴铭赞讼，故多四言，古人所作，亦间杂以赋体，陆机论箴，"顿挫清壮。"（文赋）是本不宜尽为四言。然机所为丞相箴，傅玄之太子少傅箴，温峤之太子侍臣箴，虽结体与赋有别，其杂言亦过多矣。班固之燕然山铭，寥寥数语，大似赋体。续古文苑载汉镜铭七首，第一首全是赋体。孙星衍谓"其文体似楚骚"，不愧识者。续古文苑又载唐镜铭三首，第一首亦与赋无别也。史书篇末之赞，或韵或否。其无韵者，直与评论无异。汉魏六朝人所作韵文之赞体，多为四言，异体甚少。而曹毗之黄帝赞，则与五言诗无异。如牟子才之李太白脱靴图赞，黄由谷返棹圆赞，则全是赋体。讼体古人或以散文出之，王褒圣主得贤臣颂是也。如董仲舒之山川颂，班固之车骑将军窦北征颂，傅毅之窦将军北征颂，马融之广成颂东巡颂，（全后汉文十八，文不全。）结体散文，全同辞赋。盖刘勰论颂，谓"敷写似赋，而不入华侈之区。"（文心雕龙颂赞篇）辞赋体宜华丽，前已言之；故一入华侈，即非颂之正体。外被颂名，实用赋体，九章橘颂，始启其端。董班以下，亦如屈作。故文章流别论曰："若马融广成上林之属，纯为今赋之体；而谓之颂，失之远矣。"文心雕龙颂赞篇亦曰："马融之广成上林，雅而似赋，何弄文而失质乎？"（黄叔琳文心雕龙注谓上林"疑作东巡"。按马融作上林颂，文章流别论有明言，已见上。又曹丕典论论文云："议郎马融以永兴中帝猎广成，融从。是时北州遭水潦蝗虫，融撰上林颂以讽。"此则融自有上林颂，今亡佚耳。黄谓上林疑作东巡，非也。）广成上林之为赋，挚刘二氏有以知之矣。凡此诸类，其是赋非赋，吾人但当以文体为断，不容拘泥题目也。自此而外，别立名号而修辞是赋者，其类尚多。陶潜之归去来辞，虽以辞名，实赋类也。夏侯湛之寒苦谣山路吟离亲咏，虽以谣吟咏为名，实赋类也。曹植之释愁文，虽以文名，实赋类也。皇甫谧之释劝论，虽以论名，亦赋类也。（王沈释时论篇同。此类假问答为体，与答客难解嘲相似。）是何也？以其结体散文是赋也。举兹数例，他亦准是。至若宋玉对楚王问以下，东方朔有答客难，扬雄有解嘲解难，班固有答宾戏，崔骃有达旨，张衡有应闲，崔实有客讥，蔡邕有释诲，应玚有释宾，陈琳有应讥，夏侯湛有抵疑，郤正有释讥，束皙有玄居释，郭璞有客傲，庾敱有客咨，下及韩愈之进学解释言等。此类作品，其是赋非赋，应以篇中用韵之多少为断。如其用韵处较不用韵处为多，自亦可归之赋类。如用韵其少或全不用韵，则宜摈之于辞赋之外。姚鼐章学诚辞赋无韵之说，不足为宗。此言虽似武断，私意谓不如是，更无善术矣。（按对楚王问以下之文，文心雕龙以之入杂文篇，足见非辞赋之正体也。）总之，诗赋之封略，不宜依题目而定。凡用韵之文，其行文用诗赋之体者，均可以诗赋视之。以上所论，多属赋类，其于诗亦当如是也。

十二　赋之类别

刘班次赋为四种：一曰屈原，二曰陆贾，三曰孙卿，四曰杂赋。杂赋之辞，今无传者，其体制无从识别。说者谓屈原言情，孙卿效物，陆贾为纵横之变。（国故论衡辨诗）今世论者，率宗此说。然此仅得其大较，能尽其流，未足以言穷源也。盖九章橘颂，即体物之专篇；而招魂大招高唐诸作，实与纵横相邻。刘勰论屈宋，亦谓"晔烨奇意，出乎纵横诡俗。"（文心雕龙时序篇）乌得谓惟言情一体为灵均之能事哉？按学者论赋，多先孙卿而后屈原，是盖崇儒之故，不足为宗。当考屈原之死，在楚顷襄王时。（史记屈原贾生列传）而孙卿适楚，春申君以为兰陵令，则在楚考烈王八年。至考烈王二十五年，春申君死，孙卿废，因家兰陵，著数万言而卒，葬兰陵。（参看史记孟子荀卿列传春申君列传汪中述学荀卿子年表）是孙卿身世，实后于屈原，其所著作，亦在适楚之后。则成相赋篇，虽不能尽似楚人，当亦必受灵均之影响也。至于陆贾，则已至汉世，且为楚人，于屈原为后辈。其受灵均渐染，更可无疑。贾之时代，后于孙卿，而刘班以之次孙卿之前。此以贾赋实密迩屈原，孙卿不过以北人效南体，故倒置其时次。其微义亦昭然可证也。观庄夫子赋二十四篇附屈原下，而其子常侍郎庄忽奇赋十一篇严助赋三十五篇，（或言族家子。见严助传及颜师古注。）则附于陆贾之下。枚乘赋九篇附屈原下，而其子枚皋赋百二十篇，则附于陆贾之下。朱买臣善楚辞，其所为赋三篇，次于陆贾。扬雄赋拟相如，效楚辞，相如与屈原同次，雄赋十二篇隶陆贾后。（国故论衡辨诗云："扬雄赋本拟相如。七略相如赋与屈原同次，班生以扬雄赋隶陆贾下，盖误也。"此亦可备一说。然班氏于总计陆赋篇数之下复自注云："入扬雄八篇。"则此乃汉志原文，决非后人倒乱。）是知屈原陆贾二家；实可相通。陆所异于屈者，或偏于纵横耳。由是言之，则陆贾孙卿二家，皆屈赋之支与流裔；而辞赋一体，实南人所独擅也。

十三　赋家与地域之关系

依赋家所产之地域论之，屈原陆贾孙卿三种之中，其为南人者，有下列诸家：（地域不可考者不列。杂赋无地可考，亦不列。）

屈原　　楚人

唐勒　　楚人。

宋玉　　楚人。

赵幽王　高祖子。高祖沛人，又善楚歌。（见汉书张良传）故西汉诸帝及诸侯王子，多受父祖习染，善为楚声。其封地或所游止，虽在北土，然溯其所自出，实为南人也。后不备说。

庄夫子　吴人。

枚乘　　淮阴人。

司马相如　蜀郡成都人。

淮南王　淮南厉王长子。长高祖子。安自幼生长淮南，故无异淮南人。（参看汉书淮南王传）

淮南王群臣　淮南群臣，当多为南人。如伍被为楚人（汉书伍被传）。安孙建所善严正为寿春人。（淮南王传）小山之上，王逸冠以淮南之名。（招隐士序）皆其明证也。淮南王传称"其群臣宾客江淮间多轻薄。"地理志亦言"淮南王安亦都寿春，招宾客著书，文辞并发，故世传楚辞。"则淮南群臣，固多江淮间人矣。

刘偃　　偃为杨丘共侯安之子。（此作阳丘，误。）齐悼惠王肥之孙。肥为高祖长子。

武帝　　上所自造赋二篇，师古曰："武帝也。"高祖曾孙。

刘德　　高祖同父少弟楚元王交之曾孙，刘向之父。（楚元王传作阳城侯。此阳成误。）

刘向　　楚元王交之玄孙。

王褒　　蜀人。

陆贾　　楚人。

枚皋　　枚乘子。淮阴人。

朱建　　楚人。

庄忽奇　吴人。即严助传之严忽奇。或言庄夫子子，或言族家子，庄助昆弟也。

  严助 吴人。庄夫子子，或言族家子。避明帝讳，改庄为严。

  朱买臣 吴人。

  刘辟强 楚元王交之孙，刘向之祖父也。

  萧望之 东海兰陵人。

  徐明 东海人。

  淮阳宪王 名钦，宣帝子。

  扬雄 蜀郡成都人。

  广川惠王越 景帝子。

  长沙王群臣 其中当名为南人。

其为北人者，有下列诸家：

  贾谊 洛阳人。

  孔臧 孔鲋之从曾孙，鲋为孔子八世孙，鲁人。

  吾丘寿王 赵人。

  兒宽 千乘人。

  司马迁 左冯翊阳夏人。

  冯商 阳陵人。

  杜参 杜陵人。

  孙卿 赵人。

  锜华 雒阳人。

  眭弘 鲁国蕃人。

其地名可考而不足据者，有下列诸家：

  辽东太守苏季 季为辽东太守，未必即为辽东人。

  给事黄门侍郎李息 汉书卫青霍去病传有李息，郁郅人。此李息为武人，且不官给事黄门侍郎，必非一人也。

  魏内史未必即为魏人。

  东㴋令延年 延年未必即东㴋人。又沟洫志言"齐人延年上书。"师古曰："史不得其性。"未知是一人否？

  黄门书者假史王商 汉书王商传："涿郡蠡吾人，徙杜陵。"然子威未为黄门书者假史，当非一人。

  汉中都尉丞华龙 华龙亦见萧望之传，未必即为汉中人。

  左冯翊史路恭 恭未必为左冯翊人。

按三种合计共六十六家，其地域可考者，共四十四家。四十四家之中，七家地域不足据，可据者三十七家。三十七家之中，南人居二十七家，北人止十家，不及南人之半。又北人十家中，孙卿终老于楚。贾谊曾为长沙王太傅，过湘水，为文吊屈原。司马迁尝"阙九疑，浮于沅湘，适长沙，观屈原所自沉渊。"（见史记太史公自序及屈原贾生列传）则三人必受灵均影响无疑。汉世诸侯王中，独淮南长沙有群臣赋。益足证辞赋一体，实南人所长矣。又地域可考者三十七家中，隶屈原下者，共十八家。隶陆贾下者，共十四家。隶孙卿下者，共五家。故屈原赋二十家，其生地不可考者，仅二家。陆贾赋二十一家，其生地不可考者，共七家。孙卿赋二十五家，其生地不可考者，有二十家。是亦足判三家赋之善不善矣。又地域可考者南人二十七家中，有作品传于今者，有屈原宋玉赵幽王庄夫子枚乘司马相如淮南王群臣武帝刘向王褒扬雄十一家。北人十家中，有作品传于今者，不过贾谊孔臧司马迁孙卿四家。而四家之中，除孔臧外，其余三家，皆受楚人影响，前已言之，夫作品之传不传，即作品之美恶所关。然则辞赋为南人所独擅，岂不彰明较著哉？盖尝论之，中国幅员广大，有黄河长江二水，横贯其中。土地异生，风气殊宜；故风俗民情，犁然可划。龚自珍曰，"渡黄河而南，天异色，地异气，民异情。"（己亥杂诗三百十五首自注）此明天时人事之不同，本乎自然者也，俞樾曰："凡事皆言南北，不言东西，何也？盖自郑君说禹贡导山有阳列阴列之名，而后世逐分为南北二条。南条之水江为大，北条之水河为大。西北之地，皆河所怀抱，故三代建都，皆在河北。东南之地，皆江所环抱。故荆楚之强，自三代至今未艾。南北之分，实江河大势使然，风尚因之而异也"。（九九消夏录）此明南北分言之由兼示风尚殊别之因于地理也。惟是之故，故后世凡百学术事物，莫不以南北而歧其指归。如六朝学派有南北之异，（见北史儒林传序）佛氏有南北二宗之分，（见传灯录及九九消夏录）道家分南北二宗，（见明都卬三余赘笔）书法亦有南北派之说，（见梁章钜退庵随笔包世臣艺舟双楫广有为广艺舟双楫）画家亦有南宗北宗之论，（见明莫是龙画说）此其彰明较著者。其它如堪舆技击之类，亦莫不因南北而见殊异。（堪舆家分南北二派，见李次青地理小补序及王祎青岩丛录。技击分南北二派，见少林术。）由此观之，地理之影响于文化，不可谓不大矣。征之文学，亦复如是。故自来评文之士，亦恒以南北立论。北史文苑传序隋书文学传序曰："江左宫商发越，贵于清绮；河朔词义贞刚，重乎气质。气质则理胜其词，清绮则文过其意。理深者便于时用，文华者宜于咏歌。此其南北词人得失之大较也。"文贵清绮，故宜于述情；词义贞刚，故宜于说理。此以情理区别南北文学之特质也。冯班沧浪诗话纠谬曰："南北文章，颇为不同，北多骨气而文不及南。"南人尚文，北人尚气，尚气故偏于刚，尚文故近于柔。刚柔偏畸，亦南北文学之大别也。王葆心先生论文之总以地理者有曰："大河流域，土风腽重：大江流域，土风轻英。轻英炳江汉之灵，其人深思而美洁，故南派善言情；腽重含河海之质，其人负才而敦厚，故北派善说理与记事。"（古文辞通义卷十四）南派善言情，北派善说理记事。验之历代文学，皆有与此相近之同一倾向也。前人论文，似此者甚多，今不能遍举矣。（参看中国文学概论第九篇文学与地域）尝疑中国文化，出于二源。往者与胡小石先生曾榷论之，今能忆者，尚有数端。盖宽柔以教，不报无道，南方之强也。衽金革，死而不厌，北方之强也。（礼记中庸载孔子语）其证一也。孟子尝有齐语楚语之说。（孟子滕文公下）其证二也。楚人鬼而越人襐，古人早有明言。今以楚辞九歌证之，南方宗教，确为多神。其神具形像意志，颇似希腊，与北方尊天祀祖有异。其证三也，儒墨名法诸家，均务为治，其学说率倡于北人，所论多为政治伦理，重在应用。而南方道家之老庄，则多涉玄想，以无为用，其证四也。楚国官制，与北方有别，证于左传国语可知。其证五也。楚左史倚相能读三坟五典八索九邱，此书北人均未及见。（尚书序所言不足据。）其证六也。凡此诸端，均足证秦汉以前，南北文化有异也。夫南北文化，既非同源，则其见于文学者，自亦昭然有别。北方文学侧重实际，南方文学侧重想象，此以诗经楚辞相较，显而易见者也。因是北人多言理之作，南人多写情之辞，此证之古籍，逐处多然者矣。又启蛰而郊，龙见而雩。郊为祈农之祀，云则为百谷祈膏雨也。盖四月不雨，则旱灾已成，百谷无望。故云者吁也，吁嗟哭泣以求雨也。始杀而尝，闭蛰而烝。建酉之月，嘉谷始熟；建亥之月，万物皆成。故告祭宗庙，以乐有年也。（参看左传桓公五年及礼记月令）诗豳风七月曰："春日迟迟，采繁祁祁，女心伤悲。"又曰："九月肃霜。十月涤场。朋酒飨飨，曰杀羔羊。跻彼公堂，称彼兕觥，万寿无疆。"北人悲春喜秋，于此可证。至于南方，则水旱灾少，饥馑无虞。故见桃李向荣，则荡志娱乐；视百卉凋枯，则感伤迟暮。楚辞九辨曰："悲哉！秋之为气也。萧瑟兮，草木摇落而变衰，""皇天平分四时兮，窃独悲此凛秋。"九章思美人曰："开春发岁兮，白日出之悠悠。吾将荡志而娱乐兮，遵江夏而娱忧。揽大薄之芳茝兮，搴长洲之宿莽。惜吾不及古之人兮，吾谁与玩此芳草？"喜春悲秋，适与北人相反。此时序之感想，见于文学，微有不同者矣。至于楚辞草木鸟兽，与诗经异。修辞方法，与诗经异。章句长短，与诗经异。章节体式，与诗经异。两句之中，率有代表音节之"兮些"等字，与诗经异。此固判然有别者，不烦细论矣。凡此诸端，均足证南北文学，非出一源也。或曰：南北文学之异，乃地理之影响耳。楚辞之作，后于诗经，昔人固以屈宋为继三百篇之作者矣。焉得谓其为二源乎？应之曰：春秋以后，南北交通渐繁，文化渐形混合，此固不容掩讳者。离骚上陈唐虞三后之盛，下序桀纣羿浇之败，谓"非义不用，非善不服。"固近于儒家之思想矣。然因此遂谓南北文学，同为一源，则似非弘通之论。何则？南方文学，自成一系，固有旧文可证也。老庄书中，恒见韵语，虽与楚辞有别，亦自有相似者在。九辨之名，见于离骚。宋玉所作，不过沿袭古题，非创始者也。九歌之名，亦见骚经。见存十一篇，虽题屈原，昔人谓为南郢祀神之杂曲，屈原不过更定其辞，去其亵慢淫荒之杂耳，（朱熹语，见前。）非自灵均始有也。楚狂凤兮之歌，与楚辞相类，惟音调差短。然因此更可证南方文学之音节，由短而长，自有其进化史也。孺子沧浪之歌，体式全同楚辞。其文自渔父篇外，虽更见于北人孟轲之书。然沧浪之水，为汉水下流，先儒已有定说。其为南方谣谚，更何疑乎？说苑载越人歌，吴越春秋载渔父歌，亦皆与楚辞同体。史记滑稽列传载优孟歌孙叔敖事，先于屈宋，亦南土之旧音也。其它例证，不遑枚举。即此已足证南方文学，自成统系。屈宋之前，已有旧文。其蔚为辞赋之祖，实非偶然。孙卿有言："好书者众矣，而仓颉独传者壹也。好稼者众矣，而后稷独传者壹也。好乐者众矣，而夔独传者壹也。好义者众矣，而舜独传者壹也。"（荀子解蔽篇）壹者何？"壹于其道，异术不能乱之"也。（杨倞注）然则屈原宋玉之于骚赋，亦如仓颉后稷夔舜之于书稼乐义；集南方文学之大成，成辞赋之专家耳。然因此南方旧文，遂为二子所掩，竟多湮没不传，可慨也已。当考中国文化之形成二源。其故亦非一端；而其要则大别山脉为之也。盖古代交通之术不精，峻山巨水，每足阻人往来。故其时山限水曲，常成为部落文化。邻国相望，无融合之机缘也。然高山大河，虽均足为文化交通之阻；而渡河较易，越山则较难。何则？河流纵暴，架舟可以幸渡；山崖壁立，乘车未敢轻越。山之限人，今世犹然。印度之与西藏，东南诸省之与陕甘新疆，其明证矣。惟此之故，故中国古代北部之河西文化，至周初即逾河而东，与河东文化，渐形融会。而大别山南北黄河长江两流域之思想，直至春秋时代，犹时见冲突。观孔子之见笑于楚狂接舆，受讥于荷蓧丈人长沮桀溺等，可想见矣。（论语）更观季札观乐于鲁，深谙北方诗乐。（左传襄公二十九年）可知季札虽为南人，因吴与中国之间，无大山之阻，故交通较易，而文化之混合，反较楚为早也。然南北思想之冲突，至春秋以后，即渐行减灭。盖其时楚国疆域，已越大别而北，直与韩魏相接。南北交通，较昔为便，两方文化，渐趋融会。是以陈良楚产，北学中国，北方学者，未之能先。陈仲子齐之世家，其思想行为，直类南人。（孟子）孙卿本为赵人，南游于楚，甚见敬礼，不似接舆等之于孔子。至其所为成相赋篇，已与北方文体小异，则受楚人影响矣。于此盖益知南北文学，初非同源，至战国始相混合。孙卿之能辞赋，犹之离骚中之有儒家思想也。或曰：苟如所论，战国南方文学，可谓盛矣。而北方文学，自三百篇后，继作绝少。何南北不相侔乎？应之曰：北方文学，侧重实际，此已不甚合文学原理矣。夫文学半为娱生之物，故每藉谬悠之说，荒唐之言，无端崖之辞，以发挥之。此则寻诸楚辞，触处多然；而检之诗经，则所见绝少者也。兼之儒家主雅乐，放淫辞。郑卫之诗，屡见诋斥。（三百篇中，惟郑卫之诗，极合文学原理，余别有说。）而当时儒家势力之大，实足以左右北方诸国。其文学主张，止于"辞达"。孔门列文学之科者，有子游子夏二人。子游为明礼之士，子夏为传经之师，均无歌咏见于后世。足见儒家学说，不适于言文学也。去此以往，法家言治术，明法理，去文学远甚。纵横家虽明修辞之方，然止施于口舌，故仍无文学可言。墨家节用非乐，以自苦为极，去文学更远矣。尝谓周末诸子所以多言政术者，其中亦有故焉。盖春秋以后，韩魏力政，燕赵任权，干戈日寻，民生益苦。非言政术，不足理国拯乱，应世之急，故无暇致力文学。此当时文学，所以除少数歌谣外，无足称也。或曰：战国南方文学，何以独盛乎？曰：楚自春秋以来，文治武功，不遗余力。人才日盛，疆土日辟。东尽于海，西至川东，北与韩魏相接，南连两广闽越。其版图之大，实据长江流域之大半，且及于珠江流域，并北方诸国而上之。方城为城，汉水为池，进战退守，绰有余裕。与北方诸国之力政任权，犹不足以自存者，实不可同日而语。此南人所以有余暇致力于文学也。不惟此也，黄河流域，气候较寒，物产较少。人民终岁勤劳，犹惧不获饱暖。故其思想恒囿于生活问题，而不暇及他。至长江流域，则柳暗花明，山青水碧，天产物丰，生事易谋。故其人民于谋生之余，时作遐想，衣食之事，无容心焉。彼见沅湘无波，江水安流，木兰坠露，秋菊落英，举凡事事物物，均足启其情思，吟于口舌，著之竹帛，而文学于是乎在。此南方文学所以独盛也。（节录旧著中国文学二源论。洪亮吉有春秋时楚国人文最盛论一篇，可参看。）

十四　诗之分类

刘勰称"成帝品录三百余篇，朝章国采，亦云周备。"（文心雕龙明诗篇）章炳麟谓"汉世乐府，七略录为歌诗。上自郊祀，下讫里其巷歈趣，皆见罔罗。"（国故论衡辨诗）然则西汉有名之诗歌，殆尽于三百之数矣。详刘班析赋为四种，而诗独混为一录，盖以篇数既少，不足类分也。今寻二十八家，似可别为以下数种：

（一）有主名诗

　　高祖歌诗二篇

　　临江王及愁思节士歌诗四篇

　　李夫人及幸贵人歌诗三篇

　　诏赐中山靖王子哙及孺子妾冰未央材人歌诗四篇

　　黄门倡车忠等歌诗十五篇

　　杂各有主名歌诗十篇

（二）祭祀之诗

　　泰一杂甘泉寿宫歌诗十四篇

　　宗庙歌诗五篇

　　诸神歌诗三篇

　　送迎灵颂歌诗三篇

（三）各地风谣

　　吴楚汝南歌诗十五篇

　　燕代讴雁门云中陇西歌诗九篇

　　邯郸河间歌诗四篇

　　齐郑歌诗四篇

　　淮南歌诗四篇

　　左冯翊秦歌诗三篇

　　京兆尹秦歌诗五篇

　　河东蒲反歌诗一篇

　　洛阳歌诗四篇

　　河南周歌诗七篇

　　河南周歌声曲折七篇

　　　　周谣歌诗七十五篇

　　　　周谣歌诗声曲折七十五篇

　　　　周歌诗二篇

　　　　南郡歌诗五篇

（四）杂诗

　　　　汉兴以来兵所诛灭歌诗十四篇

　　　　出行巡狩及游歌诗十篇

　　　　杂歌诗九篇

章学诚曰："诗歌一门，杂乱无叙，如吴楚汝南歌诗燕代讴齐郑歌诗之类，风之属也。出行巡狩及游歌诗与汉兴以来兵所诛灭歌诗，雅之属也。宗庙歌诗诸神歌诗送迎灵颂歌诗，颂之属也。不为诠次类别，六义之遗法荡然不可踪迹矣。"（校雠通义卷三汉志诗赋十五之十）顾实讲疏，附和章氏，与鄙见小有出入，亦可备一说也。

十五　余论

　　上述而外，吾人若以统计法求之，而诗赋两体盛衰之情形，亦可于此中窥见。赋为四种，诗仅一类。赋为七十八家，诗仅二十八家，约当赋家三分之一。赋千零四篇，诗三百十四篇，不及赋篇三分之一。是则汉世文辞，赋为最盛。焦循欲自楚骚以下，至明八股，撰为一集，于汉专取其赋，不愧识者矣。（易余籥录）辞赋之道，与故训相俪。非师传不能析其辞，非博学不能综其理。后汉以来，小学转疏，字有恒检，自不适于为赋。故魏晋以下，诗歌腾涌，赋篇渐少，此人所共见矣。观赋七十八家，今存者不过十六家，仅五分之一。诗二十八家，今虽不能定其存亡之确数，大抵当在二分一以上，赋千零四篇，今存者一百一十余篇，约九分之一。诗三百十四篇，今存者当在百篇左右，约当三分之一。省其存亡比较之数，亦足验后世取舍之情矣。前论屈陆孙三家之作，以屈为最善。故屈在后世，影响独大，观屈赋二十家。今尚存十三家。陆赋二十一家，今存者仅二家。孙赋二十五家，今仅存一家。杂赋十二家，今无存者。屈赋三百六十一篇，今存九十余篇，约四分之一。陆赋二百七十四篇，今存十三篇，约二十一分之一。孙赋百三十六篇，今仅存十篇，不及十三分之一。杂赋二百三十三篇，今无存者，省其存亡比较之数，亦足见其影响之大小矣。国故论衡辨诗篇曰："言赋者多本屈原。汉世自贾生惜誓，上接楚辞，服鸟亦方物卜居。而相如大人赋，自远游流变。枚乘又以大招招魂，散为七发。其后汉武帝悼李夫人，班婕妤自悼，外及淮南东方朔刘向之伦，未有出屈宋唐景外者也。孙卿五赋，写物效情。蚕箴诸篇，与屈原橘颂异状。其后鹦鹉鹡鸰，时有方物。及宋世雪月舞鹤赭白马诸赋效焉。洞箫长笛琴笙之属，宜法孙卿，其辞义咸不类。徐幹有玄猨漏卮团扇橘赋诸篇，杂书征引，时见一端，然勿能得全赋。大氐孙卿之体微矣。陆贾赋不可得从迹。"太炎之言，得其实矣。

原载《河南大学学报》1934年1月第1卷第1期

论汉代的辞赋

——辞赋产生之社会根源的分析与说明

沛　清

一　辞赋是汉代的代表文学

班固《两都赋序》说:

> 大汉初定,日不暇给。至于武宣之世,乃崇礼官,考文章。……故言语侍从之臣,若司马相如,虞邱寿王,东方朔,枚皋,王褒,刘向之属,朝夕论思,日月献纳。而公卿大臣,御史大夫兒宽,太常孔臧,太中大夫董仲舒,宗正刘德,太子太傅萧望之等,时时间作。……故孝成之世,论而录之,盖奏御者千有余篇。而后大汉之文章炳焉与三代同风。

从武帝(前140~前88)到成帝(前32~前8),一百三十年的光景,奏御的赋已经千余篇了。那不曾奏御的还没有算在里面。这些赋大概到班固时已经散失不少,所以《汉书·艺文志》所载,除去歌诗一项,连武帝以前甚至屈原宋玉之作算着,只得一千零四篇。

东汉时代,辞赋作家和作品究竟有多少,现在已无从考知。就现存的说,大约有八十多篇。但可以断定辞赋依然是当时最流行的文体,直到建安时代还很受重视。试看曹丕《典论论文》对于七子的评论,就可以得个大概。

汉代文学,除了辞赋之外,还有诗和乐府。《文心雕龙·明诗篇》说:"汉初四言,韦孟首唱,匡谏之义,继轨周人。孝武爱文,柏梁列韵,严马之徒,属词无方。至成帝品录三百余篇,朝章国采,亦云周备。"东汉时代又渐渐发生了五言诗,作者有应亨,班固,蔡邕,秦嘉等,作品不多;盛行在建安时代。至于乐府,其篇名之可考者约三百曲,现存歌辞却不过约百曲而已。这些乐府古辞,从前不大受人注意,近来才被文学史作家们称许。

汉代的诗和乐府,虽然也在文学史上有他们的地位,但比较起辞赋来,无论在数量上,在光辉上,终究是提不起的。这个意见也许要受现时文学史作家们的非议，然而倘使我们客观地认识历史的事实，不以己意随便去取，那末，无论如何，我们不能不承认辞赋是汉代文学中压倒一切的时代权威的作品。

所以，研究汉代文学应该以辞赋为代表。

二　辞赋的来源和体裁

辞赋的主要来源有二：一是屈原宋玉的楚"辞"，一是荀况的"赋"。这就形式看是如此，就内容看也是如此。此外，大约还有取法采意于《战国策》的对问和《诗经》雅颂的地方。

屈宋的作品多抒情或写物，而且有他们的特别体裁，这体裁就是"楚辞"，也称为"骚"。

荀况的"赋"大都说理，也有带讽刺意味的。据《汉书·艺文志》，他有赋十篇。今本《荀子》所载，《成相》三篇，《赋篇》五篇，又佹诗《天下不治》《璇玉瑶珠》两篇。不知是否即《汉志》所载。

汉代的辞赋，在形式上看，有用骚体的，如贾谊的《吊屈原赋》，司马相如的《大人赋》；有用赋体的，如司马相如的《子虚赋》，《上林赋》；也有一篇之中兼用两体的，如贾谊的《鹏鸟赋》。

汉代的辞赋，在内容上看，约可分为四类：

一、颂扬的讽谕的

二、抒情的述志的

三、写物的

四、说理的

第一类颂扬的可以说是雅、颂的变格的表现，讽谕的似乎源出于《战国策》；也略取之于荀况。《文心雕龙》说："赋也者，受命于诗人，拓宇于楚辞也。"就颂扬一类说是近似的。第二类是规模《楚辞》的，数很少。第三类也是规模《楚辞》的，数较多，摹写方法，似乎更有了发展。第四类源于荀况。这四类之中，最重要的是第一类，是汉代辞赋最光辉的部分。

根据上文所述，可约略做成简表如下：

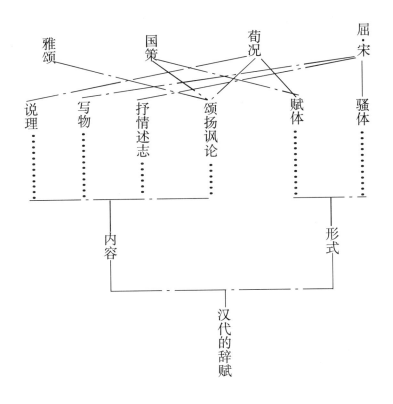

三　辞赋的演变和特色

《文心雕龙·诠赋篇》说："汉初词人,顺流而作,陆贾扣其端,贾谊振其绪。……"《汉书·艺文志》有陆贾赋三篇,今不传,不能知其究竟。贾谊的赋,最知名的有《吊屈原赋》和《鹏鸟赋》。前者是骚体,词句意境都模仿屈原;后者虽然兼有用赋体的地方,但不多,大体仍近《楚辞》。所以我们无妨说,辞赋初兴时大致是规模着《楚辞》的路径走的。

稍后到枚乘,体裁才大见转变。他是第一个盛用赋体的,《七发》就是他的杰作。《文心雕龙》说:"及枚乘摛艳,首制七发,腴辞云构,夸丽风骇。"《七发》述楚太子与吴客的问答,曲折敷陈,辞极靡丽,实为司马相如的先声。汉代辞赋的作家,一般评论都极推崇相如,有人至尊他为"赋之圣者"。他作辞赋,专向枚乘开辟的路径方面发展,把汉代辞赋的特色光耀而绚烂地发挥出来,并且给它打定了基础,树立了楷模,做为后来作者仿效的典型。后来的扬雄就是模仿相如而成功的。《汉书·艺文志》说:"枚乘,司马相如,下及扬子云,竟为侈丽闳衍之辞，没其讽谕之义。"这种侈丽闳衍之辞，到了《汉书》作者班固赋《两都》，张衡赋《二京》时，不但没有改变，反而有更加拓大范围的趋势。《西京杂记》说："赋家之心，包括宇宙，总览人物。"这一期的辞赋，从取材上看，的确具有这么富丽和闳伟的气象的。

在这包罗万象的大赋正盛行时，侈丽闳衍之辞也流行到写物的小赋上去。写物的赋，照《文选》及《古文苑》所载，宋玉已经作过不少。但近来经人考证，认为系出后人伪托。贾谊虽有《鹏鸟赋》，却是托物寄兴，并非状物之作。王褒的《洞箫赋》才真正是写物的。循着这条路径的作品，傅毅有《舞赋》，张衡有《舞赋》《髑髅赋》，马融有《长笛赋》等。这些都是大赋之外的旁枝。但东汉时代这个旁枝却渐渐增多起来，到汉末三国更盛行，同时大赋倒衰歇了。

汉代辞赋虽然有这些演变，然而典型的作品，最光耀而且最受重视的，还是那些包罗闳富的大赋。司马相如所以被尊为辞赋之圣，就因为他是大赋的创作者，而且创作得雄伟而宏丽。

所以，我们要考察辞赋的特色还应该以大赋为标准。以下就是它的几个重要的特色。

第一，辞赋的作风是"富丽"的。扬雄说："诗人之赋丽以则，辞人之赋丽以淫。"曹丕说："诗赋欲丽。"刘勰说："赋者铺也，铺采摛文，体物写志也。"这可见"富丽"实在是辞赋必具的条件。因为要富丽，所以才铺张，堆砌词藻，引用典实，以丰富众多为胜，而不问其有无意义，征实与否。左思在《三都赋序》里就曾评论过："相如赋上林，而引卢橘夏熟；扬雄赋甘泉，而陈玉树青葱；班固赋西都，而叹以出比目；张衡赋西京，而述以游海若：假称珍怪，以为润色……于辞则易为藻饰，于义则虚而无征。……而论者莫不诋诋其研精，作者大抵举为宪章：积习生常，有自来矣。"辞赋又是"闳伟"的。因为铺张富丽，所以取材包罗广博，极其繁复，极其夸张，极其曼衍，显呈出闳大的气象，雄伟的声貌来。然而外观虽然庞大，内容却甚寒俭，骨架构造，极其简单。以内构和外观相比量，不禁叫人起过于臃肿肥胖的感想。

其次，辞赋的内容是概念的，是合理主义的。扬雄说，"诗人之赋丽以则，辞人之赋丽以淫。""则"就是本于理性而来的法则，就是一种概念。班固评扬马之赋"没其讽谕之义，"就是不合法则，就是"淫"。考诸家辞赋，颂扬一类义在赞美威德，讽谕一类义在匡谏所失，说理一类义在剖析道理，其著作意旨都根于理性而来，正合于所谓"则"，可以不说。就是抒情述志之作，虽然义在抒写个人的情感与意趣，而归结仍然要纳情于礼或理，不得任其泛滥。贾谊曾作《鵩鸟赋》"以自广"，自广的意思就是要以理制情，免为情累。写物的赋好象应该是无关于理的吧，然而《洞箫赋》赞美箫声说："听其巨音，则周流泛滥，并包吐含，若慈父之畜子也。其妙声，则清静厌瘱，顺叙卑达，若孝子之事父也。科条譬类，诚应义理。……故贪饕者听之而廉隅兮，狠戾者闻之而不恚。刚毅强暴反仁恩兮，啴咺逸豫戒其失。"仍然把箫声的合于理性而有教化作用做为赞美的理由。这可以知道，辞赋的内容实在是把合理主义做生命的。

其次，辞赋的主题是宫廷的和官僚的。辞赋的典型作品是颂扬或讽谕的大赋。所颂扬，所讽谕，大约是都市，宫殿，苑囿，畋猎，郊祀，神仙等，都是属于宫廷环境和宫廷生活范围之内的东西，都是繁侈的，享乐的。写物一类，凡所状写多半是这种环境和生活的产物，如像《洞箫》《舞赋》之类。至于抒情述志，表现出来的种种情感，如怀才不遇，人生无常，吊往古，伤乱离，致仕闲居……之类，作家既都是些经过宦海波澜的人，其所发抒的自身经历的实感，自然也不能不带浓厚的官僚色彩。

其次，辞赋作品少创作而多拟制。拟制之著名的，如枚乘作《七发》之后，傅毅有《七激》，崔骃有《七依》，张衡有《七辨》，崔瑗有《七厉》；东方朔作《答客难》之后，扬雄有《解嘲》，班固有《答宾戏》，崔骃《建旨》，张衡有《应间》，崔实有《客讥》，蔡邕有《释诲》；司马相如作《子虚》《上林》之后，扬雄有《甘泉》《羽猎》《长杨》；班固有《两都赋》，张衡有《二京赋》；王褒作《洞箫赋》之后，马融有《长笛赋》。

四　辞赋时代的文学论

汉代的文学论，可分为两部分：一是关于诗与楚辞的解说，一是对于当代辞赋的评论。

辞赋的盛行从武帝时起。而罢黜百家，尊崇儒术，表章六经，也在那个时候。因此，辞赋时代的文学论全为儒家的见解所笼罩。

汉人解诗的见解，《毛诗序》可做代表。序的作者是谁，自来异说纷纭，莫衷一是，但大致可认为是汉人作。序里说："正得失，动天地，感鬼神，莫近于诗。先王以是经夫妇，成孝敬，厚人伦，美教化，移风俗。"

这完全把诗认做是施教化民的政治工具了，所以诗三百篇被列为五经之一，而有"诗经"之名。

按：汉代解诗的，毛公之外，还有鲁齐韩三家，但俱亡佚，其说仅在后代注疏引证中略可见个大概。虽然对于诗的各篇的认识，不少和《毛诗》相歧异的，但解诗的精神和方法总归一致。

对于《楚辞》尤其是屈原的解说，西汉的《淮南子》道："国风好色而不淫，小雅怨诽而不乱，若离骚者可谓兼之矣。上称帝喾，下过齐桓，中述汤武，以刺世事，明道德之广崇，治乱之条贯，靡不毕见。其文约，其辞微；其志洁，其行廉。其称文小，而其指大；举类迩，而见义远。"

东汉王逸作《楚辞章句》，说：

> 屈原独依诗人之义而作离骚，上以讽谏，下以自慰。……离骚之文，依托五经以立义焉。"又说："离骚之文，依诗取兴，引类譬喻：故善鸟香草以配忠贞，恶禽臭物以比谗佞，灵修美人以媲于君，宓妃佚女以譬贤臣，虬龙鸾凤以托君子，飘风云霓以为小人。其词温而雅，其义皎而朗。

淮南王逸的解离骚，真可说和毛公解诗是一鼻孔出气的。

汉人解诗解楚辞的见解，我们无妨说即是儒家的见解。孔子说过：

> 小子何莫学夫诗？诗，可以兴，可以观，可以群，可以怨；迩之事父，远之事君；多识于鸟兽草木之名。
>
> 诗三百，一言以蔽之，思无邪。

孟子说：

> 王者之迹熄，而诗亡；诗亡，然后春秋作。

荀子说：

> 圣人也者，道之管也。天下之道，管是矣。百王之道，一是矣。故诗书礼乐之归，是矣。诗言是，其志也；书言是，其事也；礼言是，其行也。（杨倞注：管，枢要也。是，是儒学。志，是儒之志。）

把诗依附在政教上去认识，去解说，这实在是儒家的根本见解。汉人不过继承其说而已。儒家解诗，着重地提出"思""道""志"来，这些都是本于理性的概念；所以他们的诗论也是合理主义的。

汉人对于当代辞赋的议论很少。今举扬雄班固之说，亦可见个大概。

扬雄说：

> 诗人之赋丽以则，辞人之赋丽以淫。如孔门之用赋也，则贾谊登堂，相如入室矣，其如不用何？

> 或问吾子少好赋。曰，然，童子雕虫篆刻；俄而曰，状夫不为也。班固说：

> 赋者，古诗之流也。……或以抒下情而涌讽谕，或以宣上德而尽忠孝，雍容揄扬，著于后嗣，抑亦雅颂之亚也。

> 汉兴，枚乘，司马相如，下及扬子云，竞为侈丽闳衍之辞，没其讽谕之义。

据上文所引，可以看出两个意思：一、赋源于诗，足为雅颂之亚；须本于诗义，合于法"则"。二、辞赋作家竞为侈丽闳衍之辞，遂流于"淫"而失其讽谕之义，这就成了雕虫篆刻，可以菲薄了。这种见解，一方面说明了为什么辞赋的内容是概念的，一方面又证明了儒家的诗论把辞赋也给笼罩住了。

五　辞赋的本质及其泉源

辞赋是表现宫廷和官僚的贵族文学，产生在君主专制制度的告成期，做为歌颂专制主义的赞美诗而存在的。

中国社会的封建制度，春秋时已开始崩坏。战国兼并的结果，仅剩七雄和五小国。秦始皇起，完成了统一海内的雄图，把残存的封建制度彻底地加以摧毁，建立了大一统的君主独裁的专制制度。后此虽然时有复兴封建的反动企图，然而终于不能对这个专制制度有什么改变。

君主独裁的专制主义，是适应于封建社会中商业资本逐渐使自然经济解体的趋势而起的。当时的经济组织，要求适合时代的统一的规则和法制之统辖，法家学说之兴就是适应这需要的。为实现这种规则和法则，更要求政治权力之集中化，要求地方的独立组织服从中央政府的权力。中央政府之存在，要像存在于人身中的头脑一样，负有指导一切社会生活的职责。秦汉时代，土地集中与商业势力的发展，逼迫着政府不得不规定严重的政策，就是一个显证。

这种经济的政治的特质，显明地反映到学术上来。秦始皇要别黑白而定一尊，严禁私学的心非巷议，焚烧民间私藏的诗书和百家语，就是适应政治统一而更求学术统一的最极端的办法。汉武帝罢黜百家，表章六经，专尊尚儒家的学说。办法比秦缓和多了，但精神性质实在没有分别。从此，像春秋战国时代那样异说纷纭百家并起的状态，于是乎就归于消灭了。

这种经济的政治的特质，也透过学术而反映在文学上，那就发生了重概念而轻感情，走向合理主义道路的趋向。诗人不写情，不抒感，而要颂扬，要讽谕，要箴规教训，一切全根据于理性，一切全要有辅导政教的作用。创作要这样创作，理解古代的作品也要这样理性。辞赋作品之少创作而多拟制也就由于这原因。创始者既已经给文学树立了合理主义的典型了，后起者但根据那典型所指示的法度，模仿着前人，努力在他们未经涉笔过的主题上去表现，或者再就他们已经表现过的主题而重新更充实更有力的发挥一番，以求争胜，也就可以了，用不着标奇立异，而且也没法标奇立异，因为那样是要乖失法度违反合理主义的。

专制主义是专制时代最崇尚的法则，也就是最崇尚的权力。这权力的实现要凭藉着那独裁的君主的手腕。因之，像神的被认为是支配宇宙的最崇尚的权威者一样，君主也就成了支配人间的最崇高的权威者了。这个支配人间的最崇高的权威者，需要一种方法，把慑服和敬仰的心理深刻地浸润到一般臣民的头脑里去，以维持他的尊严和存在。有什么方法呢？树立神的权威，在形式上，要仗赖神殿建筑和神像容态庄严雄伟，要借助祭祀礼拜种种仪式的肃穆虔诚。同样，树立君主的权威，也要在形式上借仗起居服御中种种独享的设备与装饰，和种种特定的礼文与仪节。封建时代的等级区分，就曾应用过这方法；到了专制时代就更进一步地被应用了。叔孙通为刘邦制朝仪，不就是一个显例么？

专制时代，因为经济的更发展和疆域的更拓大，君主在物质上的享用也越加富裕而豪奢了。宫殿，苑囿，畋猎，声色……形形色色，真是数不尽，写不尽。而且，凡是君主权力所及的地方，山川的佳胜，产物的繁饶，无论是自然是人造，全被认做那只是君主权威的附丽。"普天之下，莫非王土；率土之滨，莫非王臣，"恰表示这种思想。

汉代辞赋，最重要的是颂扬的和讽谕的。讴歌种种享用和礼仪，以宣扬威德，这是颂扬。对于繁奢的享用和逸乐而不中礼的生活，给以箴规谏诤，使之合于法度，免得渎亵了权威者的尊严，这是讽谕。总之，不论颂扬或讽谕，都是藉文学的表现来礼赞专制主义，并以帮助专制者权威的树立的。

汉代辞赋，因为铺张辞采，务为藻饰，所以不免失掉了讽谕的意义。虽然在曲折敷陈之后，终归要结以箴规，但作者既竭力在辞采藻饰上用功夫，读者自然也就只注意那雄壮历丽的趣味，不再去理会那结末的讽劝了。所以名为讽谕，实际倒变成矜夸丰饶显示骄奢的东西了。这矜夸和显示，简直就是卖弄，替君主卖弄他的富有，他的享乐，他的权威，藉以表示他是崇高无比的。

这种辞赋在汉武时代盛行起来，不是偶然的。自汉初到武帝，中间经过文景时代，休养生息，承平日久，很给武帝安排下丰裕的享用的资力。辞赋的体裁，经过贾谊枚乘的制作，到那时也总算有了路径。武帝又很喜欢文学，从政之暇，很高兴和所谓"言语侍从之臣"亲近。辞赋遇到这样的环境和机缘，怎会不蓬勃地发展盛行起来？武帝又是好大喜胜的人，那藻饰夸张的作品当然最能适合他的趣味。所以，以宫廷为主题，专向富丽闳伟的方向发展的大赋，才在那时借着司马相如的才气而创作出来。相如以后，这辞赋的趋势一直继续到一百多年而没有改变。

《汉书·王褒传》说：

> 上会褒与张子侨等并待诏，数从褒等放猎，所幸宫馆，辄为歌颂，第其高下，以差赐帛。议者多以为淫靡不急。上曰："'不有博奕者乎？为之犹贤乎已。'辞赋大者与古诗同义，小者辩丽可喜，譬如女工有绮縠，音乐有郑卫，今世俗犹皆以此娱悦耳目。辞赋比之，尚有仁议讽谕，鸟兽草木多闻之观，贤于倡优博奕远矣。"

这位皇帝（宣帝）对于辞赋的议论，瞢然好象有点唐突了文学，然而倒是可以启发我们，叫我们清楚地认识辞赋的泉源和本质。

一九三三，一〇，二〇，稿。

原载《国闻周报》1934年2月12日第11卷第8期

汉赋研究
——汉代文学史之一篇

朱杰勤

一　原赋

今欲论赋,应先确定赋之界说,否则理论无所附丽,而探讨之功为虚费矣。赋之成立绝早;古今学者诠释之亦复不少。虽时有先后,义别精粗,然皆有意立言,岂无中肯之说?今姑引古人之成语,为我辈之南针,时加疏证,以相发明,吾人平情而讨论之,将必有见也。又前人下笔之时,各有其特别着眼之点,亦即其精神独到之处,而持论究有所偏,故读者参稽,尤贵会通也。兹先就赋之一词言之。

《诗·周南·关雎序》曰:"诗有六义,二曰赋。"郑玄释之曰:"赋之言铺,直铺陈今之政教善恶。"

则知赋之古义,实含有政治气味,而臣氏所以谏君之工具,言之有物,初非苟作。

召公曰:"故天子听政,使公卿至于列士献诗……师箴,瞍赋。"(《国语》)

三代置讽谏之官,而瞍者乃能执赋艺以求售,则当时君主之平民化概可想见。然古之赋非犹今之赋也,古代文字未兴之际,以口耳传事,久即遗忘,乃作韵语以便朗吟,记忆。故谓古人以简策传事者少,以口舌传事者多;以目治事者少,以口耳治事者多。古代事迹,日久无不消灭,而文艺之事,尤易沦亡;盖十口相承,有时中斩。他勿具论,即瞍者所赋为何物,现已无从考知。然就其嬗化之迹而推之,犹可悬忖一二。盖不过以齐东野人之语,编为入耳铿锵之文,乃古谣之一种而俚诗之雏形,通俗言之,又与今之诗词相类,而其义主讽谕,则亦不同,然究为俚歌,与诗之地位不可同日而语。惜其制作,已不可见，否则与盲诗人荷马（Homer）之作把臂入林，亦未可知。六艺之中，惟诗教最宽；睽者所赋者其名虽别于诗，但诗为主流而赋为余波，则未尝不可也。善乎章学诚之言曰："学者惟拘声韵之为诗，而不知言情违志，敷陈讽谕，抑扬涵泳之文，皆本于诗教，是以后世文集繁，而纷纭承用之文相与沿其礼而莫知其统要也。"赋之草创，实包涵于诗体之中，及其蜕化程中，其流渐大其用日广，为缙绅先生所乐道，其形式由简而繁，由质而文矣。关于其源流体质前人言之者多矣，兹择录之。

《汉书·艺文志》曰：《传》曰："不歌而诵谓之赋"，"登高能赋，可以为大夫"。言感物造端材知深美，可与图事，故可列为大夫也。

春秋之世，列国大夫，聘问邻国，出使专对，首在修辞，当揖让之时，以微言相感，所谓微言者，乃隐语，有类今之谜，委曲入微，发人深省，谈笑微中，可以解纷；盖已推讽谏之修能，衍为外交之工具。《毛诗传》著大夫九能，有赋无诗，明其同类，故不别举。《汉志》区赋为四种而诗不过一家，此又以小为大；刘勰所谓："六艺附庸蔚为大国"者也。赋为古诗之流，古今人皆无间言，今再陈其界说于下，以便参考：

挚虞曰："赋者，敷陈之称，古诗之流也。古之作诗者，发乎情止礼义。情之发，因辞以形之，礼义之指，须事以明之，故有赋焉。所以假象尽辞，敷陈其志"。（《文章流别论》）
颜之推曰："歌咏赋颂，生于诗者也"。（《家训》）
钟嵘曰："文已尽而意有余，兴也。因物喻志，比也。直书其事，寓言写物，赋也"。（《诗品》）
陆机《文赋》云："赋体物而浏亮。"
魏文帝答卡兰教授曰："赋者言事类之因附也。"
刘熙云："赋，敷也，敷布其义谓之赋也。"（《释名》）
刘勰亦曰："赋者铺也，铺采摛文体物写志也。"（《文心雕龙·诠赋篇》）
李白曰："臣以为赋者古诗之流，辞欲壮丽，义归传远，不然，何以光赞盛美，感动天神。"（《大猎赋·序》）

综上以观，则知赋为诗之变体，雅颂之亚也。盖长言咏叹之不足表其委曲之情，乃有赋体之创立。其能与诗划界者，则无取于比兴，而徒可讽诵者也。大抵诗重抒情，而赋主写景，诗变为赋，界在诗文之间，楚辞以赋之体，用比兴之法，又界诗与赋之间，故刘彦和曰："赋者受命于诗人，拓宇于楚辞也。""文之敷张扬厉者，皆赋之变体，不特附庸之为大国，抑亦陈完之后，离去宛丘故都，大而启疆宇于东海之滨也。"（语本章学诚）故赋能为日后文章之大宗，凡称赋手者，大可虎视文林也。观人文才，莫善于赋。《三国典略曰》："齐魏收以温子昇，邢邵不作赋，乃云：'公须作赋，始成大才，唯以章表自许，此同儿戏。'"观此，可知赋流之广矣。

吾人既略知赋之源流及体制，则不可不进求其与骚之关系，盖二者皆同为研究汉赋之两大问题。昔人论赋，每拘泥题目，昧于沿革，尝以骚赋析为二种文体，别生枝节，贻误后生，是不可不辨也。盖骚为《楚辞》之一部份，骚即赋，赋即骚，实一而二，二而一者。汉代文人之论楚辞者，皆目为赋，未有统名为骚者，试观

《汉书·扬雄传》曰："赋莫深于离骚。"

《汉书·地理志》曰："始楚贤臣屈原，被谗放流，作离骚诸赋以自伤悼。"

《汉书·艺文志》曰："楚臣屈原离谗忧国，作赋以讽。"

扬雄《法言·吾子篇》云："景差唐勒宋玉之赋。"

是则屈原及其徒之作，统名为赋。汉代亦有混而称之者曰辞赋。班氏《离骚·序》曰："……然其文弘博丽雅，为辞赋宗……"盖辞与赋体，初无异致，例如《渔父辞》之类是矣。汉人之称屈原作品或直称屈原赋，或称楚辞。《汉书·朱买臣传》云："邑子严助贵幸，荐买臣召见，说春秋，言楚辞，帝甚悦之。"又"宣帝征能楚辞者，九江被公召见，诵读尔时。"（《汉书·王褒传》）又王逸序《九思》曰："读楚辞而悲愍屈原，故为之作解。"

自刘勰《文心雕龙》辨析文体，于《诠赋篇》外特立《辨骚》一篇，总论《楚辞》。任昉《文章缘起》析赋与骚体，反骚为三体。萧统复于《文选》赋目特立骚目，以统楚辞。其后文学批评家之操选政者如姚铉、吕祖谦、庄仲方、张金吾、苏天爵、薛熙等伦，不加深察，辄依前规，踵谬沿伪，有加靡已，遂致赋本一体而二三其名，编辑者固贪多务得，而诵读者，亦无所适从。是皆未明体制，妄加品藻者也。又《离骚》本为《楚辞》之一篇，岂能以骚之一目尽

括楚辞。且离骚本为赋之一名，截去离字，但称为骚，全失作者之初意，揆诸文理，大大不通；不待细考其义，已知其不可行也。

刘勰论文，目光如炬，《文心》一书，江河万古，岂犹见不及此，原刘氏之意，盖以楚辞为辞赋之宗，合而论之，无以表示注重之意，故特辟一篇，大畅厥辞。偶尔任情，遂成口实！后人尤而效之，赘而过矣。黄季刚先生曰："彦和论文，别骚于赋，盖欲以尊屈子，使《离骚》上继《诗经》，非谓骚赋有二。"（《文心雕龙·辨骚》札记）可谓先得我心之所同然矣。

二 汉赋之繁兴及其存佚

赋盛于汉，犹诗盛于唐，词盛于宋，曲盛于元，焦里堂曾推为一代之胜，良不谬也。汉代之诗及乐府，亦云周备，皆为当代文学之主流，然持较汉赋，在质量上终不免稍逊一筹。吾人不能不承认汉赋为承先启后，推倒众流之唯一威权者。故研究汉代文学应以辞赋为代表。

学术发生之因必含前因与当时之因。马文氏Marvin谓"任何时代之哲学，皆为全部之文明，与其时流动之文明之结果。"（《欧洲哲学史》自序）其言虽小，而可喻大，即文学一门，亦当作如是观。夫学术发生，匪从天降，除其最重要之远因及近因之外，而时代环境之影响亦为不少之条件。吾人细心考察，自能知之。今本此说以求汉赋发达之原因，必大胜于扣盘扪烛之见也。赋萌芽于先秦而至汉为极轨，前已论及，兹不赘述。唯归纳其近因，分别论列之而已。

（一）时代之需求　文学之性质有三件：一曰民族，二曰时代，三曰环境。民族性乃一种超越时间之抽象物，能永久存在，而不可以断代论，与本题无甚关系，则亦置之；而独论时代。文学者时代之结晶品，我国因年代久远之故，凡体制之或沿或革，思想之忽断忽续，其间潮流盛衰，悉因时代以升降，读刘勰《文心雕龙》之《时序篇》可以见矣。我国自屈原宋玉披荆斩棘为辞赋界开一新境，辞赋一体，确然大定。然嗣响者不过唐勒景差二三子，而又遍于楚人，且其作品皆为土式文学，其势力犹未普及全国。自秦灭学，遑志干戈，生灵涂炭，辞赋黜焉；且处专制政府淫威之下，一逆言意，刑戮逮身，其离谗放逐之臣，涂穷后门之士，道辕轲而未遇，志郁抑而不申，欲发愤著书，则身将不保，欲厚颜贡谀，则意有未安。纵横之流，噤口结舌，雕龙之技，无所获施，辞赋一途，式微极矣。盛极必衰，剥极必复，自然之理也；饥者易为食，渴者易为饮，情势之语也。迨及汉世，文纲大开，而辞赋之事，如寒虫启蛰，风起云涌，初无待于积极奖励也。盖制胜强敌之余，四海承平之候，歌功颂德，点缀升平，抹日批风，怡乐天性，信乎文人之长技，故群雄角逐，干戈扰攘，谓之无文学可也，其时纵有绝大之文学天才，亦不能容之。救死惟恐不瞻，而表章无人也。故文齐斯德Winchester曰："使莎士比亚后百二十五年降生，是否仍不失为英国伟大文豪，不能令人无疑。莎士比亚固有戏剧天才，倘当时剧场情况，如安娜后Queen Anna时代，恐莎士比亚未必成名；彼不从事于戏剧，又何从发挥其天才耶？"（《文学评论之原理》）可见一代时会仅适于一种天才，何容有所假借。倘于楚汉相争之顷，有司马相如，邹枚等数百辈，联臂比肩，投于汉高祖之麾下，亦必一一为巨棒逐出耳。似此初非过甚之辞，请引一历史事实以为佐证。《汉书·叔孙通传》曰："通降汉王，通儒服，汉王憎之。乃变其服，服短衣楚制。汉王喜。通之降汉，从弟子百余人，然无所进，剸言诸故群盗壮士进之。弟子皆曰：事先生数年幸得从降汉，今不进臣等，剸言大猾何也。通乃谓曰：汉王方蒙矢石，争天下，诸生宁能斗乎？故先言斩将搴旗之士，诸生且待我，我不忘矣。"

则知高祖雄猜，不喜儒生，并不喜文人，以其不可资为利用也。故侮狎儒者之事，数见不鲜，如《史记·郦生传》："……骑士曰沛公不好儒，客冠儒冠来者，沛公辄解其冠溲溺其中，与人言，常大骂，未可以儒生说也。"又《陆贾传》："陆生时时前说诗书，高帝骂之曰：'乃公居马上而得之，安事诗书？'"

故虽即位之后，于文化方面，少所建设，乃其性所不喜，非尽由于不暇。然汉代辞赋之盛，高祖亦有微劳，盖其一手统一天下，政治渐上轨道，俾人民得安居乐业，容心于文艺，虽暂无表章之机会，然含精蓄锐，静以待时，故一至武宣之世，遂奔腾澎湃而不可止矣。是则高祖虽无明令表扬文士而辞赋界已受益不浅。又赋家本纵横之流，西京词人，自陆贾以降，大都袭战国之余习，学百家之杂言。然统一之朝，大抵以纵横之士为患，恐其乱国政也，乃裁抑之不遗余力。而纵横家不得不弃其宗尚，从事辞章，纵横复流入赋家，乃风会使之然也。

（二）环境之促进　环境足以支配文学，人皆知之。国强则词壮，世衰则文靡。一国之思想潮流，政治情势，与夫民间风尚；作者无形中恒受其熏染。虽或超奇之辞人，发其神秘之玄思，遏抑时代思潮，亦未始与环境无关，盖或为其所受刺激之反动耳。汉代辞赋之盛，直可以经济为背景。汉自武宣以来，海内安谧，民生充裕。如《汉书·食货志》云："至武帝之初，七十年间，国家亡事，非遇水旱，则民人给家足，都鄙廪庾尽满，而府库余财，京师之钱，累百钜万，贯朽而不可校；太仓之粟，陈陈相因，充裕露积于外，腐败不可食。众庶街巷有马仟佰之间成群，乘牸牝者，摈而不得会聚。守闾阎者，食粱肉，为吏者长子孙，居官者以为姓号。"

于是休养生息之余，人民复留意于身体及精神上之愉乐，以求满足其欲望。下流之人，则惟犬马声色是务，而上流之人，乃独求较高尚之愉乐，音乐图画，固良好之消遣品也，而彼等不喜之，盖以其和平娴雅，宜于被动而不适于主动，不足发舒其堂皇夸大之感情。不得不反求诸文艺，而文艺之中惟词赋一道，可应其用。赋为贵族文学之一，以之表示矜夸淫逸之思想及物质如宫殿，苑囿，畋猎，声色……形形色色，胜任愉快。为之者既可以自娱，又可以干禄，一举两得，名利双收。故文咏之士，攘臂执管，竞言辞赋，而此体之昌，极一时之盛。

（三）君主之提倡　文章之衰盛，一视乎上之所以教，下之所由学，非吾人之好尚相符，乃利禄之途然也。故唐代以诗取士而诗光芒万丈，亘古常新。宋代重策论，而苏氏父子，叶水心，陈同甫之流，驰骋雄辨，各自名家。俟色揣称之徒，侈言经世之学，握管吮毫，作为万言书，以结主知，盖策论之主流而进身之阶梯也。此类作品岂必遽少于唐诗，不过制艺之文，从古不重，而作者又多汶汶无闻之辈，未克以人传文，故今世流传之寡耳。汉赋所以发达者，则君主推崇之功，为不可没也。专制时代，最高权利，厥为君主，凡百建设，皆不能逃出独裁君主手腕之中，文学一事，尤为显而易见之一例。怀王不信谗，则《离骚》不作；汉武不求仙，则《大人赋》不献。其他与政治相关之事，虽累数万言，犹不能尽也。一姓定鼎之初，例有掩武修文之学，其实此种举动，乃出自独裁君子自私自利之心，盖天下既定于一，更不容其他强有力者修兵养士，为他日之患，于是裁抑不遗余力，如诛功臣，灭军备等类，是其手假。如有甘冒不韪者，则销兵器，铸金人，亦优为之。然凡此数种，只能救济于一时，而不克预防于日后，乃欲以阴柔之法术，化群众之野心。于是"文致太平"之美号纷腾于其爪牙之口。专制君主以天下为万世一家之业，良不得不具此苦心也。唐太宗开科取士，而竟昌言曰："天下英雄入吾彀中矣。"枭雄心迹，昭然若揭矣。间或有未尽然者，则以为娱乐之举，粉饰之具，其无十分诚意，可断言也。高祖鞭笞群雄，削平天下，礼律草创，诗书未遑。文景崇尚虚无，不喜辞赋；贾谊贾山之徒，惟以经术致身通显。一时辞赋之士无用文之地，乃散而之四方，而侯国中如吴（吴王濞）梁（梁孝王武）淮南（淮南王安）皆雅好辞章，争相延致，一时游士，从之如归，当时之高级文丐，不患无啖饭处。吾之所谓文丐，并非唐突诗人，文学家未达之时，往往经此阶级，初非丑事。英国文豪约翰生博士Samual Johnson尝以伦敦街边之灰堆作寄宿舍，当时美其名曰寒士褥者也。又是古斯德Olive Goldsmith亦尝用资斧困乏，吹箫市上。外国之沿途奏乐鬻画者居然号为街头艺术家矣，人之穷困，与人格初无关系者也。又此班游士，于陪酒侍宴，献赋陈辞，得资挥霍外，无所事事，不过日绞脑汁，以博得其恩主之牙齿余惠，美其名曰文学侍从之臣。此又何足怪！在古典主义时代之文学家，大都为一个君主或贵族的食客，势必为其主人作代言人，所以一件作品必须博得主人之赞许及欢心，然后在社会乃有地位，即在封建阶级以复古为最后之努力的过程中一种必然之现象也。汉初词人如邹阳，司马相如，伍被，枚乘等，皆尝载笔干人，声华籍甚，当时文酒流连之盛况，盖犹承战国养士之余风。兹举一例，足为代表，如《西京杂记》载："孝王游于忘忧之馆，集诸游士，各使为赋：枚乘为《柳赋》；路乔如为《鹤赋》；公孙诡为《文鹿赋》；邹阳为《酒赋》；公孙乘为《月赋》；羊胜《屏风赋》；韩安国为《几赋》，不成，邹阳代作，各罚酒三升，赐枚乘，路乔如绢人五疋。"此虽小说家言，然其言之凿凿，大约可信，而华国文章之事业，未坠于地者，赖诸侯王之招揽人才，而用之得其术也。

逮孝武之世，海内承平，欲藉文风，润色鸿业，文章礼乐，踵事增华。武帝天禀聪明，雅好文学。其御制篇什；如瓠子之歌，西极天马之歌，宝鼎天马之歌，固文藻深永，焕然可述也。兹引一小小轶事以证其爱尚之笃。如：

> 《汉武故事》云："汉武好词赋，每所行幸及鸟兽异物，辄命相如等赋之，上亦自作诗赋数百篇，成，初不留思。相如造文迟，弥时而后成。每叹其工，谓相如曰：以吾之速易子之迟可乎？相如曰：于臣则可，未知陛下何如耳。上大笑而不责。"

《汉书·艺文志》载上所造赋二篇，世虽不存，然于此可见武帝乃帝王家之一大赋手也。故风化所及，朝野景从，草野逸才，连肩以进。严助以对策得位；相如以献赋见亲。于是史迁寿王（吾邱氏）之徒；严（安）终（军）枚皋之属，应对固无方，篇章亦不匮。遗风余采，莫与比隆。著作之才，不可殚数，而作品之富，自必为一代之冠矣。此种风会，久而不衰，降及成世，乃云极盛，关于辞赋之盛况，作一简括之叙述者则有班固《两都赋序》："大汉初作，日不暇给。至于武宣之世，乃崇礼官，考文章，内设金马石渠之署，外兴乐府协律之事，以兴废继绝，润色鸿业。是以众庶悦豫，福应尤盛：白麟赤雁芝房宝鼎之歌，荐于郊庙，神雀五凤甘露之瑞，以为年纪。故言语侍从之臣，若司马相如，虞丘寿王，东方朔，枚皋，王褒，刘向之属，朝夕论思，日月献纳。而公卿大臣，御史大夫儿宽，太常孔臧，太中大夫董仲舒，宗正刘德，太子太傅萧望之等，时时间作，或以舒下情而通讽谕，或以宣上德而尽忠孝，雍容揄扬，著于后世，抑亦雅颂之亚也。故孝成之世，论而录之。盖奏御者，千有余篇，而后大汉之文章，炳焉与三代同风。"

吾人须知上述千有余篇之赋，乃由政府征集，盖其时犹有辀轩之使，采诗夜诵，赵代秦楚之讴，皆列乐府，赋亦当在采中。故刘彦和云："繁积于宣时，校阅于成世"也。东汉时代曾一度以赋取士，或因人才缺乏故成绩不著耳。按后汉蔡邕上疏书曰：

> 书画辞赋，才之小者，（中略）非以教化取士之本，而诸生竞利，作者鼎沸。其高者颇能引经训讽喻之言，下则连偶俗语，有类俳优，或窃成文，虚冒名氏。臣每受诏于盛化门，差次录第，其未及者，亦复随辈皆见拜擢。（《后汉书·蔡邕传》）

据此则汉代提倡辞赋，甚为尽力，不问其作用之正当与否，总有一论之价值者也。

（四）经学之影响　尚有一事，则汉赋之独擅胜场者，亦由当代小学一科，极形发达有以致之也。小学一道，非专以通经而已。欲求文学，尤不可不通小学也。古今文学家未有不精通小学者，汉人尤重之：如司马相如有《凡将篇》；扬子云有《训纂篇》八十九章，班固复续十三章。赋之妙用，重在铺陈，故赋家必胸多奇字，每一摇笔，则沓至纷来，曲折尽变，然后乃能丽，乃能奇。故刘勰《文心雕龙·练字篇》云："至孝武之世，则相如撰篇。及宣成二帝，征集小学，张敞以正读传业，扬雄以奇字训纂，并贯练雅颂，校阅音义，鸿笔之徒，莫不洞晓，且多赋京苑，假借形声；是以前汉小学，率多玮字，非独异制，乃共难晓也，"刘师培《论文杂记》曰："昔相如子云之流，皆以博极字书之故，致为文日益工……相如子云作赋汉廷，指陈事物，殚见洽闻，非惟风雅之遗，抑亦史篇之变体。"小学为辞之本，故小学亡而赋不作。

基此四因，而汉赋之制，蔚为国光，其故可想矣。

今将吾人所见之汉赋作一详细之统计，或存，或残，或亡，俾可一览而知。存者篇帙未亏，亡者原文已湮，残者流传有自，多寡不齐。再取《汉书·艺文志》证之。俾知一代之菁华，犹能供吾人之探讨，至于作家，亦附见焉：

贾谊　　　《惜誓》（存）《吊屈原赋》（存）《鵩鸟赋》（存）《旱云赋》（存）《簴赋》（残）

严忌　　　《哀时命》（存）

羊胜　　　《屏风赋》（残）

公孙诡　　《文鹿赋》（残）

公孙乘　　《月赋》（残）

邹阳　　　《酒赋》（残）《几赋》（残）

枚乘　　　《七发》（存）《柳赋》（残）《梁王菟园赋》（残）《临灞池远诀赋》（亡）

淮南小山　《招隐赋》（存）

路乔如　　《鹤赋》（残）

淮南王安　《屏风赋》（存）《熏笼赋》（亡）

司马相如　《子虚赋》（存）《哀秦二世赋》《大人赋》《长门赋》《美人赋》（以上并存）《梨赋》《鱼赋》（并残）《梓桐山赋》（亡）

班婕妤　　《自悼赋》《捣素赋》（并存）

孔臧　　　《谏格虎赋》《杨柳赋》《鸮赋》《蓼虫赋》（并亡）

司马迁　　《悲士不遇赋》（残）

董仲舒　　《士不遇赋》（存）

东方朔　　《七谏》《初放》《沈仕》《怨世》《怨思》《自悲》《哀命谬谏》（俱存）

刘向　　　《九叹》（逢纷　离世　怨思　远逝　惜贤　忧苦　愍命　思古　远游）《请雨华山赋》（残）《高祖颂》（并存）《雅琴赋》《围棋赋》（并残）《麟角杖赋》《芳松枕赋》（并亡）

刘歆　　　《遂初赋》（存）《甘泉宫赋》（残）《灯赋》（残）

王褒　　　《九怀》（匡机　通路　危后　照世　尊嘉　蓄英　恩忠　陶壅　株昭）《圣主得贤臣颂》《洞箫赋》（并存）《甘泉宫颂》《碧鸡颂》（并残）

扬雄　　　《甘泉赋》《河东赋》《羽猎赋》《长杨赋》《太玄赋》《蜀都赋》《反离赋》《逐贫赋》（并存）《覈灵赋》（残）《都酒赋》《广骚》《畔牢愁》（并亡）

篆崔　　　《慰志赋》（存）

后汉赋目

桓谭　　　《仙赋》（残）

马融　　　《长笛赋》（存）《围棋赋》（残）《琴赋》《樗蒲赋》《龙虎赋》（并亡）

班彪　　　《览海赋》《北征赋》《冀州赋》《悼离赋》（并存）

班固　　　《幽通赋》《西都赋》《东都赋》（俱存）《终南山赋》《竹扇赋》（并残）《白绮扇赋》（亡）

冯衍　　　《显志赋》（存）《杨节赋》（亡）

梁竦　　　《悼骚赋》（存）

桓麟　　　《七说》（亡）

桓牲　　　《七启》（亡）

杜笃　　　《被楬赋》《首归赋》《书㨉赋》（俱残）《论都赋》（存）《象瑞赋》（亡）

宋穆　　　《郁金赋》（残）

应玚　　　《愁霖赋》《灵河赋》《正情赋》《撰征赋》《西狩赋》《驰射赋》《车渠椀赋》《杨柳赋》《鹦鹉赋》《憋骥赋》（以上俱残）《西征赋》《校猎赋》《神女赋》（俱亡）《竦迷迭赋》（残）

袁安　　　《夜酣赋》（亡）

黄香　　　《九宫赋》（存）

傅毅　　　《洛都赋》（残）《友都赋》《舞赋》（存）《雅琴赋》（残）《扇赋》（残）《七激》（残）

崔骃　　　《大将军西征赋》（残）《大将军临洛观赋》（残）《武赋》（亡）

崔琦　　　《白鹄赋》（亡）

崔实　　　《大赦赋》（残）

邓耽　　　《郊祀赋》（残）

杨修　　　《出征赋》（残）《节游赋》（残）《许昌宫赋》（残）《神女赋》（残）《孔雀赋》（残）

张衡　　　《思玄赋》（存）《西京赋》（存）《东京赋》（存）《温泉赋》（残）《定情赋》（残）《归田赋》（残）《舞赋》（残）《羽猎赋》（残）《扇赋》（残）《髑髅赋》（残）《冢赋》（残）《鸿赋》（残）《七辩》（残）《南都赋》（存）

　　李尤　　《谷关赋》（残）　《德阳殿赋》（残）　《辟雍赋》（残）　《平乐观赋》（残）　《东观赋》（残）　《七欹》（残）

　　葛龚　　《遂初赋》（存）

　　王逸　　《九思》（逢尤　怨上　疾世　栏上　遭厄　悼乱　伤时　哀岁　守志）（以上俱存）　《机妇赋》（残）　《荔支赋》（残）

　　王延寿　　《梦赋》（存）　《鲁殿灵光赋》（存）　《王孙赋》（残）

　　赵岐　　《蓝赋》（残）

　　边韶　　《塞赋》（残）

　　赵壹　　《刺世疾邪赋》（存）　《迅风赋》（残）　《穷鸟赋》（残）　《解摈赋》（亡）

　　张升　　《白鸠赋》（残）

　　张超　　《诮青衣赋》（残）

　　边让　　《章华台赋》（存）

　　祢衡　　《鹦鹉赋》（存）

　　潘勖　　《玄达赋》（残）

　　刘桢　　《大暑赋》　《黎阳山赋》　《鲁都赋》　《遂志赋》　《清虑赋》《瓜赋》（以上俱残）

　　蔡邕　　《述行赋》（存）　《霖雨赋》（残）　《汉津赋》（残）　《协和》　《婚赋》　《检逸赋》　《青衣赋》　《短人赋》　《蓍师赋》　《琴赋》　《笔赋》《团扇赋》　《伤故栗赋》　《蝉赋》（皆残）

　　王粲　　《登楼赋》（存）　《大暑赋》　《游海赋》　《浮淮赋》　《出妇赋》《伤夭赋》　《思友赋》　《寡妇赋》　《初征赋》　《羽猎赋》　《神女赋》　《投壶赋》　《围棋赋》　《弹棋赋》　《迷迭赋》　《玛瑙勒赋》　《车渠椀赋》　《槐树赋》《白鹤赋》　《鹖赋》　《鹦鹉赋》　《莺赋》　《闲邪赋》（以上俱残）

　　廉品　　《大傩赋》（残）

　　张纮　　《瓌材枕赋》（残）

　　陈琳　　《大暑赋》（亡）　《止欲赋》（残）　《武军赋》（残）　《神武赋》（残）　《神女赋》（残）　《大荒赋》（残）　《迷迭赋》（残）　《玛瑙勒赋》（残）　《鹦鹉赋》（亡）

　　阮瑀　　《纪征赋》　《止欲赋》　《筝赋》　《鹦鹉赋》（以上皆残）

　　徐幹　　《齐都赋》　《西征赋》　《序征赋》　《哀别赋》　《冠赋》　《团扇赋》　《车渠椀赋》（皆残）

繁钦　　　　《暑赋》《抑检赋》《秋思赋》《弭愁赋》《述行赋》《述征赋》《避地赋》《征天山赋》《建章凤阙赋》《三胡赋》《桑赋》《柳赋》（俱残）

丁廙　　　　《蔡伯偕女赋》《弹棋赋》（俱残）

崔琰　　　　《述初赋》（残）

班昭　　　　《东征赋》（存）《针缕赋》《大雀赋》《蝉赋》（俱残）

以上之表，乃依《文选》，《全上古三代文》，《古文苑》，《太平御览》，等书而成，其中不免遗漏。《汉志》赋共七十八家，一千零四篇。去屈原，唐勒，宋玉，孙卿秦时杂赋五家六十四篇。而汉赋共七十三家，九百四十篇。知志所遗者尚多。如东方朔，董仲舒之作，志皆不载，是也。

自来文学之厄，无代蔑有，即汉赋当亦不能逃此例。往者千有余首者，今独存百数十首耳。致其亡佚之原因，则《文献通考·经籍考·叙目》及《隋书·经籍志》，述详无遗："刘歆总群书而奏七略，大凡三千九十卷，王莽之乱，焚烧无遗。"（通考）

则《七略》中诗赋略所包涵之赋当亦在劫中矣。

董卓之乱，献帝西迁，图书缣帛，军人皆取为帷囊，所收而西犹七十余载。两京大乱，扫地皆尽。惠怀之乱，京华荡覆，渠阁文籍，靡有孑遗。元帝景公私经籍归于江陵，周师入郢，咸自焚之。（《隋书·经籍志》）

然则汉赋之消沉，其咎实归于战祸，至再至三，而今日所存者多为零碎不堪之胜物。后人虽极力搜罗，拾残补缺，而东鳞西爪，遗漏殊多。凡今片羽吉光之保留，皆为先贤呕心铄肾之成绩；昔者野心家一炬毁之而有余，吾人数世补缀而不足。是则神圣清高之艺术品，直为政治之余唾也。

三　汉赋之流别

吾人欲知汉赋之大体，不可不析其派别。言文章之派别者莫先于《汉书·艺文志》。《艺文志》之《诗赋略》区分赋为四类：一曰屈赋，二曰陆赋，三曰荀赋，四曰杂赋。每立一目，必穷其源。论汉之流别者此其大略者也。兹因其分类而引申之如左：

（一）屈赋　《艺文志》曰："楚臣屈原杂谗忧国，作赋以风谕，有恻隐古诗之义。班固《离骚·赞序》曰："屈原以忠信见疑，忧愁幽思而作《离骚》，离犹遭也，骚忧也，明己遭忧作辞也。"王逸《离骚序》曰："屈原履忠被谗，忧悲愁思，独依诗人之意而作《离骚》"；皆朱子所谓出于幽忧穷蹙，怨慕凄凉之意者。大抵汉人多以此为正宗。故《汉书·扬雄传》言："赋莫深于《离骚》。"班氏《离骚序》亦曰："……然其文弘博丽雅，为辞赋宗。后世莫不斟酌其英华，则象其从容。自宋玉，唐勒，景差之徒；汉兴，枚乘，司马相如，刘向，扬雄，骋极文辞，好而悲之，自谓不能及也。"汉代赋家惟贾谊直出屈平。张惠言《七十家赋钞序》云："谲而不觚，尽而不觳，肆而不衍，比物而不丑。其志洁，其物芳，其道杳冥而有常，则屈平之为也。与风雅为节，涣乎若翔风之运轻瓻，洒乎若元泉之出乎蓬莱而注渤澥。"又曰："其趣不两，其与物无罣，若枝叶之附其根本，则贾谊之为也，其原出于屈平。"盖屈子之赋，卓铄千古，出神入圣，且成立既久，托体复高，虽有善者，亦无如之何矣。

（二）陆赋　陆贾之赋，亡佚殆尽，吾人不能窥见其底蕴矣。《文心雕龙》云："汉室陆贾首发奇采，赋孟春而选曲诰，其辩之富矣。"又曰："汉初诗人，循流而下，陆贾扣其端。"凡关于陆贾文学作品之批评，无过此数行事迹。由此可见彼实为汉初辞人之前辈，其作风大抵与纵横之术为近，其属有朱建，严助，朱买臣诸家，可想而知。总之，原文既佚，后学何稽？世人悬忖之词，或有类于盲人摸象。

（三）荀赋　赋名成立，实始兰陵（荀子为楚兰陵令）。荀子有赋篇，《成相篇》，《成相》亦赋之流也。赋篇有《礼》，《知》，《云》，《蚕》，《箴》五赋，又有《佹诗》一篇，凡六篇，《成相》之篇，韵词古朴。曰："请成相，世之殃。愚暗愚暗堕贤良。人主无贤，如瞽无相何伥伥。"通篇长短句有韵，即后世弹词之祖，盖为当时文体之一，托之瞽矇讽诵之词，亦古诗之流。《佹诗》之作，体杂诗骚。如云：天下不治，请陈佹诗。……璇玉摇珠，不知佩也；杂布与葛，不知异也；闾娵子奢，莫之媒也；嫫母力父，是之喜也。以盲为明；以聋为聪；以危为安；以吉为凶。呜呼上天，曷维其同！（《荀子》）其怨乱处极与骚近。其作品多主效物而重哲理。故佹色捣称，曲尽形相，然甚难引起读者之美感，乃其开汉赋之先河，其流颇大。张惠言论汉赋之流别，谓出于荀卿者二家曰孔臧，曰司马迁。其略曰："刚志决理，锐断以为纪，内而不汙，表面不著则荀卿之为也，其原出于《礼经》。及孔臧，司马迁为之，章约句制，橐为可理，其辞深，而指文，确乎其不颇者也"（《七十家赋钞序》）

尝考荀赋所以不能积极发展之故，则荀卿乃儒家者流，凡所造作，吞吐礼义，其于纯文学之旨不无稍悖，且亦不适合汉人半浪漫式之古典派之风，其不能与屈宋比隆，良有以也。

（四）杂赋　杂赋尽亡，不可考证，试度其大旨，殆不属于任何一家，无关宏旨，大雅羞称，聊托于不贤识小之列，统以杂赋一名。细按其目：有关于社会生活者如中贤失意赋，思慕悲哀死赋等；有关于自然界者如山陵水泡云气雨旱赋，禽兽六畜昆虫赋等；有属于幽默性质者如成相杂辞，隐书等。盖借端事物，语杂俳优，如庄生寓言者。汉以后人多喜效之。

汉志所分之四派，已详述如上。班氏以同时之人，史才卓卓，为之条别派流，大体不致有误。惟在吾人今日眼光观之，容或有未尽精详之憾，盖时代既已不同，观点不无差异，引而伸之，触类而长之，是在读者。

四　汉赋之批评

吾人既知赋之略历及其派别，不可不进窥其品质及其在文学史之价值。汉赋流传至今垂二千年，而操觚品藻者恒乐道之；然每多玄谈，自矜心得。其批评之语，非神韵气势之浮文，即忠君忧民之腐语；或又求之过深，附会穿凿，横生知见。揆之文学批评之原理，既多疑窦，而陈义又高，殊不足为初学者说法也。吾人应自具手眼以诠衡之，果肯悉心钩稽，不难见古人之真面目也。

请先论汉赋体制之特点。

（一）对问体　才智博雅之士，理充藻逸，气盛言宜，宣之于口则沛然，笔之于书则殊致。我国自屈原之《卜居》，《渔父》肇对问之端，宋玉引而为对问之体，（《文选·宋玉对楚王问》）假借问答，以伸其志。而枚乘继之，创为《七发》，以事讽谏。司马相如因之，屡有应用，而主客首引之制，遂为汉赋之定式，他勿具论，但就《子虚赋》言之。"子虚虚言也，为楚称；乌有先生者，乌有此事也，为齐难；亡是公者，无是人也，明天子之义。空藉此三人为辞，以推天子诸侯之苑囿。其卒章归之于节俭，因以讽谏。"（《汉书·司马相如传》）间尝论之，此类文体，设主客以造端，托风怀于篇什。故《史记·司马相如传赞》曰："相如虽多虚辞滥说，然其要归，引之节俭，此与诗之风谏何异。"自是而后，载笔之士，踵而效之，班固《两都赋》则西都宾东都主人之语也；张衡《西京赋》则凭虚公子安处先生之辞也。其后作者蜂起，掘泥扬波皆虚构二三主人翁以引文致。其中人物，尽可以符号视之。故一言蔽之，亦纵横家之变形辩论文耳。

凡斯之类，蕃衍浸多，遂成赋之定式。

（二）夸饰　赋重铺陈，夸饰尚矣。侈陈形势，出于国策，实纵横之余风，辞人之长技。汉代赋家，循而未改，文词所被，非理能诠。是以言势则挥戈犹能返日，论众则投鞭可以断流。"至如气貌山海，体势宫殿，嵯峨揭业，熠爚焜煌之状，光采炜炜而欲然，声貌岌岌其将动矣。莫不因夸以成状，沿饰而得奇也。（《文心雕龙·夸饰篇》）盖夸饰之词，圣人不禁，洪水有滔天之目，倒戈著漂杵之文，并意在称扬，于义成矫饰，孟子所谓"说诗者不以文害辞，不以辞害意"者也。时至相如，此风甚盛，《上林》一赋，其适例也。扬雄《甘泉》，被其影响，孟坚《两京》，子云《羽猎》，盛饰虚词，可谓至矣。以吾观之，汉赋以古典派文学作品而微带浪漫派气息者，其故在此。浪漫文学之主要元素在于夸大，夸大云者乃将具体而微之物，或深妙难测之情，扩而充之，俾世人了然于其真相。盖人生本而微而难知之一物，而文艺作品端为表现而设。故此种夸大，乃如显微镜将人生真相扩大，俾其无所遁形于吾人之眼底，使吾人脑海中常留一深刻之印象，此其所长也。

（三）辞采　辞采欲丽，故《三都》，《两京》，《甘泉》，《藉田》，金声欲润，绣错绮交，以妃青媲白之词，助博辩纵横之用，赋体之正宗也。若乃叠韵双声，连字连义，用为形容者，尤宜于赋。"是以诗人感物，联类不穷，流连万象之际，沉吟视听之区。写气图貌，既随物以宛转，属采附声，亦与心而徘徊。故灼灼状桃花之鲜，依依尽杨柳之貌，杲杲为日出之容，瀌瀌拟雨雪之状，喈喈逐黄鸟之声，喓喓学草虫之韵。皎日嘒星，一言穷理；参差沃若，两字穷形，并以少总多，情貌无遗矣。虽复思经千载，将何易夺？及离骚代兴，触类而长，物貌难尽，故重沓舒状；于是嵯峨之类聚，葳蕤之群积矣。及长卿之徒，诡势瑰声，模山范水，字必鱼贯，所谓诗人丽则而约言，词人丽淫而繁句也。（《文心雕龙·物色篇》）盖诗人写物，喜用叠字，衡诗"河水洋洋，北流活活，施罛涉涉，鳣鲔发发，葭菼揭揭，庶姜孽孽，"可谓复而不厌，啧而不乱，至可取法也。其后屈原宋玉之徒，亦善用叠字，极光怪陆离之象。汉人接武，踵事增华，一篇繁出，有类图谱。故每状一物之情，争一字之巧，如举一花木则凡关于花木之名词及形容词尽量搜索，实之篇中，其他体物，莫不皆然。若斯之流司马相如其首者也。兹节录其上林为例如左。

汹涌滂濞，滭浡滵汨，湢汨沸濞，横流逆折，转腾潎冽，澎濞坑㙬，穿隆云挠。……于是乎蛟龙赤螭，鲔鳣螹离，鰅鳙鳐魠，禺禺鱋魶，揵鳍擢尾，振鳞奋翼，潜处于深岩。……其中鸿鹄鹔鸨，驾鹅鸀鸟，鹝鹴鹳目，烦鹜鷛䴈，鵁比鸛鸬，群浮乎其上。……于是乎茏苁崇山，崔巍嵯峨，深林钜木，崭岩嶜嵯，九嵕巀嶭，南山峨峨，岩陀甗锜，嶊崣崛崎……于是乎卢橘夏熟，黄柑橙榛，枇杷橪柿，楟柰杨梅，樱桃蒲陶，隐夫郁棣，榙㯞荔枝，罗乎后宫，列乎北园。

此等文章，殊尟生气，诚如刘勰所谓"青黄屡出则繁而不珍。"挚虞《文章流别》曰："古代之赋以情义为主，以事类为佐；今之赋以事形为本，以义正为助。情义为主，则言省而文有例矣；事形为本，则言富而辞无常矣。"祝尧《古赋辨体》曰："汉兴专取诗中赋之一义以为赋，又取骚中与丽之辞以为辞，若情若理，有不暇及。故丽也，异乎风骚之其丽，而则与淫遂判矣。"昔人不满，盖已久矣。虽然，此种排比铺张之法，作者亦费煞苦心，并非獭祭可比，且文章之优劣，未可一概而论也。刘熙载《艺概》云："赋与谱录不同，谱录惟取志物而无情可言，无采可发，则如数他家之宝，无关己事，以赋体视之孰为亲切且尊异邪？"亦平情之论也。下乘之赋最易讨人厌者，则作者不能役文，转为文所役，联类之辞，一望弥是，如七宝楼台，拆片段，则又何堪读也！

（四）想象　想象力在文学家为不可少之条件，诗人能造幻境，端赖其想象力，质言之，即设身处地，无中生有之天才也。想象力愈强者其所造之幻境亦愈真，想象力为记忆力一种，具此力者，其观察往往较恒人者为深刻。文学家有得于心则藉文字介绍于众，使读者立刻领悟，而别有会心或金具同感。文学作品中而能直诉民众之情绪，激起深切共鸣，直造瑰奇新特之境则想象力之丰富也。楚辞一书，不少牛鬼蛇神之故事，吾人明知其羌无事实，而不厌百回读者，以其别有新境作吾人精神上之逋逃薮也。楚辞足为千古之楷式，赖有此也，汉人效之，固其宜矣。

皇甫谧序左思《三都赋》曰："若夫工有常产，物以群分，而长卿之俦，过以非方之物，寄以域中，虚张异类，托有于无，祖构之士，雷同影附，流荡忘返，非一时也。"左思《自序》亦云："相如赋《上林》而引卢橘夏热，扬雄赋《甘泉》而陈玉树青葱，班固赋《西都》而叹目出比目，张衡赋《西京》而叹目游海若。假称珍怪，目为润色，若斯之类，非啻于兹，考之果木，则生非其壤；校之神物，则出非其所。于辞则易为藻饰，于义则灵而无征。"此不特未知想象之妙用，且亦失文学之真价值矣。不知文学与科学不同，科学贵实验，尤贵真理，而文学重乎抽象，贵乎玄想。文学作品之职务在引人入胜，设辞蕴藉，启发读者美感，使读者可味其弦外之音，如柳宗元诗"一身去国六千里。"观者自能领悟其逐臣孤愤之意，跋涉维艰之状矣。六千里不必其以里计程而适为六千之整数，不过表示修途异地耳。然在文学家则为好句，在科学家则为謇说矣。又如李白诗所谓"白发三千丈"，不问而知其出语之无稽，后世不闻有讥之者，则以美术之文，不求征实也。

汉赋所以能令人读之忘倦者，则于雕琢曼辞之外，犹幸有想象力支柱其间。盖想象力无异作者之灵魂，若并此不存，则索然无生气。故想象力在名家诗文实不可少。兹节录司马相如之《大人赋》为例，如：

> 世有大人兮在乎中州。宅弥万里兮，曾不足以少留。悲世俗之迫隘兮，揭轻举而远游。乘绛幡之素蜺兮，载云气而上浮，建格泽之修竿兮，总光耀之采旄。垂旬始以为幓兮，曳彗星而为绡，掉指桥以偃蹇兮，又猗抳以招摇。揽欃枪以为旌兮，靡屈虹而为绸。红杳眇以玄湣兮，猋风涌而云浮。驾应龙象舆之蠖略委丽兮，骖赤螭青虬之蚴蟉宛蜒。低卬夭蟜据以骄骜兮，诎折隆穷蠼以连卷。沛艾赳螑仡以佁儗兮，放散畔岸骧以孱颜。跮踱輵辖容以骳丽兮，蜩蟉偃寋忄夭以梁倚。纠蓼叫奡踏以艐路兮，蔑蒙踊跃腾而狂趡。莅飒草歙猋至电过兮，焕然雾除，霍然云消。邪绝小阳而登太阴兮，与真人乎相求……

峥嵘伟岸，突兀争奇，虽一举一动无不曲形尽肖，可谓千奇万怪之描写矣。想象之力在不善用者固不能免大而无当，流而忘返之诮。而善用之者则仪态百端，光芒万丈，文情相生，挹注不竭，举万虫百怪，纳之毫端，化腐臭为神奇，则不得不有赖于作者之手腕也。昔人谓运用之妙，存乎一心，征文诸事，何独不然！

凡物无绝对之美，亦无绝对之恶。故老子曰："天下皆知美之为美，斯恶矣；皆知善之为善，斯不善矣。"盖知美与善必有不美不善者相形而见。返观各种文学派别如古典派，浪漫派，自然派，新浪漫派等类皆自有其利弊，则亦各不相掩。他勿具论，汉赋之特点已如上述，而其缺点亦有提及之必要。总而论之，则有二事。

（一）重形式　文艺通例，实质与形式息息相关。盖形式非他，表现内容之导体耳。美术巨制，大都因情生文。故欲形式之美丽，当求确称其情思。凡人于称赏文章之时，必推求作者之用意，缘文字之要实在于此。故知文字之完备，视其表现情思之确切与否而定，必使作者之心怀与性情活现纸上，排去浮泛，以求精致之效焉。真正文学家之作品，一方面留意于文彩，一方面注重于形式，使人悲，使人欢，难能而可贵也。汉人之赋，除数首抒情的如贾谊之《鹏鸟赋》，班固之《幽通赋》等外，其他多不免忽略精神，而偏重形式。故虽排比铺张，刺刺不能自休，使人读过之后，如浮云过眼，去而不复念也。又如木偶蜡人，五肢四体，无一不具，而独少精神血气，又何贵乎？嘎特式建筑物，望之俨然，乃无自然之情绪。何以异此？夫光焰万丈之作品，必其形式与精神互为一致，然后价值方能永久，侧重一途，未尽善也。且缺乏性灵而以丽辞塞责，亦属呆拙行为。在汉赋中有一事最为修辞学之病者，则为联边是矣。《文心雕龙·练字篇》曰："联边者半同文者也。状貌山川，古今咸用，施于常文，则龃龉为瑕，如不获免，可至三接，三接之外，其字林乎。"前人已有讥之者矣。

（二）无变化　自模仿之风盛，而文章之途隘。摹拟初非劣事，摹拟为创造之先声，扬雄所谓"能读千赋，始能为之。"董其昌亦谓"其先必与古人合，其后须与古人离。"即此义也。然全恃摹拟，则为人之意多，为己之意少，得人之得，而不自得其得，落笔时不甚愉快，其所作亦断难望出人头地矣。汉代文章家，富有保守性，偶得一文格，辗转相摩效，如持鸡肋，嚼之津津，几不知尚有全体之美味醰醰者。夫徒肖其形式，犹未足怪，乃有并其命意口吻皆肖之，则非常可怪也，汉代经学大昌，各守师法，不敢越步而为怪特之言，不图此风竟影响于文学界中。凡百科学，后起者胜，而文章一道往往有每况愈下之势，盖时代较后，而文章花样，皆鲜能出古人之范围，欲兼取众长，则失之杂驳，欲独守一家，则失之专愚，时至今日，又不能硁硁自守，不读秦汉以下之书，则于同时各家之文，不免浏览，浏览既多不能不有所摩仿，此亦无可如何之事。然以吾观之，尚因袭而不尚创作，未有如汉代之甚者也。汉代摹拟之风，实自扬雄启之。"扬雄好辞赋，先是相如作赋甚丽，雄每作赋，拟以为式。"（《汉书·扬雄传》）《羽猎赋》是摹仿司马相如之《上林赋》；《长杨赋》是摹仿《难蜀父老》；《反离骚》及《广骚》是摹仿《离骚赋》。班固之《两都赋》乃摹仿扬雄之《蜀都》，而司马相如之赋亦由屈宋巧取豪夺得来。张衡又拟《两都赋》而作《两京赋》。由是辗转因袭，无有穷时。左思《三都赋序》曰："余既思慕二京而赋三都，其山川城邑则稽之地图，其鸟兽草木则验之方志，风谣歌舞，各附其俗，魁梧长者，莫非其旧。何则？发言为诗者，咏其所志也；升高能赋者，诵其所见也。美物者贵宜其本，赞事者宜本其实，匪本匪实，览者奚信？"骤视之，则一篇皇唐冠冕之论，然其于文学本旨，实未有得。不知任土作贡，辨物居方，乃地方官或地理学家之事，施诸文苑，非所重也。汉代赋家之文学眼光，大抵若此。故搜虫鱼于《尔雅》，极草木于《离骚》，虽阅千篇，不殊涂辙。其咏都邑之作，则无异一本方志谱，其咏草木，则可作一本植物辞典读也。搜罗材料为当时赋家之唯一惯技，即费无数心血光阴于此，在所不恤。张衡研京以十年，左思炼都以一纪，亦非过甚之辞也。汉赋所以不能发明光大者其故在此。东汉以来，赋体日就衰微，虽云时代限之，人才不出，而赋体之未尽善，盖可知也。犹有进者，则时人对于辞赋不能有正确之观念，徒视为一种玩具或干禄的利器，致生歧视之心。其中不少卓卓之赋家同室操戈或中途改业者扬雄其一人也。扬雄《法言·吾子篇》曰："或问：'吾子少而好赋？'曰：'然，童子雕虫篆刻。'俄而曰：'壮夫不为也。'或曰：'景差唐勒宋玉枚乘之赋也益乎？曰：'必也淫。''淫则奈何？'曰：'诗人之赋丽以则，辞人之赋丽以淫。如孔氏之门用赋也，则贾谊升堂，相如入室矣。如其不用何！'"曹植与杨修书："辞赋小道，未足揄扬大义，章示来世也。昔扬子云先朝执戟之臣，犹称壮夫不为……"则效尤之语也。修答书驳之曰："今之赋颂，古诗之流，不更孔公，风雅无别耳。修家子云，老不晓事，强著一书，悔其少作。若比仲山周旦之俦，为皆有讐耶？君侯忘圣贤之显迹，述鄙宗之过言，窃以为未之思也。"其贤于子建远矣。梁简文帝萧纲则曰："不为壮夫，扬雄实小言破道；非谓君子，曹家亦小辩破言。"则斥之不遗余力。汉代赋家中途变节者，则妄自菲薄，而文学修养之功容有未至也。汉赋之不能浩气长存者，非徒形式上之未满人意，而立意固已差矣。

上文所述，不过对于汉赋作一总检讨，初无新特迥异，深入显出之见解，供读者之参考。吾人既知汉代文学界以赋家为中坚，则其中之单骑偶骑，皆有特别研究之必要，而又决不能此篇中相提并述，势不能不特辟见专篇以位置之，文本范围，尽于此矣。

民国廿三年二月十五日

原载《国立中山大学文史学研究所月刊》1934年3月第3卷第1期（广州）

汉赋之双轨

蒋天枢

余草斯篇之动机有四：（一）汉代为赋体发展之第一阶段；而文学离开一般学术自成巨流，亦自汉赋始。（二）汉代以后文体日繁，多与赋异体同气，由赋可以通其邮。（三）由于古代四言诗与楚辞之两种伏流，形成汉赋之两派，其递相倚伏盛衰之系，错综复杂，须先于赋中阐明其因果。（四）赋之地位确定而后可以考见汉代文学之特色与建安后文学之新陈代谢，魏晋后之递变日新。爰本斯谊以言汉赋。

一　致语

赋在中国文学中，体格最为特殊，以之厕于文，则句偶而韵；以之厕于诗，则又不能相容。古代散文，由杂记事与言，发展而为记事之史，记言之诸子，与战国策士之议论。古代之诗，由谣讴发展而为以四言为主体之"诗"，四言五言六言七言相杂之"辞"。汉代之赋，殆类于文与诗间之桥梁，左行则可通于诗，右行亦可达于文；吸收诗之成分多者则近于诗，吸收文之成分多者亦近于文。故赋之为体，实介于诗文之间，而其以抒情为主者则毗于诗，以写物为主则毗于文也。

左太冲序三都，挚仲治序流别，刘彦和《诠赋》，于赋之源起，皆举"诗有六义，其二曰赋"，而班固则仅曰："赋者，古诗之流也"。雅以声称，颂以美著，风兼讽喻，赋主敷陈，故六义之四皆演而成文之一体。郑庄公之赋大隧，陈其事以言情，晋士苪之赋《狐裘》，假物象以见志，其义均以敷陈为主。此赋最早之初义也。赋即以敷陈为主，而敷陈必兼事与物，事物之义界既广，而社会之变化又日新月异，于是赋遂由种种结合，发展而为大学之一体，"受命于诗人，拓宇于楚辞"，一切赋所需要条件与资料既已备具，赋遂由"六艺附庸蔚成大国"。（均《诠赋》语）彦和谓："赋者，铺也。铺采摘文，体物写志也。"此就汉赋发展之义界言之，其非朔也。赋与诗之分别，即在其由"敷陈"而发展为"铺采摘文体物写志"。遂非诗之疆界所能范围，而成为"不歌而颂之赋"。源同而流异，脉一而派殊。赋与诗关系之密切在此，赋既盛行以后，所以能影响于其他文体者亦在此。明乎此义而后知传所谓"登高能赋可以为大夫"，亦即"诵诗三百使于四方不辱君命"之义。

赋体之发生，盖在战国末期。《汉志》著录屈赋之属二十家，陆贾赋之属二十一家，荀卿赋之属二十五家，杂赋之属十二家。其中除屈原唐勒宋玉荀卿秦世杂赋外，余皆汉人之作。所谓秦世杂赋九篇，今已悉亡，其体无由考见。屈原之文，汉人以赋视之（《艺文志》及楚臣屈原离谗忧国，皆作赋以风。又班固《离骚赞》又作九章赋以风谏。扬雄亦云：赋莫深于《离骚》）。然今存屈原文，其原题无一以赋名者。殆汉人视《楚辞》为汉赋之先河，《离骚》《九章》之属，以敷陈见义，故皆蒙以赋之称，非其旧题然也。司马迁谓："楚自屈原之后，宋玉唐勒景差之徒皆好辞，而以赋见称。"《汉志》于屈赋后著录唐勒赋四篇，宋玉赋十六篇，而《楚辞》中题为宋玉作者，仅《九辩》《招魂》两篇。大招一篇，王逸以为屈原或景差作。独无唐勒。岂所谓唐勒赋四篇，至王逸作注时已佚亡，抑未见录邪？至所谓宋玉之赋，问题颇多：班志著录宋玉赋十六篇，除《楚辞》中二篇外，合以《文选》所录五篇，《古文苑》所录五篇，仍不足十六篇之数。古文苑中五篇，文辞浅露，显为后人依托（《笛赋》用宋意送荆卿易水事，非宋玉所及，近人已多有论列。然西晋傅玄有《大言赋》傅咸有《小语赋》之拟作，则此数篇当出于魏晋前。）即《文选》所录之五篇，是否出于宋玉，亦尚难论定。（近人刘大白有《宋玉赋辨伪》一文，列举各赋中用韵与古音不合，以证其不出宋玉。文载《小说月报》十七卷号外中国文学研究专号。然傅毅《舞赋》已托襄王与宋玉问答之辞，曹子建《洛神赋》亦言感宋玉对襄王神女之事，则《风赋》《高唐》《神女》诸篇，至晚亦当出于西汉初期。）如是，可确认为汉赋之渊源者，实只《楚辞》中屈宋赋数篇及荀卿赋数节而已。

汉人之于赋，竭一代文人之心力而为之，故能辟前人所未辟，而蔚为一代文学之主流。清代焦里堂《易余籥录》谓："汉之赋，为周秦所无，故司马相如扬雄班固张衡为四百年作者。常欲自楚骚以下撰为一集。汉则专取其赋。"诚为能认识汉赋之价值者。（焦氏谓魏晋以后之赋为汉赋之余气游魂则非确论）顾汉代文学，系多方面发展，交互错综，赋诚足代表汉代文学，而未能尽汉代文人才力之所极。即单就赋论，汉人之于赋，亦系多方面之发展。《汉志》分赋为四类，凡著录千零四篇，殆即班固《两都赋序》所谓"孝成之世，论而录之，盖奏御者千有余篇"者是也。在刘歆以前者，其数量已如此，而东京二百年之作不与焉。然今所存者，已不及十之一，《汉志》所以分为四类之意，亦无可确考。其所列屈赋一类，有贾谊、枚乘、淮南王安、司马相如、孔臧、王裦、刘向等，殆谓是皆以屈子为宗者；然司马相如王裦之徒，已与屈子异致。陆贾赋一类中有枚皋、扬雄等，似皆目为尚说辞者；而枚皋与扬雄不尽同也。荀卿赋一类中有秦世杂赋与李思孝景皇帝颂；杂赋一类中有颂德赋，杂四夷赋，杂思慕悲哀赋，杂禽兽六畜昆虫赋，此两类区别之义，均不可确知。（荀赋一类似体均四言。顾实《艺文志疏》谓荀赋之属主效物，恐非。）班氏之分类，本于刘略，刘氏之区分，本于成帝时之论录；或以宗属，或以体格，或以性质，或以事物，以之归纳各体，因属至当，然未足以明汉赋之流变也。赋在汉代初期，虽较荀卿赋进步，尚未脱楚辞之科臼，其后渐进而渗入战国策士捭张之成分，渐进而渗入战国滑稽诙诡之风趣，渐进而渗入雅颂之典丽斋皇，以散文之恢张大其域，以议论文之风发泉涌树其干，以瑰丽之辞句耀其字，以楚辞之幽情逸韵通其息，递变递进，渐渐摆脱前人束缚，崭然自创新体。以达于所谓"沉博绝丽""摛藻揆天庭"之域。汉人之于赋，诚所谓神而明之。而赋体必待汉代始能发达，亦由历史上之积蓄以推荡之，故能晔然发其光也。赋至相如王裦以后，不特与诗之面貌殊，骚之面貌殊，与散文之面貌亦殊；汉以后之文人，每致訾于赋之沿流昧本，盖以读诗与骚之眼光读赋，而不以赋之眼光读赋也。荀赋始终逡巡于诗骚之域，将永远局促辕下，无由发展为独立之新体矣。

扬子云云："诗人之赋丽以则，辞人之赋丽以淫。"（淫者，言其泛滥，亦循流忘反之义。子云又谓："童子雕虫篆刻，壮夫不为也。"是豪语，亦狂语。盖子云晚年致力所在，已折入于哲学，不甘以文人自居，故云然也。）所谓辞人之赋者，即体兼诗骚，文杂诡辩，义赅雅颂，"铺采摘文"之辞。其风格倾向于写实，其内容畸重事与物，是为汉赋之正宗。凡杂议论，尚夸张，竞辞藻，体物象之作属之。以汇为汉赋之主流。所谓诗人之赋者，形式蜕化于屈宋，内容畸重于抒情。虽非楚人，文杂楚语，亦美人芳草以喻思，鹔鸫凤凰以寄志，虽亦因物兴感，而假景喻情，不以体物为重。是为汉赋之旁支，凡仿骚体，写哀感，述行旅，申怀抱之作属之。虽不如尚辞一派之盛，亦接踵前武，名篇间作。汉代赋家于此两派，或专有所长，或兼有所营，要其支分派别，各有殊致。今名畸于写实者曰甲轨，畸于抒情者曰乙轨，分别论之，溯厥源流，考其变化焉。

二 甲轨

刘彦和溯汉赋之首，以为"陆贾扣其端，贾谊撮其绪"。陆贾本楚人，从汉高祖，以辩称。高祖时，外则折尉佗之悖慢，使受汉约；内则折高祖之谩骂，使敬诗书。诸吕之诛，贾游公卿间，与有功；则贾亦辩才无碍，富有战国策士流风者。《汉志》以枚皋严忽奇与贾列为一类，似汉人以诡辩议论之作风运而为赋，贾为首出，惜所谓陆贾赋三篇者，已早亡佚，然彦和《才略篇》云："汉室陆贾，首发奇彩，赋孟春而选典诰，其辩之富矣"，则梁代犹有存者。

赋之趣重于尚辞，为赋体之特色。辞必有所附丽，于是侈陈形势以张之；此种风气，在楚辞中已开其端。《招魂》《大招》两篇，比之《离骚》《九章》，为独具一格；虽主旨在于抒情，而波澜所及，独以瑰丽著。言险，则"增水峨峨，飞雪千里些；旋入雷渊，靡散而不可止些。"言怪，则："土伯九伯，其角觺觺些，敦脄血拇，逐人駓駓些。""一夫九首，拔本九千些，豺狼从目，往来侁侁些。"言旖旎，则："川谷径复，流潺湲些，光风转蕙，氾崇兰些。"至招魂之构句，尤可注意，倘将些字节去，或则成为四言，如更节去些字，而将两句合为一句，则变为七言，如："坐堂伏槛临曲池，芙蓉始发杂芰荷，紫茎屏风大缘波。陈钟案鼓造新歌，涉江采菱发扬荷，美人既醉朱颜酡，娭光眇视目曾波，"尤为赋发展成熟以后所常用之用法。此等处所皆对于汉赋发生绝大影响。

由于招魂之启其机，于是至汉代后，一跃而为枚乘之《七发》。《七发》在汉赋中，开无数法门，为一篇具有创造力之伟大作品。（此意近人浦江清先生已言之。挚仲治文章流别，刘彦和论杂文，皆特重此篇。然以为杂文之创始，反使《七发》减色，以《七发》为开扬马之先路，方足以见斯篇之精神也。）其中写食物，写美色，写宫观乐舞，皆脱胎于《招魂》。其异于《招魂》者亦有数点：以问答结局，一也；杂以无韵散文，二也；分所写事物为各个单元，三也；以风谕起结，四也；参以辩士笔动成分，五也；而能运用散文气局以植其干，尤《招魂》中所未有。全篇以写音乐、校猎、涛三段最为出色。"飞鸟闻之，翕翼而不能去；野兽闻之，垂耳而不能行；蚑蹻蚁闻之，挂喙而不能前"。"冥火薄天，兵车雷运，旌旗偃蹇，羽毛肃纷。毅武孔猛，祖裼身薄，白刃皑皑，矛戟交错。旨酒佳肴，羞炮脍炙以御宾客，涌觞并起。贞信之色，形于金石，高歌陈唱，万岁无斁。""演溢漂疾，波涌，涛起：其始起也，洪淋淋焉，若白鹭之下翔；其少进也，浩浩凒凒，如素车白马帷盖之张；其波涌而云乱，扰扰焉若三军之腾装；其旁作而奔起也，飘飘焉如轻车之勒兵。"若斯之类，虽变化于楚辞，其风格已去楚辞远，而与相如子云近。虽然，其袭蜕于楚辞者，犹约略见之："周驰乎兰泽，弥节乎江浔，掩青蘋，游清风，陶阳气，荡春心"。以与"袅袅兮秋风，洞庭波兮木叶下。登白蘋兮骋望，与佳期兮夕张，湛湛江水兮上有枫，目极千里兮伤春心"（王逸注，或曰荡春心。荡涤也。是《招魂》之伤春心，原有作荡春心者。）相较，不犹可以见其变化之迹乎。而《琴调》一歌，"麦秀蕲兮雉朝飞，向虚壑兮背槁槐，依绝区兮临回溪。"情韵尤为神似。凡汉赋采撷《楚辞》处，多在瑰丽与空灵两点，此其征也。枚叔，淮阴人。淮北旧为楚地。生平客吴，客梁，而客梁尤久，吴之与梁，文学空气最为浓厚之区，而受《楚辞》影响最巨之地也。自枚叔后，汉赋之基础已奠，由是相如子云等出，而羽猎、宫观、京都，名篇巨制，次第间出矣（乘尚有《梁王菟园赋》，以铺写见长。今本字多讹误，梁人及《文选》注所引，皆与今本不同。

汉赋至司马相如规模始备，遂以开拓汉赋之境域。以视枚乘之仅备具赋体之轮廓者，显有极大进步。然相如受枚乘等之影响极深。《汉书·相如传》："是时，梁孝王来朝。从游说之士，齐人邹阳，淮阴枚乘，吴严忌。相如见而悦之。因病免，客游梁，得与诸侯游士居数岁。"又《枚乘传》："以病去官，复游梁。梁客皆善辞赋，乘尤高。"邹阳语齐王先生云："邹鲁守经学，齐楚多辩知。"当时梁客中所谓齐楚辩知之士甚多。）是相如之文学，由于枚乘等启导陶成也。其《子虚赋》，即作于梁。是时，尚在景帝之世，赋未得武帝之提倡也。（《汉书》）合《子虚》《上林》为一篇，以其用连续之间答耳。昭明分为两篇，甚是，严辑《全汉文》，依《汉书》合而为一篇，总题曰《上林赋》，实误。）

《子虚赋》虽为相如成功之作，然其时，餍饫未广，取材未丰，犹未足以极其才。及其遇武帝，为侍从之臣，宫馆苑囿之盛，珍奇异物之好，罗天下之壮观，取精用宏，遂得骋其天才，发而为宏侈巨丽之文。赋体至是，始成为逶迤泱漭之大波；局执既开展，气度亦愈宏壮。"离宫别馆，弥山跨谷，高廊四注，重坐曲阁。奔星更于闺闼，宛虹拖于楯轩。青龙蚴蟉于东箱，象舆婉僤于西清，灵圉燕于闲馆，偓佺之伦，暴于南荣，礼泉涌于清室，通川过于中庭。置酒乎颢天之台，张乐乎轇輵之寓，撞千石之钟，立万石之虡，建翠华之旗，树灵鼍之鼓,奏陶唐氏之舞,听葛天氏之歌,千人唱,万人和,山陵为之震动,川谷为之荡波。"此等叙写,前代之所无,在文学及历史之意义上,亦汉代所不可无,而为后世不必仿效,不易仿效者。相如才力大,渟蓄深,故能以磅礴之气,驱磊砢之辞。其色在骨,其秀在韵;遂以"追风入丽,沿波得奇"。虽未能沁人心脾,却能荡人精魄,与"枯藤老树"之境界,动人又是不同。《七发》与《上林赋》,同为风谏而作,《七发》之喻意在句里,偶然流露于句痕字迹之间,《上林》之风喻则在于反言若正,正面意旨,均于结尾处始行露出,此战国策士之长技,而枚马承受其遗传者,此其相同者一。以问答作起结,而假托于吴客或楚使,其相同者二。(枚马同用假设之问答,后者显有进步。)以铺张为长技,以歆动官感之材料为资粮,其相同者三。其不相同者亦有数点:枚乘以各个材料作单元,而相如则融材一炉,淬厉而锻炼之,故乘作有无数中心点,而相如文则沉瀣一气。乘作虽亦铺张,而意则平实。故波澜少;相如则赋以想像力,以浩渺之情思运行其间,故波澜多。无韵之部分虽较乘少,而散文之气息反较乘重,此皆相如才力显著之处,亦其较前人进步之处也。相如之成就,得力于前人者甚多,而相如之成功,则由于其个人之才力与其环境有以造成之。此相如在汉赋中之地位所以尤为卓绝也。武帝时既有如是之首出人才,而东方朔枚皋孔臧严忽奇之徒,又从而织纬之,于是汉赋遂大启土宇,达于如日中天之盛。

稍进蜀人有王子渊。子渊生汉赋极盛之后,颇欲别辟疆宇,而才力弱,不足副其志。其《圣主得贤臣颂》,(颂与赋为一体,后节论之。)既不愿恢复三百篇之颂体,欲更进一步散文化,废韵而不用,(董仲舒已有此倾向,尚非立意为之)于是成为非赋非诗,名不称实之作。此其拙也。其较成功者,为《洞箫赋》,《洞箫》开音乐之首,亦创作也。(马融《长笛赋序》于前人音乐赋,首举王子渊,而系枚乘于后。李善注:"枚乘未详所作,以序言之,当为《笙赋》。"此臆测之辞。乘并无《笙赋》,即其《七发》中言琴一段耳。)子渊欲将《七发》中言音乐部分,引申而扩大之,故极意于摹声绘貌,其最精彩部分,在侈写箫声,"是以蟋蟀蚑蠖,跂行喘息,蝼蚁蝘蜒,蝇蝇翊翊,迁延徙迤,鱼瞰鸡睨,垂喙㲄转,瞪瞢忘食。"完全模效枚乘,仅能得其形似。抑且失枚乘之旨。岂嵇康所谓:"丽则丽矣然未尽其理,推其所由,似原不解音声"之故也。宣帝之世,正所谓重修武帝故事时也,于是再进而又有蜀人扬子云。

子云生相如之里闬,而汲其流波,少慕相如鸿博艳丽之文,慷然欲效之。在汉代文人中,子云以善于摹拟称,然摹拟未可厚非,雄以苦心孤诣,精思力索，追踪古人，之力所及，攀层崖而摩苍天，终且缒幽绝险，臻乎最高境地。如谓摹拟之中而有圣贤，子云殆可当之，故能颉颃相如，得神似之称。然子云精神之卓绝，固未肯甘步人后，自枚乘以来所承用之假设问答，子云概屏弃之，其《甘泉》《羽猎》，虽脱胎于《子虚》《上林》，独不用问答体，欲平地层台，扶摇直上，又其用思深，锤炼遒，故无一字懈，一语肤。下字必求其响，几欲掷地作声，此等皆相如所未有，两下启孟坚平子之处。故读子云赋，深觉其能以大力写大事物，有如贲育扛鼎，一投手，一举足，处处示人以精力弥满。如《长杨赋》："昔有强秦，封豕其土，窦窟其民。凿齿之徒，相与摩牙而争之。鞮鍪生虮虱，介胄被霑汗。"如《羽猎赋》以极少讽语作结，"因回轸还衡，背阿房，反未央。"皆矜意锻炼，真如陆士衡所谓"沉辞怫悦，若游鱼衔钩而出重渊之深。"至其大声鞺鞳之处，则如"金人仡仡其承钟虡兮，嵌岩岩其龙鳞。杨光曜之燎熿兮，垂景炎之炘炘。配帝居之玄圃兮，象泰一之威神。洪台崛其独出兮，椒北极之嶙嶙"。子云以著玄之思以写赋，故其赋颇有以艰深求胜之意。虽然，相如隽逸秀丽之气，至子云后微矣。

　　稍后，足以继迹前轨者，则班孟坚与张平子。子云追踪于相如，平子接武于孟坚，其情执亦相如也。钜丽之赋，至孟坚平子出，几欲层宇之上，更起琼楼，富饶之中，重陈陆海，于赋之所能发展者，几已臻于峰巅。后有起者，欲更突过前人，除于材料方面别辟途径处，殆已难于为役。是后，写实方面之赋，如崩天巨浪，亦逐渐低落。

　　孟坚平子同以大都会为题材，此等写作，有如经营巨大建筑，设置巨大园庭，工役既繁，物力尤侈，财力，匠心，经画，缺一无以图功。即以动机魄力言之，已越相如而陵子云。汉人之以都会为材料者，不自班张始，扬子云有《蜀都赋》，杜笃有《论都赋》，皆未足语于成功；孟坚平子之文出，遂为此体铸一典型。于此当置论者，东西京之大赋，虽同为写实，而绝大不同处在：枚马之写实，夸张之写实，所写虽实，而意则夸大，此策士谈张之成分，至扬子云已遂渐减少，至孟坚平子，则纯粹以写实之态度而写实矣。

　　孟坚以历史家态度赋两都，诚所谓节制堂皇之师。其第一特色为纪律森严，先于地理形势，社会殷繁，显示一具体轮廓，次及各个宫与殿，各种境地中之各种动作，古迹的而亦政治的；庄严的而亦旖旎的，凡此形形色色，以为当写者，则笔无滞情，以为不当写者，则控勒裕如。故能广而不侈，约而不隘，既具历史家身份，亦显示庄严本色。如将《西都赋》中所写，层次界划，直可绘一灿烂巨丽之西都图，然赋中所有之庄严色相同，与西都极盛时代之社会情态，则不可绘也。其第二特色为其音节之堂皇，文中之音节，言之似虚而案之则实，秋虫互答之文，决不可能使之声满天地，读者当能别也。赋中用字求其响，扬子云已致力，然子云所得，拗折与遒硬，而孟坚则如奏黄钟大吕之音，以灏气运转其间。此种特色，盖自雅颂中来。昌黎所谓："沉浸秾郁，含英咀华"以得之者。细读班赋，当能辨其所受《诗经》影响之深；而班赋所以独成为温柔敦厚之作，亦即在此。西京之初，为楚辞发生大影响之时，故相如之赋，虽完全改变楚辞之面貌，而字句间尚时流露出楚辞之韵味，至孟坚之作，则纯乎雅颂典重之长，此其大别也。

孟坚之赋两都，由于"发思古之幽情"之成分多，由于折西土耆老怀思之成分少，其动机纯为文学的，非为事而发。准此以观，故其写西都最为精彩，而写东都则只能以论说行文，虽有特出之处，已乏活力；固由于题材背景可供敷陈者少，亦由其对东都之印象，为"理智的"，而非"发思古之幽情"也。以此，两都虽同题为同时之作，而文学价值则有伯仲。似班氏亦有感于东都之未足副其意，故复殿五诗以张之，虽然"雕弓既张"，其及远之力微矣。

孟坚之于西都，生于其地。此"九州上腴"之陕区，为其少小时裘马征还之处。虽经更始、赤眉之残毁，所谓"自高终平，历十二世以增饰崇丽"之帝都，尚未至完全湮灭。兼以故老遗闻，其宏壮面貌，宛然犹在。故孟坚之于西都，其由材料所得之印象为直接的，故亲切而能动人。至平子赋西京，情事即远，所得材料，皆由于记述，其印象得之于间接之知识，故虽为同一题目，而所给人景象各异。平子之作所以需时十稔者，亦以此也。而其写作之动机亦不同，本传："时天下承平日久，自王侯以下，莫不逾侈，衡乃拟班固两都而作二京赋。"其动机为理智的，讽喻亦遂以正面出之，"相升龙与鼎湖，岂时俗之足慕。若历世而长存，何遽营乎陵墓。"笔致所趣，特于侈靡方面着眼，如写平乐馆之陈百戏，遊幸时之载小说，均极有精彩，为西都赋中所无。尤其于写东京时，于孟坚所以见绌之处，尽力铺陈，不但西京篇幅已较为西都为长，而东京篇幅之长，超过东都一倍有半。（东都和诗仅二千余字，东京则五千四百余字。）写作之态度不同，即其成就所以异，吾人所应注意者。

《两都赋》之后，本已难乎为继，而平子欲跨而过之，平子亦自有过人者。孟坚魄力雄伟，故以宏壮取胜，平子思想缜密，故以理致见长。举凡孟坚所用之格局辞语，悉取而融冶更造之，思虑绵密，复绝前人。故能熔铸大篇，宰割辞调，不矜才使气而精力贯注首尾，无懈可击。有如悠衍澹荡之波，一望浩淼，其静宜人。然平子尤有一特色，为意境之刻划。陆士衡所"赋体物而浏亮"所谓"体物"技术之趣于工细，自王子渊已特注意，然孟坚以前，于物虽尽量形容，尚不露体物之痕迹，平子以后，附声测貌，风弥畅矣。

此后所应论列者，唯马季长、王文考。季长之《长笛赋》，虽非自我作古，实为后来居上。(其序文怊怅切情，亦为前此大赋所无。赋之作风渐变，此篇已见端倪) 季长以大音乐家，赋汉代新兴之乐器，得心应手。视昔人仅以文辞胜者，有"门外"与"当行"之别。汉代乐府之兴起，逮是已二百余年，由于社会之渐渍，风尚之陶冶，东汉中期以后，长于音乐之学者项背相望。遂乃驱策文学，转弦调柱，别觅新途。《长笛赋》中所写黄门乐倡练习演奏之情形，未可以寻常描绘视之。尤特异者，篇中写笛音与篇末叙笛之缘起两节，"屈平适乐国，介推还受禄，澹台载尸归，皋鱼节其哭，长万辍逆谋，渠弥不复恶，谰赎能退敌，不占成节鄂，王公保其位，隐处安林薄，宦夫乐其业，士子世其宅"。"近世羌笛从羌起，羌人伐竹未及已，龙鸣水中不见已，截竹吹之声相似。剡其上孔通洞之，裁以当樾便易持。易京君明识音律，故本四孔加以一。君明所加孔后出，是谓商声五音毕。"此两节不特以显著之诗句运入赋中，为汉赋之创格，而所用五七言，亦非汉初以来所用之五七言句调。(张平子《四愁诗》与其赋中类似七言诗之一段，犹系仿楚辞) 盖汉乐府歌辞之影响于赋，至是已有显著之迹矣。

王文考承其家世楚辞之学，顾其作风乃与楚辞不类。所著《鲁灵光殿赋》，取材虽无以异乎前人，其手法之高，笔致之细腻，极体物之能事。写景，则远自属与近观有别；初入室与摩挲审视者又别。尤特绝者，为其写灵光殿之壁画，此自有汉赋以来，前人所未注意之境界也。如写所画胡人，居然眉目耸张，"胡人遥集于上楹兮，俨雅跽而相对，仡欺猥以雕䫜，颐颓颡而睽睢。状若悲愁于危处，憯蹙頞频而含悴。"更次写及壁画中之山神海灵，古代之神话史迹，而汉代大建筑之内部情形，吾人遂得仿佛其一二。文考生年仅二十余，湛水夭死，能使佰伯喈心折，而无以续其命，悲夫! 汉殿之有灵光，得文考之赋而岿然独存，而汉代钜丽之赋，亦遂以"灵光，岿然"作殿焉。

东汉之世，赋风既畅，人才实，盛家逞绚丽之辞，人炫珠玑之宝。傅毅崔骃，比踪于孟坚；文强伯仁，翊卫于平子；或"才力沉腜"，或华而无力。下于此者，犹将数十。兹取其尤要之人与尤著之篇，以略见汉赋在此一方面之宗风与其趣向焉。

汉人写实之赋，喜用奇僻之字，陈思王已叹"读者非师传不能析其辞"，况历世悠远。此为最使读者感觉沉闷之处。盖汉代为研究古文字风气最浓之时，"相如撰篇，扬雄纂训"，杂然继作。以于文字学最有训练之人，写通常辞语所不能体之物，其使用奇僻字句，因为当然。未可与后世虚声伪貌之作等类訾诟也。（汉人用奇字，殆犹时贤著文喜杂洋文矣。）

三　乙轨

汉赋之起，由于楚辞之荡其波，波谲云诡，终至与楚辞之关系日疏日远，遂以别子而继承大宗。其变也，亦即其成也。于此，有始终与楚辞保持戚属关系者，虽历世绵渺，子孙之面貌已改，而其一脉相承，瑚琏礼器，仪章法物，悉循旧典。此对于楚辞为正统，而在汉赋中则为别派。虽为式微之族，宗祀衰落，而故家遗俗，犹足傲睨百代。殆犹助祭之有三恪，大国间之有杞宋矣。（用其堂构焕然者，皆婚媾于他族，有以丰其屋殷其家者也）胄胤既华，遂别为统系。

当文帝之世，体物之赋尚未发生。时则有贾谊与严忌。（忌字夫子，吴人。为梁孝王客。班固列贾谊前，楚辞列东方朔后，以其下及与相如游观之，不能早于谊也）。《汉志》载庄夫子赋二十四篇，今所存者仅楚辞中之《哀时命》，辞藻意境均无以出于《离骚》《九章》之外，非绝构也。贾谊以一代英才，崎峣于绛灌之伦，年二十五而出为长沙王傅。于湘水投赋以吊屈原。（此篇《史记》《汉书》本传均作赋。《文选》题曰《吊屈原文》，不入于赋类）此赋前半多四言，似荀卿赋，而骨格纯脱胎于楚辞；后半句法仿《九章》，气局跌宕，与《九章》之壹郁弥诉者又殊。盖谊秀骨天挺，不规规于袭貌求似，反能得其真也。然此篇尚不如《服鸟赋》。《服赋》意不在写服，而在写自己，不尽遵循楚辞矩度，虽遗其迹，实得其神。（此赋《史记》谊传每一韵之上句均有兮字，《汉书》谊传悉将兮字删去变为四言）篇中假设己与服鸟问答，以抒写个人对于人生之理解，隐隐然开问答体之先路。更可注意者，为其假史事以舒感，上则承乎《离骚》，而下开向歆以后用事之风。至其参杂老庄思想，一则荀卿以来儒家所受道家影响甚深，一则由于黄老之风在汉初本甚流行也。

武帝之世，效骚体为文之风气盛极一时。武帝《李夫人赋》之外，有《秋风辞》，辞不能成为文体，（别有说）亦屈赋之孽子而汉代抒情赋之细流也。（《艺文志》著录上所自造赋二篇而诗类列高祖不列武帝，则赋二篇殆即《李夫人赋》与《秋风辞》。陶渊明继为《归去来辞》，亦赋也。西晋夏侯湛有《春可哀》、《秋可哀》，东晋王廙有《春可乐》。皆不名为何体，杂用楚骚汉赋句法，亦赋之支流也。此等文正可考见赋体之流衍，如以归于诗，其系统直无所属矣。）淮南小山有《招隐士》，幽隽而清冷。昭明次之于《九辩》之后，甚当。然以汉人视屈宋文皆赋之义界观之，《招隐士》亦汉赋也。东方朔之《七谏》，董仲舒司马迁之《悲士不遇赋》，纷然继起。然皆不能成为大家；其瓣香屈宋，而又能卓然自立者，推司马相如。

相如之作，《哀二世赋》与《长门赋》二篇，最得屈宋之长。相如以开创汉代写实赋之作风，折而为抒情之文，故此二篇虽长短不同，均能以大力包举。《哀二世赋》以不及二百言之短章，写秦帝突焉倾颓之惨迹；通体不着迹象，而有叱咤暗呜，风云改观之致。《长门赋》则又澹荡逶迤，运以有组织之章法，设身处地而体会之。以宫禁肃穆之题景，本不易于着笔，而写来仍能伊郁幽咽，不佻不滞。"飘风回而起闺兮，举帷幄之襜襜。桂树交而相纷兮，芳酷烈之闿闿。案流徵以却转兮，声幼眇而复扬。贯历览其中操兮，意慷慨而自卬。愊塞偃而不寐兮，荒亭亭其复明。"均其善于言情之处。无丝毫摹仿之痕迹，此其所以卓也。（此等题材，敷陈之可以为大赋，卷缩之，则为唐人之以绝句写长门怨宫怨矣。）

后于相如者，有王褒刘向。王褒《九怀》，变用短音促节之句法以摹骚，而情韵不似。久其用笔骤而中情不深，其所短也。子政身世，大类屈原；其《九叹》之作，上哀屈原，下悲己志，体亦纯仿《离骚》《九章》，尚非无病而呻之作。然写情未深透，融会事物显留痕迹，此由其对于屈原之印象过深，而自己个性反相形见绌也。至其子歆为《遂初赋》，变悲古为言志，弃离骚体而用赋式。结体近于纪行，开班彪《北征》冯衍《显志》之轨。虽变楚辞之风貌，尚无独特之径蹊。向歆父子，究为学者，非诗人也。（彦和才略篇谓：卿渊以前，多俊才而不课学；雄向以后，颇引书以助文。此等痕迹，雄向尚不显，至歆始著。）

扬子云效《离骚》而名曰："反离骚"，既以吊之，复曰"遇不遇，命也，何必湛身哉"。此其所以不能卓也。是时有应注意者，厥为成帝宫人班婕妤之《捣素赋》与《自悼赋》。载《汉书·外戚传》，决非伪托。此赋结体未为莹璧。篇末一段，脱胎《九歌》。后半篇如"潜玄宫兮幽以清，应门闭兮禁闼扃。华殿尘兮玉阶苔，中庭萋兮绿草生。广室阴兮帷幄暗，房栊虚兮风泠泠。感帷裳兮发红罗，纷绰縩兮纨素声。"等处，绝可注意。六朝间抒情赋所以仍能荡起轩然大波者，即全从此等处发展。蕴山之玉，蓄积尚深，有待于后人之启辟者犹多也。婕妤，孟坚之姑，史不载其名。《成帝本纪赞论》中，孟坚述其数语，虽遣言戈戈，而才量可观。史学虽逊于班昭，而文学则相亚矣。（《捣素赋》颇有后人伪托嫌疑。《太平御览》引《妇人集》载婕妤《报诸姪书》，言："元帝被病无悰，但锻炼后宫贵人书也。类多华辞。至如成帝，则推诚写实，若家人父子相与书矣"。此书如不伪，则当时所谓妇人之文，别有所趣)。

东京之初，抒情赋突又有趣于上升之势。班彪《北征》，冯衍《显志》，皆名篇也。而《北征赋》尤为杰出。一起即有惊猋振沙之势，虽奔放而能控制，故仍深情郁结。此文也长，犹有两点：一为其使用史事，贾谊《服鸟》，假事以言志，刘歆承之，其途遂广。班氏则融情于事，化事为情，而出之以清新。如："澄赤须之长坂，人义渠之旧城，忿戎王之淫狡，秽宣后之失贞，越安定以容与兮，遵长城之漫漫；剧蒙公之疲民兮，为强秦乎筑怨"。均如弹丸脱手，宛转自然。此点，潘岳庾信承其宗风，而更加以变化，遂各霸一代。其二，为句法之渐变。屈原之赋，大体为七言句，而间以兮字之语调，汉代仿骚赋之作，殆无不如是。《北征赋》中虽仍保有此迹，而存留者已仅十之二三。去此一助辞，遂变为清畅流利之六言句。汉代大赋，以四言句为主体，魏晋后赋以六言句为主体，其大别也。此风之渐变而有显著之迹，实自班彪始。除上举用事句外，如"济高平而周览，望山谷之嵯峨。野萧条以莽荡，迥千里而无家。风猋发以漂遥（兮），谷水灌以扬波。飞云雾之杳杳，涉积雪之皑皑。雁邕邕以群翔(兮)，鹍鸡鸣以齐晞。游子悲其故乡，心怆恨以伤怀。"此虽仅一字之去留，于赋体之进展关系实大。冯衍与班彪同时，而显志之作则较后。敬通以一事违机，蹉跎终世。生既不偶于时，家又勃谿累岁，读其《与妇弟任武达书》，悲懑盈纸。故其为《显志赋》，非淡泊明志，实感愤抢攘。通篇以顿足之歌，写愤盈之怀，礌砢喷薄，意哀而声激，非寻常泛泛言志者比也。"疾兵革之寝滋兮，若攻伐之萌生；沉孙武于五湖兮，斩白起于长平。恶丛巧之乱世兮，毒纵横之败俗；流苏秦于洹水兮，幽张仪于鬼谷。燔商鞅之法术兮，烧韩非之说论；诮始皇之跋扈兮，投李斯于四裔"。以此等态度为文者，在中国文学中殊不多睹，意者此即昭明所以不录选之故与？此赋在汉人仿效骚体文中，最无依傍之态；而在赋体演变中，关系较浅。其深醇之功力，亦有逊于《北征》也。

此后，抒情之赋又趣衰落。孟坚平子以写京都赋之大手笔，而于言情之作，枵然雕劂。结构愈宏，用事愈丰，而情思愈匮，不能发人深感。此变之不善者也，孟坚《幽通赋》，尽弃其父所启之新途，而一反于屈赋之准绳，造端结局,遣辞用字，悉以《离骚》为矩矱。命意以儒家思想作骨干，而运以史家态度，均不失孟坚本色。在自树意局方面，较《七谏》《九怀》之欣戚于他人啼笑者，诚为有别；而学步之情，究嫌过重，（如《离骚》勉升降上下以求矩矱之所同一段，历举汤禹挚皋繇傅说等之遇合，或一句二人，或两句一事，而孟坚则一句一人，累累珠贯。不特嵌合难密，亦使本意涩晦）《幽通赋》所累于此者不少也。孟坚之于屈原，重其文而不重其人，其《序离骚》，引诗"既明且哲，以保其身"，以纠屈原之露才扬己，则其所得于《离骚》者有所限制，宜矣。平子之思玄，本欲求胜于《幽通》；而其弊亦如之。《幽通赋》之用事，尚仅于史事而已；而《思玄赋》则更效《离骚》之杂用神话，于托事言情之旨，尤辽远矣。其尤累者，为杂用写实赋奔放之辞句，如"倚招摇摄提以低回戳流兮，察二纪五纬之绸缪矞皇。偃蹇夭矫娩以连蜷兮，杂沓丛颗飒以方攘。"（皆併两四言句为一句，而更加以助辞。）绚采失当，遂至垂翼不飞。平子性淡泊，本极适于写言志之作，惜过于求胜前人，又过于尚辞，反求妍得媸。（别有《定情赋》，仅存残句，无以窥其究竟）两人于他途凌轶扬马，顾不能学相如之别具手法，虽时世左右之，亦才各有所适矣。

降而愈后，斯途尤为寥落，虽有王逸《九叹》，未足振其衰。桓灵间赵壹有《刺世疾邪赋》，悃愊无华。有如山野僿夫，戟指而詈浇俗，诗情虽浅，颇有特致。如"佞谄日炽，刚克消亡，舐痔结驷，正色徒行。宁饥寒于舜之荒岁兮，不饱暖于当今之丰年。"疾邪而著于形色矣。其章法格局，亦至独特。（此赋有骚句法、赋句法、不文不赋之句法、四言句法、五言句法）篇末缀五言诗二首，虽非佳什，而外来影响，促使赋体变化，应与马融《笛赋》中五七言诗句等类观之也。

最后而有蔡伯喈。桓灵之后，一般文人似于甲乙二者均欲另觅新途，而前贤所启光明，已黳暗遮蔽，遂至"擿埴索途"，然而其变化之崮见矣。伯喈为东京文人重镇，作赋亦夥，惜多已佚亡。就其残存者观之，写实之作，篇幅趣于短小，赋小物之作尤众。（类《九章》中《橘颂》，而非抒志感怀，三国两晋间此类短赋最多。）言情之赋，渐脱去迟重之致，卸铅华之饰，曜盼倩之姿。此种新生机，良莠杂陈，对汉代后影响至大。又有通体恢复四言句者，则冥行之迷途也。伯喈抒情赋，有《述行》、《检逸》、《青衣》等篇。《述行》尚系遂初《显志》之风范，而用事少，涂饰轻。《检逸》上继平子之定情，下为渊明闲情之宗，《青衣》一赋，取材新颖，通篇用四言句，隽而未雅，有风趣而情调不深。赋至蔡邕，殆犹百草皆芜，偶间黄花，而众卉含葩，胥有待于阳春煦和矣。

四 影响

汉人自名其赋亦曰颂。王褒《甘泉宫颂》，《文选·魏都赋注》引作赋；扬雄《羽猎赋》，赋也，而序则云："遂作颂"；马融《长笛赋序》述王子渊以下各家赋，而曰"箫琴笙颂"。李思《孝景皇帝颂》，颂也，而《汉志》列于赋类；皆其显而有征者。更以其内容考之：东方朔有《旱颂》，其句法格局，纯为赋体；王褒《甘泉宫颂》，仅存残节，亦系赋体。《马融传》载其《广成颂》，述搜狩之义，体裁全仿《子虚》、《羽猎》，亦赋而名曰颂者。汉末仇靖《析里桥郙阁颂》，本为刊山勒石之文，实应题作铭，而亦名曰颂。其颂前半则四言诗句，后半则赋语也。考颂之义为揄扬，古诗之颂含有三义：以容貌表之，以声表之，（参挚虞、阮元、王静庵先生说）以义表之，而颂之义始备。汉人只承用其"以义表之"之一方面，故以其近于揄扬者，或名曰颂，或亦名曰赋。古称"不歌而颂谓之赋"就其不歌而颂之点言之，则可称曰颂，亦可称曰赋。颂者古诗之旧名；而赋者，由古诗滋生之新名也。惟其如是，故班固《两都赋序》述武帝以后赋之盛，而继之曰："雍容揄扬，抑亦雅颂之亚也"。又汉人自谓其赋以屈赋为远祖，而《九章》中有《橘颂》，虽用四言而杂楚语，主于写意而不主于抒情，故虽用韵而于文为近。董仲舒承之作《山川颂》，章法近赋，而废韵不用，遂成散文。王褒继之作《圣主得贤臣颂》，绳墨都废，乃至一无所似。此变而趣于绝蹊者也。既无以饫人之望，其后遂又归宗于古代四言诗之颂体，亦有间用骚与赋句法者，究以四言为多。（句法虽有小变无不用韵，刘彦和论颂之特色，乃是齐梁以后颂已归宗时之见解，不能用之以绳汉代之颂。）明乎此，而后知汉代颂体之何以杂，王褒、史孝山、马融之颂何以迥然不同。于是汉代所谓颂遂有三途：有颂名而赋实者；有欲变其式而失败者；有重回复于四言体者，而扬雄《赵充国颂》、史孝山《出师颂》，皆其承用旧名与旧体者。由是知文体之发展，亦循名而责实矣。（董仲舒王褒之颂，所以未能发生影响，以其用诗之名而无诗之实，刘伶《酒德颂》，亦赋而颂名者。）

由于赋体之盛，乃有写牢骚，托感念，陈诙谐之杂体文。《七发》以后，代有仿效，以七名文者，多至不能备举。稍变其式，则有东方朔之《答客难》《非有先生论》，衍而为崔骃《达旨》，张衡《应闲》，蔡邕《释诲》之属。魏晋后作者尤多，而《封禅文》《剧秦美新曲引》等尤与赋为近宗。赋有杂以诙笑者， (史称枚皋赋诙笑而不靡丽) 扬子云有《逐贫赋》，张平子有《髑髅赋》，蔡邕有《短人赋》，张超之《诮青衣》，边孝先之《对嘲》，杂然并出。而王褒《僮约》，遂特以诙谐显。 (《责髯奴文》或以为王褒作或以为东汉黄香作) 胡适之先生极不喜汉赋，独诧此文为汉代白话文之宗；实则，《僮约》乃受辞赋影响最深之作。子渊以写赋手笔，游戏为文，虽有，"目泪下落，鼻涕长一尺"之句，乃其不避俗语，非以白话为文也。 (汉代文之近于语体者惟淳于意答诏问医术、张敞条奏《故昌邑王起居状》与《汉书·外戚传》所录宣帝时《王媪供状辞》) 此类杂文，亦有高谈宫观，壮语畋猎者，或全篇用韵，或局部用韵，有时用韵之部分与赋无殊，然而不能入之于赋者，赋乃诗体之化分，虽已成为专体，而仍保有诗之意义与诗之成分，此则纯乎文也。如以系别观之，上述杂文，对于赋为附庸，为舆台，踞于他人之榻下而亦能酣睡者也。

散文之变为骈，乃以奇而变为偶；偶愈多，奇愈少，而骈体之名以立，骈文之风遂盛。此散文中一大事也。中国字以各个之单体组织为文，本易有偶句，此在先秦以前文中随处可见。然其势未能骤然产生骈文也，东京之初，枚乘邹阳之徒，所为书牍，每以奇偶并行，而相如尤甚。此骈文之见端也。昭宣以后，路温舒、王子渊、匡衡、刘向之伦出，斯风愈厉：句偶而体整，虽未足激荡一时，亦已成为时风众势矣。 (刘彦和引桓君山云，予见新进丽文，美而无采及见刘扬言辞，常辄有得，则王莽大诰之作，或亦有因) 东京之初，班彪、冯衍，尤趣绵密，是后，上自朝廷诏令，下迄私人述作，纯粹单行之文，日以减少。遂以奠魏晋后骈文之基。考散体之文，以史为宗，而班孟坚之史，亦变而偶，常求其所以转变之消息，乃知汉文由奇变偶，由朴变华，实辞赋为之机捩。汉代四百年间之文人，群趣为赋，赋体偶文也，以作赋之经验为文，其倾向于偶也甚易。故赋愈盛偶文亦愈多，渐渍既久，遂为风气。此文体之大变化，而为之因缘者则赋也。

西汉中期后，文体日众，如连珠、赞、箴、铭、碑铭、哀文、诔等，皆由赋之推动而后发展者也，请言其故：连珠一体，晋傅玄旨云序连珠："兴于汉章帝之世，班固、贾逵、傅毅三子受诏作之"，而沈约注制旨连珠表，任昉文章缘起，俱谓始于扬雄，沈任说是也。扬雄以碎文琐语，肇为连珠之体，而未达明润之域。班固继作，犹未尽美。至陆士衡之演连珠，始"事圆音泽，磊磊自转。"其体实割裂赋之支节以为短隽偶文也。昔人论赞以为始于益之赞禹，鸿胪赞拜然非文体之朔也。司马相如始为《荆轲赞》而不传。孟坚述史，论而非赞。赞本与颂之义近 (宗经：赋颂歌赞，诗立其本)。故西晋以后，终乃于四言之韵语，"结言于四字之句，盘桓乎数韵之辞。"与颂之终必变为四言诗体，其致一也，由是而史赞、像赞、草本赞，杂然作矣。箴之早而信者，《左传》中有《虞箴》，汉人效而广之者，则扬雄也。《汉书·陈遵传》载扬雄《酒箴》，《御览》引《汉书》则作《酒赋》；曹子建《酒赋序》亦云："余览扬雄《酒赋》，辞甚瑰丽，颇而不雅"，亦由雄之时箴与赋并无清晰界域，故名称错出也。雄于箴最为致力，《十二洲箴》之外，复作《二十五官箴》，箴体遂确然创立。而崔骃父子遂皆以箴名矣。铭之体，以勒金石而立。最古亦最多。东汉以后，铭辞特盛。冯敬通始为《杂器铭》，崔骃李尤继作。班固燕然山之铭功，其铭辞独用赋体，至为《高祖泗水亭碑铭》、《十八侯铭》则纯用四言矣。是后碑文发展为传记体，埋于圹则曰墓志，志亦传也；而铭辞仍用四言则又散文韵文，合而成璧。蔡邕遂以铭思独冠今古矣。吊文之兴，始于贾谊之《吊屈原》，相如之《哀二世》，皆赋也。至蔡邕之吊屈原始名曰文，实亦汉人所谓赋也。稍变而为哀辞，刘彦和述崔瑗《汝阳王哀辞》"履突鬼门，驾龙乘云。卒章五言，颇似歌谣。"似瑗亦以赋体为之者。（文已佚）更进而吊文以叙情，哀辞且述事，则亦传记与诗体之杂糅。而潘岳陆机以擅哀吊称矣。哀公之诔孔子，情哀而不韵，汉人之为诔者，亦始自扬雄，其《元皇后诔》，四言而韵，体兼叙述。杜笃傅毅、崔骃先后次出，仍多四言。至崔瑗之诔和帝，诔窦贵人，一用四言，一用赋句；亦犹汉赋之出入于诗骚之间也。诔之为体，累德行而旌事功，亦散文与诗之杂糅也。凡此诸体，或起于汉代，或起于汉前而汉代始盛，无不与赋息息相关。魏晋后凡擅此众体者无不为赋家，此其故也。（唐代试士，高宗时试箴铭论表等杂文，武后时改用赋，亦以其"文备群体"也。）

古代四言诗，朁而典重，丽而不靡，虽主抒情，亦善体物。写牧群则："或降于阿，或饮于池，或寝或吪。尔牧来思，荷衰荷笠，或负其糇。"写戎车则："小戎伐收，五楘梁辀。游环胁驱，阴靷鋈续。文茵畅毂，驾我骐馵。"写宫室则："如跂斯翼，如矢斯棘，如鸟斯革，如翚斯飞。君子攸跻。"皆深达于体之境界。或写物又兼陈情："施罛涉涉,鱣鲔发发，葭菼揭揭。庶姜孽孽，庶士有朅。"或描写复兼叙事："侵镐及方，至于泾阳，织文鸟章，白旆央央，元戎十乘，以先启行。"此等处发展为赋之可能大，发展为文之可能亦大。汉赋既盛以后，其所胎息于古代四言诗者，较所受于楚辞之影响尤深。其后复横轶旁出，而为各体之四言文,其动荡之力，实为伟大。学者徒见韦孟讽谏诗玄成责躬诗，遂谓古代四言诗已趣于穷途末路，所谓凤凰已翔于千仞，而罗者犹视乎薮泽也。

汉代由于各体文之结合而为，赋复由赋之推动，形成各种文体之发展，焜煌炳曜，动荡于四百年之间成为汉代文学主干，居于第一位，散文次之，而乐府又次之。建安以后，蜕化于乐府之五言诗代兴，赋乃退于次位，而赋中之乙派日趋于盛，甲派乃退居于次位。遂形成文学复杂错综之伟观焉。

中华民国二十八年十二月二十三日写于三台

原载《志林》1940年1月第1期

读《两都赋》偶记

俞士镇

汉魏文字，有句有读，而强半四言；骈读为句，遂成八言。亦有三读成句者，则十二言矣。以字求之，仍为耦数；以读论之，则变耦为奇矣。《西都赋》"绝而弗康，是用西迁；作我上都。又汉之西都，在于雍州，实曰长安"，并是其例。若以"绝而弗康，汉之西都"，益以参差，则肆为长句矣。然句虽变，其法则同。汉赋长句单用，亦往往有之，而多与耦句相间，用以疏宕其气。两都长句单用者甚少，至于多少之异，亦惟视文章行气如何，而为之斟酌耳。

东汉赋体，雅尚矜重，故少用疏宕。疏宕之多，唐宋则然，非汉魏古法也。汉魏古法，偶用疏宕，亦以耦句连缀，使气虽从，仍不失其渊懿；或于耦句之中，增减一二字，以见参差，是为疏宕。如"乡曲豪举，游侠之雄。节慕原尝名亚春陵，连交合众，骋骛乎其中"是也。

凡读两都，首宜参稽其句法疏密。先观其疏，再求其密，则句法得矣。夫疏处易识，密处难知，彦和所谓"密则无际，疏则千里"是已。两都密处，每有疏宕之气，此又非关一句之斟酌所可得见。临文之士，于构句之前，罗列词型，虚构心中，然后吐之纸上，则因句以达意，任气以遣辞，意之与句，气之与辞，同时并运，气息句法，始获研思入微，故能刻缕无形，得其神会。否则雕糅虽工气格乃卑，梁陈以下，胥蒙此敝。据此以上窥两都，方足尽其运意遣辞之妙。

造句之渊妙，虽系字句，有时不关字句之间。以意之渊妙，为句之渊妙，而句之富丽，斯即意之富丽也。以言两都，特为专擅。如"圜城溢郭，旁流百廛，红尘四合，烟云相连。"又"攀井干而未半，目眴转而意迷，含楯槛而却倚，若颠坠而复稽。魂怳怳以失度，巡回涂而下低。"又"排飞闼而上出，若游目于天表，似无依而洋洋，"又"灵草冬荣，神木丛生，岩峻崷崒，金石峥嵘"等句，其句法构造，亦汉赋常格。而渊妙富丽，迥异凡响，固当逆之以意，非仅求于字句间也。然即以字句求之，亦复具有特长，如"决渠降雨，荷臿成云，五谷垂颖，桑麻铺棻"四句，齐梁句法，率由此胎息而出。惟一则浑成，一则雕琢，此其所异也。

造句之法，有经意与不经意之别。经意则雕琢，不经意则浑成。汉魏齐梁之别，皆可于此中消息之。如"决渠降雨"二句，汉魏齐梁原无差别，而二语上下，相关不同遂以有汉魏齐梁之别。临文之士，本有摘句之法，固可见句法构造之妙。然若不合，观上下亦未能尽谛，其妙居何等，此类是已。

两都句法中，有绝无镕铸，但以堆砌为之者。如"清凉宣温，神仙长年，金华玉堂，白虎麒麟"，缕列宫室之名，字句累积，貌似堆砌，太冲三都往往用此。而此则清灵，彼则繁复。斯又视取材多寡，暨斟酌如何耳。取材多者，则必排比有序，权度得宜，方不至堆砌，详"清凉"四句，知其亟有斟酌。余如"九真之麟，大宛之马，黄支之犀，条支之鸟，玄墀钿砌，玉阶彤庭。"更由斯而变者，厥例尚多，不胜枚举。

赋尚敷陈，不厌累积，惟排比之间，必有伦则，如排比之后加以小结，则分中有合，死中有活。分中有合，不过结束之常法；至于死中有活，则堆砌累积之处，一经点化，便成空灵。如"清凉宣温"四语，必结以区宇若兹，不可殚论。此分中有合也。又如"鸟则玄鹤白鹭，黄鹄鸹鸐，鸧鸹鸧鹒，凫鹥鸿雁"而结以"沉浮往来，云集雾散"，此死中有活也。如此结束，则累积之形，化于无迹矣。故临文堆砌，恒人所能，若无成法运于其间，则又何足以言文也。

积字成句，句之工拙，攸关字法。两都用字，曲尽其妙。如"沟塍刻缕原隰龙鳞，决渠降雨荷甋成云"，雨之与沟，相为连络，用字灵活，遂成佳句。插必用荷，乃见生新。又如下文"五谷垂颖"二句，五谷之于颖，桑麻之于菜，联以垂铺二字，益尽其妙。崇山隐天，亦同此法。斯皆句因字法以生新者也。

至于虚字之例，如"屋不呈材，墙不露形"，以呈露裹络连其上下，刻划无形，斯能尽妙。又如"沉浮往来"等句，且及于字之用意，非有大力镕铸不能得出。

镕铸与雕琢不同。雕琢重迹，镕铸重意。雕琢就有形之字加以锤炼，故其迹可寻，而时兼美恶。镕铸则就无形之字运以意会，故无迹可寻，而有美无恶，此其得失大较也。两都字句，纯以意为镕铸，而不务求雕琢。如"矢不单杀，中必叠双"，后人为之必曰"矢不发单，中必叠双"或曰"矢不发单，中必双叠"。如此求工，便嫌雕琢。

三字句法与四字句法大致相同，若六字句法，其难易得失，少有不同。如

"目眴转而意迷，魂恍恍以失度"，有镕铸而无雕琢。若"轶埃竭之混浊，鲜颢气之精英"句则以"轶""鲜"两字生新。又"虹霓回带于梦楣"则以"回""带"二字生新。又"国籍十世之基，家承百年之业"，其生新处则在"籍""承"二字与下文"士食旧德之名氏"数句所用"食""服""循""用"等字极见镕铸。凡生新之字，正人所习用而能易熟为生者，亦观运意何如耳。

练字之法，实字易巧，虚字难工。如"神明郁其特起"之"起"字，"若游目于天表，似无依而洋洋"之"若""依"二字，"洞枌诣以与天梁"之"与"字，均加意镕铸。学者不当刻划迹象，而必求之于意。斯得之矣。

两都字法多用状字，而以状字与动字，名字与状字相联，而状字又时有变化，或为动字，或为名字。其法式虽有迹象可寻，而又变化无方者也。

原载《古学丛刊》1940年1月第6期

汉赋与古优

冯沅君

两年前在武水边上避寇的时候，曾利用业余、病余的时间，写了篇《古优解》，专论先秦倡优。文成后觉得还有些许余意，因之写了段附记，供异日参证。现在这篇短文《汉赋与古优》不过将当时余意的一部分提出加以充实整理而已。

这篇短文的主旨在说明汉赋与古优的关系已如文题所指示，兹为使读者易于了解起见，先略述汉赋与古优的一般情况，然后推论二者的关系。

汉代始于纪元前三世纪末，终于后三世纪初，前后四百余年。在这四个世纪中，赋是当时文艺的主要部门。汉班固因刘氏《七略》作《汉书·艺文志》，其中相当于后代四部中集部的《诗赋略》便只著录赋及乐府。清人焦循称：汉赋为周秦所无，故司马相如、扬雄、班固、张衡为四百年作者，常欲自楚骚以下撰为一集，汉则专取其赋（《易余籥录》）。二家的主张可说是"知者所见略同"，大可为我们"张目"。

这个浩荡的文潮可分为若干宗派，大别之有二。一派是"铺摛文藻"，以描写客观事物为主，一切尚夸张，体物象，涉嘲戏的作品都属此类。另一派是规摹《楚辞》，以抒写内在的情志为主，一切写哀感、申怀抱、述行役的作品都属此类。二派中，前者是汉代新兴的文体（自然和前代的作家、作品不是绝对无关系），创造性较多，后者是《楚辞》的苗裔，创造性特少。因此研究汉赋的人多侧重前者，我们这篇短文也以它为讨论对象。

关于汉赋的来源，论者多征引班固的话。他的《两都赋序》实是篇富有历史性的赋论。作者在这篇赋论的开始就肯定地说道："赋者古诗之流也。"随后又以汉赋与《诗经》中雅、颂相比，说道：

> 或以抒下情而通讽谕，或以宣上德而尽忠孝，雍容揄扬，著于后嗣，抑亦雅、颂之亚也。

在《汉书·艺文志》中，他却特别提出孙卿、屈原来。他说：

> 春秋之后，周道寖坏，聘问歌咏，不行于列国，学诗之士逸在布衣，而贤人失志之赋作矣。大儒孙卿及楚臣屈原，离谗忧国，皆作赋以讽，咸有恻隐古诗之义。

大约班固的意思认为汉赋应以荀 (孙卿)、屈为父祖，"古诗"为高曾。他的议论始终是一元的。在我们看来，"古诗"与荀、屈的关系很浅，与汉赋的关系也不深①，孕育汉赋的倒是荀、屈，班固的话只能局部的采用。"古诗"与荀、屈之外，还有人主张汉赋出于战国游说之士，苏、张者流，如清人章学诚。(说详《文史通义》《诗教》下) 这种见解自然也有独到之处。不过，一种文体的产生其渊源总不会太单纯，旧说之必须补充也是显明的事实。我们用以补充旧说的是古优给予汉赋的影响。

讲到汉赋的特点，我们只讨论汉代新兴者。因为承袭楚辞的一派，虽其中有几篇"合作"，但它在此时已如"弩末"，无再研讨的必要。下列六种特点是读新兴汉赋者所常遇到的。

(一) 问答体。例如班固《西都赋》的开始：

> 有西都宾问于东都主人曰："盖闻皇汉之初经营也，尝有意乎都河洛矣，辍而弗康，实用西迁，作我上都，主人闻其故而睹其制乎?"主人曰："未也。愿宾摅怀旧之蓄念，发思古之幽情，博我以皇道，弘我以汉京。"宾曰："唯，唯。汉之西都在于雍州，实曰长安。……"

(二) 体物。例如司马相如《子虚赋》描写云梦的种种：

> 其山则盘纡弗郁，隆崇嵂崒，岑崟参差，日月蔽亏。……其上则丹青赭垩，雌黄白坿，锡碧金银。……其石则赤玉玫瑰，琳瑉昆吾。……其东则有蕙圃衡兰，芷若荖菀菖蒲。……其南则有平原广泽，登降陁靡。……其高燥则生葴菥苞荔。……其埤湿则生藏莨蒹葭。……其西则涌泉清池，激水推移。……其中则有神龟蛟鼍，瑇瑁鼈鼋。其北则有阴林，其树梗枏豫章。……其上则有鹓雏孔鸾。……其下则有白虎玄豹，蟃蜒貙犴。

（三）诔词。例如张衡《东京赋》颂美光武：

我世祖忿之，乃龙飞白水，凤翔参墟，授钺四七，共工是除，櫼枪旬始，群凶靡余。区宇乂宁，思和求中，睿哲玄览，都兹洛宫，曰止曰时，昭明有融。既光厥武，仁洽道丰，登岱勒封，与黄比崇。

（四）讽谏语。例如司马相如《上林赋》谏猎诸语：

于是酒中乐酣，天子芒然而思，似若有亡，曰："嗟乎！此大奢侈。朕以览听余间，无事弃日，顺天道以杀伐，时休息于此，恐后叶靡丽，遂往而不返，非所以为继嗣创业垂统也。"于是乎乃解酒罢猎，而命有司曰："地可垦辟，悉为农郊，以赡萌隶，隤墙填堑，使山泽之人得至焉，实陂池而勿禁，虚宫馆而勿仞，发仓廪以救贫穷，补不足，恤鳏寡，存孤独，出德号，省刑罚……与天下为更始。"……于斯之时，天下大悦，乡风而听，随流而化。……若此，故猎可喜也。若夫终日驰骋，劳神苦形，罢车马之用，抏士卒之精，费府库之财，而无德厚之恩，务在独乐，不顾众庶，忘国家之政，贪雉兔之获，则仁者不繇也。

（五）散文化。例如扬雄《长杨赋》的开端：

盖闻圣主之养民也，仁沾而恩洽，动不为身。今年猎长杨，先命右挟风，左太华而右褒斜，椓巀嶭而为弋，纡南山以为罝，罗千乘于林莽，列万骑于山隅，帅军踤阹，锡戎获胡，搤熊罴，拖豪猪，木拥枪累，以为储胥。此天下之穷览极观也。

（六）叠字或骈字。例如司马相如《子虚赋》写从楚王畋游云梦的宫嫔：

于是郑女曼姬，被阿缟，揄纻缟……扮扮裶裶，扬袘戍削，扶舆猗靡，翕呷萃蔡……眇眇忽忽，若神仙之仿佛。

汉赋在汉文艺中的地位和它的派别、来源，特点略如上述，这是关于汉赋的常识，也就是汉赋的轮廓。

在下述四项中，我们希望给予读者一个古优的剪影。

首论古优的起源。如果有人问我什么人是古优的远祖，我将回答道：那是巫。在原始社会里，迷信的氛围是极度的浓厚。人们相信天地、山川、草木并有神在，而这些神常因其喜怒爱憎降祸福于人群。人们为保障生命的安全，对神不能不崇敬，而视为神所凭依的，或有事神技能的人在这样的社会中便取得重要地位，群巫之长往往就是王。这些工于事神的专家既对全部落负有领导和保护的责任，他们就不能不有种种特殊的奇异的技能来满足大众的为生存而发生的欲求，所以这类人大都能为人疗治疾病，能观察天象，能祈求风雨，能用卜筮 (甚或不用) 预测未来的祸福，通习音乐歌舞，以之娱神。他们不独拥大权，居高位，同时也是知识最丰富的人。古书中有所谓"圣王"，原始社会的巫与此颇近。"圣"是智慧的，宗教的，"王"是政治的。不过，这些介在人神间的统治者的命运也是有限度的，他们也只是某一个时代的"宠儿"。因为人类是进步的，当大家的经济生活获得改进时，社会的组织便会生变化，人们对于自然界的迷信也因智力日益增进而逐渐轻减。在此时，巫的种种技能分为各种专业，由师、医、史等类人来担任，同样他的政权也落到政治专家；巫成了"空头"的事神者。倡优呢，他们承继了巫的娱神技能 (歌舞之类)，又因所处的社会神权已衰落，人主贵于一切，遂以他们的特长博取人间活动的恩宠。②

自巫演变到优，这自然要经过相当悠久的时间。因此要确切地指出他的年代，换句话说，确定何时始有优，那是不容易的。在中国古代信史中，优的出现又是前八世纪的事。《国语·郑语》记郑桓公与史伯的谈话道：

> 公曰："周其弊乎？……" (史伯) 对曰："殆于弊者也。……今王弃高明昭显，而好谗慝暗昧，恶角犀丰盈，而近顽童穷固，去和而取同。……夫虢石夫谗谄巧从之人也，而立以为卿，与刭同也……侏儒，戚施，实御在侧，近顽童也。……"

郑桓公为司徒始于周幽王八年 (前774年)，后三年幽王便为犬戎所杀，郑桓公也同时遇害。这段话中既有"周其弊乎"一语，可知其必在桓公初为司徒时③，即前七七三年左右。至于"顽童穷固"与"侏儒戚施"之所以为倡优，一则因《国语》韦昭注有云："侏儒戚施皆优笑之人"，再则因古优中常有不少精神方面畸形的人④，而"顽童"的意义恰是聪慧的反面⑤。到春秋，古优的名字已可考见，如晋优施 (《国语·晋语》) 之流。

次论古优的技能。古优的技能约有四种：

（一）歌舞。古优工歌舞，《国语·晋语》中优施为骊姬游说里克一段可以为证：

> 骊姬许诺，乃具，使优施饮里克酒。中饮，优施起舞，谓里克曰："主孟啖我，我教兹暇豫事君。"乃歌曰："暇豫之吾吾，不如乌乌，人皆集于苑，己独集于枯。"

（二）滑稽。滑稽调笑是优人的本行，所以《史记·滑稽传》于优旃特别称许他"善为言笑"，《左传》"襄公六年"，杜预注："优，调戏也。"

（三）讽谏。古优的讽谏多寓于滑稽奇特的言语动作中，如《史记·滑稽传》记优孟之谏楚王：

> 优孟者，楚之乐人也。……楚庄王之时，有所爱马，衣以文绣，置之华屋之下，席以露床，啖以枣脯。马病肥死，使群臣丧之，欲以大夫棺椁葬之。左右争之，以为不可。王下令曰："有敢以马谏者罪至死。"优孟闻之，入殿门，仰天大哭。王惊而问其故。优孟曰："马者王之所爱也，以楚国之大，何以求而不得，而以大夫礼葬之。"王曰："何如？"对曰："臣请以雕玉为棺，文梓为椁，楩枫豫章为题凑。发甲卒为穿圹，老弱负土，齐赵陪位于侧，韩卫翼卫于后，庙食太牢，奉以万户之邑。诸侯闻之，皆知大王之贱人而贵马也。"王曰："寡人之过，一至此乎？为之奈何？"优孟曰："请为大王六畜葬之，以垅竈为椁，铜历为棺，赍以姜枣，荐以木兰，祭以粳稻，衣以火光，葬之于人之腹肠。"于是王乃以马属外官，无令天下之久闻也。

（四）竞技。古优习竞技的史料应以《国语》所记者为最早。《晋语》记胥臣与文公论八疾道："侏儒扶卢。"韦昭注说："扶，缘也。卢，矛戟之秘，缘之以为戏。"这种竞技实导汉"寻橦"，唐"缘竿"的先路。

三论古优的社会地位。古优的社会地位是奇特的。他们为当时君主贵人所亲昵，正直人士所厌恶，一切人所轻视。因为在人们心目中，这些人只是玩物，甚至是有害的玩物。关于君主贵人近优、正直人士恶优的例证，前引《国语·郑语》史伯的谈话可供参考。至于人们贱优的史料，司马迁可以供给我们一些。他在叙述甘就宫刑的苦衷时，说道：

仆之先人非有剖符丹书之封，文史星历近乎卜祝之间，固主上所戏弄，倡优所畜，流俗之所轻也。假令仆伏法受诛，若九牛亡一毛，与蝼蚁何以异，而世又不与能死节者，特以为智穷罪极，不能自免，卒就死耳。何也？素所树立使然也（《报任安书》）。

他所谓"素所树立"是指他的出身言，他的家世言，也就是指他的先人的职业言。他的先人并非倡优，只是个准倡优，便为"流俗所轻"，连累得他自己遭罹冤诬也不为"世"所谅解，则倡优之为人所轻贱更是不言而喻了。

四论古优与 Fou。欧洲中世纪的贵族们多豢养 Fou。这类人与中国古优极近，他们也能歌、舞、滑稽、讽谏，在社会上的地位又极低。在斯各德（W. Coctt）的小说《六十年前》（Waverley）内，我们看到个工歌舞的 Fou 大维（Davie）：

早上，瓦凡莱（Waverley）思虑得疲倦而渐渐入睡，梦中听见了音乐，但并非赛尔马（Selma）的声音，他梦见自己回到杜里佛兰（Tullyveolan）去，听见大维·盖拉莱（Davie Gellaley）在院里歌唱。这是他住在勃兰瓦丁（Bradwardine）男爵家首先扰乱他的声音。引起这种幻觉的音调一直继续下去，而且渐渐高起来，以至把爱德华（Edward）惊醒，这幻觉似乎还没有完全散去，这个房间是在安南采德堡（Iannan Chaistel）内，可是声音确是大维·盖拉莱唱着下面的歌曲，从窗下经过。……爱德华急于知道甚么使盖拉莱先生走这样远的路，便急急忙忙的穿好衣服。是时大维又换了几个调子在唱。……瓦凡莱穿好衣服走出来，大维却和两个常在堡门口的高地人歌舞起来，他舞的是苏格兰的双钱舞，以自己的吹哨为节奏。此时他兼舞人与乐师二差，后来另一人吹起箫来，他才把乐师的差卸却。……⑥

又加奈尔（A.Canel）在他的法国御优的史的研究中论 Fou 拉白雷（Rabelais）道：

拉白雷这个卓绝的 Fou，他曾令那样多的智者说出非理的话；这个大哲学家，在疯狂的面纱掩护之下，教人了解那样多崇高的真理。……拉白雷不仅以笔端滑稽调笑，当他随白雷（Bellay）主教使罗马时，对教皇及其他教会中贵人，他并未节省他的良言与大胆的狂语，这些语言无疑的在法国引起了谤议与笑乐的回响。⑦

日高白（Jacob）在他的小说《二优人》（Les Deux Fous）的导言中论Fou身分道：

> 这些调皮的同席者⑧，常是猎犬、猎鸟、家畜，甚至于贵妇人用白手所
> 饲养的狮子的对手。⑨

他们这两家也将Fou的善讽谏、诙谐，及被人轻贱的情形告诉我们了。欧洲学者关于Fou已有不少的专门著作，我们如拟研究古优自应借助他山。

最后我们讨论汉赋与古优的关系。谈到这一层，我们的意见可从两方面叙述：

（一）关于作者的为人和身分的。

（二）关于作者的体制和内容的。

在汉代的赋家中，有两位作者的为人和身分值得我们特别注意：枚皋和东方朔。

枚皋是赋家枚乘的"孽子"。枚氏父子并以赋名。《汉书·艺文志》有枚皋赋百二十篇，皋本传还说百二十篇外尚有数十篇"尤嫚戏不可读者"。但这位"多产"的赋家却是个准倡优。《汉书》本传记他的行事道：

> 皋不通经术，诙谐类俳优，为赋颂好嫚戏，以故媟黩贵幸，比东方朔、
> 郭舍人等，而不得比严助等尊官。……皋赋辞中，自言为赋不如相如，又言
> 为赋乃俳，自悔类倡也。故其赋有诋娸东方朔。

对于这段记，我们还可以加几句解释。李奇释"诙"道："嘲也。"颜师古释"俳"道："杂戏也"；又释"嫚"道："裹污也"。⑩东方朔行事详后。郭舍人是武帝的"幸倡"，事见《史记·滑稽传》褚先生补章和《汉书·东方朔传》。《朔传》另详。褚先生的记载是：

> 武帝时有所幸倡郭舍人者，发言陈辞虽不合大道，然令人主和说。

枚皋既以嘲笑、杂戏见长，又为人视如郭舍人，我们说他是个准倡优何尝委屈了他？

在汉赋家里，东方朔的地位仅次于相如、枚叔、扬雄、班固诸人。《汉书·艺文志》虽未著录他的赋，但班固于《两都赋序》中论武、宣赋家时，曾

将他与司马相如、枚皋等同列于"言语侍从之臣"群中；同时他的《旱颂》既纯为赋体，《答客难》又属赋的变种，这都是人所共知而且共承认的。他的生平见《史记·滑稽列传》褚先生补章和《汉书》本传。就二书所记的看来，我们觉得他的为人和身分也近倡优。例证如下：

（一）当时人视他为狂人。《史记·滑稽列传》说：

> 人主左右诸郎半呼之狂人。……朔行殿中郎谓之曰："人皆以先生为狂。"……

对于我们这些研究古优而又相信优与Fou同的人，这段史料很可重视。狂人即是精神失常，或畸形发展的人，而欧洲人用以称中世纪优人的Fou或Fool的另一解也是疯、愚，或疯人和愚人⑪。

（二）他自比于侏儒。《汉书》本传说：

> 久之，朔绐驺朱儒曰："上以若曹无益于县官，耕田力固不及人，临众处官不能治民，从军击虏不任兵事，无益于国，徒索衣食，今欲尽杀若曹。"朱儒大恐啼泣。朔教曰："上即过，叩头请罪。"居有顷，闻上过，朱儒皆号泣顿首。上问何为？对曰："东方朔言上欲尽诛臣等。"上知朔多端，召问朔何恐朱儒为？对曰："臣朔生亦言，死亦言。朱儒长三尺余，奉一囊粟，钱二百四十。臣朔长九尺余，亦一囊粟，钱二百四十。朱儒饱欲死，臣朔饥欲死。臣言可用，幸异其礼；不可用，罢之，无令索长安米。"

朱儒是优笑之人，已详前引《国语》韦昭注，东方朔自比于朱儒是自视"类倡也"。

（三）他与倡优斗智争宠。《汉书》本传说：

> 上尝使诸数家射覆，置守宫盂下，射之皆不能中，朔自赞曰："臣尝受《易》，请射之。"乃别蓍布卦而对曰："臣以为龙又无角，谓之为蛇又有足，跂跂脉脉善缘壁，是非守宫即蜥蜴。"上曰："善。"赐帛十匹。复使射他物，连中，辄赐帛。时有幸倡郭舍人滑稽不穷，常侍左右，曰："朔狂，幸中耳，非至数也。臣愿令朔复射。朔中之，臣榜百；朔不能中，臣赐帛。"乃覆树上寄生，令朔射之。朔曰："是窭数也。"舍人曰："果知朔不能中也。"朔曰："生肉为脍，干肉为脯，著树为寄生，盆下为窭数。"上令倡监

榜舍人。舍人不胜痛，呼謈。朔笑之，曰："咄，口无毛，声謷謷，尻益高。"舍人恚曰："朔擅诋欺天子从官，当弃市。"上问朔何故诋之。对曰："臣非诋之，乃与为隐耳。"上曰"隐云何?"朔曰："夫口无毛者，狗窦也。声謷謷者，鸟哺鷇也。尻益高者鹤俛啄也。"舍人不服。因曰："臣愿复问朔隐语，不知亦当榜。"即妄为谐语曰："令壶齟，老柏涂，伊优亚，狋吽牙，何谓也?"朔曰："令者，命也。壶者，所以盛也。齟者，齿不正也。老者，人所敬也。柏者，鬼之廷也。涂者，渐洳径也。伊优亚者，辞未定也。狋吽牙者，两犬争也。"舍人所问，朔应声辄对，变诈锋出，莫能穷者。

(四) 他以"倡辩"得幸。《史记·滑稽列传》说：

朔初入长安，至公车上书。……诏拜以为郎，常在侧侍中，数召前来谈话，人主未尝不说也。

《汉书》本传赞说：

刘向言，少时数问长老通于事及朔时者，皆曰：朔口谐倡辩，不能持论，喜为庸人诵说。……然朔名过实者，以其诙达多端，不名一行，应谐似优，不穷似智，正谏似直，秽德似隐。

枚皋与东方朔外，我们还愿举两个时代较早而与汉赋有关系的人，以见赋家行事有时近优是有悠久的来历的。这两个人是淳于髡和宋玉。

淳于髡不以文名，更无赋传，但他的《对齐王问》 （《史记·滑稽列传》）确是篇摛彩体物、有声有色、与赋逼似的文字。文中如：

日暮酒阑，合尊促坐，男女同席。履舄交错，杯盘狼藉。堂上烛灭，主人留髡而送客，罗襦襟解，微闻芗泽。当此之时，髡心最欢，能饮一石。

这段回肠荡气的描写与司马相如《上林赋》中的：

芬芳沤郁，酷烈淑郁，皓齿粲烂，宜笑的皪。长眉连娟，微睇绵藐，色授魂与，心愉于侧。

张衡《西京赋》的:

> 然后历掖庭，适欢馆，捐衰色，从嫚婉，促中堂之陿坐，羽觞行而无算……要绍修态，丽服飚菁，昭䘏流眄，一顾倾城。

不独绝似，而且还要精艳些。他若生在西汉武宣时代，恐怕司马相如这群"言语侍从之臣"都要向他首俯呢。这位有实无名的赋手，就《史记·滑稽列传》所记载的看来，他也与优颇近。第一，史家称他"滑稽多辩"，又常寓讽谏于谈笑中。第二，扬雄曾比兒于优孟。他在论汉赋的缺点时说道:

> 又颇似俳优淳于髡、优孟之徒，非法度所存。　　(《汉书·扬雄传》)

第三，史家说他是"齐之赘婿"。古优的社会地位极低已详上文，赘婿的地位实也不高于优。赘婿之所以得名，据《史记索隐》，是因为他"如人疣赘"，乃"剩余之物"（西康今日仍有此风，详《责善半月刊》二卷十四期，李鉴铭《康游杂记》）。因此，我觉得这位有实无名的赋手也许同时是个有实无名的倡优。

　　在《楚辞》作者中，屈宋原是并称的。《楚辞》类皆抒写情志，宋玉的《招魂》却特重客观事物的描写。汉赋体物的风气与此似也微有因缘。史料的缺乏使我们对于这位"风流儒雅"的人才不能详知其生平，但就传说上推究，他仿佛也有似优的嫌疑[12]。颜之推《颜氏家训·文章篇》说:"体貌容冶，见遇俳优"，就此可见前人对他也有同样的见解。准是以推，他作《招魂》以招时君的魂魄，或者如枚皋作《立皇子禖祝》，这都是俳优式的词臣作与鬼神有关涉的文字[13]。

　　枚皋、东方朔的为人和身分既如彼，淳于髡、宋玉的为人和身分又如此，赋家与古优的关系不难与此略知消息。其实在封建社会中，文人类此者颇不少，汉赋家因其时代去古未远，故表现的比较明显些。

　　就汉赋的体制与内容观察，它和古优的关系可得四点，下文依次分述。

一　汉赋何以多散文化?

　　读新兴汉赋的人大都有这样的印象:多散文化。自然我们也承认其中有一部分饶有诗意，但大多数都是有韵的散文。（例证详前）这种特殊的体制在汉赋的支派《七发》与《解嘲》等文中也留着痕迹⑭，其势力的雄厚盖可想见。

汉赋为什么采用这样的体制？这与古优不无关系。古优以必须通习歌舞的缘故，久而久之，他们日常应对似也采用歌唱的方式。因此，他们的言语往往有韵，虽然这些话并非诗的。这些无诗意的韵语具见于《史记》、《汉书》的淳于髡、优孟、东方朔等滑稽之雄的传记中（例证详前），其中如淳于髡的《对齐王问》不独篇幅较长，文辞也极精美，论者至视为辞赋的先驱。秦汉赋家的为人既有与优近似的，其作品受优语的影响自属可能。

说古优日常应对多用韵语，这自然是种假定。这个假定的成因最先是受Fou的启示。欧洲的Fou是以歌唱为"家常便饭"的。斯各德《六十年前》中的Fou大维便以歌唱来回答别人的问话⑮。其次，《史记》、《汉书》也给我们些启发。在此二书中，我们看到优人（优孟等）与准优人（淳于髡等）的谈话都是协韵的。中外古书所记如此契合，这种现象当非偶然，我们的假定只是与这种现象的一种解释而已。

二 汉赋何以多问答体，且以体物为主？

同前面所论的散文化一样，问答体与体物二者也是读汉赋的人所最易察觉的。研究汉赋的人们大都认为这种特点来自荀卿赋。这种见解自然有它的道理，因为荀卿赋的特异处确也在问答体与体物。不过荀赋何以有这种特点呢？汉赋何以将它承继下来？论者于此十九未曾注意。我们认为荀赋所以如此的原因是因为它们是"隐书"，谜；汉赋所以承继荀体的原因是因为它们的作者近优，而"隐"是滑稽之雄的技能之一。简单地说，汉赋是"隐书"的支派——发扬光大的支派，至少也是在"隐书"的影响下产生的。⑯

为什么说荀赋是"隐书"呢？试看他的《蚕赋》：

> 有物于此，𫎇𫎇兮其状，屡化如神；功被天下，为万世文，礼乐以成，贵贱以分，养老长幼，待之而后成；名号不美，与暴为邻。功成而身废，事成而家败，弃其耆老，收其后世，人利所属，飞鸟所害，臣愚而不识，请占之五泰。五泰占之曰："此夫身女好而头马首者与？屡化而不寿者与？善状而拙老者与？有父母而无牝牡者与？冬伏而夏游，食桑而吐丝，前乱而后治，夏生而恶暑，喜湿而恶雨，蛹以为母，蛾以为父，三伏三起，事乃大已，夫是之谓蚕理。"⑰

看他先将蚕的形状、功能等描写一番，然后说"臣愚而不识，请占之五泰"，而所谓"五泰"者再将此"物"描写若干句，还要加上询问的口气，最后乃说出"物"名，这与猜谜竟无大别。刘向《别录》说：

> 隐书者，疑其言以相问，对者以虑思之，可以无不谕。（据《汉书·艺文志注》引）

他给"隐书"的定义不正与荀赋吻合？刘勰《文心雕龙·谐隐》说："荀卿《蚕赋》已兆其端"，这位批评家的目光真够敏锐了。

又考"隐语"托始于春秋，盛行于战国，可以讽谕，可以"诋戏"。前引东方朔戏弄郭舍人的一段记载可为后者的例证。谁说"为隐"不是滑稽之雄的技能之一！⑱

三　汉赋何以尚讽谕？

汉赋中不独多讽谏语，而且有几位赋家还在这方面推波助澜地提倡。就中主张最力的是扬雄。他认为"赋者将以风之"（《汉书》本传）。这种趋势与古优多少应有点渊源。因为这些"弄臣"中颇有以讽谏显名的，而"谈言微中亦可以解纷"又是古史家对他们的赞语。也许有人以为扬雄的主张在提高赋家的地位，使之与优远离；但我们要知道历史的推演个人绝无改变它的能力，扬雄虽如此主张，可是无形中他还是受历史的支配。

四　汉赋何以涉嫚戏？

在论枚皋时，我们曾说他有"嫚戏不可读"的赋数十篇。实际上汉赋家染指于此的并不祇枚皋一人。扬雄《逐贫赋》、张衡《髑髅赋》、蔡邕《短人赋》等并属此类。这种风气的形成不能说与古优无涉。"优，调戏也"，滑稽调笑原是中外优人的专业呵！

就目前观察所得，汉赋与古优的关系略如上述。当我写《古优解附记》的时候，曾将此意就正于一位前辈学者。他对于我的推论表示同意，并且说司马相如的《子虚》、《上林》有似优人的脚本。最近有人告诉我，抗战前闻一多先生在清华一个讲演会上发表过文学起源于倡优说。可惜他的讲稿我不曾读过。近来，我心中有这样个意念：古代 (纪元前) 文学不管是哪个部门，和"师"、史、倡优等人多少总有些瓜葛。

---

①荀卿赋虽多四言，但风格与《三百篇》不同。屈原是先秦诗国的革命诗人，故《楚辞》与"古诗"也无大关系。汉赋的体制与风格并与《诗经》绝异，班固、刘勰 (《文心雕龙·诠赋》) 的话不无牵强。

②说详《古优解》中《古优的起源》节。

③《史记·郑世家》："郑桓公友者，周厉王少子，而宣王庶弟也。……幽王以为司徒。……为司徒一年，幽王以褒后故，王家治多邪，诸侯或畔之，于是桓公问太史伯。"

④中国古优与欧洲的Fou绝似 (详后)，而在Fou中常有此精神不健全的人。如法国名Fou杜里布来 (Triboulet)、加耶特 (Caillette) 等皆如此。准是推想，中国古优当也近是。

⑤许慎《说文》训"顽"为"梱头"。张揖《广雅》训"顽"为"愚"，《贾子·道术》谓反慧为童。

⑥Waverley (一名Ilya Soixante Ans) 法译本，一八二六年，巴黎版(GOSSELIN) 二十八章。

⑦《法国御优的史的研究》 (Recherches Historques Sur les Foordes Rois de France) 一八七三年，巴黎版，一三五至一三六页。

⑧如法国的Fou杜里布来即与法王同席吃饭。

⑨引见《法国御优的史的研究》。

⑩《汉书·枚乘传》注。

⑪加奈尔《法国御优的史的研究》，十九页解释Fou这个字的来源道："但到后来，Fou DOMESTIQUE 通常是天生白痴或职业的滑稽人。人们以为从中世用以指示Fou这种人的文字Follus 可以看出它是从希腊人eaγλos来的。希腊此字的意义是尖头，因为头颅构造窄狭，或作圆锥形，乃是脑子缺乏的标志。或可说它从拉丁文Follis来的，拉丁此字的意义是风箱，因为Fou的头脑中充满了风与滑稽的妄想。Follus一字与希腊文、拉丁文并可通。"这段文字很可以供我们参考。

⑫就《登徒子好色赋》看来，宋玉大约是个"口多微辞"的轻佻人。这篇文章本出伪托，但必是宋玉的传说有与此相类的，后人方有此作。

⑬优源于巫，巫以事神为业，宋、枚这类作品正说是远古风俗的遗留。

⑭《七发》中句如："纷屯澹淡，嘘唏烦酲，惕惕怵怵，卧不得瞑，虚中重听，恶闻人声，精神越渫，百病咸生，聪明眩曜，悦怒不平，久执不废，大命乃倾。"《解嘲》中句如："士无常君，国无定臣，得土者富，失土者贫，矫翼厉翮，恣意所存。"都是有韵的散文。

⑮《六十年前》，第九章："爱德华虽然知道无法和他问答，但终问他勃兰瓦丁先生是

否在家，问那里可找到府中仆役。那知那被问的人却象太来巴女巫似的，以歌曲来回答。"

⑯《汉书·艺文志》、《诗赋略》于赋后著录《隐书》十八篇。赋与它的关系，班固似乎也见到了。

⑰后世诗（广义的）内，"咏物"实是个习用的题材，而其中隐约晦涩者往往与谜近似，夸张一点说，这应是荀赋的流风余韵。

⑱《东京梦华录》、《梦梁录》诸书述两宋京都"瓦子"里技艺都曾提到谜。这种习俗无疑的是前有所承，后有所启，绝非前无古人，后无来者。时至今日，猜谜仍然为社会各阶层的娱乐之一。它之所以能这样久远的流传着因为有心理上的依据。它能满足人们的好奇心。

原载《中原月刊》1943年9月第1卷第2期

司马相如赋论

万 曼

一 《上林赋》论

建元三年八九月间，长安附近鄠、镐、鄠、杜一带，华实蔽野，老百姓一年来的辛勤，看着那些金黄色的禾稼稻秔，正在得意。不料突然间每天早晨，一伙骑士赶起满山的鹿豕狐兔，趁着天高气爽，弓燥手柔，打起围来。马叫着，兽吼着，人们也在呐喊。有时壮士们和熊罴亲手交斗起来，更是人仰马翻，整片的庄稼便在马的驰逐、人的践踏下风卷云平。

老百姓们虽然向例老实，可是这样的侵扰却无论怎样也不能忍耐了。呼号叫骂，都不生效；只好大家聚拢来，向鄠杜令去告发。鄠杜令问来问去，也不知道这群人的来历。有人说是平阳侯曹寿。平阳侯是皇帝的姊丈，鄠杜令也不好奈何他，只得去谒见，请他以后检点些。不料骑士们见了鄠杜令，毫不理睬，反而扬鞭威吓。

这一来，鄠杜令便也怒了。便叫吏士扣留下几个骑士，仔细一问，骑士便拿出"乘舆"的信物来了。这还了得，原来这群猎士就是当今皇帝呵。从此人们才知道所谓平阳侯便是当今皇帝的化名。皇帝原来常常来微行，于是丞相、御史便赶紧知会右辅都尉，清乡戒严，暗地巡视护卫。

汉武帝那时才二十岁，青春的血液冲激着他的热情，满身活力在爬，他怎能整天在那阴森森的宫廷里"诞敷文德"，于是便想出一个新花样，每天夜漏十刻，便偷偷走出宫庭，和一般侍中、常侍、武骑、待诏们，约会下陇西、北地的骑射少年，在殿门聚齐。天一亮便驰逐入山射猎，过一过"耳后生风、鼻头出火"的生活。于是北至池阳，西至黄山，南至长杨，东至宜春，便是他们驰骛的场所。

这生活原本是秘密的。不过自从这秘密揭开以后，内史便遵循丞相、御史的暗示，从宣曲宫以南，设立了十二处休息更衣的地方。又把沿路上的长杨宫、五柞宫、蕡阳宫、宣曲宫都装饰洒扫，准备皇帝住宿。

汉武帝知道这用不着隐秘着了，同时也知道老百姓不堪骚扰，于是便派大中大夫吾丘寿王和两能算的待诏，把阿城以南，盩厔以东，宜春以西，一直到南山脚下的田地，统统计算出来，用价钱收买了，筑一个大苑，定名叫做"上林苑"。

汉武帝这样大规模的狩猎，未尝不是受了司马相如《天子游猎赋》的影响。因为司马相如由杨得意的绍介，被汉武帝召见，便把从前在梁园时写的《子虚赋》，头里加上一位亡是公，后面另接上一大段，改写成一篇天子游猎赋来铺扬天子的游猎。（详见另文关于《子虚》《上林》的若干考证。）这便是我们现在要谈到的《上林赋》。

《上林赋》的体制还保留着赋家的惯例，"述客主以首引"，先说楚国的子虚到齐国出使，和齐王畋猎以后，见着乌有先生，向他陈述怎样向齐王夸示楚国云梦的博大富有，和楚王游猎的壮丽雄伟。随后乌有先生用简略的几句话说明齐国的大海，"吞若云梦者八九于其胸中，曾不蒂芥"来驳难子虚。最后亡是公在旁边说，齐和楚都不行，并且也都不对。于是便铺张起天子的上林，洋洋纚纚，直到临完，天子才"芒然而思，似若有亡"，说出"此大奢侈"一段话，做为曲终奏雅，因以讽谏。

全篇的中心似乎在最末一段"此大奢侈"以后天子所说的话，其实在分量上说，子虚夸楚和亡是公说上林两段，便是《上林赋》的骨干。里面辞汇的丰富，描写的夸眩，都是奠定司马相如在辞赋中独步千古的主要原因。

这两大段的主题都是一样，首先渲饰环境，再叙述狩猎女乐。但写上林必须压倒云梦，而云梦也不能写得太平凡，这便是显示技巧的主要所在。

我们先来比较渲饰环境的两段：

写云梦，司马相如只是机械的用"其山……""其土……""其石……""其东……""其南……""其高燥……""其埤湿……""其西……""其中……""其北……""其上……""其下……"这样十二个小段。每段都是略事渲饰，便堆砌物名。譬如说"其东则有蕙圃，衡兰芷若，芎藭菖蒲；茳蓠蘪芜，诸柘巴且。"全是名辞的堆积。又如"其土"那小段，便在"锡碧金银"等物名之后，加上"众色炫耀，照烂龙鳞"八个字。不过十二小段中，也只有三五小段有这种句法，其余便都是"其东"那样句子。

至于写上林便不然了；首先他不用那机械的"其山""其土"这样方法，而改用"于是乎"划段，这自然就感到活泼。同时连串的物名堆积非常少，就是"炫耀龙鳞""案衍坛曼"那样描写静态的文句也不多，多半全是着重在动态的临摹。譬如提到水，便说：

> 触穹石，激堆埼，沸乎暴怒，汹涌彭湃，滭弗宓汩，偪侧泌㳽，横流逆折，转腾潎洌，滂濞沆溉，穹隆云桡，宛潬胶戾，踰波趋浥，涖涖下濑，批岩冲拥，奔扬滞沛，临坻注壑，瀺灂霣坠，沉沉隐隐，砰磅訇磕，潏潏淈淈，湁潗鼎沸，驰波跳沫，汩㵏漂疾，悠远长怀，寂漻无声，肆乎永归。然后灏溔潢漾，安翔徐回，翯乎滈滈，东注太湖，衍溢陂池。

这便是尽力想用文字把水的姿态、声音、情势，甚至于说是水的生命捕捉下来，用这方块的符号刻画在纸上。

此外，如说到水鸟，便是：

> 泛淫泛滥，随风澹淡。与波摇荡，奄薄水渚。唼喋菁藻，咀嚼菱藕。

说到杂草，便是：

> 应风披靡，吐芳扬烈。郁郁菲菲，众香发越。肸蠁布写，晻薆咇茀。

鸟的情态，草的风趣，便也都能体贴摄存。我们说句笑话，方块字使到这样奇形怪状，也就仿佛一辆小车，任重道远，不得不吱吱呀呀的了。"极声貌以穷文"，"穷文"二字在这里也就真够劲了。

写到狩猎，楚王云梦不过是：

> 雷动猋至，星流霆击。弓不虚发，中必决眦，洞胸达掖，绝乎心系。获若雨兽，揜草蔽地。于是楚王乃弭节徘徊，翱翔容与。览乎阴林，观壮士之暴怒，与猛兽之恐惧。徼㸌受诎，殚睹众物之变态。

写上林便不然了，几乎比这长四倍，现在节下一整段来比较：

> 于是乘舆弭节徘徊，翱翔往来，睨部曲之进退，览将帅之变态。然后侵淫促节，倏夐远去。流离轻禽，蹴履狡兽。轶白鹿，捷狡兔，轶赤电，遗光耀，追怪物，出宇宙，弯蕃弱，满白羽，射游枭，栎蜚遽。择肉而后发，先

中而命处。弦矢分，艺殪仆。然后扬节而上浮；凌惊风，历骇焱，乘虚无，与神俱。蹴玄鹤，乱昆鸡，遒孔鸾，促焌䴂，拂翳鸟，捎凤凰，捷鸳雏，揜焦明，道尽途殚，回车而还。消摇乎襄羊，降集乎北纮。率乎直指，晻乎反乡，蹶石阙，历封峦，过鳷鹊，望露寒，下棠梨，息宜春。西驰宣曲，濯鹢牛首。登龙台，掩细柳，观士大夫之勤略，均猎者之所得获，徒车之所辚轹，步骑之所蹂若，人臣之所蹈籍。与其穷极倦㻎，惊惮慑伏，不被创而刃死者。佗佗籍籍，填阬满谷，掩平弥泽。

这把文人化幼年时代兽性的遗留发挥无余。帝王狩猎之乐趣，就在狂风暴雨一般来一个地动山摇。同时，看那禽兽的恐惧和人兽的搏战。生命面对着生命的挣扎，所谓"壮士之暴怒与猛兽之恐惧"；所谓"徒车之所辚轹，步骑之所蹂若，人臣之所蹈籍"。这兴趣便等于西洋人对斗牛斗拳的热烈临观是一样。不过规模比那大，比那壮烈，比那紧张。

情绪这样激动，就仿佛一件衣服，揉弄得满是绉纹，必须用熨斗荡平。音乐，女色，便是这狂暴的生活最适宜的慰藉。关于音乐，上林一段中：

撞千石之钟，立万石之虡，建翠华之旗，树灵鼍之鼓。奏陶唐氏之舞，听葛天氏之歌。千人唱，万人和，山陵为之震动，山谷为之荡波。巴渝宋蔡，淮南干遮，文成颠歌，族居递奏。金鼓迭起，铿铃铿锵，洞心骇耳。荆吴郑卫之声，韶濩武象之乐，阴淫案衍之音，鄢郢缤纷，激楚结风，俳优儒狄鞮之倡，所以娱耳目乐心意者，丽靡烂漫于前，靡曼美色于后。

也比叙述云梦时的"挫金鼓，吹鸣籁，榜人歌，声流喝"，无论色目、声势，都来得博大。

说到女色，云梦中仿佛是些布美人，因为他只描写她们的衣服，"被阿緆，揄纻缟，杂纤罗，垂雾縠"。至于动态，只是"纷纷裶裶"而已。声音只是"翕呷萃蔡"而已。还是只写衣服。至于上林中的女人，便多方面的描绘了：面容是"妖冶闲都，靓庄刻饰"，身段是"便姗绰约，妩媚姌袅"，衣服是"柚独茧之褕袘，眇阎易以戌削。媥姺徶徶，与世殊服"，芳香是"芬香沤郁，酷烈淑郁"。此外，牙呵，笑呵，眉呵，眼呵，意态呵，又是"皓齿粲烂，宜笑的皪。长眉连娟，微睇绵藐。色授魂与，心愉于侧"。比起云梦那些布美人，真是神态意趣，一颦一笑，都在面前了。所谓"归余于总乱"的最末一段，从正面发挥的似乎只有："天子芒然而思，似若有亡。曰：嗟乎，此大奢侈。朕以览听余闲，无事弃日，顺天道以杀伐，时休息于此。恐后叶靡丽，遂往而不返，非所以继嗣，创业，垂统也"一段。

至于：

　　游于六艺之囿，驰骛乎仁义之涂，览观春秋之林。射狸首，兼驺虞，弋玄鹤，舞干戚，载云罕，揜群雅，悲伐檀，乐乐胥，修容乎礼园，翱翔乎书圃。述易道，放怪兽，登明堂，坐清庙，次群臣，奏得失。四海之内，靡不受获。

还用以前叙猎的方法，把许多古代经典的篇名，嵌在里面。虽然很巧，却很纤细无力。"主文谲谏"，权威统治一切的时代，也只好如此。《西京杂记》说司马相如写这篇《上林赋》的时候，意思萧散，不复与外事相关。控引天地，错综今古，忽然如睡，焕然而兴，几百日而后成。长卿当时写作，赋心的辛苦，也可想而知了。

二　《大人赋》论

人的两只脚必须站在地上，到头来必定死亡。历史仿佛证实了这是人类命运上注定了的悲剧。不过文化人的幼年，对这命定的悲剧，却不甘心降伏，于是"白日飞升"、"长生不老"等等，就使文化人在幼年时代做过多少其实是徒然的努力。

中国的疆域，南北都相当辽阔，而且极寒酷暑的气候，使黄河流域的居民几乎不敢想像那是仙都。所以谈到神仙，只有等温线的东西两方，是我们祖先寄托他们幻想的地方。不过西方自从周穆王骑着他的骏马向无穷的地平线驰逐一番以后，只留下西王母、昆仑山等神话。秦皇、汉武时代，西方神秘的外衣逐渐揭开，于是向西方求神仙的意趣也就淡薄了。

至于限以大海的东方，自从齐威宣、燕昭王听从了方士的描绘，便不断打发人入海去求蓬莱、方丈、瀛洲这出名的三神山。同时燕、齐间的方士宋毋忌、正伯侨、元尚、羡门高等，以及驺衍、驺奭的谈天雕龙，于是那汹涌摇荡的海洋，便使那大陆上的怪杰秦皇、汉武发生了无限的兴趣，同时也感到无穷的悲哀。

秦皇、汉武都曾穷成山，登之罘，当他们叱咤风云，在大陆上腾龙起蛟，感到不可一世的时候，站在这大陆最东方的尖端，面对着波涛澎湃的海洋，真有着望洋兴叹的感觉。

秦始皇到临死的那一年，东巡到荣成山，望着那珠翻沫滚无穷尽的海洋，后面是他征服了的寥廓的大地。大地是他玩弄够的玩具，现在再也引不起任何兴趣。而海洋却是他的希望所寄托；那里有神山，有仙药，有一切人世间所没有的东西。但是那该死的海水，却就在这陆上怪杰的面前，也一样张牙舞爪，一样喷水吐沫。秦始皇大概感到这是一个无可奈何的敌人，连弩射去，也毫无反响。于是这"蜂准长目，鸷膺豺声"的怪杰，才认真感到这敌人的无从下手。所以夜里便做梦"与海神战如人状"。海洋要是"如人状"，那有什么不能征服呢？不过，这只是梦；第二天早晨，射死了一条鱼，终感到捕风的空虚，无穷的寂寞，所以到平原津便病了，终于死在沙丘平台。秦始皇没有离开土地，没有逃开死亡。

汉武帝继续秦始皇未完成的工作，在他征服了大陆以后，便也寻求这海上蓬莱，几次游东莱，登之罘，得到的也只是失望的寂寞。后来听方士说黄帝攀龙须上天的故事，汉武帝说："嗟乎，诚得如黄帝，吾视去妻子如脱屣耳。"这是多么真实的话语，这大地对汉武帝还有什么可留恋呢？这被秦始皇玩弄厌了的玩具，对汉武帝也是多余的累赘了。

司马相如在写了许多赋以后，感到狩猎、美人、宫殿以及草木虫鱼山川河岳，都不足以再使汉武帝发生兴趣了，于是便苦思焦虑之余，梦见一个黄衣翁告诉他说，可以写《大人赋》，于是便写了一篇谈神仙的《大人赋》。汉武帝读了以后，恰好补足了他的缺陷，飘飘然有凌云气、游天地的神趣。在诸般失望之后，读到这神游的作品，也未尝不能安慰那寂寞的灵魂。同时，也更助长了他要求实现的欲望，使他对于一般满口谎话的方士羁縻不绝。

《大人赋》是一篇描写技巧几乎达到辞赋最高峰的作品，它没有《上林赋》那么冗长，却从一起头就能抓住读者的兴趣。

> 垂绛幡之素蜺兮，载云气而上浮。建格泽之修竿兮，总光耀之采旄。垂旬始以为帏兮，曳彗星而为髾。掉指桥以偃蹇兮，又猗抳以招摇。揽欃抢以为旌兮，靡屈虹而为绸。红杳眇以玄湣兮，猋风涌而云浮。

这是多么空灵而又光耀的构想呢？这里尽量运用汉朝人天文学上的知识。像"彗星"、"素蜺"、"屈虹"，我们都容易懂。甚至"欃抢"，我们也知道是一个彗星的专名。至于"格泽"、"旬始",多少就有些陌生了。"格泽",据《史记》《天官书》上说,是七种妖气之一,"如炎火之状,黄白,起地而上,下大上锐。"据想大概就是我们所谓黄道光。"旬始"也是妖气之一,《天官书》说:"出于北斗旁,状如雄鸡,甚怒,青黑,象伏鳖。"这大概就是我们所谓大熊座中的涡状星云。

"指桥"、"偃蹇"、"猗狔"、"招摇",都是形容字,形容旌旗招展的姿态。而"幡"、"竿"、"旄"、"幓"、"髾"、"旌"、"绸",都是附着于旌旗的物名字。

我们想像看吧;这些非人间的旌旗,带着宇宙光彩的斑烂,杳眇玄潜,萧索纶困,又光亮,又迷濛,招展摇曳,风涌云浮,是多么眩人眼目、撩人心灵的景象。

第二段,便更是一种很别致的笔仗:

> 驾应龙象舆之蠖略逶丽兮,骖赤螭青虬之蚴蟉蜿蜒低。卬夭蹻据以骄骜兮,诎折隆穷躩以连卷。沛艾赳螑仡以佁儗兮,放散畔岸,骧以孱颜。跮踱輵辖,容以骪丽兮。蜩蟉偃蹇,怵奂以梁倚。纠蓼叫奡,踏以艐路兮。蔑蒙踊跃,腾而狂趡。莅飒卉歙,焱至电过兮,焕然雾除,霍然云消。

这里除了应龙、象舆、赤螭、青蛇以外,便都是形容字的堆叠,利用双声叠韵的连绵字,读起来几乎变成纯声语。举凡龙螭的各种姿态,申颈举头,摇目吐舌,相引相呼,奔走跳跃,委宛曲折,昂扬纵恣,无不具备。词汇的丰富,运用的大胆,都是没有前例的。无怪乎扬雄说:"长卿赋不似从人间来,其神化所至耶?"

这两段都是脱胎于《离骚》,但是在《离骚》里只是"驾八龙之蜿蜿兮,载云旗之委移"这样的句子,司马相如却铺张成两段文字,神情光彩,都教人目迷口哆。

第三段没有什么新奇,不外追摹《离骚》,把"前望舒使先驱兮;后飞廉使奔属"那样的句子加以渲扬,役从神仙,准备长征罢了。不过神的名字比《离骚》多,有五帝、陵阳、玄冥、黔雷、伯侨、羡门、岐伯、祝融等。不过,除了热闹威风以外,却没有前两段的神情光彩了。

第四段,周流八纮、四海、九江、五河。起头一节:

> 历唐尧于崇山兮，过虞舜于九疑。纷湛湛其差错兮，杂遝胶葛以方驰。骚扰冲苁其相纷挐兮，滂濞泱轧洒以林离。攒罗列聚，丛以茏茸兮，衍曼流烂，痵以陆离。

似乎还保留第二段的气魄，其余便顺波直下，不过收尾处却说：

> 低徊阴山，翔以纡曲兮，吾乃今日睹西王母。暠然白首，戴胜而穴处兮，亦幸有三足乌为之使。必长生若此而不死兮，虽济万世，不足以喜。

曲终奏雅，来一个大讽谏，所以最后又说：

> 下峥嵘而无地兮，上嵺廓而无天。视眩泯而亡见兮，听敞恍而无闻。乘虚无而上遐兮，超无友而独存。

把天上的空虚，神仙的寂寞，写来也很萧条。

不过后几段，技巧稍差，不能和第一二段比配。汉武帝读起来，大概也没有注意到这天上的寂寞，仍是一厢情愿的飘飘然，把求神仙的情绪更炽燃起来。所以元鼎以后，直到征和，累年行幸东莱，燕齐方士说神仙的成万，发船教人到海外寻求蓬莱仙人的数千人。在长安凿太液池，池中有蓬莱、方丈、瀛洲、壶梁，象海中神山龟鱼之属。又建筑五城十二楼来迎候仙人。山椒海涯，各处都派的有方士迎候神仙。扬雄说：赋这东西，是"讽一劝百"的，真也不是妄言。

神仙到底没有，汉武帝终于死在五柞宫。

海水仍然是衍溢漂疾，波涌云乱。

三 丰饶的词汇

从籀篆到隶楷，这是我国文字上的一件大事。因为这是一种新工具，所以西汉人对于文字有着特殊的嗜好。太史试学童，也是要能讽书九千字，才能为史。（见《汉书·艺文志·六艺略》叙小学，及许慎《说文解字》叙。）不过大体都是因仍旧贯，缺乏创造精神。谈到能够利用"假借"、"转注"的方法，自铸新辞的，不能不推司马相如。他的《凡将篇》虽然读不到，可是在他的赋篇中，却也可以看出他的绩业来。可惜这风气，到东汉便消沉了。后人便很少注意他的创造精神，反而认为是"诘屈聱牙"不可赏识的怪物。无怪刘勰说：

> 前汉小学，率多玮字。非独制异，乃共晓难也。暨乎后汉，小学转疏，复文隐训，臧否大半。及魏代缀藻，则字有常检，追观汉作，翻成阻奥。……
>
> 自晋来用字，率从简易。时并易习，人谁取难。今一字诡异，则群俱震惊。三人弗识，则将成字妖矣。

因为没有新字的铸造，结果语言文字越来差别越大，文字不能随时注入新血液，因袭不变，便成一堆骸骨。

赋和语言，在其初既然有很密切的关系。（详见另文《辞赋溯源》）所以在楚、汉间，辞赋是一种活的文学形式。"虽引古事，莫取旧辞"，是辞赋家的精神所在。铸字造辞，自然不必因袭。司马相如在汉赋上成绩的伟大，这也是一个最主要的因素。

在司马相如的赋篇中，运用得最出色的，便是联绵字的丰富。利用双声、叠韵的关系，使它念起来，自然流利。同时，同类的形容词，在一篇文章中，常常改换成许多形式。譬如形容进退游移的动作，便有：推移，俳佪，翱翔，容与，彷徨，宛潬，安翔，徐回，摇荡，消摇，襄羊，逡巡等。形容纠缠错乱的情况，便有：参差，交错，纠纷，葳蕤，缪绕，披靡，缤纷，轨芴，登骪，扶疏，儵池，此虒，杂袭，柔辑，陆离，缤纷，纷溶，萷参，倚倾，幡纚等。虽然不尽可以通转，但是总是一个类型。此外，像形容山水的，形容光彩的，形容芳香的，形容动态的，形容声音的，形容姣美的，分类集抄下来，都可以证明它的丰饶。

叠字，司马相如虽然不多用，却也常见。例如用磷磷烂烂形容采色，郁郁菲菲形容香气发越，煌煌扈扈形容众花盛开，眇眇忽忽形容形态仿佛，裶裶裷裷形容衣饰飘扬，潏潏淈淈形容水流等都是。

再有一种形式，便是：

"缅乎淫淫"，"般乎裔裔"，"嚣乎滈滈"这样的句子。

四个字的联绵字，譬如用"倏眒倩浰"形容快速，"婴姗勃窣"形容姿态，也很多，尤其在《大人赋》里更多。

最奇怪的一种四字联绵字，便是上两字和下两字声音相谐的一种，例如：

　　泮弗宓汩，偪侧泌㵘，崴魂崽虙，陂池貏豸，傛池芘庑，肸蠁布写。

　　至于形声的"滂濞沆溉"，"砰磕訇磕"，就更普遍了。

　　他的作品，我们初一读起来，只觉得辞汇的丰富，仔细研究，便发现他铸造的精神。同声字他常常避免用同形字。譬如"隆崇"，有时也用"尨岊"。"崔巍"，有时也用"摧嵳"。"轧芴"，有时也用"轧汹"。"晻薆"，有时也用"奄蔼"。现在检取那变化最多的，列在下面：

　　参差——傛池——葠差。

　　委丽——骫丽——葳蕤——委蛇——威蕤。

　　嫛姗教萃——便姗嫛屑。

　　陂池——貏豸。

　　宛潬——婉僤——宛蜒。

　　猗狔——怡儗——猗扼。

　　隆崇——尨岊——隆穷——茏茸。

此外如：

　　陁靡——猗靡——施靡——离靡。

　　交错——崔错——差错。

　　阴淫——侵淫——汛淫。

　　坛曼——延曼——衍曼——靡曼。

至于我们通常用的"流利"写成"茆茊"，"驳骍"写成"沛艾"，以及"寂漻"、"葰梀"、"澔汗"等，更是常见的事情。

　　最新颖的联绵字用法，要算《大人赋》里的：

　　低卬夭蟜裾以骄骜兮，

　　诎折隆穷躩以连卷。

　　沛艾赳螑仡以佁儗兮，

　　放散畔岸骧以孱颜。

　　跮踱辌螹容以骫丽兮，

　　蜩蟉偃蹇怵奂以梁倚。

几乎除了"裾"、"躩"等三五个动字以外，整个都是助动词和形容词的联绵字。联绵字发展到这个阶段，也可以说是登峰造极了。

　　这种铸造精神，在汉赋里是不多见的。同时代的作家大概都没有这种趋向，只有后来的扬雄，在这方面有更进步的发展。

这些辞汇，多半不是从《诗经》、《楚辞》中抄袭来的。显然是从西汉的方言中提炼出来。大胆地运用到赋篇里。司马相如临死的时候，汉武帝派所忠到他家收书，恐怕他死了以后散失。汉武帝大概认为司马相如一定有许多藏书作参考，结果相如的夫人说："长卿固未尝有书也。"这想来是事实。司马相如何必要书呢？活的语言，加上天才的运用，便是最丰饶的藏书。这以外，还要什么书呢！

四 关于《子虚》《上林》的若干考证

关于《子虚赋》有些纠缠，必须解决。这问题便是：《子虚赋》究竟是什么时作的呢？它和《上林赋》是一篇还是两篇呢？

根据《史记》和《汉书》的《司马相如列传》，都说《子虚赋》是游梁的时候作的。后来汉武帝读到《子虚赋》，觉得很好，于是便说："朕独不得与此人同时哉！"那时有一个狗监，叫杨得意，也是蜀人，正在旁边，就向汉武帝说："臣邑人司马相如，自言为此赋。"于是汉武帝便召司马相如。

司马相如来了，向汉武帝说："有是，然此乃诸侯之事，未足观，请为天子游猎之赋。"汉武帝便叫尚书供给他笔札，司马相如便用子虚为楚称，乌有先生为齐难，亡是公明天子之义，组成一篇《上林赋》。

在本传的征引上看来，从头到尾是一个整篇。不过后来，《昭明文选》之类的书，却把它分割开，前半叫《子虚赋》，后半叫做《上林赋》。这便是纠缠的起点。

问题是这样的。如果我们现在读到的所谓《子虚赋》，便是司马相如在梁国的时候所作的《子虚赋》，为什么在一起头除了子虚和乌有先生之外，还有一个亡是公。而且全篇都是子虚和乌有先生的对话，亡是公在《子虚赋》里只是一个多余的存在。难道司马相如在梁国的时候，就知道若干年后，汉武帝要召见，预先埋伏一个亡是公，好做《上林赋》的主角？这是无论如何也说不通的。

于是有人便以为司马相如在梁国并没有写《子虚赋》，连天子读赋等等都是假设。《子虚》《上林》根本是一篇东西。吴汝纶便是这种主张。他说：《子虚》《上林》，当为一篇。史言空藉此三人为辞，则亦以为一篇矣。而又谓《子虚赋》为游梁时作，及见天子乃为天子游猎赋，疑皆相如自为赋序，设此寓言，非实事也。杨得意为狗监，及天子读赋恨不同时，皆假设之词也。

疑惑关于《子虚赋》的一切说法都是赋序，这本来是很好的解释。无奈在本传里叙述游梁着《子虚》之赋，和后来汉武帝读赋恨不同时之间，还有一段说司马相如在梁孝王死了以后，回到四川和卓文君的一大段恋爱故事，却无论怎样不能说那也是赋序。

再有便是另外一个纠缠。

原来在《司马相如列传》里面，把《天子游猎赋》（就是包括所谓"子虚"和"上林"两赋）全篇登录了以后，还有几句话，说"亡是公言天子上林广大，山谷水泉万物；及子虚言楚云梦所有甚众，侈靡过其实，且非义理所尚，故删取其要，归正道而论之"。于是新的纠缠便又来了。

颜师古说："言不尚其侈靡之论，但取终篇归于正道耳，非谓削除其辞也。而说者便谓此赋已经史家刊刻，失其意矣。"刘奉世说："观传所云，则是尝删其辞矣。若是颜说，则删字为长辞，恐非传意。"究竟我们现在所读的司马相如赋，是经过史官删削的呢，还是没有经过删削呢？

这个不算，此外还有另外的纠缠。

唐朝刘知几在《史通》外篇《杂说》上说："马卿为自叙传，具在其集中。子长因录斯篇，即为列传。班氏仍旧，曾无改夺。固于马、扬传末，皆云迁、雄之自叙如此。至相如篇下，独无此言，盖止凭太史之书，未见文园之集。故使言无画一，其例不纯。"在内篇《序传》中又说："降及司马相如，始以自叙为传，然其所叙者，但记自少及长，立身行事而已。逮于祖先所出，则蔑尔无闻。"又说："相如自序，乃记其客游临邛，窃资卓氏。以春秋所讳，持为美谈，虽事或非虚，而理无可取。载之于传不，其愧乎？"在这几段话里，刘知几认为《史记》、《汉书》中的《司马相如传》，是司马相如自己写的自叙，司马迁抄在《史记》里作为列传，班固又照样抄在《汉书》里。

不过，王应麟却不以为然，王氏说："《史通》云：相如以自叙为传。今考之本传，未见其为自叙。意者相如集载本传，如贾谊《新书》末篇欤？"

凌稚隆也说："刘知几谓此传相如自作，子长录之，班氏曾无增损。如果相如自作，何以自述鄙事而不讳耶？（指与卓文君恋爱事说的）观赋后有非义理所尚，故删取其要数语，此子长断语，自作之说，未可据也。"

那么，《司马相如列传》究竟是司马迁作的呢，还有司马相如的自叙传呢？这些纠缠必须解决。

首先，我承认《史》、《汉》里的《司马相如列传》是司马相如自己写的，这在《史》《汉》里有很多的例子。譬如刘知几说的《司马迁列传》、《扬雄列传》等都是。我们细读《史》、《汉》，大概登录作品非常多，又非常完整的，都是自叙传。刘知几是历史批评家，不会凭空捏造。其实在刘知几以前，就有这个说法了。《隋书·刘炫传》自己作的赞语里就说："通儒司马相如、扬子云、马季卿、郑康成等，皆自叙风徽，传芳来叶"。此外，像《汉书》里《冯衍列传》之类，都是自叙传，决不在传末说是自叙或不说。

而且《史记·司马相如列传》末尾"太史公曰"一段，竟说出"扬雄以为靡丽之赋，劝百讽一，犹驰骋郑、卫之声，曲终而奏雅，不已亏乎？余采其语可论者，著于篇。"这何尝是太史公的话？司马迁怎能引用扬雄的话呢？究竟是班固抄《史记》，还是后人取《汉书》来补《史记》，这也是待决的问题。

所以刘知几说列传是司马相如的自叙，大抵是有所本的。由此，其它纠缠也就容易解决了。

既承认列传是司马相如的自叙，"删取其要，归正道而论之"，当然也是司马相如自己的话了。为什么要删呢？你想，司马相如在游梁的时候，作了一篇《子虚赋》，决没有想到后来再作什么天子游猎赋。自然里面只说齐楚两国就行了。亡是公自然没有。后来因为《子虚赋》被汉武帝赏识，要在那旧的废墟上另起楼阁，这便不得不删削增补，甚至说从新改作也可以。所以在赋序上要加上一个亡是公，准备后来说天子上林游猎的盛况。同时为的教上林必须压倒云梦，便要把原来《子虚赋》中过分夸张的地方减省。所以才说："子虚言楚云梦，所有甚众，侈靡过其实。"其实是为着全篇匀称，什么"非义理所尚"等话，只是故弄狡狯罢了。所以，我们便自然从这些纠缠中得到一个很清晰的结论。

《子虚赋》是在梁国时写的。不过原作现在已经看不见了，因为司马相如在第二次到长安的时候，把它改写，成为《天子游猎赋》（就是"文选"中所谓《子虚赋》和《上林赋》）登录在自叙传中。所以我们只能根据自叙传读到改写过的《天子游猎赋》，而读不到原来在梁国时写的《子虚赋》了。

另外，还有一个问题。有人以为《上林赋》一定是在上林苑筑成后作的。根据《东方朔列传》，筑上林苑在建元三年，那么司马相如的造赋和进见，似乎都是建元三年以后的事情了。其实，这又是把上林和上林苑纠缠上了。上林苑是建元三年筑的。上林却在汉景帝的时候，就是天子狩猎的地方。《汉书·文三王列传》，说梁孝王"入则侍帝同辇，出则同车，游猎上林中。"便是最有力的例证。

原载《国文月刊》1947年5月第55、56期

司马迁赋作的评价

赵省之

一　司马迁的辞赋理论

赋在两汉是很流行的一种文体，知名和不知名的作家有不少作品或篇名流传给我们。《汉书·艺文志》把赋分成四类：屈原、陆贾、荀卿三类作家，多属知名之士，《客主赋》一类，刘师培认为是总集，其中可能有些不知名的作家。既雄于文又长于赋的司马迁，属于陆贾一类。这类作者共二十一家，赋二百七十四篇，除多产作家枚皋一百二十篇，严助三十篇，而司马迁赋虽仅仅八篇，比同派其他作家确不算少。

司马迁长于赋的创作，更精于赋的理论。他的理论不是沿袭，而是富有创造性的，不是空谈，而是针对文弊而发的。《周礼·太师》：教六诗，曰风、曰赋、曰比、曰兴、曰雅、曰颂。"郑玄注"赋之言铺。"这种传统说法支配着当时赋坛。《汉书·艺文志》说：

> 汉兴枚乘、司马相如，下及扬雄，竞为侈丽闳演之辞，没其讽谕之义。

司马迁反对赋故事铺陈的形式论，和"侈丽闳演"的时代风尚，他主张赋要发生一定的好作用，就是他之所谓讽谏。他对司马相如赋的评价，正是他这一主张的具体说明。在《司马相如列传》说：

> 相如虽多虚辞滥说，然其要归之节俭，此与诗之风谏何异。

他这主张是要贯彻到实践中去的，相如的赋他虽采入了本传，但是要删除其侈靡，只"采其语可论者著于篇"，关于这点他在传中有明确具体的交代：

> 无是公言天子上林广大，山谷水泉万物，及子虚言云梦所有甚众，侈靡

过其实，且非义理所尚，故删取其要，归正道而论之。

这种是是非非的批评态度，是公允的，正确的，与班固用"没其风谕之义"一语把作家的优点抹杀是截然不同的。

他肯定相如的讽谏，并非拘限于诗说，而且是在反抗汉人的诗教。《诗大序》说：

> 下以风刺上，主文而谲谏，言之者无罪，闻之者足以戒。

按郑笺，"风刺"："谓譬喻不斥言"，"谲谏咏歌依违不直谏"；"主文"当指文辞。这样，诗的讽谏，就是以美丽的歌辞作委宛的陈说。这种说法，是与汉人的诗教相呼应相配合的，《礼记·经解篇》说：

> 孔子曰：入其国，其教可知也，其为人也，温柔敦厚诗教也。[①]

司马迁认为这种"谏而不露"的讽告，"温柔敦厚"的诗教积极性不够，才主张革新，不"依违"，要"直谏"。且看他对宋玉、唐勒、景差赋作的评价吧。《屈原贾生列传》说：

> 屈原既死之后，楚有宋玉、唐勒、景差之徒者，具好辞而以赋见称，然皆祖屈原之从容辞令，终莫敢直谏，其后楚日以削，数十年竟为秦所灭。

这显然是认为宋玉、唐勒、景差的赋虽祖述屈原，但以缺少"终莫敢直谏"的精神，这就削弱了赋的作用，自然不能为司马迁所重视。

司马迁之所谓"直谏"，可用《白虎通》的"指谏"与"陷谏"作注脚，《白虎通·谏诤篇》说：

> 指谏者……指者，质也，质相其事而谏。陷谏者……恻隐发于中，直言国之害，励志忘生，为君不避丧身。

他既把直谏认为是赋应有的作用，那末，他所推崇的赋家，自然是敢于反抗不合理的现实，敢于向龃龉的社会斗争，敢于揭发政治上的黑暗，为国家不惜自我牺牲的赋家。因此，他才赞扬屈原刚强不屈的精神，并从这个角度肯定屈原创造《离骚》的伟大意义。在《屈原贾生列传》说：

> 疾王听之不聪也，谗谄之蔽明也，邪曲之害公也，方正之不容也，故忧愁幽思而作《离骚》。

屈原这种不畏强御，坚决果敢的精神，就决定了《离骚》富有强烈的斗争性的风格，所以司马迁论到离骚，认为它的风格是同屈原高贵坚贞的品质是分不开的。《屈原贾生列传》说：

> 其文约，其辞微，其志洁，其行廉。其称文小，而其指极大，举类迩，而见义远。其志洁，故其称物芳，其行廉，故死而不容自疏，濯淖污泥之中，蝉蜕于浊秽，以浮游于尘埃之外，不获世之滋垢，皭然泥而不滓者推此志也，虽与日月争光可也。②

这是评论离骚，也就是他对赋作评价的标准。他基于这个标准，才把贾谊揭发政治上是非善恶不分的《吊屈原赋》列入本传。

司马迁的辞赋理论，从内容到形式是完整而有创造性指导性的，比起扬雄《法言》卷二论赋的话，实在深刻得多。

二 司马迁赋作的评价问题

司马迁既有独创性的辞赋理论，他的赋作也能充分体现其理论，为什么过去一般的文学批评家和文学史家对他的赋没给以应有的评价呢？这问题可以从两方面看：首先从他全部作品看，他那"成一家之言"的《史记》，当时学识渊博的作家刘向、扬雄已"服其善序事理，辨而不华，质而不俚"③。桓谭更肯定它在当时著述中的地位最为"广大"④。史记既成为古今史学文学的名著，在他著述中具有压倒一切的优势，其他作品因而被重视不够，是容易理解的。唐白居易、元稹曾从事过古文运动，是韩柳的友军，并有古文留给我们；可是，文学史家们所称述的，只是元白作品中占优势的诗，这不是很好的旁证吗。其次，从他的赋作看，把赋列为总集之一部的较早的选本，是萧统《文选》。萧既以"沉思翰藻"为选辑标准，更基于他的阶级意识而偏爱着"凭虚、亡是之作""《长杨》《羽猎》制之"⑤。司马迁要发挥直谏作用的赋，正是他所谓"贤人之美辞，忠臣之抗直"自然是要摈而不录。鲁迅先生《题未定草》说得好"选本所显示的往往并非作者特色，倒是选者的眼光……但可惜的是大抵眼光如豆，抹煞作者真相的居多，这才是一个'文人浩劫'"。萧统不选录司马迁的赋，只能说明选者"眼光如豆"，给"文人"带来了"浩劫"，并不能因此而降低司马迁赋作的价值。虽然这样，由于隋唐以后，《司马迁集》的湮没不传，再加上《文选》不录其赋作的影响，就发生了重视不够的偏差。我们必须清楚，过去统治阶级以及封建文人所摈弃的作品，正是我们今天所应该慎重估价的作品。

实在，伟大的作品是埋没不了的。他的赋作同他的史记是同样被古今重要的文学批评家所肯定的。刘勰在《文心雕龙·才略篇》说：

> 仲舒专儒，子长纯史，而丽缛成文，亦诗人之告哀焉。

"告哀"见《诗·小雅·四月》郑笺说："言劳病而愬之。"这样，刘勰所谓"丽缛""告哀"之作，毫无疑问的是指仲舒的《士不遇赋》与子长的《悲士不遇赋》说的。⑥这可见刘勰除了肯定他是历史专家，也肯定了他赋作的艺术技巧和思想内容。不只古代文学批评家如此，今天真正有眼光的文学史家也是如此。"中国文化革命的主将"和研究古典文学有一定贡献的鲁迅先生，在他的《汉文学史纲》里对司马迁在汉赋中的地位是特别提出来叙述的。这样，司马迁的赋同他的《史记》也可以说是同样不朽的佳作。

三　司马迁赋作不伪的论证

《汉书·艺文志》："司马迁赋八篇"。现存的只有保留在《艺文类聚》三十，并已被《续古文苑》收入的《悲士不遇赋》。对一个作家作品的评价，不应只从数量上着眼，必须以质量作标准。刘勰同鲁迅先生特别称赞司马迁的赋正是这样。

这篇仅存而值得宝贵的赋，还有人竟无理由的诬枉它是伪作，因此真伪的辨证，就成了首要的课题。鲁迅先生在《汉文学史纲》说：

> 迁雄于文，而亦爱赋。颇喜纳之于列传中，于《贾谊传》录其《吊屈原

赋》及《服鸟赋》。……自亦造赋……今仅传《悲士不遇赋》一篇。明胡应麟以为伪作。

鲁迅先生说"胡应麟以为伪作","以为"两字，显系指斥他这是主观的看法，不是根据客观的论证。胡应麟的说法实在太于主观，他论证的根据都是出于主观的臆造。他在《少室山房笔丛》乙部说：

> 夫迁之赋，不见于《艺文志》。

鲁迅先生认为《汉书·艺文志》明明说："司马迁赋八篇"，他这说法实在无知，才以尖锐的笔锋责难他说，赋并不伪，只是你"以为伪作"。

司马迁的赋不只见于《汉书·艺文志》，而且直到隋唐还是普遍的流传着。单就《悲士不遇赋》说，晋陶潜写《感士不遇赋》序中曾说道：

> 昔董仲舒作《士不遇赋》，司马子长又为之。

这样，陶潜是见过这篇赋。唐李善注《文选》江文通《诣建平王上书》注，引有此赋"理不可据，智不可恃"两句。又张平子《归田赋》注，引有"天道悠昧"一句。⑦这样一引再引，李善必然熟悉此赋。直到今天侯外庐等编著《中国思想史》，仍以"理不可据，智不可恃"两句作证，说明当时思想界的"倾夺"。⑧这样古今学者对这篇赋是没有什么怀疑的，除了那主观的"以为"它是"伪作"的人。

四 司马迁赋作的分析

司马迁的《悲士不遇赋》，是我们分析的唯一对象，现在先把它抄在下面：

> 悲夫！士生不辰，愧顾影而独存；恒克己而复礼，惧志行之无闻。谅才韪而世戾，将逮死而长勤。虽有形而不彰，徒有能而不陈，何穷达之易惑，信美恶而难分。时悠悠而荡荡，将遂屈而不伸。使公于公者，彼我同兮，私于私者，自相悲兮。天道微哉，吁嗟阔兮，人理显然，相倾夺兮。好生恶死，才之鄙也，好贵夷贱，哲之乱也。炤炤洞达，胸中豁也。昏昏罔觉，内

生毒也。我之心矣，哲已能忖，我之言矣，哲已能选。没世无闻，古人惟耻。朝闻夕死，孰云其否。逆顺还周，乍没乍起。理不可据，智不可恃。无造福先，无触祸始，委之自然，终归一矣。

司马迁这篇赋不只体现着他以赋为斗争利器的理论，他个人不幸的遭遇和他开扩的胸襟，而更重要的是反映着社会的好坏不分，政治的漆黑一团，这些思想感情不是他个人的，而是多数人所共有的。伯林斯基说：

任何一个诗人也不能由于自己和靠描写自己而显得伟大，无论是描写他本身的痛苦，或者描写他本身的幸福；任何伟大诗人之所以伟大，因为他的痛苦和幸福的根子深深的伸进于社会和历史的土壤里，因为他是社会、时代、人类的器官和代表。⑨

司马迁这篇赋作的伟大正在这里。为了具体说明这一问题，必须清楚这篇赋的写作背景和它所反映的现实，要谈这两个问题，首先要肯定它写作的时间。这篇赋的本身明白昭示我们是写成在司马迁受腐刑之后。他所以受腐刑是由于李陵的事件。他和李陵"素非相善"，可是，他认为李陵是位"有国士之风"并"出万死不顾一生，赴公家之难"的奇士。当李陵战败之后，那些自私的官僚在武帝刘彻面前是随意诬伤，他却愤激不平；并相信陵虽陷败，很可能等待时机报答国家⑩，因而乘武帝询问，便坦白的提出了自己意见。武帝认为他替李陵讲情，并讽刺李广利，大怒之下，就把这位爱好正义笃于友道的大作家交给了狱吏。封建法庭严刑审讯，把他判了死罪，因为他没五十万钱赎罪，只好以受腐刑来抵罪。

司马迁在冰湿而凄惨的牢狱里，受尽了酷吏的折磨，亲自尝受到严刑峻法的味道，因而他更认清他们不只酷而且贪，这样，一些无势无钱的志士就毁掉在他们手里。《史记·酷吏列传》固是反映这一现实，而《伯夷列传》更在为那些遭受灾祸的志士控诉说："时然后言，行不由径，非公正不发愤，而遇祸灾者不可胜数也！"另外，司马迁之所以受腐刑，是由于自己既没钱纳贿，更没有主持正义的官吏或热情的朋友给他说话。这个现实，使他一面更清楚"丞相"只是"备员而已"，实在是"无所能发明功名有著于后世者"⑪。另一面使他更痛恨社会只有炎凉的趋避，没有什么是非友情，所以《史记·汲郑列传》，他慨叹的说："夫以汲郑之贤，有势则宾客十倍，无势则否；况众人乎！"司马迁在严法酷吏，"朝廷乏人"，世态炎凉的社会里，已燃起强烈的怒火，再加上极端残忍的腐刑的奇耻大辱，就更坚定了他反抗的斗志。他这篇赋就是在这样的背景下写成的。

由于这样，这篇赋虽是他受刑后思想生活的写照，是当时一些穷苦坎坷之士的缩影，但是，并没有牢骚，哀怨，而是具有反抗性的慷慨、愤激。赋首先说：

> 悲夫！士生之不辰，愧顾影而独存；恒克己而复礼，惧志行而无闻！

汉武的时代本是中国历史上之所谓"盛世"，而司马迁竟大声疾呼的说生非其时，这是对黑暗统治时代的愤怒和诅咒。虽然这样，他内心的创伤是没法平服的，他感到"刑余之人""闺阁之臣"的可悲，自然是顾影自愧，不想再活下去。他所以不"引决自裁"，并非贪生怕死，而是想到他的"究天人之际，通古今之变，成一家之言"的《史记》还没脱稿，他才要"隐忍苟活，幽于粪土之中而不辞"，他所怕的只是"鄙陋没世而文采不表于后世"。他既有"垂空文以自见"的大志，更有洁身自好进而矫正世俗的决心，所以才要"克己复礼"的自修，并深惧"志行"不闻于世。

他痛恨时代的乖戾，那些依靠裙带关系和阿谀献媚的小人，横行霸道，颠倒是非，这样就弄得当时的人才是：

> 虽有形而不彰，徒有能而不陈！

《史记》的《李将军列传》与《卫将军骠骑列传》正是以鲜明的对比的手法揭露这黑暗的事实。李广是位以"忠实心诚，信于士大夫"而死后"天下知与不知皆为尽哀"的将军，结果是竟"无尺寸之功，以得封邑"。而卫青由于是个"奉法遵职""何与招士"的外戚，竟为大将军，并"首封其后，枝属为五侯"。是非混淆，人才"屈而不伸"实在是当时普遍的现象，所以赋中沉痛的说：

> 何穷达之易惑，信美恶而难分。

这个沉痛的结论的酝酿，自然是在平日的见闻中，经过李陵事件，才达到了成熟而提出的阶段。他亲眼看到李陵在节节胜利的时候，每有信使前来，朝廷官吏都是奉觞上寿，在武帝面前夸赞李陵；可是失败的消息一到，大家马上把脸一沉，不只没有半句正义的话，反而随意诬伤。这显然是只有穷达，不管是非，只论成败，不分善恶，这种具有现实基础的总结，是作者体验的结晶，是群众呼声的代表，更是对腐朽的统治阶级集团有力的抨击。

司马迁是坚持正义，为真理而斗争的战士。他替李陵说话，是从他所理解的李陵的善良愿望出发的，而武帝却怀疑他在讽刺自己所爱的李夫人的哥哥李广利，基于这样不可告人的私情私愤，就把他下狱了。这就是统治帝王所谓大公无私的赏罚。司马迁虽知道对他无可奈何，可是，对真理决不放弃，所以说公必须为大众所公认，不能一人说公便是公；同时指明自私的改正，别人只能从旁赞助，主要的要靠自己革面洗心今是昨非的痛改，所以赋中说：

> 使公于公者，彼我同兮；私于私者，自相悲兮。

司马迁痛恨自己所生"不辰"，上下"美恶"不分，是非"公""私"不明，而自己"隐忍苟活"，并非贪生怕死，更决不同流合污，而是在守道不阿，坚持斗争，勤勉立言，要有裨于世。他这样顽强不屈，积极奋发，正表现着我中华民族优良的传统精神。这些情况在他赋中明白的陈述说：

> 好生恶死，才之鄙也。好贵夷贱，哲之乱也。……我之心矣，哲已能忖；我之言矣，哲已能选。没世无闻，古人惟耻。朝闻夕死，孰云其否！

他批判"好生恶死"，反对"好贵夷贱"。这种光明磊落的胸怀，他相信明哲能够理解他；"述往事，思来者"的著述，相信能为贤达所采选。这并不是空言自慰，而是肯定自己潜心学道勤苦劳动应有的成果。这是他"隐忍苟活"的动力，对黑暗时代无言的反抗。

他相信自己胸怀"炤炤洞达"，自己著述能"成一家之言"，但是汉代严刑峻法留给他的惨痛，使他不得不感到胸中是非，向谁论列？"藏之明山"的著作，何时才能"传诸其人"呢？这使他感到空虚的同时，又有不可遏止的愤怒，这种内心的矛盾就构成他赋作中似乎悲观而实际是有力的讽刺的两句话：

> 理不可据，智不可恃。

司马迁对"天人"、"古今"之"理"都很通达，为李陵说话，也是据"理"直陈，他更具有高度的"智"慧，能史能文，能在自己业务范围内向统治者进行斗争，为人民吐气。但是，因为骨头硬，没有钱，就毁掉在蛮不讲"理"，酷而且贪的官吏手中了！他除了在《酷吏列传》中刻画那些丑恶官僚的嘴脸，表现自己的同时也是人民大众的愤怒之外，在这里也可以说是对他们的一种讽刺性的抗拒。

赋的结尾作者使用了他最擅长的由此及彼的讽刺手法，表面是说个人，而骨子里却是从思想上，对汉武的信任酷吏专以残刻的法律镇压人民进行批判。赋的本文说：

> 无造福先，无触祸始，委之自然，终归一矣。

这一方面当然是作者"以虚无为本，以因循为用"不造福，不触祸的道家思想，他在这种思想下写定了统治阶级目为"谤书"的《史记》，达成了斗争的目的。另一方面，他认为武帝立法严峻，过于残酷，完全违反天道自然，这样有意造福，结果必然触祸。在《酷吏列传》中司马迁特就刘汉王朝轻刑罚与弄法的后果向统治者提出警告说：

> 汉兴破觚而为圆……网漏于吞舟之鱼，而吏治烝烝……黎民艾安。……高后时酷吏独有侯封……吕氏已败，遂禽侯封之家。孝景时晁错以刻深颇用术……错卒以被戮。

赋里虽不像《酷吏列传》说的那样明确，但是以"黄老"道家的思想，反对武帝的"修明法度"是很显然的。

五 小结

总之，司马迁是赋的创作家，也是赋的理论家。他的理论不受传统的拘限，对当日赋坛起着指导的作用，由于他的创作就是他理论的实践，所以他虽有悲惨的遭遇，他的赋作并没悲惨的情调，相反的，充分激荡着他依理恃智斗争的热情。他反对美恶不分，公私混淆，更反对严刑峻法。这是他个人愤怒的火焰，也是为士人阶层来控诉。

---

①《礼记》大概是汉人的述作，其中称引孔子，只是儒家的传说，未必真是孔子的话，所以我们说是汉人诗教。

②这段文字因为班固《离骚序》引作淮南王安叙《离骚》传的话，后人遂以为司马迁据淮南王安之说。李长之先生在他的《司马迁之人格与风格》三八〇页已证明其不可靠。

③见《史记集解序》。

④《御览》六〇二引桓谭语。

⑤见萧统《文选序》。

⑥据范文澜先生《文心雕龙注》《才略篇注》。

⑦疑即"天道微哉"。

⑧侯外庐等《中国思想史》二卷，一三七页。

⑨见人民出版社的《苏联人民文学》上册，一二八页。

⑩见《汉书·司马迁列传》："身虽陷败，彼观其意，且欲得其当而报汉"。

⑪见《史记·张丞相列传》。

原载《文史哲》1956年第2期

汉赋的思想与艺术

郑孟彤

"赋"是一种韵文和散文的混合体,是中国特有的文学形式,世界上任何国家都没有产生过。这种文体,萌芽于战国末年(如荀子的《蚕赋》、《云赋》等是),而最发达的是在汉代,所以有"汉赋"之称。

汉赋就类别上说,可分言情、说理、咏物、叙事四类。言情一类,大都是作者抒发对现实社会的观感,有的还流露着悲愤、激昂的情绪,也揭露了些统治阶级内部的矛盾,如贾谊的《吊屈原赋》,淮南小山的《招隐士》等是。这类作品在汉赋里并不多。说理一类,多数是从"明哲保身"出发,思想上倾向于消极方面,但在它里面却往往渗透着作者的现实生活,隐藏着作者对现实不满的影子,如贾谊的《鹏鸟赋》,班固的《幽通赋》,张衡的《思玄赋》等。这类作品在汉赋里面也占极少部分。咏物一类,也有一部分是作者借物抒怀,抨击或讽刺现实的,如祢衡的《鹦鹉赋》是一个突出的例子。叙事一类,是歌颂帝王的功德,描写都市的繁华、物产的丰富,揭露贵族的骄奢淫佚的作品,如枚乘的《七发》,司马相如的《子虚》、《上林》赋,扬雄的《甘泉赋》,班固的《两都赋》等等。在这四类中,以咏物、叙事两类为最多,它是汉赋的主要成分。

汉赋的发展,可分三个时期:自汉初至武帝约七八十年间为初期,是汉赋的形成时期。在这时期里,由于社会刚刚平定,正在休养生息,道家思想独盛一时,放任自由的空气相当浓厚,以及抒情浪漫的楚辞的影响,因而言情、说理的赋比较多。自武帝起至和帝、安帝约二百多年间为中期,是汉赋的全盛时期。这时期是汉帝国向外扩张、社会经济特别繁荣的时代,因而歌颂帝王功德,描写帝王生活的长篇叙事赋最为发达。自顺帝至汉末,约一百年间为晚期,是汉赋的转变时期。这时期,社会混乱,汉帝国的势力已日趋衰败,逐渐走向崩溃和灭亡的道路上去,因而歌颂升平的汉赋就开始转变为讽刺时弊、抨击现实的作品。这时以借物抒情的咏物赋为较多。

汉赋里,绝大多数的作品都是歌颂封建统治者的业绩,反映统治阶级的生活,直接反映广大人民的疾苦的并不多。这是有它的社会根源的。

中国社会，经过春秋战国各诸侯的混战后，社会生产力大受破坏。虽然，秦的一统天下，把诸侯制的封建社会改变为中央集权郡县制的封建社会，稍微推进了社会的发展；但为时不久，秦始皇又尽量摧残民力，滥杀人民，大兴土木，加重徭役，使广大人民又流离失所。特别是经过楚汉的连年战争、焚掠屠杀后，到了汉初，人口大减，田园荒废，社会非常困穷，"天子不能具钧驷，而将相或乘牛车"（《史记·平准书》）。不论是城市或农村都呈现着一片萧条的景象。从汉高祖开始，约六十年间，统治主为了要安定社会秩序，巩固统治政权，便采取"与民休息"的政策，先从恢复农村经济入手：减轻赋税，三十而税一；复员军人，回家生产；兴修水利，改良生产工具等等。这就迅速地恢复了农村秩序，农业生产力一天天地向上发展着。而当时的手工业也就跟着发展起来，以冶铁、煮盐起家的很多。由于农业和手工业的发展，刺激了商业的活跃，"富商大贾，周流天下，交易之物莫不通，得其所欲。"（《史记·货殖列传》）当时的商业中心城市除长安外，洛阳、成都、邯郸、临淄、阳翟等都邑，也都变成了工商业荟萃之所。这样，到了汉武帝的时候，社会经济大为好转，国家府库非常充实，人口增加，国力强盛，为汉帝国对外扩张准备了人力、物力，也为汉赋提供了物质条件。

由于当时城市手工业商品生产量的提高，而广大人民因受统治阶级的剥削，购买力薄弱，因此，向上发展中的社会生产便捶响了开辟国际商路的战鼓；而代表商人地主阶级的统治集团，因为自己也好大喜功，想到远方去搜集珍奇物品，于是就发动了对外战争：东平朝鲜，南平南越，开辟西南夷，北定西域平匈奴。扩大疆土，国势盛极一时，四邻国家，臣服进贡，而成为了当时世界上版图最广、人口最多、物产最丰富的国家。正由于汉赋的时代是处在这样的一个时代——是汉帝国对外战争胜利的时代，是国家威力大大高涨，祖国以新的面貌出现在世界上的时代，因而一般文人，"他们所看到的社会，是平静的农村，繁华的都市，壮丽的宫殿，幽美的园林。他们所看到的人物，是雄才大略的皇帝，胜利凯旋的将军，高车怒马的贵族，拖朱曳紫的官僚，肥头大耳的地主商人。他们所看到的历史演出，是皇帝千乘万骑出猎，四夷重舌九译来朝，贵族缇帷夹道出殡，将军远征旌旗飘摇，官僚封妻荫子，兼并列宅，商人地主，横绝沙漠，翻越葱岭的商队之车马萧萧。"（翦伯赞《中国史纲》第二卷六六一页）这就很自然地产生歌颂汉帝国的威权，反映汉帝国的物质文明及帝王、贵族生活的汉赋。

汉赋是两汉四百多年文学的主要形式。它的内容很丰富，有描写都市的繁华，物产的富饶，疆域的扩大，从而体现出汉帝国气魄的伟大、国力的强盛的；有讽刺专制帝王沉迷于声色狗马之乐，从而反映了劳动人民遭其残害的；有暴露统治阶级的淫荡腐化的生活，从而指责他们的罪恶的；也有揭露统治集团内部的矛盾，封建制度的腐朽的。这一切都是具有现实意义，我们从它里面可以看出汉帝国社会的面貌，汉帝国的繁荣、统一和强大。

在汉赋里有很多篇是描写汉帝国的繁荣，表现汉帝国的伟大的，如班固的《两都赋》是一篇典型的代表作品。

《两都赋》是班固在东汉初建都长安或洛阳的争论中而写的。作者"盛称洛邑制度之美，以折西宾淫侈之论"，在整篇赋里面都贯穿着这个论点。这篇赋就其形式来看，全仿《子虚》《上林》的问答设词，但它的规模壮阔，体制弘伟，"自足冠代"。作者运用长安洛阳的实际史地材料，结合适当的夸张手法，用简练藻丽的艺术语言形象而真实地陈述东西两都的富丽雄伟，内分地势、出产、郊畿、宫阙、园囿、田猎、嬉游、颂德八方面来描写，俱各出力渲染，有景有态。它里面不仅描绘出"披三条之广路，立十二之通门。内则街衢洞达，闾阎且千，九市开场，货别隧分，人不得顾，车不得旋"的城市广大、商业繁荣，和"提封五万，疆场绮分，沟塍刻镂，原隰龙鳞，决渠降雨，荷插成云，五谷垂颖，桑麻铺棻"的祖国地大物博的景象；而且也把"树中天之华阙，丰冠山之朱堂，因瑰材而究奇，抗应龙之虹梁，列棼橑以布翼，荷栋桴而高骧"的楼阁宏伟、宫殿奇丽，和"四海之内，学校如林，庠序盈门，献酬交错，俎豆莘莘，下舞上歌，蹈德咏仁"的文化发达，风俗敦厚的情况真实地反映出来。特别是在东都赋里更表现出大汉帝国以新的姿态出现在世界上的英雄气概：

> 目中夏而布德，瞰四裔而抗稜。西荡河源，东澹海漘，北动幽崖，南燿朱垠。殊方别区，界绝而不邻。自孝武之所不征，孝宣之所未臣，莫不陆詟水栗，奔走而来宾。……天子受四海之图籍，膺万国之贡珍；内抚诸夏，外绥百蛮。

在汉代初期，中国边境经常受匈奴的骚扰，自汉武帝开始，就发动了对外战争，不仅彻底击溃了匈奴，安定了边境，而且周围的国家如西域、南越、东越、西南夷、巴蜀、朝鲜等都被征服，汉帝国的版图伸展到东南沿海、岭南西南和东北地区去，从而汉帝国的威望大增，四邻国家都来臣服或通聘。到了东汉初期，仍然维持了这种局面。这一段话，就是具有这种现实意义的。可以说，在《两都赋》里不仅体现出汉帝国社会的繁荣、物产的丰富，而且也体现了汉帝国气魄的雄壮，国力的强盛。

此外，如张衡的《两京赋》，从它里面也可以看出"广衍沃野，厥田上上"的祖国土地肥美；"藩国奉聘，要荒来质。具惟帝臣，献琛执赘"的邻国朝贡的盛况。这些作品，都很逼真地描绘出汉帝国繁华、富强的面貌。

其次，是讽谏专制帝王沉迷于声色狗马之乐的。刘汉王朝经过了汉初几十年的休养生息后，积累起来的国家财富，以及四邻国家进贡的珍品，给统治阶级提供了物质享受的条件，使他们得以过着穷奢极欲的生活。"在长安西南几百里之内，布满了皇家的苑囿，及贵族、官僚、商人地主的花园和别墅"（翦伯赞《中国史纲》第二卷三七三页），武帝的"上林苑方三百里，苑中养百兽，天子秋冬射猎取之"（《汉旧仪》），贵族官僚"堂前罗钟鼓，立曲旄，后房妇女以百数。诸奏珍物狗马玩好，不可胜数"（《汉书·田蚡传》）。这些社会现象，在汉赋里都有着真实的反映。如枚乘的《七发》，暴露出贵族子弟"出舆入辇"，"越女侍前，齐姬奉后，往来游宴"的荒淫，通过了音乐、饮食、车马、宫女、游猎、观涛等的描述，讽刺着贵族子弟沉迷于声色狗马之乐，指出了声色狗马之乐，不及圣贤之言的有益。而对于那种腐化的畋猎生活，在司马相如的《子虚》、《上林》赋里暴露得更加深刻。作者运用生动、形象的艺术语言来描绘畋猎的盛况。如"车驾千乘，选徒万骑，畋于海滨，列卒满泽，罘网弥山"的游猎队伍的壮大；"左苍梧，右西极，丹水更其南，紫渊径其北"的游猎场所的辽阔；"离宫别馆，弥山跨谷，高廊四注，重坐曲（一作明）阁，华榱璧珰，辇道缅（一作洒）属"的行宫台阁的众多、富丽；"千人唱，万人和，山陵为之震动，川谷为之荡波"的歌声雄壮；"长眉连娟，微睇绵藐，色授魂与，心愉于侧"的美女夭艳等等，刻划统治者的骄奢淫佚。也许作者的主观上不一定是想使广大人民从此认识统治阶级的丑恶面貌，但客观上已达到了这一点。作者对这种生活表示什么态度呢？"嗟乎！此太奢侈……非所以为继嗣创业垂统也。"这就巧妙地借天子的口吻加以否定了。他在篇末又特别指出：

　　若夫终日驰骋，劳神苦形。罢车马之用，抗士卒之精，费府库之财，而无德厚之恩。务在独乐，不顾众庶。忘国家之政，贪雉兔之获，则仁者不繇（一作由）也。

这些，都是充满了浓厚的讽谏意味。

汉代统治主为了追求精神上的享乐，从事畋猎。他们不仅收夺农民土地，以为游猎场所，而且强迫农民替他们活捉禽兽，以供校猎，或令人与猛兽格斗给他们观看，使人民大众惨遭猛兽的伤害。扬雄的《长杨赋》，就是这种情况的写真。

汉成帝于元延二年冬，"行幸长杨宫，从胡客大校猎"（《汉书·成帝纪》），是年秋"发民入南山"，"张罗网置罘，捕熊罴豪猪虎豹……"放在长杨宫的射熊馆里，"令胡人手搏之，自取其获，上亲临观焉。"这种险恶的现实，不能不使稍有正义感的文人们有所感触。因而，当时"雄从至射熊馆，还，上《长杨赋》。聊因笔墨之成文章，故借翰林以为主人，子墨为客卿以风。"作者假设子墨客卿和翰林主人的对话来表现主题。首先通过客卿的询问，说统治主驱民入深山，张罗禽兽，以供校猎，以及"乐远出以露威灵，数摇动以罢车甲，本非人主之急务"，从正面指出荒于游猎之非。接着就借翰林主人的回答，叙述先祖创业之艰及其顾念黎民，"展人（一作民）之所诎，振人（一作民）之所乏"；"圣文"守成之德，去奢崇俭，"抑止丝竹晏衍（一作衍）之乐，憎闻郑卫幼眇之声"；"圣武"整饬师旅，平定匈奴，"使海内淡然，永亡边城之灾，金革之患"；以及阐明校猎的原来目的，乃是"简力狡兽，校武票（一作剽）禽"以锻炼武功，并非"以此为国家之大务，淫荒畋猎"。这样，就把"先王"的治国安民的勤俭朴素的遗风勾划出来和当时穷奢极欲作一鲜明的对照，而使成帝的荒淫行为显现于读者的面前了。这种以具体的事实来对此，来说明问题，很富有说服力量。作者在描述中虽然没有流露出指责的语气，但他这样的写作，无疑是隐藏着不满的情绪的。最后作者以"岂徒欲淫览浮观，驰骋秔稻之地，周流梨栗之林，蹂践刍荛，夸诩众庶，盛狄獾之收，多麋鹿之获哉？……"来结束，更觉有力而含蓄地讽刺着统治帝王极声色狗马之乐而破坏农民的生产。这篇赋，虽然作者写的是成帝校猎的事，但是，实际上这种校猎在汉代统治者中是普遍存在的，从它里面可以照出各个帝王校猎的狰狞面目。因此，它是具有整个汉代的社会意义的。

这些作品，虽然，作者主要的还是从维护和巩固统治政权着想，但是，这种劝戒统治者不要"驰骋秔稻之地，周流梨栗之林"，指出统治者"务在独乐，不顾众庶"，分明是在一定程度上同情人民疾苦的。在封建社会里，由于历史的局限性，作家们很难站在人民立场上来写作，我们也不应该这样去要求他们，只要他们的作品中所反映的符合于人民大众的愿望要求，我们就应该肯定它。因此，像这类写畋猎的作品，可以说是具有现实性的。

过去，有许多文学史家都认为这类作品是夸耀统治阶级奢侈淫荡生活的帮闲文学。原因是：在它们里面往往前大半篇描写畋猎盛况，后小半篇才讽谏，因而作品的主题思想应在前而不在后。这种看法是值得考虑的。季摩菲耶夫说："在主题中，永远贯穿着艺术家的世界观或思想；我们必须这样联系起来去了解主题：不仅要把主题当做描写的对象，当做艺术家传达的符号，还要把它看做是艺术家根据题材及某些现象而提出的一定的问题。"（《怎样分析文学作品》，平明出版社版，第十一页）这些话是对的。我们分析作品的主题思想，应从作家在作品中所表达的和要解决的基本问题着眼。《前汉书·扬雄传》："十二月羽猎，雄从，以为……羽猎田车戎马器械，储禁御所营，尚泰奢，丽夸诩，非尧舜成汤文王三驱之意也。又恐后世复修前好，不折中以泉台，故聊因校猎赋以风。"《后汉书·张衡传》："时天下承平日久，自王侯以下，莫不逾侈，衡乃拟班《两都》作《二京赋》，因以讽谏。"《前汉书·司马相如传》："尝从上至长杨猎，是时天子好自击熊豕，驰逐野兽，相如因上疏谏。"这不是很清楚地说明了他们的作品是因讽谏而写的吗？但是，作者既为讽谏而写，为什么反而用了不少的篇幅来铺陈事物呢？依照我的看法：第一，作者尽量描写苑囿之广，禽兽之多，动员之众，音乐之雄壮，美女之娇艳等，主要是先充分地揭露了统治阶级的腐化、淫佚的生活，然后"引之于节俭"，才够说服力量而使统治主在铁的事实面前不得不低头思过。第二，在封建社会里，专制帝王是残酷的、凶暴的，一句话说不对，或明白指出他们的坏处的，往往就会遭到杀头和族灭的大祸。我们从司马迁因李陵案而受腐刑，李云以直言死等是可以体会出来的。所以，一般来说，当时的赋家，多铺陈少讽谏，寓微词于夸张，无非是想利用"铺陈"来达到"讽谏"的目的，以避免"无妄之灾"。从这一点来看，也就可以看出作者写作的苦心了。

再次，是揭露封建制度的腐朽性。

（一）暴露封建帝王迫害和压抑人才的，如贾谊的《吊屈原赋》。贾谊是一个有政治理想的人，但因文帝听信了一般权贵的毁谤便疏远了他，贬他为长沙王太傅，他到了湘水，就作这篇赋以吊屈原，实质上是他的自谕。从他所抒写的个人生活感受中，反映了他所处的时代：

　　呜呼哀哉！逢时不祥，鸾凤伏窜兮，鸱枭翱翔。阘茸尊显兮，谗谀得志。贤圣逆曳兮，方正倒植。世谓随夷为混兮，谓跖蹻为廉；莫邪为钝兮，铅刀为铦。……国其莫我知兮，独壹郁其谁语？凤漂漂其高逝兮，固自引而远去。……所贵圣人之神德兮，远浊世而自藏，使骐骥可得系而羁兮，岂云异夫犬羊？

既深刻地表达了作者的抑郁心情，也真实地展示了那种贤人被抑，小人弄权，是非颠倒的恶劣的社会现象。汉初统治阶级为了要巩固他们的政权，往往"将相权臣，必以亲家"，对于那些"功臣""贤士"，如果他们认为对自己的统治政权会有不利的，便采取迫害或压抑的手段，如吕后残杀韩信、彭越，文帝排斥周勃，就是具体的例子。这篇赋虽然没有明白地提到这一点，但在它里面是体现着这种现实意义的。另一方面，也表现出作者的高尚精神，从"国其莫我知兮，独壹郁其谁语？凤漂漂其高逝兮，固自引而远去"等句中可以体会出来。侯外庐先生等在《中国思想通史》里说："赋中第一义表示超人与俗人的斗争，第二义表示理想与猥俗不相容，和《离骚》之批评现实悲剧而转入于悲剧思想者，正相仿佛。由此可知贾谊是有志洁行廉的屈原精神。"这评语是相当恰当的。又如东方朔的《答客难》，则用诙谐的口吻来暴露专制帝王压抑人才的情况：

尊之则为将，卑之则为虏，抗之则在青云之上，抑之则在深渊之下，用之则为虎，不用则为鼠……使苏秦、张仪与仆并生于今之世，曾不得掌故，安敢望侍郎乎？

汉代，自武帝以后，统治主虽然以赋取士，好些文人都被吸收到统治集团里去，但是，只当做俳优看待，并没有很好地任用他们，使他们得以舒展其才力。像东方朔、枚皋等只不过供皇帝开玩笑而已。而那些为统治者宠幸的没有才干的人，却青云直上。这篇赋就是概括了这些社会现象的。我们从它那些幽默有趣的比喻中，可以看出专制帝王如何压抑和玩弄人才，以及"贤者"的彷徨苦闷。至于祢衡的《鹦鹉赋》，表面上是一篇咏物赋，实质上是一篇有寓意的作品。它里面写专制帝王对待"方正之士"，"闭以雕笼，剪其翅羽"的残酷手段，以及在那种残酷的统治下，"方正之士""顺笼槛以俯仰，窥户牖以踟蹰"的苦闷情绪，从而揭穿了汉末统治者对"贤良"的迫害、屠杀。

(二) 以积极的态度来攻击当时统治阶级的腐化，暴露封建社会的丑恶的，要算是赵壹的《刺世疾邪赋》。这篇赋可说是汉赋中独一无二的具有斗争性的作品。作者一开始就指出"春秋时祸败之始,战国愈增其荼毒。秦汉无以相逾越,乃更加其怨酷。宁计生民之命,唯利己而自足。"这种明显而激烈地咒诅时代,直斥统治者的损民利己,在汉赋里是没有见过的。正由于作者怀有这样愤激的情绪与勇气,因而也就敢大胆地毫无忌讳地揭露出当日社会的虚伪本质:"佞谄日炽,刚克消亡。舐痔结驷,正色徒行。妪媚名势,抚拍豪强。偃塞反俗,立致咎殃。捷慑逐物,日富月昌"的社会风气的败坏;"原斯瘼之攸兴,实执政之匪贤。……故法禁屈挠于势族,恩泽不逮于单门"的政治黑暗,"势族"横行;"顺风激靡草,富贵者称贤。文籍虽满腹,不如一囊钱。伊优北堂上,抗脏倚门边"的人情世俗的势利。王符在《潜夫论》里说:"以贪饕应廉吏,以狡猾应方正,以谀谄应直言,以轻薄应敦厚,以空虚应有道……名实不相副,求贡不相称。富者乘其材力,贵者阻其势要,以钱多为贤,以刚强为上。""一旦富贵,则背亲损旧,丧其本心,皆疏骨肉而亲便辟,薄知友而厚狗马。"这篇赋不就是这种社会现实的生动的反映吗!可以说它是封建社会全面的真实的生活幅面的深刻暴露,是"情伪万方"的封建制度的控诉书。作者对于这种现实生活是非常憎恨的,所以"宁饥寒于尧舜之荒岁兮,不饱暖于当今之丰年。"

汉赋里,还有一部分作品是反映人民疾苦的。虽然,它不像乐府诗里的《东门行》、《孤儿行》、《妇病行》等深刻地表达人民大众的思想、感情、愿望和要求,但是,往往在它的淡淡几笔中却形象地勾划出广大人民的生活惨状。如贾谊的《旱云赋》:"农夫垂拱而无聊兮,释其锄耨而下泪;忧疆畔之遇害兮,痛皇天之靡惠。惜稚稼之旱夭兮,离天灾而不遂;怀怨心而不能已兮,窃托咎于在位。"虽然,作者所写的自然界对劳动人民的威胁是由于统治者行政不仁,触犯了天地,致使阴阳不调,不能下雨,是不科学的。但是,要要求在一千多年前的作者能够具有今日的科学知识,是不可能的。事实上,作者这样写,是很有力的鞭挞着统治者,而显示出人民的疾苦是由于统治阶级压迫剥削所造成的。又如蔡邕的《述行赋》:"穷变巧于台榭兮,民露处而寝湿;清嘉谷于禽兽兮,下糠粃而无粒。"虽是四句话,却写出了贵族阶级的歌台舞榭、连所养的禽兽也吃"嘉谷"的奢侈享乐的生活,以及广大人民流落街头的无衣无食的苦况,作一鲜明的对照。可说是一幅剥削阶级和被剥削阶级的两种生活状况的素描画。

另外,值得我们注意的是反映社会的动乱。如班彪的《北征赋》是一篇很好的作品。

西汉政权，自成帝起，由于统治者奢侈糜费，横征暴敛，徭役繁重，以及高利贷侵入农村，促使农村经济破产，农民流离失所，"或与牛马同栏被卖或自卖为奴婢，或竟饿死"；加之当时水旱灾荒和蝗虫瘟疫等的为害，更加速了农民大量的破产与流亡。这种情况，到西汉末年更为严重。王莽执政后，为了缓和这种社会危机，实行"改制"，结果"农商失业，食货俱废，民涕泣于市道"。于是农民、农奴、奴婢等都到处暴动。这时候，作者避难凉州，（《流别论》曰："更始时，班彪避难凉州，发长安至安定，作《北征赋》也。"）便就征途上的见闻及个人的怀感写成这篇赋。

班彪是统治集团内的一员，可是他的一生不很得志，常受人奚落，如曾避难依附隗嚣，而嚣不礼。而且他从小就"性好庄老"，守道恬淡，不急急于追求富贵。这就使他能在农民暴动面前冷静地正视现实，从中得到启示。虽"倾侧危乱之间，行不逾方，言不失正。"（《汉书·班彪传》）他在篇首写道："慕公刘之遗德，及行苇之不伤。彼何生之优渥，我独罹此百殃。故时会之变化兮，非天命之靡常。"所谓"时会之变化，非天命之靡常"，就是说，暴乱之由起，是人君不行德政所致，不是天命决定的。他的这种观点，也不时流露在他描写路上见闻的值得批判的某些历史人物或事件上，如"忿戎王之淫狡，秽宣后之失贞"；"剧蒙公之疲民兮，为强秦乎筑怨。舍高亥之切忧兮，事蛮狄之辽患。不耀德以绥远，顾厚固而缮藩"。完全是指责统治主不修德政，荒淫，弄得天下纷乱，人民疾苦。这种思想的活动，就使得作者在抒写个人感受中，真实地反映了现实：

> 陟高平而周览，望山谷之嵯峨。野萧条以莽荡，迥千里而无家。……游子悲其故乡兮，心怆悢以伤怀。抚长剑而慨息兮，泣涟落以沾衣。揽余涕以于邑兮，哀生民之多故。

这是很突出地表露出作者的伤感情调，而在伤感情调背面却隐藏着当时社会混乱的影子。它里面不仅体现着满目丘墟的社会荒凉景象，而且也显示出广大人民流离转徙的惨况。

以上所述，可以说是汉赋在思想上的积极方面。然而，汉赋的作者多数是属于士大夫阶层，有许多是参加着统治集团的。因此，由于他们的出身阶级和时代的限制，在思想上不可能没有落后的一面。在它里面，封建阶级的思想意识是存在着的，首先是传统的儒家思想。班固的《两都赋》，虽然体现出祖国物产的丰富、气魄的伟大，但作者在它里面是宣扬着："四海之内，更造夫妇，肇有父子，君臣初建，人伦实始。"以及"克己复礼，以奉终始……案六经而校德，眇古昔而论功，仁圣之事既该，而帝王之道备矣。"来维护封建政权。司马相如的《子虚》、《上林》赋，作者在篇末主张："游乎六艺之囿，驰骛乎仁义之涂，览观春秋之林，射貍首，兼驺虞……"；扬雄的《羽猎赋》，作者在篇后说："立君臣之节，崇贤圣之业，未遑苑囿之丽，游猎之靡也。"这都是以儒家思想为依归的。这些思想，在当时的巩固国家统一局面这一点上虽然是具有一定程度的进步意义，但基本上是为统治阶级服务的。

其次，是道家思想。汉赋里，说理一类的作品，大部分都有这种思想，就是为司马迁所称赞把他和屈原合传的贾谊，他的《鹏鸟赋》还是不能避免的。如"祸兮福所倚，福兮祸所伏。忧喜聚门兮，吉凶同域。"分明是申述老庄的是非吉凶相对之义；"天不可预虑兮，道不可预谋，迟速有命兮，焉识其时？"分明是继承了老庄的宿命哲学；"乘流则逝兮，得坻则止，纵躯委命兮，不私与己。其生兮若浮，其死兮若休。淡乎若深渊之静，泛乎若不系之舟。"分明是老庄的生死齐一的旷达的人生观。这种思想的影响，可能会给人们产生听天由命、忍受压迫剥削的消极作用，不过作者在被贬到长沙后，从生活实践中所发出来的这种忧郁的语调，多少是意味着对现实的不满的。又如张衡的《归田赋》，是汉赋中一篇用浅易的语言抒写自己的胸怀具有独特风格的作品，而它里面也充满了老庄的与物无争、超人出世的思想："感老氏之遗诫，将迥驾乎蓬庐"，"苟纵心于物（一作域）外，焉知荣辱之所如"。然而，张衡在东汉眼见政治腐败，国势危急，屡次上书建议裁抑宦官奸佞，改良政治，不见采纳，因而企图归田隐居，逃避黑暗现实，就不能说没带有一定程度的反抗性。在它寂寞冷淡的语气中，还是含有愤世嫉俗的心情，无疑是用消极的态度来表示对东汉黑暗政治的不满和抗议，要求个人的自由和解放的。

这种思想的产生是有它的社会根源的。上面我们已经提到。汉初，社会刚刚平定，还需要休养生息，所以统治者采取黄老的治术，薄赋敛，轻徭役；在学术上放任自由的风气亦比较浓厚，于是道家思想抬头，而当时的统治阶级又极力提倡(如曹参聘请盖公，窦太后好黄老之言等是)，因之黄老之学大为发展。贾谊是汉文帝时代的人，思想上当然有许多道家的成分。所以，在他被贬后写出顺天委命的《鹏鸟赋》来是完全可以理解的。至于张衡，虽然是信奉儒家，而且具有科学头脑，但他毕竟是处在东汉中叶以后，外戚宦官争权夺利，社会动乱的时代。在这个时代里，儒家学说已不能维系人心，道家思想已逐渐代之而起，这就使当时的文人们思想意识上不能完全不受影响，张衡当然不能例外。这种思想，在他们得志时也许不会起什么作用，但在他们政治斗争失败后，或是现实生活不如意时，就很自然地和士大夫阶层的个性特征——"清高"汇合起来，而产生消极、出世的人生态度了。

上面是我们对于汉赋的思想作了简单的分析和说明，下面来谈一谈它的艺术成就。

汉赋在表现手法上，带有浓厚的浪漫色彩和夸大的气息，正因为这样，历来学者都说它铺张扬厉。不错，这在某些方面来说，或许多少减弱了它的美学价值。但是，它的基本精神还是具有现实性的。它里面所描写的宫殿如何壮丽，都市如何繁荣，苑囿如何广阔，以及对美女、音乐、花草、禽兽等的描绘，并不是凭空捏造出来，而是有它的现实基础的。上面我们在说明汉赋的思想时已经提到，汉帝国是古代东方最强盛的国家，四邻国家都来朝贡，因而奇花异草，珍禽怪兽和各种特产，无不应有尽有。同时，由于工商业的发达，各种建筑也非常堂皇富丽，正如《西京杂记》记载："茂陵富人袁广汉，藏镪巨万，家僮八九百人；于北邙山下筑园，东西四里，南北五里，激流水注其内。构石为山，高十余丈，连延数里。养白鹦鹉、紫鸳鸯、牦牛、青兕、奇禽异兽，委积其间。积沙为洲屿，激水为波潮，其中致江鸥海鹤，孕雏产鷇，延蔓林池。奇树异草，靡不具植。屋皆徘徊连属，重阁修廊，行之移晷，不能遍也。"从这里我们可以体会到汉赋对现实的描写，虽然有些夸大，但基本上还是从现实基础出发的。例如，司马相如的《子虚》、《上林》赋，虽然是虚构，但是如果没有汉帝国的那种社会背景，作者没有一定的生活经验，不仅珍禽异兽无从想像，即是游猎之事也无从谈起。因为"虚构和实际生活紧密联系着"(季摩菲耶夫《文学概论》五七页)，也就是说，没有实际生活就不能通过它去加以想像。至于班固的《两都赋》，扬雄的《长杨赋》等更不用说，都是运用实际材料来写成的。这些作品都在一定程度上真实地反映了现实的社会生活。

就汉赋的艺术成就来说，首先是表现在词汇的丰富和语言运用的精确上。在汉赋里，作者对于同一种事物的描写，往往按其特征而运用不同的语言。如同是写声，写雁声用"邕邕"（"雁邕邕以群翔兮"），写鹦鹉声用"咬咬"（"咬咬好音"），写雷声用"殷殷"（"雷殷殷而响起兮"），写风声用"萧萧"（"翔风萧萧而径其末兮"）。同是写太阳光，写白日当空用"照照"（"日照照而无秽"），写日落西山用"晻晻"（"日晻晻其将暮兮"）。同是写月光，写明亮的月光用"皎皎"（"夫何皎皎之闲夜兮"），写微暗的月光用"蔼蔼"（"望中庭之蔼蔼")。同是形容盛多的状态，形容树木枝叶繁茂的用"扶疏"（"垂条扶疏"），形容羽饰众多的用"威蕤"（"错翡翠之威蕤"），形容白云纷纭的用"蓬勃"（"遥望白云之蓬勃兮"）。这不仅显示出汉赋作者运用语言的精确，巧妙地通过语言去刻划现象的微妙的特征，而且也显示出词汇的丰富。

汉赋词汇的丰富，是表现在各方面的。如写闲暇则有"游闲公子，暇豫王孙"；写人的意志高洁则有"气若浮云，志若秋霜"；写祭祀的虔诚则有"肃肃之仪尽，穆穆之礼殚"；写人的消瘦形态则有"容貌惨以憔悴"，"形枯槁而独居"等不同的词汇。而作者善于运用叠字来形容事物更觉美妙，如用"郁郁菲菲"来形容香气发越，"炜炜煌煌"来形容采色炫耀，"沉沉隐隐"来形容水势幽深，"眇眇忽忽"来形容形态仿佛，"祄祄裶裶"来形容衣饰飘扬，"懿懿芬芬"来形容酒的香美。一方面既可以使音节合拍、匀称，铿锵有力，吸引读者的兴趣；另方面也突出地刻划出事物的形象。

诚然，这些词汇，到了今天，也许不很流行了，但是，当时作者能够针对各种不同的事物特征，运用各种不同的词汇来表现它，这就不能不佩服他们掌握词汇的丰富及其运用手法的高强。

其次，是丰富的想像和动人的形象。贯穿在汉赋里面最突出的一个特点是想像丰富，作者往往把一件很平凡的事物，通过他的高超的想像力和夸张的手法（也有些地方过分夸大而失其真实的），描绘出一种美妙的意境或刻划出一种生动、逼真的形象，使读者若见其人，若历其事的。如《鲁灵光殿赋》："胡人遥集于上楹，俨雅踞而相对。仡欺㹸以雕眑，颐颥额而睽睢。状若悲愁于危处，憯嚬蹙而含悴。"那胡夷相对而跪的状态，大头深眼的容貌，满含惊怒的眼光，愁眉苦脸的神情等都活生生地表现出来；而"仡欺……"两句竟绘出了胡夷的容态、神色，跃然欲活。"神仙岳岳（一作谔谔）于栋间，玉女窥窗而下视，忽瞟眇以响象，若鬼神之仿佛。"作者着笔不多，而那神仙玉女已隐约地浮现在依稀瞟眇的境界中了。又如《甘泉赋》写天子乘舆出游的盛况："流星旄以电烛兮，咸翠盖而鸾旗"的旗饰的炫耀珍奇；"敦（一作屯）万骑于中营兮，方玉车之千乘。声骈隐以陆离兮，轻先疾雷而驱遗风"的随从车马的号啸轻奔；"登椽栾而羾天门兮，驰闾阖而入凌兢"的神游天上，都是属于一种夸张的表现，而这种夸张又是和他的丰富的想像连结在一起的。这种写法就使作者所写的对象非常突出，非常鲜明，勾划出一幅山野里千兵万马奔驰，旌旗满布的画面，使人产生了一种奇丽的憧憬。因而读者不但不有"向壁虚造"之感，反而觉得生动、真实。至于《大人赋》的"乘绛幡之素蜺兮"至"焱风涌而云浮"这一段，作者的想像更加美妙，他生动地描划出这些非人间的旌旗而带着宇宙光彩的斑斓，又光亮，又迷蒙，招展摇曳，风涌云浮，真是眩人眼目，撩人心灵的景象。

此外，如淮南小山《招隐士》的"穷形尽意"，王褒《洞箫赋》的"穷声变貌"，都具有很丰富的想像力，特别是《洞箫赋》，把所想像的东西"感情化"，使我们读起来更觉生动。

第三，是体制的弘伟。汉赋是规模壮阔，构辞宏丽的作品，它里面往往运用各种各样的材料加以组织排列，因而体制特别显得弘伟。如《七发》由音乐、饮食、车马、宫女、游猎、观涛、说理七件事组织而成；《两都赋》由地势、出产、郊畿、宫阙、园囿、田猎、嬉游、颂德八件事组织而成。这种在一篇赋里，运用多种多样的题材来表现主题思想，在汉赋之前是未曾有过的。又如《子虚》、《上林》、《羽猎》等，写游猎队伍的壮大，场所的广阔，猎技的神妙，音乐的雄壮，美女的艳丽等等，用许多不同的词汇来形容描写，使事物形象活灵活现，气魄是如何的壮大。

第四，是语言的形象性、音乐性。汉赋是散文和韵文的综合体，叙事则用散文，描写则用韵文。它里面很讲究音调、节奏，运用双声叠韵的很多。我们试看司马相如的《大人赋》：

> 驾应龙象舆之蠖略委丽兮，骖赤螭青蛇之蚴蟉宛蜒。低卬夭蛴，据以骄骜兮；诎折隆穷，躩以连卷。沛艾赳螑，仡以佁儗兮；放散畔岸，骧以孱颜。蛭踱辖辖，容以骳丽兮；绸缪偃蹇，怵奂儗梁倚。纠蓼叫奡，踢以路兮；蔑蒙踊跃，腾而狂趡。莅飒卉歙，猋至电过兮；焕然雾除，霍然云消。

里面运用了许多双声叠韵，读起来音节很谐美，声调很响亮，既具有浓厚的音乐气氛，也形象地刻划出龙螭的伸颈仰头，转目吐舌，相引相呼，或奔或跃，委宛曲折，昂扬纵恣的各种姿态。又如淮南小山的《招隐士》："白鹿麏麚兮，或腾或倚，状貌崟崟兮峨峨，凄凄兮漇漇。"这不仅是显示了语言的音乐性，而且鹿麏麚的"头角高耸，皮毛润泽"的状貌也活现了出来。这些艺术语言的运用，都很有力地抓住读者的兴趣，激动读者的心灵，使读者百读不厌。汉赋为当时的人们所爱好传诵，大概是和它的语言的自然合拍、宛转和谐、具有音乐性分不开的。

第五，描写声音的具象化。在汉赋里，作者对于声音的描写，常透过具体的形象来表达，使声音"具象化"。如《洞箫赋》：

> 时奏狡弄，则彷徨翱翔，或留而不行，或行而不留。悼怆澜漫，亡耦 (一作偶) 失畴，薄索合沓 (一作还)，罔象相求。故知音者而悲之，不知音者怪而伟之。故其为悲声，则莫不怆然累欷，擎（一作撇）涕拭泪。其奏欢娱，则莫不惮漫衍凯，阿那腲腇 (一作瘣瘰) 者已。是以蟋蟀蚸蠖，蚑行喘息；蝼蚁螲蛭，蝇蝇翊翊；迁延徙迤 (一作迆)，鱼瞰鸡睨；垂喙蜒 (一作宛) 转，瞪瞢忘食。

我们知道，要描写声音的感动力是相当困难的。因为声音是无形的，要是光从它本身的描写来表达它的美妙、和谐、生动的音调，实在是不容易的。这里作者却毫不费力地通过有形的动物的动作来表达它：先写各种各样的声音情调，接着就写那种声音情调的感动人和其他动物而通过了人的和其他动物的思想感情的变动和动作来表达出声音的美妙动人。这种把有形的东西来表达无形的声音，就使声音"具象化"而生动地传达感情给读者，感染读者，加深读者的印象。

又如蔡邕的《琴赋》："于是歌人恍惚以失曲，舞者乱节而忘形；哀人塞耳以惆怅，辕马蹀足以悲鸣。"这也是通过"哀人""辕马"动作表情来传达凄郁动人的琴声。

这种表现手法和乐府诗里《陌上桑》一诗描写罗敷的美丽是有相同之点的。《陌上桑》从旁观者的表情动作——"行者见罗敷，下担捋髭须……耕者忘其犁，锄者忘其锄"来显示出罗敷动人的力量；《洞箫赋》从"蟋蟀蚸蠖，蚑行喘息……鱼瞰鸡睨；垂喙蜒转，瞪瞢忘食"来表达声音的美妙、富有感染力，其描写的对象虽不相同，但借旁观者的动作来刻划形象这一点上是完全一样的。从这里，我们可以体会出联系周围一切事物的渲染来集中地塑造形象，是艺术创作上一个重要的方法。

汉赋的艺术成就，大抵如此。但是，它也有不少缺点的。

夸大现实是汉赋在艺术创作上一个较大的缺点。在文学作品里并不否认夸张的描写手法，适当的夸张是允许其存在的。但汉赋里，有些作品对于事物的描写却作了过分的夸大铺排。如《子虚赋》里对于"云梦"的描写，其东有什么，其西有什么……凡是什么珍禽怪兽、异草奇花都排列出来，这样的铺陈不仅不能突出地刻划事物的形象，反而使读者有"非真实"之感。像这种夸大现实的作品，在汉赋里是屡见不鲜的。挚虞在《文章流别论》里说："假象过大，则与类相远；逸辞过壮，则与事相违；辩言过理，则与义相失；丽靡过美，则与情相悖。"汉赋中的某些作品或某些作品中的某些部分，的确是有这种毛病的。

文字的堆砌也是汉赋中的一个缺点。作者对于事物的描写，往往就其类别而选用了许多联边字排铺堆砌，特别是长篇的叙事赋，如张衡的《南都赋》：

其山则崆岘嵯峨，嵣磈崇刺，岸峇嶷嵬，欻嵼屹嵲……
其木则柽松楔㮨，楈柏杻橿，枫柙栌枥，帝女之桑，楒枒栟楠，柍柘檍檀……
其鸟则有鸳鸯鹄鹭，鸿鹉鴐鹅，鹅鶂鹂鸈，鹝鹔鹍鸹……

这种奇文怪字的排列，既不能刻划形象，唤起读者的美感，反而令人生厌，失掉了"艺术的意义在于使人对于生活发生美学的态度"。《文心雕龙》里说："联边者，半字同文者也。状貌山川，古今咸用，施之常文，则龃龉为瑕。如不获免，可至三接，三接之外，其《字林》乎？"（练字）像这类的作品，可说是"字林"而非文学。

还有，是形式上的公式化，这是与当时的摹仿风气有很大的关系的。汉赋自从司马相如的《子虚》、《上林》赋问世后，在赋的形式上似乎就成了定型，后起的作家们都摹仿它的形式，因而形成了一种摹仿风气。扬雄的《甘泉》、《羽猎》，班固的《两都》，张衡的《两京》等摹仿司马相如的《子虚》、《上林》，假设三个人对话来表现主题。扬雄的《解嘲》，班固的《答宾戏》，崔骃的《达旨》，张衡的《应问》等摹仿东方朔的《答客难》，依照《答客难》的形式，来堆积辞句，铺陈事物。又如枚乘作《七发》，而傅毅有《七激》，崔骃有《七依》，张衡有《七辩》。像这类作品，就形式风格来说，千篇一律，没有什么新的气象，使读者往往觉得有公式化之感。

总的来说，汉赋在思想上和艺术上是存在着某些缺点的，而这些缺点正减低了汉赋的文学价值，削弱了汉赋的艺术生命力，但是，不容否认，在它里面的部分作品，作者是以杰出的艺术概括力刻划了汉帝国的繁荣、统一与强盛，暴露了贵族王室的骄奢腐化，揭发了封建制度的虚伪。毫无疑问，它是把整个汉帝国的历史特点以及它的力量和它的弱点，或强或弱地体现在作品本身里面。

　　由于汉赋所反映的是帝王贵族生活，所歌颂的是专制统治主功德，因而过去就被人认为是"润色鸿业，粉饰太平"的宫廷文学，而完全抹煞了它应有的价值。直到现在，一般文学史家还是采取轻视的态度，几本新出版的文学史书，谈到汉赋几乎也都一口否定。那么，汉赋是否毫无价值的呢？我想这个问题是值得讨论的。

　　在十八世纪下半期的俄国伟大诗人杰尔查文，普希金曾这样称赞他："杰尔查文是俄罗斯诗人之父。"但是"杰尔查文的诗简直触及了每一个重要人物——叶卡捷琳娜二世、波爵姆金、鲁勉采夫、淑波夫；其中有些人，例如伟大的苏伏罗夫，更是这位诗人经常热烈歌颂的对象，他在好几十篇诗里给我们留下了他们的形象。……他描写了他们的观念、风尚、趣味、嗜好、习惯、日常生活以至服装和饮食的具体而生动的情况。"（布罗茨基主编：《俄国文学史》上卷，《十八世纪下半期的文学》）汉赋的内容虽然不必和它完全相同，但就歌颂帝王功德，反映帝王生活这一点来说是一样的。马克思主义教导我们，评价一部文学作品，不能光看作品所反映的是什么阶级的生活，而是要看作品内容所具有的社会意义。我认为，汉赋虽然描写统治者的生活，歌颂统治者的功德，但它里面形象地体现出汉帝国社会的繁荣，物产的富饶，国力的强大，使我们认识汉帝国的伟大气魄；以及真实地揭露了统治者的腐化、享乐生活，使我们了解当时统治阶级的丑恶面貌。这对我们认识汉代的社会现象来说，是具有一定的意义的。当然，不容否认，汉赋中是有"糟粕"的，但是我们不能因此而像过去的那样，采取一笔抹煞的态度，应该运用马克思列宁主义的观点、方法来进行分析研究，指出它的"民主性的精华"和"封建性的糟粕"；这样，才能给它以一个比较正确的评价，而不会歪曲祖国文学遗产。这是我们古典文学研究者应有的态度，也是应有的任务。上面是笔者从汉赋的思想上和艺术上加以分析批判的一些粗浅意见。笔者因古典文学修养既差，思想水平又低，在看法上，难免没有错误的地方，希望专家和读者们多加批评和指正。

原载《文学遗产增刊》1958年第6辑

汉三大乐歌声调辨

朱希祖

欲明汉代乐府诗之声调，必先明汉三大乐歌之声调，何以故？因三大乐歌，可以代表汉朝乐府诗全体之声调故（五言乐府诗，似不能代表；然《郊祀歌》中亦有五言句）。三大乐歌者：即《安世房中歌》十六章，《郊祀歌》十九章，《铙歌》十八章。今将其来历，说明如下：

一　三大乐歌之来历

甲　《安世房中歌》之来历　　　《汉书·礼乐志》①："房中祠乐，高祖唐山夫人所作也。周有房中乐，至秦名曰《寿人》。凡乐，乐其所生；礼，不忘本。高祖乐楚声，故房中乐，楚声也。孝惠二年使乐府令夏侯宽备其箫管，更名曰《安世乐》。"

乙　《郊祀歌》之来历　　　《汉书·礼乐志》②："武帝定郊祀之体，乃立乐府，采诗夜诵。以李延年为协律都尉，多举司马相如等数十人，造为诗赋，略论律吕，以合八音之调，作十九章之歌"（《文心雕龙·乐府篇》："陈思称李延年闲于增损古辞，"十九章之歌，殆亦李延年所增损。《日出入》章，盖是李延年所自作）。

丙　《铙歌》之来历　　　《宋书·乐志》③载汉《鼓吹铙歌》十八章。宋郭茂倩《乐府诗集》④汉《铙歌》属《鼓吹曲》，引《古今乐录》曰："汉《鼓吹铙歌》，十八曲，字多讹误。又有《务成》《玄云》《黄爵》《钓竿》亦汉曲也，其辞亡。或云，汉《铙歌》二十一，无《钓竿》，《拥离》亦曰《翁离》。"冯惟讷《古诗纪》⑤云："古今乐录，皆声，辞，艳，相杂，不可复分。"又云："凡古乐录，皆大字是辞，细字是声，声词合写，故致然耳。"郭茂倩⑥云："横吹曲，其始亦谓之鼓吹，马上奏之，盖军中之乐也。北狄诸国，皆马上作乐，故自汉以来，北狄乐总归鼓吹署。其后分为二部：有箫笳者，为鼓吹，用之朝会道路，亦以给赐，汉武帝时，南越七郡，皆给鼓吹，是也。有鼓角者，为横吹，用之军中，马上所奏者，是也。《晋书·乐志》曰：'横吹有鼓角，又有胡角.'按横吹有双角,即胡乐也。汉博望侯张骞入西域,传其法于西京,唯得《摩诃兜勒》一曲。李延年因胡曲,更造新声二十八解,乘舆以为武乐,后汉以给边将。和帝时,万人将军得用之。魏晋以来,二十八解,不复俱存,而世所用者,有《黄鹄》等十曲,其辞后亡。又有《关山月》等八曲,后世之所加也"。

以上三大乐歌之来历,既已说明,则其声调,亦可以概见。简言之,此三大乐歌,皆非中国旧有之雅乐,乃从别国新入之声调。此等新入之声调,又可分为二种:一为楚声,一为北狄西域之声,当时名为新声(以下凡说新声皆为北狄西域之声)。

二 雅乐与楚声新声之不同

上文既述汉三大乐歌非雅乐,而为楚声新声,今将雅乐与楚声新声之不同,再为分别述之。

第一,雅乐与楚声新声发生地点之不同。雅乐产生于旧时之中国,即今之黄河流域,试观《诗经》三百余篇,皆当时所谓雅乐,其诗之产生,不出于黄河流域以外。今不必详为举例,即将雅乐之"雅"字,究其本字,亦可以证明雅乐,乃产生于中国,盖"雅"为"夏"之假借字。《说文》[7]"雅"训楚鸟,俗作鸦,若从"雅"之本义讲,却成为鸦之音乐,毋乃可笑!故知"雅"为"夏"之假借字。《说文》[8]:"夏,中国之人也。"其篆文为象形字,从页,即首字;从臼,即掬字,即是两手;从夊,音绥,《说文》言:"其行夊夊然,"即是两足,盖"夏"字全象人形,所以表明与蛮夷戎狄之不同。中国之疆界,不但春秋时如此,战国时亦如此。《论语》举诸夏以与夷狄相对。《孟子》称楚人为南蛮𫘝舌之人。《荀子》[9]称:"居夏而夏,居楚而楚,"楚夏对举,即可证明雅乐与楚声发生地点之不同。代表楚声者,有屈原宋玉等辞赋,与李斯刻石文章。至汉初年之歌诗,殆都属于楚声,故史孝山《出师颂》[10]有云:"朔风变楚"盖言北方风气,一变而为南矣。换言之,即雅乐变为楚声矣。至于新声,虽为李延年所造,然出于西域《摩诃兜勒》曲,即为北狄之马上曲。则此种声调,即发生于当时匈奴西域可知也。

第二,雅乐与楚声新声句调整散长短之不同。中国古代文章,有一公例,即愈至南方,其句调愈整齐简短;若至中原即上文所谓中国,其句调即渐长短参差,与南方不相同,然其乐章句调,亦无长至十数字以上者;再观北狄与西域新声，其句调参差不齐，比中原更甚，例如《郊祀歌》中《日出入》章，竟有短至一字，长至十七字者。如此观察，此三方之乐歌句调，殆可以一望而辨别矣。

汉三大乐歌之句调，大概已于来历中说明，即《房中歌》为楚声，《铙歌》为新声，惟《郊祀歌》无明文说明。今细为辨别，知《郊祀歌》十八章为楚声，其《日出入》一章为新声。换言之，三大乐歌之前半为楚声，后半为新声，因三大乐歌发生时代之次序，《安世房中歌》最先，《郊祀歌》次之，《铙歌》盖又在其后。

上文既已说明汉三大乐歌之声调，可代表汉朝乐府诗全体之声调，惟五言乐府诗，似不能代表；然观《乐府诗集》《相和歌辞》中之《楚调曲》，如《白头吟》，《梁甫吟》，《怨诗行》等，皆全体为五言乐府诗，既属于楚调，则楚声亦可代表；且更可证明楚声整齐简短之一例。

三 三大乐歌声调之分类

以上既将三大乐歌之声调说明，今更将三大乐歌之属于楚声者为一部，属于新声者为一部，详为解剖，与其它楚声新声之乐歌相印证；最后，再将雅乐之乐章举例解剖，以证明与楚声新声之不同。

甲 楚声

1.《安世房中歌》[①] 十六章之句调

A.三字句（仅举一首为例，以下但列篇名，其文繁不录）

《安其所》篇

安其所，乐终产。乐终产，世继绪。飞龙秋，游上天。高贤愉，乐民人。

《丰草葽篇》，《囂震震篇》

B.四字句

《大孝备矣》篇

大孝备矣。休德昭清。高张四县。乐充宫廷。芬树羽林。云景杳冥。金支秀华。庶旄翠旌。

《七始华始》篇，《我定历数》篇，《王侯秉德》篇，《桂华》篇，《美芳》篇，《硠硠即即》篇，《嘉荐芳矣》篇，《皇皇鸿明》篇，《浚则师德》篇，《孔容之常》篇，《承帝明德》篇。

C.三字七字句

《大海荡荡水所归》篇

大海荡荡水所归。高贤愉愉民所怀。大山崔，百卉殖。民何贵？贵有德。

2. 《郊祀歌》⑫ 十八章之句调

A.三字句

《练时日》篇

练时日，侯有望。焫膋萧。延四方。九重开，灵之斿。垂惠恩，鸿祜休。灵之车，结玄云。驾飞龙，羽旄纷。灵之下，若风马。左仓龙，右白虎。灵之来，神哉沛。先以雨，般裔裔。灵之至，庆阴阴。相放㷒，震澹心。灵已坐，五音饬。虞至旦，承灵亿。牲茧栗，粢盛香。尊桂酒，宾入乡。灵安留，吟青黄。遍观此，眺瑶堂。众嫭并，绰奇丽。颜如荼，兆逐靡。被华文，厕雾縠。曳阿锡，佩珠玉。侠嘉夜，芗兰芳。澹容与，献嘉觞。

《天马》篇，《华烨烨》篇，《五神》篇，《朝陇首》篇，《象载瑜》篇，《赤蛟》篇。

B.四字句

《帝临》篇

帝临中坛。四方承宇。绳绳意变。备得其所。清和六合。制数以五。海内安宁。兴文匽武。后土富媪。昭明三光。穆穆优游。嘉服上黄。

《青阳》篇，《朱明》篇，《西颢》篇，《玄冥》篇，《惟泰元》篇，《齐房》篇，《后皇》篇。

C.四字七字句

《景星》篇

景星显见。信星彪列。象载昭庭。日亲以察。参侔开阖。爰推本纪。汾脽出鼎。皇祐元始。五音六律。依韦飨昭,杂变并会。雅声远姚。空桑琴瑟结信成。四兴递代八风生。殷殷钟石羽籥鸣。河龙供鲤醇牺牲。百末旨酒布兰生。泰尊柘浆析朝酲。微感心攸通修名。周流常羊思所并。穰穰复正直往宁。冯蠵切和疏写平。上天布施后土成。穰穰丰年四时荣。

D.三字四字七字句
《天地》篇

天地并况。惟予有慕。爰熙紫坛。思求厥路。恭承礼祀。缊豫为纷。黼秀周张。承神至尊。千童罗舞成八溢。合好效欢虞泰一。九歌毕奏斐然殊。鸣琴竽瑟会轩朱。璆磬金鼓。灵其有喜。百官济济。各敬厥事。盛牲实俎进闻膏。神奄留,临须摇。长丽前掞光耀明。寒暑不忒况皇章。展诗应律銷玉鸣。函宫吐角激徵清。发梁扬羽申以商。造兹新音永久长。声气远条凤鸟翔。神夕奄虞盖孔享。

E.三字四字五字六字七字句
《天门》篇

天门开,诶荡荡。穆并聘,以临飨。光夜烛,德信著。灵穹平而。鸿长生豫。大朱涂广。夷石为堂。饰玉梢以舞歌。体招摇若永望。星留俞,塞陨光。照紫幄,珠烦黄。幡比翄回集。贰双飞常羊。月穆穆以金波。日华耀以宣明。假清风轧忽。激长至重觞。神裴回,若留放。殣冀亲,以肆章。函蒙祉福常若期。寂漻上天知厥时。泛泛滇滇从高斿。殷勤此路胪所求。佻正嘉吉弘以昌。休嘉砰隐溢四方。专精房意遄九阂。纷云六幕浮大海。

观上所列,大都以三字,四字,成章为多,(三字句,实多三字为读,六字为句。若在两读之间加一"兮"字,即为《楚辞》调)其余或以三字七字句,四字七字句,或以三字四字七字句,以及三字四字五字六字七字句,相间成章,偶亦有之;(三字七字句,其三字句,亦三字为读,六字为句,中加一"兮"字与下七字相等,亦为《楚辞》调)惟无论多少字,上句若干字,下句亦必若干字,与之相对,此即楚声之特色。此种句调,大概出于南方之《楚辞》，及李斯之《刻石文》。（李斯亦楚人）今特举若干例，以为证，三字句，出于《楚辞》之《山鬼》《国殇》等篇，例如：若有人兮山之阿。被薜荔兮带女萝。既含睇兮又宜笑。子慕予兮善窈窕。……（《山鬼》）

若将其中之"兮"字节去，即成三字之句读，《宋书·乐志》，《楚辞钞》^⑬，即将《山鬼》篇改成三字七字之句调如：今有人，山之阿。被服薜荔带女萝。既含睇，又宜笑。子恋慕予善窈窕。……（《楚辞钞》）

四字句，在《楚辞·天问》篇甚多，因其都为问之口气，故不举为例，别用李斯《刻石文》说明。（说明见下文）

五字句，如《哀郢》篇：鸟飞返故乡兮。狐死必首丘。

又《渔父》篇：沧浪之水清兮。可以濯吾缨。沧浪之水浊兮。可以濯吾足。

若将二句间之"兮"字节去，即成为五言句；至于纯粹之五言句，如《卜居》篇："物有所不足。智有所不明。数有所不逮。神有所不通。"六言句。如《哀郢》篇："凌阳侯之泛滥兮。忽翱翔之焉薄。心绖结而不解兮。思蹇产而不释。"

若将二句中之"兮"字节去，即成为六言句；《天问》篇中有纯粹之六言句，如：何亲就上帝罚？殷之命以不救。

七言句，《楚辞》中最多，如《招魂》篇有"些"字之句，及大招篇有"只"字之句，若将"些"字及"只"字节去，几成为七言长歌行；《天问》篇中，又多纯粹之七言句，如：师望在肆昌何识？鼓刀扬声后何喜？武发杀殷何所悒？载尸集战何所急？

李斯之《刻石文》大都为四言句组成；但其句调，与《诗经》中四字句调，迥乎不同，《刻石文》之四字句，近乎骈文，《诗经》之四字句，近乎散文，如琅邪台刻石曰：日月所照。舟舆所载。皆终其命。莫不得意。

碣石门刻石曰：男乐其畴。女修其业。事各有序。惠被诸产。

《刻石文》中，上下句相对，如此例者甚多。若在《诗经》之四言诗中，则连排之对句，即罕觏矣！

综观以上所举例，则《安世房中歌》与《郊祀歌》十八章，皆系楚声无疑！

乙　新声

1.《郊祀歌》《日出入》章之句调

《日出入》章，章十一句，一字一句，四字四句，五字一句，六字四句，十七字一句。

日出入安穷。时世不与人同。故春非我春夏非我夏秋非我秋冬非我冬。泊如四海之池。遍观是邪谓何？吾知所乐。独乐六龙。六龙之调。使我心若。訾！黄其何不徕下！

2. 《铙歌》[13] 十八章之句调（《铙歌》句读，姑从陈沆《诗比兴笺》，兹举二章为例，余仅言章若干句，句若干字）

《战城南》章二十句，三字四句，四字八句，五字四句，七字四句。此章确系《铙歌》本色，以言战事也，故举为例，其余不尽言战事矣。

　　战城南，死郭北。野死不葬乌可食。为我谓乌。且为客豪。
　　野死谅不葬。腐肉安能去子逃？水深激激。蒲苇冥冥。枭骑战斗死。驽马裴回鸣。梁筑室。室何以南？梁何北？禾黍而穫君何食？愿为忠臣安可得？思子良臣，良臣诚可思。朝行出攻，莫不夜归。

《朱鹭》章七句，三字五句，五字二句。

《思悲翁》章十一句，二字一句，三字七句，六字一句，七字二句。

《艾如张》章八句，三字三句，四字三句，七字二句。

《上之回》章十一句，三字六句，四字一句，五字二句，七字二句。

《翁离》章六句，三字三句，四字三句。

《巫山高》章十三句，三字五句，四字七句，七字一句。

《上陵》章二十二句，三字四句，四字二句，五字十四句，六字一句，七字一句。

《将进酒》章九句，三字八句，七字一句。

《君马黄》章十句，三字二句，四字二句，五字四句，七字二句。

《芳树》章十七句，三字二句，四字十四句，五字一句。

《有所思》章十七句，三字三句，四字三句，五字九句，七字二句。

《雉子斑》章十四句，三字七句，五字三句，六字一句，七字三句。

《圣人出》章十六句，三字十一句，四字三句，七字二句。

《上邪》章九句，二字一句，三字三句，四字二句，五字二句，六字一句。

《临高台》章七句，三字一句，四字一句，五字一句，六字一句，七字三句。

《远如期》章十六句，二字一句，三字七句，四字六句，六字二句。

《石留》，声辞久淆，不可句读，故举以为例："石留凉阳凉石水流为妙锡以微河为香向始綮冷将风阳北逝肯无敢与于杨心邪怀兰志金安薄北方开留离兰。"

观上所列，大抵皆长短句。其词句参差不齐，无骈偶习气。此种句调，大概由李延年新声所变。新声为西域北狄声调，其调，短至一字，长至十余字，参差错落，是其特点。李延年新声二十八解，惜已亡佚！彼之《北方有佳人》歌，与汉武帝之《李夫人歌》，亦系新声，今列于左，以资比较：

李延年歌——《汉书·外戚传》

　北方有佳人。绝世而独立。一顾倾人城。再顾倾人国。宁不知倾城与倾国佳人难再得？

汉武帝《李夫人歌》——《汉书·外戚传》

　是邪非邪？立而望之。翩！何姗姗其来迟！

以上二种歌词，与《铙歌》句调相近；《李夫人歌》尤与《日出入》章相近。其余如《气出唱》，《上留田》等歌，（见《宋书·乐志》）多属此类。《铙歌》中有声有辞，原本大字为辞，小字为声，今已混淆，无从分别，所以多有不能句读者。《宋书·乐志》中有《今鼓吹铙歌词》，如《上邪曲》四解，《晚芝曲》九解，《艾张曲》三解，沈约注云："乐人以音声相传，训诂不可复解。"正与《铙歌》中《石留》等篇相同。今将《艾张曲》[15]三解写列于左，可以窥见一斑：

　几令吾呼历舍居执来随咄武子邪令乌衔针相风其左其右。
　几令吾呼群议破萌执来随吾咄武子邪乌令乌令胁入海相风及后。
　几令吾吁无公赫吾执来随吾咄武子邪令乌无公赫吾媱立诸布始布。

综观以上所举各例，《日出入》与《铙歌》属于新声，是无可疑矣！

三大乐歌是楚声新声，而非雅乐，确然已明。惟雅乐与楚声新声，何以不同？若不举实例，以资比较，仍不能澈底明憭。今将《诗经》中与三大乐歌性质相同之诗，各举一例，以相比较。

《关雎》（《国风·周南》）是周代房中歌。

关关雎鸠。在河之洲。窈窕淑女。君子好逑。参差荇菜。左右流之。窈窕淑女。寤寐求之。求之不得。寤寐思服。悠哉悠哉! 辗转反侧。参差荇菜。左右采之。窈窕淑女。琴瑟友之。参差荇菜。左右芼之。窈窕淑女。钟鼓乐之。

《清庙》,《昊天有成命》,《我将》,(《周颂》)是周代郊祀歌。《清庙》序云:"祀文王也。"

于穆清庙。肃雍显相。济济多士。秉文之德。对越在天。骏奔走在庙。不显不承! 无射于人斯。

《昊天有成命》。序云:"郊祀天地也。"

昊天有成命。二后受之。成王不敢康,夙夜基命宥密。于缉熙! 单厥心。肆其靖之。

《我将》,序云:"祀文王于明堂也。"

我将我享。维羊维牛。维天其右之。仪式刑文王之典。日静四方。伊嘏文王。既右飨之。我其夙夜。畏天之威。于时保之。

《六月》,《采芑》(《小雅》)是周代出征之歌,与后世《铙歌》相似,盖《铙歌》大都用于军中。
《六月》,序云:"宣王北伐也。"共六章,今举首二章:

六月栖栖栖。戎车既饬。四牡骙骙。载是常服。猃狁孔炽。我是用急。王于出征。以匡王国。比物四骊。闲之维则。维此六月。既成我服。我服既成。于三十里。王于出征。以佐天子。

《采芑》序云:"宣王南征也。"共四章,今举一章:

薄言采芑。于彼新田。于此菑亩。方叔莅止。其车三千。师干之试。方叔率止。乘其四骐。四骐翼翼。路车有奭。簟茀鱼服。钩膺鞗革。

以上所举数诗，皆系雅乐，若与汉三大乐歌中楚声相较，似楚声近于骈文者多，雅乐近于散文者多。然雅乐虽近于散文，其参差不齐之程度，比之新声，尚觉整齐。试以《安世房中歌》与《关雎》相较，《郊祀歌》与《清庙》等诗相较，即可知其不同。若与汉三大乐歌中新声相较，则雅乐与新声，多近散文；然其参差不齐之程度，新声比雅乐更甚。新声中有短至一字，长至十七字之句调，雅乐中无此例也。（雅乐中亦有短至一字者，然无有至十七字者）雅乐与楚声新声之不同，大略如此。

四　汉魏复古运动（恢复雅乐）之失败

汉代乐府，大概武帝以前多楚声，武帝以后多新声；惟雅乐则无人顾问。但至西汉末年，与东汉末年，却有两次复古运动，颇思恢复雅乐。然终归于失败。第一次在汉哀帝时。《汉书·礼乐志》云：

今汉郊庙诗歌，未有祖宗之事；八音调均，又不协于钟律。而内有掖庭材人，外有上林乐府，皆以郑声施于朝廷。哀帝即位，下诏罢乐府官，郊祭乐，及古兵法武乐。在经，非郑卫之乐者，条奏则属他官。然百姓渐渍日久，又不制雅乐有以相变；豪富吏民，湛沔自若。

第二次在汉献帝时。《宋书·乐志》⑯云：

汉末大乱，众乐沦缺。魏武平荆州获杜夔，善八音，常为汉雅乐郎，尤悉乐事。于是以为军谋祭酒，使创定雅乐。时，又有邓静，尹商，善训雅乐；歌师尹胡能歌宗庙郊祀之曲；舞师冯肃，服养，晓知先代诸舞，夔悉总领之。远考经籍，近来故事，魏复先代古乐，自夔始也。而左延年等妙善郑声，惟夔好古存正焉。又⑰曰："魏雅乐四曲：一曰《鹿鸣》，后改曰《于赫》；二曰《驺虞》，后改曰《巍巍》；三曰《伐檀》，后省除；四曰《文王》，后改曰《洋洋》。《驺虞》《伐檀》《文王》并左延年改其声。"又引："晋张华表曰：'魏《上寿》《食举》诗，及汉代所施用，其文句长短不齐，未皆合古。'"

据上二事，西汉末年，虽思复古，然不制定雅乐，终不能改变楚声与新声；东汉末年，虽已制定雅乐，惟至歌唱之时，仍用左延年等郑声改定。（当时凡非雅乐，即楚声新声，亦名郑声。《汉书·礼乐志》[18] 称掖庭材人上林乐府之声调，都为郑声，可以证明此言之不误）故张华等论其文句，长短不齐，未皆合古。由此观之，此等复古运动，终究归于失败！试观宋郭茂倩《乐府诗集》所采之《郊庙歌辞》十二卷，（《安世房中歌》与《郊祀歌》都包括在内）大概都衍楚声，所采《鼓吹曲》五卷，《横吹曲》五卷，大概都衍新声。此尚是朝廷所用之乐歌（其中亦有非朝廷所用者，大都出於后人摹仿）！若民间流行之乐歌，亦不外乎楚声新声二种，载在乐府诗集中甚多，例不胜举。余所以斤斤辨明汉三大乐歌之声调者，良以明乎此，则两汉一切乐府诗之声调，都可迎刃而解也。

---

① 《汉书》卷二二，第八页，金陵局本。

② 《汉书》卷二二，第八页。

③ 《宋书·乐志》卷一二，第二八至三一页，南监本。

④ 《乐府诗集》卷一六，第四页，湖北局本。

⑤ 《古诗纪》卷五，第八页，明万历刻本。

⑥ 《乐府诗集》卷二一，第一页。

⑦ 《说文》卷四 (上)，第五页，孙星衍缮宋木。

⑧ 《说文》卷五 (下)，第七页。

⑨ 《荀子》卷四，第一六页，浙局本。

⑩ 《文选》卷四七，第四页，汲古阁本。

⑪ 《汉书》卷二二，第九，一〇两页。

⑫ 《汉书》卷二二，第一〇至一七页。

⑬ 《宋书·乐志》卷一二，第五页。

⑭ 《宋书·乐志》卷一二，第二八至三一页。

⑮ 《宋书·乐志》卷一二，第五七页。

⑯ 《宋书·乐志》卷九，第二页。

⑰ 《宋书·乐志》卷九，第九页。

⑱ 《汉书》卷二二，第八页。

原载《清华学报》1927年12月第4卷第2期

汉魏乐府

梁启超

乐府起于西汉，本为官署之名，后乃以名此官署所编制之乐歌。浸假而凡入乐之歌皆名焉，浸假而凡用此种格调之诗歌无论入乐不入乐者皆名焉。

《汉书·礼乐志》记有"孝惠时乐府令夏侯宽"，然则乐府之官，汉初已有，或承秦之旧亦未可知。但此官有纪载价值，则自武帝时始。《艺文志》云："自孝武立乐府而采歌谣，于是有赵代之讴，秦楚之风。"《礼乐志》又云："至武帝定郊祀之礼……乃立乐府，……以李延年为协律都尉，多举司马相如等数十人造为诗歌。……"《李延年传》亦云："延年善歌，为新变声。是时上欲造乐，令司马相如等作诗颂，延年辄承弦歌所造诗，为之新声曲。"是知最初之乐府，皆李延年调其音节，制成乐谱。其歌辞则或为司马相如辈所作，或采自民间歌谣，于是此等有谱之歌，即名"乐府"。

至哀帝时，罢乐府官。见《乐志》颜注东汉一代，此官存置无考，然民间流行之歌谣，知音者辄被以乐而制为谱，于是乐府日多。汉魏禅代之际，曹氏父子兄弟祖孙——魏武帝操、文帝丕、陈思王植、明帝睿——咸有文采，解音律，或沿旧谱而改新辞，或撰新辞而并创新谱，乐府于兹极盛矣。

关于纪载乐府歌辞及其沿革之书，可考者列举如下：

《汉书·礼乐志》汉班固撰，存。

志中叙乐府起原及录载房中歌、郊祀歌全文，最为可宝。

《乐府歌诗》十卷、《太乐歌辞》二卷晋荀勖撰，佚。

见《唐书·艺文志》。前种似久佚，后种宋时犹存。《郡斋读书志》著录又《古今乐录》曾引荀《录》语，系由《技录》转引，想亦为荀勖所著，不知即在此二书内否？勖为晋代大音乐家，其所著《笛律》今尚存，亦有歌辞传后。

《元嘉正声技录》一卷宋张解撰，佚。

《隋书·经籍志》称梁有此书，唐初已亡。《古今乐录》又曾引张永《技录》，不知永与解是否一人。

《技录》宋王僧虔撰，佚。

各史皆不著录，惟《古今乐录》引之。郑樵、郭茂倩亦屡引之，不知是否宋时仍存，抑郑、郭从《乐录》转引？郑樵之乐府分类，多本此《录》，似是一有系统之书。

《广乐记》 景绚撰。

绚不知何时人，此书各史志皆未著录，惟《宋书·乐志》引之，则当为沈约以前书。

《宋书·乐志》 梁沈约撰，存。

叙汉魏晋乐府变迁沿革颇详，汉《铙歌》及许多乐府古辞皆赖以传。

《南齐书·乐志》 梁萧子显撰，存。

拂舞歌词赖此以传。

《古今乐录》 十三卷陈释智匠撰，佚。 (新旧《唐书》皆作智匠)

此书当为六朝时叙录乐府总汇之书，隋、唐、宋《志》皆著录，想元初犹存。郑樵、郭茂倩所引甚多，辑之尚可成帙。

《乐府歌辞》 八卷、《乐府声调》六卷隋郑译撰，佚。

前一种惟《新唐书·经籍志》著录，后一种《隋志》新旧《唐志》皆著录。译为隋代音乐大家，隋雅乐出其手定。

此书未见他书征引，不知是否专纪隋乐。

《晋书·乐志》 唐太宗勅撰，存。

全采沈约《宋志》，间有加详之处。隋唐以后各史《乐志》与古乐府无甚关系，不复论列。

《乐府歌诗》 十卷唐翟子撰，佚。

《乐府志》 十卷唐苏夔撰，佚。

《乐府杂录》 一卷唐段安节撰，存。《学海类编》本。

此书多言乐器沿革，间及唐乐章，关于汉魏乐府资料甚少。

俱见《唐书·经籍志》。

《乐府古题要解》 二卷唐吴兢撰，存。《津逮秘书》本。

此书分相和歌、拂舞歌、白纻歌、铙歌、清商杂题、琴曲等类。各列曲题，每题考证其来历，实研究乐府最重要之资料。兢尚有《古乐府词》十卷，《郡斋读书志》著录，今佚。

《乐府古今解题》 三卷唐郄昂撰， (或云王昌龄撰) 佚。

见《唐志》。

《乐府解题》 失名，佚。

《宋史·艺文志》著录，《乐府诗集》征引甚多，当是郭茂倩以前人所著。但据郭所引，什九皆吴兢原文，想是宋人剽窃兢书而作耳。

《乐府广题》二卷沈建撰，佚。

见《宋史·艺文志》。建何时人，待考。

《通典·乐典》唐杜佑撰，存。

此书虽特别资料不多，然清商乐诸曲调之存佚，言之颇详。

《通志·乐略》宋郑樵撰，存。

樵论古最有特识，著述最有条理，此书将乐府曲调名网罗具备，详细分类，眉目极清，甚便学者。但樵主张"诗乐合一"之说太过，将许多不能入乐之五言一并收入，是其疵谬。又分类亦有错误处，下文详辨。

《系声乐谱》二十四卷宋郑樵撰，佚。

《乐略》云："臣谨考摭古今，编系节奏。"此书见《宋史·艺文志》，想即其编系节奏之本。质言之，即乐府声谱也。惜书已佚，但汉魏乐府之节奏，樵时能否尚存，实不能无疑。

《乐府诗集》一百卷宋郭茂倩撰，存。

此书集各家大成，搜罗最富，研究乐府者必以此为唯一之主要资料。但录后代仿拟之作太多，贪博而不知别裁，有喧宾夺主之患，是其短处。

《古乐苑》五十二卷，《衍录》四卷明梅鼎祚撰，存。

此书因袭郭著，有删有补，较为洁净。

《古诗纪》一百五十卷明冯惟讷撰，存。

此书虽非专录乐府，但所收歌谣之类最多，可补郭著之阙。关于乐府之著述，存佚合计，略具于此。其现存可供主要参考品者，则汉宋二《志》、吴郑郭三书，其最也。乐府之分类，似草创于王僧虔《技录》，而郑樵《乐略》益加精密。今将樵所分列表如下：

第一类…………短箫铙歌二十二曲

第二类…………{鞞舞歌五曲 / 拂舞歌五曲

第三类…………{鼓角横吹十五曲 / 胡角十角

第四类相和歌
- 汉旧歌三十曲
- 吟叹四曲
- 四弦一曲
- 平调七曲
- 清调六曲
- 瑟调三十八曲
- 楚调十曲

第五类…………大曲十五曲

第六类…………白纻一曲

第七类…………清商八十四曲

右正声之一，以比风雅之声；

第八类…………
- 汉郊祀十九章
- 东都五诗
- 梁十二雅
- 唐十二和

右正声之二，以比颂声；

第九类…………
- 汉三侯诗一章
- 汉房中乐十七章
- 隋房内二曲
- 梁十曲
- 陈四曲
- 北齐二曲
- 唐五十五曲

右别声，非正乐之用；

第十类……琴曲…………
- 九引
- 十二操
- 三十六杂曲

右正声之余；

第十一类……舞曲
- 文武舞二十曲
- 唐三大舞

右别声之余；

第十二类…………有辞无谱者四百十九曲（内又分二十五门今不备录）

右遗声，以配逸诗。

原文录八百八十九曲，分为五十二类，今依其性质，归并为十二类。

郑樵把自汉至唐的曲调搜辑完备，严密分类，令我们知道乐府性质和内容是怎么样，这是他最大功劳。因为正史《乐志》，专详郊祀乐章，至多下及铙歌而止，别的部分都抹杀。其实相和、清商诸调，占乐府最主要之部分，史家以其无关朝廷典制而轻视之，实属大误。郑氏之书，最足补此缺点。但其分类错谬之处似仍不少，下文当详辨之。

郭茂倩《乐府诗集》，其分类与郑樵稍有异同：

卷一至卷一一　郊庙歌辞

卷一二至一三　燕射歌辞

卷一四至二〇　鼓吹曲辞　　(即短箫铙歌)

卷二一至二五　横吹曲辞　　(即鼓角及胡角)

卷二六至四三　相和歌辞

　　　　　　一　六引　二　曲　三　吟叹曲　四　四弦曲　五　平调曲
六　清调曲　七　瑟调曲　八　楚调曲　九　大曲

卷四四至五一　清商曲辞

　　　　　　一　吴声歌曲　二　神弦歌　三　西曲　四　江南弄　五　上
云乐　六　梁雅歌

卷五二至五六　舞曲歌辞

卷五七至六〇　琴曲歌辞

卷六一至七八　杂曲歌辞

卷七九至八二　近代曲辞

卷八三至八九　杂歌谣辞

卷九〇至一百　新乐府辞

右目录中所谓近代曲辞者，乃隋唐以后新谱，下及五代北宋小词，与汉魏乐府无涉，所谓新乐府辞者，乃唐以后诗家自创新题号称乐府，实则并未尝入乐；所谓杂歌谣，则"徒歌"之谣，如前章所录者是。以上三种，严格论之，皆不能谓为乐府。舞曲、琴曲，则古代皆有曲无辞，如《小雅》之六《笙诗》，其辞大率六朝以后人补作也。自余郊庙、燕射、鼓吹、横吹、相和、清商、杂曲七种，则皆导源汉魏，后代循而衍之。狭义的乐府，当以此为范围。今根据郑、郭两书，分类叙录乐府作品，以汉魏为断。其六朝作品，次章别论，唐以后不复列。

一　郊庙乐章

今所传汉乐府，非惟不知撰人名氏，即年代亦难确指。其可决为西汉作品者，惟《汉书·礼乐志》所载《房中》、《郊祀》两歌。

……

汉志云："《房中祠乐》，高祖唐山夫人所作也。服虔曰：高帝姬也。超案，《汉书·外戚传》无唐山名。周有《房中乐》，至秦名曰《寿人》。凡乐，乐其所生，礼不忘本。高祖乐楚声，故《房中乐》楚声也。孝惠二年，使乐府令夏侯宽备其箫管，更名曰《安世乐》。"因歌名《房中》，又成于妇人之手，后世望文生义，或指为闺房之乐。此种误解，盖自汉末已然。魏明帝时，侍中缪袭奏言："往昔议者以《房中》歌后妃之德……省读汉《安世歌》，说'神来燕享，嘉荐令仪。'无有《二南》后妃风化天下之言。……宜改曰《享神歌》。"今案，袭说甚是。《房中歌》盖宗庙乐章，故发端有"大孝备矣"之文。然虽经缪袭辨明，而后世沿认者仍不少。郑樵依违其说，乃曰："《房中乐》者，妇人祷祠于房中也。"可谓瞎说。"房"，本古人宗庙陈主之所，这乐在陈主房奏，故以《房中》为名。后来房字意义变迁，作为闺房专用，故有此误解耳。此歌为秦汉以来最古之乐章，格韵高严，规模简古，胎息出于《三百篇》，而词藻稍趋华泽，音节亦加舒曼，周汉诗歌嬗变之迹，最可考见。又此为汉诗第一篇，而成于一夫人之手，足为中国妇女文学增重。

《郊祀歌》十九章

……

《汉书·礼乐志》云："……至武帝定郊祀之礼……乃立乐府……以李延年为协律都尉，多举司马相如等数十人造为诗赋，略论律吕以合八音之调，作十九章之歌。以正月上辛用事甘泉圜丘，使童男女七十人俱歌。……"据此，知此歌为武帝时司马相如等所作，而李延年制其谱，但成之非一时。《天马》、《景星》、《齐房》、《朝陇首》、《象载瑜》诸章，备叙年分事繇，其不叙者想亦历若干年陆续作成，但时日难确考了。作歌者非一人，想随时更互有订改。观成帝时匡衡尚改两句，可知，前此亦有之。故不著明某章为某人作，惟《青阳》、《朱明》、《西颢》、《玄冥》四章，注明为"邹子乐"，当是邹阳作。阳，景帝时人，似不逮事武帝，想是当时乐府采其词以制谱。然则十九章中，此四章时代又较早了。朝廷歌颂之作，无真性情可以发抒，本极难工，况郊庙诸歌，越发庄严，亦越发束缚，无论何时何人，当不能有很好的作品。这十九章在一般韵文里头，原不算什么佳妙，但专就这类诗歌而论，已是"后无来者"。试把晋、宋、隋、唐四《志》所载王粲、缪袭、傅玄、荀勖、沈约……诸家乐章一比较，便见。

这十九章在韵文史里头所以有特殊价值，因为他总算创作。他的体裁和气格，有点像出自《诗经》的三《颂》，却并不袭三《颂》面目，有点像出自《楚辞》的《九歌》，也不袭《九歌》面目，最少也是镕铸三《颂》、《九歌》，别成自己的生命。

十九章中，三言、四言、五言、七言皆有，又或一章中诸言长短并用，开后世作家无限法门。

各章价值，又自分高下，邹子四章最醇古，有《雅》、《颂》遗音。分咏四时，各各写出他的美和善。春则"枯槁复产乃成厥命"，夏则"桐生茂豫靡有所诎"，秋则"沆砀肃杀续旧不废"，冬则"革除反木抱素怀朴"，皆从自然界的顺应，看出人生美善相乐的意义。

《练时日》、《天门开》二章，想象力丰富，选辞腴而不缛，实诸章最上乘。《景星》章七言句。遒丽浑健，远非《秋风辞》靡靡之比。《天马》二章亦有逸气，其余诸章便稍差了。

二 郊庙乐章以外之汉乐府在魏晋间辞谱流传者

我的研究汉乐府歌辞所靠的资料，除前所录《房中》、《郊祀》两歌见《汉志》外，最古者便是沈约《宋书·乐志》。《晋书》所记事迹时代虽在前，其编著却在后。其《乐志》不过誊抄《宋志》而已。彼《志》所录魏晋以后辞皆标明某人作，内有不载作者姓名而单题曰"古词"者。沈约自言其体例云："凡乐章古词今之存者，并汉世街陌谣讴，《江南可采莲》、《乌生十五子》、《白头吟》之属是也。"据此可知凡《宋志》中所谓"古词"，决为汉人作品。（总在魏武帝诸作之前。）但汉运历四百年之久，诸谣讴究属何时所造，无从考证。依我推测，总该以属于东汉中叶以后者为最多。因为年代愈久则散佚愈易，西汉武帝时乐府所采，传下来的至多不过百中之一二罢了。

汉乐府词多有不能句读且文义绝对不可解者，此非如寻常古书文学传写讹夺而已。盖其乱从伶工传习之本转录，而伶工所传，实为乐谱，将歌词与音符后世之"工尺"。写在一起。景枸《广乐记》所谓"言字讹谬，声辞杂书。"《古今乐录》"所谓声、辞、艳相杂,不可复分。"俱《宋志》引。《宋志》于《宋铙歌》词下亦注云:"乐人以音声相传,话不可复解。"盖我国乐谱制法拙劣,以致古乐一无遗留,间有一二,则声辞搅做一团,既不能传其声,反因而乱其辞,最可痛惜。试将《宋志》所载《汉铙歌》录出第一、第二两章以示其概:

《朱鹭曲》

朱露鱼以乌路訾邪鹭何食食茄下不之食不以吐将以问诛者

《思悲翁曲》

思悲翁唐思夺我美人侵以遇悲翁也但我思蓬首狗逐狡兔食交君枭子五枭母六拉沓高飞莫安宿

铙歌中有文义可解——且绝佳者,下文别录之,但其中大部分诘屈不可句读率类此。试更取一章并录汉、魏、晋、宋四代歌词如下:

艾如张 (铙歌第三章)
(汉曲)

艾而张罗夷于
何行成之四时
和山出黄雀亦
有罗雀以高飞
奈雀何为此倚
欲谁肯礤室

(魏曲)

获吕布,
戮陈宫,
芟夷鲸鲵,
驱骋群雄,
囊括天下,

运掌中。

(晋曲)

征辽东,
敌失据。
威灵迈日域。
洲既授首,
群逆破胆,
咸震怖,
朔北响应。
海表景附。
武功赫赫,德云布。

(宋曲)

几令吾呼历舍居执来随
咄武子邪令乌衔针相风
其右其右
几令吾呼群议破荫执来随
吾咄武子邪令乌令乌令
胅入海相风及后
几令吾呼无公赫吾执来
随吐吾武子邪令乌与公
赫吾姫立诸布诸布

　　一调谱,而魏辞最短,仅二十一字。汉晋辞皆三十五字(编者按,晋辞三十七字),宋辞则多至八十字,可见所添之字,皆声辞相杂之结果。试想《卿云歌》仅十六字,今用为国歌,所用音符有多少个呢?若将音符逐一写作"上工尺一合六凡"等字,而与歌辞相杂,如何能读?《宋志》中极有限之"古词",缘此而失其文义者又不少,真可惜极了!汉乐府辞谱俱全流传最久者为《铙歌》,亦名《鼓吹曲》,实军乐也。凡二十二曲,内四曲佚其辞,今将其曲名、次第、及魏晋依谱所造新歌列表如下：

《铙歌》二十二曲

(汉)

1.朱鹭

2.思悲翁

3.艾如张

4.上之回

5.雉离

6.战城南

7.巫山高

8.上陵

9.将进酒

10.君马黄

11.芳树

12.有所思

13.雉子班

14.圣人出

15.上邪

16.临马台

17.远如期

18.石留

19.务成 ⎤

20.玄云 ｜ 此四曲歌辞佚

21.黄爵行 ｜

22.钓竿 ⎦

(魏)

1.初之平

2.战荥阳

3.获吕布

4.克官渡

5.旧邦

6.定武功

7.屠柳城

8.平南荆

9.平关中

10.应帝期

11.雍熙

12.太和　魏仅用十二曲

（晋）

1.灵之祥

2.宣受命

3.征辽东

4.宣辅政

5.时运多难

6.景龙飞

7.平玉衡

8.百揆

9.因时运

10.惟庸蜀（当有所思）

11.天序

12.承运期（当上邪）

13.全灵运（当君马黄）

14.于穆我皇（当雉子班）

15.仲春振旋（当圣人出）

16.夏苗田

17.仲秋狝田

18.从天运

19.唐尧

20.玄云

21.伯益

22.钓竿

以上曲调名称，在文学上本无甚关系，因《铙歌》在乐府中最为重要，故稍详其历史沿革。

魏晋以后《铙歌》乃由"帮闲文学家"按旧谱制新辞，一味恭惟皇帝，读起来令人肉麻，更无文学上价值。《汉铙歌》则不然，其歌辞皆属"街陌谣讴"，大概是社会上本已流行的唱曲，再经音乐家审定制谱，所以能流传久远，很可惜声辞相混不能解读者过半。内中几首，虽间有三五讹字，大体尚可读。今录之如下：

《战城南》 (第六曲)

> 战城南，死郭北，野死不葬乌可食。
> 为我谓乌："且为客豪，野死谅不葬，腐肉安能去子逃？"
> 水深激激，蒲苇冥冥，枭骑战斗死，驽马悲回鸣。
> 梁筑室，何以南梁、何北？此九字似有讹禾黍而获君何食？愿为忠臣安可得！
> 思子良臣，良臣诚可思，朝行出攻，莫不夜归。

此诗代表一般人民厌恶战争的心理，好处在倾泻胸膈，绝不含蓄。用这种歌词作军乐，就后人眼光看起来，很像有点奇怪。但当时只是用人人爱唱的，像并没有什么拣择和忌讳。这首歌写军中实感，虽过于悲愤，亦含有马革裹尸的雄音。

《上陵》 (第八曲)

> 上陵何美美，下津风以寒，问客从何来？言从水中央。
> 桂树为君船，青丝为君笮，木兰为君棹，黄金错其间。
> 沧海之雀，赤翅鸿。白雁随，山林乍开乍合，曾不知日月明。
> 醴泉之水光泽何蔚蔚？芝为车，龙为马，览遨游，四海外。
> 甘露初二年，芝生铜池中，仙人下来饮，延寿千万岁。

这首诗差不多没有韵，但细读仍觉音节浑成，意境有点像《离骚》、《远游》。

《君马黄》 (第十曲)

> 君马黄，臣马苍，二马同逐臣马良。
> 易之有骟蔡有赭。此句不能解。
> 美人归以南，驾车驰马，美人伤我心。
> 佳人归以北，驾车驰马，佳人安终极。

此首像纯是童谣，意义在可解不可解之间，但拙得有味。

《有所思》 (第十二曲)

> 有所思，乃在大海南。何用问遗君?双珠玳瑁簪，——
> 用玉绍缭之。闻君有他心，拉杂摧烧之。
> 摧烧之，当风扬其灰!从今以往，勿复相思!
> 相思与君绝。鸡鸣狗吠，兄嫂当知之。此句不甚可解。
> 妃呼狶! 秋风肃肃晨风飔，东方须臾高知之。末句不审有无托脱。

这一首恋歌，正是"温柔敦厚"、"怨而不怒"的反面，赌咒发誓，斩钉截铁，正见得一往情深。后代决无此奇作，专门诗家越发不能道其只字。

《上邪》 (第十五曲)

> 上邪，此二字不可解，或是感叹辞，和"妃呼狶"一样。我欲与君相知。长命无绝衰。
> 山无陵，江水为竭，冬雷震震夏雨雪，天地合，乃敢与君绝。

又是一首情感热到沸度的恋歌，意境、格调、句法、字法，无一不奇特。

《临高台》 (第十六曲)

> 临高台以轩，下有清水清且寒。江有香草目以兰，黄鹄高飞离哉翻。关弓射鹄，令我主寿万年。

《汉铙歌》十八首中，比较的可以成诵的就算这六首了，其余或仅几句可解，或全首都不可解，真是可惜。

《铙歌》成于汉代何时，今难确考，据《晋中兴书》则谓武帝时已有。《乐府诗集》引我们虽不敢断定，但认为西汉作品，大概还不甚错，惟未必全部都出武帝时耳。《上陵篇》有"甘露初二年"语恐是宣帝时作。他那种古貌古心古香古泽，和别的乐府确有不同，我们既认许多乐府是东汉末年作，这十八首的时代当然要提前估算。

此外乐府曲调名经郑樵依据《技录》、《古今乐录》等书及宋、晋两《志》分类列目如下:

汉鞞舞歌五曲
- 关中有贤女
- 章和二年中
- 乐久长
- 四方皇
- 殿前生桂树

右汉代燕享所用，其辞至魏初已亡，魏晋皆依旧谱作新歌。

拂舞歌五曲
- 白鸠
- 济济
- 独漉
- 碣石
- 淮南王

右汉歌五曲，魏武帝更分《碣石》为四，共八曲。

黄鹄吟　洛阳道　骢马
陇头吟　长安道　雨雪

鼓角横吹十五曲
望行人	豪侠行	刘生
折杨柳	梅花落	古剑行
关山月	紫骝马	洛阳公子行

胡角横吹十曲
黄鹄	入塞
陇头	折杨柳
出关	黄覃子
入关	赤之杨
出塞	望行人

《晋志》云："胡角者，本以应胡笳之声，后渐用之横吹。张博望（骞）入西域，传其法于西京，惟得《摩诃兜勒》一曲。李延年因胡曲更造新声二十八解。《乘舆》以为武乐，后汉以给边将，和帝时，万人将军得之。魏晋以来，二十八解不复具存，用者有《黄鹄》、《陇头》……《赤之杨》、《望行人》十

曲。"《乐府解题》云："后又有《关山月》、《洛阳道》、《长安道》、《梅花落》、《紫骝马》、《骢马》、《雨雪》、《刘生》八曲，合十八曲。"（《乐府诗集》引）据此，则鼓角、胡角，实同一乐，乃从西域传来，李延年采以制谱者。外国音乐之输入，实自此始。郑樵将鼓角、胡角分为二，似未谛审。但延年之二十八解，非惟歌辞多佚，即调名亦半已无传。樵所录合二十五曲，除去重复四曲，余二十一曲，又除魏晋后新增八曲，余十三曲。然则延年旧曲名失考者，尚十五曲也。

相和歌三十曲	江南行	短歌行	艳歌何尝行
	度关山	燕歌行	步出夏东门行
	长歌行	秋胡行	野田黄雀行
	薤露	苦寒行	满歌行
	蒿里	董逃行	棹歌行
	鸡鸣	塘上行	雁门太守行
	对酒	善哉行	白头吟
	乌生八九子	东门行	气出唱
	平陵乐	西门行	精列
	陌上桑	煌煌京洛行	东光

右三十曲，郑樵云："汉旧歌。"

相和歌吟叹四曲｛大雅吟 楚妃叹
　　　　　　　 王昭君 王子乔

相和歌四弦一曲——蜀国四弦

右二项，郑樵云："据张永《元嘉技录》。"

相和歌平调七曲

长歌行	君子行	
短歌行	燕歌行	
猛虎行	从军行	
鞠歌行		

相和歌清调六曲

苦寒行	相逢狭路间
豫章行	塘上行
董逃行	秋胡行

相和歌瑟调三十八曲

善哉行	孤儿行	门有事马客行
陇西行	大墙上蒿行	墙上难为趋行
	野田黄雀行	日重光行
折杨柳	钓竿行	月重轮行
西门行	临高台行	蜀道难
东门行	长安城西行	棹歌行
东西门行	武舍之中行	有所思行
却东西门行	雁门太守行	蒲坂行
顺东西门行	艳歌何尝行	采梨橘行
饮马长城窟行	艳歌福钟行	白杨行
上留田行	艳歌双鸿行	胡无人行
新城安乐宫行	煌煌京洛行	青龙行
妇病行	帝王所居行	公无渡河行

相和歌楚调五曲

白头吟
泰山吟
梁甫吟
东武吟
怨歌行

右四项，郑樵云："据王僧虔《技录》。"

大曲十五曲	东门行—东行	煌煌京洛行—园桃	满歌行—相乐
	折杨柳行—西山	艳歌何尝行—白鹄	步出夏门行—夏门
	艳歌罗敷行—罗敷	步出夏门行—碣石	棹歌行—布大化
	西门行—西门	艳歌何尝行—何尝	雁门太守行—洛阳令
	折杨柳行—默默	野田黄雀行—置酒	白头吟

右一项郑樵不言所本。今案，盖采《宋书·乐志》。

白纻歌—曲——白纻歌

清商曲七曲	子夜——即白纻
	前溪
	乌夜啼
	石城乐
	莫愁乐
	襄阳乐
	王昭君

右一项，郑樵不言所本。今案，盖采吴兢《乐府古题要解》也。

白雪	欢闻歌	乌夜飞
公莫舞	团扇郎	杨叛儿
巴渝	懊恼	雅歌

清商附三十三曲	明之君	长史变	骁壶
		丁督护	常林欢
	铎舞	读曲	三洲
	白鸠	乌夜啼	采桑度
	白纻	估客乐	玉树后庭花
	子夜	石城乐	堂堂
	吴声四时歌	莫愁	泛龙舟
	前溪	襄阳	春江花月夜

右一项，郑樵不言所本。今案，盖采杜佑《通典》。清商在唐武后时犹存

六十三曲，至佑时则仅此三十三曲也。《唐书·乐志》亦采佑说。

夷乐四十一曲 ┤
西凉五曲
龟兹二十曲
天竺二曲
康国四曲
疏勒三曲
安国三曲
高丽二曲
礼毕二曲

琴操五十七曲（曲名不录）
遗声四百十八曲（曲名不录）

遗声者，郑樵谓本有节奏而后乃失之也，以比古之逸诗。但所列四百十八曲之曲名，率多魏晋六朝人五言诗，并非乐府。

右郑樵所搜录者如此，其后郭茂倩虽稍有分合，然大体皆与樵同。内曲重复互见者虽甚多。然搜辑之勤，我们对他总该表谢意。然樵有大错误者一点，在把"清商"与"相和"混为一谈。均于《相和歌》三十曲以外，复列相和平调、清调、瑟调、楚调四种，而清商则仅列七曲，附三十三曲，皆南朝新歌，一若汉魏只有相和别无清商者。殊不知惟清商为有清、平、瑟三调，楚调是别出的，是否为清商未可知。而相和则未闻有之。凡樵据王僧虔《技录》所录之五十一曲，皆清商也。《宋书·乐志》以下省称《宋志》云："《相和》，汉旧歌也，丝竹更相和，执节者歌。本十七曲，朱生、宋识、列和等合之为十三曲。"此十三曲《宋志》全录：1《气出唱》、2《精列》、3《江南》、4《度关山》、5《东光乎》、6《十五》、7《薤露》、8《蒿里》、9《对酒》、10《鸡鸣》、11《乌生八九子》、12《平陵》、13《陌上桑》。魏明帝时所传相和歌止此，并无三十曲之说也。至于清商，则杜佑《通典》云："《清商三调》，并汉氏以来旧典，歌章古调与魏三祖所作者皆备于史籍。"佑所谓史籍，即指《宋志》也。《宋志》录完《相和》十三曲之后，另一行云："《清商三调》歌诗，荀勖撰旧词施用者。"此下即分列《平调》六曲，《清调》六曲，《瑟调》八曲，则此三调皆属于清商其明。王僧虔所录，《平调》增一曲，《瑟调》增三十曲。僧虔与沈约同时，所增者约盖亦见，但作史有别裁，不能全录，但录荀勖造谱之二十曲耳。而郑樵读《宋志》时，似将"《清商三调》苟勖撰"一行滑眼漏掉，漫然把《宋书》卷二十一所录诸歌，全都归入《相和》，造出"相和平调"……等名目。于是本来仅有十三曲的《相和》，无端增出几十曲来，本有几十曲的《清商》，除《吴声》七曲外，汉魏歌辞一首都没有。樵亦自知不可通，于是复曲为之说，谓："汉时所谓清商者，但尚其音耳。晋宋间始尚辞，观吴兢所纂七曲，皆晋宋间曲也。"殊不知《清商三调》，本惟其音不惟其辞，《魏书·乐志》载陈仲孺奏云："瑟调以角为主，清调以商为主，平调以宫为主，"其性质如宋乐府之有南吕宫、仙吕宫、大石调、小石调……等。本属有声无辞，其被之以辞，则衍为若干曲有《陌上桑》、《相逢》、《善哉》……诸名，则犹宋乐府各宫调中有《菩萨蛮》、《浪淘沙》……诸曲。郑樵说："汉但尚音"，实则晋宋何尝不是尚音？他说："晋宋尚辞"，实则晋宋间辞倒逐渐散亡了。《宋志》载王僧虔奏云："今之清商，实犹铜雀，魏氏三祖，风流可怀。京洛相高，江左九重，而情变听改，稍复零落。十数年间，亡者将半。……"这便是清商汉魏间有辞而晋宋间散佚之明证。郑樵的话，刚刚说倒了。大抵替清商割地，始自吴兢，而郑樵、郭茂倩沿其误。今据王僧虔、沈约所记载，复还其旧。又《宋志》于三调之外，复有所谓"大曲"、"及楚调"，其性质如何虽难确考，既王僧虔以类相次，则宜并属清商。至《通典》所载清商诸曲，则专就唐时现存者言。清商在南朝递有增加，至唐时则远代之汉魏曲尽亡，存者仅近代之梁陈曲耳。今依鄙见别造乐府类别表如下：

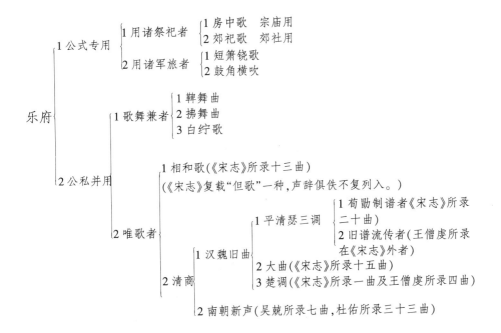

　　各种乐府除《房中》、《郊祀》辞谱同时并制，《郊祀》多出当时著名文学家手笔外，自《铙歌》以下，皆《宋志》所谓"采自街陌谣讴"，所谓"始皆徒歌，既而被诸弦管"。故欲观两汉平民文学，必须以乐府为其渊海。《房中》、《郊祀》、《铙歌》，前已具录，左方所录，断自鼓角横吹以下。

　　左方所录，全采《乐府诗集》之标题"古辞"者。"古辞"之名，起于《宋志》，后之录乐府者皆袭之。《宋志》定"古辞"界说，谓"并汉世街陌谣讴"，惟《乐府诗集》所录古辞，多于《宋志》一两倍，未必尽出汉代。今以意别择，其确知为魏晋后作品者不录，界在疑似间姑录之，仍以鄙见间者加考证焉。

　　《陇头》（横吹）

　　陇头流水，流离四下。念吾一身，飘然旷野。
　　朝发欣城，暮宿陇头。寒不能语，舌卷入喉。
　　陇头流水，鸣声幽咽。遥望秦川，心肝断绝。

　　右一篇，《乐府诗集》编入《梁鼓角横吹曲》中，然《乐府古题要解》称汉横二十八曲，魏晋间存者十曲，《陇头》在焉。此词矫健朴茂，虽未必便出李延年，要是汉人作品。

　　《出塞》（横吹）

　　候骑出甘泉，奔命入居延。旗作浮云影，阵如明月弦。

　　汉横吹二十八曲，据《晋书·乐志》言当时存者仅有《黄鹄》、《陇头》、《出关》、《入关》、《出塞》、《入塞》、《折杨柳》、《黄覃子》、《赤之杨》、《望行人》十曲，今存者只此一曲。歌辞尚好，但对偶声病颇谨严，颇疑是齐梁后作品，最早亦不过晚汉人拟作。若谓出李延年，我断不敢信。

　　《紫骝马》（横吹）

　　十五从军征，八十始得归。道逢乡里人，家中有阿谁?遥望是君家，松柏冢累累。兔从狗窦入，雉从梁上飞。中庭生旅谷，井上生旅葵。烹谷持作饭，采葵持作羹。羹饭一时熟，不知贻阿谁?出门东向望，泪落沾我衣。

《紫骝马》这调也是胡角横吹，但属后人所加，不见李延年廿八曲之内，《乐府解题》说何时所加却无可考了。此歌《乐府诗集》载在《梁鼓角横吹》项下，全首之前尚有八句，又引《古今乐录》云："《十五从军征》以下是古辞"，然则非梁时作品明矣。依我看，全首风格朴茂，可以认为汉作，至其词之沉痛，又在杜老《三别》之上，不用我赞美了。

《箜篌引》 （相和六引之一）

崔豹《古今注》云："《箜篌引》者，朝鲜津卒霍里子高妻丽玉所作也。子高晨起刺船，有一白首狂夫被发提壶，乱流而渡。其妻随而止之，不及，遂坠河而死。于是援箜篌而歌曰："公无渡河……"声甚凄惨，曲终亦投河死。子高还以语丽玉，丽玉伤之，乃引箜篌而写其声。"

公无渡河，公竟渡河。坠河而死，将奈公何！

这歌不用一点词藻，也不著半个哀痛悲怆字面，仅仅十六个字，而沉痛至此，真绝世妙文！

《江南曲》一名《江南可采莲》 （相和）

江南可采莲，莲叶何田田，鱼戏莲叶间。
鱼戏莲叶东，鱼戏莲叶西。鱼戏莲叶南，鱼戏莲叶北。

这歌像是相和歌中最古者，所以各书论及相和歌历史，便首举之。歌辞也不见什么特别好处，但质朴得有趣。

《薤露》、《蒿里》 （相和）

崔豹《古今注》云："《薤露》、《蒿里》，并丧歌也。本出田横门人，横自杀，门人伤之，为作悲歌。言人命奄忽，如薤上之露易晞灭也。亦谓人死魂魄归于蒿里。至汉武帝时，李延年分为二曲，《薤露》送王公贵人，《蒿里》送士大夫庶人。使挽枢者歌之，亦谓之挽歌。"

薤上露，何易晞。露晞明朝更复落，人死一去何时归！
蒿里谁家地，聚散魂魄无贤愚。《乐府诗集》云："蒿里，山名，在泰山南。"鬼伯一何相催促，人民不得少踟蹰。

此二歌是否必出田横门人，虽不可知，要当在李延年以前，实汉歌中最古者。
《鸡鸣》一名《鸡鸣高树巅》 (相和)

鸡鸣高树巅，狗吠深宫中。荡子何所之，天下方太平。刑法非有贷，柔协正乱名。 (一解)

黄金为君门，碧玉为轩阑。堂上双尊酒，作使邯郸倡。刘王碧青甓，复出郭门王。 (案，此二句似有讹字。) (二解)

舍后有方池，池中双鸳鸯。鸳鸯七十二，罗列自成行。鸣声何啾啾，闻我殿东厢。 (三解)

兄弟四五人，皆为侍中郎。五日一时来，观者满路傍。黄金络马头，颎颎何煌煌。 (四解)

桃生露井上，李树生桃傍。虫来啮桃根，李树代桃僵。树木身相代，兄弟还相忘。 (五解)

右歌旧不分解，今分作五解，每解六句，各解似皆独立，文义不相连属。又间有全句和别的歌大同小异者，殆当时乐人喜唱之语，故不嫌犯复，汉魏六朝乐府多如此。
《乌生》一名《乌生八九子》一名《乌生十五子》 (相和)

乌生八九子，端坐秦氏桂树间。案，乌而云"端坐"，用语奇特。唶！我！案此歌连用"唶我"二字凡五处，颇难解，窃疑我，即"哦"，与"唶"字同为感叹辞，重叠叹之。秦氏家有游荡子，工用睢阳强，苏合弹。案强当为弓之异名。左手持强，弹两丸，出入乌东西。唶！我！一丸即发中乌身，乌死魂魄飞扬上天。阿母生乌子时，乃在南山岩石间。唶！我！人民安知乌子处，蹊径窈窕安从通。

白鹿乃在上林西苑中，射工尚复得白鹿脯。唶！我！黄鹄摩天极高飞，后宫尚复得烹煮之。鲤鱼乃在洛水深渊中，钓钩尚得鲤鱼口。

唶！我！人民生各各有寿命，死生何须复道前后！

此歌大旨言世路险山戏，祸机四伏，难可避免。因睹乌子而触发，故详叙其事而述所感，复推想到白鹿黄鹄鲤鱼作陪以广其意，末二句点出实感。
《平陵东》 (相和)

《古今注》云："平陵东，汉翟义门人所作。"《乐府解题》云："义，丞相方进之少子，为东郡太守，以王莽方篡汉，举兵诛之。不克，见害。门人作歌以怨之也。"

平陵东，松柏桐，不知何人劫义公。

劫义公，在高堂。交钱百万两走马。

两走马，亦诚难，顾见追吏心中恻。

心中恻，血出漉。归告我家卖黄犊！

《陌上桑》三解一名《日出东南隅》一名《艳歌行》 (大曲)

《古今注》言罗敷邯郸人，为千乘王仁妻，不知何据。《孔雀东南飞》亦有罗敷名，盖当时用以代表好女子，其事实可不必深考也。

日出东南隅，照我秦氏楼，秦氏有好女，自名为罗敷。罗敷喜蚕桑，采桑城南隅。青丝为笼系，桂枝为笼钩。头上倭堕髻，耳中明月珠。缃绮为下裙，紫绮为上襦。行者见罗敷，下担捋髭须；少年见罗敷，脱帽著帩头；耕者忘其犁，锄者忘其锄。归来相怨怒，但坐观罗敷。 (一解)

使君从南来，五马立踟蹰。使君遣吏往，问："是谁家姝？""秦氏有好女，自名为罗敷。""罗敷年几何？""二十尚不足，十五颇有余。"使君谢罗敷："宁可共载不？"罗敷前致辞："使君一何愚，使君自有妇，罗敷自有夫。" (二解)

"东方千余骑，夫婿居上头。何用识夫婿，白马从骊驹。青丝系马尾，黄金络马头。腰中鹿卢剑，可直千万余。十五府小吏，二十朝大夫。三十侍中朗，四十专城居。为人洁白皙，鬑鬑颇有须。盈盈公府步，冉冉府中趋。坐中数千人，皆言夫婿殊。" (三解)

《乐府诗集》原注云："三解前有艳，歌曲后有趋。"案，"艳"与"趋"，皆音乐中特别名词，乐府中在末一解之前有"艳"，全曲之末有"趋"者不少。

这首歌几乎人人共读，用不著我赞美的批评。我感觉最有趣的是第三解，没头没脑的赞他夫婿，大吹特吹，到末句戛然而止，这种结构，绝非专门诗家的诗所有。晋傅玄有《艳歌行》，将此歌改头换面，末两句作为罗敷告使君语云："天地正厥位，愿君改其图。"真臭腐得不可向迩。"呜呼，人之度量相越岂不远哉!"

《王子乔》 (相和吟叹)

王子乔,参驾白鹿云中遨。参驾白鹿云中遨,下游来。

王子乔,参驾白鹿上至云戏游遨。上建逋阴广里践近高。结仙宫,过谒三台。东游四海五岳,山过蓬莱紫云台。

三王五帝不足令,令我圣朝应太平。养民若子事父明,当究天禄永康宁。

玉女罗坐吹笛箫嗟行,圣人游八极,鸣吐衔福翔殿侧。圣主享万年,悲吟皇帝延寿命。

"相和吟叹曲"凡四曲,曲目见前表古辞现存者只此一曲,辞并不佳,且有讹字,因其稀罕,故录之以备历史。

《长歌行》其一 (清商平调)

青青园中葵,朝露待日晞。阳春布德泽,万物生光辉。常恐秋节至,焜黄华叶衰。百川东到海,何时复西归。少壮不努力,老大徒伤悲。

此歌音节谐顺,绝似建安七子诗,与其他汉乐府气格不同。但既相传为古辞,或是晚汉作品耳。

《长歌行》其二 (清商平调)

仙人骑白鹿,发短耳何长?导我上太华,揽芝获赤幢。来到主人门,奉药一玉箱。主人服此药,身体日康强。发一白更黑,延年寿命长。

岧岧山上亭,皎皎云间星。远望使心思,游子恋所生。驱车出北门,遥观洛阳城。凯风吹长棘,夭夭枝叶倾。黄鸟飞相追,咬咬弄音声。伫立望西河,泣下沾罗缨。

此歌《乐府诗集》连写作一首,细绎文义,似确是两首,当是传抄者误会耳。拆作两首,每首字句与"青青园中葵"那首正相等。前一首纯属汉乐府音节,后一首已带建安诗风。

《猛虎行》 (清商平调)

饥不从猛虎食，暮不从野雀栖。野雀安无巢，游子为谁骄。

此歌《乐府诗集》不录入正文，惟于魏文帝《猛虎行》之前著一小序引及之，未知其辞是否止于此。

《君子行》 *(清商平调)*

君子防未然，不处嫌疑间。瓜田不纳履，李下不整冠。嫂叔不亲授，长幼不比肩。劳谦得其柄，和光甚独难。周公下白屋，吐哺不及餐。一哺三握发，后世称圣贤。

此歌全属建安诗风，且亦不见佳。

《豫章行》 *(清商清调)*

白杨初生时，乃在豫章山。上叶摩青云，下根通黄泉。凉秋八九月，山客持斧斤。我□何皎皎，梯落□□□。根株已断绝，颠倒岩石间。大匠持斧绳，锯墨齐两端。一驱四五里，枝叶自□捐。□□□□□，会为舟船燔。身在洛阳宫，根在豫章山。多谢枝与叶，何时复相连。

吾生百年□，自□□□俱。何意万人巧，使我离根株。空格皆原阙

此歌与《乌生八九子》同一意境，气格亦略相类。

《董逃行》 五解 *(清商清调)*

吾欲上谒从高山，山头危岥大难言。遥望五岳端，黄金为阙班璘，但见芝草叶落纷纷。 (一解)

百鸟集来如烟，山兽纷纶，麟辟邪案辟邪獬豸也。其端。鸱鸡声鸣，但见山兽援戏相拘攀。 (二解)

小复前行，玉堂未心怀流还。案此七字疑有讹夺传教出门来，"门外人何求所言？" "欲从圣道求得一命延。" (三解)

教勑凡吏受言，"采取神药若木端。白兔长跪捣药，虾蟆丸。案，谓使兔捣药，虾蟆丸之。丸者，搓使成团也。奉上陛下一玉柈，服此药可得神仙。" (四解)

服尔神药，莫不欢喜。陛下长生老寿，四面肃肃稽首，天神拥护左右，陛下长与天相保守。 (五解)

《续汉书·五行志》云：灵帝中平中，京都歌曰："承乐世，董逃。游四郭，董逃。蒙天恩，董逃。带金紫，董逃。行谢恩，董逃。整车骑，董逃。垂欲发，董逃。与中辞，董逃。出西门，董逃。瞻宫殿，董逃。望京城，董逃。日夜绝，董逃。心摧伤，董逃。"《风俗通》云："董卓以《董逃》之歌，主为己发，大禁绝之。"《古今注》云："《董逃歌》，后汉游童所作，终有董卓作乱，卒以逃亡，后人习之为歌章，乐府奏之。"超案，"董逃"二字本有音无义，殆童谣尾声用以凑节拍，如"丁当"耳。董卓心虚迷信，因其同音，认为己谶，如洪宪时禁卖元宵 (袁消) 也。但我们因此可以推定"上谒高山"之歌出现在董卓后，恐是汉乐府中最晚出的了。

《相逢行》 一名《相逢狭路间》，一名《长安有狭邪》 (清商清调)

相逢狭路间，道隘不容车。不知何年少，夹毂问君家。君家诚易知，易知复难忘。黄金为君门，白玉为君堂。堂上置尊酒，作使邯郸倡。中庭生桂树，华灯何煌煌。兄弟两三人，中子为侍郎。五日一来归，道上自生光。黄金络马头，观者盈道傍。入门时左顾，但见双鸳鸯。鸳鸯七十二，罗列自成行。音声何嘈嘈，鹤鸣东西厢。大妇织绮罗，中妇织流黄。小妇无所为，挟瑟上高堂。丈人且安坐，调丝未遽央。

此歌与《鸡鸣高树巅》多相同之语句，窃疑两首中必有一首为当时伶人所造，采集当时通行歌语而谱以新调，乐府中类此者尚多。

《乐府诗集》别录有《长安有狭邪》古辞一首，其词与此首大同小异，两调本属一调，今不复录。

六朝人用法调袭此歌改换数字成篇者，不下十数家。荀昶、梁武帝、梁简文帝、庾肩吾、王囿、徐防、张率……等，俱见《乐府诗集》，真是文章孽海。辛稼轩词《调寄清平乐》云："茅檐低小，溪畔青青草。醉里吴音相媚好，白发谁家翁媪。大儿锄豆溪东，中儿正织鸡笼。最喜小儿无赖，溪头看剥莲蓬。"正从这首歌的"三妇"脱胎出来。像这样的模仿，才算有价值呢。

《善哉行》 六解 (清商瑟调)

来日大难，口燥唇干。今日相乐，皆当喜欢。 (一解)
经历名山，芝草翻翻。仙人王乔，奉药一丸。 (二解)
自惜袖短，内同纳手知寒。惭无灵辄，以报赵宣。 (三解)

月没参横，北斗阑干。亲交在门，饥不及餐。 (四解)

欢日常少，戚日苦多。以何忘忧，弹筝酒歌。 (五解)

淮南八公，要道不烦。参驾六龙，游戏云端。 (六解)

此首在四言乐府中，音节最谐美，和魏武帝的"对酒当歌"颇相类，想时代相去不远。但魏武别有《善哉行》数首，此首必在其前耳。第一解语颇酸恻，生当乱世汲汲顾影的人确有这种感想。

《陇西行》一名《步出夏门行》 (清商瑟调)

天上何所有，历历种白榆。桂树夹道生，青龙对道隅。凤皇鸣啾啾，一母将九雏。顾视世间人，为乐甚独殊。——好妇出迎客，颜色正敷愉。伸腰再拜跪，问客"平安不？"请客北堂上，坐客毡氍毹。清白各异樽，酒上正华疏。酌酒持与客，客言"主人持。"却略再拜跪，然后持一杯。谈笑未及竟，左顾敕中厨。促令"办粗饭"，慎勿使稽留。废礼送客出，盈盈府中趋。送客亦不远，足不过门枢。

取妇得如此，齐姜亦不如。健妇持门户，亦胜一丈夫。

乐府中意境新颖，结构瑰丽，全首无一懈弱之点者，莫如《陌上桑》和这篇。这篇以陇西为题，想是写陇西风俗。写的是一位有才干知礼义的主妇，却从天上人"顾视世间"的眼中看出来。写天上话不多，境界却是极美丽闲适。写主妇言语举动，琐琐如画。却无一点堆垛，可谓极技术之能事。

《步出夏门行》 即前调 (清商瑟调)

邪径过空庐，好人常独居。卒得神仙道，上与天相扶。过谒王父母，乃在太山隅。离天四五里，道逢赤松俱。揽舆为我御，将吾上天游。天上何所有，历历种白榆。桂树夹道生，青龙对伏趺。

这首末四句和前首起四句全同，两首不知孰先孰后，当时乐府并不嫌字句抄袭，只要全首组织各有备妙处。

《折杨柳行》 四解 (大曲)

默默施行违，厥罚随事来。妹喜杀龙逢，桀放于鸣条。 (一解)

祖伊言不用，纣头悬白旄。指鹿用为马，胡亥以丧躯。（二解）

夫差临命绝，乃云负子胥。戎王纳女乐，以亡其由余。（三解）

三夫成市虎，慈母投杼趋。卞和之削足，接舆归草庐。（四解）

此首堆积、若干件故事，别是一格，词却不佳。

《东门行》 四解 (大曲)

出东门不顾，归来入门怅欲悲。盎中无斗储，还视桁上无悬衣。（一解）

拔剑出门去，儿女牵衣啼。他家但愿富贵，贱妾与君共铺糜。（二解）

共铺糜，上用以也，因为也仓同苍浪天故，下为黄口小儿。言上要对得起苍天，下要替儿女积福今时清廉难犯，教言君复自爱莫为非。（三解）

今时清廉难犯，教言君复自爱莫为非！行吾，此二字不可解，疑"吾"读作"乎"，感叹辞去为迟！此三字亦不甚可解，疑有讹夺平慎行，望君归。（四解）

此篇写一有气骨的寒士家庭，人格岳岳难犯，爱情却十分浓挚，又是乐府中一别调。

《乐府诗集》于此篇之前尚录有《西门行》古辞一篇，凡六解："出西门，步念之。今日不作乐，当待何时……"云，但原书引《古今乐录》谓"据王僧虔《技录》，古《西门》一篇今不传。"然则僧虔时该诗已佚矣。《诗集》所录，乃据《乐府解题》者，但该诗辞意浅薄，采《古诗十九首》中"生年不满百"一首添补而成，似非古辞。今从僧虔，不录。

《饮马长城窟行》 (清商瑟调)

青青河畔草，绵绵思远道。远道不可思，夙昔朝夕也梦见之。梦见在我旁，忽觉在他乡。他乡各异县，展转不相见。枯桑知天风，海水知天寒。入门各自媚，谁肯相为言。客从远方来，遗我双鲤鱼。呼儿烹鲤鱼，中有尺素书。长跪读素书，书中竟何如？上有"加餐食"，下有"长相忆！"

此诗《玉台新咏》题为蔡邕作，但《乐府诗集》据《解题》仍题古辞。格调纯类五言诗，想时代定不甚早，邕作之说或可信。

《上留田行》 (清商瑟调)

《古今注》云："上留田，地名也，人有父母死不字其孤弟者，邻人为其弟作悲歌以风其兄。"

里中有啼儿，似类亲父子。谓亲父所生之子回车问啼儿，慷慨不可止。

底下所录《妇病》、《孤儿》两首，以繁语写实感，此首以简语写实感，各极其妙。

《妇病行》 (清商瑟调)

妇病连年累岁，传呼丈人前一言。当言未及得言，不知泪下一何翩翩。"属累君两三孤子，莫我儿饥且寒。有过慎勿笪音挞笞，行当折摇思复念之。"
此句疑有误字

乱曰：抱时无衣，襦复无里。闭门塞牖舍，孤儿到市。道逢亲交，疑当作父，下同。泣坐不能起。对父原作交，今以意改。啼泣泪不可止。我欲不伤悲，不能已。探怀中钱持授父，原作交，今以意改。入门见孤儿啼，索其母抱。徘徊空舍中，行复尔耳，弃置勿复道。

病妇临终言："勿令儿饥寒"，乱曰以下，正写儿饥寒之状，有两三孤子。故稍长者能到市逢亲父，幼者啼索母抱，父始终未归，故旁观者"徘徊空舍"，叹惜"弃置"。

《孤儿行》一名《放歌行》 (清商瑟调)

孤儿生，孤儿遇生命独当苦。父母在时，乘坚车坐驷马。父母已去，兄嫂令我行贾。——

南到九江，东到齐与鲁。腊月来归，不敢自言苦。头多虮虱，面目多尘。大兄言办饭，大嫂言视马。上高堂行取殿，此字难解，当是三谒父母影堂。下堂，孤儿。泪下如雨。

使我朝行汲，暮得水。来归，手为错，足下无菲。草鞋怆怆履霜，中多蒺藜。拔断蒺藜，肠肉中怆欲悲。泪下渫渫，清涕垒垒。

冬无复襦，夏无单衣。

居生不乐，不如早去下从地下黄泉。

春气动，草萌芽。三月蚕桑，六月收瓜。将是瓜车，来到还家。瓜车反覆，助我者少。昭瓜者多，愿还我蒂。兄与嫂严独且急，归当与校计。

乱曰：里中一何谎谎，愿欲寄尺书将与地下父母，兄嫂难与久居。

这首歌可算中国头一首写实诗，妙处在把琐碎情节委曲描写，内中行汲收瓜两段特别细叙，深刻情绪自然活现，是写生不二法门。

《雁门太守行》八解 (清商瑟调)

孝和帝在时，洛阳令王君，本自益州广汉蜀民，少行宦，学通五经论。(一解)

明知法令，历世衣冠。从温补洛阳令，治行致贤，拥护百姓，子养万民。 (二解)

外行猛政，内怀慈仁、文武备具，料民富贫。移恶子姓，篇著里端。 (三解)

伤杀人，比伍同罪对门。禁鍪矛八尺，捕轻薄少年，加笞决罪，诣马市论。 (四解)

无妄发赋，念在理冤，敕吏正狱，不得苛烦。财用钱三十，买绳理竿。(五解)

贤哉贤哉，我县王君。臣吏衣冠，奉事皇帝。功曹主簿，皆得其人。 (六解)

临部居职，不敢行恩。清身苦体，夙夜劳勤。治有能名，远近所闻。 (七解)

天年不遂，早就奄昏。为君作祠，安阳亭西。欲令后世，莫不称传。 (八解)

此歌专颂一地方官功德，所颂为王涣字稚子，《后汉书》有传，石刻中存有《王稚子阙铭》。体例与他歌皆异。歌并不佳，但既为汉人作品，仍录之以备一格。

《艳歌何尝行》四解一名《飞鹄行》 (大曲)

飞来双白鹄，乃从西北来。十十五五，罗列成行。 (一解)

妻卒被病，行不能相随。五里一反顾，六里一徘徊。 (二解)

"吾欲衔汝去，口噤不能开。吾欲负汝去，毛羽何摧穨。" (三解)

乐哉新相知，忧来生别离。踌躇顾群侣，泪下不自知。 (四解)

念与君离别，气结不能言。各各重自爱，远道归还难。妾当守空房，闭门下重关。若生当相见，亡者会黄泉。今日乐相乐，延年万岁期。原注云："念与"下为趋。

此歌著语不多，然伉俪挚爱，表现到十二分。"五里反顾，六里徘徊"、"吾欲衔汝，吾欲负汝"等句，我们悼亡的人，不能卒读。

此歌分五段，而旧本只云"四解"，原注又谓"念与下为趋"，然则末段十句非本文矣。《古今乐录》引王僧虔云："大曲有艳有趋有乱，艳在曲之前，趋与乱在曲之后，亦犹《吴声》、《西曲》前有和后有送也。"《乐府诗集》引案，"趋"或有歌辞，在本文中为附庸；或并无歌辞，由乐工临时增入以凑音节。如《日出东南隅》等篇，原注云："曲后有趋"，而其趋辞无传，想是听乐工自由增入也。本篇前四解皆"艳"，为本文，后十句之"趋"则附庸。又最末两句"今日乐相乐，延年万岁期"，与全文意义不相连属，殆乐工临时增唱者，乐府中类此者甚多。

《相逢狭路间》之末两句"丈人且安坐，调丝未遽央"，性质亦与此同。乐工唱完这一曲，说道还有他曲，请安心等等云耳。"调丝"并不连上句之"挟瑟"而言。

《艳歌何尝行》五解 (大曲)

> 何尝快，独无忧，但当饮醇酒炙肥牛。 (一解)
> 长兄为二千石，中兄被貂裘。 (二解)
> 小弟虽无官爵，鞍马驱驱，往来王侯长者游。 (三解)
> 但当在王侯殿上，快独驱驱六博对坐弹棋。 (四解)
> 男儿居世，各当努力。蹙迫日暮，殊不久留。 (五解)
> 少小相独抵，寒苦常相随。忿恚安足诤，吾中道与卿共别离。约身奉事君，礼节不可亏。上惭沧浪之天，下顾黄口小儿。奈何复老，心皇皇独悲，谁能知! 原注云"少小"下为趋，曲前为艳。

这首亦有很长的"趋"，不在原曲五解中，注所谓"曲前为艳"，疑当作"前曲"，盖谓"趋"以前之曲皆"艳"耳。这首的"趋"，和前曲不相连属，当是伶工临时杂凑。"沧浪天"、"黄口小儿"，等语，明明割裂《东门行》凑成。

《艳歌行》 (清商瑟调)

《古今乐录》曰："《艳歌行》非一，有直云《艳歌》，即此《艳歌行》是也，若《罗敷》、《何尝》、《双鸿》、《福钟》等行，亦皆艳歌。"(《乐府诗集》引) 案，普通大曲，曲前有艳，或末解之前有"艳"，此歌及《罗敷》、《何尝》等四章，殆全曲皆"艳"的音节，故专"艳歌"名。后人指香奁体为艳歌，误也。

　　翩翩堂前燕，冬藏夏来见。兄弟两三人，流宕在他县。故衣谁当补，新衣谁当绽。赖得贤主人，览同揽取为我绽。夫婿从门来，斜柯西北眄。语卿"且勿眄，水清石自见。"石见何累累，远行不如归。

　　此诗结构颇有趣，说的一位作客的人，流寓在别人家。那家的男人却亦出去作客，末句"远行不如归"总结两客。

《艳歌行》 (清商瑟调)

　　南山石嵬嵬，松柏何离离。上枝拂青云，中心十数围。洛阳发中梁，松树窃自悲。斧锯截是松，松树东西摧。持作四轮车，载至洛阳宫。观者莫不叹，问是何山材？谁能刻镂此，公输与鲁班。被之用丹漆，薰用苏合香。本是南山松，今为宫殿梁。

　　此歌与《豫章行》同一命意，但辞不逮彼。

《艳歌》 (清商瑟调)

　　今日乐相乐，相从步云衢。天公出美酒，河伯出鲤鱼。青龙前铺席，白虎持榼壶。南斗工鼓瑟，北斗吹笙竽。姮娥垂明珰，织女奉瑛琚。苍霞扬东讴，清风流西歈。垂露成帷幄，奔星抉轮舆。

　　此歌《乐府诗集》不录，据冯惟讷《古诗记》补入。此歌专讲享受自然界之美，颇富于想象也。但以格调论，除首二句外，全首对偶。末四句颇伤雕饰，疑非汉作，姑存之。

《白头吟》 (大曲)

　　皑如山上雪，皎似云间月。闻君有两意，故来相决绝。
　　今日斗酒会，明日沟水头。躞蹀御沟上，沟水东西流。
　　凄凄复凄凄，嫁娶不须啼。愿得一心人，白头不相离。
　　竹竿何袅袅，鱼尾何簁簁。男儿重意气，何用钱刀为！

　　《乐府诗集》载"晋乐所奏"，此曲凡分五解；首四句为第一解；次四句为第二解；但在解前添"平生共城中，何尝斗酒会"二句，共六句，此下添"郭东亦有樵，郭西亦有樵。两樵相推与，无亲为谁骄"四句，为第三解；"凄凄复凄凄"四句为第四解；"竹竿"以下为第五解；但末又添四句："皦如马啖萁，川上高士嬉。今日相对乐，延年万岁期。"所添之句殊拙劣，且或与原辞文义不属。此皆乐工增改原文以求合音乐节拍，如元人曲本，明清伶人动多增改也。其所增改，或插入别的歌谣零句，如"郭东亦有樵"四句便是；或乐工自己杂凑，如"平生共城中"二句及末四句便是。乐府中类此者当甚多，后人或因其文义不连属，斥为不通；或又惊奇之以为特别好章法，皆无当也。

此诗《文选》采载，题为卓文君作，二千年来几公认为正确的故实。所以凡论五言诗者，率推枚乘、苏、李及此诗为最古之作。卓文君作《白头吟》事，始见于《西京杂记》，《杂记》为晋以后人伪书，久有定论，然则此事确否，已难征信。就算是确，那原辞恐决不是如此。此诗每四句一转韵，音节谐媚，最早也不过东汉末作品，西汉中叶断无此音调。王僧虔《技录》不著作者姓名，但题古辞，《乐府诗集》据《古今乐录》引然则六朝初年人并不认为文君作也。

《怨诗行》 (楚调)

天德悠且长，人命一何促。百年未几时，奄若风吹烛。嘉宾难再遇，人命不可续。齐度游四方，各系太山录。人间乐未央，忽然归东岳。当须荡中情，游心恣所欲。

《满歌行》 (大曲)

为乐未几时，遭时险峨，逢此百罹。伶丁荼毒，愁苦难为。遥望极辰，天晓月移。忧来填心，谁当我知。戚戚多思虑，耿耿殊不宁。祸福无形，惟念古人，逊位躬耕。遂我所愿，以兹自宁。自鄙栖栖，守此末荣。暮秋烈风，昔蹈沧海，心不能安。揽衣瞻夜，北斗阑干。星汉照我，去自无他。奉事二亲，劳心可言。穷达天为，智者不愁，多为少忧。安贫乐道，师彼庄周。遗名者贵，子退同游。往者二贤，名垂千秋。饮酒歌舞，乐复何须！照视日月，日月驰骋。辗轲人间，何有何无！贪财惜费，此一何愚！凿石见火，居代几时？为当欢乐，心得所喜，安神养性，得保遐期。

此歌并不佳，年代似亦不古。

右所录除《铙歌》外，凡《横吹曲》一首、《相和引》一首、《相和歌》七首、《相和吟叹曲》一首、《清商平调》四首、《清商清调》三首、《清商瑟调》十首、《楚调》一首、《大曲》八首，共二十九首。皆两汉古辞曾制谱入乐而其音节至魏晋时犹传者。《乐府新集》每首之下皆注："右魏乐所奏"、"右晋乐所奏"字样，盖本诸《古今乐录》。

《独漉》六解 （拂舞）

独漉独漉，水深泥浊，泥浊尚可，水深杀我。 （解一）
雍雍双雁，游戏田畔。我欲射雁，念子孤散。 （解二）
翩翩浮萍，得风摇轻。我心何合，与之同并。 （解三）
空帷低床，谁知无人。夜衣锦锈，谁别伪真。 （解四）
刀鸣削中，倚床无施。父冤不报，欲活何为。 （解五）
猛虎斑斑，游戏山间。虎欲啮人，不避豪贤。 （解六）

此《拂舞》五曲之一也，《南齐书·乐志》仅录第一解，云："晋时《独漉舞歌》六解，此是前一解。"此歌为何时作品难确考。《晋书》云："《拂舞》出自江左"，而吴兢云："读其辞，除《白鸠》一曲，余并非吴歌，未知所起。"然则亦汉魏古辞矣。《齐志》复引《技录》所载曲词云："求禄求禄，清白不浊。清白尚可，贪污杀我。"未知与此孰先。

《淮南王》 （拂舞）

淮南王，自言尊，百尺高楼与天连。后园凿井银作床，金瓶素绠汲寒浆。
汲寒浆，饮少年。少年窈窕何能贤，扬声悲歌音绝天。我欲渡河河无梁，愿化黄鹄还故乡。
还故乡，入故里。徘徊故乡，苦身不已。繁舞寄声无不泰，徘徊桑梓游天外。

此亦《拂舞》五曲之一，《古今注》谓"淮南王安死后，其徒思恋不已而作。"但辞靡意浅，断非西汉作品，或东汉末乐伶所造耳。

此外舞曲歌辞今有者尚有两篇，皆"声辞杂写，不可复辨。"《古今乐录》语其一为《汉铎舞曲》："昔皇文武邪弥弥舍谁吾时吾行许……咄等邪乌素女有绝其圣乌乌武邪"凡百八十一字，一为《汉巾舞曲》："吾不见公莫时吾何婴公来婴姥时吾哺……君去时思来婴吾去时母何何吾吾"凡三百零三字。在王僧虔、沈约时已如读天书，我们更不用说了。

《俳歌》 一名《侏儒导》 (散乐)

俳不言不语，呼俳嗃所。俳适一起，狼率不止。生拔牛角，摩断肤耳。马无悬蹄，牛无上齿。骆驼无角，奋迅两耳。

此歌见《齐志》云："侏儒导舞人自歌之。古辞《俳歌》八曲，此是前一篇。二十二句，今侏儒所歌摘取之也。"作品年代无考，但侏儒演剧，汉武帝时已成行，这首歌辞也像很古。

右两首亦有音乐为节，但已不算正式乐府。

《蜻蝶行》 (杂曲)

蜻蝶遨游东园，奈何卒逢三月养子燕。接我首蓿间，持我入紫深宫中，行缠之传欂栌间。雀来，燕燕子见嗛哺来，摇头鼓翼，何斩奴轩。

这歌有些错字，不甚可读。作为被燕子捉去的胡蝶儿口吻，颇有趣。

《悲歌》 (杂曲)

悲歌可以当泣，远望可以当归。思念故乡，郁郁累累。
欲归家无人，欲渡河无船。心思不能言，肠中车轮转。

歌辞一句一字都有郁郁累累气象，乐府中无上妙品。

《前缓声歌》 (杂曲)

水中之马，必有此二字无甚意义，或涉下文而衍。陆地之船，但有意气，不能自前。心非木石荆根株数得覆天，当复思——此十四字中似有讹舛。
东流之水，必有西上之鱼。不在大小，但有朝于后来——此处当有讹字或脱句。
长笛续短笛，欲今皇帝陛下三千万岁。末二句伶工作吉语。

《东飞伯劳歌》 (杂曲)

东飞伯劳西飞燕，黄姑织女时相见。谁家儿女对门居，开颜发艳照里闾。南窗北牖挂月光，罗帷绮帐脂粉香。女儿年岁十五六，窈窕无双颜如玉。三春已暮花从风，空留可怜谁与同。

这首歌是好的，惟音节太谐协，和梁武帝《河中之水》、鲍照《行路难》那一类诗极相近。我很疑是六朝作品，但既相传是古辞，姑录于此。

《焦仲卿妻》一名《孔雀东南飞》 (杂曲)

原序云："汉末建安中，庐江府小吏焦仲卿妻刘氏为仲卿母所遣，自誓不嫁。其家逼之，乃没水而死。仲卿闻之，亦自缢于庭树。时人伤之而为此辞也。"

这首诗几于人人共读，用不着我赞美了。刘克庄《后村诗话》疑这诗非汉人作品，他说汉人没有这种长篇叙事诗，应为六朝人拟作。我从前也觉此说新奇，颇表同意，但仔细研究，六朝人总不会有此朴拙笔墨。原序说焦仲卿是建安时人，若此诗作于建安末年，便与魏的黄初紧相衔接。那时候如蔡琰的《悲愤诗》、曹植的《赠白马王彪诗》，都是篇幅很长。然则《孔雀东南飞》也有在那时代成立的可能性，我们还是不翻旧案的好。

此诗与《病妇》、《孤儿》两行，同为乐府中写实的作品。但其中有大不同的一点，《妇病》、《孤儿》纯属"街陌谣讴"，——质而言之，纯是不会做诗的人做的，《孔雀东南飞》却是会做诗的人做的。所以那两首一句一字都是实在状况，这一首就不免有些缘饰造作的话。篇中"妾有绣腰襦"一段、"著我绣夹裙"一段，"青雀白鹄舫"一段，后来评家极力赞美，说他笔力排奡，为全篇生色。这些话我也相对的承认，因为全首一千多字都属谈话体，太干燥了，以文章技术论，不能不有几段铺叙之笔瑰丽之辞。但可惜这类铺叙，和写实的体裁已起了冲突了。因为所铺叙的富贵气太重，和"小吏"家门不称。又如"新妇初来时，小姑始扶床。今日被驱遣，小姑如我长"，分明和上文"共事二三年，始尔未为久"两句冲突。小姑那里会长得这样快呢？又如"东家有贤女，自名秦罗敷"，分明是借用《日出东南隅》那首诗的典故，怎么"东方千骑、夫婿上头"的罗敷还会在闺中待字，又恰是庐江小吏的"东家"呢？凡此之类，都是经不起反驳的。文人凭他想像力所及，随意挥洒，原是可以的，笨伯吹毛挑剔，固是"痴人前说不得梦"。但这诗既是写实，此类语句，终不能不说是自乱其例。总之这首诗是诗人之诗，不免为技术而牺牲事实，我们不必为讳。

《枯鱼过河泣》 (杂曲)

枯鱼过河泣，何时悔复及。作书与鲂鲢，相教慎出入。

绝似一首绝句，但音节还近古，或是晚汉作品。
《咄唶歌》一名《枣下何纂纂》 (杂曲)

枣下何攒攒，荣华各有时。枣欲初赤时，人从四边来。枣适今日赐，此 *字疑有误* 谁当仰视之。

《无题》 (杂曲)

秋风萧萧愁杀人，出亦愁，入亦愁。座中何人，谁不怀忧，令我白头！
胡地多飚风，树木何修修。
离家日趋远，衣带日趋缓。心思不能言，肠中车轮转。

此歌《乐府诗集》不载，据《古诗纪》补入，疑与前所录《悲歌》为同时作品。

右《杂曲》七首，皆无乐谱传在魏晋间者，郑樵谓之遗声，谓本有谱而后来失却也。但如《孔雀东南飞》等长篇，我们敢决其自始即未尝入乐，何从得有谱来？郑樵主张诗乐合一说太过，致有此偏见耳。《杂曲》之名，郭茂倩所用，今从之。

右所录先后次第，俱依《乐府诗集》。以歌曲之种类相从，凡横吹、相和、大曲、拂舞、散乐、杂曲共□十□首。合诸《房中歌》十七首、《郊祀歌》十九首、《铙歌》十八首，两汉乐府尽于此，大约总数不能逾百首。内中尚有年代可疑或应属六朝作品者若干首，有与五言诗界限不甚分明者若干首。

就篇幅之长短统计，则最短者为《箜篌引》，仅十六字，最长者为《孔雀东南飞》□千□百□十□字。其余则二十字以上□首，五十字以上□首，百字以上□首，二百字以上□首，五百字以上□首。

就句法之长短统计，则全首三字句□首，全首四字句□首，全首五字句者□首，全首七字句者□首，长短句相杂者□首。

右各篇有作者姓名可考者，惟《郊祀歌》中《青阳》、《朱明》、《西颢》、《玄冥》四首，《汉志》明载为邹阳作，其余十五首为"司马相如等"所造，已不能确指某首属某人。其《饮马长城窟》则见《蔡邕集》，《玉台新咏》亦指为邕作，此外则作者一无可考。沈约所谓"皆汉世街陌谣讴"，当属实情。故欲观两汉平民文学，必以乐府为总汇。

既无作者姓名，那么，各篇的年代先后自然也无从稽考。若勉强找个标准，则《郊祀歌》我们已知决为汉武帝时作品；《铙歌》假定是武昭宣间作品，可拿来作西汉中叶风格的代表；《饮马长城窟》假定是蔡邕作，可拿来作东汉末风格的代表。还有次节所录曹氏父子各篇也可作这时代的代表。用这两把尺来将各篇子细一量，总可以看出些消息，但也不过略知其概罢了。正确的标准到底没有，依我的见地，朴拙的作品，也许东汉时还有，流媚的作品，敢说西汉时必无。

原载《清华周刊》1929年10月第32卷第1期
此文节选自梁启超《中国美文及其历史》第一章第三节，有删节

乐府源流（续）

黄穆如

两汉乐府

一 两汉乐府概论

胡应麟曰："乐府之体，古今凡三变：汉魏古辞一变也，唐人绝句二变也，宋元词曲三变也。"由斯言之，是则有乐府而后有绝句，而后有宋词，而后有元曲，关系之重，若河之于源，大辂之于椎轮也。故研究歌诗之学者不可不研究乐府，而尤不可不注意两汉乐府焉。

汉初，乐家有制氏，以雅乐声律世在太乐官，但能记其铿锵而不晓其义。高祖时，叔孙通因秦乐人制宗庙乐，唐山夫人因楚声而制房中祠乐，汉代乐府，端基于此矣。孝惠二年，使乐府令夏侯宽备其箫管。孝武之世，祀太一于甘泉，乃立乐府，采诗夜诵，有赵代秦楚之讴。以李延年为协律都尉，作十九章之歌。然郊庙诗乐，未有祖宗之事，八音诵韵，又不协于钟律，而内有掖庭才人，外有上林乐府，皆以郑声，施于朝廷。虽有河间献王之献雅乐，然不常御，常御及郊庙皆非雅声，故汲黯讥之。宣帝本始四年，诏乐府减乐人，而渤海赵定，梁国龚德等，以知音善鼓雅琴，为丞相魏相所荐，皆召见于阙下。元帝多才艺，善鼓琴瑟，吹洞箫，自度曲谱，虽有史丹之讥，而其爱好音乐如故也。成帝尤好郑声，古代雅乐，所存实微。哀帝性不好音，又疾世俗奢泰文巧，乃诏罢乐府之官，其郊祀乐及古兵法武乐，在经，非郑卫之乐者，条奏别属他官。然百姓渐渍日久，又不制雅乐有以相变，富豪吏民，湛沔自若，陵夷坏于王莽。世祖建武十三年，耿弇平益州，传送公孙述瞽师，郊庙乐器，葆车与辇，于是法物始备。明帝昭修坠典，制作备明，凡分乐为四品。汉末大乱，乐章缺残，雅乐歌舞，不复可闻。至曹操平荆州，得汉雅乐郎杜夔。使诏复先代古乐；然两京遗音，多半不可考矣。此两汉乐府流传概况之见于史籍者也。

若乃分而观之，则西汉乐府，尽属创造，短章长歌，率皆入乐，惟民间歌声，未有长足之发展而已。东汉乐声，间有模拟，叙事咏怀，每多徒歌，其流布于民间者反较西汉为众且庶。此两汉乐府不同点之可考见者也。

明帝初，东平王苍作武德舞歌，用于世祖之庙，是为舞曲之始，实亦开因古乐为歌诗之模拟风尚之始者也。故曰东汉歌声间有模拟。

汉初，未尝有不歌之乐，惟自乐府既兴，歌咏频繁，或抚时叙事，动累千言，或抒情咏怀，不劳众听，初无待诏于伶人，腾播管弦也。自郭茂倩《乐府诗集杂曲歌辞》观之，所收各篇，多为东汉作品，郭氏自谓："杂曲者历代有之……兼收备载，故总谓之杂曲。"吾人尝疑其根本未尝入乐，元稹《乐府古题序》所谓："《木兰》《仲卿》《四愁》《七哀》之诗，亦未必尽播于管弦。"当矣。故曰东汉歌咏每多徒诗也。

武帝立乐府，"采诗"夜诵，民间声歌，多被掇拾，咨嗟吟叹，见诸乐事，犹之二周之世，采诗观风，民谣乡讴，总为三百，其理正复相同也。泊哀帝罢乐府之署，去采诗之官，其哀怨之隐，无处表襮，则自制歌声，相与悦怡者，是亦势所必至也。《汉书·礼乐志》曰：

> 百姓渐渍日久，又不制雅乐有以相变，豪富吏民，湛沔自若，陵夷坏于王莽。此端一开，所谓民间音乐，又得复其本真，而为自由之发展矣。故曰：东汉民乐反较西汉为盛也。

若自形式观之，则西汉多杂言，东汉多齐言，西汉古朴，东汉浮绮。盖积字成句，积句成篇，初无定则，后始规律，文学演进之程序，固皆若斯也。上世谣讴，每以长短为节，任其自然，漫无格式。周诗始以四言为体，而时以长短句杂之。

古诗率以四言为体，而时一句二句，杂在四言之间，后世演之，遂以为篇。（文章流别）

汉初，铙歌十八曲，率皆杂言，相和郊庙，亦多长短之节。自是而后，五七言大行，《鸡鸣》《江南》，五言成篇，柏梁联句，七字为体，于是诗家制词，以五七言为体，偶以一二杂言厕于其间，后世演之，亦遂以为篇章矣。至于古朴绮丽，全由社会风尚，镕铸以成，夏忠，商质，周文，历代文风，固各有其特色。此形式演变之可考见者也。

两汉乐府，约可分为三大类焉：曰雅乐，曰俗乐，曰外乐。郊庙燕射，歌舞诸曲，皆所谓雅乐也；相和清商，杂曲歌辞，皆所谓俗乐也；短箫铙歌，鼓角横吹，皆所谓外乐也。若再分别论之，则雅乐多祀鬼神，述功德，辞尚典雅，旨重铺张，其情韵多枯涩，其意境多矫矜，对于文学，并无多大价值。雅俗乐外乐，或骏迈豪放，或温厚婉，或陈民风，或述故事，或以情出，想见悲欢之状，或以事见，得观里巷琐谈。其感人心，沁人脾，支人情，移人意，使人哀其哀而乐其乐者，当莫大乎是矣。其杂歌谣辞，或同杂曲，或近诗谶，故不为单独之叙述。琴曲一类，以其本于《琴操》，而《琴操》原为伪书，故亦屏而不论。《通志·乐略》云：

> 《琴操》所言者何尝有是事？琴之始也，有声无辞，但善音之人欲写其幽怀隐思而无所凭依，故取古人之悲忧不遇之事，而命以操。

所论至当，勿待深辩矣。

至于辨明各体，考订讹伪，歌声流传，乐律变演，以下各节，当分别论之。

二　雅乐

雅乐之生尚矣。《易》曰："先王作乐崇德，殷荐之上帝，以配祖考。"《乐记》曰："乐施于金石，越于声音，用乎宗庙社稷，事乎山川鬼神。"其重也如此。两汉雅乐，代有制作，"其金石之声，歌舞之容，亦各因其功业治乱之所起，而本其风俗之所由。"美盛德之形容，以告其成功于神明焉。虽哀帝罢乐府，然郊祀之乐，犹能条奏别属他官也。

曰乐雅，凡郊庙歌，燕射歌，舞曲等均属之。

（一）郊庙歌　祭天地祀鬼神用之。其中又可分为二类：一为郊，一为庙。《乐府诗集》云：

> 武帝时，诏司马相如等造《郊祀歌》诗等十九章，五郊互奏之。又作《安世歌》诗十七章，荐之宗庙。

可知庙为祭宗庙祖先，郊为祭山川鬼神，各有其用，莫得相混也。

庙乐高帝所成为多。今所知者，有宗庙乐，昭容乐，礼容乐，房中祠乐之四者。"宗庙乐"，高祖时叔孙通因秦乐人所制者也，有《嘉至》《永至》

《登歌》《休成》《永安》五篇。"昭容"主出武德舞,"礼容"主出文始五行舞,皆高祖六年作。此三者,乐辞散亡,已无可考,得见于《汉书·乐志》者,只房中祠乐而已。《礼乐志》云:

> 房中祠乐,高祖唐山夫人所作也。周有房中乐,至秦名《寿人》。凡乐乐其所生,礼不忘本,高祖乐楚声,故房中乐楚声也。孝惠二年,使乐府令夏侯宽备其箫管,更名曰《安世乐》。

辞凡十七章,见《礼乐志》。唐山夫人不见于《外戚传》,故其生平无可考寻,然亦妇女中之佼佼者矣。惟其成于妇女之手,而歌又名房中也,后世望文生训,每多指为闺房之乐,殊失本意。按《宋书·乐志》云:

> 往昔议者,以房中歌后妃之德,所以风天下,正夫妇。……王粲所作《登歌安世》诗,专以思咏神灵,及说神灵鉴享之意。袭后又依歌省读汉安世歌咏,亦说"高张四县,神来燕享,嘉荐令仪,永受厥福"。无二南后妃风化天下之言,今思惟往者谓房中为后妃之歌者,恐失其意。……自依其事以名其乐歌,改为《安世歌》曰《享神歌》。

读此,则房中祠之为宗庙乐,不待申辩而自明矣。

郊乐成于武帝。武帝既定郊祀之礼,祠太一于甘泉,祭后土于汾阴,乃立乐府,采诗夜诵。《汉书·礼乐志》云:

> 以李延年为协律都尉,多举司马相如等数十人造为诗赋,略论吕律,以合八音之调,作十九章之歌。

辞见《礼乐志》。此十九章中何者作于相如,何者出之其他数十人手,年代悠远,莫可考寻。惟《青阳》《朱明》《西颢》《玄明》四章之下,署有"邹子乐"之名,按《史记》八十三,《汉书》五十一,均有邹阳传,阳景帝时人,或武帝时采阳诗以入乐府者欤?

(二)燕射歌 盖燕享诸侯群臣之乐也,凡分三类:曰《燕飨乐》,《大射乐》,《食举乐》。燕飨乐《周礼》大宗伯曰:"燕飨之礼,亲四方之宾客。"盖即明帝所谓"黄门鼓吹",蔡邕所谓"天子燕享"也。辞均亡。《乐府诗集》云:

《仪·燕礼》曰：工歌《鹿鸣》《四牡》《皇皇者华》，笙入奏《南陔》《白华》《华黍》。乃间，歌《鱼丽》，笙《由庚》；歌《南有嘉鱼》，笙《崇丘》；歌《南山有台》，笙《由仪》。遂歌乡乐周南《关雎》《葛覃》《卷耳》；召南《鹊巢》《采蘩》《采蘋》。此燕飨之有乐也。

大射乐即汉明帝所谓"雅颂乐"，蔡邕所谓"大射辟雍"。辞均亡。《乐府诗集》云：

大司乐曰：大射，王出入奏《王夏》，及射令奏《驺虞》，诏诸侯以弓矢舞，乐师燕射，帅射夫以弓矢舞，大师大射，师瞽而歌射节，此大射之有乐也。

食举乐，宥天子食者也。王制所谓"天子食举以乐。"大司乐所谓"王大食三宥，皆令奏钟鼓。"是也。《乐府诗集》曰：

汉鲍业曰：古者天子食饮必顺四时五味，故有食举之乐。所以顺天地，养神明，求福应。此食举之有乐也。

汉辞均亡，于《宋书》尚可考见其篇名，凡"宗庙食举"六曲，"上陵食举"八曲，"殿中御饭食举"七曲，"太乐食举"十三曲。

（三）舞曲　舞者乐之容也，《通典》所谓"乐之在耳者曰声，在目者曰容"是也。《周礼·大司乐》曰："以乐舞教国子。"其来亦尚矣。凡分雅舞杂舞二种。《乐府诗集》云：

自汉以后，乐舞寖盛，故有雅舞有杂舞。雅舞用之郊庙朝飨，杂舞用之宴会。

雅舞者郊庙朝飨所奏，文武二舞是也。古之王者，乐有先后，以揖让得天下，则先奏文舞，以征伐得天下，则先奏武舞，各尚其德也。（乐府诗集）诗词亡，舞名见于《汉书》及《宋书》者有以下数种：

1.武德舞　《礼乐志》云："《武德舞》者，高祖四年作，以象天下乐已行武以除乱也。"又云："高祖庙奏武德文始五行之舞。"

2.文始舞　《礼乐志》云："《文始舞》者本舜招舞也，高祖六年更名曰文始，以示不相袭也。"

3.五行舞　《礼乐志》云："《五行舞》者本周舞也，秦始皇二十六年更名曰五行也。"

4.昭德舞　《礼乐志》云："孝景采《武德舞》以为《昭德》，以尊太宗庙。"又云："孝文庙奏《昭德》《文始》《四时》《五行》之舞。"

5.四时舞　《礼乐志》云："《四时舞》者孝文所作，以明示天下之安和也。"

6.盛德舞　《礼乐志》云："孝宣采《昭德舞》为《盛德》，以尊世宗庙。"又云："孝武庙奏《盛德》《文始》《四时》《五行》之舞。"

7.云翘舞　《后汉书·祭祀志》云："陇蜀平后，乃增广郊祀，……凡乐奏《青阳》《朱明》《西皓》《玄冥》，及《云翘》《育命》之舞。"凡立春，立夏，先立秋日用之。

8.育命舞　凡立秋立冬之日用之。

9.大武舞　《宋书·乐志》云："明帝初，东平王苍……承《文始》《五行》《武德》为《大武》之舞，又制舞歌一章，荐之光武之庙。"《后汉纪》卷九云："冬十月，有事于世祖庙，初献《大武》之舞。"

杂舞者始皆出自方俗，后寝陈于殿庭。盖自周有缦乐，散乐，秦汉因之增广，宴会所奏，率非雅舞。（乐府诗集）汉杂舞有《公莫》，《巴渝》，《鞞舞》，《㯏舞》及《铎舞》五种。

1.公莫舞　《宋书·乐志》云："《公莫舞》今之巾舞也。相传云，项庄舞剑，项伯以袖隔之，使不得害汉高祖，且语庄云："公莫!"古人相呼曰"公"，云莫害汉王也。今之用巾，盖像项伯衣袖之遗式。"词见《乐志》，不可句读。

2.巴渝舞　《晋书·乐志》云："汉高祖自蜀汉将定三秦关中，范因率宾人以从帝，为前锋。及定秦中，封因为阆中侯，复宗人七姓。其俗喜舞，高祖乐其猛锐，弩数观其舞。后使乐人习之。阆中有渝水，因其所居，故名曰《巴渝舞》。舞曲有《俞矛本歌曲》，《安弩渝本歌曲》，《安台本歌曲》，《行辞本歌曲》，总四曲。其辞既古，世莫晓其句读。"古辞今亡。

3.鞞舞　《宋书·乐志》云："鞞舞未详所起，然汉代已施于燕享矣，傅毅张衡所赋，皆其事也。"《南齐书》十一云："汉章帝造鞞舞歌。"曹植作《鞞舞歌序》云："汉灵帝西园鼓吹，有李坚者能鞞舞，遭乱西随段颎，先帝闻其有技召之。坚既中废，兼古曲多谬，故改作新歌五篇。"其古辞篇名，见于《宋书·乐志》，曰《关东有贤女》，《章和二年中》，《乐久长》，《四方皇》，

《殿前生桂树》。辞均亡。

4.槃舞 《旧唐书·音乐志》云："汉有《槃舞》，今隶散乐部中。"《宋书·乐志》云："汉世惟《柈舞》，而晋加以柈，反覆之也。"辞并亡。

5.铎舞 《旧唐书·音乐志》："《铎舞》汉曲也。"今存者《圣人制礼乐》一篇。《古今乐录》云："声辞杂写，不复可辨。"《宋书》亦称"按景祐《广乐记》言，字讹谬，声辞杂写。"云。

三 俗乐

两汉乐府，精粹尽在"俗乐"。所谓俗乐者民间之歌声也，朴素婉美，出诸天籁。至于堂庙文字，雕塑琢磨，歌功颂德，或祈福于天地，或求护于祖先，读之亦自令人思卧而已。

俗乐发生，本亦甚早，惟考诸史籍，则东京后而始大盛，今按《相和》《清商》《杂曲》等辞，其有时代可考者，太半出诸东都以后。如相和曲之平陵东，古今注云：《平陵东》，东汉翟义门人所作也。

《乐府古题要解》以为"义，丞相方进少子，字文仲，为东郡太守，以王莽篡汉，举兵诛之，不克，见害。门人作歌以悲之。"又《董逃行》《古今注》云：

《董逃歌》后汉游童所作，终有董卓之乱，卒以逃亡。后人习之为歌章，乐府奏之。

此为时代之确可考证者。其余若《鸡鸣》之"荡子何所之，天下方太平。"当指新莽之乱。《豫章行》之"身在洛阳宫，根在豫章山。"亦指东都。《步出夏门行》，《洛阳伽蓝记》以为"洛阳有二门，西头曰大夏门，汉曰夏门。"《陌上桑》，《玉台新咏》注云："使君之称，始见之后汉郭伋传。"《饮马行》，《玉台》以为蔡邕作。至如杂曲歌辞中《武溪深》，《冉冉孤生竹》，《同声歌》等之作者，则完全为东汉之人矣。其原因，已如上节所述，盖乐府废于上而后歌声兴于下也。

曰俗乐，凡相和歌，清商曲，以及杂曲等均属之。

（一）相和歌 《相和歌》者丝竹更相和之意也。《宋书·乐志》云："相和汉旧曲也，丝竹更相和，执节者歌。"今按《古今乐录》引张永王僧虔等伎录，序相和除本曲外尚有《四引》，《吟叹曲》，《四弦曲》三种。

相和曲本有十七曲，其《武陵》《鹍鸡》二曲亡，余十五曲。《古今乐录》云：

> 张永《元嘉伎录》，相和有十五曲：一曰《气出唱》，二曰《精列》，三曰《江南》，四曰《度关山》，五曰《东光》，六曰《十五》，七曰《薤露》，八曰《蒿里》，九曰《觐歌》，十曰《对酒》，十一曰《鸡鸣》，十二曰《乌生》，十三曰《平陵东》，十四曰《东门》，十五曰《陌上桑》。

其中十三曲有辞，二曲无辞，《觐歌》《东门》是也。然《气出唱》，《精列》，《度关山》，《十五》，《对酒》，《陌上桑》等六曲，古辞已亡，后世所奏，则为魏辞。故相和十七曲，今存者仅《江南》等七曲而已。七曲中本事可考者三：《薤露》，《蒿里》，《平陵东》是也。《古今注》云：

> 《薤露》《蒿里》，并丧歌也，出田横门人。横自杀，门人伤之。为之悲歌，言人命如薤上露易晞灭也。亦谓人死魂魄归乎呼蒿里……至汉武帝时，李延年分为二曲……挽者歌之。

《平陵东》已见前，盖咏翟义被害事也。《陌上桑》一曲，其辞虽亡，然本事犹得考见焉。《古今注》云：

> 《陌上桑》出秦氏女子。秦氏邯郸人，有女名罗敷，为邑人王千乘王仁妻。王仁后为赵王家令。罗敷出采桑于陌上，赵王登台，见而悦之，因饮酒欲夺焉。罗敷巧弹筝，乃作《陌上桑》歌以自明。

按《古今乐录》云："《陌上桑》歌瑟调古辞《艳歌罗敷行》日出东南隅篇。"后人因之，遂有以艳歌罗敷行即陌上桑者，盖未之深察耳。

四引者古本六引，其《宫引》，《角引》二曲阙。《古今乐录》云：

> 张永《伎录》，相和有四引，一曰《箜篌引》，二曰《商引》，三曰《徵引》，四曰《羽引》。

四引之中惟《箜篌引》存，余均亡。《古今注》云：

> 《箜篌引》者，朝鲜津卒霍里子高妻丽玉所作也。子高晨起刺船而濯，有一白首狂夫，被发提壶，乱流而渡。其妻随呼止之，不及，遂堕河而死。于是援箜篌而鼓之，作公无渡河之声，歌甚凄怆。曲终，自投河而死。霍里子高还，以其声语妻丽玉；玉伤之，乃引箜篌而写其声，闻者莫不堕泪饮泣焉。丽玉以其声传邻女丽容，名曰《箜篌引》。

吟叹曲古有八曲，其《小雅吟》，《蜀琴引》，《楚王吟》，《东武吟》四曲阙。《古今乐录》云：

> 张永《元嘉伎录》，有吟叹四曲：一曰《大雅吟》，二曰《王明君》，三曰《楚妃叹》，四曰《王子乔》。

今《王子乔》一曲存，余均亡，惟《王明君》之本事，尚见于《旧唐书·音乐志》：

> 《明君》汉曲也，元帝时，匈奴单于入朝，诏以王嫱配之，即昭君也。及将去，入辞，光彩射人，悚动左右，天子悔焉。汉人怜其远嫁，为作此歌。

（二）清商曲　《清商曲》者，即所谓"三调歌辞"是也。《唐书·音乐志》云：

> 平调，清调，瑟调，皆周房中之遗声，汉世谓之三调。

三调之外，又有楚调侧调，《乐府诗集》云：

> 楚调者汉房中乐也，高祖乐楚声，故房中乐楚声也。侧调者生于楚调。

统此诸调，后谓之"五调法曲"，盖亦街陌谣讴，采舍缀取，被诸声歌者也。《宋书·乐志》云：

> 凡此诸曲，始皆徒歌，既而被之弦管。又有因声以造辞者。

后世以清商为周房中之遗，遂以清乐为俗部乐，且率属诸女乐；甚有以五调法曲，词多不经，而不与以著录者，《唐书·音乐志》恐非原昔本意。

平调诸曲，据《古今乐录》谓有七曲：

> 王僧虔《大明三年宴乐伎录》，平调有七曲："一曰《长歌行》，二曰《短歌行》，三曰《猛虎行》，四曰《君子行》，五曰《燕歌行》，六曰《从军行》，七曰《鞠歌行》。

现存者仅《长歌》《猛虎》《君子》三行，余亡。其《长歌行》一曲，《艺文类聚》作曹植，未知何本。

清调诸曲，《古今乐录》谓有六曲：

> 王僧虔《伎录》，清调有六曲：一《苦寒行》，二《豫章行》，三《董逃行》，四《相逢狭路间》，五《塘上行》，六《秋胡行》。

现存者《豫章》《董逃》《相逢》三行，余亡。其《豫章行》今缺十三字，《董逃行》本事已如前述。《相逢行》一曲《乐府诗集》云：一曰《相逢狭路间》，一曰《长安有狭斜行》。"然所引二辞均有，盖同调而异辞者也。

瑟调诸曲。据《古今乐录》有三十七曲：

> 王僧虔《伎录》瑟调曲有《善哉行》，《陇西行》，《折杨柳行》，《西门行》，《东门行》，《东西门行》，《却东西门行》，《顺东西门行》，《饮马行》，《上留田行》，《新城安乐宫行》，《妇病行》，《孤子生行》，《放歌行》，《大墙上蒿行》，《野田黄爵行》，《钓竿行》，《临高台行》，《长安城西行》，《武舍之中行》，《雁门太守行》，《艳歌何尝行》，《艳歌福钟行》，《艳歌双鸿行》，《煌煌京洛行》，《帝王所居行》，《门有车马客行》，《墙上难用趋行》，《日重光行》，《蜀道难行》，《櫂歌行》，《有所思行》，《蒲坂行》，《采梨橘行》，《白杨行》，《胡无人行》，《青龙行》，《公无渡河行》。

其中《陇西》，《折杨柳》，《西门》，《东门》，《野田黄爵》，《雁门太守》，《艳歌何尝》，《煌煌京洛》，《櫂歌行》等九曲，兼入大曲。余二十八曲现存者亦仅《善哉行》，《妇病行》，《孤子生行》，《饮马行》，《上留田行》等五曲。而《善哉行》，《艺文类聚》作曹植，《饮马行》，《玉台新咏》作蔡邕焉。惟《上留田》一曲，本事见于《古今注》：

> 上留田，地名。其人有父母死，兄不字其孤者，邻人为其弟作悲歌以讽其兄，故曰《上留田》。

楚调曲，《古今乐录》云：

> 王僧虔《伎录》，楚调曲有《白头吟行》，《泰山吟行》，《东武琵琶吟行》，《怨诗行》。

现存《白头吟》，《怨诗行》二曲，《白头吟》兼入大曲。

侧调曲各书均不载，盖以其生于楚调也。五调之外，又有所谓大曲者，《宋书》所载，古辞凡十有五：

> 《东门行》，《艳歌罗敷行》，《西门行》，《西山》，《默默》，《煌煌京洛行》，《白鹄》，《碣石》，《何尝》，《野田黄雀行》，《满歌行》，《夏门》，《櫂歌行》，《雁门太守行》，《白头吟》。

现存九曲，其中《西山》，《煌煌京洛行》，《碣石》，《野田黄雀行》，《夏门》，《櫂歌行》，古辞均亡，歌魏辞。其《何尝》一曲，本文帝作。《白头吟》旧说卓文君作，实非，均详见"古辞辨伪"一节。《艳歌罗敷行》一曲或以为即《陌上桑》者，亦非是。《乐府古题要解》云：

> 旧说……罗敷为邑人千乘王仁妻……赵王登台，见而悦之，欲夺焉。……案其歌辞称罗敷采桑陌上，为使君所邀，罗敷盛夸其夫为侍中郎以拒之，与旧说不同。

又《古今乐录》云：

> 《陌上桑》歌古辞《艳歌罗敷行》"日出东南隅"篇。

是盖《陌上桑》辞早亡，后人以其事哀艳可传，遂掇拾社会传说，以使君之事充之，故不得与《陌上桑》同目也。

（三）杂曲　杂曲之名，不见两汉，沈约始与"吴歌"并列。至郭茂倩而始著于简册。盖以此类乐府，"其名甚多，或因以命题，或学古叙事。"或徒歌不吟，或声辞不具，故得以"杂曲"名之也。《乐府诗集》云：

> 杂曲者历代有之。或心志之所存，或情思之所感，或宴游欢乐之所发，或忧愁愤怨之所兴，或叙离别悲伤之怀，或言征战行人之苦，或缘于佛老，或出自夷虏，兼收备载，故总谓之杂曲。

观其意，盖指文人才士，率为文章，吟咏性情，不列乐府，然间亦有协音律，播金石，古辞可考而散见于其他图籍者。

《乐府诗集》所载，凡十有六曲。

> 马援《武溪深行》，张衡《同声歌》，辛延年《羽林郎》，宋子侯《董妖娆》，《蜨蝶行》，《驱车上东门行》，《伤歌行》，《悲歌行》，《前缓声歌》，《东飞伯劳》，《西洲曲》，《长干曲》，《焦仲卿妻》，《枯鱼过河泣》，《冉冉孤生竹》，《乐府》。

《蜨蝶行》以下，统称古辞，惟《冉冉孤生竹》一曲，《文心雕龙》云：其《孤竹》一篇，则傅毅之词。"毅与班固共典校书，出于其手，不无可能。至《伤歌行》，《焦仲卿妻》，《东飞伯劳》，《西洲曲》，《长干曲》等，尝疑其非汉诗，当俟下节详论之。其时代故事，约可考见者为以下数曲：

1.武溪深　《古今注》云："《武溪深》乃马援南征之所作也。援门生爰寄生善吹笛，援作歌以和之，名曰《武溪深》。"

2.同声歌　《玉台新咏》即著录之。按衡于顺帝初曾为太史令等职，并作有《两京》《四愁》等诗赋，自有产生此完美五言诗之可能。

3.羽林郎　著于《玉台》，梁启超云："辛诗言'大秦珠'，当在安敦通使之后。"

4.董娇娆　著于《玉台》，梁启超云："宋诗言'洛阳城'，当在迁邺以前。"

此外《乐府诗集》列为汉诗者，尚有繁钦《定情诗》，阮瑀《驾出北郭门》。二人已在魏初，当归第三章"魏晋乐府"中论之。

四 外乐

夷乐之名，已见于《周礼》，所谓"鞮鞻氏掌四夷之乐及其歌声"是也。春秋之世，鲁齐会于夹谷，有司请奏四夷之乐，其来盖亦远矣。惟彼时幅员不广，草昧未辟，曰夷曰狄，不出国境。至秦汉经营边荒，长征远驭，真正夷乐，得于斯时传入，观于《上林赋》之"俳优侏儒，狄鞮之倡"可知矣。

曰外乐，《鼓吹曲》及《横吹曲》均属之。

（一）鼓吹曲　始曰"铙歌"，军中用之。明帝四品乐，黄门鼓吹用之宴群臣，是亦兼列于殿庭矣。《古今注》曰："短箫铙歌，鼓吹之一章耳，亦以赐有功诸侯。"则鼓吹者，本部乐之总名也。其输入时代，当在汉初。《汉书叙传》云：

> 始皇之末，班壹避地楼烦……当孝惠高后时，以财雄边，出入弋猎，旌旗鼓吹。

又《乐府诗集》引刘瓛定《军礼》云：

> 鼓吹未知其始也。汉班壹雄朔野而有之矣。鸣笳以和箫声，非八音也。

班壹为孝惠高后时人，既已旌旗鼓吹，类而推之，汉初无疑也。

或以鼓吹为中乐，非自外来者，如蔡邕《礼乐志》云：

> 军乐也，黄帝岐伯所作，以扬德建武，劝士讽敌也。

又《宋书·乐志》云：

> 雍门周说孟尝君鼓吹于不测之渊。

此等说法，率皆出自臆度，要不足为凭。兹按鼓吹演奏时有箫有笳，《隋书·音乐志》云：

其制，鼓吹一部十六人，则箫十三人，笳二人，鼓一人。

其中笳非中国所有，自为明甚，杜挚《笳赋》所谓"李伯阳入西戎所造"是也。按箫亦非中国所旧有，《文献通考·乐考》云："此箫取七音而三倍之，龟兹部所用。"曰龟兹部用，非外乐器而何？刘瓛定亦以"鸣箫以和笳声，非八音也"为言矣。又《通典》卷一四六云：

北狄乐皆为马上乐也，鼓吹本军旅之音，马上奏之。

于此更可得一有力之例证焉。
铙歌旧二十二曲：

一《朱鹭》，二《思悲翁》，三《艾如张》，四《上之回》，五《拥离》（一曰翁离），六《战城南》，七《巫山高》，八《上陵》，九《将进酒》，十《君马黄》，十一《芳树》，十二《有所思》，十三《雉子班》，十四《圣人出》，十五《上邪》，十六《临高台》，十七《远如期》，十八《石留》，十九《务成》，二十《玄云》，二十一《黄爵行》，二十二《钓竿》。

其中后四曲均亡，今存十八曲，然亦乖舛不可句读，《宋书》所谓"言字讹谬，声辞杂书"，《诗数》所谓"词句难解，多由脱误"是也。其时代约略可考者惟《上陵》，《上之回》二曲。

1.上之回　　《乐府古题要解》云："汉武元封初，因至雍，通回中道后，数出游幸焉。其歌称帝'游石阙，望诸国，月支臣，匈奴服。'皆美当时事也。"《汉书·武帝纪》："元封四年冬十月，行幸雍祠，五畤，通回中道，遂北出萧关。"据此，则辞当作于武帝时。

2.上陵　　曲言"甘露初二年"，甘露为宣帝年号，则此曲当在宣帝年间。

此外《钓竿》一曲，《古今注》谓"伯常子妻所作也。伯常子避仇河滨，为渔父，其妻思之，每至河侧，作《钓竿》之歌。后司马相如作《钓竿》之诗，今传为古曲也。"时代作者，均得稽考，惟歌辞不传，无从求其佐证焉。

（二）横吹曲　　《乐府诗集》云："横吹其始亦谓之鼓吹，盖行军之乐也。……其后分为二部：有箫笳者为鼓吹，用之朝会道路，亦以给赐。……有鼓角者为横吹，用之军中，马上所奏是也。"输入最早者为《摩诃兜勒》一曲。

《古今注》云：

> 横吹胡乐也，张博望入西域，传其法于西京，惟得《摩诃兜勒》一曲。

是则横吹汉武时输入也。旧说蚩尤与黄帝战于涿鹿，帝乃吹角为龙吟以御之，是为横吹之祖，非是。按角非中国乐器，《宋书·乐志》云：

> 角，书记所不载，或云出胡羌，以惊中国马。

《晋书·乐志》云：

> 胡角者，本以应胡笳之声，后渐用之横吹。有双角，即胡乐也。

据此，则横吹确非中国乐，盖可知矣。

横吹自《摩诃兜勒》亡后，又有所谓新声二十八解者。《古今注》云：

> 李延年因胡曲更造新声二十八解，乘舆以为武乐，后汉以给边将。和帝时，万人将军得用之。
>
> 二十八解为何，后世散亡，莫可考知，据崔豹《古今注》称，至魏晋之世，惟十曲存焉。
>
> 魏晋以来，二十八解不复具存，世用者《黄鹄》，《陇头》，《出关》，《入关》，《出塞》，《入塞》，《折杨柳》，《黄覃子》，《赤之杨》，《望行人》等十曲。

此十篇今亦亡佚，但存篇名，此外并其篇名亦不得考知。按《宋书·乐志》称"魏晋之世，有孙氏善宏旧曲……朱生善琵琶，尤发新声……自兹以后，皆孙朱等之遗则。"汉代旧声，殆完全失传矣。

五　古辞辨伪

沈约谓"乐府古辞，并汉世街陌谣讴。"其辞甚混，其范甚泛。两汉去今甚远，文字流传，多有不可考稽，吾人虽不敢效冯舒以"无稽之言，君子弗听"，漫加判断，然篇卷纷杂，曼漶殽舛，诚有不能不令人无疑者。爰本"书缺有间，其轶乃时时见于他说"之义，为古辞辨伪一篇。

按古辞之有伪讹，要不外数端：作者失名，概曰古辞，一也。魏晋文人，拟作托古，二也。作者莫考，以所咏为某，或其事类某，即以为某作，三也。有斯三者，遂使后世读者，迷离惝恍，莫得考其源委，论者憾焉。兹就他籍之可考者，为一一分订于后：

1.白头吟　《西京杂记》云："司马相如将聘茂陵人女为妾，卓文君作《白头吟》以自绝，相如乃止。"按《宋书·乐志》载《白头吟》五解，题为古辞，不作文君。后人不明其故，遂以此诗为文君作，盖未深加思考耳。《古今乐录》引王僧虔《伎录》云：

> 《白头吟行》，歌古皑如山上雪篇。

是文君所作，早已不传，故以"皑如山上雪"实之也。《诗纪·匡谬》亦云：

> 《宋书》大曲有《白头吟》，作古辞。《乐府诗集》《太平御览》亦然。《玉台新咏》题作《皑如山上雪》，非但不作文君，并题亦不作《白头吟》也。惟《西京杂记》有文君为《白头吟》以自绝之说，然亦不著其辞，或文君别自有篇，不得遂以此诗当之也。

所论甚明，勿待深辩。

2.怨歌行　《文选》作班婕妤，《玉台新咏》因之。按《汉书·外戚传》，婕妤并无"怨诗"之目，刘勰亦尝疑之矣。《文心雕龙》云：

> 成帝品录三百余篇，而辞人遗翰，莫见五言，所以李陵班婕妤见疑于后代。

刘勰较萧统为早，且统亦早死。刘勰已称见疑于后代，昭明何由而肯定之？其中词句如——

> 新裂齐纨素，鲜洁如霜雪；
> 裁为合欢扇，团团似明月。

整齐华丽，绝不似西汉风格，是固不必待有若何佐证而后肯定其非汉辞也。《沧浪诗话》云：

> 班婕妤《怨歌行》，《文选》直作班姬之名，乐府以为颜延年作。

谓为延年，虽不中不远矣。

3.东光乎　张永《元嘉伎录》云："《东光》旧但弦，无音，宋识造其歌声。"《宋书·乐志》云："魏晋之世，宋识善击节倡和。"是宋识为魏晋时人，而宋识造其歌声，故不得以"古辞"目之也。

4.艳歌何尝行　《宋书·乐志》载《艳歌何尝行》有二：一为《白鹄》，一为《何尝》，并题古辞。按《乐府诗集》引《古今乐录》曰：

> 王僧虔《伎录》云：《艳歌何尝行》歌文帝《何尝》，古《白鹄》二篇。

是《何尝》为文帝作，《白鹄》乃古辞也。沈约后于王僧虔，认其有疑莫能明处，遂统以古辞名之。当从王说为是。郭茂倩举而更正，当矣。又《乐府古题要解》云：

> "何尝快，独无忧"，为后人所拟也。

直云拟作，可谓具有卓见。至《玉台新咏》之《双白鹄》，乃从古辞《白鹄》中脱变而来，盖由乐府长短句变为纯粹五言者也。

5.伤歌行　《乐府诗集》作古辞，而《玉台新咏》作魏明帝。《古诗纪》亦云："外编作魏明帝。"察其辞意，若——

> 昭昭素明月，辉光烛我床。忧人不能寐，耿耿夜何长？微风吹闺闼，罗帷自飘扬。揽衣曳长带，屣履下高堂。东西安所止，徘徊以彷徨。春鸟翻南飞，翩翩独翱翔。悲声命俦匹，哀鸣伤我肠。感物怀所思，泣涕忽沾裳。伫立吐高吟，舒愤诉穹苍。

凄清哀怨，不类汉人风格，谓曰明帝，庶几乎近之。

6.焦仲卿妻　始见于《玉台新咏》，《乐府诗集》收入杂曲。其序云：

"汉末建安中，庐江府小吏焦仲卿妻刘氏，为仲卿母所遣，自誓不嫁。其家迫之，乃投水而死。仲卿闻之，亦自缢于庭树。时人伤之，为诗云尔。"此诗之作，谓为建安之末，似亦未尝不可。然足启吾人疑窦者，究有数点。胡适之云：

> 如果"孔雀东南飞"作于三世纪，何以魏晋宋齐的批评家，从曹丕的《典论》，以至于刘勰的《文心雕龙》，及钟嵘的《诗品》，都不提起这篇杰作呢？这岂非此诗晚出的铁证吗？

吾人于此，亦作如是感想。又按《玉台》所选各篇，其疑莫能明者率以"古诗"或"古乐府"题之，惟于本篇，乃题曰"无名氏"，是亦适足证明为近人所作而佚其名者矣。故余断定《焦仲卿妻》一篇，当完成于徐陵时代。

7.杂曲三支　　《乐府诗集》所收杂曲中，又有令人望而即知非汉辞者三：《东飞伯劳》，《西洲曲》，《长干曲》是也。其辞云：

> 东飞伯劳西飞燕，黄姑织女时想见。谁家女儿对门居？开颜发艳照里闾！南牕北牖桂月光，罗帷绮帐脂粉香。女儿年几十五六，窈窕无双颜如玉。三春已莫花从风，空留可怜与谁同？（东飞伯劳歌）
>
> 忆梅下西洲，折梅寄江北。单衫杏子红，双鬓鸦雏色。西洲在何处？两桨桥头渡。日莫伯劳飞，风吹乌白树。树下即门前，门中露翠钿。开门郎不至，出门采红莲。采莲南塘秋，莲花过人头。低头弄莲子，莲子清如水。置莲怀袖中，莲心彻底红。忆郎郎不至，仰首望飞鸿。鸿飞满西洲，望郎上青楼。楼高望不见，尽日栏干头。
>
> 栏干十二曲，垂手明如玉。卷帘天自高，海水摇空绿。海水梦悠悠，君愁我亦愁。南风知我意，吹梦到西洲。（西洲曲）
>
> 逆浪故相邀，菱舟不怕摇，妾家扬子住，便弄广陵潮。（长干曲）

风华旖旎，非六朝人不足出此也。按五七言发生，虽有《古诗柏梁》之作，然为真为伪，见疑后代，研究文学流变者，固不当泥古鲜通，甘居陆沉也。复按自文帝《燕歌行》出，始有七言之篇，自晋荀勖《五言诗美文》，梁昭明《五言英华》成，始有五言之著录，故五七言盛行时代，当在魏晋齐梁之间，华婉文字，古人绝无此手笔。则此三篇之作，虽无佐证足资吾人肯定其为谁作，然必不出于两汉，可断言也。

至若琴曲中蔡琰《胡笳十八拍》，王嫱《昭君怨》，其为伪作，早经多人讨论。况《琴操》一书，完全伪作，所载各曲，更不足凭。果以所咏某人即以为某作，则今日歌曲中有《高山流水》一曲，咏钟子期善琴事，即以为出自钟手，不亦大谬乎？故略而不论。

此外若《塘上行》，《宋书》作武帝，《玉台》作甄后，《乐录》则又云"塘上行古辞"。《苦寒行》，《宋书》作武帝，《乐府诗集》作文帝，郑樵《乐略》又云"晋乐奏古辞北上太行山"。《君子行》，《文选》《乐府》并作古辞，《艺文类聚》作曹植诗。《善哉行》，《宋书》作古辞，《艺文类聚》作曹植。众说纷纭，莫衷一是。刘跂《金石录序》云："文籍既繁，竹素纸札，转相誊写，弥久不能无误。"乐府又何独不然。

六　古辞歌法

《乐记》曰："诗言其志也，歌咏其声也，舞动其容也，三者本于心，然后乐器从之。"盖古诗皆乐，辞均可歌，前章言之已详。武帝立乐府，以李延年为协律都尉，乐音之妙，灿然可观矣。

惟是经史所记，详于篇章，略于铿锵，是盖诗歌可存，乐声易泯，辗转流演，有以然也。况乐声传于伶工，歌诗流于儒士，一则习焉不察，一则愈研愈精，千百年后，愈使人无从窥其端倪矣。孔子云："吾自卫返鲁，然后乐正，雅颂各得其所。"春秋去成周不远，铿锵曲折，殆已失其精微，况吾人居今日而欲上窥两汉之奥乎？

声歌流传，东汉而后，已渐乖舛。下迨隋朝，胡乐来自外域，郑绎复演龟兹，中国古音，沦丧净尽矣。

《宋书》相和歌："绿竹更相和，执节者歌。"此歌之形式之可考见者。至其歌法，读文面识理，约略可考者凡有数事：

（一）和声　和声者一人唱前数句，余人唱后数句，或一人唱本辞，而余人另以他声相和，如舟子之欸乃，是其遗意也。《梦溪笔谈》云：

古乐府皆有声有辞，连属书之，如曰何何何，贺贺贺之类，皆其和声也。

古辞《江南可采莲》云：

江南可采莲,

莲叶何田田?

鱼戏莲叶间。

鱼戏莲叶东, 鱼戏莲叶西,

鱼戏莲叶南, 鱼戏莲叶北。

前三句是本辞,后四句是和声。此后如梁武帝之《采莲曲》,《古今乐录》曰:

"《采莲曲》和云:采莲渚,窈窕舞佳人。"又萧统《采莲曲》曰:"和云:采莲归,渌水好沾衣。"均是此意。

(二) 散声　散声者,字无意义,只以音声羼杂其间,如今小调中"牙火孩"之类是也。后世填词,盖由斯起。《宋书·乐志》云:

诸调均有辞有声,辞者其歌诗也,声者"羊吾夷""夷那何"之类也。

汉铙歌《有所思》云:

有所思,乃在大海南。何用为遗君?双珠玳瑁簪,用玉绍缭之。闻君有他心,拉杂摧烧之。摧烧之,当风扬其灰,从今已往,勿复想思。想思与君绝,鸡鸣狗吠,兄嫂当知之。妃呼豨,秋风肃肃晨风飔,东方须臾高知之。

《临高台》云:

临高台以轩,下有清水清且寒,江有香草目以兰,黄鹄高飞离哉翻。关弓射鹄,令吾主寿万年。收中吾。

其"妃呼豨","收中吾"之句,辞无意义,纯以声音,羼杂其间,非若彼人"妃来呼豨豨知之"之令人掩口胡卢也。

(三) 艳趋乱声　和声散声之外,又有所谓艳趋乱者。《乐府诗集》云:

大曲又有艳有趋有乱……艳在曲之前,趋与乱在曲之后,亦犹吴声西曲,前有和后有送也。

按《宋书·乐志》《艳歌罗敷行》后注云："前有艳词，曲后有趋。"《白鹄》后注云："念与下为趋，曲前有艳。"《何尝》后注云："少小下为趋，曲前有艳。"兹按古《白鹄》一首凡四解，其辞云：

飞来双白鹄，乃从西北来，十十五五，罗列成行。（一解）
妻卒被病行，不能相随，五里一反顾，六里一裴回。（二解）
吾欲衔汝去，口噤不能开，吾欲负汝去，毛羽何摧颓！（三解）
乐哉新相知，忧来生别离，躇踌顾群侣，泪下不自知。（四解）
念与君别离，气结不能言。各各重自爱，道远归还难。妾当守空房，闭门下重关。
若生当相见，亡者会黄泉。今日乐相乐，延年万岁期。

察其语气，前若男子，后若阃闺，前为慰问，后为回答。既曰"念与下为趋"，是则趋者，吴声西曲中"送"之流也。殆歌咏之时，每一曲终，余人复和以他词，行歌相答，相与悦怡，故唐歌白雪，犹急急于和诗十六韵之制造焉。至于艳乱之为何，则茫不可考。

此为古乐府歌法之可考见者，至其铿锵之节，曲折之细，史无明文，漫焉莫寻。惟古辞西门行"自非仙人王子乔"一段，其写法与他辞异。

自＿非＿仙＿人＿王＿子＿乔＿，会＿计＿寿＿命＿安＿与＿期。

其后如武帝《苦寒行》，《秋胡行》，《塘上行》，及明帝《苦寒行》各篇，均作如此写法。大约此小"＿"字即古歌中之节奏，于乐律简单之时，苦无以代表之者，于是用"＿"以识之，亦不过表示其抑扬顿挫之节而已。《乐府诗集》云：

凡古乐录，皆大字是辞，细字是声，声辞合写，故致然尔。

又曹植《鞞舞序》云："曲多讹误。"《宋书》云："言字讹误，声辞杂书。"《铙歌》辞下注云："乐人以声音相传，训诂不可复解。"古人已称其讹谬不可辨，吾辈后两汉数千年，犹复强作解人，不亦使古人地下窃笑耶？

原载《津逮季刊》1932年6月、1934年1月第1卷第2、3期

乐府清商三调讨论

黄节　朱自清

一　《宋书·乐志》相和与清商三调歌诗为郑樵《通志·乐略》相和歌及相和歌三调之所本

从《宋书·乐志》相和及清商三调中录出古辞与楚词钞之篇名，凡十七曲，如下：

《江南可采莲》，《东光乎》，《鸡鸣高树巅》，《乌生八九子》，《平陵东》，《今有人》，《上谒》，《来日》，《东门》，《罗敷》，《西门》，《默默》，《白鹄》，《何尝》，《为乐》，《洛阳行》，《白头吟》。

此十七曲，即宋志所谓相和汉旧歌也。从《宋书·乐志》所云："本十七曲，朱生宋识列和等复合之为十三曲"；以求由十七曲合而为十三曲之证据，录《宋志》相和十三曲之篇名如下：

《驾六龙》，《厥初生》，《江南可采莲》，《天地间》，《东光乎》，《登山有远望》，《惟汉二十二世》，《关东有义士》，《对酒歌太平时》，《鸡鸣高树巅》，《乌生八九子》，《平陵东》，《今有人》（合《弃故乡》《驾虹蜺》为一曲名《陌上桑》）

此十三曲中，惟《江南》，《东光》，《鸡鸣》，《乌生》，《平陵》，《今有人》，六曲为相和汉旧歌，其余则魏武帝文帝辞也。《宋志》所谓合为十三曲者，谓合汉相和旧歌六曲，及魏武帝文帝歌辞七曲，《宋志》载九曲，因《弃故乡》，《驾虹蜺》二曲，合并《今有人》为《陌上桑》曲，故止得七曲。共为十三曲也。

从《宋书·乐志》所载"清商三调歌诗"中录出汉相和旧歌篇名如下：

《上谒》即《董逃行》古辞,《来日》即《善哉行》古辞,《东门》即《东门行》古辞,《罗敷》即《艳歌罗敷行》古辞,《西门》即《西门行》古辞,《默默》即《折杨柳行》古辞,《白鹄》即《艳歌何尝》古辞,《何尝》即《艳歌何尝行》古辞,《为乐》即《满歌行》古辞,《洛阳行》即《雁门太守行》古辞,《白头吟》与《櫂歌》同调古辞。

此十一曲,皆汉相和旧歌;其余二十四曲,《宋志》所载清商三调歌诗共三十五曲则为魏武帝,文帝,明帝,及东阿王之辞,合为三十五曲。《宋志》所谓"荀勖撰旧词施用者"也。是故清商三调三十五曲之中,有十一曲为汉相和旧歌。故《通志》四十九云:"自《短歌行》以下,晋荀勖采撰旧诗施用,以代汉魏,故其数广焉"者也。梁任公云:郑樵读《宋志》时,似将清商三调荀勖撰一行滑眼漏掉云云,任公未细检《通志》耳。

如上据《宋志》考得:相和十三曲中,有汉相和旧歌六曲;清商三调歌诗三十五曲中,有汉相和旧歌十一曲;由此可知三调中有相和矣。

梁任公论乐府诗歌,谓郑樵《通志》有大错误一点,在把清商与相和混为一谈。殊不知惟清商为有三调,而相和则未闻有之。《宋志》录完相和十三曲之后,另一行云,"清商三调歌诗,荀勖撰旧词施用者"。此下即分列平调六曲案《宋志》平调五曲,非六曲也清调六曲,瑟调八曲,则三调皆属于清商甚明。而郑樵读《宋志》时,似将"清商三调晋荀勖撰"一行,滑眼漏掉;漫然把《宋志》所录诸歌,全部归入相和,造出相和平调等名目云云。梁氏之言未细观《宋志》,遂冤及郑樵,故作此篇以辨之。廿二年三月黄节识。

二 与黄晦闻先生论清商曲书

晦闻师函丈:

顷读,师所为辨乐府清商三调文,尚有未解之惑,愿得申其说以请益焉。

梁任公先生云,"大抵替清商割地,始自吴兢,而郑樵郭茂倩沿其误。"① 其说似非无据。《乐府诗集》(下简称《乐府》)三十,三十三,三十六引王僧虔《大明三年宴乐伎录》,称平调,清调,瑟调。《宋书·乐志》(下简称《宋

──────────────

① 语在梁先生《中国美文及其历史》稿本中,陆侃如《中国诗史》二九八至三〇〇面引其文而未举其书名。

志》) 载顺帝升明二年僧虔上表，有云，"今之清商，实犹'铜雀'；魏氏三祖，风流可怀。"《隋书·乐志》云：

> 清乐，其始即清商三调是也，并汉来旧曲。乐器形制并歌章古辞与魏三祖所作者，皆被于史籍。

梁先生所引《通典》文盖出於此；梁谓"史籍"即指《宋志》，是也。《旧唐书·乐志》及《新唐书·礼乐志》亦以清乐清商为一事。皆不与相和并言。今本吴兢《乐府古题要解》（今本虽未必为兢原书，然所录自是兢语）所载相和歌，凡二十六题。以较《宋志》，七题属相和，八题属清商三调，十题属大曲，其《长歌行》一题不见《宋志》，据王僧虔《伎录》，亦平调曲也。兢云：

> 自《短歌行》以下，晋荀勖采择旧词施用，以代汉魏，故其数广焉。

《短歌行》以下皆清商三调及大曲。《宋志》三首列"相和"之目为一行，次列相和十三曲，次列"清商三调歌诗"之目，目下云，"荀勖撰旧词施用者，"与目为一行。次列"平调"目一行；平调凡二曲。次列"清调"目一行；清调凡四曲。次列"瑟调"目一行；瑟调只一曲。次列"大曲"目一行；大曲凡十二曲。次列"楚调怨诗"目一行；亦只一曲。纲目井井不紊；所谓"荀勖撰旧词施用者，"专就"清商三调歌诗"而言；与相和无与也。"荀勖"云云，他书无可考；疑旧词过多，勖作新律吕，乃采择施用耳。吴兢所论似误读《宋志》。其云"以代汉魏'"语亦未明；"汉魏"者，指词耶，抑指曲耶？寻兢所录《短歌行》以下诸曲，颇有古辞。《宋志》云：

> 凡乐章古词今之存者，并汉世街陌谣讴，《江南可采莲》，《乌生十五子》，《白头吟》之属是也。

陆君侃如著《乐府古辞考》，谓沈约所谓古辞，"只指相和歌；"（原书五面）及著《中国诗史》，乃云，"《江南》《乌生》即相和歌，《白头吟》即清商曲。"（原书三三八面）然《宋志》《白头吟》在大曲也。大抵约任举古辞数曲为例，不谓古辞专指相和或大曲；其文曰"凡"曰"并"，可见。古辞自是汉曲。又《短歌行》以下，亦多魏氏三祖之词。然则兢所谓"代"者，果何所代乎？郑樵《通志·乐略》直录兢语，并以王僧虔《伎录》所载三调五十一曲悉入相和歌，而题为相和歌平调，清调，瑟调。梁先生疑"郑樵读《宋志》时，似将"清商三调荀勖撰……"一行滑眼漏掉，"语虽近谑，不为无根。郭茂倩编《乐府》，更曲为之说，强合相和清商为一。卷二十六引《宋志》曰，"相和，汉旧曲也。……"下云，"其后晋荀勖又采旧辞施用於世，谓之"清商三调歌诗。"又引《唐书·乐志》曰，"平调清调瑟调，皆周房中曲之遗声，汉世谓之三调。"下云"又有楚调侧调，……与前三调总谓之相和调。"又云"后魏孝文宣武用师淮汉，收其所获南音，谓之清商乐。 (亦《唐书·乐志》文) 相和诸曲亦皆在焉。"卷四十四云，"清商乐一曰清乐。清乐者，九代之遗声，其始即相和三调是也，并汉魏已来旧曲。上来诸则大率牵引旧文以就新说，又立"相和调""相和三调"之名，皆为吴兢之书所误耳。(《隋书·经籍志》有"三调相和歌辞"五卷，已亡。不曰"相和三调，"而曰"三调相和，"疑"三调"及"相和，"歌辞也)

《宋志》之所录"清商三调歌诗，"惟清调《董逃行》为古辞，余皆魏氏三祖辞。宋志一云：

> ……又有因弦管金石，造歌以被之，魏世三调歌词之类是也。
>
> 似清商虽为"汉来旧曲"，而有声无辞。郑樵因谓：
>
> 汉时所谓清商者，但尚其音尔。晋宋间始尚辞。观吴兢所纂七曲，(《王昭君》居首，张永《元嘉正声技录》列入吟叹曲。[据《乐府》二十九]《乐府》以吟叹曲入相和歌。余《子夜》等六曲，皆吴歌及西曲) 皆晋宋间曲也。(《通志·乐略》)

梁先生谓此樵曲说。"清商三调本惟其音，不惟其辞。……郑樵说汉但尚音，实则晋宋何尝不是尚音？他说晋宋尚辞，实则晋宋间辞倒逐渐散亡了。"末语似有歧义。樵谓晋宋尚辞，盖指吴歌西曲，其辞方流行；梁云散亡者，指汉魏清商曲辞，即王僧虔《伎录》所载五十一曲也，陆君侃如《中国诗史》举古诗及伪苏李诗中涉及清商诸语，以证清商曲汉代已盛，其说新而确。(原书三五六、三五七面) 所举古诗"西北有高楼一首中"清商随风发"，其上有"上有弦歌声，"下有"不惜歌者苦"之句。又所举伪苏武诗"欲展清商曲，"上有"丝竹厉清声""长歌正激烈"之句。有歌必有辞，则郑樵所谓"但尚其音，"不足信。吴兢曰：

蔡邕云，"清商曲，其词不足采著。"其曲名有《出郭西门》，《陆地行车》，《夹钟》，《朱堂寝》，《奉法》等五曲，非止《王昭君》等。(《乐府》四十四引《乐府解题》曰，"蔡邕云，'清商曲又有《出郭西门》……等五曲，其词不足采著'"，意旨迥异)

《后汉书·邕本传》，所著有叙乐，《宋志》二尝引之；此或亦叙乐中文。玩其词，似乐府所引得之。然《宋志》云云，颇足为《要解》张目。清商词既"不足采著，"至魏或多亡佚，遂因其旧声"造歌以被之。"如《乐府》说，则《宋志》所言不得其解。兹事恐终当阙疑矣。

《隋书·乐志》论清乐，谓"平陈后获之。高祖听之，善其节奏，曰：'此华夏正声也。'《唐书·乐志》谓三调乃"周房中曲之遗声。"《唐书》欲探清乐之源，犹是昔人托古旧习，姑存而不论。隋文帝称清乐为"华夏正声"，以为"虽赏逐时迁，而古致犹在。"(并见《隋书·乐志》) 时至隋代，清乐之有"古致"不待言，至其为"华夏正声"，则尚存然疑。《宋志》所录"清商三调歌诗"，皆分"解"，与相和异。中国雅乐皆分"章"，诗三百无论已，汉代安世房中歌及郊祀歌尚尔。《晋书·乐志》云：

> 横吹有双角，(胡角) 即胡乐也。张博望入西域，传其法于西京，惟得《摩诃兜勒》一曲。李延年因胡曲更造新声二十八解。

乐章称"解"始李作。《乐府》二十九引《古今乐录》曰，"伧歌以一句为一解，中国以一章为一解。""伧歌"者，房歌。又引王僧虔启云："古曰章，今曰解。""解"字无义，疑是译语，乃胡曲所用之称。清商三调，或采"新声"，故须分解。"新声"者，北狄西域之乐，与楚声并行汉世。朱逖先先生《汉三大乐歌声调辩》(《清华学报》四卷二期) 谓汉乐府声调大都不出此二者之外，事或然也。果尔则所谓"华夏正声"者，亦虚语而已。

"清商"与"三调"可以分言，自汉已然，由上引诸文见之。盖清商固不限三调也。《宋志》瑟调下列大曲。《乐府》二十六以为"大曲十五曲，(并同调之辞计之得此数) 沈约并列于瑟调。"然实无明文。《乐府》依张永《伎录》，以十二曲入瑟调，一曲入楚调，一曲入相和歌；唯《满歌行》一曲，张录诸调不载，仍附见于大曲之下。王僧虔《伎录》殆同张录。郭茂倩盖据张王两录以推《宋志》耳。然沈约于三调外别立"大曲"一目，当非无故。大曲分解同三调，惟有"艳"有"趋"有"乱"。《乐府》二十六云：

> 诸调曲皆有辞有声，而大曲又有艳有趋有乱。辞者，其歌诗也；声者，若"羊吾夷""伊那何"之类也。艳在曲之前，趋与乱在曲之后。亦犹吴声，西曲前有和后有送也。

乱者，乐之卒章，中国古已有之。《国语》韦昭注云，"曲终乃变章乱节，故谓之乱。"《乐府》四十三谓《白头吟》一曲有乱，今《宋志》《白头吟》下无明文。艳趋则皆注明。二者虽似吴声西曲之和送，然和送二名有义，艳趋无义。不知是否译语。疑大曲声近瑟调而加繁。故张王合之而沈复分为二。又《宋志》楚调怨诗只一曲，分解，岂亦采"新声"耶？楚调似无与清商。然《乐府》四十三云：

> 王僧虔《伎录》，·《櫂歌行》在瑟调，《白头吟》在楚调，而沈约云"同调"，未知孰是。

则二者亦有时而混矣。至王录三调五十一曲，多于《宋志》"清商三调歌诗"及大曲者三十二曲。殆以王录求备，其辞已亡及魏晋乐所不奏者，皆以入录。《宋志》则专录魏晋乐所奏而其词存者，所收遂少。然《乐府》清调有《豫章行》《相逢行》，皆晋乐所奏，瑟调有《却东西门行》，亦魏晋乐所奏，而《宋志》均不录。《豫章行》与《却东西门行》，王录皆云"今不传"，不知茂倩何从得之？三曲俱不分解。岂沈约均未之见耶？《宋志》相和（《陌上桑》）"弃故乡"题下注云，"亦在瑟调《东西门行》"，而瑟调别无《东西门行》。《乐府》二十六引《古今乐录》，谓张永《伎录》，相和有十五曲，其十四曰《东门》，"张录云，'无辞，'或云歌瑟调古辞《东门行》。"即《宋志》大曲《东门行》也。《乐府》二十七引《古今乐录》曰，"十五"歌（魏）文帝辞。后解歌瑟调"西山一何高彭祖称七百"篇，"十五"者相和歌，所云瑟调，即《宋志》大曲《折杨柳行》也。《乐府》二十八引《古今乐录》曰，"《陌上桑》歌瑟调古辞《艳歌罗敷行》日出东南隅篇。"《陌上桑》相和歌也。《艳歌罗敷行》在《宋志》大曲中。《宋志》大曲《野田黄雀行》下云，"《箜篌引》与亦用此曲。"《箜篌引》者相和歌也。此曲《乐府》在瑟调。据此五事，知《陌上桑》"弃故乡"一曲可以相和之声歌之，亦可以瑟调之声歌之，殆如

《王昭君》有平调，胡笳，清调，闲弦，蜀调，吴调，杜琼等七曲也。（见《乐府》二十九引谢希逸《琴论》）此其一。相和古辞亡，则取瑟调古辞歌之，皆其题意相似者。《陌上桑》歌罗敷事（见崔豹《古今注》）与《艳歌罗敷行》殆一题衍为二曲者，陆君侃如谓二曲"本事既异，自不能妄合为一"，——《中国诗史》三四〇面——因谓大曲与相和无关；——同书三〇〇面——不知题意同者歌声可异，正无庸强为之说也）《东门》与《东门行》题同。《野田黄雀行》《文选》作《箜篌引》。此其二。十五后解歌《折杨柳行》，乃相和与大曲合歌，其声或有相成之美亦未可知。要之，例过少，不容遽下确切之断语也。

师文中言《宋志》所载"清商三调歌诗"共三十五曲，当系并大曲及楚调怨诗计之。又言三十五曲中有汉相和旧歌十一曲，所列皆古辞，师盖以古辞悉入相和歌也。兹二端生不能无惑，因具论如上，幸师有以教正之。敬颂道安。学生朱自清谨上。

三　答朱佩弦先生论清商曲书

佩弦同学足下：

手书论乐府相和歌与清商曲，考证甚详，仆未暇一一作答。

仆以为《晋书·律历志》载荀勖奏条牒诸律问列和意状云："令郝生鼓筝，宋同吹笛，以为杂引相和诸曲。"此条足与《宋书·乐志》荀勖撰旧词施用者，互相证明。又《通典》一百四十一："载荀勖作新律吕律成，遂颁下太常，令大乐总章鼓吹清商施用。"考荀勖作新律吕事，即具于其奏条牒诸律状中。《晋志》言杂引相和，《通典》言清商施用，则是荀勖采相和入清商，明明可见矣。汉之清商曲，据《通志》四十九载蔡邕云："清商曲其诗不足采，有《出郭西门》《陆地行车》《侠钟》《朱堂寝》《奉法》五曲"。此五曲《宋志》无之，是汉之清商曲，在晋时已不传矣。列和与荀勖同作新律吕，举汉相和旧歌，合之魏武魏文所作，为十三曲。故原本汉相和旧歌十七曲，只采其六曲。其余十一曲，则荀勖采入清商三调，（合大曲及楚调怨诗）是以荀勖所撰之清商三调中有相和旧歌十一曲，与汉世清商曲全无关系，此仆之所见如是也。

郑樵《通志》分相和歌平调清调瑟调楚调，而附识王僧虔《伎录》于后。惟僧虔《伎录》只云平调清调，未云相和歌。故仆以为郑樵据《宋志》有相和，有清商三调，而三调中又有相和旧歌，遂列为相和歌，及相和歌三调，是据《宋志》非据《伎录》也。朱乾《乐府正义》曰："清商曲自晋朝播迁，其音分散。苻坚灭凉得之，传于前后秦。及宋武定关中，因而入南，不复存于内地。此一变也。后魏孝文讨淮汉，宣武定寿春，收其声伎，得江左所传中原旧曲明君圣主公莫白鸠之属，及江南吴歌荆楚西声，总谓之清商乐。殿廷飨宴，则兼奏之。遭梁陈亡乱，存者盖寡。此二变也。隋平陈得其乐器，工人上庭奏之。文帝叹曰：'华夏正声也！'令太常置清商署以掌之。大业中，炀帝乃定清乐西凉等部。此三变也。更此三变，汉魏古音绝矣。"朱氏所言，其事实散见于《通典》《通志》中。是故《通志》录吴竞所纂清商七曲，即晋宋间曲也；然已无魏辞，何论有汉。故不惟汉之清商不传，即魏晋之清商其声亦不传矣。(《通志》于清商七曲后，录《巴渝》《白纻》等三十三曲；虽有汉晋曲名，乃隋平陈后，采旧曲置清商府之曲，非魏晋之清商曲也。)魏晋之清商，即荀勖撰旧词施用者其声既已不传，而其实质又与相和混合；故《通志》所列清商，始自晋以后曲，又与魏晋清商曲全无关系，盖事实然也。世变多更，曲辞分合散乱：即勤为辨别，于乐府本体之技能，终无多大裨益。仆故不为也。

足下问："《宋志》所录古辞，是否悉入相和歌?"仆案吴竞《乐府古题要解》，于《宋志》中之古辞悉列相和歌中；然只有相和歌，而无相和三调。足下云《通志》及《乐府诗集》所立相和三调，皆为吴竞所误，仆未审所云也。

十二年以前，学校无言乐府者，仆创为之解，今已蔚为大国，咸知乐府之足重，不下于诗三百篇矣。惟仆亟于治诗，未遑再为乐府致力。四诗卒业，尚当俟三四年后，衰龄更无余日。今日研究乐府者，无论与仆所见为异为同，皆愿闻之。然徒为题目源流，纷争辩论；而于乐府之本体，不求探索；开篇不能明其义，则秉笔不能续其词；只有批评，而无感兴撰作；又无益之甚矣，非仆倡言乐府之本意也。国乱繁忧，又亟治诗，不欲多复。足下若续有所见，惟所发布；仆亦未遑一一作答，愿察谅之。

黄节启二十二年四月二十一日

原载《清华周刊》1933年5月第39卷第8期

乐府的诙谐性

萧涤非

乐府是一种受过音乐洗礼的诗歌。这里所谓乐府，是指的两汉的民间作品。所谓诙谐性，是指的在这种民间作品里面包含的滑稽趣味。这种诙谐，有时简直可以说是一种信口开河、不近人情、不符事理的荒唐言语。

我提出这个题目的意思有两点：第一，在说明乐府和一般古诗的不同；第二，在说明欣赏或批评一篇乐府和欣赏或批评一篇古诗也应当是不同的。

关于乐府和古诗的分别，前人也曾意识到，并多所论及，归纳起来，不外以下几点：（一）内容。古诗主言情，而乐府主纪功叙事。如《谈艺录》："乐府往往叙事，故与诗殊。"《师友诗传录》："张历友云，乐府主纪功，古诗主言情，亦微有别。张萧亭云，乐府之异于诗者，往往叙事。"这都是从内容方面来分别古诗与乐府的。（二）形式。古诗句法整齐，而乐府则长短不拘。如张历友云："乐府间杂以三言四言以至九言，不专五七言也。"（三）作风。古诗贵和平纯雅，尚含蓄；而乐府虽贵奇奥粗直，尚铺排。如钟伯敬云："苏李十九首与乐府微异，工拙浅深之外，别有其妙。乐府能著奇想，著奥词，而古诗以雍穆平远为贵。乐府之妙，在能使人惊，古诗之妙，在能使人思。"张萧亭云："诗贵温裕纯雅，乐府贵道深劲绝。"沈德潜评《孤儿行》云："极琐碎，极古奥，断续无端，起落无迹，乐府中有此一种。"又评《陌上桑》："铺陈秾至，与辛延年《羽林郎》一副笔墨，此乐府体别于古诗者在此。"而胡应麟亦云："诗与文判不相入，乐府乃时近之。《安世房中歌》多用实字，如慈考肃雍之类，语之近文者也。鼓吹曲多用虚字，如者哉而以之类，句之近文者也。相和诸曲，雁门，折杨柳等篇，则纯是文词，去诗反远矣。"这都是从作风方面来作较别的。（四）乐节。乐府因系一种入乐的文字，故较古诗特具音节之美。如沈德潜《说诗晬语》："乐府之妙全在繁音促节，其来于于，其去徐徐，往往于回翔曲折处感人。"

前人所说的这些话，都各有他的见地和真实性。当然，其中也有不专以民间作品为比较的对象的。不过我以为乐府和一般古诗最大的也是最微妙的不同之处，还不在上述几点，而在它的诙谐性。这是乐府所独有而古诗所绝无的。现在且略举例说明：譬如天上的光景如何？神仙的状况怎样？这在古诗里是找不到答案的，而乐府的作者却很诙谐而亲切的告诉我们说："仙人骑白鹿，发短耳何长。"（《长歌行》）一如见其人。"天上何所有？历历种白榆。桂树夹道生，青龙对道隅，凤凰鸣啾啾，一母将九雏。"（《陇西行》）一如躬历其地。"天上"四句，亦见《步出夏门行》，全首是"邪径过空庐，好人常独居。卒得神仙道，上与天相扶。过谒王父母，乃在太山隅。离天四五里，道逢赤松俱。揽辔为我御，吾将天上游。天上何所有，历历种白榆。桂树夹道生，青龙对伏跌。"陈祚明评云："东父西母，乃在太山，荒唐可笑。天何可里计？乃言四五里，见极近。最荒唐语写若最真确，故佳。"这种荒唐可笑的趣味便正是古诗所缺少的！

又譬如死者不可复生，原是不易的道理，所以《古诗十九首》说"下有陈死人，杳杳即长暮"，认定死人便是死人，但在乐府里，死人便不难在作者诙谐的一枝笔下超生复活。例如《铙歌·战城南》"战城南，死郭北，野死不葬乌可食，为我谓乌，且为客豪，野死谅不葬，腐肉安能去子逃？"居然腐肉而作人语了。以极诙谐的笔调写极沉痛的情绪，故弥觉感人。汉以后《战城南》的拟作甚多，但都不及这篇，原因怕就是由于缺乏这种诙谐的趣味，都太平实，和古诗无异。在乐府里，不但死者可以复活，枯鱼也能作书。如《枯鱼过河泣》那首："枯鱼过河泣，何时悔复及？作书与鲂鱮，相教慎出入。"虽云涉想之奇，盖亦诙谐之至。桃李无言，花不解语，这也是常理，但在汉乐府中便都有了生命。如《鸡鸣》："桃生露井上，李树生桃傍。虫来啮桃根，李树代桃僵。桃木身相代，兄弟还相忘！"以无情的桃李，讥相忘的兄弟，故钟伯敬云："说得桃李有意气，有恩情，一代字尤可笑。"又如宋子侯的《董娇饶》："洛阳城东路，桃李生路傍"一首，篇中人言花语，迭相问答，虽然也可以说是一种寓言，但其中正含着浓厚的诙谐气息，为古诗所没有的。《词径》谓："牛鬼蛇神，诗中不忌，词则大忌。"严格地说，牛鬼蛇神，诗中仍然是忌的，只有乐府，才真是百无禁忌，无奇不有。

说到天上如何？神仙怎样？本来死无对证，落得信口开河，死人复活，枯鱼作书，虽事所必无，而言之成理。最奇特的是有时在人事的描写方面也常常流露出这种诙谐、荒唐。往往与事实的真象不符。汉乐府有名的一篇《陌上桑》便是一个好例，这篇前半借旁观者忘形来反衬秦罗敷的漂亮说："行者见罗敷，下担捋髭须。少年见罗敷，脱帽著帩头。耕者忘其犁，锄者忘其锄。"

这在描写女性美的诗歌史上诚然可以说是极其别致，但也是非常的诙谐，令读者忍俊不禁。不过这诙谐还是事理之所有的。至于下文叙述罗敷对那位太守夸说她的未婚夫："十五府小吏，二十朝大夫。三十侍中郎，四十专城居。"这却难以令人置信了。罗敷的未婚夫是否真如所云，一五，一十，十五，二十的步步高升，我们且不深究。根据上文，我们知道罗敷还是一位"二十尚不足，十五颇有余"的女郎。那末，我们要问，为什么这样一个漂亮年青的罗敷却要嫁一个很可以作她父亲的四十以上的男子？像这样委曲求全还能说是"秦氏有好女"吗？我们要问为什么一位四十以上的堂堂二千石却还是形单影只的等着讨一个个还未及嫁龄的罗敷？……很显然的，这叙述是子虚乌有，是信口开河，是不近人情，不合事理。但从诙谐一点上看，却仍然是成功的文字。因为作者必须如此的夸诞才能使罗敷扬眉吐气，压倒对方。罗敷越说越高，自然那"五马立踟蹰"的太守便越听越扫兴，更用不着义正词严的拒绝了。如果我们认为句句实在，那真成"痴人前说不得梦"。

类似《陌上桑》的还有辛延年的《羽林郎》，那是叙述一个豪家的奴才调戏当炉卖酒的胡姬的。作者似乎忘记了胡姬的身分，原是卖酒的女子，所以写胡姬的服饰时，未免过分夸张，说什么"头上蓝田玉，耳后大秦珠。……一鬟五百万，两鬟千万余。"把世上最宝贵的珠玉，一股脑儿望一个卖酒的女子头上堆去，比杜甫《丽人行》里的杨贵妃还来得富丽，这自然也是不合事实。但如以诙谐的眼光观之，则此种描写，转觉荒诞有趣，并不足为病。作者不过借此极力鼓吹一下胡姬的美丽而已。我们不能看杀！

为什么乐府很多这种诙谐的地方而古诗却没有呢？这原因很明白的是由于两方作者的不同。即以《古诗十九首》而论，虽也是一些无名氏的作品，但我们从"涉江采芙蓉，兰泽多芳草"，"南箕北有斗，牵牛不负轭"，"晨风怀苦心，蟋蟀伤局促"一类句子来看，不难推定它的作者是一些学士大夫，所以对于《诗经》《楚辞》都很精熟。他们写作的态度是严肃的，郑重的。凡是荒诞不经，违离事理的话，他们是不肯也不敢说的。至于乐府，原是当时民间歌谣，所谓"赵代秦楚之讴"，作者大都为一知半解的人物。他们虽没有渊博的学问，但有的是热情，有的是直觉，有的是天真和大胆。他们用不着倚经傍史，他们尽可以信口开河。所以《古诗十九首》告诉我们："服食求神仙，多为药所误。不如饮美酒，被服纨与素。"原是正理。而乐府却对我们说："主人服此药，身体日康强。发白复更黑，延年寿命长。"（《长歌行》）"采取神药若木端……服此药可得神仙。"（《董逃行》）"仙人王乔奉药一丸"（《善哉行》），俨如世间真有神药，服食真可成仙。前举《步出夏门行》，也是一例。又如十九首里的"客从远方来，遗我一书札"两句，也是很正常的，但在乐府《饮马长城窟行》，却幻变为"客从远方来，遗我双鲤鱼。呼儿烹鲤鱼，中有尺素书"四句了。是古诗剿袭乐府，还是乐府改用古诗，或者各不相关，我们都不必究诘，是一书札好，还是双鲤鱼好，我们也不必有所轩轾。至少，在两相对照之下，我们觉得它们的面目确有不同，这不同，便是诙谐性的有无。而其所以不同，则由于作者的各异，一是文人，一出民间。

现在我们要谈到第二点欣赏或批评的问题了。乐府既然和古诗确有不同，那末我们看一篇乐府和看一篇古诗也该是不同的，我们得另具只眼！乐府的作者往往是谈笑而道之，我们最好也谈笑而观之。如果很固执的拿一般衡量古诗的寻常道理，死板尺寸来斤斤计较，那就不免多所牴牾，甚至由误解而抹杀了乐府的妙处。关于这层，我可以举《孔雀东南飞》来作说明。

《孔雀东南飞》可以说是古今来异口同声一致赞赏的一篇杰作。但也并非绝无人怀疑和指摘的。现在且提出两处有关的来讨论一下。第一处是叙述刘兰芝被遣回家和小姑告别的那段话："却与小姑别，泪落连珠子。新妇初来时，小姑始扶床。今日被驱遣，小姑如我长。勤心养公姥，好自相扶将！初七及下九，嬉戏莫相忘！"问题便在"新妇初来时"四句。因为上文曾有"共事三二年"的话，不满三年的工夫，一个扶床的小女孩便会长成像新娘子一般，这本已荒唐得不近情理，同时，据宋刻《玉台新咏》、《乐府诗集》，又都没有"小姑始扶床，今日被驱遣"两句，所以丁福保《全汉诗》便说：各本有小姑二句，乃后人添入，宜据宋刻删去。删去这两句，固然可以避免时间方面的矛盾，但剩下"新妇初来时，小姑如我长"两句便索然无味了！夫来时而小姑已如己之长，此何待言？何必言？不几成蛇足废话乎？所以闻一多先生又说："四句似后人所添，宋刻《玉台新咏》、《乐府诗集》但删去二、三两句，仍嫌语意突兀！"（《国文月刊》二十五期）就是丁氏本人也认为这四句似系后人杂糅唐顾况诗（《弃妇词》）而成。在这里已充分的显示宋刻的不足据了，因为如据宋刻，便不当更怀疑四句全系后人添入。现在姑且假定这四句全系后人所增而全行删去再来看看原诗上下文如何？我们只有觉得更突兀！因为"勤心养公姥"二句都是勤勉的话，当依依惜别之时，不合开口便说。

个人臆见，以为这四句万不可少，且为原诗所有。第一上下语气，适相吻合。按上文叙兰芝之言"昔作女儿时，生小出野田。……今日还家去，念母劳家里。"下文亦有"兰芝初还时，府吏见丁宁，结誓不别离。今日违情义，恐此事非奇。"皆作今昔对照之追忆语气。与此四句正是一副笔墨，一样文法。如无此四句，便欠贯串，便无情味。第二，荒唐可笑，乐府多有。作者不过借此四句写出一番抚今追昔之感而已。曰始扶床，不必是扶床，曰如我长，也不必定如兰芝长。虽未免言之过当，语近荒唐，但这荒唐，反足使我们确信其为真实。傅庚生先生在《中国文学欣赏举隅》一书中曾说："此处极力描写新妇小姑惜别情景，不可强计年时以论新妇小姑身肢之修短。"这见解也是对的。所以我认为这四句决非后人"妄增"。宋刻所缺二句，可能是无意的误夺，或者是由于不深知乐府而有意的"妄删"。《古诗源》云："别小姑一段，悲怆之中，复极温厚，风人之旨，固应尔耳。唐人（按即顾况）弃妇篇直用其语云，忆我初来时（按《全唐诗》作记得初嫁君）小姑始扶床。今别小姑去，（《全唐诗》今日君弃妾）小姑如我（妾）长。下接二语云，回头语小姑，莫嫁如兄夫。轻薄无余味矣。故君子立言有则。"这话是很可信的。

《孔雀东南飞》遭人指摘的第二处，是兰芝回家后，太守要来迎亲，兰芝母亲叫她作衣裳，作者描写兰芝作衣裳的情形那几句。"左手持刀尺，右手执绫罗。朝成裌绣裙，晚成单罗衫。"这四句陆时雍曾大大的不以为然。他说："府君定婚，阿母戒日，妇之为计，当有深裁：或密语以寄情，或留物以示意，不则慷慨激烈，指肤发以自将；不则纡郁悲思，遗饮食于不事。乃云左手持刀尺……其亦何情作此乎？"这话好像很对，其实不然。改嫁虽非兰芝本愿，但自家既因为倔强，一口答应下来，那末当母亲命作衣的当儿，即使自家全没心情，也说不得不作！如谓叙述作衣过于迅速，似乎显得兰芝此时还在一心一意的作衣裳，那又看左了。我们知道，任何针黹出众的女子，无论怎样专心也不能朝成一裙而晚成一衫，可知这只是虚摹，并非事实，根本不能兑现。作者正是用一种诙谐的笔墨，来描写兰芝的无情无绪的，所以才这般随随便便，潦潦草草，傅庚生先生谓："此处极言女红之纯熟，以明兰芝之秀外慧中。不可固执以询裙衫之是否能速成于朝暮也。"兰芝之秀外慧中，似不必待此时此事为之表章，恐亦非诗意。

此外，像篇末叙述焦仲卿刘兰芝合葬后的情形，也是极尽诙谐荒唐之能事的。但因为显而易见，所以没有引起什么纠纷。总之说诗怕固，而说乐府尤其怕固！

自从魏晋以后，乐府不采歌谣，所以一些拟作乐府，和古诗便没有多大分别。南北朝虽也有些民歌但大都是简短的风情小调，间或带点双关语的游戏，也说不上。只有一篇《木兰诗》还保存这种作风，其中如写木兰买马云："东市买骏马，西市买鞍鞯。南市买辔头，北市买长鞭。"事实决不如此。然而却增加了诗的趣味。又如写木兰从军"旦辞黄河去，暮至黑水头，"事实也决不可能。诸如此类，都是信口凑泊，虽远于事理，却自有其天趣。

至于后世诗人，那只有一杜甫，在他的作品里我们还时常可以碰到这种地方。如《兵车行》："况复秦兵耐久战，被驱不异犬与鸡。……新鬼烦冤旧鬼哭，天阴雨湿声啾啾"等语，都极富诙谐意味。又如《寄高三十五（适）》那首五律的后半："天上多鸿雁，池中足鲤鱼。相看过半百，不寄一行书。"本是责怪高适久不来书，意思原甚感伤，却以诙谐的神气运用了两个烂熟的"雁足传书"和"烹鱼得书"的故事，寓沉痛于荒唐，真可谓得汉乐府之神。杜甫而后更成绝响了。

可惜的是两汉民间乐府，留传到现在的太少了。但就在这极少的篇章里，我们已不难窥见它的庐山真面。

原载《国文月刊》1948年第36期

东汉乐府与乐府诗

张长弓

《后汉书》没有《乐志》，近来著作诗史或研究汉乐府诗的，由于东汉乐制观念的模糊，往往把二百年代，一笔滑过。然现存的汉乐府诗，很多为东汉的制作；又西汉乐府诗经过东汉怎样的保存，都需在明白东汉的乐制。乐制的材料除宋徐天麟《东汉会要》以及唐宋人类书汇辑重要的外，多散见在传志乐录杂著中。东汉乐府诗，除清顾怀三《补后汉书艺文志》著录一二外，多能从诗歌本身或杂著中考见。现在为了自己需要，不揣谫陋，作一次总合整理。乐府名称，东汉并未恢复，因为它上承西汉乐府的实际，我的观点在用它去印证乐府诗，为了方便，仍用乐府的旧名。

上　篇

一　东汉乐府的前奏曲

写东汉乐府，应自哀帝罢乐府以后写起。哀帝素性是不爱音乐的，即位后，以为百姓的习俗浮华，朝野间又普遍了郑卫淫声，为了正本清源，于是在绥和二年六月，罢去了乐府官。把不可阙的郊祭乐，军乐，而非郑卫之声的，"领属于他官"。由丞相孔光，大司空何武的审查，从八百二十九人中，解散了四百四十一人。余下的三百八十八人，全由大乐乐官来主持①。于是济济一堂的乐府，大半的乐人，都星散在四方了。由汉代乐府言，哀帝算是一个划时代的皇帝。

平帝呢，仍秉承哀帝遗志，元始元年，重申放郑声的诏令。但平帝并非忽视乐典，元始三年，他曾立过《乐经》②，元始五年，又下诏博征天下通知钟律的百人以上。主其事的是义和与刘歆。当日作乐成绩，由此可以想见。《汉书·律历志》，便是依据平帝时代的材料③。平帝重乐，亦重祭典，汉代第一次禘祭，也是元始五年开始的④。

王莽篡位以后，为了遮掩天下耳目，大事制礼作乐。他把太常改名秩宗，大鸿胪改名典乐。桓谭为他的掌乐大夫⑤。特聘陈咸为讲礼官，崔发为讲乐官。王氏似乎很爱音乐，篡位的第二年，从方士苏乐的建议，不惜万金在宫中筑起一座八风台，在台上作乐游乐，主掌乐事的，是黄门郎令⑥。他既然想创造一个新局面，创制新乐，亦为当然的事。惟在新乐奏于明堂太庙时候，乐声"清厉而哀"，听到的人，都说："这非兴国的乐声。"

由此看，哀帝罢乐府官，全部乐府归领于大乐。平帝虽然诏放郑声，对于大乐领属，似尚有相当建树。王莽颠乱朝章以后，大乐不免要有多少混乱。他的掌乐大夫桓谭，便是一个善于郑卫声的音乐家⑦。然桓谭父亲曾为成帝时的大乐令⑧，可见他是家学渊源的音乐家，对于乐府各部，断不会过于更张或破坏，是可以推想得到的。

———————————

① 见《汉书》卷二二（据二十五史本，下同。）《礼乐志》，页九五。

② 见《汉书》卷九九《王莽传》，页三三三。

③ 见《汉书》卷二一《律历志》，页八五。

④ 见《后汉书》卷六五（据《四部备要》本，下同。）《张纯传》，页二。

⑤ 见《后汉书》卷五八《桓谭传》，页二。及《太平御览》卷四九六人事部。《御览》掌乐作典乐。

⑥ 见《汉书》卷二五《郊祀志》，页一一一。

⑦ 见《汉书》卷九九《王莽传》，页三四〇。

⑧ 见《后汉书·桓谭传》，页一。又《桓子新论》："昔孝成帝时，余为乐府令。凡所典倡优伎乐，盖且千人。"见《北堂书钞》卷五十五《设官部》，《书钞》余字下似夺一父字。以《后汉书》为是。

至于东汉乐府，约可分作三个时期：自光武至明帝，叫它草创时期。自章和至桓灵，叫它演进时期。献帝以后，叫它劫余时期。

二 东汉乐府的创制

光武帝虽然以马上中兴汉室，对于礼乐大典并不疏忽的。国家经过变乱以后，大乐各部，一定是无形停顿。既然创造了新的局面，礼乐也应该有一番新的建设。可以考查得到的，如：

（A）建武二年公元二六，在洛阳立高祖庙，又建筑了大社稷坛。①

（B）建武十三年公元三七，增广了郊祀。奏的乐有《青阳》，《朱明》，《西皓》，《元冥》四曲。舞的是《云翘》，《育命》舞②。

（C）中元元年公元五六，建筑了明堂，灵台，辟雍，以及北郊的祭坛。③
当日复兴不久，草创未暇，乐师有的散亡了，郊庙中的樽彝之属，乐器类的钟磬之属都残缺不全了。自从建武十三年，建威大将军耿弇由益州得到乐师即及郊庙乐器。"法物"始渐渐的完备④。上列三点，亦可见复兴之主百事草创的苦心。增广郊祀与起明堂，可见郊庙祭祀在以前的简略。初起北郊祭坛，可知以前只有南郊祭祀。嗣后鼓吹乐，舞人御帐等，南北郊完全一样了。礼典渐渐的完备，因之乐府也渐渐的充实。

以光武帝性情论，他爱好郑卫新声。在《后汉书·宋弘传》上记载很详细。传上说：

> 帝每宴，辄令鼓琴，好其繁声。弘闻之不悦，悔于荐举。……遣吏召之。谭至，不与席而让之曰："吾所以荐子者，欲令辅国家以道德也。而今数进郑声，以乱雅颂，非忠正者也。……"后大会群臣，帝使谭鼓琴，谭见弘失其常度，帝怪而问之。弘乃离席免冠，谢曰："臣所以荐桓谭者，望能以忠正导主，而今朝廷耽悦郑声，臣之罪也！"帝改容谢。（页七）

由此看，光武帝是好繁声的。则当日乐府中新作诸乐，定有不少所谓郑声乐

---

① 见《后汉书》卷一上《光武帝纪》，页十五。
② 见《宋书》卷十九（据《二十五史》本，下同）《乐志》，页五七。
③ 见《后汉书》卷一下《光武帝纪》，页一八。
④ 见《后汉书》卷六五《曹褒传》，页六。

调，是可以想见的。光武对于东汉乐府，只能说是初创，及明帝即位，乐府始臻于完备。下文便是明帝时代乐府的内容。

汉乐四品：一曰大予乐。——典郊庙，上陵殿，诸食举之乐。郊乐，《易》所谓"先王以作乐，崇德殷，荐上帝。"《周官》："若乐六变，则天神皆降，可得而礼也。"宗庙乐，《虞书》所谓"琴瑟以咏，祖考来假。"《诗》云："肃雍和鸣，先祖是听。"食举乐，王制谓："天子食举以乐。"《周官》："王大食，则命奏钟鼓。"二曰周颂雅乐。——典辟雍，飨射，六宗，社稷之乐。辟雍，飨射，《孝经》所谓"移风易俗，莫善于乐。"《礼记》曰："揖让而治天下者，礼乐之谓也。"社稷，《诗》所谓"琴瑟击鼓，以御田祖"者也。《礼记》曰："夫乐施于金石，越于声音，用乎宗庙社稷，事乎山川鬼神"，此之谓也。三曰黄门鼓吹。——天子所以宴乐群臣，《诗》所谓"坎坎鼓我，蹲蹲舞我"者也。其他短箫铙歌。——军乐也。其传曰："黄帝岐伯所作，以建威扬德风劝士也。"盖周官所谓："王大捷，则令凯乐，军大献，则令凯歌"也。（页四四）

这是蔡邕《礼乐志》原文，见《后汉书·礼仪志》注。以上的四品汉乐，就是明帝时代的乐府。所以吴兢《乐府古题要解》，称汉明帝定乐有四品。《晋书·乐志》，称道明帝乐府有六，把大予乐析为五方之乐与宗庙之乐两种，把雅颂乐析为社稷之乐与辟雍之乐两种。合黄门鼓吹与短箫铙歌，仍是四品。由此看，明帝在乐府方面的贡献，真是伟大得很，已是面面俱备了。大概这时候，风云际会，人才辈出。曹充上书论礼乐崩阙，不可为后嗣法[1]。东平王苍亦以天下化平，宜修礼乐上奏[2]。于是君臣合力，奠定了乐府制度。

三　大予乐的演用

明帝永平三年秋八月，改大乐为大予乐[3]。

大乐，是西汉旧有的名称。成帝时候，桓谭的父亲为大乐令。哀帝时候，

---

[1] 见《后汉书》卷六五《曹褒传》，页六。
[2] 见《后汉书》卷七二《东平宪王苍传》，页八。
[3] 见《后汉书》卷二《明帝纪》，页七，及卷六五《曹褒传》，页六。

罢余的乐府，领属于大乐。明帝为什么改大乐为大予乐呢？这是由于图谶的关系。《后汉书·曹褒传》记载着曹充陈奏礼乐的问题说：

> 《河图括地象》曰："有汉世礼乐文雅出。"《尚书璇玑钤》曰："有帝汉出，德洽，作乐名予。"（页六）

明帝听信了这话，遂下诏改大乐官为大予乐。大乐的大，读为太。取意在总领多物，不能以一物为名。与太庙的太，或者亦有关系，因为太庙的祭祀歌舞，皆由于大乐主掌的。改大乐为大予乐，大字的意义便失去了。案《后汉书·百官志》的记载，大予乐令一人，秩六百石。总理伎乐，主管国家祭祀的用乐，以及大養的用乐。乐师二十五人，乐人及八佾舞的人数，是三百八十人。

大予乐的应用，略可考见的，如永平二年的祭祀五帝，所谓"礼备法物，乐和八音。"当年又举行五郊迎气，到东郊迎春时候，唱《青阳》歌，南郊迎夏时候，唱《朱明》歌，西郊迎秋时候，唱《西皓》歌，北郊迎冬时候，唱《玄冥》歌。在中央祭坛迎黄灵时候，仍唱《朱明》歌。每一次的迎气，都有乐舞，有的用《云翘》舞，有的用《育命》舞，还有兼用《云翘》《育命》舞的。舞的时候全是八佾。[1]

次年冬十月，行蒸祭礼于光武庙时，第一次应用《文始》，《五行》，《武德》三种舞。《文始》舞本是虞舜的《韶舞》，迄汉高祖才改叫《文始》。《五行》本是《周舞》，秦始皇二十六年才改叫《五行》。《武德舞》是汉高祖四年所作的。这一年，东平王苍建议，宗庙奏乐，不应该相袭，光武帝庙乐名，应称做大武舞。明帝接受了他的意见。[2]

在永平十年，巡狩南阳时候，祭祀章陵。[3]

这是明帝时代祭上帝，祭宗祖时候应用大予乐的考查。章帝即位，对于乐府，亦很注意。建初五年（公元80），由于马防的奏议，实行十二月迎气乐。为了制礼作乐，元和二年（公元85）更下诏征求天下博通音律的人，明年又下诏申述旨意。曹褒知道皇帝所重，便上疏陈论礼乐的大道[4]。当时又有太常乐丞鲍

---

① 见《后汉书》卷二《明帝纪》注，页六，及卷十八《祭祀志》，页四。
② 见《后汉书》卷二《明帝纪》注，页七，及《宋书》卷十九《乐志》页五六。
③ 见《后汉书》卷二《明帝纪》，页一一。
④ 见《后汉书》卷六五《曹褒传》，页七。

邺，议制十二律①。殷同曾保荐通晓六十律的严宣补于学官，主调乐器②。可称一时之盛。这一年奉明帝于光武堂，四时禘祫，奏武德舞。章帝最大的贡献之一，是充实了宗庙乐的食举，他曾创造了六曲，这个留在下文说。

在冬至夏至，八能的乐人作乐，当亦始于章帝。这一天，"或吹黄钟之律，间竽，或撞黄钟之钟。……或击黄钟之磬，或鼓黄钟之瑟。……太史令与八能之士，即坐于端门左塾，大予具乐器。……合五音先唱。五音并作，二十五阕皆音以竽。"③

可知一年两天，要有这样庄严和乐的演奏。迄和帝即位对于乐府无甚贡献，似仅照例的演用。永元九年（公元97年），张奋上疏，陈奏制礼作乐的重要。十三年又疏奏汉当改作礼乐的道理。和帝虽然接受了建议，但并未施行。④ 下迄于桓灵，史料缺乏，只知道桓帝亲祠老子，用的是郊天乐⑤。至灵帝，似乎很注意乐府，不过也无大的兴革。熹平六年（183年），召太子舍人张光等，垂问乐律，光等瞠目不能对答。于是乐典更破坏得不堪了⑥。自和殇下至于桓灵间，虽然乐府无甚创制，照例的祀上帝祭宗祖等演用大予乐，这是可以想到的。

四 周颂雅乐的演用

这部乐是乐府中的正统派。代代相沿，一脉相传。哀帝罢乐府中的郑声，独留雅颂乐。光武帝即位，建筑明堂辟雍，到明帝永平二年（公元59年）临辟雍，第一次行大射礼。当年又在辟雍第一次举行养老礼。明帝有诏令说：

> 光武皇帝，建三朝之礼，而未及临飨！眇眇小子，属当圣业。间暮春吉辰，初行大射。今日元日，复践辟雍，尊事三老，兄事五更。……祝哽在前，祝噎在后。升歌《鹿鸣》，下管《新宫》。八佾具修，《万舞》于庭。⑦

是行大射礼，养老礼时，演奏雅乐，歌唱《鹿鸣》与《新宫》（《小雅》逸篇）。

①见《后汉书》卷十一《律历志》注引薛莹书，页一三。
②见《后汉书》卷十一《律历志》，页一三。
③见《后汉书》卷十五《礼仪志》，页六。
④见《后汉书》卷六五《张奋传》，页五。
⑤见《后汉书》卷十八《祭祀志》，页七。
⑥见《后汉书》卷十一《律历志》，页一三。
⑦见《后汉书》卷二《明帝纪》，页五。

古乐古诗，真是一时盛典。后六年冬十月，又临辟雍，行养老礼。

永平四年，明帝率百官在东郊躬耕藉田，并用太牢致祭神农炎帝①。十三年春，再耕于藉田，十五年春，又耕于下邳。舞乐自然是少不了的。

永明十年 (公元68) 的冬至。明帝在南阳祠旧宅，南阳南七十里有贵人乡与学官弟子一面演奏雅乐，一面唱《鹿鸣》诗②。六年曾扫祭过东海恭王陵，十五年又在定陶恭王陵致祭，孔子宅致祭。这都要雅乐的演奏。

以上是明帝时候的情形。到章帝时候，亦屡奏雅乐，可考见的，如元和二年 (公元85)，祀孔子及七十二弟子时候，作六代的古乐。把黄帝的《云门》，尧的《咸池》，舜的《大韶》，禹的《大夏》，汤的《大濩》，周的《大武》等，一一演奏于孔庙③。

祠后稷的灵星祠，本立于汉兴八年，久已不经扫祭。元和三年，章帝重令"郡国立稷及祠社"。祭祀时候用男舞童十六人。舞的姿态，是教化农事。由芟草，耕种，耘耨，驱雀，获刈，以至春簸，顺序表演④。所用的当然是雅颂音乐。

安帝元初六年 (119)，第一次祀六宗于洛阳的西北地⑤。延光三年 (公元125) 在阙里致祭，大会孔氏的亲族。下迄于顺帝，在阳嘉二年 (133年) 行礼于辟雍，新恢复了黄钟乐器。《东观汉记》上说：

> 元和以来，音戾不调，复修如旧典。⑥

据此，顺帝以前的五十年，对于雅颂乐的不注意，也可以说对于乐府的忽视，是可以看出的。陵夷至于桓灵，临辟雍，养三老，耕藉田，行大射，这种种礼乐，全归于寂然无闻了。惟有灵帝在熹平六年 (183年)，车驾上原陵，与侯王外戚，匈奴西域各国使臣，举行大的聚会，墓祭时候，大作雅乐⑦。这是最后的消息。

---

①见《后汉书》卷二《明帝纪》，页八。

②见《后汉书》卷二《明帝纪》，页一一。

③见《后汉书》卷百〇九上《孔僖传》，页一二。

④见《后汉书》卷十九《祭祀志》，页八，及志注引《古今注》。

⑤见《后汉书》卷五《安帝纪》，页一三。

⑥见《后汉书》卷六《顺帝纪注》，页八。

⑦见《东汉会要》(《万有文库》本) 卷七，页七四。原注见袁《纪》及蔡邕本传。检《后汉书纪》(《四部丛刊》本) 卷二三，及《后汉书》邕传，皆不见。

五　黄门鼓吹的演用

黄门鼓吹，亦为西汉旧有。元帝时的陈惠，李微，即是当日有名的黄门鼓吹[①]。到东汉有承华令主管黄门鼓吹[②]。光武帝幸祭遵营，劳飨士卒时候，曾作过黄门乐。明帝一代，关于黄门鼓吹演用的记载很少。在永明十三年，只记载着交还楚王英的鼓吹乐队[③]。这里鼓吹，当是黄门鼓吹。此外，在每年初一照例举行朝会时候，据《后汉书·礼仪志》上说：

> 二千石以上，上殿称万岁。举觞御座前。司空奉羹，大司农奉饭，奏食举之乐。百官受赐，宴飨，大作乐。（页九）

《志注》引蔡质《汉仪》，记载朝会的情形甚详。君臣上下，宗祖蛮夷，不下万人，集于德阳殿前。先作《九宾彻乐》，次舍利作西方来的幻术。后两个倡女绳上对舞，同时钟磬并作。乐毕，又有"鱼龙曼延，"末了小黄门吹打三通。这是黄门鼓吹应用可考见的一点。光武帝时，既见黄门鼓吹的乐奏，后来的宴乐群臣，自然是每次少不了的。

章帝对于黄门鼓吹乐，似有相当爱好，他曾作过《鼙舞歌》曲，留在下文说。安帝即位，首先罢去鱼龙曼延百戏。于永初元年（公元107），诏太仆少府，减黄门鼓吹，以补羽林士。当时的黄门鼓吹，总共是百四十五人[④]。后四年元旦，君臣大会仍用《九宾彻乐》，以乐上下。及顺帝时，永和元年（公元136），夫余王来朝，临行时候，作黄门鼓吹角抵来欢送[⑤]。下迄灵帝，《柘枝录》称他好黄门鼓吹。这是很明白的记载。此外，又有一种夷乐，也是属于黄门鼓吹的。那是安帝永宁元年（公元120）的事。西南夷掸国王献来夷乐与幻术。能够

---

①见《汉书》卷八二《史丹传》及传注，页二七七。

②见《唐六典》注：汉少府属官，有承华令，典黄门鼓吹百四十五人。百戏师二十七人。又《桓子新论》："黄门鼓吹者，有任真卿，虞长倩，能传其度数，妙曲遗声"。见《文选》司马绍统《赠山涛诗》注。

③见《后汉书》卷七二《楚王英传》，页五。

④见《后汉书》卷五《安帝纪》及纪注引《汉官仪》，页三。

⑤见《后汉书》卷百十五《东夷传》，页四。

吞剑吐火，大卸八块，又能把牛头放在马颈上。第二年元旦朝会，表演在殿庭前，安帝与群臣共称为奇观。内中独有陈禅在座中愤愤然大声嚷道：

> 昔齐鲁为夹谷之会，齐作侏儒之乐，仲尼诛之。又曰放郑声，远佞人。帝王之庭，不宜设夷狄之技！

那时候，尚书陈忠，大不以为然。他弹劾陈禅，妄讪朝政。说"古者合欢之乐舞于堂，四夷之乐陈于门"。可见夷狄乐舞，并非不能演奏。况且掸国万里来朝，怎能拿郑卫淫声相比呢①。

这是一件演奏夷乐的消息，和上边元旦朝会，作《九宾彻乐》，玩西方幻术是同样的性质。这些，当然全入于黄门鼓吹部分的。

六 短箫铙歌的演用

短箫铙歌，蔡邕既说是一种军乐。崔豹《古今注》又说："汉乐有黄门鼓吹，天子所以燕乐群臣；短箫铙歌，鼓吹之常，亦以赐有功诸臣也。"案《宋书·乐志》的解释，鼓吹，即是短箫铙歌。不过汉时短箫铙歌，不名鼓吹，并引应劭的《卤簿图》，"惟有骑执筑筑。"（即是箫）的未说鼓吹为证。我们由于班超"假鼓吹"来看，这种说法是不可信的。汉时黄门鼓吹的享宴食举乐十三曲，与魏代的鼓吹长箫同。长箫，短箫，同是丝竹合作，执节者歌，见于《技录》。大概是由歌的性质，列于殿庭之前的鼓吹，便是黄门鼓吹；用于行列之间的鼓吹，所谓骑吹，也就是短箫铙歌。

我们看刘献定军礼时，称"鼓吹不知其始，汉以雄朝野而有之。鸣箫以和箫声，非八音也。"②不也就是说的短箫铙歌吗？《宋志》把西汉的鼓吹铙歌十八曲，列于短箫铙歌下，即是将二者认为一谈。铙歌，自然是多叙战阵之事的，然十八曲中如《上之回》是巡幸事，《上陵》是祭祀事，《朱鹭》是祥瑞事。《艾如张》，《巫山高》诸篇，亦皆不合战阵的歌曲。或当日非专为军歌所用。至于东汉军歌，用此十八曲外，李延年造的新声二十八解，也是属于军乐的。

---

① 见《后汉书》卷八一《陈禅传》，页二。
② 见《乐府诗集》卷十六《鼓吹曲辞》注引。

东汉军乐有多少人，不能详考。《隋书·音乐志》上说，汉郊庙及武乐，三百八十人。这是合四部乐的人数而言的。由于黄门鼓吹是百四十五人去推测，军乐人数是不会太多的。至于军乐的演用亦有二事：

章帝建初八年（公元83），拜班超为将兵长史，"假以鼓吹幢麾。"因为班超并非大将，所以用一个"假"字。案章和年间的规定，这种军乐给边将时，惟有将兵万人的将军，才有受赏的资格①。

桓帝时候的段颎，为并州刺史有功，征还京师时候，乘着轻车，随着鼓吹，金鼓齐奏，声震远近②。

七 劫后的乐府与终结

陵夷至于汉末，董卓专权，天下大乱。献帝被迫迁都到长安，洛阳烧成一片焦土。国家的典章文物，多半丧去了，礼乐自然是废弃不讲。《后汉书·献帝纪》上说：

> 建安八年（公元203）冬十月，公卿初迎冬于北郊。终章始复，备八佾舞。

从这里，可以看到多年不曾迎冬，所以用一个"初"字。多年不曾备八佾舞，所以特别载明。又因为丧乱的关系，乐官早就没有了，所以要新立乐官。总章是乐官的名。所以《隋书·音乐志》上说：

> 汉自东京大乱，绝无金石之乐。乐章亡阙，不可复知。

乱后的乐师，我们所能知道的，惟有雅乐的杜夔与孟曜。杜夔是灵帝时候的雅乐郎。中平五年（公元188）因病辞官。后来避乱，飘流在荆州，与同好孟曜寄居在刘表幕下。建安十三年曹操平荆州，又带回北方，任为军谋祭酒，参加大乐部中杜夔传出雅乐四曲：为《鹿鸣》《驺虞》《伐檀》《文王》等。全是古

---

① 见《后汉书》卷七七《班超传》并注引《古今乐录》，页五。亦见《晋书》（《二十五史》本）卷二三《乐志》，页七二。

② 见《通考·乐典》引《东观汉记》。《后汉书·段颎传》不见。

辞①。他可以说结束了雅乐，也结束了东汉的乐府。

关于四品乐演用的情形，已略如上述。它们的系统与相互关系，我想是这样的：

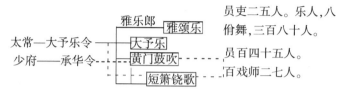

凡应用的四品乐，全由于大予乐官的掌理。不论是乐理的研究，或乐歌的配音，以及乐器的创制，保管等。依据应用的性质，分作这四部门。就应用的执行来说，大予乐与雅颂乐，直属于大予乐官。而黄门鼓吹与短箫铙乐，却主管于承华令，以配合于大予乐令。短箫铙歌当又是黄门鼓吹中的一部门，专以战阵方而为练习的目的。

就乐府的人数来说，与哀帝罢减乐府以后的大乐规模相当，可以知道明帝的充实乐府，是以哀帝时的大乐旧章为参考的。

下　篇

明代唐顺之《稗编》卷三七上说，东汉大予乐虽然是四个部门，乐歌早已散亡，惟有《短箫铙歌》二十二曲尚存于世。荆川说这话，未免失于不考，《短箫铙歌》以外，实际尚有不少东汉的乐诗。而《短箫铙歌》，存于今的，亦只有十八曲。现在我们就东汉乐诗作一综合的考查。

一　大予乐与周颂雅乐的乐诗

（1）郊祀歌诗——用旧诗，存。

光武帝在建武十三年，征服了陇蜀，以为中国统一，大事郊祀。郊祀时候，用的是《云翘》《育命》舞，歌的是《青阳》，《朱明》，《西皓》，《玄冥》诗。永平二年的五郊迎气，亦是歌的这四首诗。到建初年间，施行十二月迎气乐的时候，除歌奏这四首外，又歌奏《帝临》诗②。凡是郊祀，都用郊祀

①见《三国志·魏志》（《二十五史》本）卷二九《杜夔传》，页八六。
②见《宋书》卷十九《乐志》，页五七。

歌诗，这是略见于上文的。这些郊祀歌诗，是用西汉郊祀歌十九首之旧诗的，现存于世。

(2) 世祖庙登歌——新制的，存。

明帝永平三年，公卿奏议，在光武庙应行登歌，并用八佾舞。所谓登歌，是歌颂祖宗之功烈的。那时候把乐器停下来不奏，诗歌独唱，在肃静中给祖宗盛德朗诵一遍。当时东平王苍主张最力，他的歌诗：是十四句。诗存《东观汉记》①。

(3) 食举乐歌——有新制，有旧有，合存三首。

案宗庙乐故事食举，明帝以前，有《鹿鸣》《承元气》二曲，在章和三年(公元89)，章帝又亲自作诗四篇：一为《思齐皇姚》，二为《六麒麟》，三为《竭肃雝》，四为《陟□匕根》。合原有的《鹿鸣》《承元气》，共为六曲，作为宗庙食举。拿这六曲，再加上原有的宗庙食举《重来》《上陵》二曲，共为八曲，作为上陵食举。再减宗庙食举中的《承元气》一曲，加入《惟天之命》《天之历数》二曲，共为七曲，作为殿中御饭食举。又大乐食举的十三曲：一《鹿鸣》，二《重来》，三《初造》，四《侠安》，五《归来》，六《远期》，七《有所思》，八《明星》，九《清凉》，十《涉大海》，十一《大置酒》，十二《承元气》，十三《海淡淡》。迄于魏代，因为《远期》《承元气》《海淡淡》三曲辞句难涩，便废去了②。

以上所举各曲，除《鹿鸣》外，似乎早已亡于沈约以前。但我看《上陵》《有所思》两曲，仍存在《鼓吹铙歌》十八曲中。不过沈约《宋书·乐志》杂乱在一起罢了。我的理由是《铙歌》中的《上陵》《有所思》，味其辞意，并非是战阵的歌曲。《上陵》言的是神仙事，《有所思》近于一首怨情诗，合于食举乐，都可以说通。因之我们把它认作食举乐歌。

(4) 灵台十二门诗——新制的，亡。

章帝以为灵台自建筑以来，尚未制作歌诗，关于气运回转，亦缺乏乐律调谐。遂于元和二年(公元85)手制《灵台十二门》诗，交给大予乐官，按月吹奏。灵帝在熹平四年(公元181)，又出《灵台十二门》新诗，仍交大予乐官习诵，合之于乐，与旧有的《十二门》诗并行③。这新旧灵台十二门诗，早已散亡。

————————————

① 见《后汉书》卷十八《祭祀志》注引《东观汉记》。近人丁福保收载《全汉诗》中。
② 见《宋书》卷十九《乐志》，页五七。
③ 见《后汉书》卷十五《礼仪志》注，页十。

（5）雅乐四诗——旧有的，存。

灵帝时代的雅乐郎杜夔，曾传出雅乐《鹿鸣》《騶虞》《伐檀》《文王》等四曲。明帝幸南阳时候，奏雅乐，歌唱《鹿鸣》《新宫》二诗，这都是前文讲到的。现在除《新宫》散亡外，其余四诗仍保存在《诗三百》中。

（6）藉田歌——旧有的，存。

章帝元和元年（公元84），玄武司马班固以为皇帝亲耕藉田时候，没有乐歌，乃奏用《周颂载芟》诗，以祭祀先农。《载芟》诗存在《诗三百》中①。

以上六则歌诗，是略可考见的。有沿用西汉以前的旧诗歌，有另行创制的新诗歌。旧诗歌仍多存在，新诗歌多半散亡了。至于西汉的《房中祠乐》（房是殿庙）十七章，《郊祀歌》十九章，由于《郊祀歌》中的《青阳》，《朱明》等诗被用去推测，是东汉乐府并未舍弃这些篇章的。

二　黄门鼓吹的乐诗

黄门乐人的歌诗，有一部分就是现在的《相和歌》。《相和歌》，据《宋书·乐志》的解释，是"汉旧歌也，丝竹更相和，执节者歌。"又说："凡乐章古辞，今之存者，并汉世街陌谣讴，《江南可采莲》《乌生八九子》《白头吟》之属是也。"那么所谓古辞，指的是汉代古辞。汉代自然包括东汉在内。所以相和歌之入于黄门，是毫无疑问的事。我们又有一个证据。魏代应璩有一首《百一诗》云：

> 汉末桓帝时，郎有马子侯。自谓识音律，使客奏笙竽。为作《陌上桑》，反言《凤将雏》。左右伪称善，亦复自摇头。

《广博物志》卷三三复引载这件事情，《志》上说：

> 汉桓帝时，有马子侯者，为人颇痴，自谓晓音律。黄门乐人，更相嗤诮。子侯不知名《陌上桑》，反言《凤将雏》。辄摇头欣喜，多赐左右钱帛。复无惭色。

---

① 见《南齐书》（《二十五史》本）卷十一《乐志》，页二○。

这明白的记载，在黄门大奏《陌上桑》歌。而《陌上桑》是相和歌，是《相和歌》应用于黄门乐人的。根据这个，我们可以略考黄门乐人的歌诗了。

（1）《平陵东》——新制的，存。

《平陵东》，《宋书·乐志》著为《相和曲》古辞。这首辞，是产生在东汉初年的。那时候王莽篡汉，翟方进的儿子名义，字文中，时官于东郡太守。听说国家变乱，起兵讨莽。不幸失败了，以身殉国。他的门人非常伤痛，就作了这首辞[1]。

（2）《洛阳令》——新制的，存。

《洛阳令》，《宋书·乐志》著为《相和歌》，《大曲》古辞。这首辞，是说和帝年间，广汉王某为洛阳令。王某是一个学通五经的人物，对于百姓，非常仁爱。外面看起来却是执法如山。他曾作过温县令，把温县治理得非常好，卸任以后，全县百姓念念不忘。来在洛阳，讼事从无冤枉过人，对于贼盗作恶的人，都被他一一惩治了。远近称道他的治绩。及病死后，男女老幼，无不如丧考妣，建立了一所纪念祠堂，年年的祭祀。

《乐府古题要解》上说："按古歌辞，历述涣本末，与传合。而曰《雁门太守行》所未详。"《雁门太守行》是乐府调名，《洛阳令》是题名，[2]涣是王涣，字叫稚子，传在《后汉书》卷百〇六。

（3）《艳歌罗敷行》——新制的，存。

《艳歌罗敷行》，《宋书·乐志》著录为《相和歌》，《大曲》古辞。一名《陌上桑》。案《乐府解题》说："古辞言罗敷采桑为使君所邀，盛夸其夫婿为侍中郎以拒之。"这与《古今注》上赵王欲夺有罗敷的记载不同。这首辞是东汉制作的。因为辞中一再称说"使君"。西汉太守刺史，是不这样称说的。

吴兆宜说，汉世太守刺史，有的称君，有的称将，有的称明府。并举西汉赵广汉为京兆，亭长称他君；尹翁拜东海太守，于定国称他将；韩延寿为东郡，门卒称他府君。称"使君"的，始见于《后汉书·郭伋传》。那时郭伋在并州，到西河去，有数千儿童去欢迎。一见都称他"使君"[3]。由此看，这首辞中"使君"长，"使君"短，一定它是产生在后汉的。

①见崔豹《古今注》第三《音乐》及吴兢《乐府古题要解》。

②《宋书·乐志》，页六六载此篇，上题《洛阳令》，下题《雁门太守行》。

③见《玉台新咏》（乾隆程琰删补本）卷一《日出东南隅行注》。

(4)《长安有狭斜行》——新制的，存。

《长安有狭斜行》，《乐府诗集》卷三五著录为《相和歌·清调曲》古辞。这首辞，很明显也是东汉人作的。辞中有：

> 君家新市傍，易知复难忘。大子二千石，中子孝廉郎。小子无官职，衣冠仕洛阳。三子俱入室，室中自生光。

由"仕洛阳"三字去看，当是中兴以后的制作。

(5)《豫章行》——新制的，存。

《豫章行》，《乐府诗集》卷三四著录为《相和歌·清调曲》古辞。这首古辞，文中缺十三字，是借白杨自己申述它的身世。内有"身在洛阳宫，根在豫章山"句。大概是东汉以后的作品。

(6)《长歌行》——制作不详，存。

《长歌行》，《乐府诗集》卷三〇著录为《相和歌四弦曲》古辞。这首古辞，虽然不详制作时代，为东汉乐辞是可靠的。因为吴兢《乐府古题要解》说，《长歌行》，曹魏改奏文帝所赋的"西山一何高"。那么，文帝以前，自然是奏《长歌行》的。

(7)《赞德歌》——新制的，亡。

明帝为太子时候，乐人作歌四曲，赞美太子之德。四曲是：《日重光》《月重输》《星重辉》《海重润》①。歌辞在晋代还保存两首，这两首，又亡在唐宋以前。歌辞虽亡，还知道是《相和歌》，因为魏文帝，魏明帝都有《月重轮行》，陆机有《日重光行》《月重轮行》两篇。它们全载于《乐府诗集》卷四〇《相和歌》瑟调曲内。

(8)《驱车上东门行》——新制的，存。

《驱车上东门行》，《乐府诗集》卷六一，著录为《杂曲歌辞》。古诗十九首中亦有这一篇。郭茂倩列为乐歌，想必有根据。上东门，是洛阳的城门名。它的制作，一定是在东汉的。

以上各篇是可考定为东汉乐诗的。此外《宋书·乐志》与《乐府诗集》中著录的古辞，除《蒿里》《薤露》二诗为西汉产生外，余尽不可考。但不论是西汉的古辞，或东汉的古辞，我想全为黄门鼓吹演奏的乐诗。理由申述在本篇

————————

① 见崔豹《古今注》第三《音乐》。

的末尾。

下边再说一说杂舞辞与杂曲辞之类。上边郊祀，庙祀以及辟雍等大典所用的舞曲，自然是雅舞；在燕享同乐时候所用的舞曲，就称它为杂舞。汉代杂舞的《公莫》《巴渝》《铎舞》《鞞舞》《槃舞》五种中，明为东汉所用的，可以考查出《鞞舞》与《槃舞》两种。现在就这两种舞曲，申说于下：

（9）《鞞舞歌曲》——制作不详，亡。

《宋书·乐志》，对于《鞞舞》的产生，虽不详细；应用于汉代燕享，已有明白记载，并说傅毅张衡都曾赋咏过。鞞舞歌辞如何呢？《乐志》更引曹植《鞞舞歌序》的话：

> 汉灵帝西园故事有李坚者，（案坚年逾七十）能《鞞舞》，遭乱西随段煨，先帝闻其旧有技召之。坚既中废，兼古曲多谬误，异代之文，未必相袭。故依前曲改作新歌五篇，不敢充之黄门，近以成下国之陋乐焉。

由曹植歌序，我们可以认识出两点：一是《鞞舞》原有曲辞，二是属于黄门鼓吹。至于旧有曲辞的作者，《古今乐录》有明白的记载：

> 《鞞舞》，……《汉曲》五篇：一曰《关东有贤女》，二曰《章和二年中》，三曰《乐久长》，四曰《四方皇》，五曰《殿前生桂树》。并章帝造。

这可以看出每曲的第一句，全辞大概在有新辞后，便遗弃了。

（10）《槃舞歌曲》——制作不详，亡。

《槃舞歌曲》不详，只知道东汉已有《槃舞》。《宋书·乐志》叙《槃舞》的沿革说："《杯槃舞》，今之《齐世宁》也。张衡《舞赋》云：'历七槃而踪蹑'，璨璨《七释》云：'七槃陈于广庭。……'皆以七槃为舞也。"由这里看，东汉确已应用了《槃舞》，大概也属于黄门。由《鞞舞》有歌曲去推测，《槃舞》当然也有歌曲，不过现在不能详考了。

（11）《但歌》——制作不详，亡。

《宋书·乐志》，关于《但歌》的记载说：《但歌》四曲。是出自汉世的。"无弦节，作伎。"一人先唱，三人后和。汉末宋容华，便以唱《但歌》有名。曹操爱听这一曲，晋以后就失传了。

（12）《大傩歌》——新制的，存。

案《后汉书·礼仪志》上的记载：驱祭的前一天，举行驱疫的大会。用黄门子弟十岁到十二岁的一百二十人为侲子。届时有十二支兽舞，一面作乐，一面侲子唱着驱疫歌。歌载《礼仪志》。

（13）《弄参军曲》——新制的，亡。

案《乐府杂录》的记载：和帝年间，石耽作馆陶令，犯了贪赃罪，和帝不忍杀他，每逢宴会时候，着他穿上白色夹衫，使优伶挖苦他，戏弄他。一年以后，仍任为参军。这是《弄参军曲》的由来。[1]

（14）《魁礧子曲》——制作不详，亡。

案《通典》的记载：《窟礧子》，亦叫《魁礧子》。有歌有舞，玩时候用一木偶人，近于社会流行的"捊偶戏。"本来是一种丧乐，汉末才参加嘉会的乐队[2]。

（15）《武溪深行》——新制的，存。

《武溪深行》，《乐府诗集》卷七四《杂曲歌辞》，著录为马援作。案《古今注》的记载：马援有一个门生叫爰寄生，善于吹笛，援南征时候作这首歌，命爰寄生吹笛相和。这是歌辞的由来。

（16）《三台曲》——新制的，亡。

案《古今乐录》的记载：董卓专权以后，蔡邕自治书侍御史，累迁尚书，三天高迁了三次。乐府中乐人知道蔡邕精于音乐，便创制这一曲，希望得到蔡邕的欢心与赏赐。这是《三台曲》的由来。[3]唐韦应物有《三台曲》，《乐府诗集》卷七五录为杂曲歌辞。

（17）《琴诗》十二章——新制的，亡。

《琴诗》十二章，是盖勋作的。勋自汉阳太守征还京师，卒于初平二年。中平五年时候，把十二章上奏于灵帝，得了很厚的赏赐[4]。

以上考得确为东汉黄门乐府所奏用的共十七种，像《古今注》所称的《董逃歌》，或者是出于西汉，[5] 所以也就不曾列入。外此又有一种夷歌，列述在下边。

———————

①见《太平御览》卷五六九引。

②见顾怀三《补后汉书艺文志》（《二十五史补编本》，上同。）页四四引载。

③见顾怀三《补后汉书艺文志》页四四引载。

④见顾怀三《补后汉书艺文志》页四五引载。

⑤《董逃歌》，见《后汉书》卷二三《五行志》，页十四。《董逃行》是另一篇，董逃是一个古代仙人。崔豹误会为一篇了。

（18）《筰都夷》的《慕德歌》，《乐德歌》，《怀德歌》。——新制的，存。

明帝永平年间，益州刺史朱辅上疏。他说：这里白狼王唐菆等，愿意归化中国，作诗三章，表达他们归化的心情。因为言辞不通，经犍为郡小吏叫田恭的翻译为汉文，派人送上。明帝非常愉快。立刻下诏史官著载这件事，把夷歌也收交乐府了。歌载《后汉书·西南夷传》①。左思《蜀都赋》上有："陪臣白狼，夷歌成章。"句，就是指的这个。

三　短箫铙歌的乐诗

《鼓吹铙歌》，是黄门鼓吹中的一部分，这在上文已说过的。案《宋书·乐志》排列的次序，当是认为东汉乐府的军歌。《铙歌》十八曲的曲目是：

> 《朱鹭》，《思悲翁》，《艾如张》，《上之回》，《翁离》，《战城南》，《巫山高》，《上陵》，《将进酒》，《君马黄》，《芳树》，《有所思》，《雉子》，《圣人出》，《上邪》，《临高台》，《远如期》，《石留》。

十八曲中的《上陵》，《有所思》二曲，在上文已列归食举乐；下余的也很乱杂，不纯为军歌所用，待以下再说。十八曲外，据《建初录》的记载，尚多出四曲，内一曲相重。《建初录》上说：

> 《务成》，《黄爵》，《玄云》，《远期》，皆骑吹曲，非故吹曲。此则列于殿廷者为鼓吹，今之从行鼓吹为骑吹，二曲异也。②

是除《远期》相重外，又多出《务成》，《黄雀》，《玄云》三曲。再检《晋书》卷二三《乐志》著录的《铙歌》，又多出《钓竿》一曲，所以不论是否军歌，合起来是二十二曲。不过《务成》，《黄雀》，《玄云》，《钓竿》这四曲，是无曲辞的。

二十二曲外，还有二十八解，也是军歌。在《晋书·乐志》解释胡角，告

---

①丁福保《全汉诗》收录这三首诗。
②见《宋书》卷十九《乐志》，页五九。

诉了我们。《乐志》上说：

> 胡角者，本以应胡笳之声，后渐用之横吹，有双角，即胡乐也。张博望入西域，传其法于西京，惟得《摩诃兜勒》一曲。李延年因胡曲，更造新声二十八解。乘舆以为武乐，后汉以给边。和帝时，万人将军得之。魏晋以来，二十八解不复具存。用者有《黄鹄》，《陇头》，《出关》，《入关》，《出塞》，《入塞》，《折杨柳》，《黄覃子》，《赤之杨》，《望行人》十曲。（页七二）

由此看，二十八解也是军歌，汉末已散亡了。《黄鹄》，《陇头》等十曲，可以说是二十八解的后身，藉以看出二十八解的遗意。至于现存的《铙歌》中，有没有二十八解的歌词参杂其中，那便很难说了。譬如《雉子班》这一曲，《乐府古题要解》便说是《黄鹄吟》的古辞。

关于十八曲，我们再仔细的去考察一下。这十八曲在宋代去读，已觉得辞义不能明了，如严羽《沧浪诗话》上说："古辞：《将进酒》，《芳树》，《石留》诸篇，皆使人读之茫然。又《朱鹭》，《雉子班》，《艾如张》，《思悲翁》，《上之回》等，只二三句可解，岂非岁久文字舛讹而然邪。"是严沧浪觉着古辞的文字舛讹，所以有的读了茫然，有的只能解二三句，实际远在揭载十八曲的《宋志》，已说："汉《鼓吹铙歌》十八曲，皆声，辞，艳，相杂。不可复分。"可见沈约见到的时候，读起来已经很吃力了。自从经过陈祚明，李因笃，谭仪，庄述祖，陈沆，陈本礼，王先谦一些人的整理，笺释，现在读起来，已可大致明白了。这里要说的，十八曲中，是否全是《铙歌》的问题，《铙歌》制作的时代问题。《铙歌》内容的庞杂，是一望而知的，因为沈约统题作《铙歌》，所以后人顾名思义，也就不再深究了。《铙歌》内容的分析，也是清代人才注意。譬如《汉诗统笺》上说：

> 十八曲，不尽军中乐。其诗，有风，有颂，有祭祀乐章。其名不见于《史记》，亦不见于《汉书》，惟《宋书·乐志》有之。似汉杂曲，历魏晋传讹，《宋书》搜罗遗佚，遂统名之曰《铙歌》耳。①

———————————

① 见陈本礼《汉诗统笺序》。

这一节最能说出《铙歌》编录时候的真象。所以《铙歌》就可以说是汉代杂曲，有的是《铙歌》，有的是寿歌，还有的是游乐歌，爱情歌，沈约搜辑到的，全放在一起了。因为内中有《铙歌》，所以就命它为《铙歌》了。又如《汉铙歌释文笺正》上详细的分析内容说：

> 由今观之，《思悲翁》，《战城南》，《巫山高》，《有所思》，《艺文志》之汉兴以来兵所诛灭歌诗也。《上之回》，《将进酒》，《临高台》，《远如期》，出行巡狩，及游歌诗也。在铙歌内者也。《圣人出》，泰一杂甘泉寿宫歌诗也。在《铙歌》外者也。

> 其余九篇，亦皆名仍旧曲，屡易新辞。《朱鹭》美汉初《朱鹭》之瑞，福应歌诗也。变而讽刺矣。《上陵》，旧食举曲，因上陵而名，《艺文志》之宗庙歌诗也。变而为神仙矣。犹非军乐也。《远如期》，《有所思》，列于大乐食举曲，亦宗庙歌诗也。一变而为军乐者也[1]。

《笺正》的话，虽然未必尽可信，《铙歌》内容的复杂，很可以看出。他如《芳树》满篇是愁怅悲欢，《上邪》是男女诀绝词，以及《雉子班》等，都非《铙歌》之性质。

《铙歌》内容的庞杂，既如上述，它们制作的时代，自然也不在一个时期。我们明白知道的，如已失却古辞的《钓竿》篇，在崔豹《古今注》上，明说是司马相如的手笔。他如《将进酒》一篇，是武帝元封五年，巡狩到南方祀舜于九疑山，作《盛唐》《枞阳》二歌。《枞阳》是郊祀歌中的《赤蛟》，《盛唐》即是《将进酒》这一曲。《将进酒》曲中有"诗审搏"，是说虞舜诗篇的详审与节拍的高下。有"使禹良工"，自然是虞舜使禹的[2]。所以它作于元封五年，大概是可靠的。

其他可考为西汉的篇章，还有几篇，不过未必是武帝时代。因为武帝立乐府，所以笺诗的人，全以武帝时代的事，说是武帝时代的诗，那是错误的。譬如以下的四曲。

（1）《艾如张》——武帝在建元三年，屡屡微行到南山下打猎，践毁田

---

① 见王先谦《汉铙歌释文笺正序》。

② 见王先谦《汉铙歌释文笺正》，页四〇。

禾，百姓们喊叫着骂。见《汉书·东方朔传》与曲的内容相合。

（2）《翁离》——曲的内容，与武帝建元三年要开辟上林苑的事情相合。见《汉书·东方朔传》。

（3）《圣人出》——元狩五年，武帝病重，用上郡女巫去问神君。病愈后，到甘泉去还愿。事见《汉书·郊祀志》，与曲的内容相合。

（4）《上之回》——元封五年，武帝通回中道，然后转向萧关。见《汉书·武帝纪》。与曲的内容相合。①

这四曲固然是武帝时代的事，未必是武帝时代的诗。其产生时代，约在宣帝年间。《汉书·礼仪志》上说：

> 十三年正月，上始幸甘泉郊见泰畤，数有美祥。修武帝故事，盛车服敬斋祠之礼，颇作诗歌。

修武帝故事，颇作诗歌，便是作不少诗歌，来咏写武帝的故事。上列三曲，当是这时候制作的。至于《上陵》一曲，内中有"甘露初二年"句，自然也是作于宣帝年间的。其他清人笺注为西汉的篇什，多半牵强，在这里便不列入了。《铙歌》中的东汉制作，可以推定的只有《临高台》一曲，在应劭《风俗通》上记载：

> 明帝东巡泰山，到荥阳，有鸟飞乘舆上，虎贲王吉射之，中而祝曰："乌鸟哑哑，引弓射，洞左掖。陛下寿万年，臣为二千石②。"

《临高台》曲与这段记载相同。因之我们知道《临高台》曲一定是就这件事写成的。这是《铙歌》明白用于东汉乐诗的消息。与《雉子班》为《黄鹄吟》的古辞是同样值得注意的。

以上是《短箫铙歌》乐诗的考查。

四 东汉乐府诗的结论

哀帝罢减乐府的标准有二：一是额外的乐人，一是作郑卫之声的乐人。所

---

①见陈沆《诗比兴笺》，卷一。

②见《太平御览》（《四部丛刊》本）卷九二〇引。丛刊本及通行本《风俗通》不见。

以罢去了——

郑四会员六一人。　　沛鼓吹员十二人。

族歌鼓员二七人。　　陈鼓吹员十三人。

商乐鼓员十四人。　　东海鼓员十六人。

长乐鼓员十三人。　　缦乐鼓员十三人。

楚鼓员六人。　　　　秦倡员二十九人。

楚四会员十七人。　　巴四会员十二人。

铫四会员十二人。　　齐四会员十九人。

蔡讴员三人。　　　　齐讴员六人等。

这二百七十三人全是郑卫之声的原因被解散，自然各归各家，与"太师挚适齐，亚饭干适楚①"的一段记载相同。乐师乐人既然分散各地，则音乐的种子当更深入于民间。也就是郑卫声更普遍化了。东汉开国皇帝是爱好郑卫之声的，明帝章帝以及东汉各帝，都无反对郑卫声的记载②。各帝并且创制不少的新诗，明帝更下诏百官，征求乐歌，当都不是所谓雅乐吧。再者各地王府，听新声不觉倦，想亦是当然的。所以济南简王错，为了招不到鼓吹妓女宋闰，便刺杀了张尊③。我们推测郑卫新声普遍于社会，还有一个明白的记载。班彪在《汉书·礼乐志》的末尾说：

然百姓渐渍日久，又不制雅乐，有以相变。豪富吏民，湛沔自若！陵夷坏于王莽！（页九五）

这里说得很明白，社会风行郑卫之声，日子已多，又缺少雅乐来代替，所以虽然解散了郑卫声的乐人，而社会依然的流行。到王莽更变本加厉的用郑卫声的桓谭为掌乐大夫，则郑卫声的势力更普遍了。班彪卒于光武帝建武二十八年

①见《论语·微子》："太师挚适齐，亚饭干适楚，三饭缭适蔡，四饭缺适秦，鼓方叔入于河，播鼗武入于汉，少师阳、击磬襄入于海。"

②桓帝爱音乐，尤爱新声。《文心雕龙·辩乐》："桓帝听楚琴，慷慨叹息，悲酸伤心，曰：'善哉！为琴。'"灵帝也爱好鼓吹，已见于上。

③见《后汉书》卷七二《济南安王康传》，页七四。

（公元53年），可见光武帝，明帝时候，郑卫声是很流行的。

郑卫声既很流行，那《相和》三调的乐诗，以及所谓乐府古辞，多半是适应于郑卫声的，因为它们是赵代齐楚的讴谣。自然要照旧应用于乐府的。所以除去上边考定的乐府诗外，那些不知名的古辞，十之八九全入于东汉乐府。如想到杂舞，杂曲，百戏师尚入于黄门鼓吹，会相信这种推断的不误，如想到已考定一部分被采用，而全部又系先代遗乐，这种推断大概不会有疑问了。为了醒目起见，就已考明的列一个东汉乐诗存亡表如下：

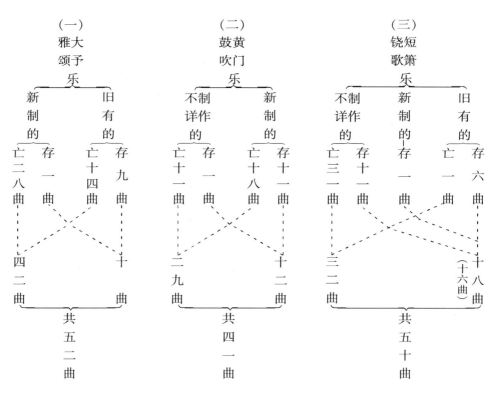

1941年2月在海甸

原载《文学年报》1941年第7期

乐府歌辞的拼凑和分割

余冠英

古乐府重声不重辞，乐工取诗合乐，往往随意并合裁剪，不问文义。这种现象和"声辞杂写"同为古乐府歌辞的特色，也同样给读者许多困难。向来笺释家不注意乐府诗里的拼凑痕迹，在本不联贯的地方求联贯，在本无意义的地方找意义。结果是穿凿附会，枉费聪明，徒滋淆惑。本文目的在举出古乐府辞篇章杂凑的重要例子，考察其拼合的方式，并附带讨论有关的几点。所谓拼合方式，约可分为八类，列举如下。

（一）本为两辞合成一章，这种情形最早见于汉《郊祀歌》。《郊祀歌》第十章《天马》本是两辞，据《汉书·礼乐志》，《太乙况》一首作于元狩三年①，《天马徕》一首作于太初四年，应是合并于李延年辈之手。相和歌辞平调曲《长歌行》古辞《仙人骑白鹿》篇亦同此例，其辞曰：

> 仙人骑白鹿，发短耳何长？导我上太华，揽芝获赤幢。来到主人门，奉药一玉箱。主人服此药，身体日康强，发白复更黑，延年寿命长。岩岩山上亭，皎皎云间星，远望使心思，游子恋所生。驱车出北门，遥观洛阳城。凯风吹长棘，夭夭枝叶倾。黄鸟鸣相追，咬咬弄音声。伫立望西河，泣下沾罗缨。

这篇歌辞"岩岩山上亭"以下与前十句意思不相接，风格全不同，显然另是一首②，但《乐府诗集》合为一章，自然因为当初合乐时本是如此。朱乾《乐府正义》假定"岩岩山上亭"以下是《长歌行》正辞，"仙人骑白鹿"十句是艳。《艺文类聚》引"岩岩山上亭"到"遥观洛阳城"六句，题作魏文帝于明津作，可知本篇是一首汉诗和一首魏诗的拼合。

（二）并合两篇联以短章，例如相和歌辞瑟调曲《饮马长城窟行》古辞：

> 青青河畔草，绵绵思远道。远道不可思，宿昔梦见之。梦见在我旁，忽觉在他乡。他乡各异县，展转不相见。枯桑知天风，海水知天寒。入门各自媚，谁肯相为言？客从远方来，遗我双鲤鱼。呼儿烹鲤鱼，中有尺素书。长跪读素书，书中竟何如。上言加餐饭，下言长相忆。

这一篇载入《文选》，历来有许多人加以解说，关于"枯桑"二句所喻何事，"入门"二句所指何人，说法最纷纭。"客从远方来"以下有人说是写梦境，有人说是叙实事，又有人说是"聊为不必然之词以自媚悦"，也颇不一致。正因为这一篇本不是一个整体，说诗的人勉强串讲，近于猜谜，才这样纷歧。事实上"青青河畔草"八句和"客从远方来"八句各为一首诗。"枯桑"四句并非完章，夹在中间，音节上它是连环的一节，意义上却两无所属。刘大櫆、朱乾都曾注意到这篇拼合的痕迹，刘氏《历朝诗约选》云："疑此诗为拟古二首，一拟'青青河边草'，一拟'客从远方来'也。……"朱氏《乐府正义》云："《古诗十九首》皆乐府也，中有'青青河边草'，又有'客从远方来'，本是两首，惟'孟冬寒气至'一篇下接'客从远方来'与'饮马长城窟'章法同，盖古诗有意尽而辞不尽，或辞尽而声不尽，则合此以足之。"两说微异，但均指出用"青青河畔草"与"客从远方来"句起头是古诗陈套，而本篇所包两首都是用现成的套子，实为妙悟。不过刘氏一定要说是"拟古"，却未必然。至于"枯桑"四句，他们似乎以为属于前一首，也不妥当。

（三）一篇之中插入他篇，例如相和瑟调《艳歌何尝行》古辞：

> 飞来双白鹄，乃从西北来，十十五五，罗列成行。一解　妻卒被病，行不能相随，五里一反顾，六里一徘徊。二解　"吾欲衔汝去，口噤不能开；吾欲负汝去，毛羽何摧颓"。三解　"乐哉新相知！忧来生别离！"踟蹰顾群侣，泪下不自知。四解　"念与君离别，气结不能言。各各重自爱，远道归还难。妾当守空房，闭门下重关。若生当相见，亡者会黄泉。"今日乐相乐，延年万岁期。（"念与"下为趋）

上面所抄全依《宋书·乐志》。《玉台新咏》有一首《双白鹄》，实为同一篇，而辞稍不同：

飞来双白鹄，乃从西北来。十十将五五，罗列行不齐。忽然卒疲病，不能飞相随。五里一反顾，六里一徘徊。"吾欲衔汝去，口噤不能开。吾将负汝去，羽毛日摧颓。""乐哉新相知，忧来生别离"峙踌顾群侣，泪落纵横垂。今日乐相乐，延年万岁期。

朱嘉征《乐府广序》疑《玉台·双白鹄》为《艳歌何尝行》本辞，丁福保《全汉诗》也说《玉台》一首是"最初入乐之辞"，黄晦闻先生《汉魏乐府风笺》则云："《玉台新咏》改《艳歌何尝行》为《双白鹄》。"我疑猜这两篇都有改动原辞的地方，而《玉台新咏》的一篇较近原辞。

《艳歌何尝行》第一解"来"字与"行"字相韵，似乎是本来面目。灰韵与阳韵相叶，在汉乐府诗里屡见不鲜，如《杂曲歌辞·乐府》："行胡从何方？列国持何来？氍毹毾𣰈五木香，迷迭艾蒳及都梁。"和《孔雀东南飞》："怅然遥相望，知是故人来。举手拍马鞍，嗟叹使心伤。"用韵相同。《双白鹄》"十十将五五，罗列行不齐"两句，四言变为五言，灰阳相韵变为灰齐相韵，当是后代人为了使它更整齐谐适而加的改动。不过《宋志》比《玉台》多出的"念与君离别"八句，也不是原辞所有，这可以下列几个理由说明：

（1）"今日乐相乐，延年万岁期"两句应直接上面"泪下不自知"句，因为"期"字是韵脚。这两句虽是入乐时所加的套语，意义和上文尽管不连属，在音节上却须是一个整体，不能失韵。这一层在乐府诗里从无例外，拿《白头吟》（晋乐所奏）、《怨歌行》（"为君既不易"篇），宋子侯《董娇饶》和《古歌》《上金殿》篇等诗一比较就很明白了③。

（2）"念与君离别"八句本身像是一篇诗，但有摹仿杂凑之嫌，非汉人所作。因为前四句和古诗"悲与亲友别，气结不能言，赠子以自爱，远道会见难"太相像，"若生当相见"两句又和伪苏武诗"生当复来归，死当长相思"两句近似。

（3）从"飞来双白鹄"到"泪下不自知"，无论看作比体（喻夫妇）或赋体（咏白鹄），都是空灵活泼，意思完足的诗，加入"念与"八句，就觉得辞不相称，意亦嫌赘④。

《宋书·乐志》在此篇后注明"念与下为趋"，原辞的趋该是止有"今日乐相乐"二句，插入八句为的是延长趋曲。

（四）分割甲辞散入乙辞，例如相和瑟调《步出夏门行》魏明帝辞：

步出夏门，东登首阳山。嗟哉夷叔，仲尼称贤。君子退让，小人争先，惟斯二子，于今称传。林钟受谢，节改时迁，日月不居，谁得久存？善哉殊复善，弦歌乐情。一解 商风夕起，悲彼秋蝉，变形易色，随风东西。乃眷西顾，云雾相连。丹霞蔽日，采虹带天。弱水潺潺，落叶翩翩。孤禽失群，悲鸣其间。善哉殊复善，悲鸣在其间。二解 朝游青泠，日暮嗟归。（"朝游"上为艳）蹙迫日暮，乌鹊南飞，绕树三匝，何枝可依，卒逢风雨，树折枝摧。雄来惊雌。雌独愁栖，夜失群侣，悲鸣徘徊。芃芃荆棘，葛生绵绵，感彼风人，惆怅自怜。月盈则冲，华不再繁。古来之说，嗟哉一言。（"蹙迫"下为趋）

此篇除采魏武帝《短歌行》"乌鹊南飞"数句外，又取文帝《丹霞蔽日行》全篇（略易数字），将"丹霞蔽日"到"悲鸣其间"六句插入第二解，又以"月盈则冲"四句放在篇末。

（五）节取他篇加入本篇。上例对于魏文帝《丹霞蔽日行》是采取全篇，分割应用，对于武帝《短歌行》只是节取一部。后一种情形较为常见。如楚调《怨诗》曹植辞《明月照高楼》篇共七解，其最后的一解"我欲竟此曲，此曲悲且长，今日乐相乐，别后莫相忘"就是节取《怨歌行》古辞末四句。这都可以指出来源。在古辞里往往有明知是节取陈篇，而原篇不传不能指实的，如《皑如山上雪》篇晋乐所奏"郭东亦有樵，郭西亦有樵，两樵相推与，无亲为谁骄"等句，不像是乐工自撰，恐是节录歌谣。

（六）联合数篇各有删节。这一类和第（五）类不同处——第（五）类是先有一篇完整的诗做主体，然后加入从他篇取的部分；这一类是联合几个部分成一篇歌辞，而各部分都不是完整的诗。例如《相和曲》古辞《鸡鸣》篇：

鸡鸣高树巅，狗吠深宫中。荡子何所之？天下方太平。刑法非有贷，柔协正乱名。

黄金为君门，碧玉为轩（阑）堂。上有双樽酒，作使邯郸倡。刘王碧青甓，后出郭门王。舍后有方池，池中双鸳鸯。鸳鸯七十二，罗列自成行。鸣声何啾啾？闻我殿东厢。兄弟四五人，皆为侍中郎。五日一时来，观者满路傍。黄金络马头，颖颖何煌煌！

桃生露井上，李树生桃傍。虫来啮桃根，李树代桃僵。树木身相代，兄弟还相忘。

这篇歌辞应分为三部分如上式，辞意各不相连。首尾两段本身显然不像完整的诗，来源也不可知。中间一段虽丰长，实际上是从他篇节录，其来源还可以猜得大概。清调曲《相逢行》古辞云：

> 相逢狭路间，道隘不容车，如何两少年，夹毂问君家。君家诚易知，易知复难忘。黄金为君门，白玉为君堂。堂上置樽酒，作使邯郸倡。中庭生桂树，华镫何煌煌。兄弟两三人，中子为侍郎。五日一来归，道上自生光，黄金络马头，观者满路旁。入门时左顾，但见双鸳鸯。鸳鸯七十二，罗列自成行。音声何雕雕，鹤鸣东西厢。大妇织绮罗，中妇织流黄。小妇无所为，挟瑟上高堂。丈人且安坐，调丝未遽央。

此歌中段和《鸡鸣》中段大同小异。另有一篇《长安有狭斜行》和这篇也差不多，不过歌辞更简单些。大约同此一母题的诗共有三篇：《长安有狭斜行》最简单，应是最早的一篇，姑且称为第一辞，《相逢行》为第二辞，第三辞不传，但其主要的部分被节录拼入《鸡鸣》篇，就是该篇的中段。读者试将三篇比照细看，便知这种猜测并非无理。

魏乐府拼凑方式和此例相同的，有文帝《临高台》篇：

> 临高行台高以轩，下有水，清且寒。中有黄鹄往且翻。行为臣，当尽忠，愿令皇帝陛下三千岁，宜居此官。鹄欲南游，雌不能随。我欲躬衔汝，口噤不能开；欲负之，毛衣摧颓。五里一顾，六里徘徊。

此歌在冯惟讷《诗纪》分三段，以"往且翻"以上为第一段，"宜居此宫"以上为第二段，"鹄欲南游"以下为第三段。冯氏云："此曲三段辞不相属，'鹄欲南游'以下乃古辞《飞鹄行》也。"《乐府正义》分为两解，以冯氏所分第二段属上为前解，"鹄欲南游"以下为后解。认为"前约汉铙歌《临高台》，后约瑟调《艳歌何尝行》。"其说很确，"水清""黄鹄"等句都出于汉铙歌《临高台》"愿令皇帝陛下三千岁"也是从汉曲"令我主寿万年"变来。"鹄欲南游"以下是《艳歌何尝行》的简约，更为显著，这一点《诗纪》意见相同。《飞鹄行》就是《艳歌何尝行》，见《宋书·乐志》。

（七）以甲辞尾声为乙辞起兴，例如相和瑟调《陇西行》古辞：

> 天上何所有，历历种白榆。桂树夹道生，青龙对道隅。凤皇鸣啾啾，一母将九雏。顾视世间人，为乐甚独殊。好妇出迎客，颜色正敷愉。伸腰再拜跪，问客平安不。请客北堂上，坐客毡氍毹。清白各异樽，酒上正华疏。酌酒持与客，客言主人持。却略再拜跪，然后持一杯。谈笑未及竟，左顾敕中厨。促令办粗饭，慎莫使稽留。废礼送客出，盈盈府中趋。送客亦不远，足不过门枢。取妇得如此，齐姜亦不如。健妇持门户，亦胜一丈夫。

这篇开端八句和"好妇出迎客"以下截然分为两段，姑依旧说以前段为起兴。和这篇有关的一首诗是《步出夏门行》古辞（与《陇西行》是一曲之两辞）：

> 邪径过空庐，好人尝独居。卒得神仙道，上与天相扶。过谒王父母，乃在太山隅。离天四五里，道逢赤松俱。揽辔为我御，将吾上天游。天上何所有，历历种白榆。桂树夹道生，青龙对伏跌。

此篇末四句和《陇西行》开端相同，陈祚明《采菽堂古诗选》说《步出夏门行》取《陇西行》成语，事实恰恰相反。至于"凤凰鸣啾啾"以下四句，似乎原来也属于《步出夏门行》，可能是传写脱佚，更可能是入乐时所删。曹效曾《古乐府选》引唐汝谔《古诗解》云："此诗语意未完，而《陇西行》'天上'数语又与'好妇'以下绝不相蒙，其为错简无疑，若以此诗合'为乐甚独殊'为一诗则完篇矣。"也以为《陇西行》前八句应该全属《步出夏门行》，意见极好。至于"错简"的说法自不必采，因为在乐府歌辞里，采彼合此是常有的事，并非错简。

《诗·小雅·出车》第五章"喓喓草虫，趯趯阜螽，未见君子，忧心忡忡"和《召南·草虫》首四句相同，有人引为起兴由尾声变成之例。《陇西行》的起兴也是由尾声变成。此例虽然也可以归入第（五）类，但毕竟为特殊，所以单列。

（八）套语，在乐府诗句里常见"今日乐相乐，延年万岁期"，"今日乐相乐，延年寿千霜"，"吾欲竟此曲，此曲愁人肠"，"吾欲竟此曲，此曲悲且长"或"愿令皇帝陛下三千岁"，"欲令皇帝陛下三千万"之类，大同小异，已成套语，随意凑合，无关文义。这类例子很多，而且是大家知道的，不备举。

从上举各例看来，可以知道，古乐府歌辞，许多是经过割截拼凑的，方式并无一定，完全为合乐的方便。所谓乐府重声不重辞，可知并非妄说。评点家认为"章法奇绝"的诗往往就是这类七拼八凑的诗。

在这里可以附带论及两事：

第一，乐府诗被割截删削，并不限于和其他歌辞相拼凑的时候，如上举（五）、（六）、（七）诸例。单独一篇在入乐的时候有时也被删。上文就说到《步出夏门行》古辞末尾原该有"凤凰鸣啾啾"等句，现在没有，并不一定是脱佚，可能就是入乐时被删。汉曲古辞有些篇幅太短，语意不完的，似乎都属此类，如瑟调曲《上留田行》："里中有啼儿，似类亲父子，回车问啼儿，慷慨不可止"，这诗也是被认为"奇妙"的一篇，但实在不完全，其原因应如上说。

古曲到后代经删削而后应用的例子也不少，如魏武帝《短歌行》晋乐所奏就比原辞少八句。舞曲歌《淮南王篇》齐代所奏就比晋乐减少四解。

第二，和上面所说的"拼合"相反，一辞分为数曲的例子也不是没有。《乐府诗集》二十七引崔豹《古今注》云："《薤露》、《蒿里》并丧歌也，本出田横门人，……至汉武帝时，李延年分为二曲，《薤露》送王公贵人，《蒿里》送士大夫庶人。……"据此，可知挽歌曾经李延年分割。又如汉铙歌《有所思》和《上邪》两篇，庄述祖《铙歌句解》说是男女赠答之词，应合为一篇。闻一多先生《乐府诗笺》也说"铙歌十八曲实只十七曲"，认为这两篇本是一篇[5]。庄、闻之说很有理，这也是一辞分于两曲的实例。这些现象也足以说明乐府重声不重辞。

---

①《武帝纪》则云元鼎四年。

②严羽《沧浪诗话》、左克明《古乐府》皆别为两首。

③明、清人选本"延年万岁期"有作"万岁期延年"的，是故意改动以牵就韵脚，自不足据。

④有人以为"念与"八句是妻答夫之词，和上文"吾欲衔汝去"八句夫谓妻之词相对，所以不可少。其实夫（雄鹄）谓妻之词只是"吾欲衔汝去"到"毛羽何摧颓"四句。下面"乐哉新相知"两句（或连下两句）正是妻答，即古诗"念子弃我去，新心有所欢"的意思，不需另外再有答词。

⑤见《闻一多全集》。

1947年8月，清华园

原载《国文月刊》1947年11月第61期

论《陌上桑》

游国恩

关于《陌上桑》，我以为有三个问题值得讨论。即：

一　题材问题

二　时代问题

三　本事问题

现在依照这个次序把我的意见写在下面。

一　题材的追溯

《宋书·乐志》"大曲"中，载有古辞《艳歌罗敷行》一首，别的书上或又名作《日出东南隅行》，或又名作《陌上桑》。那歌辞是这样的：

> 日出东南隅，照我秦氏楼。秦氏有好女，自名为罗敷。罗敷喜蚕桑，采桑城南隅。青丝为笼系，桂枝为笼钩。头上倭堕髻，耳中明月珠。缃绮为下裙，紫绮为上襦。行者见罗敷，下担捋髭须；少年见罗敷，脱帽著帩头；耕者忘其犁，锄者忘其锄。来归相怨怒，但坐观罗敷。（一解）使君从南来，五马立踟蹰。使君遣吏往，问是"谁家姝"？"秦氏有好女，自名为罗敷。""罗敷年几何？""二十尚不足，十五颇有余"。使君谢罗敷："宁可共载不？"罗敷前置辞："使君一何愚！使君自有妇，罗敷自有夫。"（二解）"东方千余骑，夫婿居上头。何用识夫婿！白马从骊驹；青丝系马尾，黄金络马头。腰中鹿卢剑，可值千万余。十五府小吏，二十朝大夫，三十侍中郎，四十专城居。为人洁白皙，鬑鬑头有须。盈盈公府步，冉冉府中趋。坐中数千人，皆言夫婿殊。"（三解）

这幕喜剧的表演，地点据说是在邯郸（？）城郊陌上的桑田里。一提到桑——农业国家的中国的桑，我仿佛听到了那桑田里发出清脆美妙的讴吟：

十亩之间兮，桑者闲闲兮，行与子还兮。十亩之外兮，桑者泄泄兮，行
与子逝兮。

听啊！多么清脆美妙的田歌哟！《诗经·魏风》里载着这么一首小诗，千
载而下的读者犹不禁悠然神往。据毛《传》说："闲闲然男女无别往来之貌。"
记得姚际恒就痛快的说，这是刺淫的诗。的确的，在春风嘘拂的艳阳天里，一
望无际的桑海中，只见着一片茫茫的绿荫，这中间藏着无数的少女，蚂蚁似的
沿着田里的"微行"，一面提着"懿筐"，一面发出令人陶醉的歌声。这时候，
紧邻的农人们果然陶醉了，行路的少年们也陶醉了，甚至连我也陶醉了。桑
啊！也难怪诗人欢喜讴歌他了。我又仿佛听到在唱：

期我乎桑中，要我乎上宫，送我乎淇之上矣。

的确的，在古代中国的桑田里，是多么热闹，多么令人留恋的地方啊！真难怪
道学先生一摊开《诗经》，就不禁皱着双眉，摇一摇头，慨叹的说："桑间濮
上，亡国之音也！"果然不错，桑田里的艳事也真闹得不少哩。请看《列女传》
五载着一个故事：

洁妇者，鲁秋胡子妻也。既纳之五日，去而官于陈。五年乃归，未至
家，见路傍妇人采桑，秋胡子悦之，下车谓曰："若曝采桑，吾行道远，愿
托桑荫下湌下赍休焉。"妇人采桑不辍。秋胡子谓曰："力田，不如逢丰年；
力桑，不如见国卿。吾有金，聊以与夫人。"妇人曰："嘻！……吾不愿金。
所愿卿无有外意，妾亦无淫泆之志。收子之赍与笥金！"秋胡子遂去。至家，
奉金遗母。使人唤妇至，乃向采桑者也。秋胡子惭。妇曰："子束发辞亲往
仕，五年乃还。……今也乃悦路傍妇人，下子之粮与金予之，是忘母也。忘
母不孝！好色淫泆，是污行也。污行不义！……"遂去而东走，投河而死。
(《鲁秋洁妇传》)

这幕悲剧也是发生在桑田里的。后世诗人歌咏这事的也不知有多少。我们鄙薄
秋胡的无聊，同时更敬佩这位夫人的节烈。再看同书八又载着一个故事：

辩女者，陈国采桑之女也。晋大夫解居甫使于宋。道过陈，遇采桑之女，
止而戏之，曰："汝为我歌，我将舍汝。"采桑女乃为之歌曰："墓门有棘，

斧以斯之。夫也不良，国人知之。知而不已，谁昔然矣!"大夫曰："为我歌其二。"女曰："墓有梅，有鸮萃止。夫也不良，歌以讯之。讯予不顾，颠倒思予!"大夫曰："其梅则有，其鸮安在?"女曰："陈，小国也，摄乎大国之间，因之以饥饿，加之以师旅，其人且亡，而况鸮乎!"大夫乃服而释之。(《陈辩女传》)

这幕《小放牛》似的喜剧也是发生在桑田里的。同书六更有一个故事：

宿瘤女者，齐东郭采桑之女，闵王之后也。——项有大瘤，故号曰"宿瘤"。闵王出游，至东郭，百姓尽观，宿瘤采桑如故。闵王怪之，召问曰："寡人出游，车骑甚众。百姓无少长，皆弃事来观。汝采桑道旁，曾不一视，何也?"对曰："妾受父母教采桑，不受教观大王。"王曰："此奇女也!"……命后乘载之……以为后。(《齐宿瘤女传》)

这位大脖子姑娘真幸运。她想不到桑田竟作了"椒房"的媒介了。

以上那些故事，不必是全真，也不必是全假。《陌上桑》的故事也不妨作如是观。他不过是我国民间故事的典型——一个农业社会里的民歌题材的典型罢了。

二　时代的推测

《陌上桑》、最早被著录于《宋书·乐志》，称为"古辞"。"古辞"古到什么时候呢? 据《晋书·乐志》说："凡乐章'古辞'，今之存者，并汉世街陌谣讴。"由此看来，《陌上桑》当为汉代民歌。可是太含混了，他可能是前汉初年的产品，也可能是后汉末年的产品。现在让我来推测一下：

这首歌辞中的主角是一个生得非常美丽的女子秦罗敷。从农夫以至太守，见者无不倾倒。但考《古诗为焦仲卿妻作》一篇有云："东家有贤女，自名秦罗敷。可怜体无比，阿母为汝求。"据旧说，此诗作于建安末（我是不信此诗为齐梁人作的，别有考说），那时秦罗敷已经变作民间美女子的典型了。故可断定《陌上桑》一曲必已流行于建安或建安以前。这时候，罗敷这位小姐（或大嫂）已经由专名词而变为美女子的通称了。我们再拿一首稍后的左延年《秦女休行》一看，这推测似乎很近于事实。《秦女休行》开口便说：

始出上西门，遥望秦氏庐。秦氏有好女，自名为女休。

这个起头显然是模仿《陌上桑》的。真巧得很，这位壮烈的小姐也会是姓秦！我怀疑到汉魏之际，民间的美女子或奇女子，不但要以罗敷为代表，恐怕连她们的尊姓也非姓秦不可了。我们再拿曹植的《美女篇》看一看：

美女妖且闲，采桑歧路间。柔条纷冉冉，落叶何翩翩！攘袖见素手，皓腕约金环。头上金爵钗，腰佩翠琅玕，明珠交玉体，珊瑚间木难。罗衣何飘飘！轻裾随风还。顾盼遗光采，长啸气若兰。行徒用息驾，休者以忘餐。借问女安居？乃在城南端……

这首诗无疑的也是模仿《陌上桑》。陈思王生于汉末，也已经看到了《陌上桑》，那么《陌上桑》的时代是不难推断的。

然而问题不是这样就算解决了。我们试再考一考《玉台新咏》辛延年的《羽林郎》云：

昔有霍家奴，姓冯名子都，依倚将军势，调笑酒家胡。胡姬年十五，春日独当垆。长裾连理带，广袖合欢襦。头上蓝田玉，耳后大秦珠。两鬟何窈窕，一世良所无！一鬟五百万，两鬟千万余。不意金吾子，娉婷过我庐。银鞍何煜熠！翠盖空踟蹰。就我求清酒，丝绳提玉壶；就我求珍肴，金盘脍鲤鱼。贻我青铜镜，结我红罗裾。不惜红罗裂，何论轻贱躯？男儿爱后妇，女子重前夫。人生有新故，贵贱不相踰。多谢金吾子，私爱徒区区！

据郭茂倩说，辛延年是后汉时人，不知其何所本。但就这诗的作风上看，似乎可靠。因为他是模仿《陌上桑》的。篇中卖酒的胡姬，相当于采桑的罗敷，金吾子相当于《陌上桑》的使君。描写那胡姬的盛妆，显然是模拟那"头上倭堕髻，耳中明月珠"几句，描写金吾子的威风，不消说是仿效"使君从南来，五马立踟蹰"。胡姬的年龄也与罗敷相同，而最后的婉词相拒，也同罗敷的对付那位使君一样。他们不但辞句和结构相类似，连韵脚都差不多。所以辛延年这篇《羽林郎》的蓝本，怕十有八九就是《陌上桑》了。

又按诗中所谓"霍家奴"者，是指霍光的家奴。黄晦闻先生《汉魏乐府风笺》十四引《汉书·霍光传》云："霍氏奴入御史府，欲踏入大夫门。"又引云："光爱幸监奴冯子都。"又引云："使苍头奴上谒，莫敢谴者。"是霍氏诸奴明具《汉书》。又引朱秬鬯所说："案后汉和帝永元元年，以窦宪为大将军。窦氏兄弟骄纵，而执金吾景尤甚。奴客缇骑，强夺货财，篡取罪人，妻略妇女。商贾闭塞，如避寇仇。此诗疑为窦景而作，盖托往事以讽今也。"朱氏这个推测是很近乎事实的。因为霍光为大将军，权倾人主，窦宪与他相同，所以把霍光来比。《后汉书·窦宪传》明言宪弟景"权贵显赫，倾动京都。奴客缇骑，依倚形势，侵陵小人"。而《廉范传》亦有"依倚大将军窦宪"的话，可知"依倚将军势"自是那时常语。所谓"将军"者，表面上是说霍光，实际上是暗指窦宪。那么《羽林郎》的作者辛延年可能是后汉和帝时人，而《羽林郎》一诗可能是和帝初年——永元四年以前所作；因为窦氏兄弟是永元四年伏诛的。《羽林郎》一诗的风格与辞句既然都是仿效《陌上桑》，那么《陌上桑》的时代至晚亦当在东汉之初，可能更早到西汉。

又按诗中有"使君"一语。考"使君"的名屡见于《后汉书》：《后汉书·寇恂传》载恂谓使者曰："非敢胁使君，窃伤计之不详也。"又曰："使君建节衔命，以临四方。"又曰："为使君计，莫若复之。"又《郭伋传》载建武十一年，拜伋为并州牧。"始至，行部到西河美稷，有儿童数百，各骑竹马，于道次迎拜。伋问：'儿曹何由远来？'对曰：'闻使君到，喜，故来奉迎。'伋辞谢之。及事讫，诸儿复送至郭外，问'使君何日当还？'光武初年，民间已有称使者及刺史为"使君"的，则使君的称呼或不限定起于此时。所以《陌上桑》的时代，的确可以断定他至晚在东汉初，或者竟早到西汉末。吴兆宜据此，硬断诗中的"使君"为后汉人（见《玉台新咏笺》），未免太拘泥了。我们只拿这一点和模拟《陌上桑》的《羽林郎》相参证，而推测《陌上桑》的时代在前后汉之间，或者与实际不甚相远。

如果我们不厌再加考索一下，这首《陌上桑》的时代可能更早些——早到前汉武昭之际。按《汉书·武五子传》的《昌邑哀王髆传》载：昌邑王贺有妻名罗紨，为执金吾严延年字长孙的女。"罗紨"即"罗敷"，"敷"、"紨"同声字。于此，我们可以想到：前汉武昭之际，已经有女子取名为"罗敷"的，必定那时候罗敷的故事在民间流行得很普遍，和罗敷的美名为一般人所艳羡，才会女子取这个名字，以示景慕的意思，如伶官妓女多名"黛玉"之类。所以我们不妨更把《陌上桑》的时代提前一点，就是在前汉武昭之际，他已经普遍的被一般妇人们孺子们唱着了。

于此，倘若我们愿意指定《陌上桑》这首歌曲就是武帝立乐府时所采的民歌，也就是所谓"赵代秦楚之讴"一群诗歌中的一首，大概是可以说得过去的。

三　本事的分析

《陌上桑》的故事明明是这样的：

一位很漂亮的贵族太太秦罗敷，偶然到了城南去采桑。她的美，她的妆束，引起了一般行人少年和农夫们的注意。这时候，迎面来了一个所谓"使君"，五匹壮健的马驾着一辆很阔气的车子。他从桑叶的缝隙中瞥见了罗敷，一到了跟前，便立刻喝一声"停"！同时眼光探照灯似的，不断的在罗敷身上闪射着。他一面出神，一面向坐在旁边的一个随员示意。那随员很乖巧，立刻下了车，向着那位"天仙"很客气的自我介绍了，然后问问罗敷的年纪。一番问答之后，那位随员代表使君大胆地说："小姐！（应该是"大嫂"）你可不可以——同我们使君坐着这车子到……"语未说完，罗敷早已会意，便很严正又很和婉的答道："先生，你们使君也未免白操心了，我原来是一个已有丈夫的女子呢！"接着他就把丈夫的身分和仪表夸耀了一番，毫不迟疑的转过头来，仍然用着那柔荑般的纤手，继续地攀折桑条，一枝枝往笼子里装。弄得那位随员耳红面赤，回到车上轻轻的说了两句。使君惘然地，又失望，又羞惭，急忙喝着车夫驾着车子飞快地走了。——这一幕桑间的喜剧闭幕了。

故事分明是这样唱的。可是崔豹在《古今注》里偏偏这么说：

> 《陌上桑》者，出秦氏女子。秦氏邯郸人，有女名罗敷，为邑人千乘王仁妻。王仁后为赵王家令。罗敷出采桑于陌上，赵王登台，见而悦之，因置酒，欲夺焉。罗敷巧弹筝，乃作《陌上桑》之歌以自明，赵王乃止。

崔豹的话又分明是言之凿凿，确然有据的。可是故事的类型变相了。《陌上桑》一曲竟是罗敷自己创作的了。不知是什么时候，那位使君变作赵王，而罗敷的丈夫已经查出了是王仁；且已由"侍中郎""专城居"的地位降到赵王家令；更由桑田的婉求变为席间的豪夺了。这其间的演变是很难索解的；所以《乐府解题》于此也不免有点怀疑。

但我想这故事之所以两歧，是必然有原因的。我们也不妨来试探一下：

（一）凡一个民间的故事，传说极难一致；但也不至于十分不同，大半总是大同小异的。比如罗敷的故事，虽然会因时代或地域的不同，致有歧异；但这故事的性质却未根本改变，赵王还不至变成宋康王，罗敷的命运也还不至变为韩凭的妻何氏。采桑的事实和罗敷的名字也还被保存着。不过在故事的材料上添了一座王府，一桌酒席，和一把银筝，显得更贵族些，更富丽堂皇些罢了。

（二）不但时代不同故事的流传会变相，即同一时代，甲地所传的和乙地所传的往往不能一致。罗敷的故事说不定各地就根本不同；所以甲地唱的是一个显宦的夫人，而乙地记的只是一个家令的太太；甲地唱的是使君的倾心，而乙地记的是国王的强暴。这样说来，《陌上桑》本辞是一个来源，《古今注》记的又是一个来源。

（三）罗敷真正的传说或者就是崔豹所记的；而民间所歌的《陌上桑》一面据为底本，一面又略把事实改变了，这也是极可能的。只看歌辞中写使君要求罗敷同载而去，谁也会感到这位风流使君未免太卤莽，太冒失了罢，怕未必是事实罢。而且从罗敷的谈话中，发现一件极不合理的事：一个十五岁的姑娘嫁一个四十多岁满嘴胡须的官僚。这些，一方面显示民歌的天真，一方面也就反映他近乎事实的可靠性很小。

（四）民歌本身的流动性本来就很大，从现在的一般歌谣就可以证明。说不定若干年前本是一个国王强夺民妻的歌谣，流传既久，无意中慢慢讹变为一支太守（或刺史）调戏桑女的歌曲。所以尽管那歌谣的故事不变，而歌词的本身却已经变了。崔豹所记或者是那故事未变以前仅仅保存的真面目。

（五）罗敷采桑被调戏，与赵王置酒夺艳，也许本来是两个故事，根本各不相同。罗敷在前，赵王在后，那个被逼的女子另是一人。他一时见逼无计，只有借着音乐来解围，弹一首现成的民歌《陌上桑》，以示不愿相从的意思（这与《乌鹊歌》的本事很相类似，不过结果不同而已）。后人不知，误把两个故事合在一起，遂竟误以《陌上桑》为那女子自己所作的了。而这《陌上桑》的本辞仍然在流行着，是以歧异如此。

（六）从口唱的民歌到著于竹帛的民歌，这中间有极大的危险性存在着。就是采风的士大夫如认为某支歌谣不雅驯时，往往会大胆的狂妄的删改他。等到被之管弦的时候，或者又以迁就音乐的缘故而被增损。于是列于乐府的"古辞"较之民间原来的歌辞，他们中间的距离就可以想象的了。所以，现今所传的《陌上桑》，我们无法保证他不曾经过删改润色而与原来的一样。

以上种种推测，都是姑妄言之，不敢说罗敷故事歧异的原因一定属于哪一种。但除最后一种可能性较小以外，必然的会有其中的一种，却是可以断言的。

1946年6月13日改写于昆明

原载1946年《开明书店二十周年纪念文集》

西汉歌舞剧巾舞《公莫舞》的句读和研究

杨公骥

巾舞歌诗本辞

汉杂舞歌诗存于今的有两篇，一为铎舞《圣人制礼乐》篇，一为巾舞《公莫舞》篇，皆声辞杂写，不可通读。

巾舞《公莫舞》，又称《公莫巾舞》，歌辞见于《宋书》卷二十二、《乐府诗集》卷五十四。《宋书》所载共三百零八字，校《乐府诗集》多五字。本辞如下：

吾不见公莫时吾何婴公来婴姥时吾哺声何为茂时为来婴当思吾明日之土转起吾何婴土来婴转去哺声何为士转南来婴当去吾城上羊下食草吾何婴下来吾食草吾哺声汝何三年针缩何来婴吾亦老吾平平门淫涕下吾何婴何来婴涕下吾哺声昔结吾马客来婴吾当行吾度四州洛四海吾何婴海何来婴海何来婴四海吾哺声熇西马头香来婴吾洛道五吾五丈度汲水吾噫邪哺谁当求儿母何意零邪钱健步哺谁当吾求儿母何吾哺声三针一发交时还弩心意何零意弩心遥来婴弩心哺声复相头巾意何零何邪相哺头巾相吾来婴头巾母何何吾复来推排意何零相哺推相来婴推非母何吾复车轮意何零子以邪相哺转轮吾来婴转母何吾使君去时意何零子以邪使君去时使来婴去时母何吾思君去时意何零子以邪思君去时思来婴吾去时母何何吾吾

这样是很难读通的，正如某先生所说："声辞杂写，不复可辨，真是莫大的恨事！"所以，历来治文史者对它颇少涉及。

关于舞名的由来，据沈约（四四一——五一三年）的《宋书·乐志》载称：

《公莫舞》，今之巾舞也。相传云：（汉高祖与项籍会于鸿门）项庄剑舞（将杀高祖），项伯（亦舞）以袖隔之，使不得害汉高祖，且语庄云："公莫!"古人相呼曰公，云莫害汉王也。今之用巾，盖像项伯衣袖遗式。按：《琴操》有《公莫渡河曲》，然则其声所从来已久，俗云项伯，非也。（按：括号中引文摘自《旧唐书·音乐志》。）

《古今乐录》中则认为：

> 巾舞古有歌辞，讹异不可解。江东（东晋）以来，有歌舞辞，沈约疑是《公无渡河曲》。今三调中自有《公无渡河》，其声哀切，故入瑟调；不容以瑟调杂于舞曲。惟《公无渡河》，古有歌有弦，无舞也。

当然，将《公莫舞》误认作《公无渡河》曲，显然是错误的。然而以它附会"鸿门宴"故事，同样没有根据。但由此却说明，巾舞《公莫舞》的歌辞，从江左（东晋）以来"已经"讹异不可解"，"声辞杂写，不复可辨"。换言之，早在距今一千六百多年前，巾舞歌辞已"不可晓解"，甚至连舞名的由来都发生了误会。

巾舞歌辞的句读、韵脚和章法

前些天，偶而兴发，想将乐府古辞中不可卒读的篇节校勘一遍，于是开始标点巾舞歌辞。费了半夜时间，总算整理出点眉目。

在标点时，根据古辞往往声辞杂定的前例，故特别着重将其中的声辞分开来。又因为是舞曲，我怀疑其中杂有动作的记号，所以在标点时曾留心其中动词的位置和相互的关联。谨将标点后的巾舞歌辞分节抄录于下（为了将歌辞、和声、舞蹈动作、角色名称分别开来，用不同字体分别排印：歌辞用黑体，和声用宋体，舞蹈动作用仿宋体，标明角色作楷体）：

巾舞歌辞

一　**吾不见公莫**〔姥〕，时吾何婴，
　　公来婴姥时吾哺声**何为茂**？时为来婴，
　　当思吾明日之土，转起吾何婴土来婴转。

二　**去吾**哺声何为？士转南来婴当去吾！
　　城上羊，下食草吾何婴，下来吾[婴]食草吾哺声，

　　汝何三年针缩何来婴，**吾亦老！**

　　吾平平门淫〔频频扪涕〕**涕下吾何婴，何来婴涕下吾哺声。**

三　**昔结吾马，客来婴吾当行吾！**

　　度四州，洛〔略〕**四海**吾何婴海何来婴海何来婴**四海**吾哺声，

　　燇〔鄗、隔〕**西马头**〔蹄〕**香来婴吾，**

　　洛道五吾五丈度汲〔济〕**水吾噫邪哺。**

四　**谁当求儿？母何意零！邪钱健步，哺，**

　　谁当吾求儿？母何吾，哺声，三针一发交时还弩心**意何零！**

　　意弩心　遥[还]**来婴**　弩心　哺声　复相头巾**意何零！何邪，相**

　　哺，头巾相　[相头巾]，**吾来婴，头巾，**

五　**母：何何吾！复来推排，意何零！**相哺，推相　[排]，**来婴，推**

非　[排]。

　　　母：**何吾！复车**〔转〕**轮，意何零！**

　　　子：**以邪！**相哺，转轮，**吾来婴，转。**

　　　母：**何吾！使君去时意何零！**

　　　子：**以邪！使君去时，使来婴去时，**

　　　母：**何吾！思君去时意何零！**

　　　子：**以邪！思君去时，思来婴吾　[君]　去时，**

　　　母：**何何吾吾！**

　　由第二句作"公姥何为茂"看来，可知第一句的"吾不见公莫"之"莫"
乃是"姥"之误。据汉代字音，"姥"读作mǔ，"莫"读作mù，二者本同音。
因此，所谓"公莫舞"应为"公姥舞"。

　　以上标点是否正确，有待讨论。不过，就标点出的歌辞看来，其情调、节
奏和音韵都和流传下来的汉代乐府歌辞相近似。所以，即使有误，当不会太
大。

　　由于是舞曲，所以巾舞歌辞的韵法比较灵活，韵脚不整齐，使用间隔韵
（交叉韵），如：姥、土、去、下、马为韵；茂、草、老为韵；行、香为韵；
海、水为韵。（以上皆本汉古音）

　　在章法上，巾舞歌辞中有许多反复句。例如：

　　吾不见公姥……公……姥……

明日之土……土……
城上羊，下食草……下……食草………
洛四海……海……海……四海……
洛道五……五丈度汲水……
母……意何零……意……意何零……
使君去时意何零……使……去时……
思君去时意何零……思……君去时……

显然，这有的是曼声余韵，有的是为歌舞动作而有意反复。这种章法在歌曲中数见不鲜。如汉古辞《西门行》：

自非仙人王子乔，计会寿命难与期。
……
自非仙人王子乔，计会寿命难与期。

又如《苦寒行》：

北上太行山，艰哉何巍巍。……北上太行山，艰哉何巍巍。

这种复唱的章法，在今日歌曲中也是常见的。例如《东北大秧歌》：

东北那个风啊，刮呀刮呀刮晴了天，晴了天，刮晴了天，晴了天。

又如《兄妹开荒》：

向劳动英雄们看齐，向劳动英雄们看齐，加劲生产不分男女，加劲生产，不分呀男呀男呀男和女。

可见歌辞反复，古亦有之。由此，我们可了解汉朝时代歌舞的原貌。

巾舞歌辞的内容研究

如上述，若将《公莫巾舞》中的和声、复唱和标示舞步、"作科"（动作）的字句剔出，便可发现其辞的本辞是：

〔一〕吾不见公莫（姥，mǔ），
　　　公姥何为茂，
　　　当思明日之土。

〔二〕去何为？
　　　士当去，
　　　城上羊，
　　　下食草，
　　　汝何三年，
　　　吾亦老，
　　　吾涕下。

〔三〕昔结马，
　　　客当行，
　　　度四州，
　　　洛（略）四海，
　　　熇（鄗）西马头（蹄）香，
　　　洛道五丈度（渡）汲（济）水。

〔四〕谁当求儿，
　　　母何意零。

〔五〕（母：）何何吾！意何零。
　　　（子：）以邪！
　　　（母：）何吾！使君去时意何零。
　　　（子：）以邪！使君去时……
　　　（母：）何吾！思君去时意何零。
　　　（子：）以邪！思君去时……
　　　（母：）何何吾吾！

就内容论分述如下：

第一节意为，儿子出门谋生，说：我不见爹妈（公姥）了！爹妈好好保养，怎样把身体养茂实；放宽心，应当多想着将来的好土地好日子。

第二节意为，出去做什么呢？青年小伙理应出去谋生。俗话说："城上羊，下食草。"羊如果立在高高的城墙上下不来，就找不到草吃；同样，青年人如贪恋温暖的家不肯出去，也很难生活。所以，须离家几年，出外去谋生。这时，母亲说：但三年以后呀（"针缩"二字不解），我也老了哩！于是母亲哭了："吾涕下"。

第三节意为，已经套结好了马，征人即将起程，将要走过四方（"四州"），还要去遥远的边地（"四海"。按：《尔雅·释地》："九夷、八狄、七戎、六蛮谓之四海。"此指遥远的地方）。当鄙西马蹄香（杜衡）繁盛的时节，顺着五丈（合今三丈五尺左右）宽的直通洛阳的大道（洛道），渡过了汲（济）水。

第四节意为，儿子离家后，母亲哭道：谁能找回我的儿子呀！做母亲的心意何其凄苦孤零。接着，伴以舞步，反复悲诉。母亲叹道："何何吾！"儿子应道："以邪！"反复三次，所谓一叠一声长叹气，也就是这样情景。最后，母亲深深地叹息："何何吾吾！"巾舞便就此结束。

当然，这歌舞的内容仍是很简单的。不过，值得特别注意的是：它已经有了简单的故事情节，有了两个人物（母与子），已具备早期歌舞剧（二人转、二人台）的样式。如从发展过程来看，汉代《公姥舞》一类的歌舞剧乃是我国戏曲的前身。

巾舞的声的研究

至于和声和语助词，巾舞中有：吾、何、噫、邪、来婴、哺声。其中，"吾"字二十八见，"何"字十六见，"来婴"、"婴"二十二见，"哺"、"相哺"、"哺声"十二见。这些和声、语助词不仅很多，而且在使用上有一定的规律，从我标点的歌辞中便可看出。同时，这些和声、语助词，在歌辞中是独立的，不能和本辞上下联系。因此，我如是标出，当非出于孤证和臆测。

语助词有"吾"。"吾"本有"衙"或"鱼"音，读如"乌"、"啊"、"吁"皆可。汉铙歌《临高台》末句为："令我主寿万年，收中吾！"刘履注："收中吾，曲调之余声，如乐录所谓'羊无夷'、'伊那何'之类。"可见"吾"可作余声词用。

"何"音同"荷"，是悲叹声。梁武帝饿死台城时，便口呼"荷荷"而卒。它犹如今日歌辞中的"呵"、"哦"。

"邪"同"牙"，汉铙歌《上邪》："上邪！吾欲与君相知。"其中的"邪"，是有音无意的语助词，犹如今日的"呀"字。所以，第三节末句的"吾噫邪"，也就是"啊咦呀"。这和今日民歌中的"伊呀海"在本质上是一样的。

至于和声，有"哺声"、"相哺"、"哺"。我怀疑"哺声"就是"辅声"，也就是"一个倡，三人和"的和声。那么，"相哺"便是"相和"。古音"哺"、"辅"皆为重唇音，所以，"哺"可能是"辅"的假借字。

此外，"来婴"似乎也是和声。如果"相哺"是辞的和声，则"来婴"可能是乐器的和声。当然，这是出于估计，未必准确。

巾舞的舞蹈动作研究

据汉代习俗，舞蹈者和观看者都是席地而坐，跪坐在席子上。

因此，巾舞开始时（第一节），两位演员（扮演母、子者）是跪坐在席子上唱"吾不见公莫（姥），公姥何为茂"的。当唱到将来的希望"当思明日之土"时，这才勃然站起（"转起"），并在"土"的余音中又"转"了一下身，以表示这希望的迫切。

第二节，唱到"去何为？士当去"的"士"时，在拖腔声中，演员"转南"——"转"过身面朝"南"方，然后接唱"当去"。所以如此动作，是因为表演歌舞时，观众席是坐北朝南，观众是面朝南看舞；而表演场则是坐南朝北，演员是面朝北献舞。由此可知，当演员身"转南"时，就是背向观众，以背对观众就是表示要离此而去，表示"士当去"，去意坚决。这说明，巾舞的舞蹈动作是紧密地配合着歌辞，以表现情节。

第三节是巾舞中的主要"唱段"，其时可能有些表情舞、手势舞，但不适宜大动作。

第四节是表现母子离别时的场面。歌辞简单反复，但舞蹈动作却逐渐紧张起来，复杂起来。这是巾舞中的主要"舞段"。

当唱到"谁当求儿？母何意零"后，便开始走"健步"。所谓"健步"，就是轻捷有力的快步，如俗语"健步如飞"（本此意，汉魏时代曾称善于快跑投送书信的邮递员为"健步"，宋时名为"急足"）。因此，"健步"就是急速快步，舞名"跑场"。用跑场表示母亲"求儿"之迫切和心意的焦躁。由此，舞蹈进入高潮。

接着，在"母意何零"的反复吟唱声中，出现各种舞蹈动作，计有：三针一发；弩心、弩心、复相头巾；相头巾、头巾、复来推排；推排、推排、复转轮；转轮、转。

所谓"三针一发"，可能是一种急促的步法，以表示悲伤与急躁。其详不可考。

所谓"弩心"，即挺胸（"弩"、"努"为古今字），挺胸仰首。这是以仰首长叹动作表现悲痛。

所谓"相头巾"、"头巾"，意思是使用头巾。按：秦汉时，士大夫和贵族戴冠，庶人（平民）戴头巾。对此，汉刘熙《释名·首饰》载称："二十成人，士（戴）冠，庶人（戴）巾。"汉应劭《风俗通义·愆礼》载称："巾，所以饰首。"这虽是指男子而言，但当时的妇人也同样以"头巾"蒙头。可知，汉时的"头巾"即今之包头布。布呈正方形，包头时蒙顶齐额，将两个布角结扎在头上，用来约束头发；另两个布角顺鬓角分左右下垂在胸前，既作为装饰，又可用来擦面、拭目。巾舞中所谓的"相头巾"，可能是以"巾"拭泪。这动作是与歌辞的"吾涕下"、"吾何零"相照应的。

从舞蹈形象来看，唱到"谁当求儿"的时候，便开始"健步"跑场以示焦躁，接着一再"弩心"挺胸仰首长叹，又一再"相头巾"俯首拭泪。一俯仰之间，配合着许多叹息声和相和声（帮腔）。这是表演儿子就要离家时的分别场面。

接着是"相头巾、头巾、复来推排"。"推排"，是汉代时的常用语，见《汉书·朱买臣传》和《后汉书·方术传》。"推排"意为互相拥来挤去，或进进退退，互相推移。这是表演儿子起程离家时，母子一面以"头巾"拭泪，一面进进退退，拉来推去，难舍难分的情景的。

最后，在复唱"意何零"时，经过三次拥来推去地"推排"之后，在母亲"何何吾"（"呵呵啊"）的叹息声中，母子开始"转轮"。所谓"转轮"，就是转圆场。今天在一些戏曲中，演员表演在长途上行走时，围着舞台中心快步绕圈子，行话叫"跑圆场"。因此，巾舞"转轮"与今日的"转圆场"舞态相同，都是表示长途行走的。与此同时，伴以母子的叹息与和声。

巾舞结尾时（第五节），动作由急渐缓。歌辞重复咏唱，夹杂着母子的叹息。母亲的叹息是"何何吾"（"呵呵啊"）；儿子的叹息是"以邪"（"咦呀"）。一叹一和反复三次。这表示母与子分离后，在两地悲叹。最后以母亲的沉重的长叹"何何吾吾"（"呵呵啊啊"）作结束。

　　由此看来，和声与舞法都有一定的规律。如开始有三个"时"字冠于主要的和声之前，显然是指示歌者在"这时"加和声。以后当然以此类推，故将"时"字省略。又如，在第四节和第五节的舞蹈动作前有三个"复"字，乍看起来似无其意义。但是，如果从舞蹈动作的次数着眼，便可知只有在接连两个动作之后的第三个动作之前才标以"复"字。"复"意为"再"、"又"。例如："弩心……弩心……复相头巾"，"相头巾……头巾……复来推排"，"推排……推排……复转轮"。可见舞蹈动作有规律，有章法。

关于巾舞的创制年代和最初的流行地区的研究

　　在我看来，巾舞歌辞约制于西汉时期，最初流行在西汉冀州部的中山（今河北定县），常山（今河北元氏西北十一点五公里处）、邯郸（今河北邯郸）等地，也就是今日河北省的中、南部。所以作出这样的推断，是因为在歌辞"熇西马头（蹄）香，洛道五丈度汲（济）水"句中，明确地提出"熇西"和"济水"。

　　所谓"熇西"，犹如汉时习称的"胶西"、"巴西"、"邺西"一样，意为"熇"之西。——"熇"当是"隔"的同音假借（或笔误）。"隔"，音高，常写作"鄗"，或作"敲"。"鄗"，在周代是晋国的属邑（见《左传》哀公四年载），西汉时，名"鄗县"，属冀州部常山郡管辖。其故址在今河北省柏乡县北十公里，高邑县东南十余公里，在京汉铁路线以东十二点五公里处。

　　西汉时代的鄗县，其方位在冀州常山郡城和邯郸城之间而稍偏东，西北至常山郡城三十五公里，西南至邯郸城约一百一十公里。因此，自常山城到邯郸城的大路（"洛道"）必须经过鄗的西郊："鄗西。"（见《汉书·地理志》、《后汉书·郡国志》、《集韵》、《太平寰宇记》）

　　巾舞歌辞所说的"洛道"，意为通向国内第二大城市洛阳的大道。古时习惯，通向某地的大路便冠以某地之名，例如，通向楚国的道路便叫"楚道"，通向蜀州的道路便叫"蜀道"。此外，"莒道"、"郑道"、"陇道"、"滇道"皆此类。

　　歌辞中的"度汲水"，应是"渡济水"："汲"与"济"音相近，故致误或假借。

　　这里所说的"济水"，是古冀州的济水，它与周代鲁国境内称为"四渎"

之一的"济水"（应作泲水）不是一条河。汉许慎《说文》载："济水，出（自）常山（郡）房子（县）赞皇山，入泜（泜水）；从水，齐声。"唐《元和郡县志》载："今赞皇县济水，源出赞皇山西，北流去县南十里。此别一济水，应劭以为'四渎'（之济），误矣。"五代徐锴《说文系传》："房子县赞皇山，石济水所出。此非'四渎'之济。'四渎'之济，古皆作'泲'，今人多乱之。"（又见《太平寰宇记》、《通鉴地理通释》）可知，汉代常山郡的"济水"，隋唐时又名"石济水"，与古山东的"泲水"（后世亦名"济水"，其下流今名小清河，入海）音同实异。

据《大清一统志》载："石济水在今正定府赞皇县南，东流经赵州高邑县南二里，又经柏乡县北合槐河，一名白沟水。"顾祖禹《读史方舆纪要》称："石济水在今赵州高邑县治南，一名沙河，又名白沟水，亦谓之漕河。"按：古济水，今名甚多，俗称小沙河，出自赞皇山，东流经过高邑县城南，再东经沙河店，至宁晋县南与泜河会合，全长约七十五公里。

由此可知，汉时的济水流经冀州两大都会即中山国的中山城和赵国的邯郸城的中间。它北距中山城约一百一十公里，南距邯郸城约一百零五公里，横贯在两都会的往来通道上，其渡口约在"鄗县"城西一二十公里处。巾舞歌辞所谓"鄗西马头（蹄）香，洛道五丈度汲水（济水）"，完全符合西汉时代这一地区的地理情况。

据此看来，汉巾舞《公莫（姥）舞》的产生地当是冀州的中山、常山、邯郸一带。

但是，根据什么理由认为它是创制于西汉时期的歌舞呢？这是根据地理的历史沿革而推断出来的。

据《左传》、《战国策》、《史记》所载："鄗"（隔）春秋时属晋，战国时属赵，乃是军事要地；秦汉时，为"鄗县"，秦时属邯郸郡，西汉时属常山郡。西汉末，王莽建立"新"国，不久赤眉农民军起义，天下大乱。公元二五年六月，刘秀率军征讨黄河以北，行军到鄗县，在"鄗南"千秋亭五成陌建坛祭天，即位为皇帝。这就是东汉皇朝第一代皇帝光武帝。为了纪念"龙飞"，光武帝将"鄗县"改名为"高邑"。对此，《东观汉记》载："（刘秀）到鄗……乃命有司设坛于鄗南千秋亭五成陌。建武元年夏六月己未，即皇帝位，燔燎告天，禋于六宗，改元为建武，改鄗为高邑。"《说文》："鄗，常山（郡）县也。从邑，高声。世祖（光武帝）所即位，今（东汉时）为高邑。"《后汉书·郡国志》："常山国……高邑，故（名）鄗，光武更名。……有千秋亭五成陌，光武即位于此矣。"

这说明，所谓"鄗"、"鄗西"和光武帝即位地"鄗南"，都是西汉时代的旧地名。自从光武帝刘秀于公元二五年在"鄗南"即位称帝之后，"鄗"便被改名为"高邑"，不再称"鄗"。因此，巾舞歌辞中既然使用着"鄗西"（熇西）这一旧地名，便可证明它是西汉时代创制的歌舞，其下限当不晚于公元二五年。

以上理由如能成立，那么，巾舞《公莫（姥）舞》乃是西汉时期的作品，是冀州的中山、常山、邯郸地区的民间歌舞。

结　语

文献考据贵自证。如采用自证法来考据巾舞歌辞，那么便能得出如下几点认识。

（一）依据巾舞歌辞第二句"公姥何为茂"，便可校正第二句"吾不见公莫"之字误。由此断言"公莫"应作"公姥"。同时，"吾不见公姥（爹妈）"词通义顺，可解，而"吾不见公莫"却不成话。依此看来，《宋书》、《晋书》、《唐书》中对"公莫舞"的由来所作的解说——"相传云：项庄舞剑，项伯以袖隔之，使不得害汉高祖，且语庄云：'公莫！'古人相呼曰'公'，云'莫害'汉王也。"——只不过是传言。因为，从巾舞的歌辞和所表演的情节及舞蹈动作等各方面看来，它与"鸿门宴"上项庄舞剑故事毫无关系。因此，巾舞的本名应是"公姥舞"。

（二）以巾舞中标示的舞蹈动作"相头巾"、"头巾"为证，便可证明所谓"巾舞"之"巾"，既非"佩巾"，也非"手巾"，而是包头的"头巾"。依此看来，《宋书》、《晋书》、《唐书》中对"巾舞"之名的由来所作的解说——"相传，汉高祖与项籍会鸿门，项庄舞剑将杀高祖；项伯亦舞，以袖隔之，使不得害高祖。……今之用巾，盖像项伯衣袖之遗式。"——也只不过是传言。因为，从巾舞标示的动作看来，"头巾"是扮演母子的演员用以蒙头、拭泪或挥舞的用具，它与"项伯衣袖"毫不相关。不过由此倒可说明，虽然晋宋时期的人们已经不能读通巾舞歌辞的词句，但在其世代"相传"的古老传说中，却将巾舞的产生与情节附会在楚汉相争时的古老的故事上，"巾舞"乃是个古老的歌舞。

（三）由于在巾舞歌辞中提到了"鄗西"、"洛道"和"济水"，因此，根据"鄗"的地理位置、历史沿革和"济水"的流程、渡口的方位，便可推定巾舞是西汉时代流传于冀州两大都会中山和邯郸一带的歌舞。

早在战国时代，中山、邯郸便已是工商兴旺、商贾云集、倡优众多、歌舞发达的大都市。《吕氏春秋·先识》："中山之俗，以昼为夜，以夜继日，男女切倚（摩摩蹭蹭），固无休息，淫昏康乐，歌谣好悲。"《战国策·中山策》："赵（邯郸），天下善为音，佳丽人之所出也。"因此，"中山妓"、"邯郸倡"驰名天下。赵王（赵迁）的母亲和秦始皇的母亲，原都是"邯郸倡"。汉武帝的宠姬李夫人，"中山人"，"本以倡进"，"妙丽善舞"。

汉武帝时，中山、邯郸两都市更兴荣："倡赵之邯郸，富冠海内，为天下名都"，"赵（邯郸）、中山、带大河……当天下之蹊，商贾错于路，诸侯交于道，然民淫好末（末业，指工商业），侈靡而不务本（本业，指农业）"，（《盐铁论·通有》）随着城市工商业的发展，歌舞艺术也得到提高。中山、邯郸的倡优技艺精绝，歌舞美妙，曾遍游各州演出，从而海内闻名。司马迁《史记·货殖列传》中写道："中山……丈夫相聚游戏，悲歌慷慨……多弄物（杂技），为倡优；女子则鼓鸣瑟，跕屣（趿舞鞋），游媚富贵，入后宫，遍诸侯。""今夫赵（邯郸）女……设形容，揳鸣琴，揄（扬）长袂，蹑利屣（趿尖头舞鞋），目挑心招；出不远千里……"《赵记》也载称："女子盛饰冶容，习丝竹长袖，倾绝诸侯。"（《太平御览》卷一六一引）这些职业艺人，很多是出自倡优世家，如汉武帝时著名的作曲家、歌唱家、舞蹈家李延年，便是"中山人，身及父母兄弟皆故倡也"（见《汉书》卷九三、九七）。由此可知，在西汉时期，中山、邯郸都是倡优艺人群集，歌舞曲艺发达的"艺术城"。

因此，巾舞产生于西汉时的中山、邯郸地区并非偶然。

（四）如从巾舞歌辞的内容着眼，就不难看出这是一场表现母子分离的小"舞剧"。这情节也符合西汉中期的中山、邯郸地区的一般社会现实情况。据汉武帝末至宣帝初（公元前九九年至公元前七〇年）时的史籍记载，中山地区是个田少人多、土瘠民贫的所谓"狭乡"，如《史记·货殖列传》所说："中山地薄人众。"因而，当时的人民，务农则不免贫困，如《盐铁论》所说：赵（邯郸）、中山"田畴不修"，"民均贫而寡富"。所以，不少人弃农经商，如《史记》所说："民俗懁急，仰机利而谋食"，不得不依靠机巧谋生，不得不赴外地求利。据《汉书·食货志》载称：由于汉武帝"外事四夷，内兴功利，役费并兴，而民去本（农民离本土弃本业）"，许多农民背井离乡，到外地谋生计。对此，《盐铁论》写道："今……行者勤（劳）于路，居者匮（乏）于室，老母号泣，怨女叹息。"这正是汉武朝末年的普遍情况。

显然，巾舞歌辞所说"城上羊，下食草"，"去何为？士当去"，正反映着当时人们不得不离家出走外地谋生的思想，并在舞蹈动作中表现了母亲号泣（"吾涕下"）和母子相对不断叹息（"呵啊"、"咦呀"）的别离场面。如以此为据，则巾舞可能是汉武朝末的作品。

（五）如上所述，从巾舞所涉及的地名及其历史沿革看来，巾舞乃是西汉时代中山、邯郸地区制作的歌舞。这点似乎可以肯定。至于巾舞歌辞中所表现的主题和所反映的现实，虽然比较地符合汉武朝末年的社会情景，但不敢肯定地说它是汉武朝末年的作品。因为在中山和邯郸等地，由于男子出外谋生而使母子分离的情事，西汉各朝代都是有的，甚至可能是普遍存在的，并非汉武帝时代所独有。因此，难以据此推断其绝对年代。

不过，可据史书文献记载推定，巾舞《公莫（姥）舞》被官家蒐罗记录的时间，当在汉武帝元狩三年（公元前一二〇年）"立乐府采诗"之后，在汉哀帝即位（公元前七年）"罢乐府"之前。所以这样推度，是因为巾舞是被作为汉朝宫廷的"杂舞"之一而被保存下来的。据史书记载："自汉以后，乐舞浸盛，故有雅舞，有杂舞。雅舞用之郊庙朝飨，杂舞用之宴会。""杂舞者，《公莫》、《巴渝》（按：巴渝舞，是汉高祖刘邦初年采录的巴郡民间舞）、《鞞舞》……之类是也。始出自方俗，后浸陈于殿廷。盖自周有缦乐、散乐，秦汉因之增广，宴会所奏，率非雅乐。""凡乐章古词，今（刘宋时）之存者，并汉世街陌谣讴"，"今谓汉世诸舞，鞞、巾二舞是汉事"。（以上见《通典》、《宋书》、《晋书》、《古今乐录》佚文、《乐府诗集》）上引文献材料已言明，巾舞（《公莫》）原是来自"方俗"，本是"街陌谣讴"，以后被官府采集来"陈于殿廷"（宫殿、宫廷），作为宴会时的"杂舞"流传下来。

关于被采集的时间，据《汉书》载：汉武帝元狩三年，"乃立乐府，采诗夜诵，有赵、代、秦、楚之讴"。又载："自孝武立乐府而采歌谣，于是有代、赵之讴，秦、楚之风，皆感于哀乐，缘事而发，亦可以观风俗知厚薄云。"显然，巾舞当是在这时或这时之后被采集入乐府的。

但到绥和二年（公元前七年），哀帝即位，"性不好音"，所以"罢乐府官"，不再从民间采集诗歌乐舞。显然，巾舞当是在这时之前被采集的。

根据以上理由，巾舞《公莫（姥）舞》是在公元前一二〇年至公元前七年这一期间作为"杂舞"被保存在乐府里的。因此，它是公元前一、二世纪的作品。

只是由于"古乐录"都是"声辞合写",如沈约所说："乐人以声音相传，训诂不可复解。"《景祐广乐记》也谈道："巾舞歌辞一篇，字讹谬，声辞杂书，不复可分。"所以，这篇歌舞被沉埋了一千六百多年。由于我国史学有个十分优良的传统——"信以传信，疑以传疑"，"守阙文，待来者"，所以尽管古巾舞歌辞"声辞杂写，莫能晓其句度"，但仍被历史学者依样画葫芦地抄写下来，这才保留至今。

不难看出，巾舞是我们今天所能见到的我国最早的一出有角色、有情节、有科白的歌舞剧，尽管剧情比较简单，但它却是我国戏剧的祖型。在中国戏曲发展史上，它具有重要的价值。

原载《光明日报》1950年7月19日

汉大曲管窥

丘琼荪

唐宋大曲的研究，自王国维的《唐宋大曲考》以后，散见于各家著述中者，亦复不少。对于唐宋大曲的组织和内容方面的整理，已作出了很多的成绩。可是关于汉大曲的研究，却没有见到像《唐宋大曲考》那样的著作。陆侃如的《乐府古辞考》，旨在考证"古词"的存亡和真伪等问题，对于汉大曲的体制、性质以及音乐、舞蹈各方面，没有什么论及。其它关于汉大曲整体的或片段的述作，我都没有见到，这也可能由于我见闻有限的缘故。今把我初步研究和整理所得，写成此文，作为我对汉大曲研究的发轫。

汉代大曲，似多数把现成的诗篇，配在现成的乐曲上，其字句则略有增损，以凑合音节。不像唐宋大曲那样，多数是"按谱填词"而特制的。因此汉大曲在歌词的结构上，看不出什么特有的形迹，不过是通常的一篇整句或杂言的古诗歌而已。所以本篇惟于篇末录《艳歌何尝行·何尝》古词一首，藉以见例，其它歌词，不再逐一录出。

汉大曲的原始材料，见于沈约《宋书·乐志》，其中著录了大曲十五曲，歌词十五首，而隶属于十二个曲名。王国维的《唐宋大曲考》，也曾征引《宋志》中的大曲，旨在考定唐宋两代大曲之源，而我引用这个资料则意在探索汉大曲的种种，其目的是不同的。

《宋志》所载大曲究竟是多少呢？王国维说"大曲十六"，我则认为是十五。试言其故：《宋志》在平、清、瑟三调歌诗之后，列"大曲"二字，下录十五首歌词。歌词的前一行为歌名。（歌名是一首歌或一篇歌词的名字，例如：《折杨柳行》是一个曲名，《西山》便是折杨柳行曲中一首歌的歌名。又如：《默默》也是折杨柳行曲中一首歌的歌名。这类歌名，往往摘取歌词首句中若干字而成，也有不尽然的。）歌名之下则为曲名，曲名下为作者姓名，其下注解数。（解为乐章中的节，诗称章，词称叠【阕、段……】，唐宋大曲称遍【片、段】，乐府则称解。其内容虽不很相同，而其性质则颇相类似。齐王僧虔说："古曰章，今曰解。"陈释智匠《古今乐录》说："伧歌以一句为一解，中国以一章为一解。"）兹录《宋志》中十五大曲的编排形式如下，藉供研讨。（案平、清、瑟三调曲的编排与此同，不再举例。）

　　大曲
　　东门　　东门行　　古词四解

又如：

　　西山　　折杨柳行　　文帝词四解

在十五大曲之后，为：

　　楚调怨诗
　　明月　　东阿王词七解

案楚调为曲调名，汉《相和歌》名为清商三调，实有平、清、瑟、楚、侧五调。宋郭茂倩《乐府诗集》卷二十六云："《唐书·乐志》云：'平调、清调、瑟调，皆周房中曲之遗声，汉世谓之三调。'又有楚调、侧调，楚调者，汉房中乐也；侧调者，生于楚调，与前三调总谓之相和调。"王僧虔《大明三年宴乐技录》说："楚调曲有《白头吟行》、《泰山吟行》、《梁甫吟行》、《东武琵琶吟行》、《怨诗行》五曲。"可见《怨诗行》为楚调曲中一曲名，末有一"行"字。今本《宋志》凡平调、清调、瑟调这三个调名皆独占一行地位，如上举"大曲"二字例。同理，这"楚调"二字也应独立一行，其下一行应为"明月"二字，这是歌名，歌名下应为曲名《怨诗行》三字，再下为"东阿王词七解"六字，例如：

　　楚调
　　明月　　怨诗行　　东阿王词七解

这样才合成例。今本《宋志》以"楚调怨诗"四字独占一行，下一行"明月"二字下脱曲名《怨诗行》三字，这显然是今本《宋书》的误刻。王氏不察，于《唐宋大曲考》说："志（《宋志》）于清商三调——平调、清调、瑟调下列大曲十六：一曰东门行，二曰折杨柳行……十五曰白头吟，十六曰明月。"以明月为曲名，这就错了。明月乃歌名，是怨诗行曲中之一歌，不是曲名。而且是楚调曲，不入大曲。王氏于"楚调怨诗"四字略而不谈，后文亦未追究，不知何故？对于《乐府诗集》卷四十三"大曲十五曲"这五个字的小题，似亦未见。又小序中说："《宋书·乐志》曰：'大曲十五。'"此下又胪举大曲名至十五而止，没有第十六曲，王氏亦未细审。又卷四十一楚调曲中列有《怨诗行》

一曲名，其下且有小序说："《古今乐录》曰：'怨诗行歌东阿王明月照高楼一篇'"云云，其下又录有晋乐所奏曹植明月照高楼一曲，词分七解，与《宋志》完全符同。再下为"本辞"一首。凡此种种，都说明王氏仅就《宋志》所录词以意为之，没有把《乐府诗集》和《宋志》两相比勘，详为考碻，致有此失。因此，我们可以肯定的说：汉大曲止有十五，没有十六。

在《宋志》中没有说明这十五曲是汉大曲，然则何以知道这些大曲出之于汉呢？其理由：

一、《宋志》把这些大曲紧接在汉"相和歌、清商三调歌诗"的后面，作为三调诗的一部分或延续，没有把它割断，也没有表示出这是另一个时代的作品。

二、《宋志》在叙述历代歌唱家的后面，"吴歌杂曲"的前面，曾经说："凡乐章古词，今之存者，并汉世街陌谣讴。《江南可采莲》、《乌生》、《十五》、①《白头吟》之属是也。"在这大曲十五曲中，正有《白头吟》一曲，而且又恰正标着"古词"二字。即此已足够证明这些大曲定是属于汉代的了。

三、据《西京杂记》说：《白头吟》是卓文君给司马相如的一首诗。这诗，在《乐府诗集》中称之为"本辞"，而那篇在大曲中的则别称之为"古词"，晋乐还奏它，显然是把本辞添上若干字句构成的（大约增加了五分之二左右）。卓文君也好，古词也好，总之是汉代的作品，那是没有疑问的。

四、十五大曲中标上"古词"的有九首，其余六首，则标明武帝（曹操）、文帝（曹丕）、东阿王（曹植）、明帝（曹睿）的作品。案清商曲盛行于汉魏，而晋宋齐所奏者，犹是汉魏的旧曲。所以王僧虔论三调歌说："今之清商，实由铜雀，曹氏三祖（案操为太祖，丕为高祖，睿为烈祖，见《三国志·明帝纪》），风流可怀；京洛相高，江左弥重。"王氏之所谓"今"，便是晋宋，曹氏三祖则为魏，然则所谓"古词"者，定是更古于魏三祖的作品，这不是汉又是什么呢？

因此，把这九首称之为"汉大曲"，大约不算武断吧。其余六首，虽属曹氏祖孙辈所作，而乐曲则犹是汉代之旧，即那篇晋乐所奏的《白头吟》，也是汉代传下来的旧曲，所以也应该一并列入"汉大曲"之内。

这十五大曲除《满歌行》一曲外，其余十一曲（上文说：歌词十五而曲名止有十二）都是相和歌中"相和"、"瑟调"、"楚调"中的曲子。所以《乐府诗集》只把《满歌行》一首列入大曲中，其余十一曲各归本调，这是有根据的。案王僧虔《技录》把十五曲中的《艳歌罗敷行》（即《陌上桑》）和《东门》二曲归入相和歌相和曲中，《白头吟》一曲归入相和歌楚调曲中，其余十一首（曲名九）则尽归入瑟调曲，于是归入大曲的只剩《满歌行》一曲了。所以标题尽管标出"大曲十五曲"，而所录的歌词只有《满歌行》一曲，以免重复。兹列一表如下：

曲名	东门行	折杨柳行	艳歌罗敷行④	西门行	折杨柳行	艳歌何尝行	步出夏门行⑦	艳歌何尝行	煌煌京洛行	野田黄雀行⑨	满歌行	步出夏门行	棹歌行	雁门太守行	白头吟行③
歌（词）名	东门	西山	罗敷	西门	默默	圆桃	白鹄⑥	碣石	何尝	置酒⑩	为乐	夏门	王者布大化	洛阳令	皑如山上雪 白头吟
解数（总）	四	四	三	六	四	五	四	四	五	四	四	二	五	八	五
艳②	—	—	有艳无词⑤	—	—	—	有艳无词	有艳词一解，七句三五字。在解数外。	有艳无词	—	—	有艳词二解，二八句，一一七字。	—	—	—
曲（解数）	四	四	三	六	四	五	四	四	五	四	四	一②	五	八	五⑭
趋	—	—	有趋无词	—	—	—	有趋词一解，二〇句。五〇字。在解数外。	有趋词一解，一〇句。五七字。在解数外。	有趋词一解，四句，七〇字。在解数外。	有趋词一解，一八句，七二字。在解数外。	有趋词一解，四句，七〇字。在解数外。	有趋词一解，一八句，七二字。在解数外。	—	—	—
乱	—	—	—	—	—	—	—	—	—	—	—	—	—	—	？⑮
作者	古词	文帝词③	古词	古词	古词	武帝词	古词	武帝词⑧	古词	东阿王词	古词	明帝词	明帝词⑫	古词	古词
原属曲种	相和曲	瑟调曲	相和曲（陌上桑）	瑟调曲	瑟调曲	瑟调曲	瑟调曲	瑟调曲，晋拂舞歌亦歌此	瑟调曲	瑟调曲	？	瑟调曲	瑟调曲	瑟调曲	楚调曲 瑟调曲

可知"汉大曲"的组织，共有四个乐段：艳、曲、趋、乱。王僧虔《技录》说："诸曲调皆有辞有声，而大曲又有艳，有趋，有乱。辞者，其歌诗也。声者，若'羊吾夷''伊那何'⑯之类也。艳在曲之前，趋与乱在曲之后，亦犹《吴声》、《西曲》，前有和⑰，后有送⑱也。"（案《吴声歌曲》亦称《吴声》，流行于长江下游一带，以扬州（今南京）为中心，这是六代之都。《西曲歌》亦称《西曲》，流行于长江中游一带，以荆、襄为中心，荆、襄为南朝国防上的重镇。）现在分别加以探索如下：

艳　上举王僧虔《技录》说："艳在曲之前"，方以智《通雅》卷二十九说："升庵（杨慎号）以艳与和，为今之引子，趋与乱与送，若今之尾声。智谓：艳是引子。宋元时诗余，今悉作引子数板歌之。"可知艳实为"序曲"、"前奏曲"。十五大曲中有艳的凡五曲，其中有艳词的二曲，无词的三曲。有词当然和歌，无词则不歌而为"但曲"。《论语·泰伯》："师挚之始，关雎之乱，洋洋乎，盈耳哉！"《礼记·乐记》："始奏以文，复乱以武。"郑玄注云："文，谓鼓也；武，谓金也。"这即是说：奏"始"这一个乐段时用鼓，再奏"乱"这一个乐段时用金。以上二书都把"始"和"乱"对举，"乱"，是一种乐节名，则"始"应当也是一种乐节名。所以这艳，可能就是古乐中的"始"，是从"始"演变来的。始，好像是但曲，有音乐而不歌。"洋洋盈耳"，也似赞美音乐而不是赞美歌声的。艳，亦不歌的多于歌。但曲的艳，有类于"前奏曲"，是一种在"正曲"前的"牌子曲"；和歌的艳，则类于曲中的"引子"，也类于唐大曲中的"歌头"。

曲　王僧虔《技录》说："艳在曲之前，趋与乱在曲之后"，然则艳后趋前是什么呢？我认为这一个乐段便是"曲"。上表中曲的解数完全相同于全曲的总解数，可知《宋志》中所录的歌词，绝大部分是"曲"词，凡不注明艳、趋、乱的都是曲，而艳、趋、乱都不计入解数之内。"曲"词都很长，乐节也相当长，因此有分"解"的需要。十五大曲中除《夏门》一曲有问题⑲外，少则三解，多则八解，一般的都有四五解。而艳和趋的词，都只一解。可见"曲"这一乐段，为全曲中最主要部分，艳、趋、乱三者可有可无，而曲则不能没有。没有曲，即不成其为乐曲。曲，是正曲子，是慢曲，犹南曲中的"过曲"，为缓歌慢舞的细曲子。有音乐，有歌，有舞。

趋　"趋在曲后"。十五大曲中有趋的凡六曲，六曲中有词的有五曲，无词的只一曲。因此可以说：趋，大多数是歌的。趋在乐曲中的地位，很像唐大曲中的"彻"。有音乐，有歌，有舞，和正曲一样。不过，在歌舞进行中，它的速度比正曲快。趋，同促。《礼记·乐记》："卫音趋数烦志"，郑玄注云："趋数，读为促速。"又虫名促织，旧亦作趋织。我看趋这一字，用作乐段名，也应当读为促，不读本音。正曲是慢曲，趋是急曲，因其为急曲，故名为趋

（促）。白居易《和元微之霓裳羽衣曲歌》自注云："凡曲将终，皆声拍促速。"
欧阳修《新唐书·礼乐志》也说："凡曲终必遽。"可见乐曲的末后一个乐段是
急促的，趋，是末后的一个乐段，应当为急曲子。

乱　《离骚》、《九章》等篇都有乱，乱必在乐章的末尾。如《抽思》一
章，除本体诗篇外，又有少歌，有倡，有乱，而乱居三者之末，且在全章之
末。朱熹《楚词注》云："乱者，乐节之名"，元陈澔《礼记集说》云："乱
者，卒章之节"，比之朱注更为明确了。乱，原来是乐章中最末的一个乐节，
陈注最为正确。又《楚辞·大招》篇有句云："娱人乱只"，若把此句和"洋洋
盈耳"合看，可知乱这一节音乐是非常动听，很足以娱人的。趋既是急曲子，
则乱也是急曲子。同是急曲子，故在同一乐曲中有了趋便没有乱，有了乱便没
有趋，二者不兼有。古乐多啴缓柔和，平平淡淡的很少刺激性，所以魏文侯
子夏说："吾端冕而听古乐，则惟恐卧；听郑、卫之音，则不知倦。"（《乐
记》）一般的古乐，大都和平中正，惟有乱这一个乐段，音繁节促，管脆弦清，
最为美听，所以能获得盈耳和娱人的赞词。趋和乱虽同是急曲子，同在乐章之
末，大约二者的风格不同，也许速度上还有一定程度的差异，或者节拍不一
样，故尔把趋与乱分别开来。乱在十五大曲中只有《白头吟》一曲，此外，瑟
调曲中有《孤儿行》一曲，这两曲都有乱词，其它则不得而知。（汉赋中亦有
乱，这是摹仿楚骚，已脱离音乐，故不论。曹植《鼙舞歌》中亦有乱，这不是
汉大曲，也不论。）

我很疑心汉大曲中有乱的或不止《白头吟》一曲，也许那些没有趋的几个
曲子可能也有乱（个别的有，非全有）。因为大曲是组织较为复杂的一种大型
歌舞曲，倘若前无艳，后无趋与乱，干绷绷的只有几解正曲，既不见其"大"，
与三调歌又何以异？何必称之为大曲呢？

趋在乐曲中多数有词，有词便要歌，但也有不歌的。如《罗敷》一曲有小
注云："曲后有趋"，但篇一中并没有趋词。乱也是如此，因为没有歌词，便
一概不注，后人便不知其中有乱了。如上举《论语》云："关雎之乱"，今本
《诗·关雎》没有什么乱。可知乱这一个乐段，可以歌，可以不歌。歌则有词，
词前冠以"乱曰"二字。不歌则为但曲。后世乐谱失传，声既无有，便不知其
中有乱了。十五大曲中可以考见有乱的，只有《白头吟》一曲，然而篇末不见
有所谓乱，盖因"乱曰"二字已失刊，或给后世少见多怪的人窜改掉了。今探
讨如次：

案今本《宋书》白头吟歌词末有小注说："一本云：'词曰上有紫罗咄咄
奈何。'"然而遍查现有的各种板本，不用说有"紫罗咄咄奈何"六字的那种本
子没有，即"词曰"二字也没有在任何本子中见到过，这中间定有蹊跷。而
《乐府诗集》所录词，则没有此项小注。郭茂倩在大曲十五曲的总序中说：

"白头吟与棹歌同调。"和《宋志》同。又说："罗敷、何尝、夏阳三曲，前有艳，后有趋。碣石一篇有艳。白鹄、为乐、王者布大化三曲有趋。"这又和《宋志》合。又说："白头吟一曲有乱。"这和《宋志》就不合了。《宋志》既没有乱，甚至郭氏自己书中也没有乱，这就奇了。其故何在呢？

《宋志》词末的小注，《乐府诗集》没有，而《乐府诗集》所注四解、五解等字，《宋志》也没有。又《乐府诗集》在"皑如"（《宋志》作皚如）二字下有小注云："如字下或有'五'字"，《宋志》没有此项小注，而如字下恰正有"五"字。可知郭氏所据的《宋志》，和我们现在所见的各种本子都不一样。

综合上述的异同，可以概括起来作一"假定"说：

宋代必有一种本子，或为南唐本，或为淳化、景祐古本，或为嘉祐校刊七史本（绍兴眉山覆刻本当同），或为其他本，其中《白头吟》一篇，是和今本不同的。这一个不同的本子暂称之为"旧本"。现在把旧本和今本对照如下（歌词有异同，不是本篇所欲讨论的问题，且不说）：

旧　本

"皑如山上雪……故来相决约。"一解
"平生共城中……沟水东西流。"二解
"郭东亦有樵……无亲为谁骄。"三解
"凄凄重凄凄……白头不相离。"四释
"竹竿何袅袅……何用钱刀为？"五解
"乱曰：'皚如五马瞰其……延年万岁期。'"
（小注）："一本：'乱曰'上有'紫罗咄咄奈何'"。

今　本

"晴如山上云……故来相决绝。"一解
"平生共城中……沟水东西流。"二解
"郭东亦有樵……无亲为谁骄。"三解
"凄凄重凄凄…………………………"
……皚如五马瞰其……延年万岁期。"
（小注）："一本云：'词曰'上有'紫罗咄咄奈何'"。

这样，一切问题都可以明了而解决了。原来情况是这样的：宋蜀本《宋志》（百衲本二十四史所用本）之误，为失注"四解五解"四字，又夺"乱曰"二字。小注中的"乱曰"误作"词曰"。（汲古阁本、殿本同。）

《乐府诗集》则"四解五解"四字并未失注，惟将"五解"二字误植在篇末"期"字下。"乱曰"二字亦夺。

理由是：郭说，白头吟有乱，定是他所见的本子有乱，这是应当可信的。在他编著的《乐府诗集》中也有乱，这也是可以推测到的。然而现在所见的宋本、明本《宋志》，和元本、明本《乐府诗集》都没有乱，这是为的什么呢?这有下列的原因：（一）凡是板本，不能没有残缺，经后世的修补或翻刻，很可能把"乱曰"二字刊落了。或被无知的妄人窜夺了。（二）又有可能：郭氏所见的本子有，而我们所见的本子原来没有。或则郭氏所见的乱，不在《宋志》，而在其他书籍中，这种书籍，今已失传了。此外，当然还有其它种种原因，我们不必一一猜测，总之：乱曰二字是失刊了。

可是，乱曰二字虽已失刊，而乱词则仍是保留着的。我认为自"皑如"以下至篇末二十一字，便是乱词。这二十一字，在"本辞"中没有，本辞原文至"何用钱刀为"为止，至此为五解，原很适当。此下为后加的乱，这乱词的文义，显然和上文不接。因而说它是后来添加的，不是歌词本身原有的东西，似乎没有什么不妥当。

上面说过，乱是乐章中最末一个乐段，在乐章中可有可无，是以器乐为主的一种乐节。汉相和歌中有乱词的只见《孤儿行》一篇：先为"乱曰"，其下为乱词，凡四句二十三字，这和"皑如"以下四句二十一字，刚好相当。我们所见《楚辞》中的乱，其先必有"乱曰"；汉赋中的乱，也必有"乱曰"，因而设想《白头吟》篇末小注中"词曰"二字，当是"乱曰"之误。否则，所谓"词曰"者，将是什么呢? 至于"紫罗咄咄奈何"，是歌唱中所加的一种声，没有意义，如："羊吾夷"、"伊那何"之类。在汉乐府中有不少声词合写的例子，于此不必多举。这种声，不是歌词的本体，所以有的本子有，有的本子没有。

再者，王僧虔《技录》也说："大曲又有艳、有趋、有乱。"则十五大曲中至少有一曲有乱，然后可以符合。今一曲都无，岂能没有错误? 遍看十五大曲中，有乱词痕迹者，惟有《白头吟》一曲。上文已说过，此词原至"何用钱刀为"为止，适五解而毕，辞意完整。又全篇为男女决绝之词，在"凄凄重凄凄"声中，两相分离，这是何等哀怨和怅惘的事情，那里说得上"今日相对乐，延年万岁期"的话? 因此这后四句显然是为了音乐上有此需要而配上去的乱。我们知道《艳歌何尝行·白鹄篇》趋段的末句云："今日乐相乐，延年万岁期"，那末这两句很可能是从白鹄篇中移植过来的。割趋段的尾巴，续在乱曲的末尾，在音乐上有胶漆相投之效，因二者都是急曲子，在节奏上是可能密合的。综上理由，我认为可以这样说：皑如以下四句一定是乱词，《白头吟》之末，正缺少乱词一段，把它配上去恰好天衣无缝。这虽是在考证汉大曲时附带做的校勘工作，但事实上也不可少；否则，汉大曲将没有乱，而王僧虔《技录》和《乐府诗集》的话，将尽成凿空。

《古今乐录》说："凡诸大曲竟，'黄老弹'独出舞，无辞。"无辞即不歌，不歌为但曲。张永《元嘉正声技录》说："楚调曲有但曲七曲：《广陵散》《黄老弹（飞引）》、《大胡笳鸣》、《小胡笳鸣》、《鹍鸡（游弦）》、《流楚》、《窈窕》"。（飞引当是技法或节奏等方面的名词，游弦也许亦属此类。嵇康《琴赋》有"鹍鸡游弦""流楚窈窕"二句，《文选》李善注云："古相和歌者有鹍鸡曲，游弦未详。"又云：言流行清楚窈窕之声。"李氏以流楚窈窕篇形容词，非是。）但曲是有声无词的器乐曲，也合舞，但舞而不歌。这"黄老弹"当是用在"乱"曲中的一个牌子曲。其故：一、《古今乐录》说："黄老弹"用在大曲之末（竟）。二、"黄老弹"是但曲，有舞而不歌。故云"无辞"。乱大都也是不歌的。三、有乱的《白头吟》，正是楚调曲，又是大曲，与《古今乐录》说合。在各种关系上都能符同，所以，黄老弹极可能是乱曲音乐中的一个"牌子曲"。

因是，我们可以推想：正曲演出毕（竟），乱曲接着上演。在这一个乐段中继续有舞，有音乐。所用的音乐为"黄老弹"，或为其余六曲中之一曲（当然没有专用"黄老弹"以独当乱曲音乐之理）。这些但曲，都是"牌子曲"。而乱的性质，类于曲中的"煞尾"。

《乐府诗集》把东门、罗敷二曲归入相和曲，把白头吟归入楚调曲，把其余十一曲归入瑟调曲，这是他根据张永《技录》分类的。这中间就有疑问，既是说这十五曲是大曲，为什么把它们归入其他曲调中，而大曲本身只剩满歌行一曲了呢？

我看所谓大曲者，不是在相和歌清商三调以外别有一个曲种其名为大曲。这个曲种不是独立的，也不是和清商三调曲相对立的，而是因为它在清商三调的舞曲中前有艳后有趋（或乱），组织较为繁复，内容较为充实（在现代术语中称为"大型"的歌舞曲），便称之为"大曲"。《唐宋大曲考》说："自沈约至两宋，皆以遍数多者为大曲"，其含义正复相同。是故所谓大曲者，论其种别，犹是清商曲；论其调别，则多属瑟调；论其体制，则是大型的歌舞相兼之曲。它是清商曲中若干大型歌舞曲的一个总称，不是清商以外别有一个曲种其名为大曲，此点首应辨明。

再者，王僧虔《技录》和张永《技录》对于清商曲中平调、清调、瑟调、楚调诸曲都纪载着乐器名，或为七种，或为八种。又二书对于以上诸曲又都有"歌弦"几部的叙述，少则一部，多则八部。并且说未歌之前有几部弦，弄后又有几部弦；演出时用几种乐器。其在大曲部分，则一概不说。可知大曲的演出，都在原曲种所规定的器数和弦部数中上演，并不独立于三调之外而自成一体系，所以不需要另加说明了。这又是大曲不独立的一点证据。

大曲是舞曲，是歌舞相兼之曲，这点也是应该肯定的。仅"黄老弹独出舞"一语，便足以肯定它是舞曲了。

大曲的音乐，应追查到原曲种中间去。十五大曲，分属于相和、瑟调、楚调三曲（满歌行无考）。相和曲用七种乐器：笙、笛、节、琴、瑟、琵琶、筝。瑟调和楚调曲同。笙和笛是竹，是管乐器。节是鼓，是敲击乐器，用以节拍。琴、瑟、筝、琶都是丝，是弹拨乐器。所以《宋志》说："相和，汉旧曲也，丝竹更相和，执节者歌。"可知当时的歌唱，是由打节鼓的人兼司其事的，在现代大鼓和坠子等曲艺中，还有"执节者歌"的遗风。从"丝竹更相和"中，还可以体味出丝竹等乐器不是自始至终合奏着的。

张永《技录》说："平调曲，未歌之前有八部弦。四器俱作，在高、下、游弄之后。瑟调曲，未歌之前有七部弦，又在弄后。晋宋齐止四器也。楚调曲，未歌之前有一（?）部弦，又在弄后。"所谓"四器俱作"者，其先必不作，或部分的作，直待各弄完毕之后然后四器俱作。这就是说：在演出时，丝竹等器，更相递奏，不是所有乐器轰然并发的。例如：唐代盛行的法曲，就是从清商曲中演变出来的一个乐种。陈旸《乐书》法曲条说："其声始出清商部"，可证。白居易诗自注说："凡法曲之初，众乐不齐，惟金、石、丝、竹次第发声。"《新唐书》也说："初隋有法曲，其音清而近雅，其声金、石、丝、竹以次作。"这都足以间接证明：大曲所用的乐器，其发声先后有参差，或交替演出，及在高弄、下声弄、游弄之后，四器乃一齐参加了。所谓四器，大约是琴、瑟、筝、琶。这都是弦部器，用在弄后。所谓"未歌之前"，当指艳段。所谓"歌"，即是正曲部分。"弄"也指正曲部分。"又在弄后"云者，言弄后亦如正曲前也。"部"疑指"节"，一部为一节，相当于一个"牌子"，是弦乐的器乐曲。"歌弦"当是用弦乐伴奏的声乐曲了。例如王僧虔《技录》云："瑟调曲，歌弦六部。"张永《技录》说："瑟调曲，未歌之前有七部弦，又在弄后。晋宋齐止四器也。"这便是说：在瑟调曲的艳段中，有弦乐的器乐曲七个牌子演出，正曲之后，也是这样。其在正曲中，则有弦乐伴奏的声乐曲六个牌子演出。汉代用乐器七种，晋宋齐则止用四器。于此似容易发生一种误会：器乐曲用的是弦乐器，声乐曲用的又是弦乐器，那些管乐器便不用了么？依照王僧虔《技录》所举清调曲的乐器名看，笙、笛后附以"下声弄、高弄、游弄"等字。楚调曲笙笛下亦有弄字，好像这两种管乐器须在正曲开始时方始加入，或在弄间开始加入的。又张永《技录》所举相和六引的乐器名，节字下有歌字，似节鼓一器，惟有在歌唱时方始用它。《宋志》也说："执节者歌"，可知节与歌确是分不开的。如上所举弄、歌等字，都不是乐器名，当是注解。原本小字，后误升为大字而互相混杂了。上举但曲名下"飞引"、"游弦"等字，疑与此同。

汉大曲的演出，大致可想象为：

前奏曲（艳）开始，所奏者为"牌子曲"，由弦乐器演出。大约演奏七个（或一个）牌子的乐曲而完成这个艳段。不歌，也有少数是歌的。歌时则打节鼓，歌者便是打节鼓的人。是否有舞则不详。一般大曲中多数没有这艳段，开始便是正曲。

正曲开始，既歌且舞，笙笛等管乐器也参加了。大约歌词一解，相当于音乐上一个牌子（类于南北曲中一支曲牌），一个牌子毕（歌弦一部竟），接奏一个过门（"辄作送歌弦"）。依王僧虔《技录》说："瑟调曲歌弦六部"，便是要连续演奏六个牌子的乐曲。事实上也许不能这样硬性规定，要看解数的多少和歌词的长短而定。这是慢曲子，缓歌慢舞，足以极视听之娱。在这一个乐段中，演出时间最长。所谓下声弄、高弄、游弄、上舞、下舞、上间弦、下间弦等等，都是在这一个乐段中演出的。这是全曲的主干，不可或缺。没有它便不成其为乐曲了。

正曲毕，便转入趋或乱这一个乐段。由慢曲转为急曲，歌也急，舞也急，繁音促节，使听者振奋。这一个乐段中的器乐曲最为优美动听，很受到古人的赞赏。在这一个乐段中，多数舞而不歌，歌亦不很长，所见的歌词都止一解。乱比趋似乎更短一些。不歌，则节鼓也停了。笙笛等管乐器也停了。止有琴、瑟、筝、琶四器，一时并作；大约奏七个（或一个）牌子的乐曲而告终。

于是全曲毕。

由于资料的限制，对于汉大曲不能作更详尽的探索和研究。个人的见解，又不免有主观，有局限。何况这是一个初步的试探。应该修正和补充的地方当然很多，且俟异日。

附录：

艳歌何尝行　何尝　古词五解

何尝快独无忧？但当饮醇酒，炙肥牛。一解

长兄为二千石，中兄被貂裘。二解

小弟虽无官爵，鞍马駃駃，往来王侯长者游。三解

但当在王侯殿上快独，樗蒲六博，对坐弹棋。四解

男女居世，各当努力！蹙迫日暮，殊不久留。五解

少小相触抵，寒苦常相随。忿恚安足诤吾，中道与君共别离。约身奉事君，礼节不可亏。上惭沧浪之天，下顾黄口小儿。奈何复老心皇皇，独悲谁能知？少小下为趋，曲前为艳。（案曲前有艳曲而无艳词）

——————————————

① 《晋志》《宋志》原文："十五"二字下有一"子"字，盖合"乌生十五子"五字为一曲名，这是错误的。《古今乐录》引张永《元嘉正声技录》说："相和有十五曲……六曰

'十五'……十二曰'乌生'……""十五"这一曲的歌词传者有魏文帝曹丕词，题曰"十五"。"乌生"这一曲的歌词传者为古词，题曰"乌生"。可知："十五"是一曲名，"乌生"另是一曲名。后人不察，见《宋志》把乌生和十五连举，因乌生曲另有一别名曰"乌生八九子"，便在"十五"下添上一"子"字，就成为"乌生十五子"而作为一个曲名了。我们试查张永《技录》、王僧虔《技录》、《宋书·乐志》、《古今乐录》等书，汉相和歌中有"乌生十五子"这一个曲名否？又见过汉魏六朝人乐府诗中有"乌生十五子"这一曲的歌词否？可知"子"字是后人妄增的。宋本《白氏六帖事类集》注引《晋志》于乌生曲作"乌生八九子"，可知与十五无关。

②艳、曲、趋、乱四者，正文中有详述。

③魏文帝曹丕。

④《古今乐录》说："艳歌行非一，有直云'艳歌'，即艳歌行是也。若'罗敷'，'何尝'、'双鹄'、'福钟'等行，亦皆艳歌。"王僧虔《技录》云："艳歌罗敷行、日出东南隅篇，相和中歌之，今不歌。"案艳歌亦入相和曲，此罗敷行亦名陌上桑，即入相和曲中。

⑤《宋志》歌词末有小注云："前有艳词，曲后有趋。"案歌词中并无艳词，则此"词"字衍。《乐府诗集》作"歌"，既是歌，便不能没有词。其误同。

⑥艳歌何尝行白鹄篇，亦名《飞鹄行》。因其首句为"飞来双白鹄"，故名。又此篇词末有小注云："曲前有艳"，夺艳字。

⑦步出夏门行一名陇西行。

⑧魏武帝曹操。

⑨《宋志》于曲名下注云："空侯引亦用此曲。"案空侯即箜篌，相和歌中有相和六引：箜篌引、宫引、商引、角引、徵引、羽引。

⑩案汉太乐食举十三曲，其第十一曰大置酒，疑即此曲。又案《宋志》所录大曲十五曲中的置酒，为东阿王词，曹植词当然不能充作汉太乐食举曲。但《乐府诗集》别有本辞一首，这本辞应当是汉词了，两相比较，词句完全相同，不过本辞中"惊风飘白日，光景驰西流"二句在前，"盛时不可再，百年忽我遒"二句在后，如此而已。这与东阿王词有什么分别呢？又杜佑《通典》说：魏明帝青龙二年（公元二三四年）以长笛食举第十二"古置酒曲"代"四会"。所谓古置酒曲，当即上述的本辞。所以称大置酒者，是大型的置酒曲，载歌载舞，因其为大型，故又归入大曲类中。汉代太乐食举亦用之。至魏明帝时，把置酒曲代四会。四会亦汉曲名，有多种四会，均见《汉书·礼乐志》

⑪歌词小注说："二解"，疑有误。以其他各曲为例，凡解数，都是曲中最主要部分"曲"的章节数，艳和趋，则不计在内，观上表可知。表中总解数和曲的解数总是相同的。独有此曲，总解数为二，歌词自"步出夏门"至"弦歌乐情"为一解，凡十四句，五十八字。又自"商风夕起"至"悲鸣在其间"为二解，六十四句，五十八字。此下为"朝游清冷，日莫（暮）詹（嗟）归"八字，下有小注云："朝游上为艳"。再下为"凄迫日莫"至"詹哉一言"而毕，凡十八句，七十二字。下有小注云："凄迫下为趋。"如此，艳后趋前的正曲，反得八字，这八字至多作为一解，如何可作二解呢？此当有误。一般的大曲，都是正曲很长，艳和趋很短，多数没有艳词和趋词。今此歌的艳词长至二十八句，一百十六字，且分成二解，为仅有之特例。曲后的趋，也有十八句，七十二字。而中间的正曲，则仅寥寥八

字。这样虎头豹尾而蜂腰式的结构，为其他十四曲所没有。又前面碣石篇也属步出夏门行曲，其艳词只一解、七句，三十五字。曲后没有趋，中间的正曲则有四解，每解都是十四句、五十六字，共二百二十四字。以此例彼，其错误不是很明显了么？

⑫ 魏明帝曹睿。

⑬《宋志》作《与棹歌行同调》。疑非是。案王僧虔《技录》，棹歌行为瑟调曲，白头吟行为楚调曲，《乐府诗集》也归入楚调中。故表中以《白头吟行》为曲名，而以白头吟（或作皑如山上雪）为歌名，不作与棹歌行同调。

⑭ 此篇所记解数亦有误。注云"五解"，而歌词中只注三解。余二解失注。《乐府诗集》虽五解全，然其中有误记。说详正文。

⑮ 此篇原有乱而夺"乱曰"二字，有乱便若无乱。说详正文。

⑯ "羊吾夷"、"伊那何"，都是歌曲中加入的声，没有什么意义。这二声的出处已不可考，可考者有"妃呼豨"、"收中吾"等。

⑰⑱ 和有和声、和歌，送有送声、送曲。

⑲ 见注②。

原载《中华文史论丛》1962年第1辑

"相和歌" 曲调考

逯钦立

一　引论

　　乐府曲调名最为混淆的要算"相和"、"清商三调"及"大曲"。南朝人于曲调分合，已有异同。沈约《宋书·乐志》"瑟调"与"大曲"分列，放在"清商三调"下。《古今乐录》引王僧虔《技录》"瑟调"与沈约所谓"大曲"列在一起，不另立"大曲"一目，这是第一点不同；《宋书·乐志》"相和"与"清商三调"分列，《技录》（据《通志》所载）则"平调"、"清调"、"瑟调"均列在"相和"中，这是第二点不同。王、沈是时代相近的人，分目的差异已是如此，所以后来郑樵作《通志》就兼采二说，并存不废。而郭茂倩的《乐府诗集》关于"相和""清商三调""大曲"的分目，也仍然依据郑氏；不同者，是他把凡在《技录》中属于"瑟调"的"大曲"，仍归入"瑟调"，只让一首《满歌行》占着"大曲"的领域。为着分明起见，现在把以上四家的分目，简列于下：

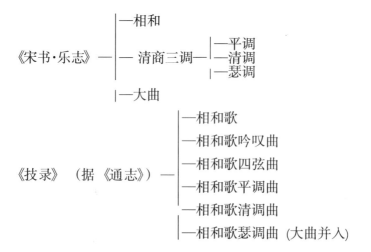

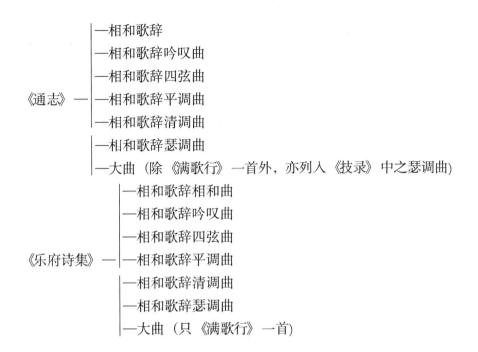

《宋书·乐志》分目详细,似乎可为根据。但王僧虔时代在前,又是关心音乐的人,对于"清商三调"尤其注意(他的《乐表》上说:"今之'清商',实犹铜雀。魏氏三祖,风流可怀。"见《宋书·乐志》),他不把"平调""清调""瑟调"另立"清商"一目,而统列在"相和"下,自然也有他的道理。依此依彼,都有问题,所以近代人对于乐调的区分发生许多异论。

梁启超说:"大抵替'清商'割地者,始自吴兢,而郑樵、郭茂倩沿其误。今据王僧虔、沈约所记载,复还其旧。又《宋志》于'三调'之外,复有'大曲'及'楚调',其性质如何,虽难确考,既王僧虔以类相次,则宜并属'清商'。至《通典》所载'清商'诸曲,则专就唐时现存者言。'清商'在南朝递有增加,至唐时则远代之汉、魏曲尽亡,存者仅近代之梁、陈曲耳。"于是依他的意见,列了一个表,今将他表中"唯歌者"的部分,录之如下(梁氏说见《古歌谣及乐府》):

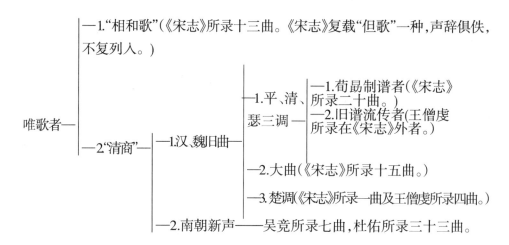

梁氏不管"性质如何",把王僧虔"以类相次"的"相和"下的诸调,以为宜并属"清商",而列了这样一个表,作为分别调名的结论。这样不特不能"复还其旧",而且违背了王、沈两家的分目事实;倒还不如郑樵的兼容并包,比较合理。至于梁氏把"相和"、"清商"都冠上"唯歌者"的名目,把《宋志》所录二十曲说成为荀勖制谱者,也都还有问题。这里我们就不说了。

其次,近人朱谦之《中国音乐文学史》以为:"汉世乐府,材料最丰富的就是'相和歌辞'。'相和歌辞'中内容最重要的,就是'相和五调'('平调','清调','瑟调','楚调','侧调')。故'相和歌辞'只有五调,只五调便尽了'相和歌辞','五引'是'附会出来的','四弦曲',也是不可与'相和五调'并列的。"按他的这种说法,也根本无法成立。"侧调"生于"楚调"(《唐书·乐志》),在王、沈录曲时还没有"侧调"一目,"五调"之说,可以不攻自破。其次"清商三调",王僧虔、沈约都明明说过,也不能随便地把它移过来就放在"相和五调"下。至于"五引""四弦",谓之不能与"相和"并列,也是错误的("相和五调"之说,朱氏大抵本《晋书·乐志》"所谓'清商'正声,'相和'五调伎也")。

梁氏、朱氏怀疑"相和""清商三调"及"大曲"的分目,固然应当;但他们的结论和区分法是同样要不得的。王僧虔、沈约两家分目的不同,不是哪一个对或哪一个错,更不是两家把当时的曲调任意区分。梁、朱二氏,不能彻底追究两个时代相近的人,何以分调不同,而随意地便另加区分,这犯了竞新立异的毛病;乐府上的调子,经过魏、晋、宋、齐,时间地域,都会使之发生变化,不注意这个问题,如朱氏在忽略"相和"、"清商"、"大曲"的关系外，竟把"侧调"的名目，也列在"相和"中，这又犯了自我作古的毛病。所以梁、朱二氏只能破坏王、沈两家的分类法，并没有依据现有材料，把古代曲调的真相弄明白。

我们如果从曲调上研究乐府，就必须先去考查这些曲调的制作、演奏型式及其本身的相互关系。如在曲调名上，"大曲"何以与"瑟调"混列，"相和"又何以与"三调"相淆？在歌曲上，"相和"、"瑟调"、"大曲"何以有许多的纠缠？例如，《艳歌罗敷行》列为"相和歌"，又列为"瑟调"，以沈约说，又为"大曲"；《白头吟》为"瑟调"，为"大曲"，又为"楚调"；《东门》为"相和歌"，又或云"歌'瑟调'古辞《东门行》'入门怅欲悲'也"（《乐府诗集》）。假如我们不去管这些问题，仅从调名上去找结论，恐怕会一无结果。现在让我们从各调演奏的型式以及其彼此的关系上，来分析"相和歌"、"清商三调"及"大曲"。

二 "清商三调"与"相和歌"

(一) "清商三调"仍为"相和歌"论

什么是"相和"

我同意王僧虔《技录》的分法，以为"清商三调"仍然属于"相和歌"。为着证明这一点，我们第一步要看看"相和歌"为什么叫做"相和"。《宋书·乐志》："'相和'，汉旧歌也。丝竹更相和，执节者歌。"这是魏代对"相和歌"的描写。案"丝竹更相和"是"和"的最高型式，达到这一点，中间原曾经历了三种不同的方式：（1）以歌和歌。（2）以击打乐器相和。（3）单用管乐器相和或单用弦乐器相和。兹分述之如下。

（1）以歌和歌。《汉书·曹参传》："吏舍日夜歌呼，从吏患之，无如何。乃请参游后园，闻吏醉歌呼，从吏幸相国召按之，乃反取酒张坐饮，大歌呼，与相和。"这是一个人唱，一个人和。至于以歌和歌的标准型式，是一人唱三人和。《宋书·乐志》云："'但歌'四曲，出自汉世，作伎最先一人唱，三人和，魏武尤好之。时有宋华容者，清彻好声，善唱此曲，当时特妙。自晋以来，不复传，遂绝。"即使不合这种标准，和者也总要比唱者多。司马相如《上林赋》："千人唱万人和。"张衡《西京赋》："纵櫂歌，发引和。"注："发引和，言一人唱余人和也。"以上是以歌和歌的实例。

(2) 以击打乐器相和。《史记·刺客列传》："荆轲嗜酒,日与狗屠及高渐离饮于燕市,酒酣以往,高渐离击筑,荆轲和而歌于市中,相乐也。"《淮南子》:"夫穷乡之社,扣瓮拊瓶,相和而歌,自以为乐。"这是以击打乐器相和而歌的实例。而且由荆轲和筑而歌的一事观之,可知所谓"和",乃是以歌击打乐曲。击打乐器,算是代替了"一唱三叹"的"唱"。

(3) 单以管乐器相和或单以弦乐器相和。《汉书·礼乐志》:"至孝惠时,以沛宫为原庙,皆令歌儿习吹以相和。"这是汉代以管乐器相和的例子。以管乐器相和,周代已有,郑樵《通志》:"案《诗·南陔》之三笙,以和《鹿鸣》之三雅;《由庚》之三笙,以和《鱼丽》之三雅者,'相和歌'之道也。"此说并可证明,间歌以管乐器为和,是"相和歌"之老祖宗。所以管乐器即以徒吹而称为"和",《尔雅·释乐》:"徒吹谓之和。"后来马融《长笛赋》序也说:"有雒客舍逆旅,吹笛为《气出》、《精列》相和。"以上是以管乐器作"和"的实例。其次《庄子·大宗师》云:"或鼓瑟相和而歌。"所谓"鼓瑟相和",我以为就是以弦"倡",以歌"叹",换言之,其型式即"一弹三歍"或"一弹三叹"。蔡邕《琴赋》:"一弹三歍,悽有余哀。"(《北堂书钞》一○九引)《古诗十九首》:"一弹再三叹,慷慨有余哀。""一弹三叹"也正是从弦歌的旧套变来的。《礼记·乐记》:"清庙之瑟,朱弦而疏越,一唱而三叹。"可为明证。以上是以弦乐器作"和"的实例。

上面诸条,以歌和歌的不必说,试看各种以器奏相和的型式,其特色共有三点:1.器奏的"和"全为徒曲。2.以器奏作为开端。3.器奏开端后,器奏与乐歌间作,构成一种更迭的型式。由此可见,"丝竹更相和"的型式,乃是把徒吹的"和"与"一弹三叹"的"弹"结合起来,作成了一种更高级的"和"。而且这种"和",仅是增加了乐器的种类,实质上仍然是徒奏的。再者,魏代"相和歌"的演奏法,也依旧不变,仍是丝竹与乐歌间作。所以才用"丝竹更相和"来形容,"更相和"就是迭和的意思。

丝竹的"和",既为起头,又与乐歌间作,所以就有了"引"、"和"连举或混用的地方。张衡《西京赋》有"发引和",我们再看魏夏侯湛《夜箫赋》"振引合和,如会如离"的描写,还有《宋书·乐志》"荀勖……令郝生鼓筝,宋同吹笛,以为杂引相和诸曲"的记载,就可以明白这一点了。

丝竹为和的"相和歌",歌的时候只用节打着拍子清唱,并不配弦索。这种清唱的歌,至魏朝发展到兼用丝竹,在"相和歌"的类中说,已经算是登峰造极。所以说"丝竹更相和"是"和"的最高型式。"相和"的实况,既如上述，我们接着就研究"三调"属于"相和"的问题。

"三调"属于"相和歌"的条件在哪里

王僧虔是刘宋时代最懂得"清商"乐的人，从《宋书·乐志》上所引的他那一段论"清商"的话，就可以明白。假如"清商三调"不属于"相和"，王氏自然要另立"清商"一目，决不致于挨次地把"平调"、"清调"、"瑟调"放在"相和歌"下的。《隋书·经籍志》载："《三调相和歌辞》五卷，《三调诗吟录》六卷……郝生撰。"郝生是荀勗同时代的乐人，他所撰的歌辞，既然署名"三调相和歌辞"，可证这种歌辞既属于"相和"，也属于"三调"。对于这种署名法，仅有两种可能的解释：1."三调"即"相和"，因为"相和歌"只有三种调子，所以称之为"三调相和"。2."三调"中有"相和"的部分，所以"相和歌辞"上冠以"三调"二字。我们由1固然可知"三调"属于"相和"。即以2项说，"三调"有"相和"的部分，在演奏时必具有相和的型式，这仍然可作为"三调"属于"相和"的明证。然而"三调"属于"相和"的条件，究竟在哪里呢？兹以两项实例来证明它。

第一，我们试以王氏关于"三调"演奏型式的实录加以整理，以证明王氏分立调名的正确。

《古今乐录》曰："王僧虔大明三年宴乐《技录》云：'平调'有七曲……其器有笙、笛、筑、瑟、琴、筝、琵琶七种。歌弦六部。张永录曰：未歌之前，有八部弦，四器俱作，在高下游弄之后。凡'三调'歌弦，一部竟，辄作送歌弦。今用器又有大歌弦一曲，歌'大妇织绮罗'，不在歌数，唯'平调'有之，即'清调''相逢狭路间，道狭不容车'篇后章，有'大妇织绮罗，中妇织流黄'是也。张录云：非管弦声音所寄，似是命笛理弦之余，王录所无也。亦谓《三妇艳》诗。"

又：王僧虔《技录》："'清调'有六曲……其器有笙、笛（下声弄，高弄，游弄）、篪、节、琴、瑟、筝、琵琶八种。歌弦四部。张永录云：未歌之前，有五部弦，又在弄后，晋、宋、齐止四器也。"

又：王僧虔《技录》："'瑟调曲'……其器有笙、笛、节、琴、瑟、筝、琵琶七种。歌弦六部。张永录云：未歌之前，有七部弦，又在弄后。晋、宋、齐止四器也。"

由上面三项所载"清商三调"演奏的型式，可以归纳如下：

1. 有"歌弦"。"歌弦"前有"弦","歌弦"后有"送声弦"。2. "弦"前有"高下游弄"。3. "弦"是四器（琴、瑟、琵琶、筝）俱作；弄是弦前的起头（下声弄、高声弄、游弄）。今姑以"□□"、"〜〜〜"、"⊖"、"—"四个符号，分别代表"弄"、"弦"、"歌弦"、"送声弦"，图示其演奏型式如下：

平调：　□□　〜〜〜〜〜〜〜〜〜〜〜〜〜〜　　　⊖—⊖—⊖—⊖—⊖—

清调：　□□　〜〜〜〜〜　　　⊖—⊖—⊖—⊖—

瑟调：　□□　〜〜〜〜〜〜〜〜〜〜〜〜　　　⊖—⊖—⊖—⊖—⊖—⊖—

　　"三调"打头的"弄"即"相和歌"的"相和"旧式。《晋书·桓伊传》："桓伊字叔夏，善音乐，有蔡邕柯庭笛，尝自吹之……作'三调'之弄。"成公绥《琴赋》："伯牙奏弄。"《琴历》曰："琴曲有蔡氏五弄。"凡此皆可证明，"弄"是兼用丝竹的。魏夏侯湛《夜笛赋》："制《飞龙》之奇引，垂幽兰之游响，来楚妃之绝叹，放《鹍鸡》之弄音。"又《笙赋》："初进《飞龙》，重继《鹍鸡》；振引合和，如会如离。"《鹍鸡》为"弄"，与《飞龙引》先后继作，构成一种"振引合和"的音奏型式，此又可证明，"弄"就是"振引合和"的"引和"。《鹍鸡》一曲既属于"弄"，而《鹍鸡》又正是"相和"。《古今乐录》曰："张永元嘉《技录》'相和'有十五曲……古有十七曲，其《武陵》、《鹍鸡》二曲亡。"张衡《南京赋》注："古'相和歌'有《鹍鸡》之曲。"此又可证明，作为"引和"的《鹍鸡》一"弄"也正是"相和曲"。换言之，"弄"就是"相和"，就是"引和"。其次，嵇康《琴赋》说："若次其曲引所宜，则《广陵》、《止息》、《东武》、《太山》、《飞龙》、《鹿鸣》、《鹍鸡》游弦，更唱迭奏，声若自然。"《宋书·戴颙传》说："戴颙为义季鼓琴，并新声曲，其'三调'游弦：《广陵》、《止息》之流，皆与世异。"《广陵》、《止息》、《鹍鸡》三曲，既是"曲引"，又是"三调"的"游弦"（三调有"游弄"）。此又证明，《鹍鸡》游弦等"曲引"，恰恰是属于"三调""游弄"的。总以上三证，便可以说，"三调"的"弄"，即"丝竹更相和"的"相和"旧式，"弄"、"引"、"相和"原来异名而同实。

　　第二，再用"相和歌"中的"四弦曲"，以证明"三调"中的"弄"即是"相和"曲。

　　朱谦之《中国音乐文学史》说："《乐府诗集》据张永元嘉《技录》列入

'四弦曲'，然我却以为'四弦曲'只是取声，主于丝竹，与歌相和的，所以不传。如：'平调曲'，《技录》云：'未歌之前，有八部弦，四器俱作'；'清调曲'，《技录》云：'未歌之前，有五部弦，又在弄后，晋、宋、齐止四器也'；'瑟调曲'，《技录》云：'未歌之前，有七部弦，又在弄后，晋、宋、齐止四器也'；'楚调曲'，《技录》云：'未歌之前'，有一部弦，又在弄后'。可见所谓'四弦曲'，当即指此，大抵在未歌之前，已歌之后，总是有几部弦合奏。因为乐器常是四数，所以叫做'四弦曲'了。"

案朱氏说"因为乐器常是四数，所以叫做'四弦曲'"，这意见大致不错①。然朱氏却也误解了很重要的地方。"平调曲"，《技录》本云："未歌之前，有八部弦，四器俱作，在高下游弄之后。"朱氏把"在高下游弄之后"一句重要的话漏掉了。"四弦曲"，《古今乐录》曰"张永元嘉《技录》有'四弦'一曲，'蜀国四弦'是也，居'相和'之末，'三调'之首。"这几句重要的话朱氏也忽略过去。因此他找不着踏实的结论，只好说"四弦曲""大抵在未歌之前，已歌之后，总有几部弦合奏"，有意敷衍，这是很错误的。案《古今乐录》所载，"四弦曲""居'相和'之末，'三调'之首"，其所居的位置，与弄后歌前的"弦"，恰恰相当，试看：

1. 相和　四弦曲　三调
2. 弄　弦　歌弦

那么"四弦曲"前的"相和"，也就是"三调"的弄了。

总第一、第二两项讨论，足以充分证明，"清商三调"具有"相和歌"的"和"。有这种型式，自然得赋予此型式所应有的名称。王僧虔把"平调"、"清调"、"瑟调"列在"相和歌"下，原因就在这里。

三调的"歌弦"部分，论调子共分三种："平调""清调""瑟调"。有这三种调子，就有这三种调子的歌辞以及声制。以歌辞说，"三调"的歌辞可以叫做"清商三调歌辞"。以声制说，"三调"都是"引和"、"弦"、"歌弦"、"送声弦"四部合成的；其特色在于有"相和"。所以"相和"的型式，应用在"清商"首部，不因那一个调子而变更。假如以声制为准，"三调"应该说是"相和歌清商三调"，或者叫"三调相和"。假如以现存的三调歌辞说，叫做"相和平调歌辞"，或"相和瑟调歌辞"固然最为恰当，但象沈约说的"'清商三调'荀勖撰旧辞施用者"，只叫做"清商三调歌辞"，亦无不可。王僧虞和沈约分类的不同，关键就在这里。所以我们说两个人的分法，并不是哪一个错哪一个对。

"清商三调"是"相和歌"的变体

（1）变在哪里

"清商三调"虽然属于"相和"，却并不就是"相和歌"。换言之，它是"相和歌"的变体。然而变在哪儿呢？我们试从现存的"相和歌辞"看，凡是"相和歌"本身不分解（"相和歌"《艳歌罗敷行》分解，案此应别论，详后)，都不叫做"行"。从《东门》、《东门行》两首歌辞的名字上看，前者是"相和歌"，后者是"瑟调曲"，则简直是以有"行"无"行"作为划分"三调"与"相和歌"的界限。所以"清商三调"的有"解"有"行"（指魏、晋所奏乐)，就是它成为"相和歌"之变体的核心。

试先从"解"说吧。《古今乐录》曰："伧歌以一句为解，中国以一章为一解。"王僧虔启云："古曰章，今曰解。解有多少，当时先诗后声。……是以作诗有丰约，制解有多少。"可见解就等于章，"三调"歌辞有几解，就是有几章。那么"相和歌"从字句多寡上看，基本与"三调"歌辞差不多，为什么"相和歌"不分解呢？我以为"解"与"部"是相当的。"三调"前端的几部"弦"——"四弦曲"——是以"部"分的。试看"四弦曲"的另一记载，《古今乐录》说："张永元嘉《技录》有'四弦'一曲，'蜀国四弦'是也。……节家旧有六解，宋歌有五解，今亦阙。"足证"部"与"解"是弦曲上相通的名字；又足证"清商三调"歌辞的所以有"解"，乃是因为其歌辞本身配上"弦"，已经不是清唱。所以"清商三调"就有"歌弦"的名称。翻过来说，"相和歌"的没有解"，自因其本身是一种清唱。

其次，凡"相和歌"都不叫某某行，凡"三调"歌都一律叫做某某行。《东门》是"相和歌"；《东门行》，就成为"瑟调曲"。其原因不在乎"相和歌"、"三调曲"共同有的"引和"，而在乎歌辞本身配不配弦。试看"三调"歌辞未唱前有几部"弦"，唱的时候有几部"歌弦"，唱罢一解还有"送声弦"，歌辞的头腹尾三部分算是清一色的应用了"弦"，与清唱的旧"相和歌"完全不同。由此可见"三调"歌辞所以特别加"行"，乃歌辞本身加上弦奏以后所命的新名。凡是一种"歌"，如有"弦"，则此"歌"可以由"弦"存声，换言之，此歌即有了"弦"曲。此种"弦曲"，自乐工的立场说，自为徒奏。《尔雅·释乐》"徒鼓瑟谓之步"，郝懿行疏："步犹行也。"《文选》乐府诗注，引《歌录》有"齐瑟行，行即步之意也"，所说甚是。"三调"虽然出于"相和歌"，而具有"引和"的旧型，但歌辞本身增加了"弦"奏，性质变了，与原来的"相和歌"不同了，所以才特别加上"行"的称呼。（《东门》一首，王僧虔《技录》云："……或云歌'瑟调'古辞《东门行》'入门怅欲悲'也。"又魏文帝《弃故乡》一首，原为"相和歌"《陌上桑》；《宋书·乐志》："《陌上桑》又有文帝《弃故乡》一曲，亦在'瑟调'《东西门行》。"可以清唱，可以加弦索，因之兼为"相和歌"与"瑟调曲"。）

(2) 变的原因与时代

"相和歌"与"瑟调曲"有许多相混的歌辞（如《东门》、《弃故乡》十五曲等），而"平调"、"清调"却与"相和歌"毫无此种关系。而且"瑟调"有直接从"相和歌"变来的例子。凡此皆证明"相和歌"之变为"三调相和"，"瑟调曲"是一个重要的枢机。

"瑟调"与楚声是一个系统。《古今乐录》说"'楚调曲'有《白头吟》"，郭茂倩云："按王僧虔《技录》《櫂歌行》在'瑟调'，《白头吟》在'楚调'，而沈约云同调，未知孰是。"我们以为《白头吟》所以时为"瑟调"时为"楚调"者，因二者在音律上本是一个系统。而且由于是一个系统，所以"瑟调"、"楚调"应用的乐器就一般无二（《古今乐录》："王僧虔《技录》：'瑟调曲'……其器有笙、笛、节、琴、筝、琵琶、瑟七种。"又："王僧虔《技录》：'楚调曲'……其器有笙、笛（弄）、节、琴、筝、琵琶、瑟。"）；由于是一个系统，所以三调"平"、"清"、"瑟"，也可叫做"平"、"清"、"侧"（《文选》注："然今三调盖'平'、'清'、'侧'也。"）；而"侧调"生于"楚调"（《唐书·乐志》："'侧调'者生于'楚调'。"）。

楚声是以瑟器为主的。一部楚歌的集子——《楚辞》——凡提到丝乐的时候，全都是"瑟"。例如"缅瑟兮交鼓"（《九歌·东君》）；"陈竽瑟兮浩倡，五音纷兮繁会"（《九歌·东皇太一》）；"使湘灵鼓瑟兮"（《远游》）。可见瑟是楚声的代表乐器。元熊朋来说："楚俗亦以瑟歌而合乐。"那么楚声的曲子，由于传统乐器的缘故，当然是可以叫做"瑟调"的了。

"清商三调"是魏代的产物。《宋书·乐志》："王僧虔《乐表》云：今之'清商'，实犹铜雀。魏氏三祖，风流可怀。京洛相高，江左靡重。谅以金悬于戚，事绝于斯，而情变听改，稍复零落。十数年间，亡者将半。"《宋书·乐志》亦云"魏氏三调歌辞"，《文心雕龙·乐府》："至于魏之三祖……宰割辞调，音靡节平。……虽'三调'之正声，实韶夏之郑曲也。"皆可为明证。我以为"清商三调"本身包括三个区域的音乐,试看魏文帝《善哉行》:"齐唱发东舞,秦筝奏西音。有客从南来,为我弹清琴。五音纷繁会,拊者激微吟。"曹子建《箜篌引》:"秦筝何慷慨,齐瑟和且柔。《阳阿》奏奇舞,京洛出名讴。"都明指当时的乐分秦、齐、楚三个区域,而杂在一起来演奏。三个区域的音乐,楚声最高(《乐动声仪》:"所谓声俗者,楚声高齐声下。"),那么,与楚声同一系统的"瑟调曲",对于魏初规复的平雅的古乐,自然算是一种郑声或新声。《三国志·魏志·杜夔传》:"绍复先代古乐,皆自夔始……左延年虽妙于音,咸善郑声。"《晋书·乐志》:"黄初中,左延年之徒,复以新声被宠。"所谓新声,就是南客带来的新调,由此知楚声之加入"相和歌",是在魏文帝的时候;"三调"之正式成立,最早不能在黄初以前。

"瑟调"的加入,对于"相和歌",算是添了一个高调新声,与秦音齐音的调子均有差异,因之产生了以声调分曲的趋势;"清商"以调名代替"相和"的称谓,就自此开始。其次,由于楚声与秦、齐鼎足而立,三个高下不同的曲调同在"相和歌"中演奏,三调的划分也就导源于此。

由以上所述,可见"三调"由"相和歌"变化出来,乃以"瑟调"的刺激所致。清唱的"相和歌"在起初是以它的型式"相和"而得名的,后来"相和歌"变了,由于注意到调子的区别,"清商三调"的名字遂得独立。所以在晋武帝太康以前,"清商"即成为"乐部"的专号(严辑全文引晋武帝《出清商掖庭诏》"今出'清商'掖庭及诸才人奴女保林以下二百七十余人还家"可证)。荀勖典乐时,因之亦谓"使太乐总章鼓吹清商施用"了(《宋书·乐志》)。但"清商三调"究竟得属于"相和",所以郝生又有"三调相和歌辞"的撰集。总之,"三调"与"相和歌"相同的部分是曲头的"引和";不同的地方是"相和"歌辞用清唱,而"三调"歌辞则是配"弦"分"解"的所谓"行"了。

二 "清商三调"的音律问题

"瑟调"

关于"清商三调",据《魏书·乐志》载陈仲儒奏云:"'瑟调'以角为主,'清调'以商为主,'平调'以宫为主。"案"平调""清调",陈说为是;唯谓"'瑟调'以角为主",恐违事实。楚声例以"徵"调为主,杜挚《笳赋》:"扬清吹东角,动南徵清羽。"左思《吴都赋》:"登东歌,操南音,胤《阳阿》,咏鞨任,荆艳楚舞,吴歙越吟。"注:"南音,徵引也。"足证南音是以

"徵"调为主的。南音之"徵"调,乃高音"徵",即"清徵" (嵇康《琴赋》:"中奏清徵。"),亦即所谓"激徵" (傅玄《舞赋》:"扬激徵骋清角。")。"激徵"也就是"激楚"。凡"徵"音、楚音都是声高调哀的 (曹植《七启》:"弹徵则苦发,叩宫则甘生。"刘劭《赵都赋》:"体凌浮云,声哀激楚。"嵇康《声无哀乐论》:"齐楚之曲,以哀为体。"),而"清角"则不然。成公绥《琴赋》:"清角发而阳气兀,《白雪》奏而风雨零。"可见"三调"中的"瑟调",决不能以"角"音为主。王光祈《中国音乐史》云:"汉魏六朝时代所流行之'清商',一名'清乐',《隋书》卷十五《音乐志》云:'开皇九年 (597年) 平陈,获宋齐旧乐,诏于太常置"清商署"以管之。'同书卷十四又云:'译又与夔俱云,案今乐府黄钟乃以林钟为调,失君臣之义;清乐黄钟宫以小吕 (即仲吕) 为变徵,乖相生之道。今请……清乐去小吕,还用蕤宾为变徵,众皆从之。'……其组织内容实与仲吕均'徵'调完全相同。在表面亦不过仅宫调中之变徵 (蕤宾) 改为'清商' (即小吕) 而已。可见隋文帝所认为'华夏正声'的'清商乐',此时只剩一个'徵'调,这个'徵'调就是单独发展之'瑟调'的孑遗 (详大曲与三调一章)。大概因为'在表面上'是宫调中之'变徵'改为'清角',所以陈仲儒才以为'瑟调'以角为主。"

"平调"

"三调"中的"平调"是"雅声"的旧音。"三调"中所以有这个调子,我以为是魏代绍复先代古乐的结果。《古今乐录》云:"王僧虔《技录》云:《短歌行》《仰瞻》一曲 (平调),魏氏遗令使节朔奏乐。魏文制此辞,自抚筝和歌。……此曲声制最美,辞不可入宴乐。"武帝遗令节朔奏乐,还有别的记载,《邺都故事》曰:"魏武遗命诸子曰:吾死之后,葬于邺之西岗上。……吾妾与伎人,皆著铜雀台台上……每月朝十五,辄向帐前作伎。"但遗令使节朔奏乐,或月朝十五作伎,并没有限定用什么调子作什么曲,而魏文何以用"平调"作曲呢?《晋书·乐志》说:"杜夔传旧曲雅乐四曲,一曰《鹿鸣》,二曰《驺虞》,三曰《伐檀》,四曰《文王》,皆古声辞。及太和中左延年改夔《驺虞》、《伐檀》、《文王》三曲,更自作声节,其文虽存,其声实异。唯因夔《鹿鸣》,全不改易。……后又改三篇之行礼诗,一曰《于赫篇》,咏武帝,声节与古《鹿鸣》同;第二曰《巍巍篇》,咏文帝,用延年所改《驺虞》声;第三曰《洋洋篇》,咏明帝,用延年所改《文王》声……。"《于赫篇》所以专用《鹿鸣》的古声节来咏武帝,与魏文帝以"平调"制《仰瞻》曲正是同样的用意；质言之，用"雅声"、用"平调"是为着纪念魏武绍复古乐的事迹，适合魏武爱好古乐的性情。"平调"《仰瞻》一曲，实是以雅乐的古声节填上了新的歌辞。

我很疑心《仰瞻》一曲就是《鹿鸣》的声节。"平调"《短歌行》魏武辞"对酒当歌"一首，与魏文辞《仰瞻》一首歌辞型式完全相同：共分六解，每解四句，每句四字。魏武"对酒"晋乐所奏，其中"呦呦鹿鸣"一解，借用《鹿鸣》的四句原辞；按照乐府的习惯，用成套的原辞，即具有原辞的声制。那么《短歌行》"对酒"一曲，至少可以说有一节古雅乐的声节；这一解的声制，又必与全曲高低相谐和。如此，则整个一首"对酒"，自不能不说是雅声旧调了。而且唯其为雅声，所以"对酒"、《仰瞻》与《鹿鸣》的句数相等 (皆为二十八句)，虽然章 (《鹿鸣》三章)、解 (《短歌行》六解) 的数目整差一半，但那只是分节的长短不同而已。总之，"平调"是雅声的旧调，这句话是可以说的。

依《宋书·乐志》，"平调"除《短歌行》以外，尚有《燕歌行》一曲。《七言歌录》曰："燕，地名，犹楚宛之类。此不言古辞，起自此也。他皆类此。" (《文选》卷二七注引) 可证《燕歌行》一首，是文帝所制的新声新辞。新声新辞，以"燕歌"为名，我想并不就曲调来说，而是就歌辞的内容说的 (如歌辞云："群燕辞归雁南翔，念君客游思断肠。慊慊思归恋故乡，何为淹留寄他方？"乃以楚燕相隔，写燕地思妇罢了)。那么，《燕歌行》以新调属于"平调"，在音律上说，当然也是以"宫"声为主的了。

"平调"以"宫"为主，音节和柔 (阮瑀《筝赋》说："平调定均，不疾不徐。"案不疾不徐即和柔的意思)，这原是齐声的特色 (曹植《箜篌引》："齐瑟和且柔。")而且在音律的比较上，"楚声高齐声下"，所谓"下"，也恰正相当于"平调"的"平"。魏晋时代，东方的齐声相当舒缓 (《典论·论文》："徐干时有齐气。"注："言齐俗文体舒缓。"案魏文帝这句话，乃以舒缓的齐声，形容舒缓的文体，所谓齐气，换言之即齐调。魏文帝《善哉行》："悲弦激新声，长笛吐清气。"清气与新声对举，气正是声调的意思)，正与"雅"的音律相符合，嵇康《声无哀乐论》："假使《鹿鸣》重奏，是乐声也，而今戚者遇之，虽声化迟缓，但尚不能使变令欢耳，何得更以哀耶。"《鹿鸣》的声化迟缓，还不跟齐声的声制相同吗？由上所述，可见古"雅"的遗音，与魏代前后的齐声，音节十分相近。然则"三调"中之"平调"，可以说是"雅"调齐声混合成的一个新调了。当时的乐，以地域分，齐、秦、楚已可尽之，那么由"雅"

调齐声混合成的"平调",又自然能以齐声概括了。子桓兄弟每言乐,即齐、秦、楚连举,而不及"雅",原因以此。

"清调"

"清调"一调,乃"清商三调"的代表,它是以"商"为主的魏时的秦音。秦音与古"雅"(古代的秦音),在当时,音律上并不相同。"雅"声迟缓,而秦声则"叹羡而慷慨"(嵇康《声无哀乐论》),曹植说:"秦筝何慷慨。"什么是叹羡慷慨呢?即这种声制奏起来令人"形燥而志越"(《声无哀乐论》:"听筝、笛、琵琶,则形燥而志越。"),不是迟缓的调子所能比拟的。质言之,代表秦音的"清商"调子相当高昂。试看魏、晋人对于"清商"的说法:侯瑾《筝赋》:"散清商而流转兮,若将绝而复续。"(严辑全文)韦诞《景福殿赋》:"吟清商之激唯。"(《文选》)傅玄《琵琶赋》:"逞奇妙之清商。"(严辑全文)陆机《策问秀才纪瞻等》:"合清商以绝节。"(严辑全文)据这些记载,足以明了"清商"一调与"雅"不侔,原来代表着当时的秦声,所以曹植《七启》说"发蓐收之变商"。

"平"、"清"两调的歌辞,只有"清调"有以地方称名的,如《豫章行》、《长安有狭斜行》。豫章在汉水下游,应为楚声。唯以汉水的关系,秦、楚交通已甚便利,故《豫章行》本诸秦音自属可能,而《长安有狭斜行》,当然是产生在关中的了。而且由《长安有狭斜行》,又变为《相逢行》的《相逢狭路间》,演化愈多,愈表示此曲的产生时代早。那么《长安有狭斜行》自然是"清调"的开山祖师,而"清调"出于秦,代表秦音,则是当然的事。(王定保《摭言》云:"古乐府《相逢狭路间行》……其后《长安有狭斜行》即仿此诗为之。"王说倒因为果。"长安有狭斜,狭斜不容车。"狭斜为秦人小径之俗名,由狭斜可以变为狭路,决不能由狭路变为狭斜。)

三 "大曲"与"瑟调曲"

(一)"大曲"是"瑟调曲"的变体

依沈约《宋书·乐志》的乐目分法,"大曲"和"瑟调曲"是分列的:

"瑟调曲":《善哉行》——《来日》、《古公》、《自惜》、《朝日》、《上山》、《朝游》、《我徂》、《赫赫》。

　　"大曲"：《东门行》——《东门》；《西门行》——《西门》；《折杨柳行》——《默默》、《西山》；《煌煌京洛行》——《园桃》；《陇西行》——《天上》、《邪径》、《碣石》、《步出》；《野田黄雀行》——《置酒》；《雁门太守行》——《洛阳令》；《艳歌罗敷行》——《罗敷》；《艳歌何尝行》——《白鹄》、《何尝》；《艳歌行》——《翩翩》、《南山》；《櫂歌行》——《王者》；《白头吟》——《皑如》；《满歌行》——《为乐》。

全部共十四个曲调，"瑟调"只占其一，其余十三个曲调，归为大曲。王僧虔《技录》则十四个曲调全归"瑟调"，而无"大曲"的名目。案《技录》时代在前，"瑟调"与"大曲"并列；《宋书》时代在后，"瑟调"与"大曲"分置。此情况，与"相和"及"三调"的分合是相同的。兹列表明之：

曲调 　　　　　著录者	(宋)王僧虔	(梁)沈约
相和歌；清商三调	不　　分	分
瑟调曲；大曲	不　　分	分

由上表可以得到两条结论：（1）"瑟调"的成立在前，"大曲"的成立在后（同样，"清商三调"晚于"相和歌"的说法，又可得到证明）。（2）"大曲"是"瑟调"的变体（同样，"三调"是"相和歌"的变体，亦可依此类推）。

　　凡一种变体，都是变而不离其宗，很难与正体完全分家，因之，由变而得的新名字，也就得经过相当时间才能够出现。"大曲"所以成立在后，就因为它是"瑟调"的变体，当然在起初是混在"瑟调"里的，所以王僧虔仍然把"大曲"与"大曲"的正体"瑟调曲"放在一块，混而不分。直到沈约才把"大曲"从"瑟调"中分出来。沈约所以能做这个分门别类的工作，原因在于那时候所谓"大曲"，已经以附庸"蔚为大国"，不是"瑟调"所能统治的了的。现在试就"大曲"演变的情况，分述于后。

　　首尾两部歌辞的增加

　　"大曲"出于"瑟调"，它跟"瑟调"不同的地方是：曲前有"艳"，曲后有"趋"，或者有"乱"。《乐府诗集》说："又诸调曲皆有辞，有声，而'大曲'又有'艳'，有'趋'，有'乱'。辞者，其歌诗也；声者，若羊吾夷伊那何之类也。'艳'在曲之前，'趋'与'乱'在曲之后，亦犹吴声西曲前有'和'，后有'送'也"。"艳"、"趋"与"和"、"送"相当，自然就跟"瑟调"的曲头("弄"、"弦")、曲尾("送声弦")具有同样的作用。所以我们不妨说"艳"和"趋"即"瑟调"的"变头"、"变尾"。此"变头"、"变尾"固然是"大曲"成立的理由,但"大曲"的所以名叫"大曲",却在于"艳""趋"本身带着歌辞,无形中使"瑟调曲"的歌辞,有了数量上的增加。这样唱者与乐工都有了一种"大"的感觉,"大曲"之名因之而起。

在应用"艳"曲的同时,又曾有过"大歌弦"的名目。《古今乐录》说:"……今用器又有大歌弦一曲,歌'大妇织绮罗',不在歌数,唯'平调'有之,即'清调''相逢狭路间,道隘不容车'篇后章,有'大妇织绮罗,中妇织流黄'是也。张录云:非管弦声音所寄,似是命笛理弦之余,王录所无也。亦谓之《三妇艳》诗。"所歌的《三妇艳》当然相当于"大曲"的"艳",但因为"不在歌数","非管弦声音所寄",遂名之为"大歌弦"。那么,以有"艳"就叫做"大曲",和所以叫做"大歌弦",是同样的道理了。可见"大曲"之所以名曰"大曲",就因为曲子一打头就多了不在歌数的"艳"。关于这一点,我们再举现存有"艳"的"大曲"作为证:

① 《陇西行·碣石篇》起首七句("云行雨步……心惆怅我东海。"),原注:"云行至此为艳。"案《陇西行》除魏武此篇外,明帝有《陇西行·步出夏门篇》,其"艳"在正歌二解之后,与趋相接,不合前艳后趋之例,恐小注有误。

② 《艳歌何尝行》:"何尝快……皇皇独独谁能知。"原注:"曲前为艳。"

③ 《艳歌白鹄行》:"飞来双白鹄……延年万岁期。"原注:"前有艳"(《宋书·乐志》;《乐府诗集》无。)

④ 《艳歌罗敷行》:"日出东南隅……皆言夫婿殊。"原注:"前有艳歌。"(《乐府诗集》,《宋书·乐志》"歌"作"词"。)

四曲中,前一曲的"艳"辞,紧靠正歌,而"不在歌数",当然这部分"艳"相当于"大歌弦",无形中算是增加了"瑟调"的歌辞。后面三首"大曲"正歌中,并不附加"艳"辞,而注明曲前有"艳"辞、"艳"歌,可见"瑟调"的变头至此已经开疆拓土,形成了单独的"艳"歌,这当然也使正曲歌辞的数量增多了。

其次,"大曲"的"趋",填上歌辞附丽在正歌尾部的有五曲:

① 《艳歌白鹄行》:"(略)念与君别离……延年万岁期。"(五言十句)原注:"念与下为趋。"

② 《艳歌何尝行》:"(略)少小相触抵……独悲谁能知。"(杂言十句)原

注："少小下为趋。"

③《步出夏门行》："（略）蹙迫日莫……嗟哉一言。"（四言十八句）原注："蹙迫下为趋。"

④《櫂歌行》："（略）将抗旄与钺……清我东南疆。"（五言四句）原注："将抗下为趋。"

⑤《满歌行》："（略）饮酒歌舞……百年保此期颐。"（杂言十四句）原注："饮酒下为趋。"

这五曲的"趋"辞，不但句数有多寡的不同，句子也有整齐不整齐的分别，此不特证明"趋"之有辞，而且可见"趋"的声制也彼此不同。如此，则"趋"不仅使"大曲"的歌辞有数量上的增加，而且使曲尾的声制，变得更为复杂。总合观之，所谓"趋"，自非徒奏的"送声弦"所可比拟的了。

《艳歌罗敷行》一首，只注明曲后有"趋"，正歌后部不附"趋"辞，这样的"趋"，是单独有成套的歌辞，抑是一种"但曲"，似乎无法断定。不过就上面五曲来推测，《罗敷行》之"趋"，即使是"但曲"，也必定会增加"瑟调"歌辞的数量，这一原则是绝对可以成立的。至于"大曲"《白头吟》曲后的"乱"有无歌辞，虽无确说，但"乱"曲填辞，《楚辞》已然，循例以推，大概也有歌辞吧。

总之，由"艳"、"趋"的实例，足以证明"瑟调"的"变头"、"变尾"——"艳"、"趋"、"乱"——本身是填有歌辞的。而"大曲"之所以为"大曲"，主要的条件就在"艳"、"趋"的填有歌辞，因而使一个曲调的歌辞，有了数量上的增加。

"瑟调曲"的全体楚声化

"瑟调"代表楚声，前面已经说明过。从现存的"清商"歌辞看，魏、晋乐曲所存的"瑟调"最多，"平调"、"清调"就寥若晨星。及至隋文帝平陈时，所得的"清商"乐，实际上仅有"瑟调"一调，"平"、"清"二调已为"瑟调"所吞食，这是"瑟调"迅速发展的现实，南音胜利的表现。南音之胜利，不外二端：第一，东晋定都江南，民间世有新声，残佚的"清商三调"时时与新声接触。而这些新声，与"瑟调"同源，声制相近，自然帮助着"瑟调"发扬光大。第二，楚声自汉初即开始为中原所接收，原因在楚声的声制最好。陆机《文赋》说："譬偏弦之独张，含清唱而靡应。……象下管之偏疾，故虽应而不和。……犹弦么而徽急，故虽和而不悲。……寤防露与桑间，又虽悲而不雅。……虽一唱而三叹，固既雅而不艳。""雅"、"艳"对举，"雅"示古乐的音节，"艳"示楚声的音节 (详后)。依陆意，南音的声制最美。基此二因，"瑟调"遂得迅速发展。

不仅"瑟调曲"以南音而发达，且它的"变头"、"变尾"——"艳"与"趋" (或"乱") ——也全是南音。

第一，先就"艳"曲言之："大曲"的"艳"，本来就是楚歌。左思《吴都赋》："荆艳楚舞。"注："艳，楚歌也。"《古今乐录》云："楚歌曰艳。""艳"既是楚歌，也就是南音。《乐府诗集》说："艳曲生于南朝，胡音生于北俗。"进一步说，"艳"就是"徵引"。《吴都赋》注："南音，徵引也，南国之音也。"是其证。"引"、"艳"一声之转，可表示同一种用法的乐名；而"激徵"、"激楚"均为楚声，又可证荆"艳"、"徵引"的相同。而且"艳"、"引"全是曲头，用途也没什么差异。那么，"艳"、"引"为南音的同一种曲头的名称，便毫无疑问了。

第二，更以"趋"及"乱"言之。"趋"作为音乐名词，最早见于《淮南子·俶真训》，云："手会绿水之趋。"我以为魏晋"瑟调曲"中的"趋"，是从江南的"吴趋"引入的。晋傅玄有《墙上难用趋》，在今《乐府诗集》的"瑟调曲"中；陆机有《吴趋行》，在《文选》卷二十八；裴子野《宋略·乐志序》说："飨觐则以吴'趋'、楚舞为妖妍。"可见"吴趋"在两晋、宋、齐时，已经相当发达。"趋"用在"瑟调"，代替了歌尾的"送声弦"，它与"艳"，算是同以南音加进了"瑟调曲"。至于"乱"更是楚声的特色，《论语》说："《关雎》之乱，洋洋乎盈耳。"而《楚辞》的文章，几乎每篇都有"乱"辞。大曲有"乱"的只《白头吟》一首 (这首歌沈约归之于"大曲"，王僧虔归之于"楚调曲"，其实"大曲"就是"瑟调"的变体，二说无大区别)，《白头吟》以楚曲增"乱"，正表明全曲的楚声化。

由上所述，可充分证明"瑟调曲"的"艳""趋"，全是南音的曲调。以南音的曲调作为"变头"、"变尾"，起初并不妨害"瑟调"之为"瑟调"，但后来"三调"中只余"瑟调"一调，而"瑟调"本身的发展，又促成其本身的分裂。于是不带"艳"、"趋"的仍旧叫做"瑟调曲"，而带"艳"、"趋"的就叫做"大曲"。可见"瑟调"的全体楚声化，是"大曲"脱离"瑟调"而独立的主要因子。

现存的"大曲"，凡是有"艳"、"趋"的，《古今乐录》几乎全不言其不歌或不传，反之凡"瑟调"之无"艳"、"趋"的，则多言其不传或不歌。这种事实昭示我们：具有"艳"、"趋"的曲子，流传得最久，而探其原因：第一，东晋以后，"相和歌"流传的环境固定在江南，有二百七十余年的时间(317—588)，是时"南朝文物，号为最盛。民谣国俗，亦有新声"。汉魏以前的旧曲，已经因长期受民歌的影响，而南音化了。所谓"中原旧曲"、"华夏正声"的"清乐"，到唐时实际已为吴音所代替。所以《旧唐书·乐志》云："长安已后，朝廷不重古曲，工伎浸缺，能合于管弦者，唯《明君》……等八曲。自是乐章讹失，与吴音转远。开元中，刘贶以为宜取吴人，使之传习；以问歌工李郎子，郎子北人，学于江都人俞才生。时声调已失，唯雅歌曲辞，辞典而音雅。后郎子亡去，清乐之歌遂缺。"这样就难怪"三调"单剩"瑟调"一调，以及"瑟调"的变为"大曲"了。第二，"瑟调"带"艳"、"趋"成为"大曲"，所以长久地流传，也由于"艳"、"趋"与"瑟调"合奏，合乎声制完美的条件。"瑟调"与"艳"、"趋"同为楚声，放在一块演奏，是自然的结合，所以"瑟调"能够以"艳"、"趋"而更为发展，更为通行。"平调"、"清调"就不成了。后人虽有于二调加上"艳"的，终竟是"张冠李戴"，并不能在声制上获得成功。试看江淹《望荆山》："一闻苦寒奏，更使艳歌伤。"是"清调"的《苦寒行》，也曾加"艳"演奏。另前面讲过的《三妇艳》又可证明"平调"也曾加上"艳"。但现存的"平调"、"清调"，根本就没有所谓"艳"，可见"平调"、"清调"加"艳"，因未获成功而失传。

(二) "艳"、"趋"加入"瑟调曲"的时代

"瑟调"中加"艳"，至晚也在荀勖掌乐的时候。《古今乐录》载王僧虔《技录》云："《艳歌双鸿行》，荀录所载《双鸿》一篇；《艳歌福钟行》，荀录所载《福钟》一篇，今皆不传。《艳歌罗敷行·日出东南隅篇》，荀录所载《罗敷》一篇，'相和'中歌之，今不歌。"可为明证。不过这里有一大疑难：《罗敷》、《何尝》等，既然名为"行"，而又分"解"，自然已经是"瑟调"正歌，而且这些正歌本身有"艳"，有"趋"，当然又是带"艳"的"瑟调曲"。而王僧虔明说荀勖时《罗敷》于"'相和'中歌之"，《古今乐录》也说"《陌上桑》，(相和) 歌'瑟调'古辞《艳歌罗敷行·日出东南隅篇》"，那么《罗敷》又成了放在"相和"上的"艳"了，这是什么缘故呢？我以为这些曲子，起初是"艳"，后来才成为"瑟调"正歌 (另取"艳"歌作为曲头)，所以《罗敷》一篇，既列在"相和"曲中，又列在"瑟调曲"中；既为"艳"歌，又为"艳

歌行"。在"瑟调"中，别的曲子叫做"瑟调""某某引"，这些曲子却叫做"瑟调""艳歌某某行"，种种区别，全从演变中产生出来。在荀勖时，"艳"歌《罗敷》还当作"艳"用，在王僧虔时，就成为"瑟调"中的一个"行"，而且不在"相和"中歌了。所以"艳"歌的应用于"三调"，至晚要在荀勖掌乐的时候，而《罗敷》的改为正乐，另加"艳"头，又当在晋、宋之际。

现存的"大曲"有"艳"而题魏乐所奏的，共有三曲：《碣石》、《步出夏门行》、《罗敷行》。这三曲中，《罗敷行》前已提过不论。从其余两首看，似乎魏代已经有了带"艳"的"瑟调"。不过西晋的文人作品，如左思的《吴都赋》，提到"艳"的时候，还要说"荆艳楚舞"，似乎直至这时候，"艳"还是荆楚的一种曲引名，仍然和"清商三调"没有关系；而且《罗敷》一曲，西晋时尚完全用在"相和"上，宛如"大歌弦"的作用。循例以推，荆楚现成的曲引作为"三调"的"引和"。我以为当在荀勖与左思两人的时代之间。魏乐《步出夏门行》一篇，其艳辞只有两句，而且不放在曲头，而放到曲当中，与"趋"辞接着。这显然不合乎前"艳"后"趋"的原则，乃是一种变例。变例自然不是起初应有的现象。这是第一点。魏乐《碣石》一篇，开头的艳辞共七句，句法与本辞不同（本辞为四言，艳辞为四、五、六杂言）。而"经过至我碣石，心惆怅我东海"二句，如果说是唱辞的实录，还没有什么；如果说是原辞的诗句，即未免不辞。所以我认为这种"艳"辞，乃是后来的乐工依照原歌的意思作的一个"艳"头，并非魏武诗原有的句子。这是第二点。由这两点，可知《碣石》、《步出夏门行》的"艳"，是后来加上去的。而且这二首曲，不仅为魏乐所奏，也为晋乐所奏，所以增辞的现象，自属可能。那么，说"艳"歌的应用于"三调"，在荀、左的时代之间，并不算武断了。

至于"趋"（或"乱"），前面已说过在晋、宋、齐时已经相当发达。大概"趋"的加入"瑟调"，代替了"送声弦"，是在傅玄、陆机的时代。"瑟调曲"有"艳"的或者无"趋"，有"趋"的也不一定有"艳"。同例，"大曲"之所以称为"大曲"，单添头单添尾，或兼添头尾，都是可以的。既然这样，则"艳"与"趋"不一定非同时加入"瑟调"。达到"艳"、"趋"俱全的时候，就是达到"大曲"最完美的时候，也就是达到"瑟调"全体楚声化的时候。而这种演变，是要经过相当时间的。

总之，"艳"、"趋"之加入"瑟调"，其时间最早不得在晋以前，是可以断言的。其晚于"三调"的有"弄"有"送"，也是可以断言的。如此，则称之为"变头"、"变尾"，恰与演化的事实相符合。

四 总结

魏代"丝竹更相和"的"相和歌",是"相和"中的最高型式。继承"相和歌"的"清商三调",比起"相和歌"来复杂了,本身划分为三调,增加弦与歌弦及送声弦,其歌辞已配上弦奏,不再是清唱,所以有了"行"的名称,也有了"解"的区分。这种新型的"相和歌",产生在魏文时候,而发达于晋朝。"三调"成功,清唱的旧"相和歌"便沦为历史上的陈物,而"大曲"却同时又以新的姿态出现。所谓"大曲",也就是带"艳"曳"趋"的"瑟调曲"罢了。今将这些曲调的特色,分书之如下:

(1) 凡以丝竹的"和"曲起头,而且与清歌间作的,即叫做"相和歌"。

(2) 凡"相和歌"有"弦"、"歌弦"及"送声弦",而只以"相和"起曲的,就是"清商三调"。

(3) 凡"瑟调"以"艳"为"引和",以"趋"为歌尾"送声"者,就是大曲。"大曲"是"瑟调"的变体,"三调"是"相和歌"的变体。

兹图示其演变关系如下:

说明: (一)(二)(三)分别表示"相和歌"、"清商三调"、"大曲"。直下虚线箭头表示同类曲调部分的演变。

"相和歌"在长期的演变中(由"相和"到"三调",复由"三调"到"大曲"),产生了一个重要的结果,即楚声代替了"中原旧音"、"华夏正声"。本来自西汉初年,楚声因贵族的提倡,就已经风靡一时。后汉哀帝罢乐府,魏武修古乐,似乎是要复古,要放郑声。然而在音乐的长期变化中,楚声终于胜利了,最后取代了"华夏正声"。

"相和歌"、"清商三调"及"大曲"的考辨至此结束。由所得的结果看,足证王僧虔、沈休文两人的分目法,都是对的。他们所记录的都是当时的音乐实况,只是未曾明示音乐的演化痕迹。由于时代不同,他们的记录也就不同,后人如梁启超、朱谦之,只知道以两个实录相较,不去追究他们分目的所以不同，于是觉得依此依彼，都无是处，这也就难免大兴异论，以自己的臆断妄加区分。平心而论，这全是错误的。

—————————

① "四弦曲"大抵为琵琶曲，似未必从"四器俱作"得名。惟此种曲既然居"三调"之首，至少亦为"三调"歌前之"弦"曲（"弦"之用器有琵琶），故仍从朱说，以证"弄"之等于"相和"。

原载《文史》1982年第14辑

古乐府艳歌之演变

齐天举

什么是艳歌？宋人郭茂倩《乐府诗集》卷二十六说："又诸调曲皆有辞，有声，而大曲又有艳，有趣（趋），有乱。[①]……艳在曲之前，趋与乱在曲之后，亦犹吴声、西曲前有和、后有送也。"又卷三十所引张永《元嘉正声伎录》曰："非管弦音声所寄，似是命笛理弦之余。"即所谓曲调之余声。用现代的音乐术语说，"艳"就是引子、序曲。艳曲所填的辞叫做艳辞，通称艳歌。

艳歌的作用，是放在正歌之前，以组织听众情绪。艳歌在演奏过程中歌辞不断增加，结构逐渐扩展，完善，最后脱离正歌，由附庸蔚为大国，于是游离正歌而单行。如作为瑟调曲的《艳歌何尝行》（"飞来双白鹄"）就明显是几段旧歌的拼合体，这即说明它从开始作为艳歌，由于歌辞的不断"滚雪球"，最终从正歌独立出去。

明白了艳歌的性质及其演变规律，我们可以对乐府中的几个名篇有进一步的了解。

先说《陌上桑》。这篇古辞，《宋书·乐志》作《艳歌罗敷行》，《玉台新咏》作《日出东南隅行》，都是把它当作瑟调曲。而郭茂倩《乐府诗集》则把它列入相和歌十五曲，所录歌辞同《宋书》、《玉台新咏》并无差别。郭氏的错误，在于名实之间的混淆：《陌上桑》是相和歌古辞的题目，而所录歌辞则应属之瑟调曲。

《陌上桑》古辞虽无明文流传，但它并没有散佚，而是包容在《艳歌罗敷行》中。试看《艳歌罗敷行》的第一解歌辞：

> 日出东南隅，照我秦氏楼。秦氏有好女，自名为罗敷。罗敷喜蚕桑，采桑城南隅。青丝为笼系，桂枝为笼钩。头上倭堕髻，耳中明月珠。缃绮为下裙，紫绮为上襦。行者见罗敷，下担捋髭须。少年见罗敷，脱帽著帩头。耕者忘其犁，锄者忘其锄。来归相怨怒，但坐观罗敷。

它给我们的第一个印象，是其原始性。这段歌辞本色天然，没有任何雕琢的痕迹。也就是说，它不仅绝无可能出自文人之手，甚至未曾经过文人的修饰。它很象民间艺人一边拨弄着丝弦，一边随口编唱的歌词。开头两句是传统的开篇起兴手法。以下则依次叙述何方人氏，姓字名谁，有何德能，穿着打扮。何从见出罗敷的美貌呢？又罗列"行者"、"少年"、"耕者"、"锄者"的各种反应。弹唱者极力形容罗敷的美貌，意在吸引听众，而不兢兢于字句。这正是民间说唱文艺的本色。最值得注意的是结尾二句："来归相怨怒，但坐观罗敷。"这个总括性的结尾说明，歌辞是一个封闭结构。如果认为这段歌辞即《陌上桑》古辞，大约不会怎么离谱儿。罗敷采桑这个题材无疑是最适合作艳歌的。它的被当作艳歌，大约也如同《三妇艳》的利用《长安有狭邪行》和《相逢行》旧辞一样。美女采桑，已成为艳歌母题。

以下的两解，在音乐上是两个段落，在歌辞上则是一个内容，是《陌上桑》的"续文"。从"秦氏有好女，自名为罗敷"句法的重复因袭，即可见出对原歌辞的敷衍的痕迹。

崔豹《古今注》说："《陌上桑》者，出秦氏女子。秦氏，邯郸人，有女名罗敷，为邑人千乘王仁妻。王仁后为赵王家令。罗敷出采桑于陌上，赵王登台，见而悦之。因置酒欲夺焉。罗敷巧弹筝，乃作《陌上桑》。"这段话揭出一个很重要的事实：这篇歌辞是边弹边唱的。

《古今乐录》曰："艳歌非一，有直云'艳歌'，即《艳歌行》是也。若《罗敷》、《何尝》、《双鸿》、《福钟》等'行'，亦皆艳歌。王僧虔《技录》云：《艳歌双鸿行》，荀《录》所载《双鸿》一篇；《艳歌福钟行》，荀《录》所载《福钟》一篇。今皆不传。《艳歌罗敷行》（'日出东南隅'），荀《录》所载《罗敷》一篇，相和中歌之，今不歌。"（《乐府诗集》卷三十九引）《古今乐录》这一段话里有一个问题，就是没有从演变的过程考察艳歌。艳歌诸"行"和艳歌有渊源关系，但二者并非一回事。逯钦立先生根据这一记载说："在荀勖时，'艳歌'《罗敷》还当作'艳'用，在王僧虔时，就成为'瑟调'中的一个'行'，而且不在相和中歌了。所以'艳歌'的应用于'三调'，至晚要在荀勖掌乐的时候，而《罗敷》的改为正乐，另加'艳头'，又当在晋、宋之际。"②这样说来，《艳歌罗敷行》最后两解歌辞出世的时间相当晚。

再说《焦仲卿妻》（《宋书·乐志》不载，首见于《玉台新咏》，《乐府诗集》入"杂曲歌辞"）。歌辞序有云："时人伤之，为诗云尔。"一般都据序文开头"汉末建安中"一语断此诗作于汉末，认为"时人"和"汉末建安中"在时间概念上是统一的，也即诗产生的时代。但这中间尚有矛盾。作者自序即不会说"时人""为诗"。所以有人据此认为序文是后人加的。这样一来，序文所提供的时间的可信性究竟怎样，就是问题了。有人则从这一点出发，怀疑此诗产生的时代，即它是否是汉诗。现有材料证明，序中说的时人所"为诗"，并非指《焦仲卿妻》。《太平御览》八百二十六引《古艳歌》曰："孔雀东飞，苦寒无衣③。为君作妻，心中恻悲。夜夜织作，不得下机。三日载疋，尚言吾迟。"无疑，这篇古歌即《焦仲卿妻》之所本。它的每一句都可以在《焦仲卿妻》中找到对应句。列表以示之：

《古艳歌》	《焦仲卿妻》
孔雀东飞	孔雀东南飞
苦寒无衣	五里一徘徊
为君作妻	十七为君妇
心中恻悲	心中常苦悲
夜夜织作	鸡鸣入机织
不得下机	夜夜不得息
三日载疋	三日断五匹
尚言吾迟	大人故嫌迟

古歌"为君作妻"以下六句，同《焦仲卿妻》以下六句一一对应，中间并无断续，可知：这篇古歌远不止这几句，《御览》所引乃是断章。④此外，《焦仲卿妻》的"五里一徘徊"句，来自《艳歌何尝行》（"飞来双白鹄"），原句作"六里一徘徊"。"东家有贤女，自名为罗敷"二句，从《艳歌罗敷行》演绎而来。结尾"东西植松柏，左右种梧桐……中有双飞鸟，自名为鸳鸯，仰头相向鸣，夜夜达五更"一段化自《古绝句》"南山一桂树，上有双鸳鸯，千年长交颈，欢庆不相忘"（《玉台新咏》十）四句。在乐府艳歌中，辞句互用是习见的现象。这说明《焦仲卿妻》与艳歌的血缘关系。

　　文学的变革，以旧形式的消退，新形式的出现以至居于主导地位为终始，形式则是其作为物质形态的成果。所以，研究文学发展的历史，不能不对形式的因革予以较大注意。虽然，《焦仲卿妻》的题材与《古艳歌》（"孔雀东飞"）相同，但二诗在文学史上的意义却有着根本的不同。它们在古代诗歌发展史上代表的是新、旧两个不同时代，即五言诗的时代和四言诗的时代。

《焦仲卿妻》究竟包蕴了哪些新的因素呢？纳兰性德《渌水亭杂识》说："《焦仲卿妻》又是乐府中之别体。意者如后之'数落山羊坡'，一人弹唱者乎？"顾颉刚在《论〈诗经〉所录全为乐歌》⑤中说：

> 我们看《焦仲卿妻》一诗中，如"物物各自异，种种在其中"，如"纤纤作细步，精妙世无双"和"云有第三郎，窈窕世无双"，其辞气均与现在的大鼓书和弹词相同。而县君先来，太守继至，视历开书，吉日就在三天之内，以及聘物车马的盛况，亦均富于唱词中的故事性。末云"多谢后世人，戒之慎勿忘"，这种唱罢时对于听众的丁宁的口气，与今大鼓书中《单刀赴会》的结尾说"这就是五月十三圣贤爷单刀会，留下了仁义二字万古传"，《吕蒙正教书》的结尾说"明公听了这个段，凡事要忍心莫要高"是很相象的。

纳兰氏和顾氏的话都很有见地。似乎可以说，艳歌是说唱文艺之祖，或者倒过来说，说唱文艺产生于艳歌形式的演变。《焦仲卿妻》即这种演变的一个例子。

循此以往，我们可以解开古诗之谜。

已有人指出，古诗属于乐府歌辞。清人朱秬堂说："古诗十九首，古乐府也。"（《乐府正义》）其根据是：《青青河边草》、《客从远方来》"本是两首，惟《孟冬寒气至》一篇下接'客从远方来'，与《饮马长城窟》章法同。盖古诗有意尽而辞不尽，或辞尽而意不尽，则合此以足之。"（同上）这一发现很重要，它指出古诗和乐府歌辞的内在联系，但它对这一现象是从章法和辞意加以解释的，而没有着眼于歌乐间的谐调关系。近人梁启超认为："流传下来的无名氏古诗亦皆乐府之辞"（《中国美文及其历史》）。余冠英先生说，"所谓古诗本来大都是乐府歌辞"。并且提供古诗"拼凑成章"和"被分割过"等证据，说这"是乐府诗里常见的情形"。（《乐府诗选序》）

证据还可以举出一些。一是结构章法上，古诗基本上是四字一节（解），构成一个完整意思。这种形式同三调歌诗是一致的。这一形式、句法，是音乐旋律、节奏在歌辞上的反映。本来，这一现象，梁启超已经提到。他说："十九首虽不讲究'声病'，然而格律音节，略有定程。大率四字为一解，每一解转一意。其用字平仄相间，按诸王渔洋《古诗声调谱》，殆十有九不可易。试拿来和当时的歌谣乐府比较，虽名之为汉代的律诗，亦无不可。"（《中国美文及其历史》）惜乎梁氏是就汉诗的声调格律而论，尚未看到这是古诗作为乐府歌辞的征象。二是常用类乎套语的收尾句，如"弃捐勿复道，努力加餐饭"（《行行重行行》)"愿为双黄鹄,奋翅起高飞"(《西北有高楼》),"思为双飞燕,衔泥巢君屋"(《东城高且长》)之类。由此见出乐府歌辞的鲜明特征。三是表情方式的某种程度的程式化、定型化。如:

涉江采芙蓉,兰泽多芳草。采之欲遗谁?所思在远道。(《涉江采芙蓉》)

庭中有奇树,绿叶发华滋。攀条折其荣,将以遗所思。馨香盈怀袖,路远莫致之。 (《庭中有奇树》)

客从远方来,遗我一书札。上言长相思,下言久别离。置书怀袖中,三岁字不灭。 (《孟冬寒气至》)

新树兰蕙葩,杂用杜蘅草。终朝采其华,日暮不盈抱。采之欲遗谁?所思在远道。 (《新树兰蕙葩》)

乐府中使人美听的歌辞反复演唱,辗转相袭,中间经过比较,遴选,集中,加工,最后成为一种典型形式(或曰超稳定形式)。此种情况,在上面几例中有较为明显的反映。另外,古诗中常见描述音乐演唱的段落,如:

西北有高楼……上有弦歌声,音响一何悲!谁能为此曲?无乃杞梁妻。清商随风发,中曲正徘徊。一弹再三叹,慷慨有余哀。不惜歌者苦,但伤知音稀。(《西北有高楼》)

这一类描述,似也多少透露出古诗作为乐府辞的形式特点。当然,内容关涉音乐并不等于诗本身即为乐辞。但古诗是一种弦歌咏叹的方式,"西北有高楼……"正是唱词开篇的常格。我们从伪苏李诗中的例子可以看得更清楚。如《黄鹄一远别》篇:"请为游子吟,泠泠一何悲!丝竹厉清声,慷慨有余哀。长歌正激烈,中心怆以摧。欲展清商曲,念子不得归。俯仰内伤心,泪下不可挥。"这里的主体形象就更鲜明些。"请为……"云云,更证明歌曲的演唱者也即此诗的抒情主体。

总之,古诗本为乐府辞这一论断是绝无问题的。古籍中的若干著录也可以作为旁证。《明月何皎皎》,《文选》二十六谢灵运《道路忆山中》诗注引为"古乐府"。《冉冉孤生竹》,《乐府诗集》作古辞,《事文类聚》后十三、《合璧事类》六十引作"古乐府"。《青青河畔草》,《事文类聚》后十四、《合璧事类》三十八引作"古乐府"。《青青陵上柏》,《北堂书钞》百四十八引作"古乐府"。《东城高且长》,《草堂诗笺》四《丽人行》注作"古乐府"。

《驱车上东门》，《乐府诗集》六十一作《驱车上东门行》。《去者日以疏》，《合璧事类》六十七引作"古乐府"。《客从远方来》，《合璧事类》外集三十九引作"古乐府"。《四坐且莫喧》，《合璧事类》外集四十一引作"古乐府"。说破了，古诗同古乐府两个概念有同一性。汉以前，说"诗"，多半兼乐辞而言。传统上诗乐合称，即指歌辞和音乐。

至此，古诗的问题算是解决了一半。

古诗并非汉诗原本，这从其中拼合的痕迹可以判定。古诗中拼合成章的痕迹远不止前人已经指出的那些。《行行重行行》一篇，前八句写万里远别，思念故土和亲人，这是从游子说起；中六句写思妇思念游子而憔悴；后二句是乐府常用的结尾句，与主题无关。构成全诗主体的两段意思合在一起，造成诗意的二元性。这两段应是来自不同的两篇诗。为了统一诗的抒情主体，曾有过各种诠解。如把前一段作为追叙处理，将全诗属之女子口吻。可是这样解释，开头两句就无法统一。若说"与君生别离"一句是女子伤别，那么，"行行重行行"又是指谁呢?这一行为也是直接发自主体。而这一句又是同以下的"相去万余里"几句关联呼应的。"胡马"、"越鸟"二句，也只能是漂流在外的人自谓，而不能是怀念者的口气。如属之于游子的口吻，"相去日以远"同"相去万余里，各在天一涯"之间又有矛盾：一说在途中，一说已处在万里外的天涯。本篇严羽所见宋本《玉台新咏》"越鸟"句以下别为一篇（《沧浪诗话》）。《青青河畔草》前六句是对一个女子及其周遭景物的静态描写，而后四句说这个女子为"荡子妇"，两段之间看不出有什么必然联系。前一段只是个开头，后一段内容上也不完整，大约是来自两篇而各有删节。"青青河畔草"是思妇一类题材开篇起兴的惯套，《饮马长城窟行》开首一句也是"青青河畔草"，可见这类歌辞在乐府中经常被辗转相截，用作敷衍的材料。《青青陵上柏》前半是从眼前景物兴发人生短促，应及时行乐的感慨；后半具体写洛中的繁华和贵族的生活。前后意思本不相关，只因前一段结尾说到"游戏宛与洛"，恰好与后一段首句"洛中何郁郁"字面上偶然相及，即造成一种假相：似乎后面意思虽有转折，诗脉却相承续。这是拼合者取巧之处。《今日良宴会》前八句写宴会上听曲，后六句却突然说由于想到人生短暂而矢志要去博取富贵名利。而这一思想与宴会听曲兴起的情思无涉。《明月皎夜光》先写深秋月夜促织悲鸣，寒星历历，转叙白露沾草，秋蝉在树间凄吟，燕子不知飞往何方。节序虽一致，却有昼夜的不同，而从所咏内容，看不出场景转换的根据。以下说朋友新贵不念旧交。最后用"北斗"、"牵牛"构成有名无实的意念，认为是对朋友不念旧交一段的生发，可以勉强说得通，其实是拼凑出来的意思。这一篇大约是分割穿插多篇旧有歌辞而成，故尔显得有些凌乱。《冉冉孤生竹》一篇，从开始到"悠悠隔山陂"，脉络尚清楚，是写新婚；而接下去却说"思君令人老，轩车来何迟"，是指迎亲来迟，而相思"令人老"呢，还是另有缘故？如是指前者，即与"与君为新婚"句相悖；如是指后者，便无从悬揣。"伤彼蕙兰花"以下六句可能和这两句同出一源，好象是女子怨丈夫的离家仕宦。《驱车上东门》前八句写死人丘墓；后十句说人生如寄，最现实的，是美衣玉食，享乐今生。前后字面上似有承接；细玩诗意，貌合而神离。

古诗中的这些拼合之迹，表明这批乐辞为一定的施用目的经全面改编而成。改编后的歌辞，应同本辞分而论之。拼合几段旧有歌辞为一新辞，这在乐府中，是三调歌辞独有的方式。这一点，确定了古诗改编的时间不得早于曹魏。《宋书·乐志》说："又有因弦管金石，造哥（歌）以被之，魏世三调哥（歌）词之类是也。"王僧虔《表》也有"今之清商，实由铜雀"（《宋书·乐志》，《南齐书·王僧虔传》所记同）之说。两处记载都指明相和（清商）三调的渊源所自。

古诗本辞的一些零章断句，于建安诗中往往见之。列表以明规模及掎摭之迹（见下页表）从表中可以看到：古诗有一篇中的不同句或者同一句分别见于建安各家诗者（或用原句，或略作变动）。古诗《明月何皎皎》中句一见于王粲诗，一见于阮瑀诗，一见于徐干诗；在曹丕诗中的形迹更明显（详下）。古诗《行行重行行》中句四见于曹植诗，一见于徐干诗。古诗《涉江采芙蓉》中句二见于曹植诗。古诗《良时不再至》中句一见于曹植诗，一见于阮瑀诗。古诗《西北有高楼》中句一见于曹丕诗，一见于曹植诗。古诗《去者日以疏》中句一见王粲诗，一见于阮瑀诗。这种现象说明：是建安诗人模仿、借用古诗，而不能是相反。用乐府旧句，本是建安诗创作的家数之一。此种现象，以曹丕的作品为特著，如其《临高台》、《钓竿》、《艳歌何尝行》诸作，都杂窜有乐府旧辞。

建安诗中有些结尾句也不难看出是有所自来的。如曹丕诗《清河作》结尾二句"愿为晨风鸟，双飞翔北林"，曹植《送应氏》结尾二句"愿为比翼鸟，施翮起高翔"等。

曹丕诗中且有用古诗诗意而改篡若干原句的篇章。如《燕歌行》"不觉泪下沾衣裳"改《明月何皎皎》"泪下沾裳衣"句，"明月皎皎照我床"句约节《明月何皎皎》"明月何皎皎，照我罗床帏"二句，"牵牛织女遥相望"句化用《迢迢牵牛星》"河汉清且浅，相去复几许！盈盈一水间，脉脉不得语"四句，"尔独何辜限河梁"句化用伪苏李诗"携手上河梁"句，"披衣出户步东西"句化用伪苏李诗"仰视浮云翔"、"仰视浮云驰"句。曹植《七哀》的诗意似也是从古诗《青青河畔草》生发的。"上有愁思妇，悲叹有余哀，借问谁家子，云是宕子妻。君行逾十年，孤妾常独栖"四句至为明显。

建 安 诗	古 诗
裁缝纨与素(曹植《浮萍篇》)	被服纨与素(《驱车上东门》)
行行复行行(曹植《门有万里客》)	行行重行行(《行行重行行》)
人居一世间,忽若风吹尘(曹植《薤露行》)	人居一世间,奄忽若飙尘(《今日良宴会》)
采之谁遗(曹植《远游篇》)	采之欲遗谁(《涉江采芙蓉》《新树兰蕙葩》)
亲爱在离居(《曹植《赠白马王彪》》)	同心而离居(《涉江采芙蓉》)
去去莫复道(曹植《杂诗》)	去去从此辞(《结发为夫妻》)
西北有织妇(曹植《杂诗》)	西北有高楼(《西北有高楼》)
悠悠远行客(曹植《杂诗》)	忽如远行客(《青青陵上柏》)
去家千余里(曹植《杂诗》)	相去万余里(《行行重行行》)
浮云翳日光(曹植《杂诗》)	浮云蔽白日(《行行重行行》)
悲风动地起(曹植《杂诗》)	回风动地起(《东城高且长》)
清时难屡得(曹植《送应氏》)	良时不再至(《良时不再至》)
嘉会不可长(曹植《送应氏》)	嘉会难再遇(《嘉会难再遇》《烛烛晨明月》)
明月照高楼,流光正徘徊(曹植《七哀》)	明月照高楼,想见余光辉(《晨风鸣北林》)
俯视清光波,仰看明月光(曹丕《杂诗》)	俯观江汉流,仰视浮云翔(《烛烛晨明月》)
孤雁独南翔(曹丕《杂诗》)	一凫独南翔(《双凫俱北飞》)
欲济河无梁(曹丕《杂诗》)	我欲渡河水,河水深无梁(《步出城东门》)
西北有浮云(曹丕《杂诗》)	西北有高楼(《西北有高楼》)
展转不能寐,披衣起彷徨 (曹丕《杂诗》)	忧愁不能寐,揽衣起徘徊……出户独彷徨 (《明月何皎皎》)
此愁当告谁(王粲《从军行》)	愁思当告谁(《明月何皎皎》)
悠悠涉荒路(王粲《从军行》)	悠悠涉长道(《回车驾言迈》)
但见林与丘(王粲《从军行》)	但见坟与丘(《去者日以疏》)
寒蝉在树鸣(王粲《从军行》)	秋蝉鸣树间(《明月皎夜光》)
独夜不能寐(王粲《七哀》)	忧愁不能寐(《明月何皎皎》)
丁年再难遇(阮瑀《七哀》)	良时不再至(《良时不再至》)
出圹望故乡,但见蒿与莱(阮瑀《七哀》)	出郭门直视,但见丘与坟(《去者日以疏》)
揽衣起踯躅(阮瑀《杂诗》)	揽衣起徘徊(《明月何皎皎》)
泪下沾裳衣(阮瑀无题诗)	泪下沾裳衣(《明月何皎皎》)
君去日以远,郁郁令人老 (徐干《室思》)	相去日以远……思君令人老 (《行行重行行》)
展转不能寐(徐干《室思》)	忧愁不能寐(《明月何皎皎》)
长夜何绵绵……仰观三星连(徐干《室思》)	愁多知夜长,仰观众星列(《孟冬寒气至》)

就作风说，建安诗常见同古诗很接近的篇章，如曹丕的《燕歌行》、《杂诗》，曹植的《七哀》、《送应氏》、《杂诗》，徐干的《室思》等，都颇具古诗的情韵。所以钟嵘《诗品》说古诗"旧疑是建安中曹、王所制"。

因为建安诗人所模仿、所借用的是古诗的本辞，所以建安诗中保存的原句个别字与古诗不同。如《北堂书钞》一百一十引曹植诗中用《今日良宴会》句"弹筝奋逸响，新声妙如神"作"弹筝奋逸响，新声好如神"，即为一例。

古诗本辞不尽是五言句，我们现在看到的古诗，是改造以后的面貌。这种改造，从《生年不满百》与《西门行》之间，可以窥见大概情形。《生年不满百》是根据晋乐府所奏辞《西门行》改写的。《西门行》乐辞：

> 出西门，步念之：今日不作乐，当待何时？（一解） 夫为乐，为乐当及时。何能坐愁怫郁，当复待来兹？（二解） 饮醇酒，炙肥牛，请呼心所欢，可用解愁忧。（三解） 人生不满百，常怀千岁忧。昼短苦夜长，何不秉烛游？（四解） 自非仙人王子乔，计会寿命难与期。自非仙人王子乔，计会寿命难与期。（五解）人寿非金石，年命安可期？贪财爱惜费，但为后世嗤。（六解）

《生年不满百》：

> 生年不满百，常怀千岁忧。昼短苦夜长，何不秉烛游？为乐当及时，何能待来兹？愚者爱惜费，但为后世嗤。仙人王子乔，难可与等期。

《玉台新咏》载有一篇《飞来双白鹄》，也是由旧辞改写而成，情况和《生年不满百》相似。旧辞《艳歌何尝行》也和《西门行》一样，是晋乐府所奏辞，两属瑟调和大曲。从歌辞形式看，《飞来双白鹄》改《艳歌何尝行》和《生年不满百》的改《西门行》，都是变杂言为五言，或变不够整齐的五言为严格的五言。有人认为《飞来双白鹄》是《艳歌何尝行》本辞，就是说，乐辞形式从五言变为杂言。这恐与乐府歌辞演化的实际情况相左。"十十将五五，罗列行不齐"与"十十五五，罗列成行"两种句法相比较，不难看出，乃是四言添字成五言。五言句"忽然卒被病"因将原辞主语"妻"改掉而不明确，也是证明。歌辞的这种改写，表明是配合乐节的需要。

　　既然《生年不满百》和《飞来双白鹄》是从晋乐府所奏辞改编的，那么就可知，古诗的其它篇章改编施行的时间当亦不早于西晋初年，或即当荀勖典乐之后。因为，《生年不满百》、《飞来双白鹄》原本《西门行》，《艳歌何尝行》，乃"荀勖撰旧词施用者"（《宋书·乐志》）。

　　这批乐辞从现存乐府歌辞的所有著录寻不出蛛丝马迹。即如当时专门记录相和（清商）三调歌辞的荀氏《录》、张永《元嘉正声技录》和王僧虔《宴乐技录》，记录三调歌名目甚备，也并未提及这批乐辞。这说明：这批乐辞不在乐府官署，也不属正统三调歌系统。其中《驱车上东门》和《冉冉孤生竹》，郭茂倩《乐府诗集》列在《杂曲歌辞》一类，当是有根据的。郭氏《杂曲歌辞》解题说："杂曲者，历代有之，或心志之所存，或情思之所感，或宴游欢乐之所发，或忧愁愤怨之所兴，或叙离别悲伤之怀，或言征战行役之苦，或缘于佛老，或出自夷虏。兼收备载，故谓之杂曲。自秦汉已来，数千百岁，文人才士，作者非一。干戈之后，丧乱之余，亡失既多，声辞不具，故有名存义亡，不见所起。"可见，所谓杂曲歌辞，是民间演唱、流行的歌辞。

　　或猜测，这批乐辞因脱离了音乐而失掉标题。那么，为什么歌辞本身毫无章句逸失的痕迹，偏偏失掉标题呢？况且是一批歌辞（据钟嵘《诗品》说有五十九首之多）全都失了题呢？晋人陆机所拟就没有标题，萧梁时编的《昭明文选》所选篇目也没有标题，而泛称之为"古诗"。这说明，这批乐辞本无题。

　　其实，这是一批联唱歌辞，既作为联唱歌辞，每一解自无须乎立题。

　　这种音乐形式是有传统可稽的，周代的乐歌中就已经有了。《论语·泰伯》："子曰：师挚之始，《关雎》之乱，洋洋乎盈耳哉!"清人刘台拱释这两句说：

　　　　"始者"，乐之始；"乱"者，乐之终。《乐记》曰："始奏以文，复乱以武。"又曰："再始以著往，复乱以饬归。"皆以"始"、"乱"对举，其义可见。凡乐之大节，有歌，有笙，有间，有合，是为一成。始于升歌，终于合乐，是故升歌谓之"始"，合乐谓之"乱"。……合乐：《周南》——《关雎》、《葛覃》、《卷耳》，《召南》——《鹊巢》、《采蘩》、《采苹》⑦。凡六篇而谓之"《关雎》之乱"者，举上以该下，犹之言"《文王》之三"，"《鹿鸣》之三"云尔。（《论语骈枝》。据广雅书局刊《刘氏遗书》本）以乐歌中地位拟之，"始"相当三调歌的"艳"，"乱"相当三调歌的"趋"或"乱"。周乐中"乱"可以包括《周南》、《召南》中的六段（篇）歌辞。其

"升歌"与之首尾相对，其势盖亦与之相当。甚至可以"升歌三终"，笙"三终"，"间歌三终"，"合乐三终"（《荀子·乐论》）。那样，只"乱"就有十八段（篇）歌辞。周代乐歌也都没有题目（《诗三百》的题目多取开篇二字，代表乐章）。乐府中某某"行"之类，只是标明所属的曲谱，也非歌辞的题目。以乐为主，歌辞自不同于徒诗。

古诗作为乐歌的形式，与周代乐歌已经不可同日而语了。古诗用作大型弹唱歌辞，是魏晋乐歌的进一步发展。《宋书·乐志》说："相和，汉旧歌也。……本十七曲，朱生、宋识、列和等复合之，为十三曲。"杨荫浏据此说："在魏晋时代，在《相和歌》中……也可能已把若干个歌曲连接起来唱奏，而构成了一种组曲的形式。"⑧这是魏明帝时的事。而同民间乐歌形式比较，乐府官署总是保守的。

这种新的乐歌形式的实现，第一步就须打破三调歌的旧格局，把重心转移到艳歌上来。因为艳歌对于正歌有相对独立性，"不在歌数"，这就给予增辞、演绎以最大的可能性，构成艳歌独立发展的条件。横向扩展即成为联唱组曲形式，纵向敷衍，则成为象《陌上桑》、《焦仲卿妻》那样的生动的长篇说唱形式。

我们说古诗是联唱歌辞，可以从古诗本身找到内证。如《四坐且莫喧》：

> 四坐且莫喧，愿听歌一言。请说铜炉器，崔嵬象南山。上枝似松柏，下根据铜盘；雕文各异类，离娄自相联。谁能为此器，公输与鲁班。朱火燃其中，青烟扬其间；从风入君怀，四坐莫不叹。香火难久居，空令蕙草残。

此辞载今本《玉台新咏》（扬守敬《古诗存目》说"《玉台》古本无"）。晋陆机拟乐府诗《吴趋行》曰："楚妃且勿叹，齐娥且莫讴，四坐并清听，听我歌吴趋。"就是模拟本篇。形式上，《四坐且莫喧》与艳歌确无太大差异，这即说明是从艳歌蜕变的。但开头两句"四坐且莫喧，愿听歌一言"，已揭橥说唱形式，同艳歌有了质的差别。梁启超说，这"正与赵德麟《商调蝶恋花序》中所说，'奉劳歌伴，先调格调，后听芜词'，北观别墅主人《夸历阳大鼓书引白》所说，'把丝弦儿弹起来，就唱这一回'相同，都是歌者对于听客的开头语"（《中国美文及其历史》）。真是一语破的。这个意见，是上引顾颉刚氏论《焦仲卿妻》一段话之所本。

同样的例子还有。《北堂书钞》一百二十二引古乐府：

　　请说剑：骏⑨犀标首，玉琢中央，六一所善，王者所杖；带以上车，如燕飞扬……

　　古诗本是游子、思妇之词，都是适于做艳歌的材料。这些歌辞的共同特点是抒情为主，抒情中有叙事。由于题材的一致，各篇之间即显示了某种内在的关联，每篇歌辞就好象整体结构中的一个段落。

_____

　　①郭氏提法不确切。事实上不独大曲，瑟调也有艳有趋。

　　②《相和歌曲调考》，载《文史》第十四辑。

　　③"衣"似应读为"依"。"无依"与"徘徊"、"彷徨"义近。

　　④《御鉴》六百八十九、九百零七尚载《古艳歌》四句曰："茕茕白兔，东走西顾。衣不如新，人不如故。"似出同一篇。《艺文类聚》三十："后汉窦玄，形貌绝异，天子以公主妻之，旧妻与玄书别曰：'弃妻斥女，敬白窦生：卑贱鄙陋，不如贵人。妾日已远，彼日以亲，何所告诉，仰呼苍天。悲哉窦作！衣不厌新，人不厌故，悲不可忍，怨不自去，彼独何人，而居我处！'"《古乐府叙录》所引，作："歌曰：茕茕白兔，东走西顾，衣不如新，人不如故。时人怜之。"

　　⑤载《古史辨》第三册。

　　⑥建安诗人规模古诗本辞的篇章，《文选》多署"杂诗"。杂诗者，无题或不知题目之谓也。大约这些所谓杂诗，也是为应歌而作，本无题目。

　　⑦《仪礼·乡饮酒礼》："工歌《鹿鸣》、《四牡》、《皇皇者华》……乐《南陔》、《白华》、《华黍》……乃间歌《鱼丽》，笙《由庚》，歌《南有嘉鱼》，笙《崇丘》，歌《南山有台》，笙《由仪》……乃合乐：《周南》——《关雎》、《葛覃》、《卷耳》，《召南》——《鹊巢》、《采蘩》、《采苹》。

　　⑧《中国音乐史稿》1980年版上册，第143页。

　　⑨曹丕《大墙上蒿行》用此辞，"骏"作"驳"。

原载《阴山学刊》1989年第1期

苏李诗辨证

陈仲子

《李陵集》，唐后不传。（《隋志》，《汉骑都尉李陵集》二卷。《唐志》，《李陵集》二卷）荀绰《古今五言诗美文》，先隋已佚。（《隋志》注，梁又有《古今五言诗美文》五卷，荀绰撰，亡。）苏李诗著于故籍者，莫先于《文选》矣，次则《玉台新咏》，又次则《艺文类聚》、《初学记》、《古文苑》。《文选》《玉台》所录，信为真诗，余则朱紫杂陈，淄渑并泛。后世疑议，因以滋生。然疑其可疑可也，并其不可疑者而疑之，则惑矣。不揣谫陋，辨证云尔。民国十六年夏，古直记。

《文选》苏子卿古诗四首原文：

骨肉缘枝叶，结交亦相因。四海皆兄弟，谁为行路人。况我连枝树，与子同一身。昔为鸳与鸯，今为参与辰。昔者常相近，邈若胡与秦。惟念当乖离，恩情日以新。鹿鸣思野草，可以喻嘉宾。我有一尊酒，欲以赠远人。愿子留斟酌，叙此平生亲。

黄鹄一远别，千里顾徘徊。胡马失其群，思心常依依。何况双飞龙，羽翼临当乖。幸有弦歌曲，可以喻中怀。请为游子吟，泠泠一河悲。丝竹历清声，慷慨有余哀。长歌正激烈，中心怆以摧。欲展清商曲，念子不能归。俛仰内伤心，泪下不可挥。愿为双黄鹄，送子俱远飞。

结发为夫妻，恩爱两不疑。欢娱在今夕，燕婉及良时。征夫怀往路，起视夜何其。参辰皆已没，去去从此辞。行役在战场，相见未有期。握手一长叹，泪为生别滋。努力爱春华，莫忘欢乐时。生当复来归，死当长相思。

烛烛晨明月，馥馥秋兰芳。芬馨良夜发，随风闻我堂。征夫怀远路，游子恋故乡。寒冬十二月，晨起践严霜。俯视江汉流，仰视浮云翔。良友远别离，各在天一方。山海隔中州，相去悠且长。嘉会难再遇，欢乐殊未央。愿君崇令德，随时爱景光。

《文选》李少卿苏武诗三首原文：

良时不再至，离别在须臾。屏营衢路侧，执手野踟蹰。仰视浮云驰，奄忽互相踰。风波一失所，各在天一隅。长当从此别，且复立斯须。欲因晨风发，送子以贱躯。

嘉会难再遇，三载为千秋。临河濯长缨，念子怅悠悠。远望悲风至，对酒不能酬。行人怀往路，何以慰我愁。独有盈觞酒，与子结绸缪。

携手上河梁，游子暮何之。徘徊蹊路侧，悢悢不能辞。行人难久留，各言长相思。安知非日月，弦望自有时。努力崇明德，皓首以为期。

辨正一　苏李能诗乎

或曰：李陵苏武，结发为诸骑吏士。未更讽诵，似不能诗。答之曰：李陵能诗，明见《汉书》，《汉书·苏武传》曰：

> 陵起舞歌曰："径万里兮度沙漠，为君将兮奋匈奴。路穷绝兮矢刃摧，士众灭兮名已隤。老母已死，虽欲报恩将安归。"

若苏武《汉书》虽不言其能诗，然观其折卫律之辞，则可知其能诗矣。武折卫律之辞曰：

> 女为人臣子，不顾恩义，畔主背恩，为降虏于蛮夷。何以女为见，且单于信女，使决人死生，不平心持正，反欲斗两主，观祸败。南越杀汉使者，屠为九郡。宛王杀汉使者，头悬北阙。朝鲜杀汉使者，即时诛灭。独匈奴未耳。若知我不降明，欲令两国相攻，匈奴之祸，从我始矣。

观其辞义，虽古行人何以尚兹。谓武氏不能诗，吾不信也。若谓其未更讽诵，则亦未必，何者？陵武出自将家，非起自屠贩，不容少不读书。况诗者，情性也。情动于中，则咏歌外发，故昔者易水之歌，拔山之操，大风之章。荆卿项羽刘季，皆未尝习艺文，然后世文士为之，终莫能驾其上，诸史所载类此者，更有数事：

> 《南史》：曹景宗目不知书，好以意作字。及当上谳，朝贤以曹兜鍪，不烦倡和。曹固请不已，许之。仅余"竞""病"二韵，即赋云："去时儿女

悲，归来笳鼓竞。借问行路人，何如霍去病？"一座赏服。

又曰：沈庆之目不知书，每将署事，辄恨眼不识字。上尝欢饮群臣，逼令作诗，庆之请颜师伯执笔，口授之曰："微生遇多幸，得逢时运昌。朽老筋力尽，徒步还南冈。辞荣此圣世，何异张子房。"上悦，众坐称美。

《北史》：斛律金不识文字，本名敦，苦难署，改名为金。以从便易，犹以为难，司马子如教为金字，作屋况之，其字乃就（《斛律金传》）。神武中弩，勉坐见诸贵，使金作《敕勒歌》。（《齐本纪上》）曰："勅勒川，阴山下，天似穹庐，笼盖四野。天苍苍，野茫茫，风吹草低见牛羊。"（《乐府广题》）

景宗庆之，诗虽未至，然已难能。若金之《敕勒歌》，则竟足冠乐府矣。由是言之，情性之用长，而学问之助薄，纵陵武不更讽诵，何遽不能诗哉？

辨证二　苏李之诗不能伪

文中子曰："诗性情也，性情能亡乎？"性情不能亡，则亦不能伪矣。昔之善拟古者，陆机江淹谢客刘铄。然与原诗相较，皆谬以毫厘，差以千里，纵有形似，神终不属。此何以故？性情不可拟故。《文选》所录苏李诗，则尤性情之至，哀怨之深者也，如云：

> 请为游子吟，泠泠一何悲。丝竹历清声，慷慨有余哀。长歌正激烈，中心怆以摧。欲展清商曲，念子不能归。俛仰内伤心，泪下不可挥。"愿为双黄鹄，送子俱远飞。""屏营衢路侧，执手野踟蹰。""长当从此别，且复立斯须。""远望悲风至，对酒不能酬。""徘徊蹊路侧，恨恨不能辞。"

此皆幽咽怨乱，性情直涌之词。无此境遇，无此情感，虽复相如操笔，亦不能至矣。知此意者，其惟梁之钟嵘？嵘作《诗品》品陵诗曰：

> 使陵不遭辛苦，其文亦何能至此。

诚知言哉！知其不遭辛苦，不能至此，则古今一切訾论，可以息矣。钟嵘之外，犹有数人亦似知此意。颜延之曰：

陵善篇有足悲者。（《庭诰》）

白居易曰：

苏李诗各系其志，发而为文，"河梁"之句，止于伤别，徬徨抑郁，不暇他及。（《与元九书》）

元稹曰：

苏李五言，词意简远，指事言情，文不妄作。（《杜甫墓志》）

宋濂曰：

苏李所著，纡曲悽惋，实宗《国风》《楚辞》。（《答章秀才书》）

陆时雍曰：

苏李赠答，何温而戚，多唏涕语。（《诗镜总论》）

以上诸人，虽知此意，然皆含隐，不径言性情不可伪托，至近儒章太炎始径言之。其《国故论衡辨诗》曰：

在汉则主性情，往者大风之歌，拔山之曲，高祖项王，未尝习艺文也，然其言为文儒所不能举。苏李之徒，结发为诸骑吏，士未更讽诵，诗亦为天下宗。及陆机、鲍照之伦，拟之以为式，终莫能至。由是言之，性情之用长，而学问之助薄也。

由章氏之言观之，苏李诗之不能伪，益明矣。

辨证三 《本传》不录，《艺文志》不载

或云："苏李诸作，虽见录于《文选》，然《汉书·苏武李陵传》中并不载苏李二人之诗，《艺文志》中亦不言陵及武有诗篇，果苏李作有这许多诗，班固

当然不会不知，已知，也不会不录入传或载入《艺文志》中。何以固当时尚不知有这些诗，而至数百年后萧统诸人之时，反倒知道。"（郑振铎《文学大纲》）

案：史传职在记事，载录诗文，不过偶然（为文士传，又当别论）。若必载在本传始为真诗，则自古及今，真诗亦仅有矣。又史之详略去取，旨各有在。如贾谊《治安策》，古今称之，然《史记·贾谊传》仅载其二赋，及班固《汉书》，始备录之，岂得因此便云史迁不知贾谊有《治安策》乎？举此一例，可概其余。

若夫《艺文志》不载，亦不足为苏李无诗之证，章学诚《校雠通义》曰："汉志详赋而略诗，帝王之作，有高祖《大风》《鸿鹄》之篇，而无武帝《瓠子》《秋风》之什。（自注：或云《秋风辞》即在上所自造赋内）臣工之作，有《黄门倡车忠》等歌诗，而无苏李何梁之篇。（自注，或云杂家有主名诗十篇，或有苏李之作，然汉廷有主名诗，岂止十篇而已乎。）"以此言之，《艺文志》不载者多矣，岂独苏李而已乎？（案《汉书》各传所载，如《赵幽王歌》、《诸吕用事歌》、《朱虚侯耕田歌》、《燕刺王归空城歌》、《广陵历王欲久生兮歌》、《广川王背尊章歌》、《韦孟讽谏》、《在邹》、《东方朔陆沉于俗歌》、《李陵径万里歌》、《李延年北方有佳人歌》、《杨恽拊缶歌》、《韦玄成自劾诗》、《诫子孙诗》，《艺文志》皆不载。实斋详赋略诗之说，得此益可信也。）

李陵之诗，颜延年尝评论之曰：

> 李陵众作，总杂不类，元是假托，非尽陵制。至其善篇，有足悲者。（《太平御览》五百八十六引颜庭诰）

夫曰"非尽陵制"，则固认有陵制者矣。延年前于萧统凡百十七年。（颜延年生晋太元九年，萧统生齐中兴元年，相距百十七年）或谓"至萧统诸人之时，反倒知道。"何不考邪？

辨正四　奉使不得言行役在战场

或者又曰："如苏李之诗，行役在战场，相见未有期，他赴匈奴，系出使，并非出战，何以言行役在战场？"（《文学大纲》）

案《汉书·武帝纪》："太初三年，遣光禄勋徐自为筑五原塞外列城，西北至卢朐，游击将军韩说将兵屯之，强弩都尉路博德筑居延。秋，匈奴入定襄云中，杀略数千人，行坏光禄诸亭障。又入张掖酒泉，杀都尉。"沈钦韩曰："《一统志》，卢朐河，今名克鲁伦河，源出喀尔喀肯特山南，直河套二千里许。"是则苏武奉使所经行之地，无非战场也。诗曰："行役在战场"，盖纪实，或者又何疑焉？

辨正五　长安赠别不当有"江汉"语

《通考》引东坡《答刘沔书》曰："李陵苏武赠别长安诗，有'江汉'之语，而萧统不悟。"

案：苏武诗，《文选》题曰：《苏子卿古诗四首》，《玉台新咏》则录其《结发为夫妻》一首，题曰《留别妻》，六朝人未言此四诗为别李陵也，迄于隋代，江都曹李，肇开选学。（阮元《文选旁证序》："至于隋代，乃有江都曹李之学。"案曹宪卒贞观中年一百五岁，上溯宪生，乃当昭明孝穆之世，则宪凡历四代。）然李善于《古诗十九首》题下注云："并云古诗，盖不知作者，或云枚乘，疑不能明也。昭明以失其姓氏，故编在李陵之上。"依此例之，如有赠别李陵之说，李善必于题下注曰："苏武古诗"。盖不知其题，或云赠别李陵，疑不能明也。今注不尔，则赠别李陵之说，先唐盖尚未起。（李善选学出于曹宪，故曰先唐。）考《艺文类聚》引苏武《骨肉缘枝叶》一首，云苏武别李陵诗。《初学记》引苏武《黄鹄一远别》一首，云苏武赠李陵诗。二书一作于初唐，一作于盛唐，然则赠别李陵之说，殆起于唐而盛于宋矣。（案李善之后，吕延济、刘良、张铣、吕向、李周翰，皆注《文选》，亦无赠别李陵之说，则知此说虽起于唐，而学者多不承用也。）故苏轼径据流传之说斥责昭明，不复检查《文选》本题之作何语也。（蔡宽夫曰："诗题本不云答陵，宽夫宋人，其言如此，则知苏氏云云，仅流传之说，羌无依据也。苏氏又云：'刘子元辨李陵与苏武书，非西汉文，吾因悟陵与苏武赠答五言，亦后人所拟。苏氏辨证真伪，因悟而得，不凭征验，其言之不足信。"益明。）至其指为长安赠别，则因六朝文字，亦有疑河梁携手为由长安者。（见后）

苏氏遂意子卿答陵，亦在长安耳。歧中有歧，斯之谓也。赠别之说，流传至于明清之际，艺林渐质言之。（如钟惺何焯等，皆解作别李陵。）最后陈沆著《诗比兴笺》，遂径题曰"苏武别李陵诗"矣。

蔡宽夫《西清诗话》曰："世以苏武诗云：'寒冬十二月，晨起践严霜。俯观江汉流，仰视浮云翔。'以为不当有'江汉'之言，或疑其伪，予尝考之，此诗若答李陵，则称'江汉'决非是。然诗题本不云答陵，而诗中且言结发为夫妇之类，自非在房中所作，则安知武氏未尝至江汉耶。但注者浅陋，直指为使匈奴时，故人多惑之，其实无据也。"

案：宽夫此说，足解东坡江汉之惑矣，无据一语，尤可奠万哗也。

辨正六　苏武诗解题

余萧客《文选音义》曰："东坡《答刘沔书》曰：'李陵苏武赠别长安诗，有江汉之语，而萧统不悟。'按四诗第三首，决为奉使别家人之作，前二首似是送别，非武自远行。此篇词旨含浑，又总曰古诗，何以知其必为长安赠别？"

案：第三首明言结发为夫妻，《玉台新咏》录此即题曰《留别妻诗》，五臣注此诗亦云意者武将使匈奴之时留别妻也，余氏谓决为奉使别家人之作，诚是，但云前二首似是送别，非武自远行，则未谛。余氏疑此，殆因诗有"送子俱远飞"句耳。不悟诗固明言念子不能归，则非武送别可知也。双鹄俱飞，彼此可互云送，今曰送子俱远飞者，武作诗，武为主故也。至第四首："寒冬十二月，晨起践严霜。俯观江汉流，仰视浮云翔。"不特地非长安（或塞外）。冬十二月，仅践严霜，即气候亦非长安（或塞外）。其非长安（或塞外）赠别李陵之作，可以断言。唯第一、第二两首，实有似乎房中别陵之作。《汉书·李广苏建传》附《武传》曰："汉求武等归，于是李陵置酒贺武曰：'今足下还归，名扬于匈奴，功显于汉室，虽古竹帛所载，何以过子卿。陵虽驽怯，令汉且贳陵罪，使得奋大辱之积志，庶几乎曹柯之盟，此陵夙昔所不忘也。收陵宗族，为世大戮。陵尚复何顾乎？已矣！令子卿知吾心耳！异域之人，一别长绝！'陵起舞歌曰：'径万里兮度沙漠，为君将兮奋匈奴。路穷绝兮矢刃摧，士众灭兮名已隤。老母既死，虽欲报恩将安归？"子卿诗曰"念子不能归"，辞气正复相应。详此二首，殆为河梁赠别之作矣。

沈德潜曰："苏武诗四首，首章别兄弟，次章别妻，三四章别友，非皆别李陵也。钟竟陵俱解作别陵，未必然。"

案：沈氏谓首章别兄弟，非也，诗以骨肉结交双起，而承之曰"四海皆兄弟"，所别明为朋友。（《论语·子夏》曰："四海之内，皆兄弟也，君子何患乎无兄弟。"《梁书·范云传》："尝侍燕，高祖谓临川王宏、鄱阳王恢曰：'我与范尚书少亲善，申四海之敬，今为天下主，此礼即革，汝宜代我呼范为兄。'二王下席拜。"此亦为足证也。）连枝一身，引而亲之之辞耳。岂遽以为同胞兄弟哉？（《说文》："同志为友，从二又相交。"段玉裁注："二又，二人也。善兄弟曰友，亦取二人，而如左右手也。"《初学记》十八引傅幹《与张叔威书》："吾与足下，恩若同生"。亦引而亲之之辞也。）"鹿鸣思野草"、"叙此平生亲"，皆用朋友事。（《论语》："久要不忘平生之言"，《后汉书·苏章传》："故人为清河太守，章行部案其奸藏，乃请太守为设酒肴，陈平生之好。"又曹子建《送应氏》诗："念我平生亲，气结不能言"。）

辨正七　李陵众作总杂不类

颜延之《庭诰》曰："李陵众作，总杂而不类。元是假托，非尽陵制。至其善篇，有足悲者。"（互见上）

案：李陵诗除《文选》所录与《苏武诗》三首外，又有录《别诗》八首。（完篇六，阙篇二，见《艺文类聚》及《古文苑》）延之所谓"总杂不类，元是假托"者，当即指此。然曰"非尽陵制"，则固谓有制者矣。善篇足悲，非与苏武三首而何？钟记室谓陵诗悽怆，怨者之流，亦指此也。

辨正八　触犯汉讳

洪迈《容斋随笔》曰："《文选》李陵苏武诗，东坡云后人所拟，余观李诗云，'独有盈觞酒'。'盈'，惠帝讳。汉法触讳有罪，不应陵敢用，东坡之言可信也。"

案：《汉书》贾谊《陈政事疏》："秦王置天下于法令，而怨毒盈于世。"《谏除盗铸钱令疏》："以调盈虚。"邹阳上书吴王："淮南连山东之侠，死士盈朝。"韦孟诗："祁祁我徒，负戴盈路。"薄昭书："怙恩骄盈"。又《淮南子》："冲而徐盈"、"卷之不盈于一握"、"持盈而不倾"、"盈缩卷舒"、"不盈倾筐"（《淮南》他篇尚多有之。）王褒《四子讲德论》："含淳咏德之声盈耳"、《九怀》："美玉兮盈堂"。汉臣奏议著述，触惠帝讳者，且多如此，何独于陵诗而疑之。（参看《古诗十九首辨正》）

又案："邦"为高帝讳，《汉书》董仲舒《对策》，"书邦家之过"，则犯之。韦孟诗："总齐群邦"、"实绝我邦"、"我邦既绝"、"邦事是废"、"瘝其外邦"、"于异他邦"，则屡犯不一犯也。明帝讳庄，凡"庄"字皆改用"严"字。（《史记》："汲黯以庄见惮，《索隐》曰：'自汉明帝讳庄，故已后庄皆云严。'"《汉书·异姓诸侯王表序》："孝昭严稍蚕食六国，师古曰：'严谓庄襄王，后汉时避明帝讳，以庄为严，故汉书姓及谥本作庄者，皆易为严'"。）然班固《汉书·叙传》方云："贵老严之术"，（师古曰："严，庄周也。"）又云："庄之推贤"。《艺文志》方云："庄忽奇赋"，又云："严助赋"。扬雄传方云："楚严"，又云："只庄"。列传方云："严夫子"、"严安"。《艺文志》又云："庄夫子"、"庄安"也。（他如《高帝纪》，其御庄贾，出谓项庄，庄入为寿。陈胜传："其御庄贾。"爰盎传："上益庄"，郑当时传："字庄，翕然称郑庄"，吾闻郑庄。尚难遍举也。）观《汉书》宣帝诏曰："闻古天子之名，难知而易讳也。今百姓多上书触讳，以犯帝者，朕甚怜之，其更讳询。"则汉人文字触讳之多，可以见矣。

顾亭林《日知录》曰："唐文帝开成中刻石经，凡高宗太宗及肃、代、德、顺、宪、穆、敬七宗讳，并缺点画，高、中、睿、元四宗，已祧，则不缺。汉时祧庙之制不传。窃意亦当如此，故孝惠讳盈，而《说苑》《敬慎篇》，引《易》'天道亏盈而益谦'四句。盈字皆作满，在七世之内故也。若李陵诗，'独有盈觞酒'，枚乘诗，'盈盈一水间'，二人皆在武昭之世，而不避讳，又可知其为后人之拟作，而不出于西京矣。"

案：今检《说苑》《敬慎篇》，"天道亏盈而益谦"四句，"盈"字皆作满，诚如顾氏之说。然其下文云："月盈则食""天地盈虚""调其盈虚"此三"盈"字皆不作满，则知子政避讳，亦有不尽者。顾氏以此断陵诗为拟作，何言之易也。

又案：《汉书·刘向传》所上封事，触讳尤多，如："吕产吕禄，骄盈无厌"、"王氏貂蝉，充盈幄内"，则触惠帝讳。"三家者以雍彻"则触武帝讳。（武帝讳"彻"）"避讳吕霍，而弗肯称"则触昭帝讳（昭帝名弗陵，单讳弗）。以刘向之忠谨，犹且一时而触三帝讳，然则欲以触讳定文者，其不足恃益明矣。

辨正九　不切当日情事

《文选旁证》引翁先生曰（案谓翁方纲）："今即此三诗论之，皆与当日情事不切。史载陵与武别，陵起舞作歌，'径万里兮'五句，此当日真诗也。何尝有携手河梁之事。即以'河梁'一首言之，其曰'安知非日月，弦望自有时'，此谓离别之后，或尚可冀其会合耳。不思武既南归，即无再北之理，而陵云'大丈夫不能再辱'，亦自知决无还汉之期。则此'日月'、'弦望'为虚词矣。"

案：史以记事，载诗不过偶然，以史所载者为真诗，反是则否，则自古迄今，真诗亦仅有矣，"携手河梁"，史固未言其有，然岂尝言其无，翁氏径曰：

"何尝有携手河梁之事"？诚逞臆妄决之尤者也。夫"日月弦望"，本"自有时"，明知永别，而强相慰，故以安知为词，此正诗人温柔敦厚之旨。沈归愚曰："此别永无会期矣，却云弦望有时，缠绵温厚之情也。"深得其意矣。翁氏猥曰"虚词"，未足以言诗已。

辨正十　不合本传岁月

《文选旁证》引翁氏又曰："'嘉会难再遇，三载为千秋'，苏李二子之留匈奴，皆在天汉初年，其相别则在始元年，是二子同居者十八九年之久矣。安得仅云三载嘉会乎？若准本传岁月证之，皆有所不合。"

案：武虽留匈奴十九年，然牧羝北海，实不与陵同居。寻《汉书》，陵降匈奴，不敢求武，武在匈奴，与陵相见，仅三次耳。一、单于使陵至海上为武置酒劝降；二、武帝崩，陵至海上语武；三、匈奴许归武，陵置酒贺武，与武诀别。翁氏猥云："二子同居十八九年之久"，何其谬邪！夫"嘉难再遇，三载为千秋"，犹诗人一日见如三秋耳。古人言语，一之不能尽者，则约之以三，见其多，三者虚数也。（详注中"述学"释三九，又《汉书》"董仲舒三年不窥园"，《论衡·儒增篇》云："增之也，汪氏未及引"。）翁氏执为实词，则固哉高叟之为诗矣。

辨正十一　汉初五言靡闻

钱大昕《十驾斋养新录》曰："七言至汉，而大风瓠子，见于帝制。柏梁联句，一时称盛。而五言靡闻，其载于班史者，唯'邪径败良田'童谣，见于成帝之世耳。刘彦和谓西京词人遗翰，莫见五言，所以李陵班婕好，见疑于后代。又谓古诗佳丽，或称枚叔，则彦和亦不敢质言也。要之，此体之兴，必不在景武之世。"

案：钱氏此说，本于刘勰《文心雕龙·明诗》篇曰："汉初四言，韦孟首唱，匡谏之义，继轨周人。孝武爱文，柏梁列韵，严马之徒，属辞无方。至成帝品录，三百余篇，朝章国采，亦云周备，辞人遗翰，莫见五言，所以李陵班婕好，见疑于后代也。"然彦和止言人所以疑李陵之故，而非自疑李陵。故下即续曰："案《召南·行露》，始肇半章；孺子《沧浪》，亦有全曲；暇豫优歌，远见春秋；邪径童谣，近在成世；阅时取证，则五言久矣。"彦和引此，凡以明五言之兴，由来已久，李陵之诗，不必因辞人遗翰莫见五言而启疑。故复继之曰："又古诗佳丽，或称枚叔，孤竹一篇，则傅毅之辞，比采而推。两汉之作乎？"彦和虽不敢质言古诗必为牧叔之辞，然比其文采，则可推为两汉之作。其不疑李陵之诗，益可证明。晓征引此，以见五言之兴，必不在景武之世，则与彦和之意，翻其反矣。

辨正十二　李陵之歌初非五首

钱氏大昕又曰："观《汉书·李陵传》（案当云《苏建传》附《苏武传》，云《李陵传》误也。）置酒起舞作歌，初非五言，则知河梁倡和，出于后人依托。不待盈觞之语，触犯汉讳，始决其作伪也。"

案：三、四、五、六、七言诗体，皆起于周，后世演之，遂以为篇。（挚虞《文章流别论》曰："古诗有三言、四言、五言、六言、七言、九言，大率以四言为体，而时有一句二句杂于四言之间，后世演之，遂以为篇。"）李陵作歌，不用五言者，或因慷慨之辞，不宜此体尔。若以此断陵五言诗为伪，则高祖《大风歌》，七言也。及为《戚夫人歌》，则四言矣。岂得云观其《大风》之歌，初非四言，则知《戚夫人歌》出于后人依托邪？以此质之，钱氏应爽然矣。

辨正十三　六朝人苏李诗评及引用考略

颜延年曰："李陵众作，总杂不类。元是假托，非尽陵制。至其善篇，有足悲者。"（互见上）

刘勰《文心雕龙》曰："孝武爱文，柏梁列韵，严马之徒，属辞无方。至成帝品录，三百余篇，朝章国采，亦云周备，而辞人遗翰，莫见五言，所以李陵班婕妤见疑于后代也。"（互见上）

钟嵘《诗品》曰："汉都尉李陵诗，其源出于楚辞，文多悽怆，怨者之流。陵名家子，有殊才，生命不谐，声颓身丧。使陵不遭辛苦，其文亦何能至此。"又曰："子卿双凫，五言之警策者也。"

萧子显《南齐书》曰："少卿离辞，五言才骨，难与争鹜。"

颜之推家训曰："自古文人，多陷轻薄。……李陵降辱夷虏。"

王融《萧咨议西上夜集》诗曰："徘徊将所爱，惜别在河梁。"

江淹《别赋》："至如一赴绝域，讵相见期。视乔木兮故里，决北梁兮永辞。"（上云"赴绝域"，下云"决北梁"。明是用苏李河梁事也。案王褒《九怀》："济江海兮蝉蜕，绝北梁兮永辞。"洪兴祖《楚辞补注》曰："江淹《别赋》用此语。")

又杂体诗有《拟李都尉陵从军》一首。

(吴均《别夏侯故章诗》："新知关山别，故人河梁送。"王台卿《陌上桑》："送君上河梁，拭泪不能语。")

江总有《赋得携手上河梁应诏》一首，诗曰："秦川心断绝，何悟是河梁。"

庾信《咏怀诗》曰："遥看塞北云，悬想天山雪。游子河梁上，应将苏武别。"又曰："秋风别苏武。"

又《别张洗马枢》诗曰："君登苏武桥。"

又《别周尚书弘正》诗曰："黄鹄一反顾，徘徊应怆然。"（案此用苏武"黄鹄一远别，千里顾徘徊"句。）

又《哀江南赋》："李陵之双凫永去，苏武之一雁空飞。"

又《赵国公集序》："屈原宋玉，始于哀怨之深；苏武李陵，生于别离之世。"

刘删《赋得苏武诗》："奉使穷沙漠，收泪上河梁。"

阮卓有《拟黄鹄一远别》诗一首。

杨素《出塞诗》曰："握手河梁上，穷涯北海滨。"

案：据右所引观之，六朝人无言苏李诗伪者，惟"携手河梁"之处，则有异辞。如江淹赋云："视乔木兮故里，诀北梁兮永辞。"江总诗云："秦川心断绝，何悟是河梁。"刘删诗云："奉使穷沙漠，收泪上河梁。"皆指由长安别于河梁也。庾信诗云："游子河梁上，应将苏武别。"又曰："秋风别苏武。"又曰："君登苏武桥"，子山羁旅北朝，自比李少卿降北，凡赠人由北南归者，皆以苏武拟之。详玩诸诗语气，皆指由虏中别于河梁也。观陵诗幽咽怨乱，非遭辛苦，文岂至此，则由匈奴别于河梁，为得其情。

辨正十四　《文选》外之苏李诗

苏李诗除《文选》所录七首外。（《玉台新咏》所录，苏武《留别妻》一首，即《文选》苏武古诗四首之第三首。）《初学记》及《古文苑》有《苏武别李陵诗》一首。（《初学记》误作李陵别苏武）《艺文类聚》及《古文苑》有《苏武答李陵诗》一首，李陵《录别诗》八首，此十首诗，章樵《古文苑注》皆不信为真苏李诗，所见甚是。如《录别》第六首云："不如及清时，策名于天衢"乃用李陵答苏武书"策名清河时"语。（李陵答苏武书，前人已证定其伪托。）第四首"明月照高楼，想见余光晖"，乃用曹子建七哀诗"明月照

高楼，流光正徘徊"语。"玄鸟夜过庭，仿佛能复飞"乃用曹子建杂诗"孤雁
飞南游，过庭长哀吟"语。第二首"游子暮思归，塞耳不能听。远望正萧条，
百里无人声。"乃用曹子建《送应氏》诗"游子久不归，不识陌与阡。中野何
萧条，千里无人烟"语。"豺狼鸣后园，虎豹步前庭"乃用魏武帝《却东西门
行》"神龙藏深泉，猛兽步高冈"及《苦寒行》"熊罴对我蹲，虎豹夹路啼"
语。答李陵诗"连翩游客子，于冬复凉衣"，乃用曹子建杂诗"类此游客子，
捐躯远从戎，毛褐不掩形"语。其非苏李诗殆无可疑，但钟记室、庾子山已引
子卿"双凫"。李陵"双凫"，则其由来亦久矣。今将全诗录左，并略注之，以
明其所本焉：

　　苏武答李陵诗（见《艺文类聚》及《古文苑》）
　　童童孤生柳，寄生河水泥。（曹子建《七哀诗》："妾若浊水泥"）连翩
游客子，于冬服凉衣。（曹子建《杂诗》："类此游客子，捐躯远从戎。毛
褐不掩形，薇藿常不充。"）寒夜立清庭，仰瞻天汉湄，寒风吹我骨。严霜切
我肌，（《文选》苏武古诗第四首："寒冬十二月，晨起践严霜。俯观江汉
流，仰视浮云翔。"）忧心常惨戚，晨风为我悲。瑶光游何速，行愿支何（一
作荷）迟，仰视云间星。（古乐府长歌行："皎皎云间星"）忽若割长帷，
低头还自怜。盛年行已衰，依依恋明世，怆怆难久怀。
　　苏武别李陵一首（见《初学记》及《古文苑》）
　　双凫俱北飞，一凫独南翔。（李陵录别第五首："双凫相北飞，相远日
已长。"）子当留斯馆，我当归故乡。（苏武古诗第四首："征夫怀远路，游
子恋故乡。"）一别如胡秦，会见何讵央。（苏武古诗第一首："邈若胡与
秦"。第三首："相见未有期"。）怆恨切中怀，不觉泪沾裳。（《文选》李陵
与苏武古诗第二首："怆恨不能辞"。苏武古诗第二首："中心怆以摧"。
又："泪下不可挥。"）愿子长努力，言笑莫相忘。（李陵与苏武诗第三首：
"努力崇明德"。苏武古诗第三首："莫忘欢乐时"。案：钟记室称"子卿双
凫"。五言警策，今反复此篇。词意肤泛，情不深切。持与《文选》所录相
较，判若天壤。仲伟误矣！）
　　李陵录别诗八首（见《艺文类聚》及《古文苑》，案《文选》李善注，
引此诗作李陵赠苏武诗）
　　烨烨三星列，拳拳月初生。寒凉应节至，蟋蟀夜鸣悲。（古诗："蟋蟀
夕鸣悲"。）晨风动乔木，枝叶日夜零。游子暮思归，塞耳不能听。远望正萧

条，百里无人声。（曹子建《送应氏》诗："游子久不归，不识陌与阡。中野何萧条，千里无人烟。"）豺狼鸣后园，虎豹步前庭。（魏武帝却东西门行："神龙藏深泉，猛兽步高冈。"又苦寒行："熊罴对我蹲，虎豹夹路啼。"）远处天一隅，因苦独零丁。（李陵与苏武第一首："各在天一隅。"《文选》李密《陈情表》："零丁孤苦"）亲人随风散，历历如流星。（古诗："众星何历历"。）三萍离不结，思心独屏营。（李陵与苏武诗第一首："屏营衢路侧"。）愿得萱草枝，以解饥渴情。（应琢侍五官中郎将建章台集诗："以副饥渴怀。"）

寂寂君子坐，弈弈合众芳。温声何穆穆，因风动馨香。（苏武古诗第四首："烛烛晨明月，馥馥秋兰芳。芬馨良夜发，随风闻我堂。"）清言振东序，良时著西厢。（李陵与苏武诗第一首："良时不再至"。）乃命丝竹音，列席无高唱。悲意何慷慨，清歌正激扬。（苏武古诗第二首："丝竹厉清声，慷慨有余哀。长歌正激烈，中心怆以摧"。）长哀发华屋，四坐莫不伤。（曹子建《空侯引》："生存华屋处"。古诗："四坐莫不欢"。）

晨风鸣北林，熠燿东南飞。（陆士衡《拟古诗》："晨风思北林"，又曰："熠燿生河侧"。）愿言所相思，日暮不垂帷。明月照高楼，想见余光晖。（曹子建《七哀诗》："明月照高楼，流光正徘徊。"）玄鸟夜过庭，仿佛能复飞。（曹子建《杂诗》："孤雁飞南游，过庭长哀吟。"）褰裳路踟蹰，彷徨不能归。（李陵与苏武诗第一首："执手野踟蹰。"苏武古诗第二首："念子不能归。"）浮云日千里，安知我心悲。思得琼树枝，以解长渴饥。（案《文选》江文通《杂体诗》："古离别云，愿一见颜色。不异琼树枝。"李善即引此诗为注也。）

陟彼南山隅，送子淇水阳。尔行西北游，独我东北翔。猿马顾悲鸣，五步一彷徨。双凫相背飞，相远日已长。（苏武别李陵诗："双凫俱北飞。"）远望云中路，想见来圭璋。万里遥相思，何益心独伤。（苏武古诗第二首："俛仰内伤心。"）随时爱景曜，愿言莫相忘。（苏武古诗第一首："随时爱景光"，又第三首："莫忘观乐时"，又《别李陵》："言笑莫相忘。"）

钟子歌南音，仲尼叹归与。（王粲《登楼赋》："昔尼父之在陈兮，有归与之叹音。钟仪幽而楚奏兮，庄舄显而越吟。"）戎马悲边鸣，游子恋故庐。（苏武古诗第四首："游子悲故乡。"）阳鸟归飞云，蛟龙乐潜居。人生一世间，贵与愿同俱。（古诗："人生寄一世，奄忽若飙尘。齐心同所愿，含意俱未申。"）身无四凶罪，何为天一隅。（李陵与苏武诗第一首，各在天一隅。）与其苦筋力，必欲荣薄躯。不如及清时，策名于天衢。（李陵《答苏武书》："勤宣令德，策名时清。"）

凤凰鸣高冈，有翼不好飞。安知凤凰德，贵其来见稀。（阙）

红尘蔽天地，白日何冥冥。（阙。此下《升菴诗话》据《修文殿御览》补十二句曰："微阴盛杀气，凄风从此兴。招摇西北指，天汉东南倾。嗟尔穹庐子，独行如履冰。短褐中无绪，带断续以绳。泻水置瓶中，焉辨淄与渑。巢父不洗耳，后世有何称。"案陆机《拟古诗明月皎夜光云》："招摇西北指，天汉东南倾。"李善注："李陵诗曰：'招摇西北驰，天汉东南流。'今直以陆机句为李陵句。共为伪补，不待言也。惟严可均与语叙云，杨用修、王元美集，屡引《修文殿御览》，钱受之书目亦载之。"邢佺山云："汉中府张姓有藏本，邢不谩言也。"是则《修文殿御览》，至清中叶犹存。然除邢氏外，无他人道之。铁桥信其不谩，亦又太慎矣。又案冯默庵曰："'短褐中无绪，带断续以绳'二句，别见《御览》，绪作絮。"又小谢诗："泻酒置井中，谁能辨斗升。合如杯中水，谁能辨淄渑。"今直合作二句。）

案此苏李诗十首，明人选刻古诗，皆题曰拟苏李诗，此虽前无所承，然实臆而能中。何者？士衡拟古仅效其体，文通杂体，兼用其文，右注所示，用《文选》苏李诗者几半，自非拟作，必不如此矣。此外如《文选》《三良诗》注，及《安陆王碑》注，并引李陵诗曰："严父潜长夜，慈母去中堂。"《王明君辞》注，引李陵诗曰："行行且自割，无令五内伤。"陆士衡《拟古诗》注，引李陵诗曰："招摇西北驰，天汉东南流。"江文通《杂体诗》注，引李陵诗曰："何以慰我心。"《与孙皓书》注及《檄豫州》注，《辨亡论》注，并引李陵诗曰："幸托不肖躯，且当猛虎步。"皆《古文苑》诸书所不载。盖亦拟托之流也，延之叹其总杂不类，宜矣。

原载《学灯》1924 年 4 月 30 日至 5 月 1 日

《古诗十九首》考证

隋树森

一

近来一般研究文学的人，多半都把《古诗十九首》定为东汉之作——认为在西汉时五言诗还不能产生。不过我觉得这种说法也还难成定论。《古诗十九首》中固然有许多是东汉的篇什，但却也不能说其中绝对没有西汉的产物。

二

把《古诗十九首》定为东汉以来的作品的，他们所持的理由很多，最重要的大概有六种：（1）西京遗翰，莫见五言，故《十九首》非西汉作品。（六朝时人说，见《文心雕龙》）（2）《十九首》用字有触西汉皇帝讳者，故非西汉人作。（顾炎武说见《日知录》）（3）《十九首》中有包括乐府而成者，故非西汉人作。（朱彝尊说，见《玉台新咏跋》。）（4）"促织"之名，不见《尔雅》《方言》等书，至汉末纬书始见此名，故《十九首》必非西汉人作。（徐中舒说，见《五言诗发生时朝的讨论》。）（5）西汉有"代马""飞鸟"对举的成语，然并不工切；东汉则有以"胡马""越燕"对举者，有以"代马""越鸟"对举者，均较工稳，《十九首》中亦有"胡马""越鸟"之对，其非西汉人手笔可知。（同上）（6）洛阳之洛，在西汉人书中多作雒。据《魏略》及《博物志》谓汉於五行属火，忌水，故改洛为雒。魏属土，水得土而流，土得水而柔，故又复原字。据此则洛字为两汉人所讳，不应用，而古诗有"游戏宛与洛"，可知此诗必作於汉魏间也。（胡怀琛说，见《古诗十九首志疑》。）不过我觉得这些理由并不充分，还不能把五言诗发生的时代决定为东汉；现在先把这些理由加以检讨。

怀疑五言诗产生时代的旧说的人，每引刘勰《文心雕龙·明诗篇》"至成帝品录，三百余篇，朝章国采，亦云周备，而辞人遗翰，莫见五言；所以李陵班婕妤见疑于后代也"几句话，认为今所见的西汉五言诗，简直都是赝品。但是在这里我们须要注意：刘勰说的是辞人遗翰，莫见五言，《十九首》是无名氏的作品，并非出于辞人，当然是可以有的。其次，还要知道刘勰他自己是认为五言诗在西汉已经产生了的，因为他还有"古诗佳丽……比采而推，两汉之作也"的话。复次，成帝品录也不能说没有五言①，即使成帝品录，不见五言，也不能说西汉就没有五言诗，因当时之诗，必有许多为《汉志》弃而不录的，那些诗中焉知决无五言？且自周以来，即代有五言，也足证西汉时有产生像《古诗十九首》那样诗歌之可能。如《诗经》之中，不但有许多五言的单句及连续至二句三句者，且还有通首为五言者，如《魏风·十亩之间》云：

> 十亩之间兮，桑者闲闲兮，行与子还兮。
> 十亩之外兮，桑者泄泄兮，行与子逝兮。

即是。不过也许有人要说这类的诗句中有"兮"字，"兮"字是助声之辞，不能算入字数，所以这种诗并非五言诗。是的。这话也是一理，那么再找其他的例吧。《诗经·大雅·緜》第九章云：

> 虞芮质厥成，文王蹶厥生。予曰有疏附，予曰有先后，予曰有奔奏，予曰有御侮。

这是没有兮字的五言。这两种诗，《诗经》中也还有些，我们无论承认它们都是五言也好，或只承认后者是五言也好，总之周代是有五言诗的。自此以后，五言诗仍是接着产生，如《孟子·离娄篇》引《孺子歌》曰：

> 沧浪之水清兮，可以濯我缨，沧浪之水浊兮，可以濯我足。

也是五言诗。这首诗中虽有"兮"字，但却如刘勰所云，实是五言的"全曲"；因为这首歌是以"清"与"缨"为韵，"浊"与"足"为韵，并不以兮字为韵，足证兮字完全是表声的，并不入"句限"。又《水经注》引《物理论》曰：秦始皇起骊山之冢使蒙恬筑长城，死者相属，民歌曰：

> 生男慎莫举，生女哺用铺。不见长城下，尸骸相支拄。

这不也是五言吗？

再就西汉来说，我们姑且承认苏武、李陵、卓文君、班婕妤等人的诗出于后人依托，但也还能证明当时是有五言诗的。《楚汉春秋》中载有虞美人答项羽的歌，歌云：

汉兵已略地，四方楚歌声。大王意气尽，贱妾何聊生？

这不是与其他汉诗很相类的五言诗吗？这首诗有人怀疑为伪作，并非出于虞姬之手；但即使这首诗是伪作，它的时代却仍然很早，因为据《汉书·艺文志》云，《楚汉春秋》是陆贾所记。陆贾是汉朝初年的人，这首诗总是汉初的作品了。又李延年是武帝时的协律都尉。他有一首很有名的《北方有佳人歌》云：

北方有佳人，绝世而独立。一顾倾人城，再顾倾人国。宁不知倾城与倾国，佳人难再得！

这歌除了无关重要的"宁不知"三字，便是一首完全的五言（《玉台新咏》即作"倾城复倾国"，如此便是纯五言诗。）不仅是五言，而且它的韵味与《十九首》很相近。又《汉书·贡禹传》载武帝时俗语曰：

何以孝弟为？财多而光荣。何以礼仪为？史书而仕宦。何以谨慎为？勇猛而临官。

这也是五言。《宋书·乐志》载《汉铙歌十八曲》中的《上陵》，是宣帝时的产物，其中也有许多五言句，如云：

上陵何美美，下津风以寒。问客从何来？言从水中央。桂树为君船，青丝为君笮，木兰为君櫂，黄金错其间。……甘露初二年，芝生铜池中。仙人下来饮，延寿千万岁。

也是与《十九首》很相类的五言诗。又《汉书·五行志》载成帝时童谣云：

邪径败良田，谗口害善人。桂树华不实，黄雀巢其颠。故为人所羡，今为人所怜。

《尹赏传》载成帝时长安中为尹赏歌曰：

> 安所求子死？桓东少年场。生时谅不谨，枯骨后何葬？

这也都是用五言作的。此外那时的民谣乐府之中，也还有此类作品。所以我们即使怀疑苏李等人之诗，但却不能说西汉没有五言诗。西汉既有五言诗，当然也能产生《十九首》一类的作品。

认为《十九首》非西汉作品的，还有一个很大的理由，就是诗中的"盈"字触讳。顾炎武云：

> 孝惠讳盈，枚乘诗"盈盈一水间"，在武昭之世而不避讳，可知为后人拟作，而不出于西京。

顾氏所说的枚乘诗盈盈一水间，即是《古诗十九首》之第十首"迢迢牵牛星"那首诗；《十九首》除了这首之外，还有第二首中的"盈盈楼上女"，第九首中的"馨香盈怀袖"，也都是句中有盈字的。但是诗中有触讳之字，并不能证明必非西汉之作，因为汉人的文章中触讳的地方很多，就以触"盈"字的而论，即已不少，例如贾谊《陈政事疏》曰："秦王置天下于法令，而怨毒盈于世"；那邹阳《上书吴王》曰："淮南连山东之侠，死士盈朝"；韦孟《在邹诗》曰"祁祁我徒，负载盈路"等都是。古直《汉诗研究》列举汉人诗文触盈字讳者有数十则之多，难道这些诗文也都是后人伪作吗？古人有"临文不讳"之说，所以有盈字并不能断为决非西汉人所作。

《古诗十九首》中《生年不满百》一首，因为与乐府《西门行》的字句相同者颇多，所以朱彝尊《玉台新咏跋》便说这是文选中诸学士裁剪长短句而作成的；但这也不成理由，钱大昕曾加驳正，他说：

> 或又疑《生年不满百》一篇翼括古乐府而成之，非汉人所作，是尤读魏武《短歌行》而疑《鹿鸣》之出于是也，岂其然哉？

据我们以理推测，乐府与诗有相同的地方，总是乐府在后，因为诗可入乐的。诗入乐而不合节奏，于是乃加以增损。如《楚辞》有《山鬼》篇，《宋书·志》便有增减其字句而作成的《今有人》，曹植的《七哀诗》，《宋书·乐志》

亦有增加其字句而作成的《明月篇》；这都足证乐府中有改易他诗字句而成者。《西门行》当然也是与此情形相同，是改易古诗而成的。

"促织"之名虽不见于《尔雅·方言》等书，但因此便断定《明月皎夜光》一诗为西汉以后的作品，理由也是不充足的。因为《尔雅》、《方言》等书，材料并不多，决不能把当时所有的草木鸟兽等物的种类及其异称都完全记载在里面；即在今日，我们也不能说从所有的书籍辞典之中，就能把现在中国各地草木鸟兽的种类及其异名都找出来，不用说《尔雅》、《方言》那种极不精密的书了。并且汉赋中的动植物之名，就有不见于《尔雅》、《方言》的，如枚乘七发"溷章白鹭"之"溷章"当为鸟名："溉瀄菁蓩"之"蓩"当为草名，司马相如《上林赋》"獑胡縠蜼"之"獑胡"与"蜼"当系兽名；然《尔雅》、《方言》均无记载。其他类此之例尚多，但决不能因此便怀疑那作品的时代。再说东汉以前的古书亡佚的很多，我们焉知在那些书中也无"促织"二字？复次，纬书中既有促织之名，纬书是两汉之物，即算是东汉的，那么东汉既有此名，而此物又非那时来自他国者，我们也无法证明这个名词即创于东汉。

从"胡马""越鸟"的对偶证明《古诗十九首》是东汉的作品，理由也不充分。对偶是中国文学的特色，在很早的典籍如《书经》、《易经》之中就有，《楚辞》及西汉的文章辞赋中对偶非常工致的很多，如"朝搴""夕揽""滋兰""树蕙""坠露""落英"（见《离骚》）；"囊括四海""并吞八荒"（见《过秦论》），"鸾凤伏窜""鸱枭翱翔"（见《吊屈原赋》），"保母""傅父""荆山""汝海"（见《七发》）；简直的不胜枚举。如说西汉的作者还没有达到以"越鸟"对"胡马"的程度这是谁也不会相信的，如说西汉有不很工切的"代马"、"飞鸟"的对偶，同时便不会再有工致的"胡马"、"越鸟"的对偶，也是没有理由。何况我们即使承认有胡马越鸟的《行行重行行》一诗为东汉人作，也不能证明《古诗十九首》全是东汉的作品，因为《十九首》诗本非一人一时的产物！

至于《青青陵上柏》一诗，李善疑为东都之作，说本明通，然从"游戏宛与洛"的洛字证明此诗作于汉魏之间，便不成理由了。段玉裁《说文注》云：

> 雍州洛水，豫州雒水其字分别，自古不紊。《周礼》职方："豫州其川荥雒，雍州其浸渭洛"……后人书豫水作"洛"，其误起于魏裴松之引《魏略》曰："黄初元年诏以汉火行也，火忌水，故洛去水而加隹。魏于行次为

土，土水之牡也，水得土而乃流，土得水而柔，故除隹加水，变隹为洛。"此不改隹为洛，而又妄言汉变洛为隹，以撰已纷更之咎，且自诡于复古。自魏及今，皆受其欺。……自魏人书隹为洛，而人辄改魏以前书籍，故或至数行之内，"隹""洛"错出。即如《地理志》引《禹贡》即改为洛矣，上隹下曰："禹贡隹水"不且前无所承乎？……

这样看来，《禹贡》伊洛水之洛本应作隹，与渭洛之洛是两个字；洛阳之洛作隹是应该的，但并非因为汉讳用洛所改。此书未作隹，我们如对它怀疑，亦应持此理由。但以段氏之说推之，此洛字恐是魏人所妄改，不足为证。我们试翻汉人书，如《史记·周本纪赞》"洛邑"两见；《汉书·游侠列传》"洛阳"数出；难道我们也能说《史》《汉》"洛"字不作"隹"，必成于汉魏之间吗？

总之把《古诗十九首》定为东汉人作或汉魏间人作，理由都是很不充分的。

三

把《古诗十九首》都认为是西汉以后的作品，既是没有理由，那么它究竟是什么时候的产物呢？我觉得还是把它认为出于两汉无名氏之手较为妥当。

刘勰《文心雕龙》论到古诗的时代，说："比采而推，两汉之作也。"昭明编《文选》时，已失其姓氏，所以把它放在苏李诗之上；钟嵘《诗品》说："推其文体，固是炎汉之制，非衰周之倡也。李善《文选注》说，"辞兼东都，非尽是乘"，这都是认十九首为汉诗或认为两汉之诗的。我觉得两汉之间最为可信，我们从十九首中也可能得到证明，如第七首云：

> 明月皎夜光，促织鸣东壁。玉衡指孟冬，众星何历历？白露沾野草，时节忽复易。秋蝉鸣树间，玄鸟逝安适？……

李善《文选注》说："上云促织，下云秋蝉，明是汉之孟冬，非夏之孟冬矣。《汉书》曰：'高祖十月至霸上，故以十月为岁首'。汉之孟冬，今之七月矣。"又说："复云秋蝉玄鸟者，此明实候，故以夏正言之"。按《汉书·张苍传》云："苍为计相时，绪正律历，以高祖十月始至霸上，故因秦时本十月为岁首，不革。"《武帝本纪》云："太初元年夏五月正历，以正月为岁首。"这就是说秦用建亥历，（以十月为岁首，十月亥月也。）汉初仍之，至武帝太初元年始改用建寅历，相差正是一季。诗中叙时令为孟冬，但还有促织与蝉，这孟冬当然是武帝太初以前的孟冬，实即后来的孟秋。李善据《汉书》而定《明月皎夜光》一诗为西汉太初以前的作品，是很对的，以第十六首云：

> 凛凛岁云暮，蝼蛄夕鸣悲。凉风率已厉，游子寒无衣。……

严冬岁暮而有蛄悲鸣；"孟秋之月，凉风至"，（《礼记·月令》）凉风是秋天的风，而此诗叙岁暮始云凉风已厉，游子无衣；那么这所谓岁暮，当系夏历八九月的时候，故此诗也是成于太初以前的。又第十二首云：

> 迥风动地起，秋草萋已绿，四时更变化，岁暮一何速？……

岁暮而有萋已绿的秋草，这也足证为太初以前的诗。

《十九首》中虽有西汉之诗，却也有东汉人所作者。如第三首云：

> 驱车策驽马，游戏宛与洛。洛中何郁郁，冠带自相索。长衢罗夹巷，王侯多第宅。两宫遥相望，双阙百余尺。……

李善注曰："汉书南阳郡有宛县，洛东都也。"又说："蔡质汉官典职曰，南宫北宫，相望七里。"这首诗讲到洛中冠带，王侯第宅，两宫双阙。这当然是咏东都者，即成于东汉人之手了。又第十三首云：

> 驱车上东门，遥望郭北墓。白杨何萧萧，松柏夹广路。……

李善《文选》阮籍《咏怀诗》注引《河南郡图经》云："东有三门，最北头曰上东门。"朱珔《文选集释》云："上东门乃洛阳之门，……长安东面三门，见《水经注》，无上东门之名。"又云："李善注引《风俗通》曰："葬于北郭，北首，求诸幽之道也。"案：诗所言非泛指，盖洛阳北门外有邙山，冢墓多在焉。案：此诗上东门既是洛阳城门之名，而北邙自后汉建武十一年城阳王祉葬此之后，遂为王侯卿相之墓地；所以这首诗也是东汉的作品。

我们再从古诗所表现的思想来看，也可知道有东汉之作。如第四首《今日良宴会》云：

人生寄一世，奄忽若飙尘。何不策高足，先据要路津？无为守穷贱，辗轲长苦辛！

第十四首《去者日以疏》云：

去者日以疏，来者日以亲。出郭门直视，但见丘与坟。古墓犁为田，松柏摧为薪。白杨多悲风，萧萧仇杀人。思还故日间，欲归道无因。

第十五首《生年不满百》云：

生年不满百，长怀千岁忧。昼短苦夜长，何不秉烛游！为乐当及时，何能待来兹？愚者爱惜费，但为后世嗤。仙人王子乔，难可与等期。

及前被定为东汉之作的《青青陵上柏》云：

人生天地间，忽如远行客。斗酒相娱乐，聊后不为薄。……极宴娱心意，戚戚何所迫！

《驱车上东门》云：

人生忽如寄，寿无金石固。万岁更相送，圣贤莫能度。服食求神仙，多为药所误。不如服美酒，被服纨与素。

这些诗都表现出悲观厌世，愤谴的思想，要求刹那间之快乐与醇酒高粱中之主义；这种不得已而要尽量享受的办法，都是乱世之音的表现，所以这些诗总是桓灵以后的作品了。

又第十七首《孟冬寒气至》云：

孟冬寒气至，北风何惨慄？愁多知夜长，仰观众星列。……

此诗首言孟冬，下云："北风何惨慄？"又云："夜长"，这孟冬景象便与《明月皎夜光》一诗所写的孟冬不相同的。所以这孟冬便是夏历之孟冬，此诗当系太初以后的作品。

这样看来，《古诗十九首》非一时的产物是很明显的；既非一时的产物，也非一人所作了。蔡絛《西清诗话》云，"十九首非一人之辞，"沈德潜《说诗晬语》，"古诗十九首不必一人之辞，一时之作；"我觉得他们所说的都是很对的。

四

如上所云，古诗既是两汉人作，那么究竟出于何人之手呢？

这却是无法解决。旧来把《十九首》中一部分的诗指出作者来，那是很不可信的。现在先把诸说列出来，然后再加以分辨。

（1）枚乘傅毅说——《文心雕龙》云："古诗佳丽，或称枚叔；其孤竹一篇，则傅毅之词。"徐陵《玉台新咏》以《文选》《十九首》之《行行重行行》、《青青河畔草》、《西北有高楼》、《涉江采芙蓉》、《庭中有奇树》、《迢迢牵牛星》、《东城高且长》、《明月何皎皎》为枚乘作。（《玉台》枚诗尚有《兰若生春阳》一首。）

（2）曹植王粲说——《诗品》云："《去者日以疏》四十五首，……旧疑是建安中曹王所制。"

（3）张衡蔡邕说——《艺苑卮言》云："……宛为周都会，但王侯多第宅，周室王侯，不言第宅。两宫双阙，亦似东京语。意者中间杂有枚生或张衡蔡邕作，未可知。"

但这都是传说与推测之词，并无真凭实据。刘勰对于枚乘之说，已是不甚相信，所以他说："或称枚叔"；而与刘氏同时的昭明太子及钟嵘也不信此说：昭明《文选》把这些诗总题为"古诗"，不加主名；《诗品》说："古诗渺邈，人世难详"，又说"枚马之徒，吟咏靡闻"。这也是不以枚乘说为然的。并且《文选》所载晋陆士衡《拟古诗》十二首，《玉台》所称枚诗九首均已拟及，刘休玄的《拟古》二首，所拟亦在玉台枚诗内，但陆刘两家都不说："拟枚乘诗"，而曰："拟古诗"，亦足证《十九首》本系古诗，并无主名。至于傅毅、张衡、蔡邕、曹植、王粲之说，也都不过是"想当然耳"，决不足信的。

五

五言诗西汉便已产生，为什么西汉有名的作家却不用它呢？这大概是因为五言体起于民间，歌谣乐府用得较多，而一般人多轻视它，所以辞人文士或不肯采用，或试作而不署其名的缘故。故挚虞《文章流别论》云："五言者……于俳谐倡乐多用之"；我们看李延年的《北方有佳人歌》，除了"宁不知"三字，通首便是五言，而李延年全家即都是倡优之流。《文心雕龙》说"辞人遗翰，莫见五言"，这也是说作家不用五言，俳谐倡乐以及民间无名诗人自有采用的。汉代的许多五言乐府，究竟是东汉西汉，就很难断定，也许其中就有不少的西汉作品呢！

到了东汉，因为五言诗在民间已经流传了若干年，所以这种题裁渐为盛行，如蔡邕之《饮马长城窟行》、《翠鸟》；秦嘉之《留郡妇诗》；张衡之《同声歌》；蔡琰之《悲愤诗》；辛延年之《羽林郎》；宋子侯之《董娇娆》……都是五言了。先有了西汉的无名氏的作品（《古诗十九首》中仅有一部分），再慢慢的酝酿，然后才有东汉这些诗；否则把五言诗作为在东汉突然产生，立即暴盛成熟的文学，也是不很合理吧？试就七言诗来看，由楚之骚赋，汉初之歌谣慢慢的演变，直到魏晋才完成；再就中国文学史上的事实来看，如唐代盛行的律诗绝句，唐宋取士的律赋，宋代大盛的词，明清以来盛行的白话小说，它们由酝酿至成熟的时间有如何的长久，便不会把《古诗十九首》认为是后汉章、和以后或曹植王粲等人的作品了吧？

---

①古直《古诗十九首辨证余录》云："《汉志》所录……三百一十四篇，固不能尽为五言，然五言之作，亦自多有，何以证之？《志》有《吴歌诗》，崔豹《古今注》曰：'吴趋曲吴人以歌其地'而陆机《拟吴趋行》，则五言也。《志》有《齐歌诗》，《乐府解题》曰'齐讴行，齐人以歌其地'而陆机《拟齐讴行》，则五言也。《志》有《诏赐中山靖王子哙及孺子妾歌》，陆机《拟中山孺子妾歌》，前首四言五言各半，后首则全篇五言也。（《厥拟汉歌》，强半五言。）《志》有《陇西歌诗》，乐府古辞《陇西行》则五言也。《志》有《邯郸歌诗》，崔豹《古今注》，《陌上桑》'邯郸女名罗敷作'，乐府古辞《陌上桑》则五言也。《志》有杂歌诗，《乐府解题》曰：'乐府杂题自《相逢狭路间行》已下皆不知所起，'乐府古辞《相逢狭路间行》则五言也……"

附　参考近人著作篇目

《五言诗发生时期之疑问》　铃木虎雄著　陈延杰译　《小说月报》第十七卷第五号

《五言诗起源问题》　朱偰　《东方杂志》第二十三卷第二十号

《五言诗发生时期的讨论》　徐中舒　《东方杂志》第二十四卷第十八号

《古诗十九首考》　徐中舒　《中大语言历史研究所周刊》六集六十五期

《再论五言诗的起源》　朱偰　《益世报·学术周刊》（民十八年四月）

《汉诗研究》　古直　上海启智书局出版

《古诗十九首研究》　贺扬灵　上海光华书局出版。

《五言诗成立的时代问题》　游国恩　《武大文哲季刊》一卷一期

《五言诗起源问题丛说》　张长弓　《晨星月刊》第一册

《汉魏六朝文学》　陈钟凡　上海商务印书馆出版

《文心雕龙注》　范文澜　北平文化学社出版

隋树森主编《古诗十九首集释》卷一，1935

班婕妤怨歌行辨证

古　直

班姬此诗，初见文选，（文选以前总集，如挚虞文章流别集，苟绰五言诗美文，今不得见，故今所见断以文选为先。）题曰"班婕妤怨歌行"；再见玉台新咏，题曰"班婕妤怨诗"；三见艺文类聚，题曰"班婕妤怨歌行"；四见乐府诗集，题曰"班婕妤怨歌行"；六朝间人有疑为古辞者矣，（歌录曰"怨歌行古辞"，案隋志歌录十卷无撰人姓名。）无疑为颜延年作者也。惟南宋严羽沧浪诗话云："班婕妤怨歌行文选直作班姬之名，乐府以为颜延年作。"近日徐中舒据严氏之说，径定"怨歌行为颜延年诗"。（东方杂志二十四卷十八号，五言诗发生时期的讨论。）斯诚无验而必非愚则诬者也，余既有见，辨证云尔。

辨证一　严羽说无稽之证

江淹杂体诗，班婕妤咏扇云："纨扇如圆月,出自机中素。"此明疑班婕妤怨歌行也。案淹卒梁武帝天监四年，年六十二。（梁书本传）上溯淹生在宋文帝元嘉二十一年。淹年十三岁，而颜延年始卒。（宋书颜延年宋孝武帝孝建三年卒）则是同时人也。淹已少年好学，留情文章，（见梁书南史）不容取同时文人之作，而漫加班婕妤之名。即曰淹有意颠倒，亦岂能以一人之手掩尽天下之目哉！何以当时文人学士均不辨正之乎？此严说无稽之证一。

文心雕龙云："李陵班婕妤所以见疑于后代也"。（明诗篇）考文心一书，成于齐代。（时序篇云："皇齐御宝"，据此知之。）作书之时，彦和齿已逾立。（序志篇："齿在而立，执笔和墨，乃始论文。"）上距颜延年卒约四十年，彦和生时，延年卒才数岁，时代紧相衔接。颜已江左闻人，刘亦少年好学。（南史刘勰传："早孤，笃志好学。"）延年果为此诗，彦和不容不知，何以文心仅云："班婕妤见疑后代"，不云怨歌行即颜延年作邪？此说无稽之证二。

隋书经籍志别集有汉成帝班婕妤集一卷。案，文集之名，昉于魏晋。（隋志云："别集之名，盖汉东京所创。"今考晋书挚虞传云："撰古文章类聚，区分为三十卷，名曰流别集。"又束皙传云："所著文集数十篇行于世，"疑集名始于魏晋之际。）至阮孝绪之录，遂著文集录之目。（隋志阮孝绪七录，四曰文集录，纪诗赋。）隋志因之。其叙云："别集之名，盖汉东京之所创也。自灵均以降。属文之士众矣。然其志当不同，风流殊别，后之君子，欲观其体势，而见其心灵，故别聚焉，名之为集。辞人景慕，并自记载，以为书部。年代迁徙，亦颇遗散。其高唱绝群者，略皆具存。"据此，则班婕妤集一卷，乃隋以前各家书部递传之旧本，（魏秘书郎郑默有中经，秘书监荀勖又因中经更著新簿，分为四部。此记书部之最先者。见隋志。）而非当时仓卒聚敛之新编也。六朝唐人咸见此集，故文选，玉台，诗品，类聚，以及文选注者，（李善五臣）众口一辞，归之班作。纵有异说如歌录，而李善必奋其笔以辨释之。（文选李善注："歌录曰怨歌行古辞。然言古者有此曲，而班婕妤拟之也。"然言古者以下，李善辨释之词。）夫李善博极群书，号为书簏。当时注选，已不能发见颜作之说。严羽生后李善四百年，后何由知为颜作邪？此严说无稽之证三。

严羽所据者，乐府也。案，乐府解题曰："班婕妤退居东京，作赋及纨扇诗，以自伤悼。"（乐府诗集婕妤怨题下引）吴兢乐府古题要解曰："班婕妤纨扇诗，亦云怨歌行。"是唐人所见乐府，其主名皆为班婕妤，而非颜延年也。此严说无稽之证四。郭茂倩乐府诗集，总括历代乐府，其解题征引浩博，援据精审，宋以来考乐府者，无能出其范围。（四库全书提要说）郭氏严氏同为南宋人，何以郭氏博徵终以为班婕妤作，严氏反能于其征引范围之外别得颜延年之主名邪？此严说无稽之证五。

辨证二　徐中舒说之诬妄

初学记二十五引班孟坚集"白绮扇赋"北堂书钞一百三十四引傅毅扇赋曰："织竹廓素，或规或矩。"又引傅毅扇名曰："翩翩素圆，清风载扬。"又引蔡邕圆扇赋曰："裁帛制扇，陈象应矩。"据此，是东汉初年纨扇已盛行也。班婕妤为班固之王姑，（汉书成帝赞曰："臣之姑充后宫为婕妤。"晋灼曰："班彪之姑也。固为彪子，故曰王姑。"）东汉初年（班固时）纨扇已盛行一时，即可证明西汉末年（班婕妤时）亦必有纨扇矣。何也？以时代紧相承接也。徐氏承认"东汉时已有纨扇"。而武帝西汉"虽有扇名，决没有带有文学意味的纨扇"。是犹知二五而不知一十矣！夫文物之盛，莫过西京。文学法理，固咸精其能；即技巧工匠，亦后鲜能及。（班固说）徐氏以为文学意味，后必胜前耶? 则不知班固傅毅之文其自视果丽于邹云否也? 徐说之诬妄者一。

徐氏云: "方言说自关而东谓之箑, 自关而西谓之扇。那时扇还不是普通名称, 那能便有团团似明月的文学产生"。 (直案, 团团似明月的文学不词) 案, 傅毅扇赋曰: "摇轻箑以致凉, 爰自导以暨卑。"一文之中, 扇箑互言, 明 "箑"即是 "扇", "扇"不异 "箑", "箑" "扇"二名, 皆普通所知晓矣。且团团似明月, 不过形容词耳, 毛诗: "河水洋洋, 北流活活。施罛濊濊, 鳣鲔发发。葭菼揭揭, 庶姜孽孽。"连用六句形容词, 此等句法, 姬周尚可产生, 何以汉时反不能产生邪? (古诗青青河畔草……首亦连用六句形容词)徐说之诬妄者二。

徐氏又云: "我们再看西晋以前, 纨扇只称圆扇。假使西汉已有团团似明月的文学, 他们何不直称为团扇。圆扇团扇两个名词, 分别虽微, 而实含有时间的替代性。"案, 说文: "团, 圆也。"团团似明月, 乃状扇之形圆, 而未曾谓团团即为扇名。必欲强名之者, 无宁谓为合欢扇耳。何也? 诗固明言裁为合欢扇也。夫诗不自名团扇, 而妄加团扇之名以攻击之, 无的放矢, 其亦过于儿戏矣! 徐说之诬妄者三。

乐府诗集载陆机班婕妤云: "寄情在玉阶, 托意惟团扇。"徐氏欲证明 "西晋以前只称团扇", 故否认此诗云: "决不是陆机之作。"夫班姬诗不自名团扇, 前已证明。故吾于陆诗真伪不复置辩。惟徐氏又云: "乐府诗集楚调曲里的怨歌行, 怨诗行, 班婕妤, 婕妤怨, 玉阶怨, 都是咏班婕妤的。作者大约数十家, 除陆机一首外, 其余都是齐梁诗人。"案, 颜延年宋孝武帝孝建三年卒, 卒后二十二年, 宋禅于齐。故齐梁时人尚多及见延年与之同时者。乐府诗集所载怨诗行怨歌行班婕妤婕妤怨玉阶怨数十家, 已都是齐梁时人, 何以于同时稍前之颜延年作, 皆不能辨邪? 徐氏初意本欲以齐梁人多作咏班婕妤诗, 证明班姬怨歌行出于延年耳, 岂知其适足以自陷哉! 徐说之诬妄者四。

辨证三 结论

徐氏据严羽之说径定 "怨歌行为颜延年诗", 徒欲证明汉无五言诗耳! 不知汉诗五行志所载成帝时歌谣, 即是班婕妤时之五言诗也。其谣曰:

邪径败良田, 谗口害善人。桂树华不实, 黄雀巢其颠。故为人所羡, 今为人所怜。

班婕妤怨歌行不载汉书，所以徐氏敢于二千年后改加主名于颜延年，今观此谣，又复何说邪？岂亦可云汉书误耶？

后代疑班婕妤诗者，始于六朝。然刘彦和文心雕龙已力辟之矣。其说曰：

孝武爱文，柏梁列韵。严马之徒，属辞无方。至成帝品录，三百余篇。朝章国典，亦云周备。而辞人遗翰，莫见五言。（案此言则误已详苏李诗辨证）所以李陵班婕妤见疑于后代也。案召南行露，始肇半章。孺子沧浪，亦有全曲。暇豫优歌，远见春秋。邪径良田，近在成世。阅时取证，则五言久矣。又古诗佳丽，或称枚叔。其孤竹一篇，则傅毅之词。比采而推，两汉之作乎？（明诗篇）

"阅时取证，五言久矣。比采而推，两汉之作。"学者知此，可不惑于异说矣！

五言诗起源说评录

罗雨亭

刘勰《文心雕龙·明诗》篇曰："五言流调，清丽居宗，华实异用，唯才所安。"钟嵘《诗品》亦曰："五言居文词之要，是众作之有滋味者也。"是五言为中国文学之中坚，覈之历代词翰，实亦五言为最多。然则其起于何时，成于何代，为研究文学者所急欲明了，亦文学史上所急待解决者也。而言人人殊，莫衷一是。兹并载群说，略加详骘。其是非得失之分，不难迎刃而解矣。

(一) 晋挚虞说　挚氏《文章流别论》曰："古之诗有三言，四言，五言，六言，七言，九言。古诗率以四言为体，而时有一句，二句杂于四言之间。后世演之，遂以为篇。……五言者，"谁谓雀无角，何以穿我屋"之类，是也。"

　　根泽案：挚氏之意，谓后世五言诗，与《诗经》杂于四言中之五言诗句，有渊源关系，而非谓《诗经》即有五言诗；谓五言诗源于《诗经》，而非谓五言诗起于《诗经》。故曰："后世演之，遂以为篇。"是虞氏只言其源，而起于何时，成于何时？则阙焉未及。考五言谣谚，起西汉之末，文人五言，更在东汉，(详后) 谓其源在于千余年前之《诗经》，不亦荒乎。然若以充类至尽之义推之，凡一种学术之产生，其前世之全部文化，并世之社会全影，皆为其直接，间接，正面，反面之渊源所自。《诗经》为中国最早文学书，其流风余韵，不惟文人墨客，蒙其浸溉，民间田野，亦应间接受其影响，则谓后世歌谣诗赋，皆出于此，无不可也。不过以此义言之，则岂惟《诗经》，举凡上古之书，皆与之有源渊关系，又何必独举《诗经》，且独举《诗经》中之五言杂句乎？一，二，五言零句，杂于之有篇中，与后世纯粹五言诗，有关系亦极浅。况始见五言，全为歌谣，出于民间，而不出于文人学士，其作者并未读《诗经》，殊难演以为篇也。故挚氏之说，不能立也。

(二) 梁刘勰说　刘氏《文心雕龙·明诗》篇曰："汉初四言，韦孟首唱，匡谏之义，继轨周人。孝武爱文，柏梁列韵，严马之徒，属辞无方。至成帝品录，三百余篇，朝章国采，亦云周备。而辞人遗翰，莫见五言，所以李陵班婕妤见疑于后代也。按《召南·行露》，始肇半章；儒子沧浪，亦有全曲；暇豫优歌，远见春秋；邪径童谣，近在成世；阅时取证，则五言久矣。又古诗佳丽，或称枚叔；其《孤竹》一篇，则傅毅之词；比类而推，两汉之作乎？观其结体散文，直而不野，婉转附物，怊怅切情，实为五言之冠冕也。”

根泽案：刘氏之意，似谓西汉之时，四言则有韦孟，七言则有严马，惟无五言；有之惟李陵班婕妤，然颇疑后代。故西汉无可信之五言诗，五言不起于西汉。而又列举《召南·行露》，以至成世邪径，谓“则五言久矣，‘盖以此乃民谣童歌，不得与文人五言诗同列乎？’”至以古诗或称枚叔，《孤竹》一篇，定为傅毅，谓其两汉之作乎，实五言之冠冕，则又以五言诗起于西汉矣。（拟古诗为两汉之作，两汉自然包括西汉。）枚叔为景帝时人，于古诗或称枚叔作，不加辨驳，则西汉之初，已有冠冕五言之诗矣。又何得谓“辞人遗翰，莫见五言”，而致疑于李陵婕妤也？刘氏之言，依委两端，模棱两可，推求其故，盖谓西汉无五言，而于古诗又不能辨其晚出故耳。同学徐君中舒作《古诗十九首考》，博征繁引，证明十九首中不惟无枚叔作，《孤竹》一篇亦非傅毅作，其著作年代，皆在东汉以后。证据确凿，略成定谳。（徐文见一九二五年六月出版之《亚达季刊》，及《历史语言周刊》第六集第六十五期。贺杨灵《古诗十九首之研究》，全钞徐文。）则刘氏怀疑之点可释，而依委两可，谓“作于两汉”之言，可以不必矣。

（三）梁钟嵘说　钟氏《诗品》曰：“《夏歌》曰‘郁陶乎予心，’楚谣曰，‘名余曰正则，’虽诗体未全，然是五言之滥觞也。逮汉李陵始著五言之目矣。”

根泽案：《夏歌》伪古文，不足据。“名余曰正则”，见《离骚》，以《离骚》中之五言杂句为五言诗之滥觞。与挚虞以《诗经》之五言杂句为五言诗之渊源同，皆迷离影响之言，未足证于确凿实据之义也。

李陵五言诗三首，载于《文选》及《玉台新咏》，题作《与苏武》。《文选》尚载苏武诗四首，李诗有“扬手上河梁”之语，后人遂相传为苏李河梁赠别之作。其实七诗绝非苏李作。《文选旁证》引翁先生曰：“今即以三诗论之，皆与苏李当日情事不切。史载陵与武别，陵起舞作歌‘径万里兮’五句，此当日真诗也，何尝有'携手上河梁'之事乎？即以河梁一首言之，其曰：'安知非日月，弦望自有诗'：此谓离别之后，或尚可冀其会合耳。不思武既南归，决无再北之理；而陵云'丈夫不能再辱'。亦自知决无还汉之期，此则'日月玄望'为虚辞矣"；又云：'嘉会再遇，三载为千秋。苏李二子之留匈奴，皆在天汉初年，其相别则在元五年，是二子同居者十八九年之久，安得仅云三载嘉会'乎？就此三首，其题为赠苏武者，而语意尚不合如此；况苏四诗之全不与李相涉者乎？艺林相传苏李河梁之别，盖因李诗有'携手上河梁'之句，可为言情叙别之坟实，犹之许彦周诗话云'燕燕于飞'一篇为千古送行诗之祖也。而苏李异域，尤动人感激之怀，故魏晋以后，遂有拟作苏武答李陵者。若准本传岁月证之，皆有所不合。词场口熟，亦不必一一细绳之矣。"同学徐君中舒五言诗发生时期讨论一文中，将汉魏六朝人关于"河梁"之诗文，列举二十五条，证明此诗大约在东晋以后，又采梁任公先生曰：六朝时亦有苏李卿。遂疑六朝或有李少卿者，遂由此错误为苏武李陵。

今案李诗第三首曰："与子结绸缪"。又曰："安知非日月，弦望自有时。"又曰："皓首以为期。"皆似夫妇男女之词，不似友生朋好之语。《诗·唐风》："绸缪束薪，三星在天，今夕何夕，见此良人。子兮子兮，如此良人何？"即为歌咏男女之诗。故后世承用，多为男女之词。江淹诗："契阔承华内，绸缪踰岁年"。白居易诗："恳旌心宛转，束楚意绸缪。"贾岛诗："音信两杳杳，谁云昔绸缪？"朱子诗："把袖迫欢劳梦寐，举杯相属暂绸缪。"赵孟頫诗："惜哉无琼玖，可以结绸缪。"皆歌咏男女。或驰情男女。《诗·鄘风》："君子偕老"，《卫风》："及尔偕老"皆指夫妇，盖夫妇之义，在白头共老。所以《白头吟》一诗，作者虽不可考，要为歌咏夫妇而作；其篇中亦曰："顾得一心人白头不相离"。朋友之间，大书中不见皓首白头立誓。以离别聚散，比日月之有弦有望，似以圆况欢聚，阙况离别，亦歌咏夫妇男女之熟语，不多用于友朋聚散也？

至于苏诗中，若："况我连枝树，与子同一身，昔为鸳与鸯，今为参与商。"若："何况双飞龙，羽翼驱当乖。"若："结发为夫妻，恩爱两不疑！欢娱在今夕，燕婉及良时。"更明明为夫妇之伤。作者赋实事抑寄幽情，可考，要之非友朋之词，自然更非苏李赠别之。作再以风论之，《汉书·苏武传》载李陵送苏武归汉，慷慨起舞，歌曰："经万里兮度沙漠，为君将兮夺匈奴。路穷绝兮矢刀摧，士众灭兮名已溃。老母已死，虽欲报恩将安归！"

其格调近似骚体。纯为汉初以骚赋为诗歌之风气；其气象慷慨悲壮，纯为李陵侠武豪健之表现，此诗格调为纯粹之五言，气象则婉媚悱恻，一阳一阴，一直一宛，而谓为李陵送别苏武之同时之歌，稍知文学者，必不信也。故吾辈如信《汉书》所载，则此诗绝不能相信。徐君谓在东晋以后，庶几近之；但疑六朝有李少卿者与当时苏子卿相赠答之辞，则未必然也。

（四）梁任时说　任氏《文章缘起》曰："五言诗，汉骑都尉李陵与苏武诗。"

根泽案：此亦以苏李为五言之始，误。

（五）梁萧统说　萧氏《文选序》曰："退传有在邹之作，降将著河梁之篇，四言，五言，区以别矣。"

根泽案：萧氏之意，亦以苏李诗为五言之祖，亦以不知苏李诗晚出故耳。

又案：梁萧子显《南齐书文学传论》曰："少卿离辞，五言才首，杂与争鹜。"虽未言少卿首创五言，而亦信少卿诗者，则其谓五言起源，最晚在少卿矣，亦误。以其未明谓为五言之始，故不特载，附论于此。

（六）唐白居易说　白氏与元稹书曰："五言始于苏李"（见《旧唐书》本传，及《白氏长庆集》卷二十八）。

根泽案：白氏承用梁人之说，亦误。

（七）宋蔡居厚说　蔡氏诗话曰："《古诗十九首》，或云枚乘作，而昭明不言，李善后以其《驱车上东门》，与《游戏宛与洛》之句，为辞兼东都。然徐陵玉台分《西北有浮云》以下九篇为乘作，两语皆不在其中。而《凛凛岁云暮》《冉冉生孤竹》等，别列为古诗，则此十九首之辞，陵或得其实。乘死在苏李先，若尔，则五言未必始二人也。"

根泽案：蔡氏以信十九首中有枚乘之作，谓五言诗起枚乘，极误。十九首作在东汉之后，徐君中舒《古诗十九首考》有详论。

（八）宋王应麟说　王氏《困学纪闻》曰："太史公述《楚汉春秋》，其不载于书者，《正义》云：'项羽歌，美人唱之曰：汉兵已略地，四面楚歌声，大王意气尽，贱妾何聊生'云云，是时已为五言矣。"

根泽案：《汉书·艺文志·六艺略》载《楚汉春秋》九篇，注"陆贾所记。"然其书久佚，后人所见者乃赝作。自刘知几亦深疑之，于《史通·杂说上》曰：

刘氏初兴，书唯陆贾而已。子长述楚汉之事，专据此书。……然观迁之所载，往往与旧不同。如郦生之初谓沛公，高祖之长歌鸿鹄，非唯文句有，遂乃事理皆殊。

王先谦《汉书补注》亦曰：

沈钦韩曰："……《容斋随笔》曰：陆贾书当时事，而所多与史不合。若高祖之臣，别有绛灌南宫侯张耳淮阴舍夫谢公。案……张耳韩信皆在高祖初年，陆贾岂犹未及观闻耶？莫晓其参差之故。"先谦曰：《后书·班彪传》云汉兴，定天下，大中大夫陆贾记录时功，作《楚汉春秋》九篇。案贾叙时辈，不容多所牴牾，就其乖舛之迹而言，知唐世所传，已非元书。

同学徐君中舒亦寻得其伪迹一条，据《艺文类聚·人事部》引《楚汉春秋》曰：

淮阴武王反，上自击之；张良居守。上体不安，卧辒车中，行三四里，留侯走东追上，簪堕被发，及辒车，排户曰："陛下即弃天下，欲以王丧乎？以布衣丧乎？"骂曰："若翁天子也，何故以王及布衣丧乎？"良曰："淮南反于东，淮阴害于西，恐陛下倚沟壑而终也。"

徐君谓：

据《史记》《汉书》所载，淮南王黥布反，高祖自将击之，淮阴武王的阴字，是南字之误；下面"淮南反于东；淮阴害于西"可证。韩信封淮阴侯，史汉记淮南反时，韩信已死，这是当时的大事，史汉决不会错的，这时那得说："淮阴害于西"？

依《汉书·司马迁传》"司马迁………述楚汉春秋，接其后事。"则《楚汉春秋》所载，史公似依而述之，即小有出入，亦不容乖舛至此。且其叙张良排户语高祖："陛下即弃天下，欲以王葬乎？以布衣葬乎？"全似小说家言，其非陆贾原书，毫无疑义。其书既不可信，其诗又安传乎？刘勰钟嵘，萧子显，萧统论五言诗，皆不及此歌，则此歌为四人原未见，梁诗有未有，亦晚出之一证也。

(九) 日本铃木虎雄说　陈延杰《铃木氏五言诗发生时期之疑问》曰："要之完备五言诗，自西汉初期，谓已发达者，可疑甚多。五言诗既成于后汉章和之际，其后益致隆盛，此则可信者矣。"

　　根泽案：译文载《小说月报》第十七卷第五号。铃木氏不信苏李诗，不信《古诗十九首》，其见甚卓。然篇中备列汉初田横门人《薤田曲》，吕后时代《戚夫人歌》，武帝时代《华容夫人歌》，《李延年歌》，宣帝时代《杨恽歌》，成帝时代《黄爵谣》，《为尹赏歌》。言"此等五言句，多与五言外七言八言间杂并用，盖歌词之体然也。又仅自五言成句者，其句亦甚朴素，盖为原始的也"，今案《黄爵谣》，《为尹赏歌》，皆绝粹五言，（歌辞见后）铃木氏所谓"仅自五言成句者"当指此二首，虽嫌有"句太朴素"，而许为其"原始的"二首皆在西汉成帝时，又何得漫不分析，谓"五言诗或立于汉章和之际"耶？

　　（十）近人朱偰说　朱氏《五言诗起源问题》曰："五言诗起源，在汉一统以前，确有史传可证。《史记·项羽本纪》……张守节《正义》引《楚汉春秋》述《虞美人歌》。（歌辞见前王应麟说，不偏载。）……《楚汉春秋》九篇，系陆贾所记见于《汉书·艺文志》。陆贾楚人，其记楚事，当必可征。然则五言诗之起，固在楚汉纷争时矣。递演至于景帝武帝之世，遂有《明月皎夜光》……等作，由简而繁，由朴而华，何不合于自然径路之有？况五言诗句见于诗三百篇者已多，至虞美人时，或始全篇为五言诗耳。"

　　根泽案：朱氏全文，载《东方杂志》第二十三卷第二十号，系批评铃木氏说之作。因铃木氏谓旧体五言诗起于西汉之初，其发达之径路不明，故朱氏列举《诗经》五言句，谓其无不合于自然径路。其所举者，分为四类：一、单句的五言连为二句者；二、进而连为四句者；三、全章第四句的五言诗者；四、全章为四句以上的五言诗者，其连为四句的五言单句者，只有挚氏文章流别论所举遇之"谁谓雀无角……"，此等不能为五言诗，前已详言；至连为二句者，更无论矣。全章四句，朱氏举小雅北山第四，五，六，三章：
　　"或燕燕居息，或尽瘁事国；或偃息在床，或不已于行。"
　　"或不知叫号，或惨惨劬劳；或栖迟偃仰，或王事鞅掌。"
　　"或湛乐饮酒，或惨惨畏咎；或出入风议，或靡事不为。"

其全章为四句以上者，朱氏举大雅緜之第九章：

虞芮货厥成，文王蹶厥生。予曰有疏附，予曰有先后；予曰有奔走，予曰有御侮。

此诸诗无论全篇非五言，即以分章而论，此亦不得与后世五言诗，等视齐观。项羽《垓下歌》，汉高《大风歌》，皆七言，然不能谓七言诗者，以其有帮腔之"兮"字，且其气调非如后世之七言诗也。《北山诗》所以成为五言者，除首二句外，每句有相同之"予曰"二字，后世五言诗，有全篇每句以相同之指示代名词凑数者乎？故此非有意使每句为五言，而以须全用指示代名词，遂自然而成为每句五字，非如后世之五言诗也。至《虞美人》诗之不可信，已于论王应麟说，详哉言之，兹不赘矣。

又案：朱氏以为《古诗十九首》中有西汉人作，故谓"递演至景帝武帝之世，遂有明月皎犹光"……等作。亦误，徐君中舒《古诗十九首》考，及五言诗发生时期的讨论有详辩，以朱氏谓五言诗起楚汉之际，此在其后，故不详引备论矣。

（十一）近人徐中舒说　徐君《五言诗发生时期的讨论》曰："章和虽然已有五言，但那不过文学家偶尔做得一两首，在文学史上并无多大意义，我们也不能承认五言诗的成立便在那时。我以为五言诗的成立，要立在建安时代，建安七子，与魏代三祖，他们做了五言诗运动的中心。五言诗有了他们，才能兴盛。所以《续晋阳秋》说：'自司马相如，王褒，扬雄，诸贤，世尚赋颂，皆体则诗骚，旁综百家之言，及建安而诗章大盛，'这个论断，常常恰当。《诗品》也说：'《去者日以疏》四十五首，旧疑是建安中曹、王所制'可见古诗中有一大部分都是建安时代的产物。我们看那时中原时文学，盛极一时，而吴蜀两国却一点贡献都没有，这岂不是五言诗成于建安时代一个绝好的反证么？"

根泽案：徐君文载《东方杂志》第二十四卷第十八号，系批评铃木氏朱氏二文之作。徐君谓五言诗成立于建安时代，不知所谓成立，以何种程度而论，若如所引《续晋阳秋》之言："至建安而诗章大盛，"则根泽绝表同情。但吾意成立与全盛，似不在同一时期，例先成立，而后达于全盛。徐君所以主此说者，盖以传世之东汉文人诗，多不可信。故谓："不但西汉人的五言全是伪话，连东汉的五言诗，仍有大部分不能令人相信。"所举例证凡五：一、《饮马长城窟》，非蔡邕作。二、《古杨柳行》有"谗邪害公正，浮云今尽冥"两句，乃在孔融《临终诗》中。三、"幸托不肖躯，且当猛虎行，"旧以为李陵诗，亦在孔融临终诗中。四、"《冉冉孤生竹》，非傅毅作"，乃失名的古诗。五、《咏史诗》非班固作。一至四条，余均表赞同，五条则不敢然，徐君之言曰：

> 咏史中有"思古鸡鸣歌"的话，这古歌鸡鸣，只是乐府《鸡鸣高树巅歌》，因为《咏史诗》是说缇萦父亲犯法被逮，所以晓得这个"古歌鸡鸣"，只是取《鸡鸣高树巅歌》"刑法非有贷，柔协正乱名"之意。《鸡鸣高树巅歌》，是魏晋乐所奏，中间有两句说"刘王碧青甓，后出郭门王"最早也不过是东汉的诗，《咏史诗》若是班固作的，他何必说"古歌鸡鸣"呢？而且此诗"质木无文"，（《诗品》说）我想以班固的文学，断乎不致做出这种"质木无文"的诗。

今先将咏史诗列下，然后再辨其真伪。其词曰：

> 三王德弥薄，惟后用肉刑，太仓今有罪，就逮长安城。自恨身无子，困急独茕茕。小女痛父言，死者不可生。上书诣阙下，思古歌鸡鸣。忧心摧折裂，晨风扬激声。圣汉孝文章，恻然感至情。百男何愦愦，不如一缇萦。

考乐府诗集八十三杂歌谣词类有鸡鸣歌，其词曰：

> 东方欲明星烂烂，汝南晨鸡登坛唤，曲终漏尽严具陈，月没星稀天下旦，千门万户递鱼铃，宫中城上飞乌散。

附注曰：

> 《乐府广题》曰："汉有鸡鸣卫士，主鸡鸣宫外，旧仪宫中与斄并不得畜鸡，昼漏尽，夜漏起，中黄门持五夜，甲夜举传乙夜，乙夜毕传丙，丙夜毕传丁，丁夜毕传戊，戊夜是为五更。未明三刻，鸡鸣卫士起唱。《汉书》曰：高祖围项羽垓下，羽是夜闻汉军四面皆楚歌。应劭曰：楚歌者，鸡鸣歌也。"按《周礼》鸡人掌大祭祀夜叫旦以百官，则所起亦远矣。"

检《史记》《汉书》皆仅言"楚歌也",并无歌词,则是否《鸡鸣歌》,颇难断,应氏之言,未悉何本。然应氏之前,已有《鸡鸣歌》,则然无疑,且于鸡鸣卫士之制,凿凿言之,似非无据,则鸡鸣之歌,其来甚久。《咏史诗》曰:"上书诣阙下,思古《鸡鸣歌》。忧心摧折裂,晨风扬激声。"盖以鸡鸣而朝,故有忆于鸡鸣歌,观"晨风"二字知其上书之时矣。班氏作诗,引用此歌,固在可能之内。(此事当就歌辞言,缇萦上书是否在鸡鸣时不必追究,以班固祈感而赋此,非必于此琐琐论也,文人诗歌,每不可于事实过苛求,不惟此篇然也。)徐君谓:"这个'古歌鸡鸣',只是乐府《鸡鸣高树巅》,失检矣。"至谓取《鸡鸣高树巅歌》"刑法非有贷,柔协正乱名"亦求之过深而迂,至谓以班固的文学,断乎不致做出这种"质木无文"的诗,理由亦不充分。班固史传辞赋,确乎极高,然长于史传辞赋者,未必即长于诗,犹之长于诗者,未必即长于史传辞赋。千古诗人,如杜甫可谓大家矣,而其文则远逊。班固之诗,即其附于《两京赋》后之五首论之,虽不能谓其"质木无文",然亦呆滞无味。兹为便于观察起见,钞二首于下:

> 乃精灵台,灵台既崇。帝勤时登,爰考休征。三光宣精,五行布序。习习祥风,祁祁甘雨,百谷溱溱,庶卉蕃芜;屡惟丰年,于皇乐。——《灵台诗》

> 岳修贡兮川效珍,吐金景兮敲浮云。宝鼎见兮色纷缊,焕其烦兮被龙文。登祖庙兮享圣神。昭灵德兮弥亿年。——《宝鼎诗》

此等或以骚体,或似《诗经》,尚如此毫无精采,况《咏史诗》通篇五言,鲜所取法,大辂椎轮,固难尽善,又何得以"质木无文",疑非班固之作乎?

(十二)近人黄侃说 黄氏《诗品讲疏》曰:"《文心雕龙·明诗篇》曰:'又古诗佳丽,或称枚叔,其《孤竹》一篇,则傅毅之辞,比采而推,两汉之作乎?'《文选》李善注云:'古诗盖不知作者,或云枚乘,疑不能明也。诗云,驱车上东门。'又云,'游戏宛与洛',此则辞兼东都,非尽是乘明矣。寻李注所言,是古有以十九首皆枚乘所作者,故云'非尽是乘。'孝穆撰诗但以十九首有乘所作,亦因其余句多与时序不合尔。案《明月皎夜光》一诗,称节序皆是太初未改历以前之言。诗云'玉衡指孟冬',而上云'促织鸣东壁',下云'秋蝉鸣树间,玄鸟逝安适?'是此孟冬,正夏正之孟秋,若在改历以远,称节序者,不应如此。然则此诗乃汉初之作矣!又《凛凛岁云暮》一诗,言

'凉风率已厉。'凉风之至，候在孟冬，（《月令》：孟秋之月凉风至）由此云岁暮，是亦太初以前之词也。推而论之，五言之作，在西汉则歌谣乐府为多，而辞人文士犹未肯相效模仿。李都尉徒成之士，班婕妤宫闱之流，当其感物兴歌，初不舒与歌谚。然风人之旨，感慨之言，竟能擅美当时，垂节来世，推其原始。固亦闾里之声也。"

根泽案：黄氏原书未见，此据范文澜《文心雕龙讲疏》（《明诗篇》）引，中注文甚多，未悉黄氏原注，抑范氏所增，除"孟冬"一条，皆无关宏旨，概皆刊落。黄氏以历法证明"玉衡指孟冬"及"凉风率以厉"为西汉太初未改历发前诗，与朱偰之说同。朱氏曰：

秦并天下，自以为获水德之瑞，十月色为黑，故以夏历之十月为岁首，是为建亥，以十月亥月也。秦初制度，多承秦旧，建亥历亦未遑改正。汉武帝太初元年五月，始改秦历，以正月为岁首，同夏制。……《春秋运斗枢》曰："北斗七星，其五曰玉衡。"《淮南子·为则训》："孟冬之月，招摇指申。"孟冬乃七月，而七月则系申月；足见"玉衡指孟冬"乃是表白时之句。……又所谓促织，即是蟋蟀。《礼记》"季秋蟋蟀任壁"，又曰，"孟秋之月，白露"，又曰："仲秋之月玄鸟归"。通观全首，明是描写的初秋景象；若云孟冬，安得有此？是明系汉太初以前之孟冬，——即夏历之孟秋——非太初以后之孟冬可知。——朱氏《五言诗起源问题》。

考此说出何焯，张实居。何焯《义门读书记》曰：

此太初以前之诗乎？

王世桢《师友诗传》录引张实居曰：

《明月皎夜光》一章内，玉衡指孟冬：如"促织鸣东壁，白露沾野草"，"秋蝉树且鸣，玄鸟逝安适"等语，所序皆秋事，乃汉令也，《汉书》曰："高祖十月至霸上，故以十月为岁首。"汉之孟冬，今之七月也。似为汉人之作无疑。

诸说皆大误，以其不明"玉衡指孟冬"之意故耳。徐君中舒《古诗十九首》考引张庚《古诗十九首》解之说以破之曰：

> 《史记·天官书》"斗杓指夕，衡指夜，魁指辰"，"尧时仲秋，夕杓指酉，衡指仲冬"此言衡指孟冬，则是杓指申，为孟秋七月也。然"白露"为八月节——"促织鸣东壁"，即《豳风》"八月在宇"义，"玄鸟逝"又即月令"八月玄鸟归"。然则此诗是八月之交，旧注以为孟冬者谬也。

又案：《文心雕龙讲疏》曰："……《文心雕龙·明诗篇》猥云，'成帝品录，三百余篇，朝章国彩，亦云周备，而辞人遗翰，莫见五言。'此以当世文士不为五言，并疑乐府歌谣亦无五言也。今考西汉之世，为五言有主名者：李都尉班婕好而外，有虞美人答项王歌，（见《楚汉春秋》）卓文君《白头吟》，《李延年歌》，（前四语）苏武诗四首。其无主名者，乐府有《上陵》，（前数句）《有所思》，（篇中多五言）《鸡鸣》，《陌上桑》，《长歌行》，《豫章行》，《相逢行》，《长安有狭斜行》，《陇西行》，《步出东门行》，《艳歌何尝行》，《艳歌行》，《怨歌行》，《上留田》，（《里中有啼儿》一首）《古八变歌》，《艳唶歌》，《古咄唶歌》。（此中容有东汉所造，然武帝乐府所录，宜多存者。）歌谣，有《紫宫谣》，《汉书》曰："李延年善歌，能为新声，与女帝俱幸，时人为之语曰：'一雌复一雄，双龙入紫宫。'"长安为户赏作歌，成帝时歌，（根泽案：指《黄爵谣》）无名人诗八净，（《上山采蘼芜》一，《回坐且莫谊》二，《悲与亲友别》三，《穆穆清风至》四，《橘柚垂华实》五，《十五从军征》六，《新树兰蕙》七，《步出城东门》八，以上诸诗或见《乐府诗集》，或见《诗纪》。）古诗八首。（五言四句如《采葵莫伤根》之类）大抵淳厚清婉，其辞近于《国风》，不杂以赋颂，此乃五言之正轨矣，盖秦汉歌谣多作五言，饰一雅词，传之六义，期其风流日盛，疆划愈远。自建安以来，文人竞作五言，篇章日富，然闾里歌谣则犹远同汉风，试观乐府所载清高曲辞，五言居其什九。托意造句，皆与汉世乐府共其波澜。以此知五言之体肇于歌谣也。

此不知仍系黄说，抑范君自撰？五言之体，肇于歌谣，泽所极端赞成。但谓起西汉之初，则未敢苟同，兹就所举例，一一条辨于下：

（1）《虞美人歌》，乃晚出作品，见前论王应麟说。

（2）《白头吟》，非卓文君作，此歌不见史、汉及他汉人书。《玉台新咏》载此篇，题作《皑如山上雪》，不作《白头吟》，亦不云何人所作。宋书人曲有

《白头吟》，题作《古辞》，《乐府诗集》同之。均无卓文君作《白头吟》之说。惟《西京杂记》曰："司马相如将聘茂陵女为妾，卓文君作《白头吟》以自绝。"然不著其辞，未尝以《皑如山上雪》之诗当之。至宋黄鹤注杜诗，始混而一之。《西京杂记》旧传刘歆所说，晋葛洪采之成书，然《晋书》洪传载所著作，无此书。《隋书·经籍志》载此书二卷，不著撰人名氏。《汉书·匡衡传》颜卿古注，称今有《西京杂记》，出于里巷。陈振孙《直斋书录解题》亦深以为疑。晁公武《郡斋读书志》引庾信说，作于江左吴均。则凡出此书者，皆不可信，况此书并不著其词乎？黄鹤，宋人，晚出说，自不足据。

(3)《李延年歌》，非纯粹五言。

(4)《苏武诗》四首，乃后世赝作，见前论钟嵘说。

(5)《上陵》，《有所思》，皆非纯粹五言。

(6)《鸡鸣》，《陌上桑》见《乐府诗集》卷二十八，并言"魏晋乐所奏。"

(7)《长歌行》，见《乐府诗集》卷三十，引《乐府解题》曰"右辞云：青青园中葵，朝露待日晞。"言芳华不久，当努力为乐，无至老大乃伤悲也。魏改奏文帝赋曲。"则此歌似在魏文之前，但无主歌词，无法证明出西汉也。

(8)《豫章行》，《相逢行》，并见于《乐府诗集》卷三十四，言"晋乐所奏。"

(9)《长安有狭斜行》，见《乐府诗集》卷三十五，未注时代。

(10)《陇西行》，《步出夏门行》，并见《乐府诗集》卷三十七，未注年代。

(11)《艳歌何尝行》，见《乐府诗集》卷三十九，非纯粹五言，乃"晋乐所奏。"

(12)《艳歌行》，亦见《乐府诗集》卷三十九，未注年代。

(13)《怨歌行》，疑为《怨诗行》。《乐府诗集》卷四十二有《怨歌行》二首，一班婕妤作；一曹植作。又七首，亦皆有主名，最早者梁萧文帝。此即无主名为言，似不应属入班婕妤。《乐府诗集》卷四十一有《怨诗行》，题为古辞，纯为五言，似当指此。然注云"晋乐所奏"，则其时代亦可想矣。即《怨歌行》，亦非班婕妤所作。《文心雕龙》曰："所以李陵班婕妤见疑于后代也，"可见刘勰前，已有怀疑。宋严羽《沧浪诗话》曰："班婕妤怨歌行，《文选》值作班姬之名，乐府以为颜延年所作。"同学徐君中舒《五言诗发生时期的讨论》，繁征博采，证明严氏之说，似乎不误。余以为是否颜延年作，虽未敢确定，约之非班姬所作，则毫无疑义，《汉书》载其失宠后，奉养东宫，退出长门，作赋以自惮，且全录其赋，不言其诗。班姬乃固之先人，有诗何能不知？知之何能不录？盖东晋喜以团扇歌咏男女爱情，（例证详徐君文中，怨不备引。）此首偶尔失名，后人以其与班姬事相仿，遂嫁名班姬，中国古书因此而铸成伪记者，不一而足，非作者之有意伪古，乃著录家不详考之谬耳。

（14）《上留田》，见《乐府诗集》卷三十八，引《乐府广题》云："汉世人也。"疑词，且示言伪东汉或西汉。今案歌为："里中有啼儿，似类亲父子，回车闻啼儿，慷慨不能止。"盖为五言歌谣，五言歌谣，汉成帝时已有《黄爵谣》，《为尹赏歌》，此首在西汉末年，亦非不能产生。个若谓在西汉之初，则无法证明也。

（15）《古八变歌》，《乐府诗集》不载。丁福葆《全汉诗》卷四引《选诗拾遗》曰："古歌有八变九曲之名，未详其义。……独八变仅存，乐府诸书亦不收也。"然则其来历不明可知。

（16）《艳歌》，《咄唶歌》，并见丁氏《全汉集》卷四，（一时未检古载何书）

（17）《紫宫谣》，通篇仅二句，不得与后世成章之五言诗同论。

（18）无名人诗八首，古诗八首，谓之为汉人作；皆无确证。

总之，考古之学，必以确凿有据者为证。若有确凿可据者为本证，则游移无定者，亦可引为副证；若无确凿可证者，只游移无定者，不成证据也。故西汉前世乃至中世若有确可信据之五言诗，则此等题为古辞，题为古诗，题为无名氏之诗，除有极绝反证，知为魏晋六代之作者，皆可认为西汉之诗，今西汉除歌谣中之《黄爵谣》，《为尹赏歌》外，无五言诗，二首皆在成帝时代，词甚俚俗，文学色彩不甚重，则此等无主名，无古证之诗，不能据之谓西汉初世，已有五言诗也。

（十三）近人李步霄说　李氏《五言诗发源考》曰："《诗品》云：'《夏歌》曰"郁陶乎余心"，楚谣曰"名余曰正则"，虽诗体未全，然五言之滥觞也。逮汉李陵，始著五言之目矣。古诗渺远，人世难详，推其文体，固是炎汉之制，非衰周之倡也。'《玉台新咏》以《古诗十九首》之九首，断为枚叔之作。二书出于六朝，距汉未远，其说必有依据。要之，五言之始，必为枚叔，踵其五者，首推李陵，友至建安，始臻大盛者也。"

根泽案：李氏全文，见亚细亚书局所出之《文学论钟嵘诗品说误》，已见前。十九首无枚叔作，详徐中舒《古诗十九首考》，及前论黄侃说下。李氏据《玉台新咏》，李延年歌为纯粹五言；即"殊不知倾城与倾国"句，作"倾城后倾国"，不据古之汉书，而据后世之《玉台新咏》，考古者不当如此也。

耳目所知，五言诗起源略如此。至于各种中国文学史书，对此问题，亦多有论及者，率简略不足采，故不录焉。就中以钟嵘说谓起源最古，滥觞于夏歌，著目于李陵。以徐中舒说最晚，以五言诗之成立建安时代。其余众说纷纭，争执一喙，其长短得失，已分别备论。而区区之愚，未能对某一家全表同意。本师梁任公先生著有《美文史》一书，未及付梓，遽归道山。其论五言起源曰："我对于五言诗发生时代这个问题，兼用考证的直觉的两种方法仔细研究，要下一个极大胆的结论曰：'五言诗起于东汉中叶，和建安七子时代相差不远。'"先生又谓汉代第一首五言诗，当推《戚夫人歌》；第二首，为《铙歌十八章》中《上陵》，第三首为成帝时《邪经败良田》童谣。（即《黄爵谣》）以为此三首中，"两首还是长短句相杂，（第一，第二两首）其纯粹的一首又是童谣。"根泽亦以为歌谣与诗，当离为两类，故撰《中国文学史类编》，有《歌谣篇》，《诗篇》之分。但今讨论五言诗起源，则所重者在纯粹五言为体之诗歌，生于何时；且歌谣为文学之祖，为诗之先驱，则歌谣之纯粹五言者，亦不能除外。故五言诗起源，余以为在西汉成帝时。（西元前三二——前七年）。

(1)《黄爵谣》——见《汉书·五行志》

邪经败良田，谗口乱善人。桂树华不实，黄爵巢其颠。故为人所羡，今为人所怜。

(2)《长安为尹赏歌》——见《汉书·酷吏传》

安所求子死，桓东少年场。生时谅不谨，枯骨后何葬？

二首皆纯粹五言，与后世五言古诗风格，无甚差异。吾侪知十九首，及苏李河梁，班姬怨诗不可信，则此为有史以来，最初见之纯粹五言，为五言诗之祖。至于不纯粹之五言，如《戚夫人歌》，《李延年歌》，虽与后世五言诗不无相当影响，但不能谓为五言诗之起源。以如此牵强附会，则凡古代之诗歌，皆与后世之五言有关，纠缠不清，界划不明。而起源时代，遂治丝益棼，终古无头绪矣。

《水经注·河水》，《太平御览·乐部》，引并杨泉《物理论》，载秦筑长城，死者相属。民歌曰：

生男慎勿举，生女哺用铺，不见长城下，尸骸相支柱。

为纯粹五言。然其词全见陈琳《饮马长城窟》。

朱偰《五言诗起源问题》，引《汉书·贡禹传》载武帝时歌谣云："何以孝弟为？财多而光荣。何以礼义为？史书而仕宦。何以谨慎为？勇猛而临官。"言"是以可为武帝时已有五言诗之证"。考所谓诗者，除近世"散体无韵白话诗"外，中国古诗，概皆用韵。此首，"荣""宦""官"二字，固不协也，《汉书》原作"故俗皆曰"云云，知乃质语，俗语亦有时与歌谣同者，要以有韵无韵为断，不得以为歌谣，更不得以为"五言诗"也。

《宋书·乐志》云："凡乐府古辞今之存者，并汉世街陌谣讴，《江南可采莲》，《乌生八九子》，《白头吟》之属也。"今按《江南可采莲》，见《乐府诗集》卷二十六，题为《江南》，其辞曰：

> 江南可采莲，莲叶何田田？鱼戏莲叶间。鱼戏莲叶东，鱼戏莲叶西，鱼戏莲叶南，鱼戏莲叶北。

注曰"魏晋乐所奏。"《乌生八九子》，见《乐府诗集》卷二十八，非纯粹五言，与此问题无关。《白头吟》，见《乐府诗集》卷四十一，其辞曰：

> 皑如山上雪，皎如云间月。闻君有两意，故来相决绝，今日斗酒会，明旦沟水头。蹀躞御沟上，沟水东西流。凄凄复凄凄，嫁娶不须啼。愿得一心人，白头不相离。竹竿何弱弱，鱼尾何蓰蓰？男儿重意气，何用刀钱为？

此一首前，尚有与此类似而较长一首，同题为《白头吟》。彼一首注曰"晋乐所奏"，此一首注曰"本辞"。似以此首不能歌，略增字句，成彼一首非以入乐。则此首似为彼首之母辞，其时代盖视彼为早。或以为卓文君作，非也，说详论黄侃说下。《宋书》谓："并汉世街陌讴谣，"未悉何本。且为东汉，为西汉，为东汉何时，西汉何时，亦未明载。考古必以确凿有据者为本证，以游移无定者为副证，前已略申其理。今观《白头吟》音节韵美。语意深永，如西汉有此，则其他成熟之五言诗，不容不见，而东汉之五言诗，亦必蓬蓬勃勃，蔚为大观。《江南可采莲》词意顽稚，西汉末年，似有产生之可能，以成帝时已有《黄爵谣》，《为尹赏歌》也。汉《艺文志·诗赋略》著录诗歌二十八家，三百一十四篇，乐府所存古辞，有无二十八家之遗，极难悬揣。然传世汉《郊祀歌》十九章，《房中歌》十七章，《铙歌》十八章，皆无纯粹五言，则西汉初期无五言诗，已有极确之反证。而乐府古辞之纯粹五言者，谅无西汉初年之作，明矣。然有一部份为西汉末年，以至东汉一代之讴谣，则势有可能，言有可据。如前论黄侃说所言之《长歌行》，《乐府诗集》引《乐府解题》曰"古辞云：'青青园中葵，朝露待日晞。'……魏改奏元帝所赋曲。"则古辞在魏前，最晚已至东汉矣。今古辞俱存，其辞曰：

> 青青园中葵，朝露待日晞。阳春布德泽，万物生光辉。常恐秋节至，焜黄华叶衰。百川东到海，何时复西归。少壮不努力，老大徒伤悲。

为纯粹五言。其他不注年代，或注明魏晋乐所奏者，亦容有汉代之遗者。不过确在何时不可考，则只能用为副证，不能用为本证也。

徐君中舒《五言诗发生时期的讨论》曰："《古今乐录》说：'鞞舞……汉曲五篇，一曰《关东有贤女》，二曰《章和二年中》，三曰《乐久安》，四曰《四方皇》，五曰《殿前生桂树》"。这五曲早已散佚了，其内容如何？我们无从知道。我们看《关东有贤女》，《章和二年中》，《殿前生桂树》，都以五言作题目，或者全篇也是五言。因为古乐府大半都把第一句作题目。章和就是章帝年号。据此，和帝时确有五言乐府。但古乐府虽大半把第一句作题目，而第一句为五言，全篇是否五言，尚难逆料，故此有为全篇五言之可能，而不能断定为全篇五言也。

东汉之初，民间五言歌，仍继续发展。光武时，有凉州为樊晔歌，（见《后汉书》本传）其辞曰：

> 游子常苦贫，力子天所富。宁见乳虎穴，不入冀府寺。大笑期必死，怨怒或见置。嗟我樊府君，安可再遭值！

此竟进为八言四韵矣。明帝时，有长安高髻语，（见《马援传》）其辞曰：

> 城中好高髻，四方高一尺；城中好广眉，四方且半额；城中有大袖，四方全匹帛。

安帝时，有汲县长老为崔瑗歌，（见《广博物志》引《后汉书》逸文）其辞曰：

> 上天降神明，锡我仁慈父。临民布德泽，恩惠施以序。穿沟广灌溉，决渠作甘雨。

不见正史，真伪难定者一首，曰巴人为陈纪山歌，见《华阳国志·巴志》。其辞曰：

> 筑室载直梁，国人以贞真。邪娱不扬目，枉行不动身。奸轨群乎远，理义协乎民。

文人有主名之作，则当以班固《咏史诗》为第一首，其辞载于前论徐中舒说下，兹不复赘。班固之年代，据疑年录，生于光武建武八年，卒于和帝永元四年，当西历纪元后三十二至九十二年。

刘勰《文心雕龙·明诗篇》曰："《古诗》佳丽，或称枚叔，其《孤竹》一篇，则傅毅之词。"傅毅与班固同时，如其知为毅作，则此时人士五言非狗鸣矣。然钟嵘在刘勰之前，详评历代五言诗，无傅毅之作，钟氏所不知，刘氏从何知之？后徐陵《玉台新咏》，列此于古诗中，即已不信为傅毅诗也。故刘氏之言，不可信也。

然则文人有主名之五言，其第二首为何？当推张衡《同声诗》。——见《玉台新咏》。

> 邂逅承际会，偶得充后房。情好新交接，恐栗若探汤。不才勉自竭，贱妾职所当。绸缪主中馈，奉礼助蒸尝。思为莞蒻席，在下蔽匡床。愿为罗衾帱，在上卫风霜。洒扫清枕席，鞮芬以秋香。重户结金扃，高下华灯光。解衣巾粉卸，列图陈枕张，素女为我妇，仪态盈万方。众夫所希见，天老教轩皇。乐莫斯夜乐，没齿焉可忘。

《后汉书·张衡列传》"年六十二，永和四年"。由永和四年，上推六十二年，为章帝建初二年，当西历纪元后七十七年至一百三十九年，后班固四十余年。

次之当推秦嘉夫妇《赠答诗》：

> 人生譬朝露，居世多屯蹇。忧艰常早至，欢会常苦晚。念当奉时役，去尔日遥远。遣车迎子还，空往复在返。省书情凄怆，临食不能饭。独坐空房中，谁与相劝勉。长夜不能眠，伏枕独展转。忧来如寻环，匪席不可卷。

皇灵无私亲，为善荷天禄。伤我无尔身，少小罹茕独。既得结大义，欢乐苦不足。念当远离别，思念叙款曲。河广无舟梁，道近隔丘陆。临路忆惆怅，中驾正踯躅。泛云起高山，悲风激深谷。良马不回鞍，轻车不转毂。针药可屡进，愁思难为数。贞士笃终始。思义不可促。

萧萧仆夫征，锵锵扬和铃。清辰当引迈，束带待鸡鸣。顾看空室中，仿佛思姿形。一别忆万恨，起坐为不宁。何用叙我心，遗思致款诚。宝钗好耀首，明镜可鉴形。芳香去垢秽，索琴有清声，诗人感木瓜，乃欲答瑶琼。愧彼赠我厚，惭此往物轻。虽知未足报，贵用叙我情。

右三首秦嘉留郡赠妇诗。《玉台新咏》有序曰："秦嘉字士会，陇西人也。为郡上计，其妻徐淑寝疾还家，不获面别，赠诗云尔。"

妾身兮不令，婴疾兮来归。沈滞兮东门，历时兮不差，旷废兮侍觐，情敬兮有违。君今兮奉命，远适兮京师。悠悠兮离别，无因兮叙怀，瞻望兮踊跃，伫立兮徘徊。思君兮感结，梦想兮容晖。君发兮引莲，去我兮日乖，恨无兮羽翼，高飞兮相追。长吟兮永叹，泪下兮沾衣。

右一首徐淑答秦嘉诗。《诗品》曰："夫妻事既可伤，文亦凄怨。为五言者不过数家，而妇人居二。徐淑叙别之作，亚于团扇兮。"按嘉，桓帝时。仕郡上计，入洛黄门郎。痛卒于津乡亭，徐淑诗每句拊一"兮"字，凑成五言。尚不得为纯粹五言诗。设以前无五言诗，则此等诗不得认为五言之祖；而于时五言盛行，则此可谓五言之别体。所以韩愈《南山诗》，每句多有"或"字，可以谓五言诗，而《诗经·北山》中有数章每句拊"或"字，凑为五言一句者，不得以为五言诗之祖。以无此体，则成五言为巧合，有此体则为有意为五言诗故也。

至灵帝时，有赵壹诗二首：

河清不可俟，人命不可延。顺风激靡草，富贵者称贤。文籍虽满腹，不如一囊钱。伊优北堂上，骯髒倚门边。

势家多所宜，咳唾自成珠。披褐怀金玉，兰蕙化为刍。贤者虽独悟，所困在群愚。且各守尔兮，勿复共驰驱。哀哉复哀哉，此是命矣夫。

又郦炎二首：

　　大道夷且长，窘路狭且促。修翼无卑栖，远趾不步局，舒吾陵霄羽，奋此千里足。超莲绝尘驱，倏忽谁能逐。贤愚岂尝类，禀性在清浊。富贵有人藉，贫贱无天录。通塞苟由己，志士不能卜。陈平敖里社，韩信钓河曲。终居天下宰，食此万钟禄。德音流千载，功名重山岳。

　　灵芝生何洲，动摇因洪波。兰荣一何晚，严霜瘁其柯。哀哉二芳草，不植太山阿。文质道所贵，遭时用有嘉。绛灌临衡宰，谓谊崇浮华。贤才抑不用，远投荆南沙。抱玉乘龙骥，不逢乐与和 (伯乐卞和)。安得孔仲尼，为世陈四科。

四诗俱见《后汉书·文苑传》，赵诗附所作《穷鸟赋》中。

　　又《饮马长城窟》一首，《玉台新咏》题为蔡邕作，然《文选》则不著作者，《乐府诗集》卷三十八作古辞，引《乐府解题》曰："古词，伤良人游荡不归，或云，蔡邕之辞。"故是否出于蔡邕，颇难论定，姑著之。其辞曰：

　　青青河畔草，绵绵思远道。远道不可思，宿昔梦见之。梦见在我旁，忽觉在他乡。他乡各异县，展转不可见。枯桑知天风，海水知天寒。入门各自媚，谁肯相为言？客从远方来，遗我双鲤鱼。呼童烹鲤鱼，中有尺素书。长跪读素书，书中竟何如？上有"加餐饭"，下有"长相忆"。

邕女琰，字文姬，适河东卫仲道。夫亡无子，归宁于家。献帝兴中中，天下丧乱，文姬为胡骑所获，没于南匈奴左贤王，在胡中十二年，生二子。曹操遣使者赎以金璧，重嫁于董祀。感伤望离，追怀怨愤，作诗二章，俱载《后汉书·列女传》，其一为五言：

　　汉季失权柄，董卓乱天常。志欲图篡弑，先害诸贤良。逼迫迁旧邦，拥主以自强。海内兴义师，欲共讨不祥。卓众来东下，金甲耀日光。平土人脆弱，来兵皆胡羌。猎野围城邑，所向悉破亡。斩戮无孑遗，尸骸相掌拒。马边悬男头，马后载妇女。长驱西入关，迥路险且阻。还顾邈冥冥，肝脾为烂腐。所略有万计，不得令屯聚。或有骨肉俱，欲言不敢语。失意机微间，辄此毙降虏。要当以亭刃，我曹不活汝。岂复惜性命，不堪其詈骂。或便加棰杖，毒痛参并下。旦则号泣行，夜则悲吟坐。欲死不能得，欲生无一可。彼苍者何辜，乃遭此厄祸！边荒与华异，人俗少义理。处所多霜雪，胡风春夏起。翩翩吹我衣，肃肃入我耳。感时念父母，哀叹无穷已。有客从外来，闻之常欢喜。迎问其消息，辄复非乡里。邂逅徼时愿，骨肉来迎己。己得自解免，当复弃儿子。天属缀人心，念别无会期。存亡永乖隔，不忍与之辞。儿前抱我颈，问我"欲何之"？人言"母当去"，岂后有还时？"阿母常仁恻，今何更不慈？我尚未成人，奈何不顾思？"见此崩五内，恍惚生狂痴。号泣手抚摩，当发复回疑。兼有同时辈，相送告离别。慕我独得归，哀叫声摧裂。马为立踟蹰，车为不转辙。观者皆歔欷，行路亦呜咽。去去割情恋，遄征日遐迈。悠悠三千里，何时复交会？念我出腹子，匈臆为摧败。既至家人尽，又复无中外。城郭为山林，庭宇生荆艾。白骨不知谁，纵横莫覆盖。出门无人声，豺狼号且吠。茕茕对孤景，怛咤摩肝肺。澄高远眺望，魂神复飞逝。奄若寿命尽，旁人相宽大。为复强视息，虽生何聊赖！讬命于新人，竭心自最厉。流离成卑贱，常恐复捐废。人生几何时，怀忧终年岁！

洋洋五六百言，凄音楚节，恻恻动人，可谓极成熟之五言诗矣。

此外尚有二首，作者主名虽有，而确在何代何年，则不可考；要之亦东汉末年之产，故亦附焉。

辛延年《羽林郎》诗：

昔有霍家奴，姓冯名子都。依倚将军势，调笑酒家胡。胡姬年十五，春日独当垆。长裾连理带，广袖合欢襦。头上蓝田玉，耳后大秦珠。两鬟何窈窕，一世良所无。一鬟五百万，两鬟千万余。不意金吾子，娉婷过我庐。银鞍何煜爚，翠盖空踟蹰。就我求清酒，丝绳提玉壶。就我求珍肴，金盘脍鲤鱼。贻我青铜镜，结我红罗裾。不惜红罗裂，何论轻贱躯！男儿爱后妇，女子重前夫。人生有新故，贵贱不相逾。多谢金吾子，私爱徒区区。

宋子侯《董娇娆》诗：

洛阳城东路，桃李生路傍。花花自相对，叶叶自相当。春风东北起，花叶正低昂。不知谁家子，提笼行采桑。纤手折其枝，花落何飘飏！请谢彼姝子，"何为见捐伤？"高秋八九月，白露变为霜。终年会飘堕，安得久馨香？秋时自零落，春月复芬芳。何时感年去，欢爱永相忘。吾欲竟此曲，此曲愁人肠。归来酌美酒，挟瑟上高堂。

梁任公先生曰："辛诗言'大秦珠'，当在安敦通使之后；宋诗言'洛阳城'，当在还邺以前。"（《美文史》）

此外无作者主名之五言诗，如《文心雕龙讲疏》所引无名人诗八首，（《上山采蘼芜》，《四坐且莫喧》，《悲与亲友别》，《穆穆清风至》，《橘柚垂华实》，《十五从军征》，《新树兰蕙葩》，《步出城东门》）及乐府中题古辞之五言诗，其时代虽不确考，然大半产生于东汉中世以至末世。则东汉末世，桓灵之时，五言诗，已完全成立，不过至建安而其风大炽耳。今根据此上所考订，制一五言诗简明进行表于下：

西前二三十年 (西汉成帝时)，已有纯粹五言歌谣，为五言诗之原始时期。

西后七八十年 (东汉章和时)，已有文人五言诗，为文人初作五言诗时期。

西后一百四五十年 (东汉桓灵时)，已多优美之五言诗，为五言诗完成时期。

西后二百年后 (汉魏之交)，五言诗笼罩一时诗坛，为五言诗全盛时期。

今国内文学家无虑千百，而文学史家则无几，以故时至今日，尚无釐然有当于人心之文学史也。根泽窃为此惧，思竭绵薄，勉力于此。其工作计划，拟先将中国全部文学，分为若干类，如诗类、赋类、词曲类、小说类……再于每类中分为若干小问题以研究之，兹篇具嚆矢也。幸生也晚，得遍观前人之说，俾有所资藉，有所取则。惜课余少暇，仓促成篇，窒误之处，自知难免。考据之学，后出者胜，攻错指谬，望于他山。罗根泽于河南中山大学。十八年十一月二日脱稿。

原载《河南大学文学院文学季刊》1930年第1期

五言诗成立的时代问题

游国恩

一 五言诗的历史

五言诗成立于西汉，这本不成问题；后来渐渐有人怀疑苏李诗是伪托的，到现在又有许多人断定《古诗十九首》全是西汉以后的产品的；于是这文学史上占有很重要位置的五言诗成立的时代便发生了问题。

我想，五言诗暴盛于东汉建安之际，若非前此有长时间的酝酿，在文学史上终于是难以解答的。试看齐梁以来似律非律的五言诗，一直到唐初，中间经过二百年之久（后五〇〇—七〇〇），正式的律诗才告完全成立。又看中唐以来长短句子的词的成立，也经过二百多年的历史，直到北宋初方才大盛。（后八〇〇——〇五〇）。若因班固、张衡等有了几首五言诗而断定他起于东汉章和之际（后一〇〇顷），那么到献帝建安时（后二〇〇顷），不过一百年的短时间，便突然有那风起云涌的五言杰作出现，不能不说是文学史上一件比较奇怪的事。

我们如果要解答这个疑问，还得去追究那五言诗的来源和他在酝酿期中的状况。

以我所知，假使《夏书·五子之歌》可靠，那么，最古的五言诗句便要数到他。他的第五章有这样两句：

郁陶乎予心，颜厚有忸怩。

到了周代，五言诗句就渐渐的多起来，这个可以在《诗经》里发现很多的例子；其中带有"兮"字的和单句我且不举，举其纯粹而又连续至二句以上者如下：

（一）"济盈不濡轨，雉鸣求其牡。"（《邶风·匏有苦叶》）"期我乎桑中，要我乎上宫。"（《鄘风·桑中》）"投我以木瓜，报之以琼琚。"（《卫风·木瓜》）"一之日觱发，二之日栗烈。""三之日于耜，四之日举趾。""九月筑场圃，十月纳禾稼。"（《豳风·七月》）"以介我稷黍，以谷我士女。""乃求千斯仓，乃求万斯箱。"（《小雅·甫田》）"肆不殄厥愠，亦不陨厥问。"（《大雅·緜》）"不大声以色，不长夏以革。"（《大雅·皇矣》）"诞置之隘巷，牛羊腓字之。"（《大雅·生民》）"伴奂尔游矣，优游尔休矣。""俾尔弥尔性，似先公酋矣"。（《大雅·卷阿》）"无此强尔界，陈常于时夏。"（《周颂·思文》）"未堪家多难，予又集于蓼。"（《周颂·小毖》）"俾尔炽而昌，俾尔寿而臧。"（《鲁颂·閟宫》）"禹敷下土方，外大国是疆。""受小球大球，为下国缀旒。"（《商颂·长发》）"莫敢不来享，莫敢不来王。"（《商颂·殷武》）——以上都是连续二句的五言诗。

（二）"扬且之颜也。胡然而天也！胡然而帝也！"（《鄘风·君子偕老》）"仳仳彼有屋，蔌蔌方有谷。——民今之无禄。"（《小雅·正月》）"匪先民是程，匪大犹是经，惟尔言是争"。（《小雅·小旻》）"宅殷土芒芒，古帝命武汤，正域彼四方。"（《商颂·玄鸟》）"谁谓雀无角？何以穿我屋？谁谓女无家？何以速我狱？"（《召南·行露》）——以上都是连续三句及四句的五言诗。

（三）"知子之来之，杂佩以赠之；知子之顺之，杂佩以问之；知子之好之，杂佩以报之"。（《齐风·女曰鸡鸣》）"或燕燕居息，或尽瘁事国；或息偃在床，或不已于行；或不知叫号，或惨惨劬劳；或栖迟偃仰，或王事鞅掌；或湛乐饮酒，或惨惨畏咎；或出入讽议，或靡事不为。"（《小雅·北山》）（按此诗旧本均作三章，姚际恒以其文法相同，当作一章，今从之。）"虞芮质厥成，文王蹶厥生。予曰有疏附，予曰有先后，予曰有奔奏，予曰有御侮。"（《大雅·緜》）——以上都是全章的五言诗。

从上面几十个例中可以看出三个通则：第一，凡五言多用叠句或对偶；第二，凡五言多半是在四言中勉强凑上一个虚字；第三，诗词极其质朴，毫无藻饰可言。我们只看他们这样幼稚的形式，便知道这是五言诗的"胚胎时代"。

《国语》："晋优施通于骊姬。姬欲害申生，而难里克。乃饮里克酒，中饮，优施起舞曰：'暇豫之吾吾，不如乌乌。人皆集于菀，己独集于枯！'"
《孟子·离娄》引《孺子歌》曰：

沧浪之水清兮，可以濯我缨；沧浪之水浊兮，可以濯我足。

这两首歌前者约在鲁闵公时（前六五〇顷），后者约在鲁哀公时（前四九〇顷）；前者中间杂有四言，后者句尾缀有"兮"字，这仍是没有成功的五言诗。不过沧浪歌的"兮"字本来就是表声，可以不算数，看他以"清缨"和"濯足"为韵，而不以"兮"字为韵，就可以明白。所以刘勰说他是五言"全曲"。（《文心雕龙·明诗》）他们虽然还未完全成立，然而却都是独立四句的，较之《诗经》中五言之附属在一篇或一章以内者算是进步。所以这时候可以说五言诗的"婴孩时代"。

五言诗在这种状态之下潜滋暗长，中间经过长时间的演变，到西汉中叶（前一四〇—前五〇），方才慢慢成立。看他在这演进期中还有许多极幼稚的作品：

《汉书·外戚传·吕后传》：高祖崩，惠帝立，吕后为皇太后。乃令永巷囚戚夫人，髡钳，衣赭衣，令舂。戚夫人歌曰：

子为王，母为虏。终日舂薄莫，相与死为伍。相离三千里，当谁使告女？

又《李夫人传》：初，夫人兄延年，性知音，善歌舞，武帝爱之。每为新声变曲，闻者莫不感动。延年侍上，起舞，歌曰：

北方有佳人，绝世而独立。一顾倾人城，再顾倾人国。——宁不知倾城与倾国？佳人难再得！

他们虽然仍未进为完整的五言，然而文艺的进步却是显然看得出的。况且李歌的"宁不知"三字与后来词曲中的衬字相同，故即认他为完全的五言也未尝不可。

五言诗到此时已经酝酿了几百年了，这不长进的孩子也应该成人了。（《史记·项羽本纪》《正义》引《楚汉春秋》所载《虞美人歌》，四句皆五言。但刘勰叙述五言诗的源流，未曾提及。唐人所引，或出依托，故不取。）所以这时候五言诗是终于要成立的了。试看《汉书·贡禹传》引俗语曰：

何以孝弟为？财多而光荣；何以礼义为？史书而仕宦；何以谨慎为？勇猛而临官。

又《五行志》也载有成帝时一首歌谣：

> 邪径败良田，谗口害善人。桂树华不实，黄雀巢其巅。故为人所羡，今为人所怜。

这两首，前者班氏只说是俗语，所以他仅具五言的形式，而毫无文学的趣味，连押韵也不很讲究；后者则形质都备，已经是正式的五言诗了。（《汉书·酷吏传》《尹赏歌》亦五言。）但在这里我们应该特别注意的就是他们都是民谣。成帝时已有此种五言形式的歌谣传诵人口，则其发生的时代当必更早可知；民间既已有此歌谣，其直接间接影响于文人的作品必大。所以《汉铙歌十八曲》（见《宋书·乐志》）中便有宣帝时的《上陵》一诗，其中有很成熟的句子。

例如云：

> 上陵何美美！下津风以寒。问客从何来？言从水中央。桂树为君船，青绿为君筦，木兰为君棹，黄金错其间。……甘露初二年，芝生铜池中。仙人下来饮，延寿千万岁！

这还不算很好的五言诗吗？至其后班婕妤的《纨扇诗》（一作《怨歌行》）那更不用说了。

所以西汉中叶的时候，便是五言诗的"成年时代"。

我们既明白五言诗有这么一段长久的历史，那么他成立于西汉，不但是极可能，而且是文学进化史上必然的趋势。因此，《古诗十九首》中的一部分和李陵等的五言诗也用不着怀疑了（说详下）。同时对于建安时五言诗暴兴的怀疑也涣然冰释了。

二 《古诗十九首》的时代

《古诗十九首》是何时产品，在梁代已不能明。所以昭明编《文选》时，把他们统题作"古诗"。但与他同时的刘勰却在《文心雕龙·明诗》里说："古诗佳丽，或称枚叔。"故徐陵《玉台新咏》便把《西北有高楼》、（按蔡宽夫《诗话》误为《西北有浮云》）《东城高且长》、《行行重行行》、《涉江采芙蓉》、《青青河畔草》、《兰若生春阳》、（按一作《兰谷生春风》，此诗《文选》不载）《庭前有奇树》、《迢迢牵牛星》、《明月何皎皎》等九首题为枚乘所作。由此可知六朝人直承认《十九首》中有西汉人的作品。刘勰又说："《孤竹》一篇，则傅毅之词"。（按《玉台新咏》题为《古诗》）而李善《文选注》也说："诗云'驱马上东门'，又云'游戏宛与洛，'此则辞兼东都，非书乘作明矣。"钟嵘《诗品》也说《去者日以疏》诸首，旧疑是建安中曹王所制。王世贞《艺苑卮言》又谓其中杂有张衡蔡邕之作。由此又可知后人认为《十九首》中有许多是东汉的东西。

蔡宽夫《诗话》谓李善所指出的"驱马上东门"，"游戏宛与洛"两句虽不免有东汉人作的嫌疑，然而都不在《玉台新咏》题为枚乘所作八首之内，意思似是相信徐陵所说为可靠，所以他说："陵或得其实。"后来朱彝尊在他的《书玉台新咏后》里更说："《古诗十九首》，以《玉台新咏》勘之，枚乘诗居其八。《驱马上东门行》载乐府《杂曲歌辞》，其余六首，《玉台》不录。就《文选》本第十五首而论，'生年不满百，长怀千载忧；昼短苦夜长，何不秉烛游？'则《西门行》'古辞'也。'古辞''为乐当及时，何能生愁怫，当复待来兹？'而《文选》更之曰：'为乐当及时，何能待来兹？''古辞''贪财爱惜费，但为后世嗤；'而《文选》更之曰：'愚者爱惜费，但为后世嗤。''古辞''自非仙人王子乔，计会寿命虽与期。'而《文选》更之曰：'仙人王子乔，虽可以等期。'裁剪长短，而作五言；移易其前后，杂糅置《十九首》中；没枚乘等姓名，概题曰《古诗》。要之皆出《文选》楼中诸学士之手也。徐陵少仕于梁，为昭明诸臣后进，不敢明言其非；乃别着一书，列枚乘姓名，还之作者，殆有微意焉。"这话虽不免武断，然而也相信徐陵所题是可靠的。所以后来陈沆作《诗比兴笺》便把枚乘生平的事迹一一附会到那九首诗上去。

不过假使他们都有确实的证据，明白指示我们，那么五言诗成立的时代自然不成问题。可是那些主观的见解是不能做事实的根据的，所以我们暂时还不能遽下断语。好在我现在要讨论的不是那九首或《十九首》全部的作者问题，而是《十九首》中有无西汉作品的问题；换句话说，就是五言诗是否成立于西汉的问题。所以不妨再从那《十九首》中寻找西汉时代的五言诗。

近来有许多人咬定《古诗十九首》全是东汉和东汉以后的产品的，而日人铃木虎雄氏更说我国五言诗的成立是在后汉章和之际。这话我却以为极有商榷之必要。试看《文选·古诗》第七首云：

　　明月皎夜光，促织鸣东壁。玉衡指孟冬，众星何历历！白露沾野草，时节忽复易。秋蝉鸣树间，玄鸟逝安适？昔我同门友，高举振六翮。不念携手好，弃我如遗迹。南箕北有斗，牵牛不负轭。良无盘石固，虚名复何益！

　　李善注引《春秋纬·运斗枢》曰："北斗七星，第五曰玉衡。"又引《淮南子·时则训》曰："孟秋之月，招摇指中。"又说："上云促织，下云秋蝉，明是汉之孟冬，非夏之孟冬矣。《汉书》曰：'高祖十月至霸上，故以十月为岁首。'汉之孟冬，今之七月矣。"按李善此注，最为精确，无论如何都不能推翻他。考《春秋说题》辞云："促织为言，趣织也。织兴事遽，故趣织鸣，女作兼。"又《春秋考异邮》云："立秋，促织鸣，女工急，故促之。"《诗纬泛历枢》亦云："立秋促织鸣，女工急促之候也。"因此我们知道促织鸣的时候是在秋天。所以这诗下文便接着秋景来写：白露也降了，秋蝉也叫了，燕子也不知飞到那里去了。《李善注》又引《礼记》曰："孟秋，寒蝉鸣；仲秋，玄鸟归。"且说："复云秋蝉玄鸟者，此明实候，故以夏正言之。"这本是一个铁案如山，不可动摇的判断。

　　但此诗明是描写秋季景象，何以又说"玉衡指孟冬"呢？现在再把李善的话引申来说。三代秦汉历法，代有不同。《史记·历书》："昔自在古历，建正作于孟春。"司马贞《索隐》云："案古历者，谓黄帝调历以前，甲上元，太初等历皆以建寅为正谓之孟春也。"这是说以正月为岁首。正月为寅月，故又称建寅。夏代用之，故又称夏正。其后殷以夏历十二月为岁首，十二月为丑月，是谓建丑。周以夏历十一月为岁首，十一月为子月，是谓建子。秦以夏历十月为岁首，十月为亥月，是谓建亥。汉初承秦制，仍以建亥之月为正月；所以那时候的汉历就是秦历。兹列一秦夏历对照表如下：

	春			夏			秋			冬		
夏历（建寅历）	孟春	仲春	季春	孟夏	仲夏	季夏	孟秋	仲秋	季秋	孟冬	仲冬	季冬
	寅	卯	辰	巳	午	未	申	酉	戌	亥	子	丑
	正月	二月	三月	四月	五月	六月	七月	八月	九月	十月	十一月	十二月

	夏			秋			冬			春		
秦历（建亥历）	孟夏	仲夏	季夏	孟秋	仲秋	季秋	孟冬	仲冬	季冬	孟春	仲春	季春
	寅	卯	辰	巳	午	未	申	酉	戌	亥	子	丑
	四月	五月	六月	七月	八月	九月	十月	十一月	十二月	正月	二月	三月

从上表看来，秦历所谓孟冬，实际上相当于夏历的孟秋；即秦历十月，相当于夏历七月。然后知道诗中说促织鸣时玉衡星正指于孟冬，是据秦历而言。及汉武帝太初元年（前一〇四），才改秦历，恢复夏历。故知此诗必在太初以前作

的。若在太初以后的孟冬，霜也降了，岂但白露？燕子也早走了，还说促织和秋蝉在唱歌，岂非梦话？（按《东方杂志》二十三卷二十号朱偰的《五言诗起原问题》一篇曾据李注以驳铃木氏之论，可以参看）

所以我认定这《明月皎夜光》一首的确是西汉时代的产物。这便是五言诗成立于西汉的确证。（顷又见友人张君为骐的《古诗〈明月皎夜光〉辩伪》一文载在《东方杂志》，与鄙见不合，暇时再讨论。）

又看他第十三首云：

> 驱车上东门，遥望郭北墓。白杨何萧萧，松柏夹广路！下有陈死人，杳杳即长暮。潜寐黄泉下，千载永不寐。浩浩阴阳移，年命如朝露。人生忽如寄，寿无金石固。万岁更相送，圣贤莫能度。服食求神仙，多为药所误。不如饮美酒，被服纨与素。

上东门究竟在什么地方呢？关于这问题自来有两种不同的意见：

（一）认为在长安者。

> 张庚《古诗解》引睢阳吴氏曰："上东门，长安东门名。郭北，西都之北郭，非东都之北邙也。"（梁章钜《文选旁证》二十五引）

（二）认为在洛阳者。

> 李善《文选》《阮籍咏怀诗注》引《河南郡图经》云："东有三门，最北头曰上东门。"孙𫓧说："此亦是东都诗。郭北墓正是北邙。"（《文选旁证》二十五）朱琦说："案诗所言，非泛指。盖洛阳北门外有邙山，冢墓多在焉。则此谓即北邙山之墓矣。"又说："上东门乃洛阳之门。……长安东面三门，见水经注，无上东门之名。"（文选集释十七）

主张上东门在长安者，意思是认定此诗为西汉产品；主张在洛阳者，则直谓是东汉时诗。因为西汉都长安，其时长安最盛，阔人也最多；其后东汉都洛阳，所以一般王侯将相，官僚政客们又集中到洛阳来；诗人在那繁盛的都城外，忽然抬起头，看见那一丛丛无数荒坟，心里好不难过；于是触物兴感，提起嗓子高唱着道："人生忽如寄，寿无金石固。万岁更相送，圣贤莫能度。"这正如现在政治的中心移到南京来，诗人偶然跑到首都，假使有了感触，再也不会说"步出广渠门，遥望东郭墓"了。所以西汉人常说长安，东汉人常说洛阳，差不多成了一个惯例。关于这一点我们是可以承认的。

今按阮籍《咏怀诗》有几句摹仿此诗云："步出上东门，北望首阳岑。上有采薇士，下有嘉树林。"又云："朝出上东门，遥望首阳墓。"因此可以知道上东门附近原来有夷齐兄弟隐居采薇的首阳山；而且相距必不甚远，才可说得上"望"。所以我们如果要断定这上东门的所在，应该先确定他们隐居采薇的首阳山究竟在那里。如今详考载籍，首阳山共有五个：

（一）《论语季氏》何晏注引马融曰："首阳山在河东蒲阪县，华山之北，河曲之中。"（按马融此说最早。《史记·伯夷传》《正义》引同。）

（二）曹大家《幽通赋》注云："陇西首阳县是也。今陇西亦有首阳山。"

（三）戴延之《西征记》云："洛阳东北首阳山有夷齐祠，今在偃师县北。"（按：《吕氏春秋》高诱注及《后汉书·范滂传》注并同。李善注《古诗十九首》已谓此辞兼东都，故《咏怀诗》注亦引河南郡界簿城东北十里有此山，以符其说。）

（四）孟子："伯夷避纣，居北海之滨。"其地亦有首阳山。

（五）许慎《说文》云："首阳山在辽西。"

以上五个首阳山都有夷齐的传说，正如上海的陆稿荐和汉口的老九一样，到处都是，究竟那一家是真正的呢？于是又有许多不同说法：

（一）王应麟说："石曼卿诗曰，'耻生汤武干戈日，宁死唐虞揖让区'，谓首阳山在河东蒲阪，乃舜都也。余尝考之曾子书，（按谓《大戴礼·曾子制言中》）以为夷齐死于沟浍之间，其仁成名于天下，又云："二子居河济之间。"则曼卿谓首阳在蒲，为得其实。（《困学纪闻》七）这是用第一说。阎若璩《四书释地》有赞成此说的倾向。

（二）颜师古说："伯夷歌登彼西山，则当以陇西者为近是。"（汉书王贞两龚鲍传注）这是用第二说。

（三）宋翔凤说："今统核数说，论语"伯夷，叔齐饿于首阳之下，"断在洛阳东北。按《元和郡县图志》："河南府偃师县首阳山在县西北二十五里，盟津在县西北三十里。武王伐纣，夷齐叩马而谏，正当在盟津。后隐于首阳，当不甚远。……《大戴礼·曾子制言中》云：'昔者伯夷叔齐死于沟浍之间，其仁成名于天下。夫二子者，居河济之间。'《水经》：济水南当巩县北南入乎河。"巩与偃师相去数十里，当济水入河处，故云河济之间。《水经注》：'河水东迳洛阳县北，又东经平县（按即偃师县）故城北，南对首阳山春秋所谓首戴也。'"（《四书释地辩证》）这是用第三说。马瑞辰《毛诗传笺通释》有赞成此说的倾向。

（四）金鹗说："《曾子制言中篇》云，'夷齐居河济之间。'《庄子·让王篇》云，'夷齐北至于首阳之山，遂饿而死。'言北至于首阳，则首阳当在蒲阪之北；雷首南枕大河，不得言北也。况《论语》言首阳之下，是首阳二字名山，非言首山之阳也。蒲阪雷首山一名首山，不名首阳，则谓首阳在蒲阪者非也。唐国即晋国；晋始封在晋阳，即夏禹都。至穆侯迁于翼，在今平阳。献公居绛，亦属平阳。诗所咏首阳，即夷齐所隐之首阳也。

平阳为尧都，又黄帝所葬，二子所愿居。其地近河济，又在蒲阪之北，与曾子，庄子所言皆合，但非在河济之间。意二子先居于河济，后乃隐于首阳。"《史记》云：'武王东伐纣，夷齐叩马而谏。'盖在孟津之地；孟津正当河济之间，是夷齐去周，尚未隐首阳，而居于河济之间也。又云：'武王已平殷乱，天下宗周。夷齐耻之，隐于首阳山，采薇而食，遂饿而死。'是武王克商之后乃隐于首阳山也。故曾子言居河济之间，而不言隐居首阳，庄子言北至于首阳，明自河济间而北去也。首阳之在平阳可无疑矣。"（《求古录》）这也是用第一说而小变之。陈奂《毛诗传疏》赞同此说。以上四说归纳一下，可分为三类：

A 首阳山——在今山西。

B 首阳山——在今河南。

C 首阳山——在今甘肃。

前面所引的五处首阳山，实际上只有这三处须得讨论。因为孟子"北海之滨"只是一句空话；而现在《说文》"山部"乃是说峋山在辽西，《广韵》引《说文》同，并无"首阳山在辽西"的话。（《汉志》"辽西郡令支有孤竹城，伯夷叔齐国"，盖涉此而误）这话宋翔凤已经说过了。现在再让我们在这三座首阳山中选择最适当的一座。

今按颜师古根据《采薇歌》"发彼西山"一语来断定首阳山当在陇西，但采薇歌恐系后人伪托的，不可为据。（歌为骚体，殷周之际尚无。）即使可信，也不能断在陇西。因为东西的方位不是绝对固定的，甘肃的陇西对河南固然在西方，山西的蒲阪也是在西方，若就山东而言，河南又在西方。所以方位是随标准为转移的。而且古人诗文随意起兴的本很多：例如《诗经》云，"彼美人兮，西方之人兮！"试问这西方当在那里？《古诗》，"南山有鸟，北山张罗"。试问这南山和北山又在那里？李延年歌"北方有佳人"，陶渊明诗，"东方有一士"，试问这东方和北方又在那里？若依琴操，此歌"西山"作"高山"，那更不用说了。所以颜师古谓首阳山当在陇西，是绝无根据的。

又按《大戴记》言夷齐居河济之间，在今河南偃师县附近。而《史记》言武王东伐纣，伯夷叔齐叩马而谏。大概周师东渡孟津，经过他们居地，才有叩马而谏的机会。而《元和郡县志》，谓首阳山在偃师县西北二十五里，在孟津三十里，相去仅五里。他们如真义不宗周，也决不会隐居在这去周师集中的地点极近的五里路以内。且与庄子北行的文不合，因为他们叩马的地方若在孟津，则偃师的首阳山是在孟津西南；若叩马在渡河以后，其路线正向东北出发，偃师当更在西南，何得说"北行"呢？所以洛阳和偃师附近的首阳山也不对。

考《诗经·唐风·采苓》云："采苓采苓，首阳之巅。"此为首阳山见于经传的最早记载。唐本晋国，在今山西，是首阳之在山西已无疑问。所以孔疏亦引马融说，以为在河曲之内。其地在河济西北，去昔居稍远，地又幽僻，（本毛传说）极合避世避地之义。故自何晏以下，多据马说；因为汉儒注书，最重征实；而时代亦较古，故其说亦较为可信。所以我断定真正的夷齐隐居采薇的首阳山是在山西的蒲阪，即今山西永济县治。其余都是不相干的冒牌货。（金氏谓当在山西平阳。但平阳本无首阳山，不可信，仍当以马融说为是）

蒲阪在长安东北不远，故阮诗所说的上东门，必指长安的上东门，他说出上东门而北望首阳，自然是极合的了。所以"古诗"中的上东门决不是洛阳的上东门。我们统观全诗，纯系感慨人生的寿命短促，荣枯无定，与下首"出郭门直视，但见丘与坟"数语大意相同。

大概那时西京人士目睹长安城中许多显达的都物化了，贵盛的也衰落了，于是即事起兴，因物兴感，偶然跑到上东门，看见那郭外荒冢累累，不禁想起那荒冢里面的"陈死人"了。所以才有这么一首"薤露"，"蒿里"式的挽歌。阮籍咏怀诗云："西游咸阳中，赵李相经过，娱乐未终极，白日忽蹉跎"，杜甫佳人云："关中昔丧乱，兄弟遭杀戮。官高何足论，不得收骨肉"！真是千载而下，感慨相同。

现在再看诗中有"服食求神仙，多为药所误"两句，可知那时候又是一个神仙思想极发达的时代。但近来有人说这服食求仙的风气是在东汉时才盛行的，他引《典论》，《博物志》等书所载方士郄俭，左慈等有辟谷术，食茯苓，饮寒水等事作证，断定这诗是出于东汉末年。

其实这是一个很大胆的武断。让我再把东汉以前关于服食求仙的故事来叙述一下：

晏子春秋杂篇下载齐景公问晏子道："子之道若此其明，亦能益寡人之寿乎？"按齐景公希望加寿，便是怕死的动机，也就是求神仙的出发点。所以左传又载他问晏子道："古者不死，其乐若何"？试看春秋时便有人希望不死，也可想见我国人神仙思想发生的早了。

再看《战国策·楚策》里记的一段故事：

> 有献不死之药于荆王者，谒者操以入。中射之士问曰："可食乎"？曰："可"。因夺而食之。王怒，使人杀中射之士。中射之士说王曰，"臣问谒者，谒者曰，'可食'，臣故食之；是臣无罪，罪在谒者也。且客献不死之药，臣食之而王杀臣，是死药也！"王乃不杀。

从这段很滑稽的记载里我们便知道战国时就有人爱吃不死之药的事了。

还有一位人人都晓得的秦始皇。他是一个最怕死不过的皇帝。《史记·秦始皇本纪》说：

> 三十五年，卢生说始皇曰："臣等求芝药，仙者尝弗遇。类物有害之者。……愿上所居宫毋令人知，然后不死之药殆可得也。"

可笑一位盖世英明的秦始皇，竟为了想"长生久视"的缘故，给方士们骗得小孩子似的。所以二十八年，他竟派了徐市带领几千童男童女到海中三神山——蓬莱、方丈、瀛洲——去求仙人。结果仙人倒没有找着，却开了我国民族史上殖民海外的先声。

到了西汉，求仙的风气渐渐的盛了，神仙方士也渐渐的多了，王乔，赤松的传说也渐渐的普遍了，一般士大夫——尤其是阔人们也都实行那求仙修道的法子了。所以《史记·留侯世家》载张良也想弃人间，从赤松子游。并且学辟谷，道引轻身之法。而伪托的宋玉《高唐赋》也说："有方之士，羡门，高谿，上成郁林，公乐聚谷"，又说："延年益寿千万岁"，伪托的《远游》也说：

> 闻赤松之清尘兮，愿承风乎遗则。
> 贵真人之休德兮，美往世之登仙。

又说：

> 奇传说之托星辰兮，羡韩众之得一。……
> 轩辕不可攀援兮，吾将从王乔而娱戏。

又说：

> 仍羽人于丹丘兮，
> 留不死之旧乡。

　　此外他还说"餐六气"、"饮沆瀣"、"漱正阳"、"含朝霞"等话，这不明明是说服食修炼的事吗？（以上参看拙著《楚辞概论》）所以后来司马相如作大人赋，迎合汉武帝的心理，更加说得天花乱坠：什么"厮伯侨"、"役羡门"、"睹西王母"一派的鬼话，连篇累牍，说个不休。

　　现在再把《郊祀志》及《列仙传》，《神仙传》，《抱朴子》一类靠不住的书撇开不谈，单就西汉时代关于"不死之药"的记载杂钞几条于后：

　　（一）《淮南子》："羿请不死之药于西王母，姮娥窃以奔月。"

　　（二）《汉书·淮南王安传》："招致宾客方术之士数千人，作为《内书》二十一篇，《外书》甚众；又有《中篇》八卷，言神仙黄白之术。张晏注：黄，黄金；白，白银也。亦二十余万言"。

　　（三）《汉书·王吉传》：吉上疏谏曰，"吸新吐故以练臧，专意积精以适神。于以养生，岂不长哉？大王诚留意如此，则心有尧舜之志，体有乔松之寿。"

　　（四）《汉书·刘向传》："上（按谓宣帝）复兴神仙方术之事；而淮南有《枕中鸿宝苑秘书》，言神仙，使鬼物，为金之术。及邹衍'重道延命方'，世人莫见。而更生父德，武帝时，治淮南狱，得其书。更生幼而读诵，以为奇。献之，言黄金可成。"

　　（五）《诗纬·含神雾》："太华之山，上有明星玉女，持玉浆，得上服之，即成仙。又少室之山巅亦有白玉膏，得服之，即得仙。"

（六）《河图玉版》："少室山，其上有白玉膏，一服即仙矣。"

（七）《孝经授神契》："石润苞玉，丹精生金，椒姜御温，菖蒲益聪，巨胜延年，威喜辟兵。"

我们看了上面所引的许多关于仙药的话，总不该说那服食求仙的风气是在东汉才盛行的罢。那么西汉诗人偶然说两句"服食求神仙，多为药所误。"这又何足为奇？若仅仅举些东汉以后的事来说，那么韩昌黎作《李干墓志》，曾历叙以服食败者数人为戒，而晚年却因服食丧生。所以白乐天诗曰："退之服硫黄，一病讫不痊。"但白乐天虽然这样说，而自己也很欢喜这一套，尝有诗曰："金丹同学都无益，姹女丹砂烧即飞。"其序云："予与故刑部李侍郎早结道友，以药术为事。"我们若据此便说那诗是唐代人作的，岂不笑话？所以我谓这《驱车上东门》一首也是西汉时代的产物——在《古诗十九首》中至少有这两首西汉的五言诗。

三　李陵五言诗辩疑

《文心雕龙·明诗》云："至成帝品录，三百余篇，朝章国采，亦云周备；而辞人遗翰，莫见五言；所以李陵班婕妤见疑于后代也。"可见李陵的诗在六朝时已经有人怀疑过。但刘勰又接着说："按《召南·行露》，始肇半章。孺子沧浪，亦有全曲。'暇豫'优歌，远见春秋。'邪径'童谣，近在成世。阅时取证，则五言久矣。"他的意思是说：西汉以前已经有许多五言诗，李陵之有五言是不足怪的。我们不能因他没有著录，便疑为伪托。又按钟嵘《诗品》也说："逮汉李陵，始著五言之目矣。古诗眇邈，人世难详，推其文体，固是炎汉之制，非衰周之倡也。"可见那时候对于李诗，虽一面尽管有人怀疑，然而一面却也有人极力的相信。

一直到了苏东坡，又把旧事重提。他在《答刘沔书》里说："李陵苏武赠别长安，而诗有江汉之语……正齐梁间小儿所拟作，决非西汉人，而统不悟。"又按《文章流别》云："李陵众作，总杂不类，殆是假托，非尽陵志。至其善篇，有足悲者。"《文章流别》的作者挚虞是晋初时人，他虽致疑于李陵的众作，然却很叹赏善篇。今观《古文苑》有李陵《录别诗》八首，不入《文选》，且远不及《文选》数篇，恐出依托。是虞氏所谓"善篇，"必指《文选》所录可知，而其所怀疑者，亦必指《文选》所录以外可知。东坡鄙薄昭明，恣情呵斥，仅仅拿苏武诗中"俯观江汉流"一句来做他们伪托的证据，本是极卤莽的武断。因为他们是否为长安赠别之作，却很难言。蔡宽夫《诗话》云："五言始于苏李，今所见惟文选中七篇尔。世或疑武诗"俯观江汉流，仰视浮云翔"，以为不当有江汉之言，遂疑其伪。此但注者浅陋，直指为使匈奴时作；故人多惑之，其实无据也。安知武未尝至江汉耶？"这样看来，东坡的话简直不能成立。即使我们退一步承认这说，但用严密的考据方法来讲，那"江汉"一语乃在苏武诗中，与李陵的作品有什么相干？

自后洪迈，顾炎武诸人更咬定李陵诗不是汉人所作，他们又都举出一个证据来，就是诗中"独有盈觞酒"一句的"盈"字。因为这"盈"字触犯了汉惠帝的讳，李陵是武帝时人，决不会这样的胡涂失检。洪氏说："予观李诗云，"独有盈觞酒，与子结绸缪"。"盈"字正惠帝讳。汉法触讳者有罪，不应陵敢用之。益知坡公之言为可信也。"（《容斋随笔》十四）顾氏说："汉孝惠帝讳盈，而《说苑·敬慎篇》引《易》"天道亏盈而益谦"四句，'盈'字皆作'满'，在七世之内故也。……若李陵诗'独有盈觞酒'……在武昭之世而不避讳，又可知其为后人之拟作，而不出于西京矣。"（《日知录》二十三）照他这样说法，李陵的那几首五言诗是千假万假的了。（按钱大昕亦窃取此说，见《十驾斋养新录》十六）然而我们仔细考究一下，却是一个大谬不然。今按西汉帝讳之最常见者是：

（一）高帝——讳邦（之字曰"国"；见荀悦《汉纪》下同）
（二）惠帝——讳盈（之字曰"满"）
（三）文帝——讳恒（之字曰"常"）
（四）景帝——讳启（之字曰"开"）
（五）武帝——讳彻（之字曰"通"）

《说苑·敬慎篇》引《易》曰："天道亏盈而益谦；地道变盈而流谦；鬼神害盈而福谦；人道恶盈而好谦。"（按是篇引此凡两见）四个"盈"字都改作"满"字，固然是为避讳起见；但韩婴为文景时人，（文帝时为博士，景帝时为常山太傅）更在刘向之前，而他的《韩诗外传》卷三也引这四句，却明明不避"盈"字的讳。又《韩诗外传》卷八引传曰："思齐则成，志齐则盈，"这也没有避讳。不但《韩诗外传》如此，就是武帝时淮南王的《淮南子》也是如此，例如《原道训》云："原流泉浡，冲而徐盈"，（按此语本篇两见）又云："卷之不盈于一握"，又云："夫临江而钓，旷日而不能盈罗"，又云："处高而不机，持盈而不倾"，又《俶真训》云："盈缩卷舒，与时变化"，又引《诗》云："采采卷耳，不盈顷筐"，又《修务训》云："是故田者不强，囷仓不盈"，又《泰族训》云："天地之道，极则反，盈则损。"淮南王触犯了祖宗的讳也不知多少次数了。又不但《淮南子》如此，就是《说苑·敬慎篇》里同时也有不避讳的，例如说："日中则昃，月盈则食。天地盈虚，与时消息。"又说："调其盈虚，故能长久也。"又不但《说苑》如此，就是与他同一编者的《新序》也是如此，《新序·杂事第五》云："容貌充盈，颜色发扬"，又云："遂以自贤，骄盈不止。"

可见西汉时在文字上对于帝讳之避与不避，是没有关系的。

我们再看《盐铁论·力耕篇》两引《诗云》：

> 百室盈止，妇子宁止。

又《非鞅篇》云："自天地不能两盈，而况于人乎？"又《褒贤篇》云："今举无而为有，虚而为盈，布衣穿履，深念徐行，若有遗亡，非立功成名之士，而亦未免于俗也。"又《诏圣篇》云："劓鼻盈蔂，断足盈车。"《盐铁论》的作者桓宽是宣帝时人，也在刘向之前，而也敢屡触帝讳；可见那时对于避讳一事，实在没有后世那么重要。

以上所举的反证，只限于惠帝一讳的。此外关于其它诸帝的讳不避的还很多。《韩诗外传》卷六引《诗》曰：

> 人之云亡，邦国殄瘁。

又引《诗》曰：

> 邦国若否，仲山甫明之。（按此又引见卷八）

这又触犯高帝的讳了。然而我们还可以说这两个"邦"字是没有法子避的，因为"邦"字即变为"国"字，而那两句诗又恰恰是"邦国"二字相连成文，故不得不仍用原字，方成文法。

至于卷八引《诗》曰：

> 周邦咸喜，戎有良翰。

卷九两引《诗》曰：

> 邦之司直。

又引《诗》曰：

> 彼已之子，邦之彦兮。

这几个"邦"字都可以改，而都不改。又卷八引《易》曰："不恒其德，或承之羞。"而《淮南子·时则训》云："中央之极，自昆仑东绝两恒山。"这又触犯文帝的讳了。又《韩诗外传》卷七载孔子告弟子曰："丘将启汝"，这又触犯景帝的讳了。此外在那时的韵文中还有许多同样的例子，例如《汉书·韦贤传》韦孟《讽谏诗》云：

> 总齐群邦，以翼大商。

又云：

> 王赧听潜，实绝我邦。
> 我邦既绝，厥政斯逸。

又云：

> 邦事是废，逸游是娱。

又在《邹诗》云：

> 诵习弦歌，异于他邦。

又云：

> 祁祁我徒，负戴盈路。

班婕妤《捣素赋》云:

> 怀百忧之盈抱,空千里兮饮泪。

枚乘《柳赋》云:"于是罇盈缥玉之酒,爵献金浆之醴。庶羞千族,盈满六庖。"(《古诗十九首》的《青青河畔草》一首有"盈盈楼上女"一句,《迢迢牵牛星》一首有"盈盈一水间"一句,《玉台新咏》以为都是枚乘作的,或不可靠;但也不能拿"盈"字来作证。)东方朔《七谏自悲》云:

> 凌恒山其若陋兮,聊愉娱以忘忧。

庄忌《哀时命》云:

> 举世以为恒俗兮,固将愁苦而终穷;
> 幽独转而不寐兮,惟烦懑而盈匈。

淮南王安《屏风赋》云:

> 天启我心,遭遇征禄。

邹阳《酒赋》云:

> 仓风莫预,方金正启。

又云:

> 清醴即成,绿瓷即启。

这些帝讳他们都不忌避;他们何尝不在七世以内? (惟成帝妃班婕妤恰恰七世)然而都未闻得什么罪。

现在广引的反证也够了,再也不必多举了,且把两汉避讳的律例来解释一下:据我的推想,汉讳在文字上大概可以不避,因为古人本有"临文不讳"一条例，但在刻石上，姓名上，地名上，或公文上，却须更改。例如《熹平石经》：《尚书》曰"安定厥国"，《论语》曰"国君为两君之好"，"何必去父母之国"，《张迁碑》引《诗》云："周虽旧国，其命维新。"这虽过了七世，而或限于功令，不能不避。又如高后名雉，因呼雉为"野鸡"；文帝名恒，改恒山郡为常山郡，恒农郡为宏农郡；景帝名启，改启母石为开母石，启蛰节为惊蛰节，启阳县为开阳县，公牍不得称奏启（见《文心雕龙·奏启》篇）；武帝名彻，改蒯彻为蒯通，"彻侯"为"通侯"；后汉明帝名庄，改庄夫子为严夫子，庄光为严光；诸如此类，不胜枚举。（参看黄本骥《避讳录》）这因为一来口头呼唤，太嫌唐突；二来公牍披阅，触目犯忌的缘故。惟景帝时三茅君名盈，独未见改。至于私人作品之不献于朝廷者，在律决无明文的规定；其有愿意避改的，（如《说苑》引《易》四句及《史记》等书中极少数的字）听其自由，但不避者也不见得要犯法。（《山海经》改夏后启为夏后开，显系刘歆所改的。因他要把这书进呈"御览"，所以非改不可。）

我在上文已经证明《古诗十九首》里有西汉的产品了，并且说明五言诗在西汉极有成立的可能了，为什李陵这么一点文学遗产，还时常有人想抢夺他，真是奇怪！若仅仅因为那个"盈"字，便断定不是他的所有权，我想李陵是一定要抱屈不平，提起诉讼的了。因为韩婴、淮南王、韦孟、庄忌、东方朔、桓宽等都是他的强有力的证人。

原载《武汉大学文哲季刊》1930年4月第1卷第1期

七言诗之起源及其成熟

罗根泽

一　导言

近几年来研究国学的人，肯注意到各个小问题，这是很好的现象。七言诗和五言诗，在中国文学史上似乎有同等的价值，不知怎的五言诗的起源及其成熟，有许多人研究；七言诗的起源及其成熟，独无人探讨？我为了它是文学史上很关重要的问题，所以不揣浅陋的来探讨一下。"起源"二字，普通有两种解释，因之亦有两种用法：一，侧重"源"字，追探某种学术或文艺之渊源；一，侧重"起"字，考订某种学术或文艺之发起——就是产生。现在所谓"起源"是兼有二义的，是既追探七言诗的渊源，又考订七言诗的产生的。所以这一篇文字的标题，如要更明显些，应当题作"七言诗之渊源，产生及其成熟。"但如此冗长累赘，而且中间还要加上一个Comma的符号，在中国书中是不惯用的；好在"起源"二字本含有渊源与发起的两种意义，所以便题作"七言诗之起源及其成熟"了。

七言诗的渊源，我以为不外两列种：

1.骚体诗的蝉蜕。
2.七言歌谣的产生。

它的产生，我以为约在：

西汉元、成、哀、平之际 (前48—5)。

它的成熟，我以为约在：

魏末晋初 (约西历260前后)。

这是我自己考索以后所得到的结论，别人自然有许多和此不同的论调，赝伪的古书里也时有伪托的很古的七言诗，不能不略为辨正。所以此文便先考辨伪七言诗，次述骚体诗的蝉蜕，再次述七言歌谣的产生，再次述七言诗的成熟。

二 伪七言诗之考辨

这一段把古书里边不可依据的七言诗，无论有没有人认为是七言诗的起源，都逐条驳正。

(1)《皇娥歌》

天清地旷浩茫茫，万象回薄化无方。
涆天荡荡望苍苍，乘桴轻漾著日傍。

此诗见苻秦时王嘉《拾遗记》卷一，谓作者为少昊母皇娥。但《拾遗记》所记的故实皆荒谬不经，《四库提要》和《简明目录》已经痛斥其妄，故此诗亦便不能信据。

(2)《白帝子歌》

四维八埏眇难极，驱光逐影穷水域，璇宫夜静当轩识。
桐峰交梓千寻直，伐梓作器成琴瑟，清歌流畅乐难极。
沧湄海浦来栖息。

此诗亦见《拾遗记》卷一，即白帝子答皇娥的诗，与《皇娥歌》同样的不可信。

(3)《灵枢经·刺如真邪篇》

凡刺小邪日以大，补其不足乃无害，视其所在迎之界。

凡刺寒邪日以温，徐往徐来致其神。

门户已闭气不分，虚实得调其气存。

顾亭林《日知录》卷二十一有《七言之始》一条说："余考七言之兴，自汉以前固多有之。"他举的例，便是此篇和宋玉《神女赋》的两句，说："此皆七言之祖"。按《灵枢经》是伪书，它的著作年代，即便认为是出于《汉书·艺文志》所载的《内经》十八篇，也不能超过秦汉以上，否则更晚了。顾亭林是鼎鼎大名的考据家，为什么信它，这或者是"智者千虑，必有一失"吧?

(4) 孔子《大道歌》

大道隐兮礼为基，贤人窜兮将待时，——
天下如一兮欲何之!

此诗见孔丛子，说是孔子因楚王使奉金币往聘而作，所以诗选一类的书，或者题名《楚聘歌》 (如《古诗源》)。《孔丛子》旧传是陈胜博士孔鲋撰，其实是晋王肃所伪托，余有《孔丛子探源》 (见《古史辨》第四册上编) 一文论之。故此诗亦因为出处不可靠而失掉可信的价值了。

(5) 孔子《获麟歌》

唐虞世兮麟凤游，今非其时来何求?
麟兮，麟兮，我心忧!

此诗亦见《孔丛子》，又见《论语纬·摘衰圣》。《孔丛子》之不可靠如前述，《摘衰圣》纬书者流，更难信据。——不过据此知此歌产生在东汉，最早不能超过西汉之末，因为纬书起于哀平之际，张衡已经说过了。

(6)《诗经》

明陈懋《仁文章缘起注》说："《周颂》'学有缉熙于光明'，七言之属也。"

沈德潜《说诗晬语》卷上说："三百篇中，四言自是正体……至'父曰嗟予子行役'，'以燕乐嘉宾之心'，则为七言。"

摘《诗经》单句认为是七言诗者很多，不只陈、沈两人，为节省篇幅，不一一征引。有一两句的七言句子，羼在杂言诗里，不能说便是七言诗，因为所谓七言诗也者，必须通篇是七言句子，最低也须以七言句子为主体。

（7）《老子》

《日知录》《七言之始》条，黄叔琳注："杨氏曰《道德经》已有之，如：'视之不见名曰希，'是也。"

《诗经》中的一两句的七言，我们还不敢认为是七言诗，何况《老子》呢?

（8）宁戚《饭牛歌》

明徐师曾《文体明辨》说："按本朝徐祯卿云：'七言沿起，咸曰柏梁，然宁戚饭牛，已肇《南山》之篇矣。'

按《饭牛歌》各书所载不同。《史记·邹阳传》《集解》引应劭注，《孟子疏》引《三齐记》并作：

南山粲，白石烂，生不逢尧与舜禅。
短布单衣适至骭，从昏饭牛薄夜半，
长夜漫漫何时旦?

《文选》萧赋注引《淮南子》则作：

出东门兮厉石班，上有松柏青且兰 (a)。
麓布衣兮缊缕，时不遇兮尧舜主。
牛今努力食细草，大臣在尔侧，吾当与尔适楚国。
(a) 应依杨慎《风雅逸篇》引刘向《别录》作闲。闲，美也。

《艺文类聚》四十三则作：

沧浪之水白石粲，中有鲤鱼长尺半，豰 (a) 布单衣裁至骭。
黄犊上坂且休息，吾将舍汝相齐国。
(a) 疑为粗之音讹。

《三齐记》已佚，今本《淮南子》并无此文。《太平御览》五百七十三亦引《淮南子》载此歌，其词又略同《三齐记》，与《文选》注所引，完全不同。考《吕氏春秋·举难篇》，《淮南子·道应训》并载宁戚饭牛事，但仅言扣牛角而歌，并无歌词。《后汉书·马融传》注引《说苑》说："宁戚饭牛于康衢，击车轮而歌《硕鼠》。"高诱《吕氏春秋注》也说是"歌《硕鼠》也。"并且将《诗经·硕鼠》全文录在注里。高诱也曾注过《淮南子》，假使淮南子载有歌词，高诱那能不知道，而将不相干的《硕鼠》附上去?况说《淮南子·道应训》明只有饭牛的故事，并无饭牛的歌词呢? 宁戚所歌的是否《硕鼠》虽然未敢确定;但《说苑》作者 (旧说《说苑》为刘向撰，误，详《图书馆学季刊》第四卷第一期拙著《〈新序〉、〈说苑〉、〈列女传〉不作始于刘向考》) 和高诱没有见过"南山白石"之词，是确有佐证的。而且宁戚饭牛，桓公举以为大夫，根本就是战国的神话，没有史实的价值。春秋初期，纯是贵族政治，那有布衣立谈取卿相的那末一回事?

(9) 百里奚妻《琴歌》

> 百里奚，初娶我时五羊皮。
> 临当别时烹乳鸡，今日富贵忘我为。

此歌见《北堂书钞》一百二十八，《乐府诗集》六十引《风俗通》，今本《风俗通》无此文，所以果否出于《风俗通》，极有问题。就是出于《风俗通》罢，《风俗通》作于汉末应劭，我们也不敢遽信。百里奚以五羊皮要秦穆公，孟子已经说过是"战国好事者所为"了。

(10) 乐师扈子《琴曲》

> 王耶王耶何乖烈，不顾宗庙听谗孽。
> 任用无忌多所杀，诛夷白氏族几灭。

此诗见《吴越春秋》卷二。《吴越春秋》旧传东汉赵晔撰，但其赝伪不实，已经前人论定 (如《四库提要》等书皆有驳斥)，歌词也便不能信据了。

(11) 采葛妇诗

> 葛不连蔓棻台台，我君心苦命更之。
> 尝胆不苦甘如饴，令我采葛以作丝。
> 女工织兮不敢迟，弱于罗兮轻霏霏，号绨素兮将献之。
> 越王悦兮忘罪除，吴王欢兮飞尺书。

> 增封益地赐羽奇，机杖茵褥诸侯仪。
> 群臣拜舞天颜舒，我王何爱能不移。

此诗见《吴越春秋》卷五，与乐师扈子《琴曲》同样不可信。

(12) 越王勾践《河梁诗》

> 渡河梁兮渡河梁，举兵所伐攻秦王。
> 孟冬十月多雪霜，隆寒道路诚难当。
> 阵兵未济秦师降，诸侯怖惧皆恐惶。
> 声传海内威远邦，称霸穆桓齐楚庄。
> 天下安宁寿考长，悲去归兮河无梁。

此诗见《吴越春秋》卷六，其不可信与前二首同。

(13) 宋玉《神女赋》

> 罗纨绮缋盛文章，极服妙采照万方。

顾亭林认此二句为"七言之祖。"但在随便一篇文章里找出一两句的七言句子，我们是无法说它是七言诗的。理由很简单，而且前边也略微说过，用不着再来词费。

(14) 太原谣歌

> 神仙得者茅初成，驾龙上天入泰清；
> 时下玄洲戏赤城，继世而往在我盈。
> ——帝若学之腊嘉平。

此歌谣见史记秦始皇本纪集解，说："骃案，《太原真人茅盈内记》曰："始皇三十一年九月庚子，盈曾祖父濛，乃于华山之中，乘云驾龙，白日升天。先是，其邑谣歌曰……"云云。据司马贞索隐，初成为濛字。《太原真人茅盈内记》现在已经亡佚，说仙说鬼的书，没有可以依据的。

(15) 汉武帝等《柏梁诗》

> 日月星辰和四时。（皇帝）　　　　　骖驾驷马从梁来。(梁孝武王)

郡国士马羽林材。	(大司马)	总领天下诚难治。	(丞相石庆)
和抚四夷不易哉。	(大将军卫青)	刀笔之吏臣执之。	(御史大夫兒宽)
撞钟伐鼓声中诗。	(太常周建德)	宗室广大日益滋。	(宗正刘安国)
周卫交戟禁不时。	(卫尉路博德)	总领从官柏梁台。	(光禄勋徐自为)
平理请谳决嫌疑。	(廷尉杜周)	修饰舆马待驾来。	(太仆公孙贺)
郡国吏功差次之。	(大鸿胪壶充国)	乘舆御物主治之。	(少府王温舒)
陈粟万石扬以箕。	(大司农张成)	徼道宫下随讨治。	(执金吾中尉豹)
三辅盗贼天下危。	(左冯翊盛宣)	盗阻南山为民灾。	(右扶风李成信)
外家公主不可治。	(京兆尹)	椒房率更领其材。	(詹事陈掌)
蛮夷朝贺常舍其。	(典属国)	柱枅欂栌相枝持。	(大匠)
枇杷橘栗桃李梅。	(太官令)	走狗逐兔张罘罝。	(上林令)
齧妃女唇甘如饴。	(郭舍人)	迫窘诘屈几穷哉。	(东方朔)

　　旧题梁任昉的《文章缘起》说："七言诗，汉武帝《柏梁殿联句》"。明陈懋功注说："……故自汉魏六朝下及唐宋以来，迭相师法者，实祖《柏梁》也"。(谢著《中国大文学史》全钞陈说)

　　其实《柏梁诗》的不可靠，顾亭林已经说过。他在《日知录》卷二十一里说："汉武《柏梁台诗》本出《三秦记》，云是元封三年作。而考之于史，则多不符。按《史记》及《汉书·孝景纪》中六年夏四月，梁王薨。《诸侯王表》梁孝武王立三十五年薨。孝景后元年，共王买嗣，七年薨。建元五年，平王襄嗣，四十年薨。《文三王传》同。按《孝武纪》元鼎二年春，起柏梁台，是为梁平王之二十二年，而孝王之薨，至此已二十九年，又七年始为元封三年。又按平王襄元朔中以与太母争樽，公卿请废为庶人，天子曰："梁王襄无良师傅，故陷不义。"乃削梁八城，梁尚余有十城。(原注：《汉书》言削五县，仅有八城。) 又按平王襄之十年，为元朔二年来朝；其三十六年，为太初四年来朝，皆不当元封时。又按《百官公卿表》，郎中令，武帝太初元年更名光禄勋典客，景帝中六年更名太行令，武帝太初元年更名大鸿胪。治粟内史，景帝后元年，更名大农令，武帝太初元年更名大司农。中尉，武帝太初元年更名执金吾。内史，景帝二年分置左内史，右内史。武帝太初元年更名京兆尹，左内史更名左冯翊。主爵中尉，景帝中六年更名都尉，武帝太初元年更名右扶风。凡此六官，皆太初以后之名，不应预书于元封之时。又按《孝武纪》，太初元年冬十一月乙酉，柏梁台灾。夏五月正历，以正月为岁首，定官名；则是柏梁既焚之后，又半岁而始改官名，而大司马大将军青则薨于元封之五年，距此已二年矣。反复考证，无一合者，盖是后人拟作，剽取武帝以后官名及《梁考王世家》乘舆驷马之事以合之，而不悟时代之乖舛也。"

又说："按《世家》梁孝王二十九年 (原注：《表》，孝景七年) 十月入朝，景帝使使持节乘舆驷马迎梁王于阙下。臣瓒曰：'天子副车驾驷马。'此一时异数，平王安得有此？"

顾亭林这一篇辨正的文字，精当异常，不容不信。而近人丁福葆编《全汉三国晋南北朝诗》，据《艺文类聚》和宋本无注《古文苑》，除郭舍人，东方朔以外，皆只注官名，并无人名；第二句之作者梁孝王，亦只作梁王。由是说："按俗本于每句官名之下，妄添人名，以致前后矛盾，顾亭林据所注之名，驳其依托。今据《艺文类聚》及宋本无注《古文苑》，删其添人之人名，仍复旧观，阅者幸勿据俗本添入。"好像没有人名而此诗便可信者然，其实顾亭林所驳斥的大半是官名，不是人名，丁先生未免失检。所以此诗是不可信的，不能说是七言诗的祖师。

(16) 汉昭帝《淋池歌》

近人陈去病《诗学纲要》说："《柏梁诗》每人一句，正如今之联句，并非一人全篇之作；其一人全篇之作，当推汉昭帝《淋池歌》为首。"按《淋池歌》出《拾遗记》，其不可信可知。歌词是：

> 秋素景兮泛洪波，扬素手兮折芰荷。
> 凉风凄凄扬棹歌，云先开曙月低河，
> 万岁为乐莫云多。

辨伪是不愿作而又不能不作的工作，因为辨伪只是破坏，而不辨伪又不能使紫去朱显。上列十六条，或者是赝伪的纯粹七言诗，或者是有人认为是七言诗的起源，所以不能不辨。至于非纯粹七言诗，而又没有人说是七言诗的起源者，如司马相如的《琴歌》，赵飞燕的《归风送远操》……之类，虽为七言，却是骚体，本来也出后人伪托，恕不一一征辨了。

三　骚体诗的蝉蜕

中国诗在周朝以前，只有简单的短句 (详《学文》第五期拙撰《中国诗歌之起源》)。到周朝便由短句变成四言整体诗。到战国时代又由四言整体诗变为骚体诗 (详拙撰《中国诗歌史》)。到汉朝又由骚体诗变为七言整体诗 (这时比七言更盛行的有五言诗)。四言诗增加"兮"字一类的语助词变成骚体诗,骚体诗减去"兮"字一类的语助词变成七言诗。由四言诗变成骚体诗的过程,不在本篇所讨论之内;本篇所讨论者,只是由骚体诗变成七言诗的过程。

　　骚体诗自以所谓《楚辞》为中心。《楚辞》的造句,也不甚一律。有以"兮"字一类的语助词,置于以两句为一联之第一句句尾者;此类,句率伟长。如《离骚》:

　　　　帝高阳之苗裔兮,朕皇考曰伯庸。

有将此类语助词置于以两句为一联之第二句句尾者;此类,句率简短。如《招魂》:

　　　　魂兮归来,入修门些;工祝招君,背先行些;
　　　　秦篝齐缕,郑绵络些;招具该备,永啸呼些。

如《大招》:

　　　　青春受谢,白日招只;春气奋发,万物遽只。

有将此类语助词置于每句句中者。置每句句中者,又有长句短句之别,长句者,如《九辩》第二章:

　　　　悲忧穷感兮独处廓,有美一人兮心不绎。
　　　　去乡离家兮徕远客,超逍遥兮今焉薄?

短句者,如《湘君》:

　　　　鼂骋骛兮江皋,夕弭节兮北渚。
　　　　鸟次兮屋上,水周兮堂下。

　　由骚体所变成的七言,不是由将语助词置于两句之间者所蜕化,也不是由将语助词置于句中之短句者所蜕化，乃是由将语助词置于第二句句尾者，及置于句中之长句者所蜕化。如适才所举的《招魂》和《大招》几句，将句尾的"些"字"只"字去掉，则两句成为一句，《招魂》的几句成为：

> 魂兮归来入修门，工祝招君背先行。
> 秦篝齐缕郑绵络，招具该备永啸呼。

《大招》的几句成为：

> 青春受谢白日招，春气奋发万物遽。

这不是摇身一变，就成为七言了吗？

由将语助词置于句中之长句所蜕化之七言，也很简单，只是省掉句中的虚字而已。如所举的《九辩》第二章，省掉虚字则成为下列的七言：

> 悲忧穷感独处廓，有美一人心不绎。
> 去乡离家徕远客，超逍遥，今焉薄？

就此上之例证视之，由骚体诗变为七言诗，不费吹灰之力，摇身一变而可成。但在骚体诗还有生命的时候，它是抵死不肯转变的。佛说一切流转相，例分四个时期，曰生，住，异，灭。生是现在所说的发生期，住是现在所说的全盛期，异是现在所说的蜕化期，灭是现在所说的衰减期。由骚体变成七言，是异，是蜕化，所以必在骚体诗全盛期以后。

由屈宋时代直至西汉，在中国诗歌史上，都属于骚体诗时期。这一个时期的诗歌，除屈原宋玉几个大诗人外，虽然因为无人编纂记载，大部分都自消自灭，但就可考者而论，凡有生命的诗歌，都是骚体。——征引，未免词费，只将人人共知的几首，拿来作证。在战国之末，有如荆轲的《易水歌》：

> 风萧萧兮易水寒，壮士一去兮永不还！

在楚汉之争时，有如项羽的《垓下歌》：

力拔山兮气盖世，时不利兮骓不逝；
骓不逝兮可奈何，虞兮，虞兮，奈若何！

又如刘邦的《大风歌》：

大风起兮云飞扬，威加海内兮归故乡，
安得猛士兮守四方！

在汉初武昭之时，有如乌孙公主的《悲愁歌》：

吾家嫁我兮天一方，远托异国兮乌孙王。
穹庐为室兮旃为墙，以肉为食兮酪为浆。
居常土思兮心内伤，愿为黄鹄兮归故乡。

又如李陵的《别歌》：

径万里兮度沙漠，为君将兮奋匈奴。
路穷绝兮矢刃摧，士众灭兮名已隤。
老母已死，虽欲报恩将安归？

就中最易变成七言者，莫如乌孙公主的《悲愁歌》，只要去掉 "兮" 字，便是很好的七言诗了。但这些虽有变成七言诗的可能，而终没有变成七言诗。

这时 (武帝时) 有《郊祀歌》十九章，也是大概取法骚体的诗歌，其中有三章已经转变到七言的路上：

(1)《天地》八

千童罗舞成八溢，合好效欢虞泰一。
九歌毕奏斐然殊，鸣琴竽瑟会轩朱。……

(2)《天门》十一

……函蒙祉福常若期，寂漻上天知厥时。
泛泛滇滇从高游，殷勤此路胪所求。

佻正嘉吉弘以昌，休嘉砯隐溢四方。

专精厉意逝九阂，纷云六幕浮大海。

(3) 《景星》十二

……空桑琴瑟结信成，四兴递代八风生。

殷殷钟石羽籥鸣，河龙共鲤醇牺牲。

百末旨酒布兰生，秦尊拓浆析朝酲。

微感心攸通修名，周流常羊思所并。

穰穰复正直往宁，冯蠵切和疏写平。

上天布施后土成，穰穰丰年四时荣。

但不是纯粹的七言诗，是杂言诗中的七言诗句。不过七言诗句占其诗中的重要部分，已有渐进于通体七言的趋势了。日人铃木虎雄在《支那文学研究》卷一《柏梁台之联句》里说："七言诗的起源说，古有晋挚虞《文章流别论》，近有顾炎武、毛奇龄之徒，都上溯《诗经》、《楚辞》，而加以诠索。愚见以为近在汉代。高祖时代唐山夫人的《安世房中歌》的第六章的'大海荡荡水所归，高贤愉愉民所怀。'《郊祀歌》中的《景星》章 (元鼎五年作，西纪前一百十二年) 的'空桑琴瑟结信成，四兴递代八风生，'以下十二句，皆七言。"(按大意译钞) 不知铃木虎雄先生对"起源"二字的界说如何解释?若说这不是纯粹的七言诗，但纯粹的七言诗起源于它，那当然不错;不过不上溯此种不纯粹的七言诗之更早的由来，也是不对的。若说这便是七言诗，则又有点勉强，因为不是通篇七言。

通篇成功七言的，现在可见到的有三批:

(一) 镜铭——汉朝的人，喜欢佩带镜子，镜子上每有祝祷吉祥的铭文。这些铭文，有好多是七言体，虽然没有诗的性灵，没有诗的味道，但在七言诗体的流变上，是不能否认的。并且此种铭文，最足以窥察由骚体蜕变而成的痕迹。

(1) 七言二句者 (只计七言句，不计余句;下仿此):

(a)

尚方作竟真大好，上有山人不知老，目饮玉泉兮。

(b)

□氏作竟真大□，上有山人不知老，渴汲玉泉兮。

(c)

    □□作竟真大江，上有山人不知老，泂汲玉泉兮。

(d)

    券氏作竟真大工，上有山人大吉兮。

(e)

    尚方作竟真大巧，上有山人不老兮。

(f) 富田晋二氏藏四乳"TL"汉有善铜镜

    汉有善铜出丹阳，和已银锡青且明。

        (以上据《乐浪郡时代の遗迹》)

(g) 三羊镜

    三羊作镜大毋伤，令人富贵乐未央。

        (据《汉两京以来镜铭集录》。以下简称《镜录》)

(2) 七言三句者：

(a) 富田晋二氏藏八乳"TLV"汉有善铜镜

    汉有善铜出丹阳，和已银锡清且明，
    左龙右虎主四旁。乐未央。

        (据《乐浪郡时代の遗迹》)

(b) 尚方镜

    上方作竟佳且好，明而日月世少有，
    上有仙人赤松子。

(c) 新莽

    新兴辟雍建明堂，烈于举士比侯王，
    子孙服具治中央。

(d) 铜华镜

炼治钢华清而明，以之为镜宜文章，
延年去不羊，无极而日月之光。

(e) (f) 角王巨灵镜

角王巨灵日有憙，延年益寿去忧 (又一镜作恶) 事，
长乐万世宜酒食，子孙贤，(又一镜作具) 家大富。

(g) 青龙镜

青龙作竟自有常，□保二亲宜侯王，
辟去凶恶迮不羊，乐未央兮。

　　(以上据《镜录》)
(3) 七言四句者：
(a) 关口半氏藏龙虎钱文镜

吾作明竟四夷服，多贺国家人民息，
胡虏殄灭天下复，风雨时节五谷孰。
得天力。

(b) 富田晋二氏藏内行花女十二星镜

炼冶铅华清而明，以之为镜宜文章，
延年益寿辟不羊，与天母极如日光。
长乐未央。

　　(以上据《乐浪郡时代の遗迹》)
(c) 铜华镜

炼冶铜华清而明，以之为镜宜文章，

长年去不羊，无极而日月之光，
千秋万岁乐未央。

(d) 善铜镜

汉有善镜出丹阳，用之为镜青且明，
八子九孙治中央，千秋万岁辟不阳。

(e) 七言镜

来言之始自有纪，炼冶铜锡去其宰，
辟除不羊宜吉市，长葆二亲利孙子。

(f) 七言镜

来言之纪□竟始，炼铜锡，去其宰，
以之为镜宜孙子，长葆二亲乐母□，
寿币金石西王母。 (棠安作)

(g) 青盖镜

青盖作竟自有纪，辟去不羊宜古市，
长保二亲利孙子，为吏高官寿命久。

(h) 张氏镜

张氏作镜四夷服，多贺君家人民息，
官至三公得天福，子孙备具孝且力。

(i) 吴氏镜

吴□作竟时日良，左龙右虎辟不详，
二亲备具子孙昌，寿如金石乐未央。

(j) 吾作镜

吾作佳竟自有尚，工师妙像主文章，
上有古守辟不羊，服之寿考宜侯王。

(k) 新莽

新兴辟雍建明堂，烈于举士列侯王，
将□□尹民□□，诸生万舍左□□。

(1) (m) 朱氏镜

朱氏明镜快人意，上有龙虎四时置，
常柔二亲宜酒食，君宜官秩家大富，
乐未央，宜牛羊。（又一品"乐未央"下，作"富贵昌，与君相保，敝
日月光兮。"）

（以上据《镜录》）

(3) 七言五句者：

(a) 富田晋二氏藏八乳"TLV"尚方镜

尚方作竟真大好，上有仙人不知老
渴汲玉泉饥食枣，浮游天下敖四海，
寿如金石之天保，乐未央。

(b) 富田晋二氏藏八乳"TLV"尚方镜

尚方佳竟真大巧，上有仙人不知老，
渴汲玉泉饥食枣，浮游天下敖四海，
徘徊名山采芝草，年比金石，国之保兮。

（以上据《乐浪郡时代の遗迹》）

(c) 角王巨灵镜

角王巨灵辟不详，仓龙白虎神而明；
赤鸟玄武之阴阳，国实受福家富昌，
长宜子孙乐未央。

(d)(e) 善铜镜

汉有善铜出丹阳，和以银锡清且明，
左龙右虎主四彭，朱爵玄武顺阴阳，
八子九孙治中央。（又一镜善铜作名铜，和以作杂以。）

(f) 尚方镜

尚方作竟真大好，上有仙人不知老，
渴饮玉泉饥食枣，徘徊神仙采其草，
寿敝金石西王母。

(g)(h) 尚方镜

尚方作竟大毋伤，左龙右虎辟不羊，
朱鸟玄武顺阴阳,子孙备具居中央，
长保二亲乐富昌。（又一品"作竟"作"佳竟"，"辟不羊"作"掌四旁"，"顺阴阳"作"利阴阳"。）

(i)(j) 青盖镜

青盖作镜四夷服，多贺国家人民息，
胡虏殄灭天下复，风雨时节五谷孰，
长保二亲得天力。（又一品，与此同，惟"国家"作"君家"。又一品末多"传告后世乐无亟"句。又一骀氏，文同，但改"青盖"作骀氏"，末句"亟"下增"兮"字)

(k) 青盖镜

青盖作竟自有纪，辟去不羊宜古市，
□□□□寿命久，保子宜孙得好 (夺一字)，
为吏高官车生耳。

(1) 青平镜

青平作竟四夷服，多贺国家人民息，
胡虏殄灭天下复，风雨时节五谷孰，
传告后世得天福。

(m) 作佳镜

诈佳镜哉真无伤，左龙右虎卫四彭，
朱时玄武顺阴阳，子孙富贵为侯王，
传称万岁乐未央。

(n)(o) 新银镜

新银治 (又一品作兹) 竟子孙具，多贺君家受大福，
位至公卿修禄食，幸得时年获嘉德，
传之后世乐无极。 (又一品作巫) 大吉。

(p) 尚方镜

尚方作竟真大好，上有仙人不知老，
渴饮玉泉饥食枣，浮游天下敖四海，
寿如金石为国保。

(以上据《镜录》)

(4) 七言六句者：
(a) 角王巨灵镜

角王巨灵日有熹，昭此明镜诚快意，
上有龙虎四时置，长保二亲乐无事，

子孙顺息家富炽，予天无极受大福。

(b) 佳铜镜

汉有佳铜出丹阳，□刚作镜真毋伤，
炼冶银锡清且明，昭于宫室日月光，
左龙右虎主四方，八子十二孙治未央。

(c) 青盖镜

青盖明镜以发阳，揽睹四方昭中央，
朱鸟玄武师子翔，左龙右虎辟不详，
子孙备具居中英，长保二亲乐未尝。

(d) 许氏镜

许氏作竟自有纪，青龙白虎居左右，
圣人周公鲁公子，作吏高迁车生耳，
郡举孝廉州博士，少不努力老乃悔。吉。

(e) 龙氏镜

龙氏作镜四夷服，多贺君家人民息，
胡克除灭天下复，风雨时节 (此下夺二字)
官位尊显蒙禄食，长保二亲乐无已。

(以上据《镜录》)

(5) 七言七句者：
(a) 中西嘉市氏藏龙虎李氏镜

李氏作之竟诚清明，服之富贵寿命长，
左龙右虎扶两旁，朱鸟玄武引阴阳，
单于来臣至汉口，子孙番息乐未央。

(据《乐浪郡时代の遗迹》)

(b) 龙氏镜

龙氏作竟大母伤，亲有善铜出丹阳，
和已昆易清且明，刻画奇守成文章，
距虚辟邪除群凶，除子天禄会是中，
长宜子孙大吉祥。

(据《镜录》)

(6) 七言八句者：
(a) 善铜镜

汉有善铜出丹阳，炼冶银锡清而明，
巧工刻之成文章，左龙右虎辟不羊，
朱鸟玄武顺阴阳，子孙服具居中央，
长保二亲乐富昌，寿如金石之侯 (末少王字)。

(b) 尚方镜

尚方作竟大母伤，巧工刻之成文章，
左龙右虎掌四旁，朱鸟玄武利阴阳，
子孙备具居中央，上有仙人高敖羊，
长保二亲乐富昌，寿如金石为侯王。

(以上拟《镜录》。这些铭文本可以不用全举，但一，全举可以使读者得到更真切的印象；二，《镜录》和《乐浪时代の遗迹》，都是比较难得的书，尤其是研究文学或文学史的人，恐怕从未寓目，全举于此，除作本文的证据以外，不无其他的价值。)

汉镜能以流传到现在者，当然不过沧海之一粟，已经有这多的七言整体的韵语。固然有好多不一定是汉朝的东西，但可确定是汉朝的也不少，如许多首有"汉""新"和"尚方"或"上方"的字样。

这些镜子最早在汉朝什么时候我们不大知道，只知道新莽时代（9—23）

的最多。不过，我们可以推测新莽以前，哀平之间，大概已经有佩镜的风尚，或者已经有七言的镜铭了。七言二句的a，b，c，d，e，五首，末句都以"兮"字收尾。七言五句的b一首，末句也以"兮"字收尾，足证是由骚体蜕化而成。

（二）纬书——汉朝因为方士盛典的缘故，产出了大批的纬书，自然是没有多大价值的。但其中有许多毫无诗意的七言韵语，在考察七言诗体的流变上，却是很有关系的材料。

（1）七言三句者：

（a）

> 帝不先义任道德，王不先力尚仁义，
> 霸不先正尚武功。

（见《论语纬·摘衰圣》）

（b）

> 剡者配姬以放贤，山崩水溃纳小人，
> 家伯罔主异哉震。

（见《诗泛历枢》，据云为《摘雒谣》。）

（2）七言四句者：

（a）

> 三皇设言民不违，五帝画象世顺机，
> 三王肉刑揆渐加，应世黠巧奸伪多。

（见《孝经·钩命诀》，据云为孔子作，实《孝经·钩命诀》作者所伪托。）

（b）

> 高皇摄政总万廷，四海归咏理威明，
> 文德道化承天精，元祚典隆协圣灵。

（见《河图考灵曜》，亦见《龙鱼河图》。《龙鱼河图》廷作庭，理作治。）

谶纬之说，大概起战国时代的燕齐海上方士，但纬书则作于哀平（前6——后5）之际（可参考《东方杂志》第二十一卷第六号陈延杰的《谶纬考》），故此等虽无诗意，却具七言诗式的歌子，也可以约略推定为哀平前后的产物。

(三) 史游《急救篇》——《汉书·艺文志》《六艺略》《小学类》著《急就》一篇，班自注："元帝时，黄门令史游作。"序又说"元帝时，黄门令史游作急救篇。"可见《急就篇》是元帝时代 (前48—前33) 的产物。

此书今本三十四章，末二章王深宁定为后汉人作，王国维先生疑是钟繇所续。除两章外，尚余三十二章，自第八至三十一共二十四章，都是纯粹七言，其余七言句子也很多。但外形虽完备工整，内容则毫无诗意，颇似三家村流行的七言杂字。试举第十九于下 (依王国维校《松江本》)：

> 稻黍秫稷粟麻秔，饼饵麦饭甘豆羹，
> 葵韭葱蓼韰苏姜，芜荑盐豉醯酱浆，
> 芸蒜荠介荣萸香，老菁蘘何冬日藏，
> 梨楠柰桃待露霜，枣杏瓜棣馓饴饧？
> 园菜果蓏助米粮。

第二句饼饵麦饭豆羹，中间添上一个甘字，第五句芸蒜荠介 (即芥字) 荣萸后面添上一个香字，第六句菁前添上一个老字，蘘何 (即荷字) 后添上冬日藏三字；……很明显的有意凑成七言。

镜铭之可考的以新莽时为最多，纬书的写定大部在哀平之际，《急就篇》的作者是元帝时人。我们可以确切的推定西汉之末，元成哀平之际 (前48—5)，这种形式虽俱，内容则无——最低是不高明的七言诗，已经成立。《文选》《思玄赋》李善注曰："刘向七言曰，竭末归来永自疏。"同书《雪赋》李善注又曰："刘向七言曰，时将昏暮白日午，"只言单句，难以窥察它的好坏；但"竭末归来永自疏"，这有诗意，"时将昏暮白日午"，无论如何，不能算内容与形式俱具的诗歌。刘向生于昭帝元凤二年 (前79)，卒于绥和元年 (后8) (据钱穆先生《刘向歆父子年谱》，见《燕京学报》第七期)，他的壮年也正在元成哀平之际，也可以做一个旁证。《汉书·东方朔传》载朔之文辞有"八言七言上下"，晋灼曰，"八言七言诗各有上下篇。"《汉志·诗赋略》没有著录，所以是不是诗歌极有问题，晋灼之言，想亦推测之辞。即是诗歌，也疑惑是骚体式的诗歌。因为东方朔时代，正是骚体诗盛行的时代；不然，东方朔已经有非骚体的七言诗，则东方朔以后，不能一首不见也。

四 七言歌谣的产生

我始终相信无论哲学文学，都是社会的产物；社会若没有这种东西，任凭你是怎样大不了的人，也不能自无使有。哲学思想是时时在社会上流行着的，得着一个机会，叫聪明才智之士注意了，拿来予以理论的根据和系统的组织，便成功一种哲学（自然也有其他的原因）。《庄子·天下篇》论晚周诸子，都说是"古之道术有在于是者"，某某"闻其风而说之，"由是如何如何造成他一家之学，正是这个道理。哲学如此，文学亦然。各种雏形的文艺，都在社会流行着，得到一个机会，叫聪明才智之士注意了，拿来予以更好的修辞和组织（原亦有修辞和组织，不过较幼稚），便成功一种新的文艺。（由此种新的文艺演化而成的明贵的文艺，当然不能一概而论）我久想作一篇《中国文学史上歌谣与诗词的嬗变》，来说明这种情形，因为时间的关系，还没有作讫。约略而言，周代的四言诗歌，源于周民族的四言歌谣（《诗经》之《风》与《南》）；屈宋的骚体诗歌，源于楚民族的骚体歌谣；魏晋的五言诗歌，源于汉代的五言歌谣；五代赵宋的词，源于唐代的杂言歌谣。以此类推，七言诗也当然和歌谣有关。不过古人对歌谣的采辑和保存，不甚注意，其例证找不到很多，只就可考者例举于下：

歌谣的本身，也有嬗变和进步，七言整体的歌谣是从杂言而有七言趋势的歌谣蜕变而成。此种歌谣可考者：

(1) 《薤露》《蒿里》

薤上露，何易晞？露晞明朝还复滋，
人死一去何时归？

蒿里谁家地？聚敛魂魄无贤愚。
鬼伯一向相催促，今乃不得少踟蹰！

《古今注·音乐篇》说："《薤露》，《蒿里》，并丧歌也，出田横门人；横自杀，门人伤之，为之悲歌。言人命如薤上之露易晞灭也，亦谓人死魂魄归乎蒿里，故有二章。……至汉武帝时，李延年乃分为二曲，《薤露》送王公贵人，《蒿里》送士大夫庶人。挽柩者歌之，世呼为《挽柩歌》。"今案《古今注》旧题晋崔豹撰，其实是唐宋以降的伪书，《四库提要》已经有详辩了。乐府歌辞，除郊庙，燕射，舞曲而外，大半是民歌 (入乐时当有润色)，这种民歌，因为叫人爱悦的缘故，每被给以附带的故事 (参拙撰《乐府故事的分析》)。此歌所谓"出田横门人"，所谓"李延年乃分为二曲，"都是不可靠的话。但就故事的给予，我们可以约略的推定其产生年代在西汉中世以前。

(2)《董逃行》

> 吾欲上谒从高山，山头危险大难言。
> 遥望五岳端，黄金为阙班璘，
> 但见芝草叶落纷纷。……

此歌亦被采入乐府，其时代不可确考 (歌谣的年代多不可确考)，但颇疑为西汉产物。吴旦生说："《乐府原题》谓《董逃行》作于汉武之时，盖武帝有求仙之兴，董逃者，古仙人也。……"此当然为推测之辞，但就社会及政治的背景而论，很有几分相像。

(3) 匈奴人歌

> 失我焉支山，令我妇女无颜色；
> 失我祁连山，使我六畜不蕃息。

此歌见《乐府诗集》引唐李吉甫《十道志》。大致言汉武帝元狩二年春，霍去病伐匈奴，过焉支；其夏，又攻祁连山，匈奴人作歌云云。考《汉书·匈奴传》只载过焉支，攻祁连，未言匈奴人作歌，所以此歌未必可信；如或可信，也便是有七言趋势的杂言歌谣。

(4) 上郡民人为冯野王冯立歌

> 大冯君 (野王)，小冯君 (立)，兄弟继踵相因循，
> 聪明贤知惠吏民，政如鲁卫德化钧，
> 周公康叔犹二君。

此歌见《汉书·冯奉世传》。除前两句已经是很完整的七言歌谣。野王与立，皆奉世之子。野王为上郡太守在成帝时，立为上郡太守更在其后，所以此歌的时代约在成帝或成帝以后。

(5)

小麦青青大麦枯，谁当获者妇与姑；丈夫何在西击胡。
吏买马，君具车，请为诸君鼓咙胡。

(6)

城上乌，尾毕逋。公为吏，子为徒。
一徒死，百乘车。车班班，入河间。
河间姹女工数钱，以钱为室金为堂，石上慊慊舂黄粱。
梁下有悬鼓，我欲击之丞相怒。

(7)

茅田一顷中有井，四方纤纤不可整。
嚼复嚼，今年尚可按年铙 (疑为浇)。

(8)

白盖小车何涎涎，河间来和谐，河间来和谐。

此四歌俱见司马彪《续汉书·五行志》，俱为桓帝时童谣。

(9)

天下大乱市为墟，母不保子妻失夫，——
赖得皇甫独安居。

此歌见《东观汉记》，据云因皇甫嵩奏请冀州一年田租，以赡饥民，而百姓歌之。《后汉书·皇甫嵩传》亦载之，说在灵帝改元中平 (184—189) 时，彼处每句第四字后有一"兮"字。

(10)

燕南垂，赵北际，中央不合大如砺，

惟有此中可避世。

此歌见《后汉书·五行志》及《公孙瓒传》，据云为献帝初童谣。
以上六首童谣，虽非整体七言，但都以七言为主。
　　(11) 建安初荆州童谣

八九年间始欲衰，至十三年无孑遗。

此歌见《谣语》引《风俗通义》，今本《风俗通义》已佚。
　　(12)

东方欲明星烂烂，汝南晨鸡登坛唤。
曲终漏尽严具陈，月没星稀天下旦。
千门万户递鱼铃，宫中城上飞乌鹊。

　　此歌见《乐府诗集》卷八十三，当然也是曾经入乐的歌谣。原有附注引
《乐府广题》说：“汉有鸡鸣卫士，主鸡鸣宫外。旧仪宫中与 (疑为舆) 台，并
不得畜鸡。昼漏尽，夜漏起，黄门持五夜，甲夜毕传乙，乙夜毕传丙，丙夜毕
传丁，丁夜毕传戊，戊夜是为五更。未明三刻，鸡鸣卫士起唱。《汉书》曰：
‘高祖围项羽垓下，羽是夜闻汉军四面皆楚歌，’应劭曰：‘楚歌者，《鸡鸣歌》
也。’《晋太康地记》曰：‘后汉固始，路阳，公安，细阳四县卫士习此曲，于
阙下歌之，今《鸡鸣歌》是也。’然则此歌盖汉歌也。”
　　检《史记·项羽本纪》，《汉书·项羽传》都只说：“楚歌，”并无歌词，则
是否《鸡鸣歌》，极难悬断，应劭的话，不知何本。但应劭以前已有鸡鸣歌则毫
无疑义。此歌已经是内容形式毕备的纯粹七言歌，西汉时恐还不能产生，《晋
太康地记》以为后汉之歌，似乎近之。同时我们因为它是内容形式毕备的歌谣，
可以知道在它以前一定有许多较幼稚的七言歌谣。西汉成帝时代的《上郡为冯
野王冯立歌》，便是极有力量的佐证。
　　前边已经说过，古人对于歌谣的采辑和保存，皆不注意，所以古代歌谣，
现在能找到的极少；但姑就找到的十来首而论，亦可确切的知道七言歌谣，在
东汉中世以降 (约西前100年后)，已经成熟。应劭之卒，虽在献帝初年，然灵
帝时，他已经“举孝廉，辟奉骑将家何苗掾。”《鸡鸣歌》在应劭时代已经流
行，则其产生更当在应劭之前。仅此一歌，虽然近于“单文孤证”，但西汉成帝

时已有《上郡为二冯君歌》，桓灵时代的歌谣，就可考者又率以七言为主。还有，汉代尊学尚气节，标榜之风极盛，由是称赞人的谣谚，风起云涌，多不可计，大体都是七言。如《后汉书·郭贺传》曰：

> 厥德仁明郭乔卿，（贺字乔卿）
> 忠正朝廷上下平。

《冯衍传》曰：

> 道德彬彬冯仲文。（衍字仲文）

《胡广传》曰：

> 万物不理问伯始，（广字伯始）
> 天下中庸有胡公。

《杨震传》曰：

> 关西夫子杨伯起。（震字伯起）

《陈蕃传》曰：

> 车如鸡栖马如狗，
> 疾恶如风朱伯厚。（陈留朱震字伯厚）

《党锢传》曰：

> 天下规矩房伯武，（房植字伯武）
> 因师获印周仲举。（周福字仲举）

又曰：

> 汝南太守范孟博，（范滂字孟博）
> 南阳宗资主画诺。
> 南阳太守岑公孝，（岑旺字公孝）
> 宏农成瑨但坐啸。

又曰：

> 天下模楷李元礼，（李膺字元礼）
> 不畏强御陈仲举，（陈蕃字仲举）
> 天下俊秀王叔茂。（王畅字叔茂）

《后汉书·仇览传》曰：

> 父母何在在我庭，化我鸱枭哺所生。

《董宣传》曰：

> 抱鼓不鸣董少平。（董宣字少平）

《任安传》曰：

> 欲知仲桓问任安。（仲桓，安同郡杨厚字）

又曰：

> 居今行古任定祖。（安字定祖）

《戴凭传》曰：

> 解经不穷戴侍中。

《召驯传》曰：

> 德行恂恂召伯春。（驯字伯春）

《许慎传》曰：

> 五经无双许叔重。（慎字叔重）

《范冉传》曰：

> 甑中生尘范史云，（冉字史云）
> 釜中生鱼范莱芜。（冉曾为莱芜长）

《郭宪传》曰：

> 关东觥觥郭子横。（宪字子横）

《逢萌传》曰：

> 避世墙东王君公。（萌同郡友）

《井丹传》曰：

> 五经纷纶井大春。（丹字大春）

《戴良传》曰：

> 关东大豪戴子高。（良字子高）

《太平御览》三百七十引《后汉书》曰：

> 贵戚敛手避二鲍。（鲍永，鲍恢）

《太平御览》六百十五引《东观汉记》曰：

> 说经铿铿杨子行，（杨政字子行）
> 论难僠僠祁圣元。（祁圣元，京兆人。《后汉书·杨政传》只有第一句）

又曰：

> 关东说诗陈君期。（陈嚣字君期）

《事文类聚新集》卷四引谢承《后汉书》曰：

> 治身无嫌唐仲谦。（唐约字仲谦）

《太平御览》四百六十五引谢承《后汉书》曰：

> 苍梧陈君恩广大，（陈君名临，字子然）
> 令死罪囚有后代，德参古贤天报施。

《艺文类聚》四十九引华峤《后汉书》曰：

> 难经仉仉刘太常。（刘恺为太常）

《太平御览》四百六十五引袁崧《后汉书》：桓帝时，朝廷日乱，李膺风格秀整，高自标尚，后进之士升其堂者，以为登龙门。太学生三万余人榜天下士，上称三君，次八俊，次八顾，次八及，次八厨，犹古之八元八凯也。因为七言谣：

> 天下忠诚窦游平，（窦武字游平）
> 天下义府陈仲举，（前引《党锢传》作不畏强御陈仲举。）
> 天下德弘刘仲承，（刘淑字仲承）

以上三君

> 天下模楷李元礼，
> 天下英秀王叔茂，（此二句亦见《后汉书·党锢传》，前已引。）
> 天下良辅杜周甫，（杜密字周甫）
> 天下冰凌朱季陵，（朱寓字季凌）
> 天下忠贞魏少英，（魏朗字少英）
> 天下好交荀伯条，（荀翌字伯条）
> 天下稽古刘伯祖，（刘祐字伯祖）
> 天下才英赵仲经。（赵典字仲经）

以上八俊

天下和雍郭林宗，（郭泰字林宗）
天下慕恃夏子治，（夏馥字子治）
天下英藩尹伯元，（尹勋字伯元）
天下清苦羊嗣祖，（羊陟字嗣祖）
天下瑞金刘叔林，（刘儒字叔林）
天下雅志蔡孟喜，（蔡衍字孟喜）
天下龙卧巴恭祖，（巴肃字恭祖）
天下通儒宗孝祖。（宗慈字孝祖）

以上八顾

海内贵珍陈子鳞，（陈翔字子麟）
海内忠烈张元节，（张俭字元节）
海内睿谔范孟博，（范滂字孟博）
海内通士檀文友，（檀敷字文孝）
海内才珍孔元世，（孔昱字元世）
海内彬彬范仲真，（范康字仲真）
海内珍好岑公孝，（岑旺字公孝）
海内所称刘景升。（刘表字景升）

以上八及

海内贤智王伯义，（王商字伯义）
海内修整蕃嘉景，（蕃响字嘉景）
海内贞良秦平王，（秦周字平王）
海内珍奇胡母季皮，（胡母班字季皮）
海内光光刘子相，（刘翊字子相）
海内依怙王文祖，（王考字文祖）
海内严恪张孟卓，（张邈字孟卓）
海内清明度博平。（度光字博平）

以上八厨

通七十余句，只有"海内珍奇胡母季皮"一句为八言，余都是七言为句，也足以证明汉末的谣谚，已经成功七言为句的风尚了。

五　七言诗之成熟

一种思想或文学至到了由分化而衰灭的时候，便不能产生很好的东西。骚体诗的全盛时期在战国中世以降，到汉代逐渐的变成辞赋，仍留滞在诗国的很少，气息奄奄，不可终日。由这种已濒死地的文学所变成的东西，当然仅有躯壳，没有性灵。所以它所变成的七言诗，形式虽具，内容则颇不高明；所以后来的七言诗，对它的形式完全承受了，对它的实质却没有承受多少。民歌的特色是在有生命，是在有实质，形式却并不一定如何的讲究。所以我敢说七言诗的成功大半有赖于民歌；实质之有生命出于民歌，外形的格式也有出于民歌的。不过民歌极端自然，格式非其所重，七言诗的格式虽出于它，而其严肃整齐，独一无二，恐怕是受了骚体诗所变成的七言之影响。

无论思想文艺，其产生都是多方面的，以前及并世的一切文化，都直接间接的对它多少有点关系。但探寻某种思想或文艺之起源者，却只能考索其牢牢大端，至于枝枝节节若即若离的东西，一概不能细论。七言诗来源，若以充类至尽之义求之，除上述两种外，当然还有，但我们不必辞费。

七言民歌的成熟在东汉中世前后；好的七言诗则等待东汉中世以后。《文选》二十九有张衡的《四愁诗》，兹录第一首：

我所思兮在泰山，欲往从之梁父艰，侧身东望涕霑翰！
美人赠我金错刀，何以报之英琼瑶。
路远莫致倚逍遥，何为怀忧心烦劳？

《后汉书》八十九《张衡传》载其《思玄赋》后系曰：

天长地久岁不留，俟河之清只怀忧。
愿得远度以自娱，上下无常穷六区。
超踰腾跃绝世俗，飘摇神举逞所欲。
天不可阶仙夫希，柏舟悄悄吝不飞。
松乔高跱能一离，结精远游使心携。
回志竭来从玄谋，获我所求夫何思？

《四愁诗》之著作，《文选》说在阳嘉 (132—135) 中，出为河间相时。但据《后汉书》本传，出为河间相在永和 (136—141) 初，好在相差无几。左右是在西前百三四十年之间。衡之作《思玄赋》，《后汉书》本传说："后迁侍中，帝 (顺帝) 引在帷幄，讽议左右。尝问衡天所疾恶者，宦者惧其毁己，皆共目之，衡乃诡对而出。阉竖恐终为其患，遂共谗之。衡常思图身之事，以为吉凶倚伏，幽微难明，乃作《思玄赋》。"叙完赋以后，即接以"永和初，出为河间相。"可见也是衡晚年之作，比《四愁诗》早不了几年。

和张衡同时而年齿稍后的王逸，《诗纪》载有《琴思楚歌》：

> 盛阴修夜何难晓，思念纠戾肠摧绕，时节晚莫年齿老。
> 冬夏更运去若颓，寒来暑往难逐追，形容减少颜色亏。
> 时忽晻晻若骛驰，意中私喜施用为，内无所恃失本义。
> 志愿不得心肝涕，忧怀感激重叹嗫。
> 岁月已尽去奄忽，亡官失禄去家室。
> 思想君命幸复位，久处无成卒放弃。

但《后汉书·王逸传》，《文选》，《古文苑》，《乐府诗集》……等书都不载，以故颇有后人伪托的嫌疑。此外更一首不见。故此时是文人初作七言诗时期，其诗还很幼稚。

至建安时代 (196—220)，标榜建安七子的曹植 (魏文帝) 有《燕歌行》二首，便是很好的七言诗了。

> 秋风萧瑟天气凉，草木摇落露为霜，
> 群燕辞归雁南翔，念君客游多思肠。
> 慊慊思归恋故乡，君何淹留寄他方？
> 贱妾茕茕守空房，忧来思君不可忘。
> 不觉泪下沾衣裳，援琴鸣弦发清商。
> 短歌微吟不能长，明月皎皎照我床。
> 星汉西流夜未央，牵牛织女遥相望，
> 尔独何辜限河梁！
>
> 别日何易会日难，山川悠远路漫漫。
> 郁陶思君未敢言，寄书浮云往不还。

涕零两面毁容颜，谁能怀忧独不叹？
耿耿伏枕不能眠，披衣出户步东西。
展诗清歌聊自宽，乐往哀来摧心肝。
悲风清厉秋气寒，罗帷徐动经秦轩。
仰戴星月观云间，飞鸟晨鸣声可怜，
留连顾怀不自存。

但建安时代的其他诗人却没有一首七言诗，所以在质的方面，虽已有很成熟的七言诗，而因为在量的方面太少的缘故，不能称为七言诗的完成时期；七言诗的完成时期是魏末晋初 (约西后260年前后)。晋白纻舞歌诗三首，是纯粹七言诗。兹录第一首：

轻躯徐起何洋洋，高举两手白鹄翔。
宛若龙转乍低昂，凝停善睐容仪光。
如推若引留且行，随世而变诚无方。
舞以尽神安可忘，晋世方昌乐未央。
质如轻云色如银，爱之遗谁赠佳人。
制以为袍余作巾，袍以光躯巾拂尘。
丽服在御会佳宾，醪醴盈樽美且淳。
清歌徐舞降祇神，四座欢乐胡可陈。

傅玄张载各有《拟四愁诗》四首，也和张衡《四愁诗》一样的除第一句以"兮"字凑成七言外，其余都是纯粹七言诗。为省篇幅起见，不钞录了。傅玄还有《两仪诗》一首，《啄木》一首，也都是纯粹七言诗 (惟《啄木》末句为八言)。《两仪诗》曰：

两仪始分元气清，列宿垂象六位成。
日月西流景东征，悠悠万物殊品名，
圣人忧代念群生。

《啄木诗》曰：

啄木高翔鸣喈喈，飘摇林薄著桑槐。
梗缘树闻啄如锥，嘤喔嘤喔声正悲；

> 专为万物作倡俳，当此之时乐不可迴。

陆机有《燕歌行》一首，也是纯粹七言诗；

> 四时代序逝不追，寒风习习落叶飞。
> 蟋蟀在堂露盈墀，念君客游常苦悲。
> 君何缅然久不归，贱妾悠悠心无违。
> 白日既没明灯辉，夜禽赴林匹鸟栖，双鸣关关宿河湄。
> 忧来感物涕不晞，非君之念思为谁，别日何早会何迟？

又有《百年歌》十首，除第一句标年岁者外，皆纯粹七言诗。兹录第一首：

> 一十时：
> 颜如薤华晔有晖，体如飘风行如飞。
> 娈彼孺子相追随，终朝出游薄暮归。
> 六情逸豫心无违，清酒浆炙奈乐何，清酒浆炙奈乐何？

有这多的七言诗，在质的方面，量的方面，都可称为完成期了。

根据以上所考，可制表如下：

两汉元成哀平时代 (前48—5) 为由骚体变成七言诗时期，即七言诗发生时期。

东汉中世前后 (约后100年前后) 为七言歌谣成熟时期。

东汉之末 (约后160年前后) 为文学家作七言诗时期。

魏末晋初 (约后260年前后) 为七言诗成熟时期。

各种学术，例由简而繁，文学亦当然不是例外。我在《五言诗起源说评录》一文 (河南中山大学《文科季刊》第一期) 推考五言诗之起源及其成熟是：

西汉成帝时 (西前二三十年)，已有纯粹五言歌谣，为五言诗之原始时期。

东汉章和时 (西后七八十年)，已有文人五言诗，为文学家初作五言诗时期。

东汉桓灵时 (西后百四五十年)，已多优美之五言诗，为五言诗成熟时期。

两者相较，七言歌谣的成熟，在五言歌谣成熟后七八十年；文学家作七言诗，在文学家作五言诗后八九十年；七言诗的成熟，在五言成熟后百一二十年，和进化的原理及过程，极为符合。

原载《师大月刊》1933年第2期

七言诗起源新论

余冠英

一 七言诗由楚辞系蜕变说之疑问

明胡应麟《诗薮》以《九歌》为七言诗所自始，他是将《垓下》、《大风》一类的骚体诗歌也称为七言诗的，无怪其然。至于像曹丕《燕歌行》那样句体完整的七言诗，现代的中国文学史著者也有认为渊源于楚辞的，如梁任公先生《中国之美文及其历史》，陈钟凡先生《汉魏六朝文学》，容肇祖先生《中国文学史大纲》及日人青木正儿《中国文学概论》等书均有说。综观各家的论据，有两个重要之点：

（一）楚辞句法和七言相近，由楚辞渡到七言诗，其势甚顺。①

（二）汉人七言诗有杂"兮"字的，可见出七言诗由楚辞蜕变的痕迹。

所谓楚辞句法和七言诗相近者，约有下列数式。隋译《中国文学概论》云：

> 七言诗，我想或系由楚歌系变化者。盖因在"□□□兮□□□"之"兮"上，填一有意味的字，则生七言……

《中国文学史大纲》云：

> 七言诗大概是从楚声起的，《九歌》中的《山鬼》、《国殇》已有近于七言体的趋势。楚汉之际项王的《垓下歌》，高帝的《大风歌》，都是汉代七言诗的滥觞。

《山鬼》、《国殇》的句子也就是"□□□兮□□□"式，上两说都认为此种句式近于七言，为七言诗所从出。按《楚辞》"兮"字本为托声字，有时兼有文法作用。本刊②第五期闻一多先生《怎样读九歌》文中，以虚字代释《九歌》，谓"若有人兮山之阿"犹"若有人于山之阿"，"操吴戈兮被犀甲"犹"操吴戈而被犀甲"，这也可以帮助说明《山鬼》《国殇》的句式之近于七言。——这是第一式。

《中国之美文及其历史》云：

> 《楚辞·招魂》篇"魂兮归来入脩门些"以下若将每句"些"字删去便是七言诗，《大招》篇每句删去"只"字亦然。

按此说古人已有之，《日知录》卷二十云："昔人谓《招魂》、《大招》去其'些''只'即是七言诗。"这是梁先生说之所本。《九章》"后皇嘉树，橘徕服兮"，"受命不迁，生南国兮"诸句也属于这一类。——这是第二式。

《中国之美文及其历史》注云：

> 《九辩》的"悲忧穷戚兮独处廓，有美一人兮心不怿，去乡离家兮来远客……"若将"兮"字省去便是七言。

按《招魂》篇的"乱"中有"湛湛江水兮上有枫"，"目极千里兮伤春心"二句亦是此类。——这是第三式。

此外还可补充二式：

仿第二式，从《天问》篇也可以找到近似七言的句子，如"遂古之初，谁传道之"，"上下未形，何由考之"等句去其"之"字，"厥萌在初，何所忆焉"，"璜台十成，谁所极焉"等句去其"焉"字，也成七言。——这是第四式。

《离骚》、《九章》、《九辩》中时有"□□□□□□兮"式的句子，若删去"兮"字，也成七言。如"荃不察余之中情兮"，"朝饮木兰之坠露兮"，"吾将荡志而愉乐兮"，"万变其情岂可盖兮"，"春秋逴逴而日高兮"，"白日晼晚其将入兮"等。——这是第五式。

除此之外在《楚辞》里还可以找到许多现成的七言句，如"夫惟捷径以窘步"，"夕餐秋菊之落英"，"惟此党人其独异"，"吾将远逝以自疏"等见于《离骚》；"吾方高驰而不顾"，"固将愁苦而终穷"，"固将重昏而终身"，"至今九年而不复"等见于《九章》；"冬又申之以严霜"，"恨其失时而无当"，"后土何时而得漉"，"凤愈飘翔而高举"，"何云贤士之不处"，"阴阳不可与俪偕"，"明月销铄而减毁"等见于《九辩》。

　　由此看来，所谓楚辞句法和七言相近，自可相当地承认，不过若因此便认为七言诗和楚辞有怎样密切的关系，就大有疑问了。

　　从上面所举的例子，可以见到《楚辞》中全篇句式皆和七言相近的只有《山鬼》和《国殇》。而《山鬼》、《国殇》的句子，虽近于七言句，实在说来，这种七言句和七言诗里的七言句并非一类。七言诗的句子除极少数的变格外，都是上四下三。而《山鬼》《国殇》的句子是上下各以三字为一截，中间用"兮"字连接起来。如把这种句子③吟讽一番，便可觉察它和七言诗句的差别了。——七言诗句念起来前四字须两字一顿，用图表示应该是"□□——□□——□□□"，而《山鬼》《国殇》的句子便无法念成这样子。所以《山鬼》、《国殇》演化为三言诗是很自然的④，而变成七言诗，就不见得有同样的可能性了。

　　除此以外，上文所举的那些七言和近于七言的句子，不过是散见于《楚辞》各篇，若是将这些散见的七言和近于七言的句子都指为七言诗之源，那就不如上溯到《诗经》了。

　　《诗》三百篇里不乏近于七言的句子，如从"汉有游女，不可求思"⑤，"一日不见，如三秋兮"⑥，"胡瞻尔庭有悬貆兮"⑦ 等式的句子去掉托声字，或是"嗟行之人，胡不比焉"⑧，和"既夷既怿，如相酬矣"⑨ 一类句子去掉末尾的虚字都是七言，和上文从《楚辞》所举的例子，并没有什么区别。至于现成的七言句，见于《周颂》的，如"学有缉熙于光明"⑩，见于《大雅》的，如"维昔之富不如时"，"维今之疚不如兹"，"今也日蹙国百里"⑪，见于《小雅》的，如"如彼筑室于道谋"⑫，"君子有酒旨且多"⑬，和"祈父予王之爪牙"⑭，见于《国风》的，如"式微式微胡不归"⑮，"彼其之子美如英"⑯，"人之为言胡得焉"⑰，和"交交黄鸟止于桑"⑱ 等，较诸《楚辞》里的七言句也不算怎么少了。

　　《诗经》里既然也有不少七言和近于七言的句子，或比《楚辞》更有资格做七言诗之祖罢。不过上面这一段话意思仅在说明和七言相近的句子并非《楚辞》所独有，《楚辞》和七言诗接近的程度并不特别高而已，并非要为《诗经》争什么地位。无论《楚辞》或《诗经》，其中既无完整的七言诗，至多也只能算作七言诗的远祖。如为七言诗认了这样的远祖，不能就算明白了它的世系，对于了解七言诗体如何成立，还是没有帮助。我们须认识和它较近的先代才有用处。这是下面的文章，此处暂且不谈。现在再看一般认为七言诗由楚辞系蜕化的步骤是怎样的？

　　陈钟凡先生《汉魏六朝文学》云：

七言诗是从楚调诗变来的。最初汉人做的七言诗，如高祖《大风歌》，武帝《瓠子歌》、《秋风辞》、《天马歌》，昭帝《黄鹄歌》、《淋池歌》及李陵《别歌》等，皆每句中间夹用"兮"字，这是第一期的七言，中间惟有司马相如《琴歌》夹用无"兮"字句。如"有艳淑女在闺房，室迩人遐毒和肠，何缘交颈为鸳鸯，胡颉颃兮其翱翔"。中间三句不用"兮"字，夹置于一首之中。至东汉安帝时张衡作《四愁诗》除第一句外，其余皆为七言。如一思曰："我所患兮在泰山，欲往从之梁父艰，侧身东望涕沾翰。美人赐我金错刀，何心报之英琼瑶，路远莫致倚消遥，何为怀忧心烦劳？"以下三首皆一例用"兮"句起，用七言句接，这是由楚辞派变成七言诗的遗迹，可算得第二期的七言诗。至曹子桓作《燕歌行》，七言诗乃完全成立。

《中国文学概论》云：

唐山夫人的《房中祠乐》中"大海荡荡民所归，高贤愉愉民所怀。大山崔，百卉殖。民何贵？贵有德"一首，上二句偶成七言，下半依然是楚歌行。又如汉书《乌孙传》所载乌孙公主之作"吾家嫁我兮天一方，远托异国兮乌孙王"云云六句，虽然也是楚歌形，但若除去"兮"字，则七言诗就成立了罢。如《文选》所载后汉张衡的《四愁诗》四首，每篇自七言七句构成，而仅其第一句如"我所思兮在太山"取楚歌形，其余都是纯粹的七言诗。把这些过渡的作品看一看，则其发达之迹，大概可以探索得到吧。

如将这些话和梁任公先生"秦汉间诗歌皆从楚辞蜕变而来"[19]之说参合起来看，似乎后楚辞渐变到曹丕的《燕歌行》，有一个清清楚楚的程序。不过事实上这个程序恐只是一个错觉而已[20]。

假如骚体诗渐变为七言的步骤果如上文所引之说，那么早则在张衡《四愁诗》之前，迟则在曹丕《燕歌行》之前，便不会有七言诗了，而事实上怎样呢？

在这里且不必去谈那些真伪成问题，时代难确定的《饭牛歌》、《鸡鸣歌》、《柏梁台诗》等等，也不必举那些算不得诗的字书如司马相如《凡将》、史游《急就》，和纬书中的韵语。七言的歌谣现在也暂不提。我们只消将史书中所著录的有主名的"七言"列举一下，对于这个问题，也就可以找着答案了。

《汉书·东方朔传》说东方朔著有"八言七言上下"，据晋灼的解释就是"八言七言诗各有上下篇"，这是西汉已有七言诗的明证[21]。而同时的董仲舒也曾作《七言琴歌》二首㉒。

稍后，刘向也有"七言"，现存四句，也见于《文选》注，现在将它们抄在下面：

山鸟群鸣我心怀——见嵇叔夜《赠秀才入军》第三首注
博学多识与凡殊——见张平子《西京赋》注
揭来归耕永自疏——见颜延年《秋胡诗》及张景阳《杂诗》注
安座从容观诗书——见谢玄晖《拜中军记室辞隋王牋》注

东汉东平宪王苍曾作七言，见《后汉书》本传。

崔骃亦有七言，"皭皭练丝退浊污"一句，见《文选》郭泰机《答傅咸诗》注引，"鸾鸟高翔时来仪，应治归得合望规，啄食拣实饮华池"三句见《太平御览》九百十六。其余杜笃、崔琦、崔瑗、崔实等人，都曾作过七言，并见《后汉书》本传。刘苍、杜笃、崔骃都在张衡之前，崔琦、崔实也都在曹丕之前。

根据上面所举的事实，是否可断言七言诗在张衡、曹丕之前已经发生呢？上文所述如有些人所想像的那个从楚辞渐变为七言诗的程序，是否靠得住呢？

我们在这里暂且提出一二个简单的疑问，以明七言诗由楚辞系蜕变之说的不可信。在下面的讨论中将会发现其他的理由，加深我们对此说的怀疑。

二　七言与七言诗

也许有人要问："你所说的这些'七言'既然没有一首完整的留存在世间，你能断言它们和所谓七言诗者确是一样的东西么？"这疑问是该有的，因为两汉的那些"七言"在当时似乎不称为诗歌。我们试看《后汉书》卷四十二《东平宪王苍传》㉓：

诏告中傅，封上苍自建武以来章奏，及所作书、记、赋、颂、七言、别字、歌诗……

又卷五十九《张衡传》：

> 所著诗、赋、铭、七言……凡三十二篇。

皆于诗歌之外，别著七言，可见七言不在诗歌之列㉔。不独七言如此，《后汉书》卷四十下《班固传》云：

> 固所著《典引》、《宾戏》、《应讥》、诗、赋、……六言，在者凡四十一篇。

又卷七十《孔融传》云：

> 所著诗、颂、碑文、论议、六言……凡二十五篇。

可知"六言"也不叫做"诗"。原来那时只承认四言，骚体和五言是诗歌正体。六言和七言虽有作者还不普遍，一般人并不当它是诗。不过就其实质而论，却没有理由否认它是诗。上文所引刘向的"七言"虽然只是寥寥几个断句，七言的体制却不难由此窥见。其中以"殊""书""疏"为韵者显然同出一篇，形式上它与后世的七言诗应无分别，可以断言；至于内容，从"山鸟群鸣我心怀""朅来归耕永自疏"等语看来，它们既非谚语，又非歌诀，分明是抒情的。如何能说不是诗呢㉕？我们还可以拿"六言"来作一番比较。"六言"和"七言"在当时地位是相同的。孔融的"六言"现存三首，其第三首云：

> 从洛到许巍巍，曹公忧国无私。减去厨膳甘肥，群僚率从祈祈，虽得俸禄常饥。念我苦寒心悲。

将孔融这首"六言"和他的五言诗相比较，除每句多一字外，不过用语较为浅俗而已，更无其他区别。按后世的标准说，它自然是诗，由六言也可以推论七言。

因此我们可以推想当日七言不名诗，仅仅乎因为七言不是向来所谓诗的形式，并非在内容上，七言只限于写另外一种东西。上文提到董仲舒曾作"七言琴歌"，《后汉书》卷六十上《马融传》，载马融的著作也有"七言琴歌"。"琴歌"是诗，毫无问题。两汉"琴歌"的正体用骚体，观司马相如和蔡邕所作可知。这里加上"七言"二字，不过表示它有异于正体而已。由此也可以明了"七言"和正体诗的区别全在形式而不在内容。董仲舒、马融的"琴歌"和司马相如、蔡邕的"琴歌"同一题材,在形式上虽可别为二体,在内容上能说是两类么?

再看晋傅玄《拟张衡四愁诗》的序文:

> 张平子作四愁诗,体小而俗,七言类也。……

可知一般人认为七言诗之始的《四愁诗》,它的体裁正是"七言"之类。如我们承认张平子的《四愁》是诗,便不必怀疑"七言"是不是诗了。

所以"七言"在两汉虽不"名"诗,"七言"确实"是"诗。

七言是早在西汉已经产生的新诗体,不过当时只有少数好奇趋新的人将它拿来运用。一般人对这种新诗体却颇为歧视,不肯认为诗的一类。歧视的原因是觉得它不登大雅,从傅玄《拟四愁诗序》"体小而俗"的话可以看出来。傅玄是肯做七言诗的人,对于"七言"尚且有菲薄的话,一般人的意见,可想而知,晋人如此,汉人的意见,更可知了。

看不起七言诗体,不只是两汉魏晋的人如此,南北朝人也还是如此,宋汤惠休是做七言诗的,颜延之便说他的制作是"委巷中歌谣耳"。鲍照也是做七言诗的,颜延之也就将他和惠休等量齐观。后来《文心雕龙》和《诗品》的著者,都不曾将七言诗看在眼中。钟嵘评鲍照的诗说:"颇伤清雅之调",谅亦兼指他的七言诗,和傅玄说张平子《四愁诗》"体小而俗"是一样的意思,都是觉得七言之体难登大雅。

七言诗获得地位是陈隋以后的事。姚思廉《陈书·江总传》:"少好学,能属文,于五言、七言尤善",始以七言与五言并举。这可以代表唐初人的观念。不过其他崇古的人还觉得七言的地位比五言低得多,如李白即曾说:"兴寄深微,五言不如四言,七言又其靡也。"[26]

七言诗体为什么在汉魏六朝时那样被歧视呢?讨论到这一层,便重又接触到它的起源问题了。

原来七言和五言一样在起初都是"委巷中歌谣"之体,五言诗体初被文人应用是在东汉时,并不比七言早些,但因为乐府中所收的歌谣多五言,五言普遍得很快,到魏晋已经升格为诗歌的正体了。七言虽早已有人用之于诗,但并未能流行起来。未能流行起来的原因,我想一是两汉的那些"七言"中佳制太少,除张衡的《四愁诗》外很少流传人口,因而不曾引起多数人的仿作;二是七言歌谣在汉时不曾有一首被采入乐府,没有音乐的力量来帮助它传播,自然难于普遍。后者应是最主要的原因。在中国文学史上，凡是普遍的诗体，莫非出于乐府，即初时皆藉音乐的力量而流传。七言的乐府辞应以曹丕的《燕歌行》为第一首，这是文人偶然仿歌谣而制作的乐府辞，当时也没有别人作，并不普遍。晋宋时《白纻》等舞歌是七言，但也并不甚多。所以到汤惠休、鲍照的时代，七言仍只流行于委巷歌谣中，七言的身份仍然是民间体，在士大夫眼中仍然是"俗"的。所以汤、鲍偶然仿作仍然不免于被颜延之那样的贵族诗人所轻蔑讥评。

至于楚辞体，早已用于庙堂文学，是早已受人尊敬的了。假如七言诗是从楚辞系蜕化出来的，那么七言在唐以前被歧视的缘故，便不可解释了。这也是七言由楚辞系蜕变说的一种疑难。此说以张衡的《四愁》为傅会的根基，而不知《四愁》在意境上是近于歌谣而远于楚骚的，体制上亦然⑦，否则便不会得到"体小而俗"的考语了。

三 谣谚与七言诗

上文说七言诗体本出于委巷歌谣，这还不过是一个假设，这个假设能否成立，还需看考查事实的结果。首先我们得看看七言在歌谣中发展的情形。

先秦歌谣以四言为主，间或有以七言为主的，如《礼记·檀弓》所载的《成人歌》："蚕则绩而蟹有匡，范则冠而蝉有绥，兄则死而子皋为之衰。"

战国末有以七言为主的劳动歌谣，从荀卿的《成相辞》可以知之。"成相"之"相"就是《礼记·曲礼》篇"邻有丧，舂不相"的"相"。据郑玄注"相"是"送杵声"。人在劳动时常有讴歌，建筑工人杵地时必有"杭唷"之声，其曲即谓之"相"。《成相辞》诸章屡以"请成相"三字起头，这三字，据卢文弨说就是"请奏此曲"的意思，所以知道《成相辞》是采用民歌的体式和腔调的。从它复沓的形式也可以看出来。其第一章云：

请成相：世之殃，愚暗愚暗堕贤良。人主无贤，如瞽无相何伥伥。

其结构以七言句为主体是很显明的。至于完整的七言歌谣，在汉以前似无有。宁戚《饭牛歌》"南山矸"一首出应劭《三齐记》，"沧浪之水"一首出《艺文类聚》，都不一定可靠。

现存的歌谣中汉初似尚无完整的七言。《文选》陆士衡《挽歌诗》注及

《草堂诗笺》卷二十四引崔豹《古今注·薤露歌》云："薤上朝露，何易晞，露晞明朝更复落，人死一去何时归！"七言三句。但《乐府诗集》载此诗无"朝"字，崔豹又谓《薤露》、《蒿里》本是一曲。故原诗未必全为七言。《乐府诗集》又有《鸡鸣歌》，赵翼《陔余丛考》谓为汉初歌谣，梁启超《中国之美文及其历史》认为东汉末作品，时代也不能定。武帝太初中谣"三七末世鸡不鸣，犬不吠，宫中荆棘乱相系，当有九虎争为帝。"出于《拾遗记》，亦不足据。直到汉成帝时方见一首《楼护歌》[28]，只一句云：

    五侯治丧楼君卿。

和一首《上郡歌》[29]：

    大冯君，小冯君，兄弟继踵相因循。听明贤知惠吏民，政知鲁卫德化均。周公康叔犹二君。

后一首还杂入两句三言。不过以三三起头是七言歌谣和后世七言诗的常例，这一首也可以认为完全的七言了。至于完全七言的谚语较为早见，《汉书》卷五十一《路温舒传》载路温舒上书引谚曰：

    画地为狱议不入，刻木为吏期不对。

此谚亦见《说苑》。司马迁《报任少卿书》有"画地为牢，势不可入；削木为吏，议不可对"云云，亦用此谚语而变其句法。可知此谚产生于武帝时，或武帝前。

就现存的歌谣来看，西汉时七言还很少，在成帝以前只能确信有七言的谚语而七言的歌谣有无尚难断言。不过从谣谚以外的材料观察，武帝时七言在歌谣中必已甚普遍，完全七言的歌谣在这时必已流行。

汉乐府中有不少的七言句，《铙歌》中如《艾如张》："山出黄雀亦有罗，雀以高飞奈雀何？"《上之回》："令从百官疾驱驰，千秋万岁乐无极。"《战城南》："野死不葬乌可食……腐肉焉能去子逃……禾黍不获君何食，愿为忠臣焉可得。"《有所思》："秋风肃肃晨风飔，东方须臾高知之。"《临高台》："下有江水清且寒，江有香草目以兰，黄鹄高飞离哉翻。"等等皆是。汉《铙歌》的时代虽不一致，其中有一部分为武帝时的歌辞是无疑的；《铙歌》的内容虽杂，其中有一部分是民歌，也是无疑的。

又《相和歌》古辞《董逃行》："吾欲上谒从高山，山头危险大难言……采取神药若木端，……奉上升下一玉杆，……升下常与天保守"等句亦是七言。《相和歌》现存古辞本是"汉世街陌谣讴"⑩。《董逃行》据《乐府原题》是作于汉武之时。早于此者尚有《薤露》《蒿里》二曲㉛，前者全首四句，七言占一半㉜，后者也是四句，七言占其三。由这些例子看来，到武帝时民间歌谣中，七言一定是常见的。

前面曾提及司马相如的《凡将篇》，这是一部以七言为句的字书，是口诀文体。后来元帝时黄门令史游规模《凡将》作《急就篇》，书中大部分亦用七言㉝。这都是教蒙童的书，所以用口诀。口诀的作用是便人记诵。编口诀的人绝不会自创一种世人不熟习的韵文体，他们所用的必是"阡陌歌谣"中流行的形式，诵读起来才容易顺口成腔。秦代的《仓颉篇》四字为句，战国时的《史籀篇》据王国维先生说体制当同。《凡将》《急就》不依前人体例作四言，而故意改为七言，若非为了便利流俗，为的是什么呢㉞？我们由《凡将》《急就》等口诀的形式，可以推想当时七言歌谣必已流行。

又《汉书·东方朔传》载东方朔射覆语云："臣以为龙又无角，谓之为蛇又有足，跂跂脉脉善缘壁，是非守宫即蜥蜴。"东方朔口占这四句韵语，亦必不是自创之格，我们相信这是当时"街陌"流行之体，流行之腔调，作者平昔习惯于唇吻之间，所以冲口而出㉟。射覆的事是东方朔滑稽故事之一，正因为是"街陌"流行之体，用于宫廷中方见滑稽趣味，犹之乎今日的绅士偶然仿"莲花落"调子说话，亦可以逗笑乐也。由此也可以推想当时七言歌谣的流行。

现存的西汉歌谣是极少的一部分，我们要观察当时歌谣的体制，从现存的寥寥几首中绝不能见其全，所以不得不根据其他材料来推测。可惜的是《汉书·艺文志》所著录的那些吴楚燕代各地的歌诗讴谣全都佚去，否则可以添出二百多首西汉歌谣供我们研究，我们的了解当然要清楚得多了。

东汉七言歌谣现存者较多，据丁福保《全汉诗》，光武帝时有《董宣歌》、《郭乔卿歌》，和帝时有《城上乌》谣，安帝时有《陈临歌》二首及《黎杨令张公颂》，桓帝时有《范史云歌》、《小麦青青》谣、《游平卖印》谣、《京都童谣》、《任安二谣》、《二郡谣》，献帝时有《建安初荆州童谣》及《阎君谣》。共十四首。

东汉七言谚语，据丁辑有《戴待中》、《井大春》、《刘太常》、《杨子行》、《许叔重》、《冯仲文》、《鲁国孔氏》、《胡伯始》、《考城谚》、《帐下壮士》、《缪文雅》、《许伟君》、《王君公》等共十三首。

东汉是五言乐府已盛、五言诗已萌芽的时代，但乐府以外的五言歌谣却不如七言的多。据丁辑东汉五言歌谣仅有《凉州歌》、《崔瑗歌》、《吴资歌》（二首）、《陈纪山歌》、《城中谣》等六首。和七言诗相较不及二分之一。五言谚语仅有《紫宫谚》、《缝掖》、《时人语》三首，仅及七言谚语四分之一。再据《全汉诗》比较这时杂言歌谣中五、七言句的数目，七言共十四句，五言八句。杂言谚语中七言句三，五言句无。可知在这时的谣谚中，七言实较五言普遍。

两汉七言歌谣大都是每首一句至三句，最长的四句，只二首。长一点的七言歌谣到晋代才多起来，如《并州歌》，《豫州歌》，《陇上歌》，《大风谣》等皆四句以上。《陇上歌》不但较长，情事亦较复杂，其词云：

> 陇上健儿曰陈安，躯干虽小腹中宽，爱养将士同心肝。骕骦骏马铁锻鞍，七尺大刀配齐镮，丈八蛇矛左右盘，十荡十决无当前。百骑俱出如云浮，追者千万骑悠悠。战始三交失蛇矛，十骑俱荡九骑留，弃我骕骦攀岩幽，天非降雨追者休。阿呵呜呼奈子何！呜呼阿呵奈子何！[36]

《晋书载记》曰："……安善于抚按，吉凶夷险与众同之。及其死，陇上为之歌。曜（刘曜）闻而嘉伤，命乐府歌之。"这也许是七言歌谣入乐府的第一首吧？[37]

我们对两汉魏晋的谣谚作一番考察之后，发现几个特可注意之点：

（一）七言谣谚中很多以一句成章的，为三四五六言所无，骚体歌诗亦无此例。大概七言句音如特别缓长，一句就可以咏唱[38]，两句也许就是复沓了[39]。这是七言诗的特点。这可以说明七言歌谣和早期的七言诗为什么每句都押韵，而每一篇的句数不论奇偶都可以，不似三四五言的诗绝不能每句押韵，且每篇句数多为偶数[40]。尤其是那个很特别的诗体——七言联句的由来可从此得一解释。七言联句是每人作一句诗，和他体联句不同，原因是七言诗一句即可算得一章，虽然名为联句，事实上倒是复沓，是唱和，这种体最先有传为汉武帝君臣所作的《柏梁台诗》，其后有谢安叔侄的《咏雪联句》。《柏梁台诗》疑者甚多，但是并未能确证为伪作。顾炎武以来认为这篇诗是伪作的，不过因为题下所注作诗年代为"元封三年"，诗中所注作者名字中又有"梁孝武王"，而梁孝武王是在孝景帝时已经死了的。其余作者有"光禄勋"、"大鸿胪"等官,这些官名又是太初元年所更名,不应在元封初年预书。但原来记载这篇诗的《三秦记》早已亡佚,原书是否有这样的注还是疑问。近人日本铃木虎雄说宋敏求《长安志》所引《三秦记》无"元封三年"字样,也没有梁孝王名字,但称梁王㊶。可见原书的附注所传不一,很难依据它断定这书的真伪。从文词和体制看来,这诗可能产生在西汉时。至于郭舍人和东方朔的谐谑,有人认为有失君臣间的体统,因而疑及这篇诗。其实这并不成问题,一则这两人的身分本是弄臣倡优,说诨亵的话并不为奇。二则七言在当时尚为不登大雅之体,如柏梁台联句果有其事,不过是以"打油"为笑乐而已,和作"颂"作"赋"完全不同。所以在全诗中,不独郭舍人东方朔两人所作有欠庄重,丞相、大将军和太官令的诗句都有诙谐意味。我以为这些诙谐成分倒可增加这篇诗的可信程度。后来谢家的联句也是一种供笑乐的事,并非正正经经地作诗,从《世说》的记录和诗句的本身都可以见出。

(二)七言歌谣常常以两个三言句起头,从《越谣歌》以下,例不胜举。在两个三言句之间有时连上一个"兮"字,例如《晋书·五行志》所载童谣"南风起兮吹白沙。遥望鲁国何嵯峨。千岁髑髅生齿牙"一本无"兮"字。无"兮"字就成为两个三字句,有"兮"字就是《楚辞·山鬼》、《国殇》的句式。张衡《四愁诗》每章第一句作"□□□兮□□□"式,遂使人疑为楚辞形式之残留,而造成七言诗由楚辞蜕化的错觉。哪晓得这不过是三三句的变形,是从歌谣来的,三三句常用作七言歌谣的起头,他的变形"□□□兮□□□"式亦用于起头,《南风谣》如此,《四愁》亦如此,《文选》魏文帝《芙蓉池作》诗李善注引东方朔"七言""折羽翼兮摩苍天"句,一定也是起句。

(三)七言句很早就用于歌谣,《诗经》中已不一见,到《楚辞》体产生的时候,七言在歌谣中已经占主要地位了,此后历秦、汉、魏、晋,七言一直是歌谣里最普遍的句式。可以见得在歌咏中七言句是很天然的,无待乎文人从《楚辞》体去改制。

(四)七言谣谚和其他韵语之流行早于五言㊷。这可以打破"七言晚于五言的"的成见。有些人泥于"文体由简而繁"这一个公例,确信五言诗未产生以前绝不会有七言诗,对于产生较早的七言诗,便据这一个理由判定为不真,未免为自己的幻觉所欺骗了。

(五)七言入乐府的时期很晚。文人制作七言的乐府歌辞始于三国,除魏文帝的《燕歌行》二首外缪袭有《旧邦》一首,为《魏鼓吹曲辞》之一,韦昭有《克皖城》一首，为《吴歌吹曲辞》之一。七言歌谣被采入乐府，直到晋代才有，以《陇上歌》为第一首④。比之五言歌谣入乐的时期实在迟得多了。这是七言的幸运不如五言诗之处。五言歌谣入乐府在东汉时④。我们看东汉五言歌谣保存在乐府里的有那么多，可想当时有许多七言歌谣因为未得入乐而致亡失。现存的歌谣多靠史传记录，方得流传。靠史传记录，当然写定较迟。而且史书记录歌谣和《乐府》搜集歌谣的标准是不同的，史书所录只取其和政事有关，而《乐府》所收的歌谣多富于文学趣味。这个只须将《乐府》内外的五言歌谣作一比较就明白了。所以我们相信七言歌谣亡失的部分一定有许多叙写"赠芍""采莲"、"桑间"、"陌上"、"狭路"、"秦楼"，乃至"孤儿"、"弃妇"等类事情的文学珠玉。

歌谣入乐必须经过精选，也不免经过润饰，其胜于一般歌谣是可以想见的。更因音乐的力量，流布广远，和文人接触的机会便多起来，容易引起大批的仿作，自属当然之理。五言"古诗"便是这样产生的。五言在古代歌谣里的流行不及七言，五言韵语的产生后于七言，而五言诗之盛行反早于七言，其原因系于入乐的早迟是很明显的④。

未入《乐府》的歌谣被模仿的机会自然要少得多，所以七言歌谣的仿作在晋以前只见到《四愁》和《燕歌行》等少数的例子。两汉的那些"七言"中谅不免有直接仿自歌谣的，可惜没有完整的材料供我们研究，不能下什么断语了。

五言体从歌谣提升到文人诗里去，经过乐府的媒介，七言便不相同，大约七言体从歌谣升到文人诗里去，有直接的，也有间接的，直接的远如《成相辞》，近如《燕歌行》。七言联句，似乎也是直接仿效谣谚的游戏诗。但七言体从谣谚升到文人笔下不一定都成为诗，它可以是歌诀，如《凡将篇》、《急就篇》等字书，上文已述及。道书中如《黄庭经》亦用七言韵语，或者也有歌诀的作用。这里抄几句《急就篇》示例："急就奇觚与众异，罗列诸物名姓字。分别部居不杂厕，用日约少殊快意……"

也可以是铭辞。东汉有许多镜铭皆是七言韵语，如尚方镜六铭曰：

尚方御竟真毋伤。巧工刻之成文章，左龙右虎辟不详（祥），朱鸟玄武调阴阳，子孙备具居中央。上有何人以为常？长保二亲乐富昌，寿数今（金）石如侯王。

又尚方镜十一铭曰：

尚方作竟真大好。上有仙人不知老，渴饮玉泉饥食枣，浮流天下敖四海，非回名山采之（芝）草。寿如金石为国保。

这些铭辞语极浅俗，是当时模仿谣谚的新铭体。

也可以是评语。两汉（尤其是后汉）盛行一种七字评，完全仿自民间的谣谚。西汉七字评如"欲不为论念张文"⑥、"关西孔子杨伯起"⑦。东汉七字评如"难经伉伉刘太常"⑧及"天下模楷李元礼，不畏强御陈仲举，天下俊秀王叔茂。"⑨这些评语或出"诸儒"，或出太学生。而他们的范本就是《楼护歌》、《郭乔卿歌》、《二郡谣》等等。这些可以称之为文人谚。

也可以是谶纬。谶纬本是童谣的变形，童谣多七言，所以谶纬亦多七言。光武初即皇帝位，其祝文引谶记曰："刘秀发兵捕不道，卯金修德为天子。"纬书中有不少七言句，但很零散。谶辞之出于文人笔下者如《晋书》载王嘉所作《歌谶三章》，录之以见其体："帝讳昌明运当极，特申一期延其息。诸马渡江百年中，当值卯金折其锋。""欲知其姓草萧萧，谷中最细低头熟，鳞身甲体永兴福。""金刀利刃齐刘之。"

也可以是杂著。如王逸所作《楚辞注》往往用整齐有韵的句子而赘以一个"也"字，如将"也"字删去便成韵文。其七言者如《哀郢注》云："哀愤结缙虑烦冤。哀悲太息损肺肝。心中诘屈如连环。……"《怀沙注》云："言己忧思念怀王。伫立悲哀涕交横。良友隔绝道坏崩。秘密之语难传诵。忠谋盘纡气盈胸。含辞郁结不得申。诚欲日日陈己心。思念沉积不得通。思托要谋于神灵。云师径游不和听。思附鸿雁达中情……"《思美人注》云："草创宪度定众难。楚以炽盛无盗奸。委政忠良而游息。地灾地变始存念。臣有过差赦贳宽。素性敦厚慎语言。遭难靳尚及上官。上怀忿恚欲刑残。内弗省察其侵冤。专擅君恩握主权。欲罔戏弄若转丸。不审穷覈其端原。放逐徙我不肯还。……"王逸有七言诗《琴思》一篇，梁任公先生云"疑亦某篇之注"。

又可以是赋的一部分。古的如宋玉《神女赋》中"罗纨绮缋盛文章，极服妙采照万方"二句。较近者如张衡《思玄赋》系曰"天长地久岁不留，俟河之清只怀忧。愿得远渡以自娱，上下无常穷六区。超逾腾跃绝世俗，飘飘神举逞所欲。天不可阶仙夫稀，柏舟悄悄吝不飞。松乔高跱孰能离，结精远游使心携。回志朅来从玄谌，获我所求夫何思。"⑩

这些韵文的体裁均来自七言歌谣。诗人自然也不免因它们的影响而作七言。

此外还可以是假造的古诗歌或神仙诗歌,如应劭《三齐记》所载的宁戚《饭牛歌》,王嘉《拾遗记》所载的《皇娥歌》及《白帝子答歌》,干宝《搜神记》的《丁令威歌》,都可以认为记录者或其同时人所假造[51]。不过这类诗歌不过是传说或故事里的一点点缀,造者也并不是要做假董骗人,所以他们用的诗体也就是当时民间谣谚中流行之体。——这也可以作为七言体从歌谣直接升到文人笔下之一例。

四 结论

我们承认楚辞句法有近于七言诗之处,楚辞体未尝无蜕变为七言诗体的可能,但虽有此可能,并未产生此事实。事实上七言诗体的来源是民间歌谣[52]。七言是从歌谣直接或间接升到文人笔下而成为诗体的,所以七言诗体制上的一切特点都可在七言歌谣里找到根源。

所以,血统上和七言诗比较相近的上古诗歌,是《成相辞》而非《楚辞》。

至于七言诗产生的时期,应是西汉,不似一般所想像的晚到张衡时。东方朔、刘向都是七言诗作者,各存有少数断句。《柏梁台联句》也可能是一首西汉诗。

---

① 参看《中国之美文及其历史》。

② 即《国文月刊》。

③ 或将"兮"字代以虚字。

④ 汉《郊祀歌》中《练时日》、《天马》等篇即由此出。

⑤ 《周南·汉广》。

⑥ 《王风·采葛》

⑦ 《魏风·伐檀》。

⑧ 《唐风·秋杜》。

⑨ 《小雅·节南山》。

⑩ 《敬之》。

⑪ 《召旻》。

⑫ 《小旻》。

⑬ 《鱼丽》

⑭ 《祈父》。

⑮ 《邶风·式微》。

⑯《魏风·汾沮洳》。

⑰《唐风·采苓》。

⑱《秦风·黄鸟》。

⑲《中国之美文及其历史》。

⑳构成这个错觉的重要的因子便是张衡的《四愁诗》。

㉑东方朔的"七言"现存一句，见于《文选》李善注。

㉒《文选》孔德璋《北山移文》注引《董仲舒集》。

㉓所引正史卷次今据中华书局排印本，下同。

㉔《国学丛编》第一期三册吴承仕先生《茧斋读书记》有"七言不名诗"之说，可参看。

㉕从崔骃的"七言"也可以得同样的印象。

㉖《本事诗》引。

㉗下文再说。

㉘见《汉书》卷九十二《遊侠楼护传》

㉙见《汉书》卷七十九《冯野王传》。

㉚语见《宋书·乐志》。

㉛据《古今注》均出田横门客。

㉜据《乐府诗集》。

㉝《凡将》文句传者虽少，尚可考见，《急就》现存。

㉞司马相如似乎是喜用民间体的作家，他的《琴歌》即于骚体中杂七言。汉《郊祀歌》有一部分是相如作的，《天门》、《天地》等篇有很多的七言句，大约即出于相如之手。

㉟东方朔曾作"七言"，上文已提及。

㊱据《赵书》。

㊲假定《薤露歌》非七言。

㊳七言诗中有短至两句的，如后汉李尤的《九曲歌》云："年岁晚暮时已斜，安得力士翻日车?"因为它短，向来以为是残缺不全的诗，其实这在歌谣中是极普遍的。

㊴南朝小乐府中五言歌谣中向有以三句成篇者，为极少数的例外。

㊵胡光炜《中国文学史》引其说。

㊶五言歌谣之始为汉成帝时的《黄爵谣》和《尹赏谣》，其他五言韵语在这时以前也不曾有过。

㊷《乐府·杂曲歌辞》里有一篇《东飞伯劳歌》，虽相传是古辞，实为南朝人诗，可不辩。

㊸想因当时流行的音乐最宜五言歌辞。

㊹晋宋七言诗稍盛，多为《燕歌》、《白纻》等乐府歌辞的仿作。

㊺《汉书》曰：成帝为太子，及即位，以张禹为师。禹以上杂数对已问经，为《论语章句》献之，诸儒为之语云云。

㊼《东观汉记》曰：杨震少学，受欧阳尚书于太常桓郁，经明博览，无不穷究，诸儒为之语云云。

㊽ 华峤《后汉书》曰：刘恺为太常，论议常引正大义，诸儒为之语云云。

㊾ 范晔《后汉书》曰：诸生三万余人，郭林宗、贾伟节为其冠，并与李膺、陈蕃、王畅更相褒重，学中语曰云云。

㊿ 实质上这就是诗，不过名称还不是诗罢了。所以选汉诗的往往收入此篇，题曰《思玄诗》。

(51) 作为假造者那个时代的诗歌还是有用的材料。

(52) 和四五言同例。

一九四二年五月

原载《国文月刊》1942年第18、19期

柏梁台诗考证

游国恩

一　柏梁诗的著录

现今所传汉武帝与群臣在柏梁台上联句的七言诗是在什么书里记下来的呢？据我所知，它著录在唐代及唐以前的书至少有下列四种：（一）《东方朔别传》；（二）《汉武帝集》；（三）《艺文类聚》；（四）《古文苑》。

《世说新语·排调篇》："王子猷诣谢公。谢曰：'云何七言诗？'"刘孝标注引《东方朔传》曰："汉武帝在柏梁台上使群臣作七言诗。七言诗自此始也。"刘孝标未引《柏梁台诗》词，而《太平御览》三百五十二引《东方朔传》云："孝武元封三年，作柏梁台，召群臣有能为七言者，乃得上坐。卫尉曰：'周卫交戟禁不时'。"可证《东方朔别传》中本有此诗。（《初学记》十二职官部"卫尉卿"条下引此句只作"汉武《柏梁诗》"，未有"《东方朔传》"文。）又《初学记》十二职官部"御史大夫"条引《汉武帝集》曰："武帝作柏梁台，诏群臣二千石有能为七言者，乃得上坐。御史大夫曰：'刀笔之吏臣执之。'"《太平御览》二百二十五引此句也作《汉武帝集》。而宋敏求《长安志》三在"柏梁台"条下全载此诗，凡二十六句，也引《汉武帝集》①。可见《汉武帝集》中也有此诗。稍后，唐初人编的《艺文类聚》五十六"杂文部"也著录了这首诗，不过文字稍有不同。诗的小序是这样的：

汉孝武帝元封三年，作柏梁台，诏群臣二千石有能为七言者，乃得上坐。

这似乎参用了《东方朔传》及《汉武帝集》，因为从上文《御览》三百五十二所引的《东方朔传》及《初学记》十二所引的《汉武帝集》可以看出的。其次，《古文苑》八也载有《柏梁诗》，字句虽小有不同，序文则完全一样。（各本《古文苑》序文皆无"孝"字，"者"作"诗"。）以上是《柏梁诗》的来历。

此外顾炎武《日知录》二十一则谓此诗本出于《三秦记》。然考诸书所引

《三秦记》并无及《柏梁诗》者，惟宋程大昌《雍录》三在"柏梁台"一条有这么一段：

> ……《三秦记》曰："上有铜凤，名凤阙"。汉武作台，诏群臣二千石能为七言者，乃得上。"七言"者，诗也；句各七言，句末皆谐声，仍各述所职，如丞相则曰："总领天下诚难哉。"大司农则曰："陈粟万石扬以箕。"它皆类此。后世诗体句为一韵者，自此而始，名"柏梁体"。

此段所引的《三秦记》，界限不清，不能断定是否全属于《三秦记》的文字。但据宋敏求《长安志》于此亦引《三秦记》曰："柏梁台上有铜凤，名凤阙。"以下则别引《汉武帝集》云云，因此知道《雍录》所引的《三秦记》，亦当限于"上有铜凤，名凤阙"七字而已。其下"汉武作台"一段，乃程氏引述旧说以明《柏梁诗》的由来，及其自言以解释《柏梁诗》的体制的。何况《三秦记》一书《唐志》已不见著录，想必亡佚已久。程大昌能不能看到它的全书，还是问题。所以《雍录》所引的《柏梁诗》的丞相和大司农两句，大概是程氏自己举的例子，而并非《三秦记》的原文。倘若顾炎武所说《柏梁诗》本出《三秦记》的话只是根据《雍录》，而并非别有所本，那或许是他一时偶尔的误会。由此看来，《柏梁诗》的出处，其可考者，较早的要算《东方朔别传》和《汉武帝集》，稍晚的就只有《艺文类聚》和《古文苑》。

今将《柏梁诗》的全文录出，而以文字不同的各本互校，正其讹误，列为下表：

柏梁诗(此诗据《艺文类聚》)	诸本异同	校勘正误
一、皇帝曰："日月星晨和四时。"		
二、梁王曰："骖驾驷马从梁来。"		
三、大司马曰："郡国士马羽林才。"	按"才"诸本并作"材"。惟《艺文》及《长安志》引《汉武帝集》作"才"	
四、丞相曰："总领天下诚难治。"		按《雍录》引此句"治"作"哉"，当系涉下文"哉"字而误

柏梁诗(此诗据《艺文类聚》)	诸本异同	校勘正误
五、大将军曰："和抚四夷不易哉。"		
六、御史大夫曰："刀笔之吏臣执之。"		
七、太常曰："撞钟击鼓声中诗。"	按"击"诸本并作"伐"。惟《艺文》及《长安志》引《汉武帝集》作"击"	
八、宗正曰："宗室广大日益滋。"		
九、卫尉曰："周卫交戟禁不时。"		
十、光禄勋曰："总领从官柏梁台。"	按《初学记》十二及《长安志》引《汉武帝集》，宋淳熙九卷本及瞿本、守山阁本、明成化本《古文苑》"官"并作"官"，惟《诗纪》作"宗"	
十一、廷尉曰："平理请谳决嫌疑。"	按《诗纪》"请"作"清"，《长安志》引《汉武帝集》及九卷本、瞿本、守山阁本、明成化本《古文苑》并同《艺文》作"请"	按"清"当作"请"。作"清"者，形近而误
十二、太仆曰："循饰舆马待驾来。"	按"循"诸本并作"修"。"饰"，《长安志》引《汉武帝集》及九卷本、瞿本、守山阁本、明成化本《古文苑》并作"饬"。惟《艺文》及《诗纪》作"饰"	按《初学记》十二引作"牧拭舆马待警来"。疑"修"以声近误为"收"，遂更以形近误为"牧"矣。"拭"与饰通。"警"则"驾"之误
十三、大鸿胪曰："郡国吏功差次之。"		

柏梁诗(此诗据《艺文类聚》)	诸本异同	校勘正误
十四、少府曰："乘舆御物主治之。"	按《长安志》引《汉武帝集》"主"作"工"，诸本并作"主"	按《艺文》，"之"本误作"扬"，今正
十五、大司农曰："陈粟万石扬以箕。"		按《艺文》，"石"本误作"硕"，今正
十六、执金吾曰："徼道宫下随讨治。"		
十七、左冯翊曰："三辅盗贼天下危。"		
十八、右扶风曰："盗阻南山为民灾。"		
十九、京兆尹曰："外家公主不可治。"		
二十、詹事曰："椒房率更领其材。"		按《艺文》，"材"本作"财"
二十一、典属国曰："蛮夷朝贺常会期。"	按"会期"诸本并误作"舍其"，惟《艺文》及《长安志》引《汉武帝集》不误。又《长安志》"贺"作"贡"	按诸本作"舍其"者，皆以形近致讹
二十二、大匠曰："柱枅薄栌相枝持。"	按"薄"《诗纪》作"欂"，《长安志》引《汉武帝集》及九卷本、瞿本、守山阁本、明成化本《古文苑》并同《艺文》作"薄"。又《长安志》"枝"作"扶"	

柏梁诗(此诗据《艺文类聚》)	诸本异同	校勘正误
二十三、太官令曰:"枇杷橘栗桃李梅。"	按《御览》九百七十引此句"枇杷"作"查梨","桃李"作"李桃"	
二十四、上林令曰:"走狗逐兔张罝罘。"	按"罝罘",瞿本及明成化本《古文苑》并作"罘罝",九卷本、守山阁本《古文苑》及《长安志》引《汉武帝集》并同《艺文》作"罝罘"。惟《诗纪》作"罘罳"	按各本作"罝罘"及"罘罳"者,古韵皆同部可通。惟作"罘罝"者,则以形义皆近致讹
二十五、郭舍人曰:"啮妃女唇甘如饴。"		
二十六、东方朔曰:"迫窘诘屈几穷哉!"		

诗中文字的不同,只是传写的错误,是不至成什么问题的。其中最可注意的,便是每句作者的身分排写的变动。上表每句诗上都冠以作者的身分,如"皇帝曰:日月星辰和四时","梁王曰:骖驾驷马从梁来"……全篇二十六句都是用这样形式排写的。这形式,我以为从记录《柏梁诗》的历史上看,是相当原始的。不但《艺文类聚》中这样排写,就是唐以前的书如《东方朔传》,《汉武帝集》,它们记录此诗,也是这样排写的。例如:《初学记》十二"职官部"下引《汉武帝集》,"御史大夫曰:刀笔之吏臣执之。"(按《御览》二二五引同。)又同卷引《柏梁诗》,"光禄勋曰:总领从官柏梁台。"又同卷引此诗,"卫尉曰:周卫交戟禁不时。"(按《御览》三五二引此作"《东方朔传》","卫尉"下脱"曰"字。)又同卷引此诗,"太仆曰:牧拭舆马待警来。"(按此句有误,说见表。)又《御览》九百七十引此诗,"太官令曰,查梨橘栗李桃梅。"而《长安志》引《汉武帝集》中的《柏梁诗》也是在这种形式之下排写的。这些都可证明古本的《柏梁诗》,其排写的原始形式原来如此。到了《古文苑》里,这形式被打破了,变成这个样子:

日月星辰和四时帝

骖驾驷马从梁来梁王

它把作者的身分移注在每句诗的下面右侧，而取消一"曰"字。同时，除一部分句子外，又在每句下面的左侧都添上了作者的姓名。例如：

(二) 梁王　　孝王武
(四) 丞相　　石庆
(五) 大将军　卫青
(六) 御史大夫　兒宽
(七) 太常　　周建德
(八) 宗正　　刘安国
(九) 卫尉　　路博德
(十) 光禄勋　徐自为
(十一) 廷尉　杜周
(十二) 太仆　公孙贺
(十三) 大鸿胪　壶充国
(十四) 少府　王温舒
(十五) 大司农　张成
(十六) 执金吾　中尉豹
(十七) 左冯翊　盛宣
(十八) 右扶风　李信成
(二十) 詹事　陈掌
(二十五) 郭舍人
(二十六) 东方朔

这是很可注意的：因为不但作者的身分已被移在句下，而且添注了大部分的作者姓名。尤其诗中的（十九）京兆尹、（二十一）典属国、（二十二）大匠、（二十三）太官令、（二十四）上林令等句下并不添注人名，以及（二十五）郭舍人的不知名字，（二十六）东方朔的不注官职，却是更可注意的。

二 旧说的检讨

于此，我预先声明：我并不想拥护《柏梁诗》的传说的时代。我不过要彻底检讨前人怀疑此诗的论据能否站得住，想从此更进一步来推证《柏梁诗》的真正的时代。

顾炎武曾经怀疑柏梁联句为后人所拟作。他在《日知录》里说：

> 汉武《柏梁台诗》，本出《三秦记》，云是元封三年作。而考之于史，则多不符。按《史记》及《汉书·孝景纪》，中六年，夏四月，梁王薨。《诸侯王表》，梁孝王武立，三十五年薨，孝景后元年，共王买嗣，七年薨。建元五年，平王襄嗣，四十五年薨。《文三王传》同。又按《孝武纪》，元鼎二年春，起柏梁台，是为梁平王之二十二年；而孝王之薨至此已二十九年。又七年，始为元封三年。……又按平王襄之十年，为元朔二年，来朝；其三十六年，为太初四年，来朝，皆不当元封时。又按《百官公卿表》郎中令，武帝太初元年，更名光禄勋。典客，景帝中六年，更名大行令；武帝太初元年，更名大鸿胪。治粟内史，景帝后元年，更名大农令；武帝太初元年，更名大司农。中尉，武帝太初元年，更名执金吾。内史，景帝三年，分置左右内史；右内史，武帝太初元年，更名京兆尹；左内史更名左冯翊。主爵中尉，景帝中六年，更名都尉；武帝太初元年，更名右扶风。凡此六官，皆太初以后之名，不应预书于元封之时。又按《孝武纪》，太初元年冬，十一月，乙酉，柏梁台灾。夏五月，正历，以正月为岁首；定官名。则是柏梁既灾之后，又半岁而始改官名；而大司马大将军则薨于元封之五年，距此已二年矣。反复考证，无一合者。盖是后人拟作，剽取武帝以来官名，及《梁孝王世家》乘舆驷马之事以合之，而不悟时代之乘舛也。 (卷二十一)

接着他又补充一条说：

> 按《世家》，梁孝王二十九年（原注：《表》孝景前七年）十月，入朝，景帝使使持节，乘舆驷马。迎梁王于阙下。臣瓒曰："天子副车驾驷马。"此一时异数，平王安得有此？

顾氏这段考证，包括好几方面。我把它归纳起来，约有下列数点：

一、诗序所称赋诗的年代——元封三年，与作者的年代如梁孝王不符。

二、即使诗中作者之一的梁王为梁平王，也与事实不符；因为元封年间，平王并未朝京师。

三、即使平王在元封年间来过京师，也未必有孝王那样骖驾驷马的异数。

四、诗中所称作者的官名，大半是太初元年所改，在元封之后数年。若元封三年登台赋诗，何得预书太初所改的官名？改官名的时候，柏梁台早已化为灰烬了。

五、即使登台赋诗在太初改官名之后，而大司马大将军卫青前两年（元封五年）已经死了，他不能参加这个盛会了。

这是一个多么厉害的攻击！这攻击的包围圈四面八方毫无缺口，一点也不放松，几乎无法反击。《柏梁诗》的不可靠大概没有问题了。然而问题并没有这么简单，想替旧说辩护的人还有话说。于此，我不妨试作一次假定的辩护。

关于顾说的一、二、三，三点是互相关连的，应该并在一起来讨论。这儿他的主要攻击点是诗的小序和作者的人名。但这些都是后人添上的，不足为据。就先说序文罢：《初学记》十二，《御览》二百二十五及《长安志》所引的都没有"元封三年"四字，而《艺文类聚》，《御览》三百五十二及《古文苑》所引的又都有"元封三年"四字。各书所引，有的据《汉武帝集》，有的据《东方朔传》，虽然详略不同，而都称武帝的谥号。试问，这不是后人所加的明证吗？章樵注《古文苑》，看见"元封三年"的字样不合史实，有点奇怪，就特为解释一番，说是柏梁台建于元鼎二年，登台赋诗却在元封三年。这话虽然说得过去，其实是不必解释的。因为"元封三年"的话止是后世相传如此，偶尔被人们记录下来，原不必视为正确的史料。这正如《文选》中的《长门赋序》一样，顾氏也曾据此序以疑《长门赋》的作者决非司马相如（见《日知录》十九）。其实，那赋序显然是后人或《文选》的编者加上去的。虽然"《长门》、《上林》决非一家之赋"（本《南齐书·陆厥传》文），但顾氏所攻击的止是赋序，而不是赋的本身，自然是不相干的。所以他单从诗序以为考证的根据，也自然是同样地不可靠。何况"孝王武"等等人名，明明是章樵注《古文苑》所加的呢（说详下文）？

顾说的四、五两点，是诗中官名的问题。关于这，也有讨论的余地。因为序文和人名都是后人所加的，所以我们不必顾虑到序文与人名间的矛盾，也不必顾虑到序文与官名和人名与官名的矛盾。所以诗中那些太初以后的官名，就很可以不费力的作如下的解释：

一、登台赋诗的事既在太初以前，则诗中原有的官名当然也是太初以前的官名。现在所有太初以后的官名，大概是后人所追改的。《汉书·东方朔传》对武帝的问，就有许多是太初以后的官名，而谈话时不必在太初以后。

二、诗中既多注太初以后的官名，那么登台赋诗也许就是太初元年以后的事，甚至晚到武帝后二年，都是可能的。

不过这么一讲，第一点似乎没有问题，而第二点就会有人问：一、柏梁台在太初元年十一月已经化为灰烬了，那里还有登台赋诗的事呢？二、武帝太初以前的大司马大将军只有一个卫青。而卫青死于元封五年。若事在太初以后，试问这个大司马大将军是谁呢？其实，这也是不难解答的。柏梁台被灾以后，也许不久就重建起来了。《汉书·武帝纪》，是年二月，起建章宫，就是柏梁台建筑的扩大。只看《汉书·郊祀志》："柏梁灾，……粤人勇之曰：'粤俗，有火灾，复起屋，必以大，用胜服之。'于是作建章宫，度为千门万户。其东则凤阙，高二十余丈。"试想，这样大规模的建章宫，其中不会有一部分建筑物保存着原有的柏梁台的形式，我们不能相信。东边二十余丈高的凤阙，很可能就是新建的柏梁台。因为柏梁台上有铜凤，故名凤阙，见《三秦记》（引见前）。所以太初元年柏梁灾后，大可不必担心没有高台赋诗。至于卫青死后，在《汉书·百官公卿表》里，从元封六年以迄后元元年，十八年中，不见有大司马大将军。但《公卿表》多阙文，前人早已指出。继卫青而为大司马大将军的，史或失载。然而这次盛会若移在后元二年来举行，则一切问题都解决了。因为那年二月，侍中奉车都尉霍光已荣膺大司马大将军的要职了。倘若撇开那后人所加的序文和人名不管，我们有什么理由能说这回盛会不可能在后元二年举行呢？

此外顾氏所持的理由只賸下"骖驾驷马"和元封间梁平王没有朝京师两点了。我以为这些问题也是极容易解决的。驷马不一定是天子的副车。《汉书·高帝纪》，田横乘传诣洛阳。如淳注："律：四马高足为置传，四马中足为驰传，四马下足为乘传。"《后汉书》三十九刘昭补《舆服志》注引《逸礼王度记》曰："天子驾六马，诸侯驾四。"又引许慎说，以为天子驾六，诸侯及卿驾四。是则骖驾驷马正是诸侯本分，何得称为异数？孝王可以驾驷马，平王乃至其子颃王又何尝不可以驾驷马呢？至谓元封间平王没有朝京师的事，又安知非史偶失书？而何况所谓"元封"者，乃后人所加的序文，本来就不可信据？所以顾氏这个理由也是难以成立的。

其次，讨论诗句下面分注的人名。

　　诗句下面自梁孝王武以下那些人名，显然是注《古文苑》的章樵根据《汉书·百官公卿表》加入的。在《东方朔传》，《汉武帝集》，《艺文类聚》，乃至韩元吉的九卷本《古文苑》，都没有人名，便是显明的证据。所以钱曾《读书敏求记》云："旧本但称官位，自（章）樵增注，妄以其人实之，因以启后人之疑。"钱熙祚《古文苑校勘记》亦云："九卷本但注官名，与《艺文类聚》合。章氏妄以其人实之，后人遂疑此诗为依托，失考甚矣！"今按《古文苑》于此诗所注人名，自梁孝王至詹事陈掌，凡十七人。其中除第一句为皇帝所倡，不须注明外，余如大司马、京兆尹、典属国、大匠、太官令、上林令等句，都不注人名，而郭舍人有姓无名，东方朔有姓名而无官位。这种现象究竟是怎么回事呢？我们若肯稍加思索一下，便可从这些残缺不全的人名里发现它的原因。原来添注那些人名，只是注者查了查《汉书·百官公卿表》的。而《公卿表》并不载大匠、太官令、上林令等低级的官。还有《表》中所记的公卿姓名也不完全，但有其官而无其人者颇不少。如元封三年的京兆尹和典属国为谁，就阙而不载。所以凡《表》中所无的，他根本就注不出来。郭舍人的名字于史无考；东方朔在武帝朝何时为何官，史无明文，所以也注不出来。只有陈掌为詹事，见于《汉书·霍去病传》②，算是章氏从《公卿表》以外查出来的。他只是约计陈掌的时代当在武帝时，就拿他来充数。其实，《霍传》只有"少儿更为詹事陈掌妻"之文，并不能定他为詹事究在何年。是否就在登台赋诗的时候更不得而知。然而陈掌的注出，总算是章樵的本事了。可是注子里还闹了两个大笑话：第一个大笑话是在第二句下的"梁王"注"孝王武"。他似乎习熟梁孝王的贵盛，又见诗中"骖驾驷马"的话与《汉书》景帝使以乘舆驷马迎于阙下之文相合，有如顾氏所疑者，便误以为梁王即梁孝王，而不考其时代相去之远。第二个大笑话便是在第十六句下的"执金吾"注"中尉豹"。考《公卿表》，武帝太初元年，改中尉为执金吾。是执金吾即中尉，不应于其下更注以"中尉豹"三字。所以然者，因他只见表中元鼎六年，有"少府豹为中尉"之文，——豹是中尉的名，史佚其姓。他就依样葫芦地注上"中尉豹"的字样。很容易使人误会这位执金吾就是姓中尉名豹的了。凡此所注的人名与官名及序文间的矛盾，都应该由章樵负责，而与诗的本身无关，不能作为判断的根据。

　　所以顾炎武怀疑《柏梁诗》的理由不能成立。

三　柏梁诗的时代的推测

依照上文检讨的结果，《柏梁诗》的时代似乎不成问题了。可是大谬不然。因为下面几个疑点现在还没有法子解答：

一、关于柏梁赋诗的事，在《汉书》里一点影子也没有。不但《武帝本纪》没有，《东方朔传》没有，连任何有关的传志也找不出踪影来。更奇怪的，武帝元鼎二年春，起柏梁台；太初元年十一月，乙酉，柏梁台灾，都见于《帝纪》，而台灾的事又特著之于《五行志》及《夏侯始昌传》中。何独于登台赋诗一段极新鲜而有趣味的掌故，竟如"羚羊挂角，无迹可求"③？

二、元封二年，武帝至瓠子，临决河，命从臣将军以下，皆负薪塞河堤，作《瓠子之歌》。既书其事于《帝纪》，复据《史记·河渠书》载其歌辞于《沟洫志》。《李夫人歌》既载其事于《外戚传》，又著事于《郊祀志》。（《外戚传》又载《佳人歌》及《悼李夫人赋》）太初四年春，贰师将军李广利斩大宛王首，获汗血马来，作《西极天马之歌》。其事既著于《本纪》，歌辞又载于《礼乐志》（与《史记·乐书》异）。《本纪》元封五年，又载武帝巡狩，至盛唐枞阳，作《盛唐枞阳之歌》。而《礼乐志》中其它诗歌还不算。《汉书》这样地欢喜载诗歌，果真有柏梁联句的事，反而不载，岂非怪事？

三、从诗中以大司马大将军分属两人一点看来，不能令人无疑。试看《百官公卿表》关于大司马的历史：武帝元狩四年，初置大司马，以冠将军之号。宣帝地节三年，置大司马，不冠将军，亦无印绶官属。成帝绥和元年，初赐大司马金印紫绶，置官属，禄比丞相，去将军。哀帝建平二年，复去大司马印绶官属，冠将军如故。元寿二年，复赐大司马印绶，置官属，去将军，位在司徒上。

据此，前汉一代大司马与大将军的离合关系，约可分为四个时期。即：

第一期，（武帝时）大司马冠将军。

第二期，（宣帝及成帝时）大司马不冠将军。

第三期，（哀帝建平时）大司马冠将军。

第四期，（哀帝元寿时）大司马不冠将军。

所谓冠将军者，就是把大司马的头衔加在将军之上，其为一官的意思，如大司马大将军，大司马卫将军之类。武帝初设大司马时，只是用以"冠将军之号"的。而《柏梁诗》却是大司马一句，大将军又一句，显然的大司马和大将军分家了。这岂是武帝朝所应有的现象了？

四、《周官》六卿，首称冢宰；所以古代都以宰相为百官之首。《汉书·百官公卿表》首相国丞相，次太尉（后为大司马），次御史大夫。丞相照例是在太尉或大司马前面的。我们试再看《汉书·霍光传》，载光请废昌邑王贺时群臣签名的次序也是如此：

丞相臣（杨）敞

大司马大将军臣（霍）光

车骑将军臣（张）安世

度辽将军臣（范）明友

前将军臣（韩）增

后将军臣（赵）充国

御史大夫臣（蔡）谊

……

这一次的政变本来是霍光发动的，而且实权也在他手里。然而签名上奏，还不得不让丞相杨敞领衔，而自己屈居其次：因为这是当然的。除非在特别情形之下，如宣帝甘露三年，"上思股肱之美，乃图画其人于麒麟阁，法其形貌，署其官爵姓名"，才把大司马大将军博陆侯霍氏置于第一，而丞相高平侯魏相，及博阳侯丙吉反居其次，且在副将军之后。因宣帝要纪念霍光拥立的功劳，所以才特别推重他。这是一个特殊情形。而柏梁联句的次第，丞相反居大司马后，从这一点看，恐怕不是当时的实录。

《柏梁诗》究竟是什么时代的作品呢？要解答这问题，单注意七言诗的起源是不够的。因为从广泛的七言诗看来，西汉时代是已经有了。与《柏梁诗》同时的如司马相如的《凡将篇》，它在各书中被保存的逸句都是七言。稍后如史游的《急就篇》，其中大部分的句子也都是七言诗的雏形。甚至句句用韵，及一种幼稚朴拙的作风亦复相同。又同时东方朔有八言七言上下，今虽不传，而他的射覆辞至少在形式上与《柏梁诗》一样④。所以如果只从七言诗的起源上来看，《柏梁诗》是不会有多大问题的。因为在时代相同的一个旁证上，它很可以使我们满意，而减少怀疑的理由。然而单凭这一点不能作为可靠的保证。为了种种疑点，为了要探究这诗的较为正确的时代，我们还不能够放松。

《柏梁诗》的重要性是在它的大规模联句体，同时还带有谐谑的意味。首先讲联句诗的历史罢：在同题同韵的原则下，二人以上，每人作一句或数句，凑合成为一首诗，名联句诗。这本来是一种文学游戏，文人们常常利用这种游戏来消遣。然而它必须在文学技术较为熟练的条件下才有发生的可能。从文学史诗的发展程序上看，汉武帝时不应该有这样大规模的七言联句诗。联句诗起源于晋初，而前此未有。（昔人有谓《式微》一诗为联句诗者，恐不可信）《玉台新咏》有贾充与其妻李夫人的连句五言诗三首，可算是联句诗的鼻祖（见后），但在联句诗体发生以前，应该经过一个阶段，这便是建安时代的同题共咏。例如：王粲、应场、刘桢、阮瑀都有《公宴诗》；曹植、王粲、阮瑀都有《七哀诗》；曹植、应场、刘桢都有《斗鸡诗》；魏文帝、徐干都有《见挽船士新婚与妻别诗》；魏文帝、曹植都有《寡妇诗》⑤；曹植、刘桢都有《赠徐干诗》；曹植、王粲、阮瑀都有《咏三良诗》⑥。而其他《杂诗》、《情诗》及多数相同的乐府诗还不在内。又同题共咏的作风并不只限于作诗，作赋也每每如此：魏文帝、曹植及建安诸子集中都有《车渠椀》、《迷迭香》、《大暑》、《愁霖》、《槐》、《柳》等赋，便是明显的例证。这些同题共咏的诗赋便是联句的先声。经过了这一阶段，联句的风气才渐渐地盛起来。

从此以后，联句便朝着三个方向发展，而多半带着游戏或谐谑的意味。这就是（一）谈话；（二）咏诗；（三）作赋。为了说得更切合一点，我称之为"联句语"，"联句诗"，"联句赋"。它们原则上都是韵文。

现在依次引证如下：

一、《世说新语·排调篇》载："荀鸣鹤陆士龙二人未相识，俱会张茂先坐。张令其语。以其并有大才，可勿作常语。陆举手曰：'云间陆士龙。'荀答曰：'日下荀鸣鹤。'陆曰：'既开青云睹白雉，何不张尔弓，布尔矢？'荀答曰：'本谓云龙騤騤，定是山鹿野麋。兽弱弩强，是以发迟。'张乃抚掌大笑。"《续谈助》四载殷芸《小说》："陆士衡在座，潘安仁来，陆便起去。潘曰：'清风至，尘飞扬。'陆应声曰：'众鸟集，凤皇翔。'"《世说·言语篇》："谢太傅寒雪日内集，与儿女讲论文义。俄而雪骤，公欣然曰：'白雪纷纷何所似？'兄子胡儿曰：'撒盐空中差可拟。'兄女曰：'未若柳絮因风起。'公大笑乐。"又《排调篇》："桓南郡与殷荆州语次，因共作了语。顾恺之曰：'火烧平原无遗燎。'桓曰：'白布缠棺竖旒旐。'殷曰：'投鱼深渊放飞鸟。'复次作危语。桓曰：'矛头淅米剑头炊。'殷曰：'百岁老翁攀枯枝。'顾曰：'井上辘轳卧婴儿。'殷有一参军在坐，云：'盲人骑瞎马，夜半临深池。'殷曰：'咄咄逼人！'仲堪眇目故也。"此外《排调篇》所载习凿齿与孙兴公，王文度与范荣期相谑的谈话，虽然无韵，也是属于"联语"一类的。而谢安等的谈话，事实上是在做咏雪的联句诗了。桓温等的所谓"了语"、"危语"也实际等于七言联句诗了。魏、晋以来，崇尚清谈，一般士大夫遇事调笑，以相取胜，这自然是一种时代风气。

二、《玉台新咏》十载贾充与妻联句诗云："室中是阿谁，叹息声正悲？"（贾公）"叹息亦何为，但恐大义亏。"（夫人）"大义同胶漆，匪石心不移。"（贾公）"人谁不虑终？日月有合离。"（夫人）"我心子所达，子心我所知。"（贾公）"若能不食言，与子同所宜。"（夫人）每人两句，韵同意贯，是最早的联句诗。晋、宋以后，为此体者渐众。如谢朓集有《阻雪连句遥赠和》、《还涂临渚》、《纪功曹中园》、《闲坐》、《侍筵西堂落日望乡》、《往敬亭路中》、《祀敬亭山春雨》等首，何逊集有《拟古》、《往晋陵》、《范广州宅联句》、《相送》（凡三首）、《至大雷》、《赋咏联句》、《临别》、《增新曲相对》、《照水》、《折花》、《摇扇》、《正钗》等首，都是五言联句诗。参加联句者，至少二人，多至五六人。每人四句，每首一韵，（何集《增新曲相对》一首四人两韵，独为例外。）合之则为一诗，分之又为各自独立的绝句。这是和以前不同的地方。如著名的范云《别诗》就是与何逊的联句。"洛阳城东西，却作经年别。昔去雪如花，今来花似雪"四句，本在何集《范广州宅联句》中，是一首绝妙的绝句诗。

三、傅咸《小语赋》云："楚襄王登阳云之台，景差、唐勒、宋玉侍。王曰：'能为寡人小语者处上位。'景差曰：'公蔑之子，形难为象，晨登蚁埃，薄暮不上。朝炊半粒，昼复得酿。烹一小虱，饱于乡党。'唐勒曰：'攀蚊髯，附蚋翼，我自谓重彼不极。邂近有急相切逼，窜于针孔以自匿。'宋玉曰："折薜足以为櫂，舫粒糠而为舟；将远游以遐览，越蝉溺以横浮；若涉海之无涯，惧淹没于洪流。弥数句而汔济，陟虮蚁之崇丘。未升半而九息，何时达乎杪头！'"⑦这便是联句体的辞赋，与《古文苑》二所载的宋玉《大言赋》、《小言赋》其体制风格完全相同。宋玉《大言赋》开首说："楚襄王与唐勒、景差、宋玉游于阳云之台。王曰：'能为寡人大言者上座。'"《小言赋》开首也说："贤人有能为小言者，赐之云梦之田。"两赋中间都假托唐勒、景差、宋玉诸人的口吻分述至大至小的事物，务求相胜，以为笑乐。从体裁作风上看，它们的时代必不甚相远⑧。这种游戏体的联句赋也是一时的风气。后来齐梁文人如昭明太子的《大言韵语》、《细言韵语》，沈约、王锡、王规、张缵、殷钧等的《大言应令》、《细言应令》都是从此而出。

以上所举的联句语，联句诗和联句赋，形式虽有不同，实质却是一个东西，都是联句式的俳谐文。试拿《柏梁诗》来比较一下，每人一句的韵语，可以说是联句语，也可以说是联句诗，也可以说是联句赋。甚至连那序文说不定就是后人从傅咸等的大小言赋模仿钞袭而来的。而尤可注意者，是下面一些句子：

左冯翊曰："三辅盗贼天下危。"
右扶风曰："盗阻南山为民灾。"
大匠曰："柱枅欂栌相枝持。"
太官令曰："枇杷橘栗桃李梅。"
上林令曰："走狗逐兔张罘罳。"
郭舍人曰："啮妃女唇甘如饴。"
东方朔曰："迫窘诘屈几穷哉。"

显然是在开玩笑，尤其是最后两句，乃沈德潜所尝疑的郭舍人敢于大君之前，狂荡无礼，东方朔敢于以滑稽语为戏者。不仅以上那些句子如此，就连丞相说的"总领天下诚难治"，大将军说的"和抚四夷不易哉"，京兆尹说的"外家公主不可治"等语无不带有滑稽的意味。所以《柏梁诗》全首几有一半是以玩笑的态度出之。这一点与上举的联句式俳谐文如出一辙。而上举的那些例子没有一个在西晋以前，这也就暗示了《柏梁诗》的时代。其次《柏梁诗》为七言，七言诗在晋初还被认为俗体，至少是新体。挚虞《文章流别》云："七言者，于俳谐倡乐用之。"傅玄《拟四愁诗序》云："张平子作《四愁诗》，体小而俗，七言之类也。"所以魏、晋之世，文人少有作者，而谢安还不甚了解"云何是七言诗"。七言诗只不过供文人们的谈助和开玩笑而已。试看从后汉末年戴良的"失父零丁"⑨直至东晋时代的"了语"、"危语"无不如此。如果我们明白七言诗在魏、晋时的地位，则《柏梁诗》托于古人以文为戏，就不足为奇了。

除此之外，我觉得还有许多迹象暗示着《柏梁诗》的时代。

第一，登台作赋，且同题共咏的事始于建安。《三国志·魏书》十九《陈思王植传》："时邺铜爵台新成，太祖悉将诸子登台，使各为赋。植援笔立成，可观。"又《艺文类聚》六十二居处部载魏文帝《登台赋序》云："建安十七年春，□游西园，登铜爵台，命余兄弟并作。"今文帝及陈王的赋具在⑩，论其事的性质及登台者的身分，柏梁联句是一个无独有偶的天然对比，假如汉武君臣有柏梁赋诗的事，文帝兄弟奉命作赋，自然是再好没有的典故了。今二赋中根本不提此事，这就说明汉末魏初柏梁联句还未出现，所以他们都不知道这一回事。不然，岂有一字不提之理？

第二，《柏梁诗》始见称于世，今可考者，大概不能早于西晋。《御览》

五百八十六引颜延之《庭诰》有云："挚虞文论，足称优洽，《柏梁》以来，继作非一，所纂至七言而已。"由此看来，似乎挚虞的《文章流别集》已经录入《柏梁诗》了。果属如此，则《柏梁诗》可能是黄初以后，太康以前的人所依托的（二二〇——二八〇）。但《庭诰》那段文字不甚明白，照文势看，《文章流别集》纂录过七言诗是无疑的；至于有无《柏梁》一诗，现在还不敢断定。但无论如何，颜延之曾经看见过《柏梁诗》则决无疑问。

第三，《柏梁诗》的最早摹仿者也是在刘宋时代。按《艺文》五十六"杂文部"载宋孝武帝华林都亭曲水联句，效"柏梁体"云："九宫盛事予旒纩（宋孝武帝），三辅务根诚难亮（扬州刺史江夏王臣义恭）。策拙枌乡惭恩望（南徐州刺史竟陵王臣诞），折衡莫效兴民谣（领军将军臣元景）。侍禁卫储恩逾量（太子右率臣畅），臣谬叨宠九流旷（吏部尚书臣庄）。喉唇废职方思让（侍中臣偃），明笔直绳天威谅（御史中丞臣颜师伯）。"在此以前，并无效"柏梁体"者。这也是《柏梁诗》的时代不能太早的暗示。在此以后，仿作者渐多，有梁武帝清暑殿联句"柏梁体"一首十二句，梁元帝清言殿作"柏梁体"一首三句（疑有脱文），并见《艺文》五十六。更后则唐中宗曾两度举行过联句的盛会，也用"柏梁体"[①]。

第四，《柏梁诗》自颜延之《庭诰》以后，六朝人渐多有道及之者。刘孝标注《世说新语》引《东方朔传》云："汉武帝在柏梁台上使群臣作七言诗。七言诗自此始也。"（引见前）又《文心雕龙·明诗篇》云："孝武爱文，柏梁列韵。"又云："联句共韵，则《柏梁》余制。"又《时序篇》云："孝武崇儒，润色鸿业，礼乐争辉，辞藻竞骛。《柏梁》展朝宴之诗，《金堤》制恤民之咏。"证知此一时期，《柏梁诗》已为人所习知，遂亦为人所乐道，而前此文人则罕有提及。此亦可暗示《柏梁诗》出诗甚晚。

第五，魏、晋以来，小说家多杜撰汉武帝和东方朔的故事，有如《汉武故事》，《汉武内传》，《别国洞冥记》，《述异记》等书所述，极为荒诞。其中一部分并且造为诗歌，俨同实录。例如《落叶哀蝉曲》见于《拾遗记》卷五；《玄灵》二曲，《步玄》之曲，及王母侍女田四飞答歌，见于《汉武内传》；《秋风辞》见于《汉武故事》[⑫]；而《青吴春波回风》等曲名又并见于《洞冥记》卷三及卷四。《拾遗记》苻秦方士王嘉所撰；《汉武内传》亦魏、晋间人所为；《汉武故事》唐人以为王俭所造[⑬]；《洞冥记》亦出六朝人所虚构。由此推之，汉武帝命群臣柏梁联句的事盖亦此类。

据上论述，《柏梁诗》的时代大抵不能早于魏、晋之世。

四　余论

《柏梁诗》本见于《东方朔别传》及《汉武帝集》，而柏梁赋诗的事本又见于《三辅旧事》。《别传》猥琐，多出后人附会，固不可信；《武帝集》亦颇有伪篇，《旧事》之书又较晚出，均不足为据。今更以次附论于此。

《史通·杂说》上论诸汉史云："《汉书·东方朔传》，委琐烦碎，不类诸篇。且不述其亡殁岁时，及子孙继嗣，正与司马相如、司马迁、扬雄传相类。寻其传体，必曼倩之自叙也。但班氏脱略，故世莫之知。"东方朔有无自叙，固无可考；《汉书·东方朔传》是否即本东方自叙，更不得而知。然而刘知几这话极有见地。我们姑且承认此说。传中所述射覆谐隐之辞，及馆陶公主近幸董偃的事，何等琐碎，尚且详悉如此，岂有柏梁赋诗大事，躬与其盛，自叙反遗而不载，班书或弃而不收之理？由此说来，班氏撰《汉书》时，尚不知有柏梁联句的传说，极堪认定。况且传末于记载东方著述后，特明著之曰："凡向所录朔书具是矣，世所传他事，皆非也。"颜师古注："如《东方朔别传》及俗用五行时日之书，皆非实事也。"又《传赞》云："朔之诙谐，逢占，射覆，其事浮浅，行于众庶，儿童牧竖，莫不眩耀。而后世好事者，因取奇言怪语，附著之朔，故详录焉。"颜注："言此传所以详录朔之辞语者，为俗人多以奇异妄附于朔故耳。欲明传所不记，皆非其实也。"由此看来，即使此时已有柏梁联句的传闻，而在班固心目中是认为不可靠的。关于东方朔的传说，班固时已经那么多，后人愈加附会，传说便一天天多起来，真是"奇怪惚恍，不可备论"了。于是正史以外的东方事迹，便被人杂采传闻及小说，成为一种"别传"，与左慈、管辂等别传同科。所以即使班固根据东方自叙为传，或者竟看见过什么别传之类。不难想象他所见到的远不如魏、晋以后所见到的那么多，更远不如刘孝标以下等人所见到的多，那是可以断言的。例如郭舍人救武帝乳母一事，本见于褚先生补《史记·滑稽传》：

> 武帝少时，东武侯母常养帝。帝壮时，号之曰大乳母。……乳母家子孙、奴、从者，横暴长安中，当道掣顿人车马，夺人衣服。闻于中，不忍致之法。有司请徙乳母家室，处之于边，奏可。乳母当入，至前面见辞。乳母先见郭舍人，为泣下。舍人曰："即入见，辞去，疾步，数还顾。"乳母如其言，谢去，疾步，数还顾。郭舍人疾言骂之，曰："咄！老女子，何不

疾行？陛下已壮矣，宁尚须汝乳而活邪？尚何还顾？"于是人主怜焉，悲之，乃下诏，止无徒乳母，罚谪谮之者。（见《史记》一百二十六）

到了《西京杂记》里，却已经变成为东方朔的传说了：

武帝欲杀乳母，乳母告急于东方朔。朔曰："帝忍而愎。旁人言之，益死之速耳。汝临去，但屡顾我，我当设奇以激之。"乳母如言，朔在帝侧，曰："汝宜速去！帝今已大，岂念汝乳哺时恩邪？"帝怆然，遂舍之。

《世说新语·规箴篇》也载了这个故事：

汉武帝乳母尝于外犯事，帝欲申宪。乳母求救于东方朔。朔曰："此非唇舌所争尔，必望济者，将去时，但当屡顾帝，慎勿言，此或可万一冀耳。"乳母既至，朔亦侍侧，因谓曰："汝痴耳！帝岂复忆汝乳哺时恩邪？"帝虽才雄心忍，亦深有情恋。乃凄然愍之，即敕免罪。

褚少孙是汉元成间人，他所听到的关于郭舍人的故事，晋、宋以来，竟是属于东方朔的了。这就证明了有关东方朔的传说始终在不断地增加。《东方朔别传》一书大概就是这样一天天累积起来的。又如《御览》四百五十七引《东方朔别传》云：

孝武皇帝时，人有杀上林鹿者。武帝大怒，下有司煞之。……东方朔时在旁，曰："是人罪一，当死者三：使陛下以鹿之故煞人，一当死也；使天下闻之，皆以陛下重鹿贱人，二当死也；匈奴即有急，推鹿触之，三当死也。"武帝默然，遂释杀鹿者之罪。（按又略见同书九百六）

这显然是好事者从《晏子春秋》钞袭来的。《晏子春秋》一有一条记载：

景公有马，其圉人杀之。公怒，援戈将自击之。晏子曰："此不知其罪而死。臣请为君数之，令知其罪而杀之。"公曰："诺。"晏子举戈而临之，曰："公使汝养马而杀之，当死罪一也；又杀公之所最善马，当死罪二也；使公以一马之故而杀人，百姓闻之，必怨吾君；诸侯闻之，必轻吾国。……

汝当死罪三也。今以属狱。"公喟然叹曰:"夫子释之,夫子释之,勿伤吾仁也!"

又如同书七也有一条:

> 景公好弋,使烛邹主鸟而亡之。公怒,诏吏杀之。晏子曰:"烛邹有罪三,请数之以其罪而杀之。"公曰:"可。"于是召而数之公前,曰:"烛邹!汝为吾君主鸟而亡之,是罪一也;使吾君以鸟之故杀人,是罪二也;使诸侯闻之,以吾君重鸟以轻士,是罪三也。"数烛邹罪已毕,请杀之。公曰:"勿杀,寡人闻命矣。"

此外类似这样的故事,《晏子春秋》还很多。这些就是《东方朔别传》中讽谏武帝一段的蓝本。

时代越后,东方朔的传说越多,别传的可靠性越小,是必然无疑的。如果《柏梁诗》止是出于《东方朔别传》的话,那只有增加此诗的不可靠的成分了。

再讲《汉武帝集》。其书,梁时二卷本的内容如何,现在不能知道。然而就诗歌而论,其与武帝有关者,大抵见于《汉书·艺文志》。如"出行巡狩及游歌诗"十篇,即《瓠子》、《盛唐枞阳》等歌;"李夫人及幸贵人歌诗"三篇,即"是邪非邪"等歌。独柏梁联句诗不见著录于二十八家之中。故知唐、宋诸类书所引《柏梁诗》云出《汉武帝集》者,亦必为后人所增入,有如《秋风辞》,《落叶哀蝉曲》等篇一样,可以断言。

至今本《三辅黄图》五引《三辅旧事》云:"柏梁台,以香柏为梁也。帝尝置酒其上,诏群臣和诗,能七言者乃得上。"按《隋志》有《三辅故事》二卷,称晋世所撰。《新唐书·艺文志》地理类作三卷,不著撰人名氏。《唐书·经籍志》及《新唐书·艺文志》故事类又并有韦氏《三辅旧事》一卷。章宗源《隋书经籍志考证》据诸书所引,或称"三辅故事",或称"旧事",疑同为一书,而《唐志》重出。《唐志》题为韦氏者,因《后汉书·韦彪传》有章帝西巡,屡召入,问以三辅旧事,礼仪风俗的事而附会。张澍则以《括地志》引忖留事,魏太祖马惊云云,谓《旧事》未必为韦氏所著⑭。据此,《隋志》谓其书出于晋人者,不为无见。《三辅旧事》既作于晋世,而其中亦载柏梁赋诗的事,证之上文所论《柏梁诗》不能早于魏、晋之世,亦合。

　　①按《长安志》此条引《三秦记》曰："柏梁台上有铜凤，名凤阙。"接着又引《汉武帝集》："武帝作柏梁台，诏群臣二千石有能为七言者，乃得上坐。帝曰：日月星辰和四时"云云，则是此诗本出《武帝集》。而张氏《二酉堂丛书·三秦记》辑本引《长安志》此条，竟多所增损，又删去"《汉武帝集》"四字。遂以为此诗出于《三秦记》，殊误。

　　②按陈掌为陈平曾孙，见《史记·陈丞相世家》及《汉书·王陵传》。

　　③《御览》九百五十四引《汉书》曰："武帝造柏梁殿，与群臣宴其下。"夹注云："又云：作柏梁台也。"今《汉书》无此文，当是误引。

　　④《汉书·东方朔传》载朔射覆之词曰："臣以为龙又无角，谓之为蛇又无足。跂跂脉脉善缘壁，是非守宫即蜥蜴。"又《朔传》有八言七言上下，注家或以为八言七言诗各有上下篇。

　　⑤曹植诗只有二逸句，见《文选》谢灵运《庐陵王墓下作诗》注引。

　　⑥王粲《咏史诗》一首乃咏三良者。阮瑀《咏史诗》二首，其第一首亦咏三良。

　　⑦按傅成本尚有《大言赋》，今不存。惟《御览》六百九十二引两句云："要佩六气，首戴天文。"

　　⑧郦著宋玉《大、小言赋考》有专论，见民国二十六年《华中学报》。

　　⑨戴良《失父零令》略云："敬白诸君行路者：敢告重罪自为积，恶致灾交天困我，今月七日失阿爹。念此酷毒可痛伤。当以重币缯用相当（按此句有衍文）。请为诸君说事状：我父躯体与众异，脊背伛偻卷如戟，唇吻参差不相值。此其庶形何能备？……"见《御览》五百九十八。

　　⑩二赋并见《艺文》六十二。陈思王赋又见《魏志》本传注及《初学记》二十四。

　　⑪见《唐诗纪事》一及《全唐诗话》一。

　　⑫按《文选》四十五《秋风辞序》"上行幸河东"以下七句，冯惟讷《诗纪》一引作《汉武故事》。今本《故事》无此文。

　　⑬见《郡斋读书志》引张柬之《洞冥记跋》。

　　⑭见《二酉堂丛书》张氏辑本《三辅旧事序》。而姚振宗《隋书经籍志考证》则谓或晋人所增补。

原载 1948 年《北京大学五十周年纪念文集》，收入 1949 年《国学季刊》

论《古诗十九首》

马茂元

《古诗十九首》最早著录于梁昭明太子萧统的《文选》。这仅仅是十九首无主名的抒情短诗，可是一直受到诗论家最崇高的评价，"十九首"和"三百篇"往往相提并论；流传之广，影响之深，在中国古典诗歌领域中是一件非常特出的事例。这对文学史研究工作者来说，应该是一个值得引起注意的问题。

一

所谓"古诗"，一般地说，是指流传已久、难以确定其绝对年代的无主名的诗篇。屈原、宋玉之后，汉朝没有出现什么大诗人，汉朝的诗歌只有不知名的"乐府"和"古诗"。魏晋以还，个人的创作才大大兴盛起来，诗人受到社会上普遍的重视，作诗才成为一种专业。

采集民间诗歌，以之合乐，是汉朝乐府机关职掌中一项最重要的工作，也就是乐府歌辞最主要的来源。乐府规模，盛于西汉武帝刘彻时代。班固《汉书·艺文志》纪录的采诗地区，北极燕、代、雁门、云中，南至吴、楚，西到陇西，东至齐、郑，可是所采的诗歌，仅有一百三十八篇。这个数字，固然是东汉时的纪录，难免有散失遗亡；但另一方面也说明了各地丰富的民间诗歌，决非当时政府所能尽采。这些未被采录的诗歌，无疑地单独在社会上流传；再加上一部分原已入乐而失了标题、脱离了音乐的歌辞，后人无以名之，只得泛称之为"古诗"。"古诗"和"乐府"除了在音乐意义上有所区别而外，实际是二而一的东西。后人辑录汉代诗歌，"乐府"和"古诗"的界限总是划分不清，往往一首诗甲本题为"乐府"，而乙本则标作"古诗"，这样的事实是经常看到的①。

"古诗"的涵义，和"乐府"同样的广泛，可是作为一个整体而出现在《文选》里的《古诗十九首》则是汉代"古诗"许多类型当中的一个类型，我们必须把它和一般的"古诗"从概念上加以明确的区分。

第一，"古诗"和"乐府"一样，其中固然有抒情的诗歌，但更多的是社会性的叙事诗，像《上山采蘼芜》、《十五从军征》、《孔雀东南飞》都曾被后人题作"古诗"。可是"十九首"则篇篇都是咏叹人生的抒情之作。从内容来看，自成体系，不同于一般的"古诗"。

第二，"古诗"和"乐府"都是来自民间。所谓民间作品，固然绝大部分是劳动人民的口头创作，但同样也有文人的歌咏。收集在一起，作者的阶级关系和他们的文化水平是极为复杂，极为参差不齐的。而《古诗十九首》则完全是文人的创制。从作者来看，彼此间又是一致的。

第三，"古诗"和"乐府"，篇幅的长短距离很大。"十九首"里，没有长篇，最长的不多于二十句，最短的不少于八句。就诗歌的形式来看，彼此间也是相近似的。

由于上述三个特征，"十九首"在汉代"古诗"系统中构成了一个具有独立性的类型的意义，这个类型的"古诗"，就是汉代无名文人创作的抒情短诗。

汉代的"古诗"究竟有多少篇呢？这话很难说。单拿像《古诗十九首》这一类型的"古诗"来说，原来也不只十九首。《诗品》说："陆机所拟十四首，文温以丽，意悲而达，惊心动魄。可谓一字千金。其外'去者日以疏'四十五首，虽多哀怨，颇为总杂……"钟嵘所指的当然不包括"古诗"中的叙事诗，同时，他所看到的也不会是全部，可是已有五十九首之多，萧统编著《文选》时只选录了十九首，足见他的去取标准是相当严格的。"十九首"以外的汉代抒情短诗，流传到现在的也就有限了。虽然徐陵《玉台新咏》和其他古籍中还存留一些，但时代莫辨，真伪难明；同时，对后来的影响也不大。只有这十九篇永远地放射着强烈的光芒，照耀千余年来诗歌发展的道路，历久弥新。

二

关于《古诗十九首》的作者和时代问题，旧说最为纷纭。近世研究"十九首"的人绝大部分都认为产生于东汉末期，但也有人说其中还杂有西汉诗篇。问题的症结在于《明月皎夜光》里有"玉衡指孟冬"一句话。这据李善说，是西汉武帝太初以前的历法。这一涉及古代天文学的问题，本身就很难搞清楚，经过许多人研究，李说并不可靠。

从文学发展的角度来看，综合现存的汉代诗歌来看，不到东汉末期，没有而且也不可能出现像"十九首"这样成熟的五言诗。这十九首虽不是成于一人之手，但是同时代的产物，则完全可以肯定。这不仅是从个别证据而得出来的结论；更重要的是：作品的本身，从内容到形式都透漏了它自己问世的年代。

"十九首"产生于东汉末期，它标志着五言诗的奠型，说明了这一类型的抒情短诗是怎样发生和发展起来，成为一个独立的体系，而文人诗篇和民间歌谣之间的关系又是怎样。我们不难从汉代"乐府"演化的痕迹，辨明"十九首"的源流；更可以从"十九首"的出现，看出汉代"乐府"的辉煌成果。它的出现，在中国诗歌发展史上是一件大事。

第一，从西汉中期武帝刘彻扩大乐府组织、广泛地采诗合乐以来，以至东汉末年"十九首"的出现，这三百年间，中国诗歌是由民间文艺发展到文人创作的黄金时代的一个过渡时期。

"诗三百篇"主要是"饥者歌其食，劳者歌其事"②流传在人民口头的间巷歌谣，我们只能从其中看出劳动人民在文学艺术上的集体智慧。由《诗经》到《楚辞》，由于屈原能吸取人民文学的精华，集中提高，而创造出他的独特体制，则我们可以从《楚辞》里看出一个伟大作家的创作成果了。

《楚辞》到汉朝被供奉文人沿袭其体貌，蜕化成为"汉赋"。这说明《楚辞》的精神实质已分散到其他各类文学体制之中，而《楚辞》本身的形式则已渐趋僵化。"乐府"就在这样一个情况下活跃起来，照耀诗坛，大放异彩。"《诗经》本是汉朝以前的'乐府'，'乐府'也就是周朝以后的《诗经》"③。虽然二者之间，在语言、形式、技巧和具体内容上由于时代不同而各有其特色，但论其精神实质，则后先辉映，完全是一脉相承的。

民间诗歌一经采作乐府歌辞，这种"感于哀乐，缘事而发"④的现实主义精神，和不可掩抑的蓬勃生气，相形之下，立刻使一般廊庙文人"雍容大雅"的制作黯然失色。于是在民歌加工、写定、集中、提高的过程中，同时也掀起了文人模拟"乐府"的风气；影响所及，在各种不同的社会阶层内都会出现一些天才的诗人。尽管他们还不是专力于诗歌创作，而且篇章散佚，名姓不彰，但可以肯定地说：汉朝的诗歌就是在这样一个情况下发展起来，这也就是诗歌史上称之为"乐府时代"的道理。

"王、杨、枚、马之徒，词赋竞爽，而吟咏靡闻。"⑤可是建安以后情况就大大地改变了。《诗品》又说："降及建安，曹公父子，笃好斯文，平原兄弟，⑥郁为文栋，刘桢、王粲，为其羽翼；次有攀龙托凤，自致于属车者，盖将以百计。"建安时代，是曹植、王粲歌唱的时代，诗坛上的著名作者并肩而起，这种繁荣热闹的景象，难道莫为之先吗？"十九首"的出现，正回答了这一问题。

第二，皎然《诗式》说："建安用事，齐、梁不用事"。所谓用事，是指建安以后的六朝诗歌由于题材扩大而出现的"咏物诗"和"咏史诗"。"建安风骨"是指"慷慨以任气"⑦的人生歌咏，是抒情诗的典范，它不但不同于齐、梁，而且有异于两汉，这种诗风的形成，也有它的源头。如果我们从"十九首"上溯两汉，下窥建安，又可以寻找出抒情诗在这一阶段内发展演化的痕迹。

"感于哀乐，缘事而发"，是一切民歌的基本精神，也就是汉代"乐府"的特色。"事"是客观的现象，"哀乐"是主观的感受；二者之间，血肉相联，本来不可分割。但就具体的作品来说，表现的重点不同，叙事诗和抒情诗是体制各异的。汉代"乐府"循着这两条线索向前发展，从最初的互相糅杂，逐渐趋向分流。"十九首"出现的东汉末年，正标志着这种分流的明朗化。

汉"乐府"中的初期作品，无论"铙歌"或"相和歌"，内容都是极为庞杂的。有抒情，有说理，有叙事，而以叙事为主。但所抒的情和所叙的事，就题材来说，往往很零碎、片段，就诗歌的体制说，还没有达到完整的定型。

西汉中期以后，由于时代的动荡不宁，阶级矛盾的日趋尖锐，愁苦骚动的人民生活，离合悲欢的社会现象，随时随地，触目惊心。口头流传的民间歌谣，逐渐演绎而成为详纪本末完整的长篇记事诗，这就在东汉末年出现了像《孔雀东南飞》这样的作品；而文人制作，则表现趋向于集中，语言锤炼得更为精粹，熔事于情，概括而凝为人生的咏叹，这就同时出现了"惊心动魄，一字千金"像"十九首"这类抒情短诗。而这类抒情短诗，就直接成为建安诗人创作的范本。

第三，作为"建安文学"的另一特征，那就是五言诗的黄金时代。可是五言诗由萌芽以至成长过程，是极其曲折而复杂的。"十九首"的出现，正标志着五言诗在发展中达到成熟的阶段，这和它的时代、作者完全是一致的。

挚虞《文章流别论》说："古诗（指"诗三百篇"）有三言、四言、五言、六言、七言、九言，大率以四言为体，而时有一句、二句杂在四言之间，后世演之，遂以为篇……五言者，'谁谓雀无角，何以穿我屋'之属是也，于俳优倡乐多用之。"就单句论，五言早在《诗经》里已经出现，当然，这只是一点萌芽。所谓"俳优倡乐"，是指民间流行的俗调。确实，五言诗的萌芽是在民间肥沃的土壤里逐渐成长起来的。

西汉民间歌谣无论采入乐府或未采入乐府的，在杂言体当中，最多的是五言句。刘勰《文心雕龙》说："召南行露，始肇半章⑧；孺子沧浪，亦有全曲⑨。暇豫优歌，远见春秋⑩；邪径童谣，近在成世⑪。阅时取证，则五言久矣。"足见五言是民间歌谣中最流行的句子。这种因素，在汉民歌中又有着更进一步的发展，形式由散杂渐趋于统一，终于出现了像《鸡鸣》、《陌上桑》、《相逢行》、《陇西行》这一类纯粹的五言乐府诗。

这类诗篇，系汉代"乐府"的精华，但它们还属于民歌的范畴。至于文人创作的具有高度艺术价值的五言诗，则最早要算"十九首"。

东汉文人五言诗有主名的而又是可靠的仅班固《咏史》一篇。"咏史诗"仅仅是文人创作五言诗的一个开端，以班固时代为起点，风气一开，这一新的文学形式在文人创作中的运用，必然日益广泛，逐渐纯熟。"十九首"产生于东汉末年桓、灵之际，上距班固开始以五言写"咏史诗"的时代约有五六十年，经过了五六十年，当然不会停留在原来的水平上；同时，"十九首"的作者和统治阶级的高级文人又有所区别，他们对民间文学更为熟悉，他们的思想情感和人民也较为接近，因而在运用这一形式上，就会创造出更出色的艺术成果，难道不是很自然的现象吗？

汉代五言诗的发展，民间歌咏和文人创作各成体系，不可混淆，但彼此间又有着千丝万缕的关系而不是孤立的。在分途发展的进程中，到了东汉末年才高度的结合起来，而"十九首"正是典型的代表作品。

综上所述三个方面，我们可以知道"十九首"的出现，总结了汉代"乐府"的光辉成就，替建安文学奠定了牢固的基石。它正是由两汉发展到魏、晋、六朝诗歌史上的一个伟大转折点。

三

"十九首"是各自成篇的，但合起来看，又是不可分割的整体。它围绕着一个共同的时代主题，所写的无非是上述的一些生活现实，并无任何神秘之处。但封建文人的说诗，特别是对流传万口、影响广泛的篇什，总不惜千方百计，歪曲其主题，以符合于统治阶级的利益，因而给许多富有现实意义和人民性的文学珠玉涂上满身的污泥，隐蔽了它原来的光彩。

我国古典诗歌中确实是有言在此而意在彼的。解说"十九首"的往往把屈原《离骚》"以求女喻思君"的表现手法移植过来，产生许多误解。其实这两者不能相提并论。出现在《离骚》中一些曲折隐晦的写法，并不是孤立的。它是交织在现实的叙述之中，而暗示其用意之所在；它和屈原丰富的生活经历，火热的斗争实践是密切相联系着的。"十九首"显然不是如此。"十九首"的作者和屈原的身分不同，他们不会有屈原那样忧深思远的忠君爱国心情；"十九首"里固然也有驰骋想象的地方，但毕竟是较为单纯的生活形象。

在"十九首"里，表现羁旅愁怀的不是游子之歌，便是思妇之词，综括起来，有这两种不同题材的分别，但实质上是一个问题的两面。朱熹说"诗三百篇"中的"国风"是"男女相与咏歌各言其情"⑬的作品，可是文人诗和民歌不同，其中思妇词也还是出于游子的虚拟。在穷愁潦倒的客愁中，通过自身感受，设想到家室的离思，因而把同一性质的苦闷，从两种不同角度表现出来，这是很自然的事。

游子和思妇之所以构成"十九首"的基本内容，成为"十九首"表现共同的时代主题的两个方面，是有着极其现实的社会历史意义的。

东汉王朝为了加强其统治，一开始就继续奉行并发展了西汉武帝刘彻以来的养士政策。在首都建立太学，到了质帝刘缵时代，太学生一项，就已发展到三万多人。太学生成分，政教的对象也逐渐宽广，并不局限于贵族官僚子弟。这大批脱离生产的知识分子出路是什么呢？与之相适应的，那就是东汉王朝所采用的选举制度。在这种政策和制度下，当时的政治首都洛阳就必然成为求谋进身的知识分子们猎取富贵功名的逐鹿场所。"十九首"里的游子，就是这样背井离乡，飘流异地的。

"十九首"里有具体地名可考者只有三处，而这三处都在洛阳。

《青青陵上柏》里的"游戏宛与洛"，虽然"宛""洛"并举，但实际上只是指"洛"而不是指"宛"。《驱车上东门》里的"上东门"和"郭北墓"都是实指洛阳的地名。

此外，《东城高且长》里的"东城"，寻绎语气，所写的是帝都的景象，可能是洛阳城东三门的总称，并非泛指。

又，《凛凛岁云暮》里的"锦衾遗洛浦"，虽然"洛浦"是用典故，主要的是作者通过它暗示当时的想法，但同时也是点明游子的所在地。

这一切，都说明"十九首"的作者是以洛阳为活动的中心的。

他们的活动，无疑是为着一个共同目标而来。可是营求功名富贵的人数一天天的增多，而官僚机构的容纳究竟有限，这就形成了得机倖进者少，而失意向隅者多的现象。《明月皎夜光》里的"昔我同门友，高举振六翮。不念携手好，弃我如遗迹"，正反映了他们之间这种不同的遭遇。

东汉末年，是统治阶级内部矛盾表现得最尖锐的时期，同时也是政治上最混乱、最黑暗的时期。

在东汉政治史上，外戚、宦官、官僚互相倾轧和冲突的长期过程中，知识分子是依靠官僚的援引，通过征辟以求逃身的。桓、灵之际，统治集团之间的矛盾愈趋激化。桓帝刘志延熹九年（166）第一次"党锢之祸"发生以后，中央政权全归宦官，当时一批官僚和平日敢于议论朝政的大知识分子，接连地受到杀戮和禁锢。卖官鬻爵，贿赂公行。东汉王朝崩溃的前夕，政治上的腐化和堕落已达到顶点。在这种情况下，一般士人当然更是没有出路。为什么"十九首"里处处充满着失意沉沦之感呢?这是不难理解的。

这又是黄巾大起义的暴风雨即将到来的时候。都市情况混乱的另一面则是农村的凋残破落，人民大量的流亡，社会上形成一片骚动的景象。因而在都市里，商人十倍于农夫，而流浪者又十倍于商人。"十九首"里所反映的游子的生活方式，正是汉代知识分子飘荡四方的传统的"游学"生活。但实际上他们已成为流浪者当中的一个部分。

在"寒风日已厉，游子寒无衣"（《凛凛岁云暮》）的萧索客况中，在"出户独彷徨，愁思当告谁"（《明月何皎皎》）的凄苦心情下，他们又何尝不想离开浮乱骚动的都市？可是"思还故闾里，欲归道无因"（《去者日以疏》），家园的残破，时代的扰攘，又使这批脱离生产的知识分子们陷于有家归不得的境地。

以上是"十九首"的时代背景，也就是"十九首"的作者的共同遭遇。

这一共同的客观现实和共同的遭遇，贯串着"十九首"的全部，使它在精神实质上息息相通。

处于一种进退维谷的情况下，原来的理想与希望由于遭受现实不断的打击而渐趋渺茫，使他们看不见自己的出路；袭击到他们的心头的是沉重的被限制、被压抑的悲哀。有的从正面提出，有的托物寄意，但痛苦的呼号，热烈的响往，同样深深地震撼了读者的心灵，使人们感到这样沉闷得令人窒息的生活是无法继续下去。

被限制、被压抑的悲哀，不自觉地灌注到一切客观景物中去。"十九首"里关于自然环境的描写，大都以凄清的秋冬季节为背景，即使偶然写到春天，也给它涂上一层悲凉黯淡的气氛。

不仅如此，节序的迁移，时间的迅迈，对失意的倦客来说，是特别敏感的。表现在"十九首"里的,像"四时更变化,""岁暮一何速"(《东城高且长》)这类的句子最多。这些关于时间问题的具体感受,汇集起来,自然会形成一个生命短暂的完整概念。于是在"十九首"里就唱出了像"人生非金石,岂能长寿考"(《回车驾言迈》)这一类悲哀动人的调子。

"众生必死",而且"生年不满百",这是人世间自然现象,谁也都知道的。但只有处于乱离时代,生活上找不到出路、生命活力无从发舒的人们才会迫切地意识到这一问题是切身的而又是无可奈何的悲哀。汉魏之际,道家服食求仙的风气已经开始在社会上流行,可是"服食神仙,多为药所误"(《驱车上东门》),"仙人王子乔,难可与等期"(《生年不满百》),现实终归是现实,空虚妄诞的幻想不能解决现实问题,于是郁积在他们心头的沉重的人生苦闷就一发而为不可遏止的要求解放的呼声。他们毫无掩饰地大胆暴露了在传统观念上认为是不可告人的思想。例如"何不策高足,先据要路津?无为守贫贱,轗轲长苦辛"(《今日良宴会》),说得是多么愤激不平,淋漓尽致,同样在两性问题上,他们唱出了"昔为倡家女,今为荡子妇;荡子行不归,空床难独守"(《青青河畔草》)的歌声。他们的经济生活是困顿而艰苦的,可是他们却说出了"不如饮美酒,被服纨与素"(《驱车上东门》),"燕赵多佳人,美者颜如玉"(《东城高且长》)这一类及时行乐、快意当前的豪语。

这种思想似乎是庸俗而粗野的,它的气质是浪漫而颓废的,但其中却蕴藏着一种现实的、积极的因素。

首先,这是一个新旧思想更替时代。汉朝自从武帝刘彻"罢黜百家,独崇儒术"以后,儒家思想和封建专制政体更紧密地结合起来,成为奠定封建社会的理论基石。东汉建国以后,不但继续奉行这种政策,而且变本加厉。妄诞的谶纬学说的盛行,琐碎的今古文的论争,空洞的"气节"的提倡,儒学本身愈来愈被歪曲,思想领域愈来愈狭隘,人性也愈来愈被束缚了。东汉后期,统治政权随着阶级矛盾和统治阶级内部矛盾的尖锐化而日趋没落,旧秩序破坏无余,旧的社会基础发生了动摇,统治阶级所提倡的儒学也就失去了拘束人心的力量。"十九首"里"荡涤放情志"的游子,"空床难独守"的荡妇。那种否定传统礼教,不顾一切的大胆暴露的精神,那种粗犷的而又是真率的要求个性解放的情操,正表现了肯定生活的积极的一面。其中充沛着极其现实的生活气息,它给我们说明了旧礼教的解体,新思想的萌芽——人们要用自己的意志去寻找人生真谛,而不在传统思想支配下做俘虏了。

其次,正由于"十九首"的作者是在社会阶级急剧分化下而出现的属于统治阶级内部的一个被压抑的社会阶层，通过亲身的感受，他们对当时统治集团腐朽堕落的黑暗现实不但有所揭露，同时还表现了在一定程度上的不满和憎恨，像《青青陵上柏》所描写的在当时政治首都洛阳宦官、外戚及其党羽们奢侈享乐的生活现象，并且透过这些现象进一步看出他们所处的阶级地位和没落死亡的预感，就是一个明显的例子。

"十九首"里关于客中生活的叙写无一不是充满着愤激不平之感的。无论是从正面着笔，诉说自己的苦辛，或者是故作豪语，快意一时，但实质上同样表现了"骄人好好，劳人草草"的对抗情绪。从"十九首"所反映的生活的矛盾和冲突，会使人联想到"诗三百篇"《小雅》中的《北山》、《巷伯》等篇，所不同者《北山》、《巷伯》的作者已经成为统治集团当中的一员，而"十九首"的作者更为落拓失意而已。

当然，这种不满和憎恨是从个人的生活遭遇出发，但并不等于说"十九首"的内容和广大人民的情感并无相通之处，这不仅从个人牢骚的抒发，黑暗的揭露所产生的客观思想证明了这点；更值得注意的是，忧伤愤激的另一面，表现在"十九首"里的则是一种纯真，质朴，极其深厚的人民情感。这种情感，一接触到生活中最具体而实际的问题就会很自然的流露出来。

如前所述，"十九首"里关于客中及时行乐的生活的叙写，往往在深微的太息中发散出一种强烈的浪漫气息；但当我们读到"思还故闾里，欲归道无因"（《去者日以疏》）"客行虽云乐，不如早旋归"（《明月何皎皎》）这类句子的时候，感觉又是怎样呢？很明显的，对乡土的眷恋怀思，已经冲淡了富贵功名的思想；真实生活的向往，已经突破了钻营奔竞的浮嚣，无一不是写得真挚异常，足以发人深省的。特别是涉及男女相思的情爱问题，更是如此。

> 弃捐勿复道，努力加餐饭。（《行行重行行》）
> 君亮执高节，贱妾亦何为。（《冉冉孤生竹》）
> 置书怀袖中，三年字不灭。（《孟冬寒气至》）
> 著以长相思，缘以结不解。以胶投漆中，谁能别离此？（《客从远方来》）

这种像火花一般迸发、像磐石一样坚定的热情，表现得力透纸背，真是"一字千金"，令人"惊心动魄"。它和"空床难独守"的情感，从表面看来似乎是冰炭不相容，但同样赤裸裸地唱出了最明朗而又深沉的人生调子，在精神实质上是一致的。

这些给我们说明了一个问题："十九首"最基本的东西，仍然是民歌的气质。

不仅如此，黑暗投入生活的阴影，时代给予人民的苦难，诗人虽无明确的认识，但在他们的灵魂深处却仍然蕴藏着无限深厚的同情，像《东城高且长》一篇，叙写客中冶游的幻想，在尽情刻划"燕赵佳人"艳服浓装，清歌妙曲的热闹场合里，突然转入"音响一何悲"，而以"愿为双飞燕，衔泥巢君屋"作结。又如《西北有高楼》一篇，从偶然飘自高楼的弦歌声刻划出一个空灵的而又是真实的凄清、寂寞、苦闷、忧伤的境界，诗人深深致叹于"不惜歌者苦，但伤知音稀"；内心的激动，竟至使他愿意和幽闭在楼中的弦歌人双双成为"奋翅高飞"的"鸿鹄"。这类的诗句，使得"十九首"在平凡的生活里升华出人性中最高贵、最灿烂的光辉，也就是"十九首"思想上情感上所达到的完满的高度。

诗歌所展示的艺术形象，它真实地反映了诗人内心活动的精神世界。"十九首"里所活跃的诗人的精神世界是怎样呢？综合起来，有三个方面："不如饮美酒，被服纨与素"是一种境界，"置书怀袖中，三年字不灭"是另一种境界，"不惜歌者苦，但伤知音稀"又是一种境界。这三者正反映了诗人极其复杂的生活现实中的矛盾，这种矛盾的错综贯串，使得诗歌的形象逐渐展开，诗歌的思想情感的容量逐层加深、加广，渗透融合，凝成一个整体，对"十九首"的精神实质，如果我们能够从总的方面去理解，那就不致把它割裂开来，而停留在某些个别现象上面了。

从抒情诗的特点来看，"十九首"是最典型的作品。"十九首"之所以深刻地、广泛地感动读者是由于它能够真实地反映了人类共同的情感。这种情感是不同阶级、阶层和不同时代的人们在类似环境中所能体会到的而且是可以引起共鸣的东西。把这种情感典型地表现出来，就更具有它的普遍意义。"十九首"是一定社会历史条件下的产物，它的作者，如前所述都是属于同一社会阶层，但它所抒写的人生哀愁、相思、离别的情感，为什么会使一切时代的"逐臣、弃妻"以及"朋友阔绝"的人"读之皆若伤我心"呢？正因为它在典型性上具有这种普遍的意义。

四

读"十九首"的人，谁都感到它充满着最浓厚的生活气息，但值得注意的是，它并不是生活现象的罗列，而是表现了人生中某些最动人的感觉和经验。

例如《今日良宴会》的后面六句，从"贫贱"的角度，深深慨叹于人生的短暂，在现实生活中两种绝不相同的处境，富贵和贫贱的对此，这正是一切"辗轲长苦辛"的人们的不平之感。又如《驱车上东门》一首因"遥望郭北墓"而感到死亡的威胁；由于死亡的威胁，就会更热爱有限的生年。年命不能延长，现实的见闻，打破"服食求仙"的妄想；现实没有出路，只得陶醉于及时行乐的心情。这正是一切失意的而又愿意生活下去的人们无可奈何的心理状态。又如《行行重行行》因"游子不顾返"而设想到是"浮云"掩蔽了"白日"，爱情因久别而发生了中间的障碍，"凛凛岁云暮"因"凉风日厉"而想到"游子无衣"，以及类似这样的离愁别绪的亲切描写，不都是一切在类似环境中的人们所能感觉到的和所能经验到的吗？

正因为它是把大量生活材料加以高度的概括和集中，所以使人感到"言之有物"；因而它不但在抒情的意义上具有极大的普遍性，而且在抒情的效果上具有独特的深刻感染力。"十九首"是这样的平淡无奇，但钟嵘在《诗品》里却给以"惊心动魄，一字千金"的评价，这话是值得我们仔细体味的。

文学的特质是形象。凡是具有高度艺术性的作品它的形象性必然很强，"十九首"当然不例外，而且富于诗歌的形象性的特点。

首先，表现在语言的形象化，例如：《行行重行行》里用"衣带日已缓"、"思君令人老"写离别之情，使人从身体、容颜的具体变化中看出久别深思的苦痛。又如：《今日良宴会》的"人生寄一世，奄忽若飙尘"，用暴风和被暴风卷起来的尘土的形象形容人生短暂而空虚的感慨。又如：《西北有高楼》里的"清商随风发，中曲正徘徊"，《东城高且长》里的"音响一何悲！弦急知柱促"，都是用音乐的旋律表现人的内在心情的激动。又如：《明月皎夜光》是一篇"怨交道不终"的诗。"不念携手好，弃我如遗迹"，用具体的行动和事物形容过去友情的深厚和现在的绝不关怀。又如：《冉冉孤生竹》写新婚久别之怨。"伤彼蕙兰花，含英扬光辉；过时而不采，将随秋草萎"，更是完整而具体地表现了一个美丽女子顾影自怜的孤独心情，和自伤迟暮的无穷感慨。像这类形象的表现手法，在"十九首"里是数见不鲜的。

当然，这还不足以说明问题，例如《青青陵上柏》描写洛阳，它在我们面前就浮雕出一幅动荡时代的都市的生活画面；《驱车上东门》、《去者日以疏》两篇描写丘墓，它所展示的，就是一个阴森萧瑟的境界。"今日良宴会"把失意之士，酒酣耳热慷慨激昂的场面刻画得是如何的逼真！《明月何皎皎》把远客思归的心情描写得是多么的细致！《凛凛岁云暮》写出迷离恍惚的梦中景象，《明月皎夜光》写出惆怅不甘的沦落秋心。无论哪一篇，都紧紧地捕捉住我们的心灵，轻轻地就把我们引入了一个迷人的世界；这个世界就是诗人所塑造的艺术形象。

这种形象不但是客观事实的反映，而且饱满地蕴藏着和活跃地跳动着诗人的思想、感情；它不但是生活活动的具体画图，而且是诗人心灵的活的雕塑。

"十九首"的形象是丰富多样，变化无穷的。但相同的是：无论它的内涵是如何的复杂而深广，可是它所给予我们的感觉则是异常的单纯与清新。

这种单纯与清新，乃是诗人的感觉对客观事象的一种肯定的表示，明晰的反射。它能引导读者对于诗得到饱满的感受和集中的理解。陆时雍《古诗镜》说："'十九首'，深哀浅貌，短语长情。""深哀"和"长情"是就诗的思想而说的，"浅貌"和"短语"是就诗的形象而说的。"深哀""长情"是读者的饱满感受；"浅貌""短语"是读者的集中理解。这不但说明了诗的单纯清新的风格，而且也说明了诗人高度概括的能力。

"十九首"是抒情诗，一般地说来，它所描写的是抽象的情感，但在抒情中也有人物形象的刻画，而且刻画得非常出色。例如《青青河畔草》开头六句：

> 青青河畔草，郁郁园中柳。盈盈楼上女，皎皎当窗牖。娥娥红粉妆，纤纤出素手。

这里所描写的少妇，有丰满的容颜，有明艳的装饰，有妖冶的姿态，而她又是处在这样一个富于挑拨性的浓春烟景里；我们不必再看后面，诗中所企图表现的主人公的身分和心情也就不难想象。人物性格和环境气氛的统一，情感色彩的准确与调和，诗人所塑造的形象，是从自然和人生里捕捉来的最有典型性的形象，是最能唤起读者的想象和情绪的活的形象。如果说，诗有什么秘密的话，这种境界的创造就是诗的"秘密"。

"十九首"里所描写的固然是人生最现实的哀愁，但在诗歌中也飞翔着极其丰富的、空阔无边的诗人的想象。

例如《迢迢牵牛星》一篇，所写的是在现实生活中被压抑、被限制的苦闷，但诗人并不是从生活中的这一些或那一些现象着笔，而是把想象寄托在星空，从诗人的意境中塑造出一个"皎皎河汉女"的形象。她"泣涕零如雨"凝视着人世间，不但成为千万亿被压抑的人们的悲哀和苦闷的化身，而且像黑暗中飞溅的火花一样，在她身上闪耀着一种人类的理想的光辉，给人以崇高的不朽的美的感觉。他如《西北有高楼》因偶然听到的"弦歌声"而寄予以无限的同情。《东城高且长》中"燕赵多佳人"以下一段的叙写，以及"客从远方来"关于"一端绮"的描绘，都是诗人在心花怒发中用思维织成的锦彩，他所提取的塑造形象的材料是从想象中得来的。

从这些地方，我们又可以看出"十九首"在创作方法上是现实主义和浪漫主义的结合；不过现实的描写多于想象的驰骋而已。

"十九首"的作者是文人，在诗的语言上也就处处带有文人诗的色彩；但它不同于"汉赋"的是，这些带有文人诗的色彩的语言，同时也就是朴质而生动、自然的人民的口语的集中和提高。

丰富的语言是从丰富的生活经验中产生的。正由于"十九首"的作者是沉沦失意的文人，不同于统治阶级的上层分子，他们生活上所接触的面比较广泛，无论是关于自然的或人生的体验也比较深刻，特别是民间文学，对他们来说，是更为熟悉的。这就使得"十九首"活跃着民歌中最健康的因素，呈现一种生动而自然的语言风格。

"自然"，并不是什么神秘的东西，具体地说，它只是蕴藏在心底的人生经验和感觉在一定场合中的触发和流露，而不是单凭文字技巧雕琢出来的东西，它是现实生活中一种蓬蓬的生气的具体表现。

自然的语言所给予人们的感觉是朴素而亲切的。"客从远方来，遗我一书札。上言长想思，下言久离别。"（《孟冬寒气至》）"出户独彷徨，愁思当告谁？引领还入房，泪下沾裳衣。"（《明月何皎皎》）这些叙述或描写，诗人简直是透过中间一层的文字和我们在作对话，把诗的语言运用得像口语一样。

自然的语言所给予人们的感觉是明朗而单纯的。这由于诗人天真无邪的心感到没有任何地方需要藏头露尾、装模作样，所以他能够做到彻底的明朗，因为彻底的明朗，所以他能够集中最丰富、最强烈的情感投入于最单纯的一击。像"荡子久不归，空床难独守"（《青青河畔草》）；"何不策高足，先据要路津"（《今日良宴会》）；"不如饮美酒，被服纨与素"（《驱车上东门》）；"淹忽随物化，荣名以为宝"（《回车驾言迈》）这一类的句子，我们不难体味诗人的愤慨是多么深广而激切，可是它表现得却是如此的明朗而单纯。王国维认为"写情如此，方为不隔"。"不隔"，正是诗人全部情感在一刹那间的裸陈。

自然的语言所给予人们的感觉是含蓄蕴藉，余意无穷的。这不是为含蓄而含蓄，而是在某种极其饱满的多方面的感受中，诗人所要说的比他所能说出来的更多,因而人们所体味到的能够引起共鸣的东西比诗里面所用语言表达出来的也就更为丰富。"弃捐勿复道,努力加餐饭。"(《行行重行行》);"君亮执高节,贱妾亦何为?"(《冉冉孤生竹》);"同心而离居,忧伤以终老。"(《涉江采芙蓉》);"盈盈一水间,默默不得语"(《迢迢牵牛星》);"馨香盈怀袖,路远莫致之。"(《庭中有奇树》)这些句子有的是托物寄意,有的是直接抒情;表现的方式不同,但相同的是:正如张戒《岁寒堂诗话》所说的"词不迫切,而意独至","其词婉,其意微,不迫不露,此其所以可贵也"。钟惺《古诗归》说:"古诗之妙,在能使人思。"这话是极为中肯的。

正因为它是自然的语言,所以它才是活的语言,丰富多样的形象化的语言。

但这只是问题的一面,在"十九首"里也同样表现了诗人高度的艺术技巧。

"十九首"的语言是精炼的。"十九首"的句式定型于五言,它的篇幅最长的也不超过二十句,而它的思想情感又是如此的丰富、深刻;语言不达到高度的精炼,就成为不可能。诗人是怎样使语言精炼的呢?除了上面所说的形象的概括而外,还有语言上的技巧问题。这种技巧表现在下列的两个方面:

第一,通过成词、成语、典故的暗示作用,把丰富的内涵纳入于最简约的语言里。例如《明月皎夜光》的诗人用"不念携手好,弃我如遗迹"二句来述说他那位显贵的"同门友"和他今昔交情的变化。"携手好",是用《诗经》里的成语。《诗经·邶风·北风》:

北风其凉,雨雪其雱。惠而好我,携手同行。其虚其邪,既亟只且。

从这一成语联想它所引用的上下文,就会知道诗人是在告诉我们,这位"同门友"在未显贵的时候,和他是贫贱中的患难之交,而"携手好"的涵义,决不是只于握手言欢而已。"遗迹"是比喻,极言其毫不顾念;但同时也是一个典故。《国语·楚语下》:

(楚)灵王不顾其民,一国弃之,如遗迹焉。

如果我们知道了它的出处,则这一词汇的涵义表现得就更为深刻有力;而这两句中诗人对这位"同门友"的揭露和怨恨也就昭然若揭了。又如《东城高且长》篇"晨风怀苦心,蟋蟀伤局促"二句是形容现实生活的苦闷。单从字面来解释,虽然也说得过去,但终于勉强得很。因为"晨风"是健飞的大鸟,"怀苦心"必然在它未能振翮高飞的时候；"蟋蟀"是避寒喜暖的候虫，"伤局促"也必然在秋尽冬来的季节；而这些在本文里都没有说到，这又怎样去理解呢？原来"晨风"和"蟋蟀"都是用《诗经》的篇名。原文是这样：《秦风·晨风》：

> 鴥彼晨风，郁彼北林。未见君子，忧心钦钦。如何？如何？忘我实多！

《唐风·蟋蟀》：

> 蟋蟀在堂，岁聿其莫；今我不乐，日月其除。无已太康，职思其居。好乐无荒，良士瞿瞿。

不但由于有了"郁彼北林"和"岁聿其莫"两句，"怀苦心"和"伤局促"的意义都有了着落，而且这两篇《诗经》里的人生感慨又扩大这两句的内涵。"十九首"中用古书特别是《诗经》《楚辞》的成语极多，而它的用法又绝不同于后世诗文中的堆砌故实，晦涩难明；它的恰当运用，都起着暗示其所未申明的涵义的作用，丰富了诗的语言的容量。

第二，通过句法的变化，从互相补充中表现出一个完整的意义，达到"文省而义见"的效果。像《明月皎夜光》里"南箕北有斗，牵牛不负轭"就是一个典型的例子。这两句是《诗经·小雅·大东》里"维南有箕，不可以播扬；维北有斗，不可以挹酒浆"和"睆彼牵牛，不以服箱"六句话的翻新，都是指有名无实的事物。上句"南箕北有斗"的意义是不完全的，因为它并没有说出"不可以播扬"、"不可以挹酒浆"。但这个意思却从下面一句得到补充，因为"不可以播扬"、"不可以挹酒浆"和"不以服箱"这三者在意义上是相类似的并列；下句既然表明了"牵牛不负轭"的完整概念（"负轭"和"服箱"同指拉车），则上句所需要表明的意义也就不难连类而及，举一反三了。用两种不同的叙述来相互补充，构成了一个完整的意思。这样不但语言简洁，而且变化的手法，运用得是多么自然！

"十九首"的语言是工整的。无论是用字、遣词或造句，都能看出诗人在语言技巧上所独具的匠心。就以词汇的运用来说吧，"十九首"是最善于用形容词的。像《青青河畔草》《迢迢牵牛星》两篇都是仅有十句的短诗，在这短短的十句里，每首就有六句是用形容词开头，而且这些形容词都是用叠字组成的。可是由于运用的巧妙，它使我们一点也不感到单调、呆板，而是从不同的词性里极其生动地、形象地赋予所形容的事物以颜色、声音和意态，这是后来诗论家推为绝调的。拿造句来说吧，对称的语言，是语言的均衡美的表现，尤其是诗歌的语言的特色。在"十九首"里不但可以看到很多的对称式的句子，像前面所引的"晨风怀苦心，蟋蟀伤局促"之类；而且它总的倾向是由散杂的语言逐渐走向工整化，规范化。这一点，也是很显明的。其中有一些句子是套用古代诗歌的旧文。如"胡马依北风，越鸟朝南枝"（《行行重行行》）之本于"代马依北风，飞鸟栖故巢"（见《韩诗外传》引），但经过诗人的略加改动，就工切得多了。

综上所述，我们可以知道"十九首"的作者在诗歌的创作上是有着高度艺术技巧的。但这些技巧的表现，绝不同于雕章琢句，并没有损害诗歌自然而生动的语言风格；它只给我们说明了一个问题："十九首"的作者是真正地吸收了民间文学的丰富营养，而"十九首"的创作，同时又是民间文学集中和提高的过程；刘勰认为"十九首""直而不野"，钟嵘说"古诗源于国风"，正是这个道理。

文人歌咏和民间文学的结合给文人创作指出一条光明大道，形成了一个优良的传统；这一传统像一条红线贯穿着全部中国文学史，许多古代伟大的作家谁不是沿着这条道路去寻探取之不尽用之不竭的宝藏来创造文学上的光辉业绩？"十九首"之后，直接受到影响的就是建安诗人。

建安诗人以曹植为代表。曹植是大力创作五言诗的人，而他的五言诗所给予人们的印象最特出的地方是词藻的华丽工致；可是钟嵘在《诗品》里却认为他的诗也是"源于国风"，这又怎样去理解呢？正如黄侃在《诗品疏》所说的他的诗虽然"文采缤纷"，但"不离闾巷歌谣之质"。原来他也是吸取了民间文学的丰富营养而加以集中和提高；由于时代的发展和他的专心致意，使得他的诗词藻更为工丽，更加文人化了。但在创作精神上他是紧紧地继承着"古诗十九首"的道路的。

不仅建安诗人是这样，建安以后的阮籍、陶潜又何尝不是如此？如果我们说，以歌咏人生、反映现实为主要内容，以五言体为表现形式的诗歌是从魏晋到六朝这一阶段内诗歌的主流，那末《古诗十九首》就是它的光辉起点。

以上是我对《古诗十九首》一些不成熟的看法。错误的地方，希望同志们予以批评和指教！

———————

① 例如《孔雀东南飞》一诗,《玉台新咏》题为"古诗无名人为焦仲卿妻作",《乐府诗集》则归入《杂曲歌辞》,题作《焦仲卿妻》。

② 见何休《公羊传》。

③ 余冠英语,见《乐府诗选序》。

④ 见《汉书·艺文志》。

⑤ 见钟嵘《诗品序》。

⑥ 指曹植兄弟。因曹植于建安中封平原侯。

⑦ 刘勰评建安诗人语,见《文心雕龙·明诗》。

⑧ 原诗二章,每章六句,前四名均为五言。见《诗经·召南》。

⑨ 见《孟子·离娄篇》。全诗四句,除掉两个"兮"字均为五言。

⑩ 见《国语·晋语》。全诗四句,三句五言。

⑪ 成帝时民谣, 全诗系五言。见《汉书·五行志》。

⑫ 见《诗集传序》。

原载《新建设》1956年第9期

太史公行年考

王国维

公姓司马氏，名迁，字子长，案，子长之字，《史记·自序》与《汉书》本传皆不载。扬子《法言·寡见篇》："或问，司马子长有言曰，五经不如《老子》之约也。"又《君子篇》："多爱不忍子长也。仲尼多爱，爱义也，子长多爱，爱奇也。"子长二字之见于先汉人著述者始此。嗣是王充《论衡·超奇》、《变动》、《须颂》、《案书》篇，张衡《应闲》皆称司马子长或单称子长。是子长之字，两汉人已多道之，正不必以不见《史》、《汉》为疑矣。左冯翊夏阳人也。案，《自序》"司马氏入少梁"，在晋随会奔秦之岁，即鲁文公七年、周襄王之三十二年。越二百九十一年，至秦惠文王八年，而魏入少梁河西地于秦。十一年，改少梁曰夏阳。自司马氏入少梁，迄史公之生，凡四百七十五年。《自序》云："昔在颛顼……至于夏商，故重黎氏世序天地。其在周，程伯休父其后也。当周宣王时，失其守而为司马氏。司马氏世典周史。惠、襄之间，司马氏去周适晋，晋中军随会奔秦，而司马氏入少梁。自司马氏去周适晋，分散，或在卫，或在赵，或在秦。……在秦者名错，与张仪争论，于是惠王使错将伐蜀，遂拔，因而守之。错孙靳，事武安君白起。……与武安君共阬赵长平军，还而与之赐俱死杜邮，葬于华池。"《集解》引晋灼曰："地名，在鄠县。"《索隐》云："晋灼非也。案，司马迁碑在夏阳西北四里。"国维案，《水经·河水注》："陶渠水，又东南迳华池南。池方三百六十步，在夏阳城西北四里许。"司马迁碑文云："高门华池在兹夏阳城西北、汉阳太守殷济精舍四里许。"此《索隐》所本也。靳孙昌，昌为秦主铁官。昌生无泽，《汉书》作"毋泽"。无泽为汉市长。无泽生喜，喜为五大夫，卒皆葬高门。《集解》引苏林曰："长安北门。"瓒曰："长安城无高门。"《索隐》云："苏说非也。案迁碑，高门在夏阳西北，去华池三里。"国维案，《水经·河水注》，陶渠水又南迳高门原，盖层峦隒缺，故流高门之称也。又云，高门原，东去华池三里。《太平寰宇记》，同州韩城县下引《水经注》，高门原南有层阜，秀出云表，俗谓司马原。《正义》引《括地志》亦云："高门原俗名马门原。"盖亦本古本《水经注》。马门原，或以司马氏家地名矣。喜生谈，谈为太史公。说见后。太史公学天官于唐都，《历书》："今上即位，招致方士唐都，分其天部。而巴落下闳运算转历，然后日辰之度与夏正同。"《天官书》："自汉之为天文者，星则唐都，气则王朔。"《汉书·律历志》："元封七年……造汉历。……方士唐都、巴郡落下闳与焉。"又，《公孙弘传》："论治历则唐都、落下闳。"是唐都实与于太初改历之役。考司马谈卒于元封元年，而其所师之唐都，至七年尚存，则都亦寿考人矣。受《易》于杨何，《儒林列传》："《易》，汉兴。"《田何传》："东武人王同子仲。"《子仲传》："菑川人杨何，何以《易》元光元年征，官至中大夫。"《汉书·儒林传》："何，字叔元。"习道论于黄子。《集解》徐广曰："《儒林传》曰黄生好黄老之术。"案，《传》云："辕固生，孝、景时为博士，与黄生争论。"是黄生与司马谈时代略相当。许说殆是也。谈既习道论，故论六家要旨，颇右道家，与史公无与，乃扬雄云："司马子长有言，五经不如《老子》之约。"班彪讥公先黄老而后六经，是认司马谈之说为史公之说矣。"仕于建元、元封之间……有子曰迁。"即公是也。

汉景帝中五年丙申，公生，一岁。

案，《自序》、《索隐》引《博物志》，太史令茂陵显武里大夫司马，此下夺"迁"字。年二十八，三年六月乙卯除，六百石也。今本《博物志》无此文，当在逸篇中。又，茂先此条当本此，汉记录非魏晋人语。说见后。案，三年者，武帝之元封三年。苟元封三年史公年二十八，则当生于建元六年，然张守节《正义》于《自序》为太史令五年而当太初元年下云："案，迁年四十二岁。"与《索隐》所引《博物志》差十岁。《正义》所云亦当本《博物志》，疑今本《索隐》所引《博物志》年二十八，张守节所见本作年三十八。三讹为二，乃事之常，三讹为四，则于理为远。以此观之，则史公生年当为孝景中五年，而非孝武建元六年矣。

又案《自序》"迁生龙门。"龙门在夏阳北。《正义》引《括地志》云："龙门山在同州韩城县北五十里。"而华池则在韩城县西南十七里，相去七十里，似当司马谈时，公家已徙而向东北。然公自云生龙门者，以龙门之名见于《夏书》，较少梁、夏阳为古，故乐用之，未必专指龙门山下。又云："耕牧河山之阳"，则所谓龙门，固指山南河曲数十里间矣。

武帝建元元年辛丑,六岁。
五年乙巳,十岁。

案《自序》:"年十岁则诵古文。"《索隐》引刘伯庄说,谓即《左传》、《国语》、《世本》等书是也。考司马谈仕于建元元封间,是时当已入官,公或随父在京师,故得诵古文矣。自是以前,必已就闾里书师受小学书,故十岁而能诵古文。

元光元年丁未,十二岁。
二年戊申,十三岁。

案《汉旧仪》,《太平御览》卷二百三十五引。司马迁父谈,世为太史。迁年十三,使乘传行天下,求古诸侯之史记。《西京杂记》卷六文略同。考《自序》云"二十而南游江淮",则卫宏说非也。或本作二十,误倒为十二,又讹二为三与?

元朔元年癸丑,十八岁。
三年乙卯,二十岁。

案《自序》:"二十而南游江淮,上会稽,探禹穴,窥九疑,浮于沅湘,北涉汶泗,讲业齐鲁之都,观孔子之遗风,乡射邹峄。厄困鄱、薛、彭城,过梁、楚以归。"考《自序》所纪,亦不尽以游之先后为次。其次当先浮沅湘,窥九疑,然后上会稽,自是北涉汶泗,过楚及梁而归,否则既东复西,又折而之东北,殆无是理。史公此行,据卫宏说,以为"奉使乘传行天下,求古诸侯之史记"也,然公此时尚未服官,下文云"于是迁始仕为郎中",明此时尚未仕,则此行殆为宦学,而非奉使矣。

又案史公游踪,见于《史记》者:《五帝本纪》曰:"余尝西至空同,北过涿鹿,东渐于海,南浮江淮矣。"《封禅书》曰:"余从祭天地诸神名山川而封禅焉。"《河渠书》曰:"余南登庐山,观禹疏九江,遂至于会稽大湟,上姑苏,望五湖,东窥洛汭大邳,迎河,行淮泗济漯洛渠,西瞻蜀之岷山及离碓,北至龙门,至于朔方。"《齐太公世家》曰:"吾适齐,自泰山属之琅邪,北被于海,膏壤二千里。"《魏世家》曰:"吾适故大梁之墟。"《孔子世家》曰:"余适鲁,观仲尼庙堂车服礼器,诸生以时习礼其家,余低徊留之不能去云。"《伯夷列传》曰:"余登箕山,其上盖有许由冢云。"《孟尝君列传》曰:"吾尝过薛,其俗间里率多暴桀子弟,与邹鲁殊。"《信陵君列传》曰:

"吾过大梁之墟，求问其所谓夷门，夷门者城之东门也。"《春申君列传》曰：
"吾适楚，观春申君故城宫室，盛矣哉。"《屈原贾生列传》曰："余适长沙，
观屈原所自沉渊。"《蒙恬列传》曰："吾适北边，自直道归，行观蒙恬所为
秦筑长城亭障，堑山湮谷，通直道，固已轻百姓力矣。"《淮阴侯列传》曰：
"吾如淮阴，淮阴人为言，韩信虽为布衣时，其志与众异。其母死，贫无以葬，
然乃行营高敞地，令其旁可置万家。余视其母冢良然。"《樊郦滕灌列传》曰：
"吾适丰沛，问其遗老，观故萧、曹、樊哙、滕公之冢。"《自序》曰："奉使
西征巴蜀以南，南略邛、笮、昆明。"是史公足迹，殆遍宇内，所未至者，朝
鲜、河西、岭南诸初郡耳。此上所引，其有年可考者，仍各系之于其年下，余
大抵是岁事也。是岁所历各地，以先后次之如左：

适长沙，观屈原所自沉渊。《屈原贾生列传》。浮于沅湘。《自序》。窥九
疑。同上。南登庐山，观禹疏九江，遂至于会稽大湟。《河渠书》。上会稽，
探禹穴。《自序》。上姑苏，望五湖。《河渠书》。适楚，观春申君故城宫室。
《春申君列传》。《越绝书》则春申君故城宫室在吴。适淮阴。《淮阴侯列传》。
行淮泗济漯。《河渠书》。北涉汶泗，讲业齐鲁之都，观孔子之遗风，乡射邹
峄。《自序》。适鲁，观仲尼庙堂车服礼器，诸生以时习礼其家。《孔子世
家》。厄困鄱、薛、彭城。《自序》。过薛。《孟尝君列传》。适丰沛。《樊郦
滕灌列传》。过梁楚以归。《自序》。适大梁之墟。《魏世家》及《信陵君列
传》。

又案《汉书·儒林传》："司马迁亦从孔安国问故。迁书载《尧典》、《禹
贡》、《洪范》、《微子》、《金縢》诸篇，多古文说。"公从安国问《古文尚
书》，其年无考。《孔子世家》但云："安国为今皇帝博士，至临淮太守，蚤
卒。安国生卬，卬生驩。"既云早卒，而又及纪其孙，则安国之卒当在武帝初
叶，以《汉书·儿宽传》考之，则儿宽为博士弟子时，安国正为博士，而宽自
博士弟子补廷尉文学卒史，则当张汤为廷尉。汤以元朔三年为廷尉，至元狩三
年迁御史大夫，在职凡六年。宽为廷尉史，至北地视畜数年，始为汤所知，则
其自博士弟子为廷尉卒史，当在汤初任廷尉时也。以此推之，则安国为博士，
当在元光元朔间。考褚大亦以此时为博士，至元狩六年犹在职，然安国既云蚤
卒，则其出为临淮太守，亦当在此数年中，时史公年二十左右。其从安国问
《古文尚书》，当在此时也。又史公于《自序》中述董生语，董生虽至元狩元朔
间尚存，然已家居，不在京师，则史公见董生，亦当在十七八以前。以此二事
证之，知《博物志》之"年二十八为太史令"，二确为三之讹字也。

元狩元年己未,二十四岁。

元鼎元年乙丑,三十岁。

案《自序》云:"于是迁仕为郎中。"其年无考,大抵在元朔元鼎间。其何自为郎,亦不可考。

四年戊辰,三十三岁。

案《封禅书》:"明年冬,天子郊雍,诏曰:'今上帝朕亲郊,而后土无祀则礼不答也。'有司与太史公、祠官宽舒议,'天地牲角茧栗,今陛下亲祠后土,宜于泽中为五坛,坛一黄犊太牢具,已祠尽瘗,而从祠衣上黄。'于是天子遂东,始立后土祠汾阴脽邱,如宽舒等议。"考《汉书·武帝纪》,"(是岁)冬十月,行幸雍,祠五畤,行自夏阳,东幸汾阴。十一月甲子,立后土祠于汾阴脽上。"则司马谈等议立后土,乃十月事也。谈为太史令始见此。

五年己巳,三十四岁。

案《五帝本纪》:"余尝西至空同。"考《汉书·武帝纪》:"(是岁)冬十月,行幸雍,祠五畤,遂逾陇登空同,西临祖厉河而还。"公西至空同当是是岁十月扈从时事。

又案《封禅书》:"公卿言'皇帝始郊见太一云阳,有司奉瑄玉嘉牲。是夜有美光,及书,黄气上属天。'太史公、祠官宽舒等曰:'神灵之休,祐福兆祥,宜因此地光域,立太畤坛,以明应。令太祝领秋及腊间祠,三岁一郊见,'"案《汉书·武帝纪》:"(是岁)十一月,立太畤于甘泉,天子亲郊见。"则太史谈等议泰畤典礼当在是月。

元封元年辛未,三十六岁。

案《自序》:"奉使西征巴蜀以南,南略邛、筰、昆明,还报命。是岁,天子始建汉家之封,而太史公留滞周南,不得与从事,故发愤且卒。而子迁适使反,见父于河洛之间。"云云。考《汉书·武帝纪》:元鼎六年"定西南夷,以为武都、牂柯、越巂、沈黎、文山郡"。史公奉使西南,当在置郡之后。其明年元封元年。春正月,行幸缑氏,登崇高,遂东巡海上。夏四月癸卯还,登封泰山,复东巡海上,自碣石至辽西,历北边九原,归于甘泉。盖史公自西南还报命,当在春间,时帝已东行,故自长安赴行在。其父谈当亦扈驾至缑氏、崇高间,或因病不得从,故留滞周南。适史公使反,遂遇父于河洛之间也。史公见父后，复从封泰山，故《封禅书》曰："余从巡祭天地诸神名山川而封禅焉。"后复从帝海上，自碣石至辽西。故《齐太公世家》曰："吾适齐，自泰山属之琅邪，北被于海。"又历北边九原，归于甘泉。故《蒙恬传》曰："吾适北边，自直道归。"直道者，自九原抵云阳即甘泉。之道，《秦始皇本纪》所谓除道。道九原抵云阳，堑山湮谷直通之者也。父谈之卒，当在是秋，或在史公扈驾之日矣。

二年壬申，三十七岁。

案《河渠书》："余从负薪塞宣房。"考《汉书·武帝纪》："是岁春，幸缑氏，遂至东莱。夏四月，还祠泰山，至瓠子，临决河，命从臣将军以下皆负薪塞河堤，作《瓠子》之歌。"史公既从塞宣房，则亦从至缑氏、东莱、泰山矣。

三年癸酉，三十八岁。

案《自序》："太史公卒三岁，而迁为太史令，绅史记石室金匮之书。"《索隐》引《博物志》："太史令茂陵显武里大夫司马迁，年二十八，当作三十八，说见上。三年六月乙卯除，六百石也。"考史公本夏阳人，而云茂陵显武里者，父谈以事武帝故迁茂陵也，大夫者，汉爵第五级也。汉人履历，辄具县里及爵，《扁鹊仓公列传》有"安陵阪里公乘项处"，敦煌所出新莽时木简有"敦德亭间田东武里士伍王参"是也。或并记其年，敦煌汉简有"新望兴盛里公乘□杀之年卅八"，又有"□□中阳里大夫吕年年廿八"。此云"茂陵显武里大夫司马迁年三十八"，与彼二简正同。乙卯者，以颛顼历及殷历推之，均为六月二日。由此数证，知《博物志》此条乃本于汉时簿书，为最可信之史料矣。

又案，公官为太史令，《自序》具有明文，然全书中自称及称其父谈皆曰太史公。其称父为公者，颜师古及司马贞均谓迁自尊其父，称之曰公。其自称公者，桓谭《新论》谓太史公造书成，示东方朔，朔为平定，因署其下，太史公者，皆东方朔所加之也，见《孝武本纪》及《自序》《索隐》引，韦昭则以为外孙杨恽所称，见《孝武本纪》、《集解》，张守节《正义》则以为迁所自称。案东方朔卒年虽无可考，要当在《史记》成书之前，且朔与公友也，藉令有平定之事，不得称之为公。又秦汉间人著书，虽有以公名者，如《汉书·艺文志》，《易》家有《蔡公》二篇，阴阳家有《南公》三十一篇，名家有《黄公》四篇、《毛公》九篇，然此或后人所加，未必具所自称，则桓谭、张守节二说均有所不可通。惟公书传自杨恽。公于恽为外祖父，父谈又其外曾祖父也，称之为公，于理为宜，韦昭一说，最为近之矣。自易"令"为"公"，遂滋异说。《汉仪注》谓："太史公，武帝置，位在丞相上，天下计书先上太史公，副上丞相，序事如古《春秋》。迁死后，宣帝以其官为令，行太史公文书而已。"《太史公自序》《集解》、《汉书》本传注如淳说，皆引此文。《西京杂记》卷六语略同，亦吴均用《汉仪注》文也。又云，"太史公秩二千石，卒史皆秩二百石"。《自序》《正义》引《汉旧仪》与《汉仪注》本一书，皆《汉旧仪注》之略称，卫宏所撰也。臣瓒驳之曰："《百官表》无太史公。《茂陵中书》，司马谈以太史丞为太史令。"《集解》引。晋灼驳之曰："《百官表》无太史公在丞相上，且卫宏所说多不实，未可以为正。"《汉书》本传注引。虞喜《志林》又为调停之说曰："古者主天官者皆上公，自周至汉，其职转卑，然朝会坐位，犹居公上，尊天之道，其官属犹以旧名，尊而称公也。"《自序》《索隐》引。国维案，汉官皆承秦制，以丞相、太尉、御史大夫为三公，以奉常、郎中令等为九卿，中间名有更易，员有增省，而其制不变。终先汉之世，惟末置三师在丞相上，他无所闻。且太史令一官，本属奉常，与太乐、太祝、太宰、太卜、太医五令丞联事，无独升置丞相上之理。且汉之三公，官名上均无公字，何独于太史称太史公？史公《报任安书》云："仆之先人，非有剖符丹书之功。文史星历，近乎卜祝之间，固主上所戏弄，倡优畜之，流俗之所轻也。"宋祁援此语以破卫宏，其论笃矣。且汉太史令之职，掌天时星历，《续汉志》。不掌纪事，则卫宏"序事如古《春秋》"之说，亦属不根。既不序事，自无受天下计书之理，晋灼谓卫宏所说多不实，其说是也。窃谓司马谈以太史丞为太史令，见《茂陵中书》，公为太史令，见于《自序》，较之卫宏所记，自可依据。至太史令之秩，《汉书·百官公卿表》无文，或以为千石。《报任安书》："向者，仆尝厕下大夫之列。"臣瓒曰："汉太史令秩千石，故比下大夫，或以为八百石。"《汉书·律历志》：太史令张寿王上书言历，有司"劾寿王，吏八百石，古之大夫，服儒衣，诵不祥之辞，作妖言，欲乱制度，不道。"据此，则太史令秩八百石，或以为六百石，则《汉旧仪》、《北堂书钞》卷三十五引。《续汉书百官志》皆同。又据《索隐》所引《博物志》则史公时秩亦六百石。案史公自称"仆尝厕下大夫之列"，而《自序》又称"壶遂为上大夫"。太初元年事。据《汉书·律历志》，壶遂此时为大中大夫，而大中大夫秩千石，千石为上大夫，则八百石为中大夫，六百石为下大夫矣。汉时官秩，以古制差之，则丞相、太尉、御史大夫，当古三公。中二千石、二千石、比二千石，当古上、中、下三卿。千石、八百石、六百石，当上、中、下三大夫。五百石以下至二百石，当上、中、下士。《续汉志》引《汉旧注》，即《汉旧仪注》。三公东西曹掾比四百石，余掾比三百石，属比二百石，故曰公府掾比古元士三命者也。元士四百石，则下大夫六百石审矣。又《汉书·百官表》，凡吏秩比二千石以上皆银印青绶，比六百石以上皆铜印墨绶，比二百石以上皆铜印黄绶，是亦隐以比二千石以上当古之卿，比六百石以上当古大夫，比二百石以上当古之士，则下大夫之为秩六百石，盖昭昭矣。臣瓒千石之说，别无他据。元凤中，太史令张寿王之秩八百石，或以他事增秩。据史公所自述，自以六百石之说为最长矣。

四年甲戌，三十九岁。

案《五帝本纪》，"余北过涿鹿"，考《汉书·武帝纪》，是年冬十月，行幸雍，祠五畤，通回中道，遂北出萧关，历独鹿鸣泽，自代而还。服虔曰："独鹿，山名，在涿郡遒县北界。"今案《汉书·地理志》，涿鹿县在上谷，不在涿郡，然《五帝本纪》《集解》引服虔云："涿鹿在涿郡"，是服虔固以独鹿、涿鹿为一地。史公北过涿鹿，盖是年扈跸时所经。

太初元年丁丑，四十二岁。

案《汉书·律历志》："武帝元封七年，汉兴百二岁矣。大中大夫公孙卿、壶遂、太史令司马迁等言：'历纪废坏，宜改正朔。'于是乃诏御史曰：'乃者有司言历未定，广延宣问，以考星度，未能雠也。盖闻古者黄帝合而不死，名察发敛，定清浊，起五部，建气物分数然，则上矣。书缺乐弛，朕甚难之。依违以惟，未能修明。其以七年为元年。'遂诏卿、遂、迁与侍郎尊、大典星射姓等议造汉历。乃定东西，立晷仪，下漏刻，以追二十八宿相距于四方，举终以定朔晦分至，躔离弦望。乃以前历上元泰初四千六百一十七岁，至于元封七年，复得阏逢摄提格之岁，中冬十一月甲子朔旦冬至，日月在建星，大岁在子，已得太初本星度新正。姓等奏不能为算，愿募治历者，更造密度，各自增减，以造汉太初历。乃选治历邓平及长乐司马可、酒泉候宜君、侍郎尊及与民间治历者，凡二十余人，方士唐都、巴郡落下闳与焉。都分天部，而闳运算转历。其法以律起历，曰：'律容一龠，积八十一寸，则一日之分也。与长相终，律长九寸百七十一分而终复，三复而得甲子。夫律，阴阳九六，爻象所从出也，故黄钟纪元气之谓律。律，法也，莫不取法焉。'与邓平所治同，于是皆观新星度日月行，更以算推，如闳、平法。法，一月之日，二十九日八十一分日之四十三。先藉半日，名曰阳历；不藉，名曰阴历。所谓阳历者，先朔月生；阴历者，朔而后月乃生。平曰，'阳历朔皆先旦月生，以朝诸侯王群臣便。'乃诏迁用邓平所造八十一分律历，罢废尤疏远者十七家，复使校历律昏明。宦者淳于陵渠复覆《太初历》晦朔弦望，皆最密，日月如合璧，五星如连珠。陵渠奏状，遂用邓平历，以平为太史丞。"云云。如是则太初改历之议发于公，而始终总其事者亦公也。故《韩长孺列传》言"余与壶遂定律历"，《汉志》言"乃诏迁用邓平所造八十一分律历"，盖公为太史令，星历乃其专职，公孙卿、壶遂虽与此事，不过虚领而已。孔子言"行夏之时"，五百年后卒行于公之手，后虽历术屡变，除魏明帝、伪周武氏外，无敢复用亥子丑三正者，此亦公之一大事业也。

又案《自序》："五年而当太初元年，十一月甲子朔旦冬至，天历始改，建于明堂，诸神受纪。太史公曰：'先人有言，"自周公卒五百岁而有孔子，孔子卒后至于今五百岁，有能绍明世，正《易传》，继《春秋》，本《诗》、《书》、《礼》、《乐》之际？"意在斯乎，意在斯乎！小子何敢让焉"云云。"于是论次其文。"是史公作《史记》，虽受父谈遗命，然其经始则在是年，盖造历事毕，述作之功乃始也。

天汉元年辛巳四十六岁。
三年癸未，四十八岁。

案《自序》："七年而太史公遭李陵之祸幽于缧绁。"徐广曰"天汉三年"，《正义》亦云："案，从太初元年至天汉三年，乃七年也。"然据《李将军》、《匈奴列传》及《汉书·武帝纪》、《李陵传》，陵降匈奴在天汉二年。盖史公以二年下吏，至三年尚在缧绁，其受腐刑亦当在三年而不在二年也。

太始元年乙酉，五十岁。

案《汉书》本传，"迁既被刑之后，为中书令，尊宠任职"事，当在此数年中。《盐铁论·周秦篇》：今无行之人，"一旦下蚕室，创未愈，宿卫人主，出入宫殿，得由受奉禄、食太官享赐，身以尊荣，妻子获其饶"云云。是当时下蚕室者，刑竟即任以事。史公父子素以文学登用，奉使扈从，光宠有加，一旦以言获罪，帝未尝不惜其才。中书令一官，设于武帝，或竟自公始任此官，未可知也。

又案《汉书·百官公卿表》，少府属，有"中书谒者、黄门、钩盾、尚方、御府、永巷、内者、宦者八官令丞",中书令即中书谒者令之略也。《汉旧仪》,《大唐六典》卷九引。"中书令领赞尚书出入奏事,秩千石。"《汉书·佞幸传》:"萧望之建白以为,'尚书,百官之本,国家枢机宜以通明公正处之。武帝游宴后庭,始用宦者,非古制也。宜罢中书宦官。'元帝不听。"《成帝纪》:"建始四年春,罢中书宦官,置尚书员五人。"《续汉书·百官志》:"尚书令一人,承秦所置,武帝用宦者更为中书谒者令,成帝用士人,复故。"据此,似武帝改尚书为中书,复改士人用宦者,成帝复故。然《汉书·张安世传》,"安世,武帝末为尚书令",《霍光传》,"尚书令读奏",《诸葛丰传》,"有尚书令尧",《京房传》,"中书令石显颛权,显友人五鹿充宗为尚书令",事皆在武帝之后,成帝建始之前。是武帝虽置中书,不废尚书,特于尚书外增一中书令,使之出受尚书事,入奏之于帝耳。故《盖宽饶传》与《佞幸传》亦谓之中尚书,盖谓中官之干尚书事者,以别于尚书令以下士人也。《汉旧仪》:《北堂书钞》卷五十七引。"尚书令并掌诏奏,既置中书,掌诏诰答表,皆机密之事。"盖武帝亲揽大政,丞相自公孙弘以后,如李蔡、庄青翟、赵周、石庆、公孙贺等,皆以中材备员,而政事一归尚书。霍光以后,凡秉政者,无不领尚书事。尚书为国政枢机,中书令又为尚书之枢机,本传所谓"尊宠任职"者,由是故也。

太始四年戊子,五十三岁。

案公《报益州刺史任安书》,在是岁十一月。《汉书·武帝纪》,是岁春三月行幸太山,夏四月幸不其,五月还幸建章宫。书所云"会从上东来"者也。又冬十二月行幸雍祠、五畤,书所云,"今少卿抱不测之罪,涉旬月,迫季冬,仆又薄从上上雍"者也。是《报安书》作于是冬十一月无疑。或以任安下狱坐受卫太子节当在征和二年,然是年无东巡事,又行幸雍在次年正月,均与报书不合。《田叔列传》后载褚先生所述武帝语曰"任安有当死之罪甚众,吾尝活之",是安于征和二年前曾坐他事,公报安书,自在太始末,审矣。

征和元年己丑,五十四岁。
后元元年癸巳,五十八岁。
昭帝始元元年乙未,六十岁。

案史公卒年,绝不可考,惟《汉书·宣帝纪》载后元二年,"武帝疾,往来长杨五柞宫,望气者言长安狱中有天子气,上遣使者分条中都官狱系者,轻重皆杀之。内谒者令郭穰夜至郡邸狱，丙吉拒闭，使者不得入。"此内谒者令，师古注云"内者，署属少府"，不云内谒者，二刘《汉书刊误》因以谒为衍字。又案《刘屈氂传》，有内者令郭穰，在征和三年，似可为刘说之证。然《丙吉传》亦称内谒者令郭穰，与《宣纪》同。然则果《宣帝纪》与《丙吉传》衍谒字，抑《刘屈氂传》夺谒字，或郭穰于征和三年为内者令，至后元二年又转为内谒者令，均未可知也。如谒字非衍，则内谒者令当即中谒者令，亦即中书谒者令。《汉书·百官公卿表》，"成帝建始四年，更名中书谒者令为中谒者令。"然中谒者本汉初旧名，《樊郦滕灌列传》，"汉十月，拜灌婴为中谒者"，《汉书·魏相传》述高帝时有中谒者赵尧等。高后时始用宦官，《汉书·高后纪》，少帝八年封中谒者张释卿为列侯，《史记·吕后本纪》作大中谒者张释，又称宦官令张泽，自是一人。大中谒者乃中谒者之长，犹言中谒者令也。《成帝纪》注引臣瓒曰："汉初，中人有中谒者令，孝武加中谒者为中书谒者令，置仆射。"其言当有所本。《贾捐之传》"捐之言中谒者不宜受事"，此即指宣帝后中书令出取封事见《霍光传》。言之。是则中书谒者，武帝后亦兼称中谒者，不待成帝始改矣。由是言之，《宣帝纪》与《丙吉传》之内谒者令，疑本作中谒者令，隋人讳忠，改中为内，亦固其所。此说果中，则武帝后元二年郭穰已为中谒者令，时史公必已去官或前卒矣。要之，史公卒年虽未可遽知，然视为与武帝相终始，当无大误也。

《史记》纪事，公自谓迄于太初，班固则云迄于天汉。案史公作《记》，创始于太初中，故原稿纪事，以元封、太初为断。此事于诸《表》中踪迹最明。如《汉兴以来诸侯年表》、《建元以来王子侯者年表》皆迄太初四年，此史公原本也。《高帝功臣年表》则每帝一格，至末一格则云"建元元年至元封六年三十六"，又云"太初元年尽后元二年十八"，以武帝一代截而为二，明前三十六年事为史公原本，而后十八年事为后人所增入也。《惠景间侯者年表》与《建元以来侯者年表》末太初已后一格，亦后人所增。殊如《建元以来侯者年表》，元封以前六元各占一格，而太初后五元并为一格，尤为后人续补之证。《表》既如此，《书》、《传》亦宜然。故欲据《史记》纪事以定史公之卒年，尤不可恃。故据《屈原贾生列传》，则迄孝昭矣，据《楚元王世家》，则迄宣帝地节矣；据《历书》及《曹相国世家》，则迄成帝建始矣；据《司马相如列传》，则迄成哀之际矣。凡此在今《史记》本文而与褚先生所补无与者也。今观《史记》中最晚之记事，得信为出自公手者，唯《匈奴列传》之李广利降匈奴事，征和三年。余皆出后人续补也。史公虽居茂陵，然冢墓尚在夏阳。《水经·河水注》："陶渠水，又东南迳夏阳县故城。又历高阳宫北。又东南历司马子长墓北，墓前有庙，庙前有碑。永嘉四年，汉阳太守殷济瞻仰遗文，大其功德，遂建石室，立碑树桓。"太史公《自序》曰"迁生于龙门"，是其坟墟所在矣。案汉永嘉无四年，晋永嘉时又无汉阳郡，此云"永嘉四年汉阳太守殷济"，疑"四"字或误。《括地志》《正义》引，"汉司马迁墓在韩城县南二十二里夏阳县故东南"，与《水经注》合。又云"司马迁冢在高门原上"，则误也。

史公子姓无考。《汉书》本传："至王莽时求封迁后为史通子。"是史公有后也。女适杨敞，《汉书·杨敞传》："敞子忠，忠弟恽，恽母司马迁女也。"又云："大将军光谋欲废昌邑王更立。议既定，使大司农田延年报敞，敞惊惧不知所言，汗出浃背，唯唯而已。延年起至更衣，敞夫人遽从东箱谓敞曰：'此国大事，今大将军议已定，使九卿来报君侯。君侯不疾应，与大将军同心，犹豫无决，先事诛矣。'延年从更衣还，敞夫人与延年参语许诺，请奉大将军教令。遂共废昌邑王，立宣帝。"案恽为敞幼子，则《敞传》与延年参语之夫人，必公女也。废立之是非，姑置不论，以一女子而明决如此，洵不愧为公女矣。

史公交游，据《史记》所载，《屈原贾生列传》有贾嘉，《刺客列传》有公孙季功、董生，《樊郦滕灌列传》有樊它广，《郦生陆贾列传》有平原君子，朱建子。《张释之冯唐列传》有冯遂，字王孙，《赵世家》亦云"余闻之冯王孙"。《田叔列传》有田仁，《韩长孺列传》有壶遂，《卫将军骠骑列传》有苏建，《自序》有董生。而公孙季功、董生非仲舒。曾与秦夏无且游。考荆轲刺秦王之岁，下距史公之生，凡八十有三年，二人未必能及见史公道荆轲事。又樊它广及平原君子辈行，亦远在史公前，然则此三传所纪，史公或追纪父谈语也。自冯遂以下，皆与公同时。《汉书》所纪有临淮太守孔安国、骑都尉李陵、益州刺史任安、皇甫谧，《高士传》所纪有处士挚峻。

史公所著百三十篇，后世谓之《史记》。《史记》非公所自名也，史公屡称史记，非自谓所著书。《周本纪》云："太史伯阳读史记。"《十二诸侯年表云》："孔子西观周室，论史记旧闻。"又云："鲁君子左邱明因孔子史记，具论其语，成《左氏春秋》。"《六国表》云："秦既得意，烧天下诗、书，诸侯史记尤甚，为其有所刺议也。"又曰："史记独藏周室，以故灭。"《天官书》云："余观史记，考行事。"《孔子世家》云：乃因鲁史记作《春秋》。《自序》云："绅史记石室金匮之书。"凡七称史记，皆谓古史也。古书称史记者亦然，《逸周书》有《史记解》。《盐铁论·散不足篇》云："孔子读史记，喟然而叹。"《公羊疏》引《春秋说》谓《春秋纬》，云："邱揽史记。"又引《闵因叙》云："孔子使子夏等十四人求周史记，得百二十国宝书，感精符考异邮说题辞，具有其文，至后汉犹然。"《越绝节》十四。云："夫子作经，揽史记。"《东观汉记》《初学记》卷二十一引。云："时人有上言班固私改作史记。"《后汉书》改"史记"为"国史"。《公羊·庄七年传》何休注云，"不修《春秋》，谓史记也。"是汉人所谓史记，皆泛言古史，不指太史公书，明太史公书当时未有《史记》之名。故在前汉，则著录于向、歆《七略》者，谓之《太史公百三十篇》，《杨恽传》谓之《太史公记》，《宣元六王传》谓之《太史公书》。其在后汉，则班彪《略论》，王充《论衡·超奇》、《案书》、《对作》等篇，宋忠注《世本》，《左传正义》引。亦谓之《太史公书》。应劭《风俗通》谓之《太史公记》，见卷一及卷六。亦谓之《太史记》。见卷二。是两汉不称《史记》之证。惟《后汉书·班彪传》称"司马迁作《史记》"，乃范晔语。《西京杂记》卷二。称"司马迁废愤作《史记》"，则吴均语耳。称《太史公书》为《史记》，盖始于《魏志·王肃传》，乃《太史公记》之略语。晋荀勖《穆天子传序》，亦称《太史公记》，《抱朴子·内篇》，犹以《太史公记》与《史记》互称。可知以《史记》名书，始于魏晋间矣。窃意史公原书，本有小题而无大题，此种著述，秦汉间人本谓之记。《六国表》云"太史公读《秦记》"，《汉书·艺文志》"春秋类汉著记百九十卷"；后汉班固、刘珍等在东观所作者，亦谓之《汉记》，蔡邕等所续者，谓之《后汉记》，则称史公所撰为《太史公记》，乃其所也。其略称《史记》者，犹称《汉旧仪注》为《汉旧仪》、《汉旧注》，《说文解字》为《说文》，《世说新语》为《世说》矣。

《史记》一书，传播最早。《汉书》本传："迁既死后，其书稍出。宣帝时，迁外孙平通侯杨恽祖述其书，遂宣播焉。"其所谓宣播者，盖上之于朝，又传写以公于世也。《七略》春秋类，有《太史公百三十篇》。《宣元六王传》："成帝时东平王宇来朝，上书求《太史公书》。"是汉秘府有是书也。《盐铁论·毁学》篇："大夫曰，司马子有言，天下攘攘，皆为利往。"见《货殖列传》。此桓宽述桑宏羊语。考桑宏羊论盐铁，在昭帝始元六年，而论次之之桓宽乃宣帝时人，此引《货殖传》语，即不出宏羊之口，亦必为宽所润色。是宣帝时民间亦有其书。嗣是冯商、褚先生、刘向、扬雄等均见之，盖在先汉之末，传世已不止一二本矣。

汉世百三十篇，往往有写以别行者。《后汉书·窦融传》："光武赐融以太史公《五宗》、《外戚世家》、《魏其侯列传》。”又《循吏传》：“明帝赐王景《河渠书》。”是也。

记言记事，虽古史职，然汉时太史令但掌天时星历，不掌纪载，故史公所撰书仍私史也；况成书之时，又在官中书令以后，其为私家著述甚明，故此书在公生前未必进御。乃《汉旧仪注》《自序》《集解》引。云：“司马迁作《景帝本纪》极言其短及武帝之过，帝怒而则去之。”《西京杂志》卷六同。《魏志·王肃传》亦云：“汉武帝闻迁述《史记》，取孝景及己《本纪》览之，于是大怒，削而投之。于今此两纪有录无书。后遭李陵事，遂下迁蚕室。”此二说最为无稽。《自序》与《报任安书》，皆作于被刑之后，而《自序》最目有孝景、今上两《本纪》，《报任安书》亦云“《本纪》十二”，是无削去之说也。

《隋书·经籍志》别集类，有《汉中书令司马迁集》一卷，盖后人所辑，书已久佚。今其遗文存者，《悲士不遇赋》见《艺文类聚》卷三十，《报任安书》见《汉书》本传及《文选》，《与挚伯陵书》见皇甫谧《高士传》。《悲士不遇赋》，陶靖节《感士不遇赋序》及刘孝标《辨命论》俱称之，是六朝人已视为公作。然其辞义殊未足与公他文相称。若《与挚伯陵书》，则直恐是赝作耳。

《隋志》子部五行家，载梁有《太史公素王妙义》二卷，亡。他书所引则作《素王妙论》。《史记越王勾践世家集解》、《北堂书钞》卷四十五、《太平御览》卷四百四及四百七十二各引一条，其书似《货殖列传》，盖取《货殖传》素封之语，故曰素王，非《殷本纪》素王九主之事，亦非仲尼素王之素王，殆魏晋人所依托也。

原著于1917年，收入《观堂集林》卷十一

太史公解

朱希祖

司马迁《史记》，本名《太史公》。《太史公自序》云："凡百三十篇，五十二万六千五百字，为《太史公》书序。"此迁自题其书名，曰《太史公》也。自汉以来，颇多遵用此名者，今列于下：

《汉书·杨恽传》：恽母，司马迁女也。恽始读外祖《太史公记》，颇为春秋，名显朝廷，擢为左曹。霍氏谋反，恽先闻知。（案霍氏谋反，在宣帝地节四年，距恽始读《太史公纪》已远，盖在昭帝时其书稍出也。）

《汉书·宣元六王传》：思王宇，元帝崩后三岁，天子诏："复前所削县如故。后年来朝，（案：在成帝建始四年。）上疏求诸子及《太史公书》。"

《汉书·叙传》云：班斿博学，与刘向校书，上器其能，赐以秘书之副。（案亦在成帝时）时书不布，自东平思王以叔父求太史公诸子书，大将军白不许。

《史记·龟策列传》："褚先生曰：臣以通经术，受业博士，治春秋，以高第为郎，幸得宿卫，出入宫殿中十有余年，窃好《太史公传》。"

《汉书·艺文志》：《太史公》百三十篇，冯商所续《太史公》七篇。（《艺文志》本刘韵《七略》，亦出于西汉。）

此西汉人皆称《史记》为《太史公》也。

《后汉书·班彪传》，其略论曰："若左氏《国语》、世本《战国策》、《楚汉春秋》《太史公书》，今之所以知古，后之所由观前。圣人之耳目也。（案此传引彪语，称《太史公书》。若上文叙事，则云司马迁著《史记》云云，乃范晔之文，是宋时亦已称《史记》矣。）

吴韦昭云：冯商受诏续《太史公》十余篇，在班彪别录。（见《汉书·艺文志》原注）

《文选·魏都赋》张载注，引《太史公书·田敬仲世家》。（案胡氏仿宋本注作《太史书》曰《田敬仲世家》，胡氏考异，谓书上当有公字。下当无曰字，各本皆误。以此推之，疑凡载注，皆称《太史公》，今多失其旧，案今本载注，除此处外，亦有称《史记》者，故胡云然。)

《史记·孝武本纪索隐引》韦稜（案稜，梁时人。）云：褚颙家传，褚少孙，梁相褚大弟之孙，宣帝时为博士，续《太史公书》。

则东汉魏晋以迄于梁亦尚有称《太史公》者。

《史记》之称，犹今言历史，实为普通名词，非此书之专名。《太史公·六国表》云："秦既得意，烧天下诗书诸侯史记尤甚。"又云："诗书所以复见者，多藏人家，而史记独藏周室，以故灭。"自序云："自获麟以来，四百有余岁，而诸侯相兼，《史记》放绝。"此其证也。而《太史公书》之改称《史记》。"盖起于三国时，《魏志·王肃传》，明帝问："司马迁以受刑之故，内怀隐切，著《史记》非贬孝武，令人切齿"，是也。《隋书·经籍志》以下，遂专称《史记》矣。然《太史公书》可称《史记》，则自《汉书》以迄《明史》《清史》，何尝不可称《史记》乎？故欲正其名，当仍称《太史公书》。

然太史公定为书名，实属费解。前贤释此名称者，约有四说，皆不可通，今列于下。且加驳辞焉。

一　谓太史公乃汉武帝新置之官名

《史记·自序》集解如淳引汉仪注云："太史公，武帝置，位在丞相上，天下计书，先上太史公，副上丞相。迁死后，宣帝以官为令，行太史公文书而已。"

《汉书·司马迁传》注引汉旧仪云："太史公，秩二千石，卒史皆秩二百石。"

《史记·五帝本纪正义》引虞喜云："古者主天官者，皆上公，非独迁也。"（案自序正义亦引此说，称《虞喜志林》。）

《史记·孝武本纪索隐》引志林云："自周至汉，其职转卑，然朝会坐位，独居公上。尊天之道，其官属仍旧名。尊而称之曰公。公名当起于此。"

案《汉书·百官公卿表》，奉常，秦官。景帝中六年，更名曰太常，属官有太史令丞。（《汉书·艺文志》，博学七章者，秦太史令胡毋敬所作也。太史令亦秦官，《汉书·律历志》，有太史丞邓平。）《太史公自序》，亦言谈卒三岁，（谈卒于元封元年，卒三岁，则在元封三年。）而迁为太史令。集解臣瓒引茂陵中书云："司马谈以太史丞为太史令，是武帝未尝置太史公也。《汉书·律历志》，元凤三年，太史令张寿王上书，元凤为昭帝年号。在宣帝前，则汉仪注谓宣帝以官为令，亦妄说也。"俞正燮《癸巳类稿》，太史公释名云："周官，太史，下大夫。"《左传》云："日官居卿以底日。"周官注云："太史，日官也。"《左传》注云："日官不在六官之列，而位从卿，不得谓古者皆上公也。"希祖案俞说是也。《汉书·司马迁传》云："向尝厕下大夫之列。"臣瓒云："太史令秩千石，故比下大夫。"夫既称下大夫，则非上公；秩千石，亦非二千石。然则《汉仪注》及《汉旧仪》之说，皆不足据。而太史公为武帝新置官名之说，不能成立。

二　谓迁自尊其父著述，故称《太史公》

《太史公自序》："谈为太史公。"《索隐》云："公者，迁所著书，尊其父，云公也。"又："为太史公书序。"索隐云："盖迁自尊其父著述，称之曰公。"

案《五帝本纪索隐》云："太史公，司马迁自谓也。《自叙传》云：'太史公曰，先人有言。'又云：'太史公曰，余闻之董生。'"又云："'太史公遭李陵之祸'。明太史公司马迁自号也。"希祖案《索隐》此说是也。则《自序》《索隐》云云，实与此说自相矛盾。此则自注一书，随文泛说，前后不能画一之弊也。然自序云："谈为太史公"；又云："太史公既掌天官，不治民。有子曰迁"；又云："太史公执迁手而泣，"此则称谈为太史公也。总之太史公一名，既以称其父，又以自称。又以名书，非专尊其父也。

《文选》司马子长《报任少卿书》云："太史公牛马走司马迁再拜言。"李善注云："太史公，迁父谈也。走，犹仆也，言己为太史公掌牛马之仆，自谦之辞也。"

案李善亦以太史公为称司马谈，考谈卒于武帝元封元年。《报任少卿书》在遭李陵祸之后，即在武帝天汉三年以后，时谈卒已久，何得云为其父谈掌牛马之仆？且《报任少卿书》何预于谈乎？俞正燮谓："太史公者，署宫，牛马走司马迁者，犹秦刻石既云丞相，又云臣斯。"则以太史公为迁自称，视李善说较可通。（钱大昕亦云："郑朋奏记萧望之，自称下走。应劭曰：'下走，仆也。'师古曰：'下走者，自谦。言趋走之役也。'司马迁与任安书，称太史公牛马走，即下走也。上称官名，下则自谦之词。或解为太史公之牛马走，则迁而凿矣。"与俞说相近。）

三 迁之称公，为东方朔杨恽等所加

《史记·孝武本纪集解》引韦昭云："说者以谈为太史公，失之矣。《史记》称迁为太史公者，是迁外孙杨恽所加。"

又《索隐》引姚察案桓谭《新论》云："太史公造书成，示东方朔，朔为平定，因署其下。"太史公者，皆朔所加，恽继称之耳。

案桓谭，西汉末年人，韦昭，三国时吴人，去司马迁尚近。其说宜可信。《汉书·司马迁传》云："迁既死后，其书稍出，宣帝时，迁外孙平通侯杨恽，祖述其书，遂宣布焉。"韦昭之说，盖本乎此。桓谭《新论》，今虽已亡，然陈姚察，尚见其书。惟云太史公造书成示东方朔，朔为平定，因署其下，此盖传闻之辞，未有他书可以佐证。盖桓韦二氏，以太史公既非官名，又非专称司马谈，而迁又不可自称为公，故有东方朔杨恽所加之说。然观迁自序云："为太史公书序，"则似非他人所加也。且《报任少卿书》称"太史公牛马走司马迁再拜言"，此书不在《史记》之内，又岂为东方朔杨恽所加乎？况《太史公》一书，不特每篇之末，皆称太史公曰，且各篇之中，亦多有之，东方朔杨恽处处改题，何如是之不惮烦乎？且未题公之前，原称为何名乎？称太史乎？则尹与丞，皆可称太史也。称太史令乎？则去尹加公，与太史丞仍不能分别，此皆可疑者也。

或曰：汉桓宽《盐铁论》，成于昭帝始元六年，已引司马迁《货殖传》语，称司马子言："天下穰穰，皆为利往。"（见《盐铁论·毁学篇》）据此，则昭帝六年，尚无《太史公》书名，迁自序称《武帝本纪》为今上本纪。则迁之卒，盖在武帝末年，是太史公书名，非迁自己题署，而为东方朔杨恽所加。其说较是，余谓不然。《盐铁论》引迁之论议，故称司马子，以明言责攸归。若今之引书，必曰《太史公·货殖传》。《盐铁论》既不称太史公，又不称《货殖传》，但举作者之姓而加一子字，以尊称之。正犹管子晏子，举其姓而人皆知之。若谓其时无太史公书名，岂其时亦无《货殖传》篇名乎？《货殖传》篇首引老子曰，又继之以太史公曰，是其时明明有太史公名词矣。引书之例，首当举人。盖司马迁之得名，仅以太史公书，故不举书名，人亦必知之也。

四 书名本题《太史公》，称公者犹古人著书称子

俞正燮《癸巳类稿》太史公释名云："《史记》本名《太史公书》，题太史以见职守，而复题曰公。"

古人著书称子，汉时称生称公，生者伏生，公者申公、毛公，故以公名书。

案此说亦似是而非，古代子书，皆其弟子或诵法其人者所记，故称为子，如管子墨子是也。或虽自著书，而其书名则为后人所题署，如孙卿子、韩子是也。从未有自称为子者。子与公本皆为五等封爵之一。至春秋时，虽非封爵，而曾为大夫者，亦得称子或称夫子，如《论语》称孔子为子，或为夫子，而冉有季路之称季氏，亦曰夫子，以皆为大夫也。其后则变为尊称，虽非为大夫，亦称子称夫子矣。如老子、庄子及庄夫子赋。（见《汉书·艺文志》）是也。称公亦然。其初非三公不得称公，其后变为尊称。如南公、黄公（见《艺文志》阴阳家、名家）是也。先生之称，本加于父，《论语》"先生馔，曾是以为孝乎？"其后则变为尊称。如伯象先生，（见《艺文志·杂家》）是也。或变称先生为生，如成公生、公梼生（见《艺文志》阴阳家、名家）是也。凡此称子称夫子称公称先生，大都为后人编辑时尊称，非妄自尊大而自题其书也。俞氏以申公、毛公例太史公，而申公、毛公（盖二公皆治诗）皆非书名，所谓拟不于伦矣。况申公、毛公，尚为弟子所尊称，而太史公乃迁所自题，此又不可通者也。

余谓书名称公，周汉之间，其例已多。今将见于《汉书·艺文志》者，列举于下：

> 《杜文公》五篇，阴阳家。原注云："六国时。"师古曰："刘向别录云，韩人也。"
> 《南公》三十一篇，阴阳家。原注云："六国时。"
> 《毛公》九篇，名家。原注云："赵人，与公孙龙等并游平原君赵胜家。"
> 《黄公》四篇，名家。原注云："名疵，为秦博士。"
> 《蔡公》二篇，六艺易传。原注云："卫人，事周王孙。"希祖案此系汉人。

此五家之书所以称公者，皆非三公，而为世俗之尊称。故书名称公，本非有所僭越，正如俞氏所谓犹古人称子也。特是五家者，皆非自称为公，必为其

弟子或尊崇其学者所题署。此与太史公出于自题为异耳。且公之上，皆冠以姓，未尝既称其官，又加尊称以子或公也。然观《汉书·艺文志》，亦有此。例如：

> 《关尹子》九篇，道家。原注："名喜，为关吏。老子过关，喜去吏而从之。"
> 《青史子》五十七篇，小说家。原注："古史官记事也。"王应麟曰："风俗通引青史子书，大戴礼保傅篇。青史氏之记曰：'古者胎教。'"希祖案大戴礼称青史氏，犹后世之称太史氏。三国时有太史慈是也。

关尹、青史，皆官名，子为尊称。此与太史公比例，最为密合。然关尹子为依托之书，犹为他人尊称。青史子之书已亡，无由知其为他人之尊称，抑为自己之题署。若太史公者，实为迁自己之题署，则官名之说，似较可通。惟此官名，乃从楚俗之别名，非汉官之正名。自春秋时，楚国县令，或称县公。（左宣十一年传，楚王谓："诸侯县公，皆庆寡人，"杜预注："楚县大夫，皆僭称公。"）《左传》楚有叶公、析公、申公、郧公、蔡公、息公、商公、期思公；《吕氏春秋》楚有卑梁公；《战国策》楚有宛公、新城公；《淮南子》楚有鲁阳公。（注：楚县之公也。楚僭号称王，其守县大夫皆称公）。此令称公之证也。汉高祖本楚人，喜楚歌楚舞，故称谓之间，亦有从楚俗者。《史记·高祖本纪》，沛父老率子弟共杀沛令，立季（高宗字季）为沛公。（集解引《汉书音义》曰：旧楚僭称王，其县宰为公。陈涉为楚王，沛公起应涉，故从楚制称曰公。"）不特此也。《史记·孝文本纪》"齐太仓令淳于公，有罪当刑。"又云："太仓公无男，有女五人。"又云：太仓公将行，其少女缇萦上书，文帝为除肉刑。太仓令可称太仓公，则太史令何不可称太史公乎？（顾炎武《日知录》卷二十，以太仓令淳于公，因失名而称公，太史公以司马迁称其父尊谈为公。其说皆非是，司马迁自称曰太史公，太仓令淳于公，名意。《史记·扁鹊仓公列传》，太仓公者，齐太仓长。【案即太仓令，县令或称县长，故太仓令亦或称为太仓长也。】临菑人也，姓淳于氏，名意。少而喜医，文帝四年，中人上书，言意以刑罪当传，西之长安。意有五女，于是少女缇萦上书，上悲其意，除肉刑法。据此，太仓公自有名，何得云失名而称公也。太仓公可以名传，则太史公何不可以名书乎？其称《扁鹊仓公列传》者，简称太仓公为仓公，犹简称太史公为史公也。传中则仍全称为太仓公。迁既从楚俗，称太史令为太史公，则太史公仍为官名，而为太史令之别名。虽似他人之尊称，亦得自己为题署。与太史丞不嫌无所分别，而叙其身受之官号，则仍从汉官之正名，自序所谓三岁而迁为太史令是也。司马谈自叙其官，则仅称太史。盖比附周之太史，而云然。故《自序》云："太史公执迁手而泣曰：'余先周室之太史也汝复为太史。则续吾祖矣。'"又曰："余为太史而弗论载，废天下之史文，余甚惧焉。"谈之称太史，亦非汉官。汉官无专称为太史者。惟迁从楚俗称太史令为太史公。既以称其父，又以自称，且以称其书，而《报任少卿书》之太史公，亦可迎刃而解矣。

虽然，此等称谓，若不知当时之风俗，究嫌自尊，且属骇俗。淳于意有名而不称，又舍太仓令之正名，而称太仓公之别名，且以名其传，然在书中，人亦未尝措意。而太史公名书，令人费解。桓宽改称为司马子，《隋志》改称为《史记》，殆亦有此意也。然名从主人，当仍称《太史公书》。

原载《制言半月刊》第15期，1936年

文学史上之司马迁

李长之

一 《史记》是中国的史诗

常有人说中国没有史诗，这仿佛是中国文学史上一件大憾事似的，但我认为这件大憾事已经由一个人给弥补起来了,这就是两千年前的司马迁。

不错，他把缙绅先生所不道的事加过了选择，然而在《五帝本纪》中终于记载了上古的传说(象黄帝、尧、舜的故事)，在《封禅书》中也多少绘出了古代的神话，即在其他文字中也保存了一大部分春秋、战国、秦、汉间的传奇。保存古代史诗材料的，就是他。

诚然以形式论，他没有采取荷马式的叙事诗，但以精神论，他实在发挥了史诗性的文艺之本质。这是就他创作的本身论又是如此的。

试想史诗性的文艺之本质首先是全体性，这就是其中有一种包罗万有的欲求。照我们看，司马迁的《史记》是作到了的。他所写的社会是全社会，他所写的人类生活是人类生活的整体，他所写的世界乃是这个世界的各个角落。

史诗性的文艺之本质之第二点是客观性，这就是在史诗中作者要处于次要的隐藏的地位，描写任何人物，无论邪恶或善良，描写任何事件，无论紧张或激动，而作者总要冷冷的，不动声色，在这点上，司马迁也作到了。他可以写典型的小人赵高，但也可以写仁厚的公子信陵；他可以写楚汉的大战，但也可以写魏其、武安的结怨；他可以写许多方士之虚玄弄鬼，但也可以写灌夫之使酒骂座；他可以写坚忍狠毒的伍子胥，但也可以写温良尔雅的孔子；他可以写将军，可以写政客，可以写文人，可以写官僚，又可以写民间的流氓大侠；这些人物也有为他所痛恨的，也有为他所向往的，但他写时却都是一样不苟，他只知道应该忠实于他的艺术而已。有些场面，在读者或者已经忍不住恐怖或悲伤了，但他冷冷地，必须把故事写下去。他很巧妙的把他的主观意见和客观描写分开，对于前者，他已经尽量的划出，写在本文之外，而归入赞或者序里。

史诗性的文艺之本质之第三点是发展性，那就是一个人物的性格发展，或者一件事情的逐渐形成。他又作到了。他写的李斯，是如何一步步下水，如何为了官禄地位，而和赵高合作，又如何终于为赵高所卖，那是写性格发展之最佳的例证。他写的魏其、武安之逐渐生怨，而灌夫之使酒骂座之逐渐爆发，这又是写事态的发展之最好的标本。他善于写一事之复杂的因素，以及这复杂的因素之如何产生一种后果。

最后一点，我们不能不说，史诗性的文艺之本质在造型性。这更是司马迁所拿手，他天生有种对事物要加以具体把握的要求。诸侯之没落，他是说他们或乘牛车；国家的富庶，他是说仓库里的米已经腐烂，而穿钱的绳子是已经坏掉了。他写女人就是女人，骊姬、郑袖都纯然是女子的声口；他写英雄就是英雄，项羽是典型的青年男性。他写的冯唐，绝对是一个老人；他写的公孙弘，绝对是一个精于宦途的官僚。他写的李广，定是一个在性格上有着失败的悲剧的人物；他写的周勃，便又一定是一个粗鲁无谋的勇夫。

同时难得的，他之写成他的史诗并不是专在谨细上用功夫，却在于他之善于造成一种情调，一种氛围。他同样写战场，韩信作战是军事学识的运用，项羽作战是凭才气，而卫将军、霍去病和匈奴作战那就是凭运气了，这三个不同的战场，司马迁便都能分别地写成不同的氛围。他同样写失意，写项羽之败是由于太刚必折，写李广之败是一个才气不能发展的人之抑郁，写信陵之败却是一个没受挫折的人之逢到不可抵抗的打击；而屈原之败，则仿佛哀怨无穷；孔子之败，却又似乎始终屹然而立了。这些浓淡不同的阴影，便都系诸司马迁所造成的情调。

文学家之造成情调，是要归功于他之控驭文字的能力的，那就又不能不让人想到司马迁之运用语汇的从容，以及遣词造句之创造的气魄了。

就抒情方面说，司马迁也许是一个最主观的诗人，但就造型艺术说，司马迁却能尽量地维持他对于艺术的忠实，于是中国便有了无比的史诗性的纪程碑——《史记》——了。

二 《史记》与中国后来的小说戏剧

以司马迁的史诗之笔，他可以写小说。事实上他的许多好的传记也等于好的小说。自来在对司马迁以古文大师视之之外，也就有一种把《史记》当作小说的看法。不过这看法并不早，大概始于明，大盛于清，又为近代人所强调。这种看法原不错，司马迁原可以称为一个伟大的小说家呢。

　　假若照我的看法，中国小说史可以分为五个时代，一是小说之名未确立，大家认为小说是琐碎杂说的时代，这时代包括先秦到汉。二是志怪时代，那就是汉魏六朝。三是传奇时代，从隋唐到宋。四是演义时代，从宋到明清。五是受欧洲小说影响时代，那就是现代。现代没有完，我们不敢也不能有总括的说明。其他四个时代却都有一种演化的共同点，那就是大都是由神怪而到人情。例如第二个时代中是以《神异记》、《十州记》那样的书开始，而最高峰却是《世说新语》。第三个时代是以《白猿传》、《古镜记》那样的神怪开始，而最高峰却是《莺莺传》那样的人情小说。第四个时代亦然，最高峰便是《红楼梦》一类写实的人情小说。而在第一时代中，假如以《庄子》那样的神怪寓言作为开端，而司马迁的《史记》便恰又代表一个最高峰，乃是中国小说史上第一期中的写实的人情小说了。

　　同时司马迁也确乎是生在中国小说史上有意义的时代的，因为那同时便有一个大小说家虞初，说不定他们见过面，虞初的有些材料是得之于他的!

　　这是就司马迁的《史记》本身说是如此，倘若就以后的影响说，不但《东周列国志》、《西汉演义》等颇有自司马迁的《史记》中采取了的材料，就是司马迁写的司马相如、卓文君的故事，便也很象给后来的恋爱小说作了先驱，而朱家、郭解的故事也直然是《水浒传》一类小说的前身。《聊斋志异》中的"异史氏曰"，那更是仿效《史记》中的"太史公曰"了。过去的小说家，在意识上或不意识上，受司马迁之赐，恐怕是不可计量的。

　　同时因为司马迁的《史记》富有那末些传奇的材料之故，也成了后来戏曲家的宝库，试看《元曲选》中的:

　　　　郑廷玉《楚昭王》　　　　纪君祥《赵氏孤儿》
　　　　高文秀《谇范叔》　　　　无名氏《赚蒯通》
　　　　李寿卿《伍员吹箫》　　　　无名氏《冻苏秦》
　　　　尚仲贤《气英布》　　　　无名氏《马陵道》

《元椠古今杂剧三十种》中又有:

　　　　郑光祖《周公摄政》　　　　狄君厚《晋文公火烧介子推》
　　　　金仁杰《萧何追韩信》

《脉望馆钞本元曲》中另有：

李文蔚《圯桥进履》　　　杨梓《豫让吞炭》
郑光祖《伊尹耕莘》　　　丹丘先生《卓文君私奔相如》
高文秀《渑池会》(《录鬼簿正音谱》作《廉颇负荆》)

　　这是现存的一百三十二种元剧中之十六种采取自《史记》故事的剧本。还有逸套见于《雍熙乐府》中者二种：

赵明道《范蠡归湖》　　　王仲文《汉张良辞朝归山》

而京剧中之：

《渭水河》　　　　　　　　　　《武昭关》
《八义图》(或称《搜孤救孤》)　《文昭关》
《战樊城》　　　　　　　　　　《浣纱计》
《长亭会》　　　　　　　　　　《鱼肠剑》
《渑池会》(或称《完璧归赵》)　《未央宫》
《五雷神》(或称《孙庞斗智》)　《喜封侯》(或称《蒯彻装疯》)
《黄金台》　　　　　　　　　　《盗宗卷》(或称《兴汉图》)
《宇宙锋》　　　　　　　　　　《监酒令》
《博浪椎》　　　　　　　　　　《文君当垆》
《霸王别姬》

　　也统统是由《史记》中的故事而变为剧本的，正如唐人的传奇之作为元明剧作家的材料来源一样，也正如中世纪的传说之为莎士比亚所取资一样。司马迁的《史记》是成了宋明清的剧作家的探宝之地了。
　　我们说过司马迁不惟影响了后来的小说，他本人就也是一个小说家；这话同样可以说他和戏剧的关系。在某种意义上说，他也是一个出色的剧作家，这是就他之善于写紧张的局面(如楚汉大战，荆轲刺秦王，灌夫闹酒等)，以及善于写对话而可见的。
　　因此，司马迁不唯在传统的文艺上有他的地位，就是以现代的文艺类属去衡量时，也同样有他在文学史上不可动摇的比重了。

三 司马迁之文学批评

司马迁是一个创作家，但是，同时也是一个批评家。——中国的文学批评本来常和历史家成为不解缘。司马迁在这一方面的贡献，我们可由理论与实践两方面去看。

先说他的理论，这又可分为五项：

（一）文艺创作之心理学的根据 人为什么要创作？历来学者的答复是并不一致的。有的以为有利于"世道人心"；有的以为是一种经济行为；有的以为是为求偶；又有的以为是替统治阶级说话，以拥护其利益；更有的则以为有如清泉松风，无非是一种天籁而已。

这些答案都可以说明一部分的作品，或作品的一部分，但不能解释所有作品，或整个作品，因为他们全然忽略了文艺创作家个人的心理的缘故。创作本是人类心灵至高的活动，在心理方面岂可以无因？所以现代的心理学界，有以压抑说和补偿说来解释文艺的创作的了，但我们在两千多年前，却也早已有了一个同调，这就是司马迁的"发愤著书说"：

> 昔西伯拘羑里，演《周易》；孔子厄陈蔡，作《春秋》；屈原放逐，乃赋《离骚》；左丘失明，厥有《国语》；孙子膑脚，而论兵法；不韦迁蜀，世传《吕览》；韩非囚秦，《说难》《孤愤》；《诗》三百篇，大抵圣贤发愤之所为作也。此人皆意有所郁结，不得通其道也，故述往事，思来者。——《太史公自序》
>
> 古者富贵而名磨灭，不可胜记，唯俶傥非常之人称焉。盖文王拘而演《周易》；仲尼厄而作《春秋》，屈原放逐，乃赋《离骚》；左丘失明，厥有《国语》；孙子膑脚，兵法修列；不韦迁蜀，世传《吕览》；韩非囚秦，《说难》《孤愤》；《诗》三百篇，大抵圣贤发愤之所为作也。此人皆意有所郁结，不得通其道，故述往事，思来者。乃如左丘无目，孙子断足，终不可用，退而论书策以舒其愤，思垂空文以自见。——《报任少卿书》
>
> 孔子明王道，干七十余君莫能用；故西观周室，论史记旧闻，兴于鲁而次《春秋》。——《十二诸侯年表序》
>
> 虞卿料事揣情，为赵画策，何其工也！及不忍魏齐，卒困于大梁，庸夫

且知其不可，况贤人乎?然虞卿非穷愁，亦不能著书以自见于后世云。——
《平原君虞卿列传》

　　这也可说是司马迁自己的体会和自白。我们不要忘了他是一个创作家，他
之体会到创作的冲动之来源时，与其谓为由往例归纳而得，无宁说也是由自己
的实际体验扩充而出；却又悟到前人也是如此而已。你看他在"故述往事，思
来者"之后紧接着说："于是自述陶唐以来，至获麟止，自黄帝始。"在"左
丘无目，孙子断足，终不可用，退而论书策以舒其愤，思垂空文以自见"之
后，紧接着说："仆窃不逊，自托于无能之辞。"可知他完全是以一个创作家
而作的一种创作过程的自白，说到前人处却只是印证而已。

　　因为它是一个创作家的创作过程之自白，所以更值得我们重视，也更增加
了我们的信赖，并更显得其中确有几分真理。按照变态心理学家佛洛乙特
(Freud)说：创作是人类受了压抑的欲望，在一种象征世界里的满足，所以创作
与梦同功。厨川白村之《苦闷的象征》即根据于此。不过佛洛乙特在人类压抑
的欲望中特别强调"性的要求"，未免把人类的生活看得太狭，——至少把一
般的伟大的文艺作品之创作的动机看得太狭了。后来阿德勒(Adler)又创了一种补
偿说，以为人类在某一方面有着缺陷，便会发生"落伍情意综"（Inferiority Complex)，
于是常在另一方面要求胜过他人，以为补偿。例如他说许多写实的小说家都是因
为眼睛近视，看不清楚，由于这方面不如人，遂发生落伍情意综，结果遂在想
象方面特别用力，思有以胜过他人，于是那描写入微的栩栩欲生的作品便产生
了。司马迁的学说和他们有些相近，但佛洛乙特、阿德勒都是心理学家，厨川
白村只是文艺理论家，远不如司马迁以一个创作家而"现身说法"来得更真
切，更可靠，更中肯。

　　我们试加以比较。照司马迁的意思，创作的动机无疑也是一种补偿。他所
谓"意有所郁结"恰可相当于"情意综"。既然说"有所郁结"，又说"不得通
其道"，可知是有被压抑的成分了，这一点和佛洛乙特的看法相同，但被压抑
的却并不一定是性的要求，则和佛洛乙特相异。而且司马迁认为文艺者并不是
这种被压抑的欲望之象征的满足，却是在另一方面求一种补偿，此则更和佛洛
乙特有距离而接近于阿德勒。然而阿德勒的说法却又嫌过分重视落伍情意综，
所给的说明也未免琐碎鄙近，难道一个大写实主义的作家如莫泊桑的创作也只
是因为眼睛的近视么？至于司马迁的解释，却是多方面的：或事业失败，如孔
子；或精神郁闷，如虞卿；或遭遇不平，如屈原、韩非；或肢体受难，如孙

腠、左丘。司马迁的看法是广阔得多，注意之点也大得多了。

然而司马迁的意思尚不止此。他觉得另有两点也很重要：一是文学家对于自己的才华总有一种自觉，而不愿意随便埋没，这就是所谓："所以隐忍苟活，幽于粪土之中而不辞者，恨私心有所不尽，鄙陋没世而文采不表于后世也。"(《报任少卿书》)貌美的人不会躲在家里，口才好的人不会学缄默，天才总是自知的，也没有不爱表现的。虚伪谦卑的人决不会有伟大的作品。二是创作由于寂寞。人类最难为怀的时候，无过于"前不见古人，后不见来者，念天地之悠悠，独怆然而涕下"的时候了。到了这个时候，就不得不写一写荆轲如何刺秦王，杨志如何卖刀，或者林冲如何雪夜上梁山了(鲁迅躲在会馆里抄古碑的时候才写《呐喊》)！"述往事，思来者，"正就是这种心情。

补偿，寂寞，表现才华，这都是文艺创作之心理学的根据。创作由于受了压抑后的补偿，由于寂寞，由于表现才华，这观点是由人类之非理性成分出发的，所以就是单以司马迁的文艺理论看，司马迁也是浪漫的。

(二) 文艺创作之有用与无用　文艺创作是无用的，然而这种无用正是大用。此种无用为大用的道理，《老》、《庄》、《易传》里都有所推阐；但具体引用到文艺上，则自司马迁始。他一则说："思垂空文以自见；"再则说："自托于无能之辞。"无能者就是无"奇策才力"之能，无"招贤进能"之能，无"攻城野战"之能，无"取尊官厚禄"之能。就浅近之功利的观点看，文学家诚然无能，文学家的文章也诚然无用，然而"古者富贵而名磨灭，不可胜记，唯俶傥非常之人称焉"，到底是哪一类人更有永久性呢？所谓"究天人之际，通古今之变，成一家之言"，到底是不是真无能呢？艺术的天才高于一切，艺术品的征服，所向无敌。以汉武帝与司马迁比，司马迁在我们心目中的地位决不会不及汉武帝，从这里看也就可看出在一方面无用而在另一方面却是大用的道理了。文学家常常卑视自己的成就，但却也常常对自己的才能与事业有着自负。这是因为文学家一方面既意识着他的大用，但也悲哀着另一方面的无用。可见他不必悲哀，他的大用正是无用的补偿！他倒应该感谢他的挫折、愤懑和郁结！

(三) 创作原理　创作有两种原理：一是当人类看见世界上许多具体的事物时，每想从中得到一些抽象的道理，这种道理不只在科学书与哲学书中有，就是文艺书中也有。例如"交情老更亲"，就几乎象一个普遍的原则，象这种原则的获得，可称之为创作上的抽象律。一是当人类空有一些观念或情绪时，却又每喜欢把它推之于具体的事物上，例如先有"四海之内皆兄弟也"的情感，而去写出具体的一百单八个好汉的故事便是。这可称之为具体律。抽象律是给许多肉体以灵魂，具体律是给一个灵魂以许多肉体。司马迁在《司马相如列传》的赞里说："《春秋》推见至隐，《易》本隐以之显。"[①]"推见至隐"就是抽象律，"本隐以之显"就是具体律。

（四）艺术之节制作用　艺术是人类情感的宣泄，其作用是节制而非激动，所以说："凡作乐者，所以节乐"；（《乐书》）[②]《正义》对这话的解释是："不乐至荒淫也"，正说对了。

（五）幽默解　幽默（Humour）是人生和文艺里很重要的一个成分，在西洋的美学家或批评家都有很多学说去讨论它。在中国有与之略略相当的一个名词，就是所谓"滑稽"。滑稽和幽默当然有距离，这距离越到后来越大，但在司马迁所解释下的滑稽则与幽默的真解不相远。他曾说："不流世俗，不争势利，上下无所凝滞，人莫之害。"（《太史公自序》）又说："谈言微中，亦可以解纷。"（《滑稽列传》）凝滞和纠缠的确是幽默的反对物，凡是"化不开"的人物不会懂得幽默。功利观点也是凝滞和纠缠的一种，所以懂得幽默的人或者在某一刹那而处在幽默空气中的人，他一定持有一种超功利的态度。所谓"不流世俗，不争势利"，正是指此。幽默是不伤害人的，否则变成冷讽；因此人类对于幽默的反应也是没有恶意的，所谓"人莫之害"是。幽默包括智慧和超脱，而且还有一点悲悯和温暖；它是会心的微笑，但其中含有泪。我们可以这样说：高等的滑稽就进而入于幽默，低级的幽默却不免流于滑稽。太史公在七十篇列传之中，居然给滑稽留出了一个独立的节目，可知他对此道之重视。他的《滑稽列传赞》也非常幽默："淳于髡仰天大笑，齐威王横行(指连赵事)；优孟摇头而歌，负薪者以封；优旃临槛疾呼，陛楯得以半更；岂不亦伟哉!"

以上是司马迁在批评上的理论。

我们现在再说司马迁在批评上的实践。司马迁是富有天才、识力和同情的大批评家，他具备着所有伟大批评家所应当有的条件。虽然他不曾写什么条分理析的批评论文，但他用叙述的方法把他那深刻而中肯的了解织入他的创作中。他象近代欧洲文艺传记家一样，描写就是批评。因为他观察深入和清楚，能够见到一个人的底蕴(包括好和坏)，而出之以赞美或憎恶的浓烈情感；且即使是憎恶，却又不失其对书中人物的同情，所以他的书富有无限的魔力，我们可以说，他的书是时时在创造着，也时时在批评着。所以我们假如要在其中找出几段纯粹的批评文字是不可能的。下面也不过是一点"样本"而已。

（一）对于孔子之礼赞　批评孔子，是一大难题，因为孔子的地位太重要，

方面也太多，价值更是太大。如何称誉才能不失分寸?这应该是使太史公棘手的事。然而他却轻松的写出来了:

> 《诗》有之:"高山仰止,景行行止";虽不能至,然心乡往之。余读孔氏书,想见其为人;适鲁,观仲尼庙堂、车服、礼器,诸生以时习礼其家,余祗回留之,不能去云。天下君王至于贤人众矣,当时则荣,没则已焉。孔子布衣传十余世,……自天子王侯,中国言六艺者,折中于夫子,可谓至圣矣!——《孔子世家赞》

他清楚的指出孔子的整个价值在对于六艺的贡献,尤其是礼。言简意赅,这是何等的识力!所以他时时以六艺和孔子并称,例如:"秦缪公立三十九年而卒,其后百有余年,而孔子论述六艺。"(《封禅书》)"周室既衰,诸侯恣行,仲尼悼礼废乐崩,追修经术,以达王道,匡乱世,反之于正,见其文辞,为天下制仪法,垂六艺之统纪于后世,"(《太史公自序》)都是。

六艺中,司马迁尤其着重孔子与礼的关系。《孔子世家》可说就是以礼为线索的,从"孔子为儿嬉戏,常陈俎豆,设礼容",到"适周问礼",到"君君、臣臣、父父、子子",到"臣无藏甲,大夫无百雉之城",到"与弟子习礼大树下",到"追迹三代之礼",到"书传礼记自孔氏",直到"诸儒亦讲礼——乡饮,大射——于孔子冢",在太史公心目中,孔子一生是与礼结不解之缘的。孔子的伦理思想原是由群到个人的,个人与群如何相安?孔子的解答也就是"礼"。——礼是就群的立场而给予个人的一种合理的制裁。太史公是真能了解孔子的。

同时太史公也很了解礼,所以他能够知道一生汲汲于礼的孔子的重要;但一般人常不愿受礼的约束,于是孔子就不免成为一个寂寞的失败者了。他说:

> 洋洋美德乎!宰制万物,役使群众,岂人力也哉!余至大行礼官,观三代损益,乃知缘人情而制礼,依人性而作仪,其所由来尚矣。……所以防其淫侈,救其凋敝,是以君臣、朝廷、尊卑、贵贱之序,下及黎庶、车舆、衣服、宫室、饮食、嫁娶、丧祭之分,事有宜适,物有节文。……周衰,礼废乐坏,……循法守正者见侮于世,奢溢僭差者谓之显荣。自子夏,门人之高弟也,犹云"出见纷华盛丽而说,入闻夫子之道而乐,二者心战,未能自决",而况中庸以下,渐渍于失教,被服于成俗乎?孔子曰:"必也正名",

于卫，所居不合，仲尼没后，受业之徒，沉湮而不举，或适齐楚，或入河海，岂不痛哉!——《礼书》③

孔子是极其热心实现理想的人，但也是不轻易和现实妥协的人。例如太史公写道：

> 定公九年，阳虎不胜，奔于齐，是时孔子年五十。公山不狃以费畔季氏，使人召孔子。孔子循道弥久，温温无所试，莫能己用，曰："盖周文武起丰镐而王，今费虽小，傥庶几乎?"欲往，子路不说，止孔子。孔子曰："夫召我者，岂徒哉？如用我，其为东周乎?"然亦卒不行。

《索隐》上说：周文武起丰镐而王，"检《家语》及孔氏之书，并无此言，故桓谭亦以为诬"。其实太史公所写的是艺术的真，是一种心灵的记录，原不必拘拘于出处。"温温无所试"，是孔子的热心和寂寞；"然亦卒不行"，就是孔子的不苟。又如《史记》写孔子（六十八岁了!）归鲁的一段：

> 冉求将行(先是，在孔子六十岁时，康子召冉求)，孔子曰："鲁人召求，非小用之，将大用之也。"是日孔子曰："归乎，归乎，吾党之小子狂简，斐然成章，吾不知所以裁之!"子贡知孔子思归，送冉求，因诫曰："即用，以孔子为招"云。

把孔子的渴望返鲁，与其对于自己手底下人才的满意，先作一番烘托，于是写孔子一直过了八年，果然可以返鲁时的情形：

> 会季康子逐公华、公宾、公林，以币迎孔子，孔子归鲁……凡十四岁而反乎鲁。鲁哀公问政，对曰："政在选臣。"季康子问政，曰："举直错诸枉，则枉者直。"康子患盗，孔子曰："苟子之不欲，虽赏之不窃。"

眼看孔子实现政治理想的机会要到了，可是下面紧接着说："然鲁终不能用孔子，孔子亦不求仕。"终于把一个倔强而自重的老人之命运和骨格和盘托出!孔子是失败了，但孔子的失败是伟大而富有悲剧感的失败。《孔子世家》便是要传达这种悲剧于永久的。司马迁在比较驺衍和孔子的遭遇时曾说：

> 王公大人初见其术，惧然顾化，其后不能行之。是以驺子重于齐。适梁，梁惠王郊迎，执宾主之礼。适赵，平原君侧行撇席。如燕，昭王拥彗先驱，请列弟子之座而受业，筑碣石宫，身亲往师之，作《主运》。其游诸侯，见尊礼如此，岂与仲尼菜色陈蔡，孟轲困于齐梁同乎哉？故武王以仁义伐纣而王，伯夷饿不食周粟；卫灵公问陈而孔子不答；梁惠王谋欲攻赵，孟轲称太王去邠：此岂有意阿世俗苟合而已哉！持方枘欲内圆凿，其能入乎？——《孟子荀卿列传》

不阿世苟合以实现其主张，这就是孔子(孟子亦然)人格的硬朗处。荀子只讲究"固宠无患，崇美讳败"(夏曾佑《中国古代史》，页三三八，《大学丛书》本)，品格就较差了。司马迁对于荀子并无什么赞语，可见司马迁是有眼力的。

孔子的事业在礼，礼是"群"对于"个人"所加的正当的制裁，已如上述，所以如果礼行，孔子的理想政治便可实现了。孔子为说明他的理想政治起见，于是作《春秋》。《春秋》不仅记"已然"，且标明"当然"，而其根据就是"礼"。司马迁很懂得这个道理，所以说《春秋》者，礼义之大宗"。司马迁甚至以为《春秋》一书等于一种政变和革命，所以有"桀纣失其道而汤武作，周失其道而《春秋》作，秦失其政而陈涉发迹，诸侯作难"(《自序》)的话。因此孔子不唯是一个帝王，教主了，而且是一个革命领袖。《史记》就是想继承《春秋》的，这也可见出司马迁自负之重来；至于他对于《春秋》之了解，则多半近于公羊家言。

(二) 对于老庄申韩之批评　司马迁所处的时代，正是"世之学老子者则绌儒学，儒学亦绌老子"的时代，却难得司马迁给孔子写了那样向往的传记以后，却又分出篇幅来写了老庄申韩。他说老子是："无为自化，清静自正。"说庄子是："其言洸洋自恣以适己，故自王公大人不能器之。"说申子是："本于黄老而主刑名。"说韩非是："喜刑名法术之学，而其归本于黄老。"他又加以总评道：

> 老子所贵道，虚无因应，变化于无为，故著书辞，称微妙难识。庄子散道德放论，要亦归之自然。申子卑卑，施之于名实；韩子引绳墨，切事情，明是非，其极惨礉少恩，皆原于道德之意。而老子深远矣！

在那一个混乱的思想斗争中，司马迁独能超出儒道之上，作如此精确而公允的批评；两千载之下独感到他的目光如炬，令人震慑，诚不愧为一伟大的批评家！

他说韩非"引绳墨，切事情，明是非，其极惨礉少恩"，是颇有微词的；但他并不因此减却对韩非的同情。他一则说："韩非知说之难，为《说难》书甚具，终死于秦，不能自脱"；二则说："余独悲韩子为《说难》，而不能自脱耳！"有人以为批评家不能带情感，怕影响他的识力，其实不然，情感与识力原可并存不悖，大批评家且必须兼具此二者，吾于司马迁见之。

（三）对屈原之了解　司马迁所写的传记有时不是纯粹的记叙，而是论文或随笔。就象培忒（Walter Pater）的名著《文艺复兴》一样，论到达文西和温克耳曼，到底是论文？还是传记？实在没法说清。《史记》中尤其表现了这种体裁的是《屈原贾生列传》。这是理想的批评文章，也是完整的文艺创作。

他为了要描写一个正直忠贞的人的真面貌，于是先写下周围那群小人的姿态以作衬托：

> 屈原……入则与王图议国事，以出号令，出则接遇宾客，应对诸侯，王甚任之。上官大夫与之同列争宠，而心害其能。怀王使屈原造为宪令，屈平属草藳未定，上官大夫见而欲夺之，屈平不与，因谗之曰："王使屈平为令，众莫不知，每一令出，平伐其功，曰：'以为非我莫能为也。'"王怒而疏屈平。……秦割汉中地与楚以和，楚王曰："不愿得地，愿得张仪而甘心焉。"张仪闻，乃曰："以一仪而当汉中地，臣请往如楚。"如楚，又因厚币用事者臣靳尚，而设诡辩于怀王之宠姬郑袖，怀王竟听郑袖，复释去张仪。……时秦昭王与楚婚，欲与怀王会，怀王欲行，屈平曰："秦虎狼之国，不可信，不如无行。"怀王稚子子兰劝王行："奈何绝秦欢？"怀王卒行，……竟死于秦而归葬。

结果正直忠贞的人失败，只好去作他的《离骚》了。在这里又用得着司马迁那发愤著书说了。所以说："忧愁幽思而作《离骚》，《离骚》者犹离忧也。"又说："信而见疑，忠而被谤，能无怨乎？屈平之作《离骚》，盖自怨生也。"

屈原的真价值到底何在？有的人以为他是忠君爱国，又有的人以为他不过作一姓的奴才，殊不知屈原的真价值却在"与愚妄战"！他明知自己的力量不大；但他以正义和光明来与一切不可计量的恶势力战斗，他虽然是孤军，但"终刚强兮不可陵"。司马迁了解这一点，所以不侧重屈原之忠君爱国，而侧重

"疾王听之不聪也，谗谄之蔽明也，邪曲之害公也，方正之不容也，故忧愁幽思而作《离骚》"。邪曲害公，方正不容，就是中国整个社会上下五千年的总罪状，屈原的价值乃是在对这种社会作战士，后人只能见其小，司马迁独能见其大。

在太理智的人看来，也许觉得《离骚》，词句太重复杂沓，甚而不合逻辑，（逻辑伤害了多少生命和创造力！）《天问》更凌乱，简直有不知所云之感。可是司马迁却认为这是可珍的文艺创作，是痛苦至极的呼号，所以他从人性的深处去了解屈原为什么问天：

> 夫天者人之始也，父母者人之本也；……故劳苦倦极，未尝不呼天也，疾痛惨怛，未尝不呼父母也。屈平正道直行，竭忠尽智，以事其君，谗人间之，可谓穷矣。

"人穷则反本"，这是何等深刻的体会！和那"意有所郁结，不得通其道，故述往事，思来者"，同让人吟味无穷。他在这里提到"正道直行"，这正是屈原碰壁的根本原因，却也是屈原人格的永不可磨灭处！一个社会而不容一个正道直行的人存在，这是这个社会最大的耻辱！

司马迁更从屈原的人格而谈到了他的风格，他说："其文约，其辞微，其志洁，其行廉；其称文小，而其指极大，举类迩，而见义远。其志洁，故其称物芳，其行廉，故死而不容自疏，濯淖污泥之中，蝉蜕于浊秽，以浮游尘埃之外，不获世之滋垢，皭然泥而不滓者也。推此志也，虽与日月争光可也。"④ 屈原的人格固高，文字固美，而司马迁的评传也真够艺术，他是那样说到人底心里，让人读了感到熨贴。

最后，司马迁之写屈原，始终为深挚而沉痛的同情所浸润着，他说："余读《离骚》、《天问》、《招魂》、《哀郢》，悲其志，适长沙，观屈原所自沉渊，未尝不垂涕，想见其为人。及见贾生吊之，又怪屈原以彼其才，游诸侯，何国不容，而自令若是?读《鵩鸟赋》，同生死，轻去就，又爽然自失矣！"粗看起来，好象司马迁没有坚持的主张或见地一样，一会儿垂涕，一会儿又怪屈原，一会儿又爽然自失了。其实不然，这不过是表示他在丰盛的情感之下，感受力特别强些而已。批评家须有跃入作者精神世界里的本领，以作者之忧喜为忧喜，这一点，司马迁正是作到了。

司马迁既深切的了解孔子而加以礼赞过，现在又深切的了解屈原而加以礼赞着，孔子和屈原乃是中国古典主义和浪漫主义的两个极峰，他们可以不朽，司马迁也可以不朽了。但司马迁的根性自是浪漫的，所以他对孔子有欣羡而不可企及之感；对于屈原，他们的精神交流却更直接些。至于宋玉、唐勒、景差之徒，因为"终莫敢直谏"，缺少屈原之"正道直行"的精神，这是司马迁所不重视的。就是司马相如也不过是一个长于堆垛的辞匠，司马迁虽为之立传，但什么向往礼赞的话也没有(只是他说明《子虚赋》是借三人为词，以推苑囿之大，而归于节俭以讽，却颇能举出赋体的文章之典型的结构所在)，我们更不能不佩服他的卓识和分寸了。

四 司马迁之讽刺

曾有人写过《骂人的艺术》这样的书，但我认为在中国文人中最精于骂人的艺术的，恐怕没有超过司马迁的了。从前有人称司马迁的《史记》为谤书，章学诚很不以为然，说这是"读者之心自不平耳"，然而照我们看，《史记》却实在是不折不扣的谤书，它尽了讽刺的能事，也达到了讽刺技术的峰巅。

他讽刺什么，以及如何讽刺，经过了清代学者的研究，已经渐渐有了确切的结论。大概中国读书人的理解力自明末清初便有了飞跃的进步，以后也更有着继续的发挥。倘若单以考据推许这个时代，那就只见其一面而已。

我们现在先说司马迁的讽刺目标吧。广泛地说，他所讽刺的就是他所处朝代——汉。详细说，他所讽刺的是汉代之得天下未免太容易，有些不配；是汉初的人物——自帝王以至将相——之无识与不纯正；是汉朝一线相承的刻薄残酷的家法；是武帝之愚蠢可笑，贪狠妄为。总之，他要在他的笔下，而把汉代形容得一文不值。

司马迁在《秦楚之际月表》中说："五年之间，号令三嬗，自生民以来，未始有受命若斯之亟也，"下面即历叙虞夏之兴，积善累功数十年；汤武之王，修仁行义十余世；就是秦之统一，也百有余载。结论是："以德若彼，用力如此，盖一统若斯之难也"，言外是汉凭什么，既无德，又没费力，却这样容易得天下！他讥讽地说："此乃传之大圣乎？""非大圣孰能当此受命而帝者乎？"假若只看这两句，也许以为他是真地在颂扬了，然而这两句之间，却插入"岂非天哉，岂非天哉"的重复慨叹，就知道他确乎是以赞作讽了！

整个的汉代之来历，在司马迁眼光中是如此。而刘邦之为人，司马迁尤其挖苦得厉害。在《项羽本纪》中，项羽要烹他的父亲了，他说："吾翁即若翁，必欲烹而翁，则幸分我一杯羹"；在《高祖本纪》中，他曾给太上皇拜寿，说："始大人常以臣无赖，不能治产业，不如仲力，今某之业，所就孰与仲多？"在《萧相国世家》中，特别给萧何的封地多，那是因为"帝尝繇咸阳，时何送我独赢奉钱二也"；第一例见他之不孝，第二例见他之无赖，第三例见他之小气。而萧何的功绩虽然那样大，但如果不以家财佐军，不强买民田，以表示不能顺从民欲，则刘邦对他的猜忌是一点也不会放松的。就是对于韩信，韩信每打一次胜仗，他便"使人收其精兵"（《淮阴侯列传》），这同样见刘邦之忌刻。至于真正打仗的本领，那更没有。他有许多神异的事，仿佛是真命天子了，可是司马迁早借萧何之口说出："刘季固多大言"，那末一切神异也就多半是刘邦自造，化为乌有了。

和刘邦作对比的是项羽。项羽有真本领，有真性情，有真气概，在司马迁的笔下，项羽才是一个真正英雄，刘邦却是一个流氓而已。

不唯刘邦本人如此，就是他的周围，除了张良、陈平常设诡计之外，大半都是一些不学无术的老粗。司马迁在《樊郦滕灌列传》的赞中说，"吾适丰沛，问其遗老，观故萧、曹、樊哙、滕公之家，及其素行，异哉所闻！方其鼓刀屠狗卖缯之时，岂自知附骥之尾，垂名汉庭，德流子孙哉？"《萧相国世家》中也说："萧相国何，于秦时为刀笔吏，碌碌未有奇节"，《曹相国世家》中说："曹相国参，攻城野战之功，所以能多若此者，以与淮阴侯俱"，《绛侯周勃世家》中说："绛侯周勃，始为布衣时，鄙朴人也，才能不过中庸"，意思是说他们统统是贪缘时会，因人成事而已。

这样的一个低能集团，那有才能的人处于其中，就未免太委屈了。韩信就是这样一个可惜的人才。司马迁在《淮阴侯列传》中说："而天下已集，乃谋叛逆，夷灭宗族，不亦宜乎？"他并非责备韩信之不当叛逆，却只责备他发动得有些迟了而已！这意思多么明显！

司马迁在讽刺整个汉代以及汉初人物之外，时常揭发汉家一线相承的刻薄。高祖的猜忌，已见于《萧何传》和《韩信传》不必说。文景二帝似乎是忠厚正经的人，其实不然，在适当的时候，司马迁就不惜揭穿那真相了。例如《张释之传》中，文帝为一人惊了自己的马，就要致之死地，亏得释之据法力争，才处了罚金。可见这位废除肉刑的文帝，也是一个伪君子而已。又如《佞幸列传》中，文帝为爱一个宦者邓通，便许他铸钱成为富翁，文帝的行为何尝不乖张荒淫？至于景帝的刻薄寡恩，只要看《张释之传》中，因为释之曾在景帝为太子时弹劾过他不下司马门，到即位后，虽口头上说不忌恨此过，但只有一年多，便把张释之调为淮南王相了。司马迁在记"景帝不过也"之后，便拆穿了说："犹尚以前过也。"又如《周亚父传》中，因为周亚父不许给王信封侯，景帝虽默然而止，但后来便故意请他吃饭不放筷子，给他难堪，到逼他死后，"景帝乃封王信为盖侯"了。司马迁冷然写去，已把景帝的真面目揭露了。

可是在这种种之中，司马迁所要讽刺的最大的目标，却是汉武帝。在《封禅书》中辟头即说："自古受命帝王，曷尝不封禅？盖有无其应而用事者矣，未有睹符瑞见而不臻乎泰山者也。虽受命而功不至，至矣而德不洽，洽矣而日有不暇给，是以即事用希。"无其应而用事，功不至，德不洽，都是暗指武帝。封禅的本身，原已荒唐，但即退一步讲，却也有配有不配，司马迁是直然认为武帝不配的。他不好明讲，便借管仲阻齐桓公，仲尼不肯论封禅，作为武器，略事攻击。整个文章中，都是写武帝之愚蠢、幼稚与可笑的。

《封禅书》之外，司马迁便在《酷吏列传》中写汉代残酷的家传，而尤重在武帝。其中屡有"天子闻之，以为能"之语，可见那酷吏之惨无人性，实在是武帝的授意和怂恿。那最大的酷吏如张汤、杜周也不过是"善伺候"，能窥探武帝的意旨，而去找出理由，又去执行而已。

武帝之刻薄寡恩，不止对一般的臣下为然，就是对于宗室贵族也毫无留情。司马迁一则在《汉兴以来诸侯年表》中说推恩(其实是削弱诸侯)的办法是"强本干，弱枝叶之势"，他说这样一来，就可以"尊卑明而万事各得其所矣"，其实他只是在打官腔，下面却说出了实话："令后世得览，形势虽强，要之以仁义为本"，意思是说如果不仁不义，手腕虽高，毕竟还是危险的了。二则在《高祖功臣侯年表》中说：原先受封的百有余人，到了太初，不过百年之间，只存了五个人，其余都坐法亡国。司马迁在表面上把"子孙骄溢"放在首要的地位，而把"网亦少密焉"放在次要的地位。就是这样，他仍怕别人把"网密"看重了，下面紧接"然皆身无兢兢于当世之禁云"，目的在再冲淡一下。然而其实他却正是重在"网密"的。太冲淡了，也怕别人把他的真正意思误会，但他又不能明言，于是只好混统的说："居今之世，志古之道，所以自镜也，未必尽同"，意思是就是兢兢于当世之禁，也未必不犯法，因为"网密"的缘故!他的文字富有层次转折，于是让他的真意在若明若暗之间了。

武帝之好事，司马迁借汲黯之口直说出来，"陛下内多欲，而外施仁义。"而在《建元以来侯者年表》中则说自来都是喜欢外攘夷狄的，"况乃以中国一统，明天子在上，兼文武，席卷四海，内辑亿万之众，岂以晏然不为边境征伐哉？自是后，遂出师北讨强胡，南诛劲越，将卒以次封矣!"就是天下太平，也要动动刀枪呢，于是有了许多封侯了！

至于武帝之横征暴敛，让民生凋弊，是见之于《平准书》中。但他不明指汉，却骂秦；也不说当代，却说古代不然：

> 及至秦中，一国之币为三等，黄金以镒名，为上币；铜钱识曰半两，重如其文，为下币；而珠玉龟贝银锡之属，为器饰宝藏，不为币。然各随时，而轻重无常。于是外攘夷狄，内兴功业，海内之士力耕不足粮饷，女子纺绩不足衣服。古者尝竭天下之财，以奉其上，犹自以为不足也？无异故云，事势之流，相激使然，曷足怪焉！

武帝周围那些人物，他也很少瞧得起。公孙弘、张汤都是外宽内深的官僚。在《张丞相列传》中更说："及今上时，柏至侯许昌、平棘侯薛泽、武强侯庄青翟、高陵侯赵周等为丞相，皆以列侯继嗣，娖娖廉谨，为丞相备员而已，无所能发明，功名有著于当世者"，则武帝时之无人也就可知了。至于能为社稷臣的汲黯，以及已成为名将的李广，却只有埋没抑郁以终而已。

武帝所用的人多半是恃裙带关系的亲幸之辈，田蚡、卫青、霍去病、李广利都是。司马迁都对他们各加讥讽。其中卫青、霍去病尤受宠爱，他们都以卫皇后为靠山。司马迁写卫皇后时便说："生微矣，盖其家号曰卫氏"，提到霍去病时便说："及卫皇后所谓姊卫少儿，少儿生子霍去病"，这都是说他们出身微贱，父女姊妹的关系也在可考不可考之间的。笔端是十分鄙夷着。

雄才大略的汉武帝，到了司马迁的笔下，算是一无所长了；浪漫精神是无限的，是不屈服于任何权威的，是没有任何奴隶的烙印的，我们于司马迁之讽武帝见之。以上尚是明显的，可指的讽刺，另外有些散布在各篇的夹缝里的还有很多很多。

司马迁讽刺的目标既明，我们现在就要看看他的阵法。他的阵法大概是这样的：一则用揭穿事实的方法，事实往往是最强有力的讽刺。如他写景帝，只说周亚父死后，乃以王信为盖侯，就够了。二则用无言的讽刺，凡是他不赞成的事便不去写，如《循吏列传》中不叙汉代，《张丞相列传》中不叙那些备员的人物的事迹，读者自然可以晓得什末是在缺乏着了。三则用互见的方法，他决不把高祖的流氓行径及小气忌刻写在《高祖本纪》里，却分散在《项羽本纪》、《萧相国世家》里。四则用反言的方法，他口头在赞扬，骨子里却是在讥讽。五则用轻重倒置的方法，偏把主旨放在次要。六则用指桑骂槐的方法，他不骂汉而骂秦，其实他对秦并不坏，《六国表》可见。七则用借刀杀人的方法，用孔子抵挡封禅，用汲黯直斥武帝。八则全然在语气里带出来，他用几个"矣"字，往往就把他的意思 表达出来了。九则常用无理由为理由，如三世为将不祥，坑降不得封侯之类，那真正的理由却是统治者的忌刻。

总之，他的方法是逃避和隐藏，这样便瞒过了那时当局者的检查，也瞒过了后来太忠厚以及太粗心的读者了！

撇开司马迁的一切文学造诣不谈，即仅以讽刺论，他也应该坐第一把交椅！

五 总结——抒情诗人的司马迁及其最后归宿

然而在说过一切之后，司马迁却仍是一个抒情诗人！

只是感情才是司马迁的本质。不错，他有识力，也有学力，但就他本身而论，这却并不是他的性格中之最可贵，最可爱的。

他虽然因为家庭教育之故，对于儒学有些倾慕，然而并没有掩遮他的道家的自然主义的根性。即以这道家的自然主义论，却也仍没有淹没了他那更根本的一点内心的宝藏，那便是他的浓挚、奔溢、冲决、对一切在同情着的感情。不错，他看事情很明锐而透达，可是感情却是他的见解的导引之力。不错，他讽刺的对象很多，然而就是他所讽刺的人物，在他笔下写来，也依然带有大量的可爱的成分。他的自然主义，如果不加上"浪漫的"三个字，便成了没有生命的概念，与他的本质毫不相干了。

他的事业，在他自己看来，也许另有不朽的地方，但我认为最重要的一点，却是留下了最伟大的抒情篇什，虽然形式上却是历史。在他后代有许多知己，有无数的追踪的人物，但与他本身似乎没有什么太大的连系，除非那些知己和追踪的人物在感情上和他有着共鸣。"发愤以抒情"，这是楚文化的精神，却也是西汉所承受了的伟大的精神遗产，而集中并充分发挥了的，只有司马迁。那是一个浪漫的世纪。司马迁就是那一个浪漫世纪的最伟大的雕像。

因为他是抒情诗人，所以他的作品常新，——情感本是常新的。因为他是抒情诗人，他的识力和哲学并没引导他走入真正理智的陷阱。他对于若干历史上的大小事件，似乎很有所理解，然而归到根底，他唱起命运感的调子来了！"余甚惑焉！倘所谓天道，是邪非邪？""孔子罕称命，盖难言之也！非通幽明之变，恶能识乎性命哉！"因为他有命运感，所以他有着深切的悲剧意识，他赞赏那些不顾命运的渺茫而依然奋斗，却又终于失败了的伟大人格。孔子是如此，屈原是如此，信陵是如此，荆轲、项羽也是如此！

司马迁能赤裸裸的接触一切人物的本质,又能烛照一切人生的底层,于是而以情感唱叹着,同情着,描绘着了。

他是热情到这样的地步,因为热情而造成了自己的悲剧。他所觉得不可知的命运最后却也和他自己开起玩笑来。他在极大的屈辱之中,而与世长辞了!确切的卒年,我们不晓得。但公元前九○年,也就是司马迁四十六岁以后的生活,已经渺茫漶漫了。

司马迁身后的情形如何,我们所知的,也一如他的卒年之那样模糊。他的家庭生活怎样,也从没有记载。有人说他有两个儿子,但那是根据华山道士的胡言,当然不可信。有人说他有一个侍妾隋清娱,可是这是褚遂良所见的一个女鬼,更觉荒唐。

唯一可靠的倒是司马迁有一个女儿,嫁给了杨敞。杨敞是一个老实人。杨敞的儿子杨恽却很有棱角,颇有外祖之风,连文格也十分相似(他之《报孙会宗书》直然是他的外祖《报任安书》的姊妹篇),他很爱读他外祖的《史记》,但他却因口祸被腰斩。司马迁的一生是一幕悲剧,连这和司马迁最有着精神上的连系的亲属却也以悲剧终!

---

①《司马相如传》的赞,因为其中有扬雄的"靡靡之赋,劝百讽一"两句话,王若虚《辨惑》说是"后人以《汉书》赞益之"。现在看《汉书》赞,的确和《史记》赞文字差不多,不过开首有"司马迁称"字样。我们现在实在辨不清到底史公的原文是保留多少了,但无论如何,我所引用的二句紧接"司马迁称"四字之下,必是史公原文无疑。

②《乐书》多取《乐记》,但我所取的这一段在篇首,仍是司马氏文字。

③《礼书》多取《荀子》,但我所取的这一段在篇首,仍是司马氏文字。

④因为班固的《离骚序》上有:"昔在孝武,博览古文,淮南王安叙《离骚》传,以'《国风》好色而不淫,《小雅》怨诽而不乱,若《离骚》者可谓兼之。蝉蜕浊秽之中,浮游尘埃,皎然泥而不滓,推此志与日月争光可也。'此论似过其实"的话,后人遂以为司马迁《屈贾列传》系采淮南王安文,我以为未必可靠。淮南王安作《离骚传》的话,只见于《汉书》卷四十四《淮南衡山济北王列传》,而不见于《史记》卷一百十八《淮南衡山列传》。就班固所引者而言,这《离骚传》的确得不坏,司马迁不该在《淮南传》里抹然不提,况且他果已引用,更不会对此事推作不知,此其一。我们再看淮南王安的行事,只是一个庸才,就是所传的《淮南内篇》也多半是"集体创作",他本人能否作出这样好的文章,诚为疑问,此其二。况且高诱(建安时人)的《淮南子叙目》上乃是说:"诏使为《离骚赋》",并不是传,王念孙《读书杂志》《汉书》《离骚传》条说"传"应该是"傅"字。"傅"与"赋"

古字通，颇可信。即《文心雕龙》虽然在《离骚篇》上说淮南作，而《神思篇》就又说"淮南崇朝而赋《骚》"了。可知刘勰已不能肯定。淮南作《离骚赋》比较可能，因为他作过那种《招隐士》一类的"楚辞"。我疑惑《屈原贾生列传》根本并无袭取淮南王安之处，反之，有人袭取《史记》而托之淮南，为班固误信，倒是可能的。班固的取材本不严格，不然，何以《古今人表》上有许多荒诞不经的人物?此其三。退一步言，司马迁就是采取淮南《离骚传》，也不过《汉书》所引的几句而已，而且即这几句，为史公使用时也业已铸入史公的风格，是史公的创作而与淮南无涉了，此其四。总之，我们有理由说，《屈原贾生列传》的著作权应该归给司马迁。

原载《文潮月刊》第1卷第5、6期，1946年

史记体例溯源

程金造

吾国古时，天子诸侯，均有史官，记言书事，各有专司，所以慎言行，而昭法式，墨子所谓周之《春秋》，燕之《春秋》，宋之《春秋》，齐之《春秋》，孟子所谓晋之《乘》，楚之《梼杌》，鲁之《春秋》一也者，是也。而历年旷邈，载籍沦亡，书法体例，莫得而详；仲尼据鲁《史》而为《春秋》，褒讳挹损，书有成例，《左氏》、《公》、《谷》传其事义，世所谓编年之体也。《孟子》曰："其文则史，其义则丘窃取之"，然则《春秋》之书，其文其事，固仍鲁国之史，而其书法体例，仲尼亦必有所因袭取则者也。司马迁生于炎汉，绍法《春秋》，为《太史公》百三十篇，世所谓《史记》者也。其体例有五，曰本纪，表，书，世家，列传，后世谓之为史之"纪传体"。班孟坚为西汉一代之史，依仿其例，数千年来，史家相承，有如夏葛而冬裘，渴饮而饥食，未有能逃其矩矱者。虽"书"之一体，后世改之为"志"，五代又改曰"考"，"世家"一体，《晋书》改名"载记"，而此不过小小异同，要为在《太史公》范围中也。其影响也如此。然此本纪，表，书，世家，列传五者之体，为史公之所凿空独创乎？抑亦有所因袭滥觞于前人者乎？是所宜先考覈商榷者也！前人之论此者，说固纷纭，约而别之，可有三说：一为太史公体例取法《吕氏春秋》说。一为取例于《世本》说。一为史公凿空独创说。

《后汉书·班彪传》，述彪史论曰："孝武之世，太史公司马迁，采《左氏》、《国语》、《世本》、《战国策》，据楚汉列国时事，上自黄帝下讫获麟，作本纪，世家，列传，书，表，凡百三十篇。"

《晋书·张辅传》曰："辅尝论班固司马迁曰，迁既造创，固又因循，难易益不同矣"(卷六十)。

《郡斋读书志》曰："《史记》一百三十篇，汉太史令司马迁续其父谈书，创为义例，撰成十二本纪，以叙帝王，十年表，以贯岁月，八书以纪政事，三十世家，以叙公侯，七十列传，以志士庶。"

郑樵《通志叙》曰："司马氏父子，世司典籍，工于制作，故能上稽仲尼之意，会《诗》、《书》、《左传》、《国语》、《世本》、《战国策》、《楚汉春秋》之言，通黄帝尧舜至于秦汉之世，勒成一书，分为五体。本纪，纪年；世家，传代；表，以正历；书，以类事；传，以著人。使百代而下，史官不能易其法，学者不能舍其书。《六经》之后，惟有此作，故谓周公五百岁而有孔子，孔子五百岁而在斯乎，是其所以自待者已不浅。然大著述者，必深于博雅，而尽天下之书，然后无遗恨。当迁之时，挟书之律初除，得书之路未广，亘三千年之史籍，而局蹐于七八种书，所可为迁恨者，博不足也。"

徐中行、凌以栋《史记评林叙》曰："《史记》所采，共事其文，战国以前，非惟孔子所不取，而传语之所遗者，皆穷搜而博访，传之以年，语之以国，而论其世，各得一体，迁则勒而为五，志继麟止，则上历于黄帝，而变其编年，各自以为义，前无所袭，后以为法。"

黄汝良、冯梦桢《校定史记叙》曰："史迁变《左》体为纪传世家书表，厥后作者，递相祖述，虽名号稍更，而规制无改，可谓正史之开基，而纂修之鼻祖矣。"

《史记评林》引王祎曰："纪表志传之制，马迁创始，班固继作，世仍代袭，率莫外乎矩矱。"

《史记评林》引陈传良曰："子长易编年为纪传，皆前未有此，后可以为法。"

王鸣盛《十七史商榷》卷一曰："司马迁创立本纪表书世家列传体例，后之作史者，递相祖述，莫能出其范围。"

章学诚《文史通义·书教》下曰："《左氏》一变而为史迁之纪传，固因迁之体，而为一成之义例。"

梁玉绳《史记志疑》卷三十六曰："史公变编年之例，突起门户，著目曰本纪，曰表，曰书，曰世家，曰列传，史臣相续，称为正史，盖凿定难，而遵途易也。"

案以上诸说，班氏谓史公采据群书，作本纪世家列传书表等五体，是明以此五体者为史公所首创，张辅所谓"迁既创造，固又因循"，与晁公武之所谓"创为义例"，均指此五者之体而言。徐中行黄汝良诸人而下，谓史公变编年为纪传，则以史公改编年之史，创而为纪传体例之史也。是均以本纪表书世家列传五种体制，为史公创立。盖以后世所见前代史书，《尚书》《左传》《国语》《战国策》诸书而外，亦不过《世本楚汉春秋》之书(二书均亡于宋)，而诸书之为体，惟《左氏春秋》为编年，余书亦不与《史记》体例相类；太史公虽意在绍法《春秋》，乃在法其事准其意而为书，非其为书体制之相仿，故均以纪传之史，为史公所创立。至郑樵则更谓史公只会七八种书，采括不博，以为当时挟书律始除，得书之路不广，病其依据未宏，故其体制，不得不凿空独创。其立意盖如此。考《史记·自叙》曰："汉兴，萧何次律令，韩信伸军法，张苍为章程，叔孙通定礼仪，则文学彬彬稍进，诗书往往间出矣。自曹参荐盖公言黄老，而贾生晁错明申商，公孙弘以儒显，百年之间，天下遗文古事，靡不毕集太史公。太史公仍父子相续纂其职。"《汉书·艺文志叙》曰："汉兴，改秦之败，大收篇籍，开献书之路，迄孝武世，于是建藏书之策，置写书之官，下及诸子博说，皆充秘府。"《注》引如淳曰"《七略》曰：外则有太常太史博士之藏，内则有延阁广内秘室之府。"盖自炎汉一统，南北交通，无所阻滞，会稽之吏，岁岁奏于阙廷，轺轩之史，日日驰于郡国；且孝惠四年，即除挟书之律，文帝之世，开献书之路，立博士之官，及景武之世，已百家腾跃，经师蔚起矣。时天下贡书，首上太史，故史公能尽海内遗文世传，举凡史记旧闻，诸子杂说，下及词人才士之制，法令档案之文，太史公尽囊括而有之。故史公《自叙》曰："紬史记石室金匮之书"，夫以"整齐世传"，"整齐百家杂语，而勒为一书，以成一家之言者，而其为书之体例，固当于其所涉览之千百群书之中，斟酌选择，有所依据取则者也。"

　　洪饴孙《钩稽辑订》曰"《春秋》为编年，《世本》为纪传，太史公述《世本》以成《史记》，纪传不自《史记》始也。《左传正义》引《世本》'记文'，'记'、'纪'同音，此即《史记》'本纪'之所本。桓谭曰'太史公《三代世表》，旁行邪上，并效《周谱》。'按隋《经籍志》《世本》《王侯大夫》谱二卷，是《世本》即《周谱》也。又《世本》有《帝系篇》，又有作篇，记占验饮食礼乐兵农车服图书器用艺术之原，即太史公八书所本，《左氏正义》引《世本世家》文，《史记索隐》引《世本》传文。"

　　秦嘉谟《世本辑补自叙》曰："夫《春秋》为编年，《世本》为纪传，太史公述《世本》以成《史记》，纪传不自《史记》始也。"（案《秦氏世本辑补》乃窃之洪氏，此条尤可见其迹象。）

　　又《秦氏世本辑补》《诸书论述》曰："按太史公书，其创立篇目，如本纪，如世家，如列传，皆因《世本》。"

以上为《史记》体例祖述《世本》说。案洪氏所举《世本》记文，见《左襄二十一年传》《正义》引，《世本》世家文，见《左桓三年传》及《左襄十一年传》孔氏《正义》所引，传文，见《史记·魏世家》小司马《索隐》所引，盖《世本》书中，信有此"记"，"世家"与"传"之篇目矣。《隋经籍志》录《世本王侯大夫谱》二卷，则《世本》亦信有此"谱"之篇目矣，而秦氏《世本辑补》一书，似专为述《史记》之各体，乃祖述《世本》而作者。然《史记》之五种体制，果为从《世本》中来否？秦氏之所说述与所证明者，殊不足以服人之心，快人之意。其牵强鲁莽谬误之端，应于各体之中，分而论之，今兹所说，先为概略。考《世本》一书，《汉书·艺文志》列之《春秋》后，十五篇，原注曰："古史官记黄帝以来讫《春秋》时诸侯大夫。"《史记集解叙》《索隐》引刘向《别录》曰"《世本》古史官明于古事者所记，录黄帝以来帝王诸侯及卿大夫系谥名号，凡十五篇。"而均不言卷数，《隋经籍志》著有世本王侯大夫谱二卷，世本二卷，又四卷。新旧唐书志犹著其目，而《史记》小司马《索隐》，于《五帝本纪》，夏周，《秦始皇本纪》，及三代，《十二诸侯六国表》，吴齐鲁燕陈杞晋卫诸世家，皆引其书，至宋之《崇文总目》，始未著录其书；盖赵宋之初，是书始亡，然则士生其后，不见其书之真面，安得谓《史记》诸体，仿自《世本》乎？且《世本》唐时尚存，果真《史记》五体之制，原于《世本》，则唐人何不言之？而唐世之前，亦未有言之者，则其说之不根，可断言也。

　　邵晋涵《南江文钞史记提要》曰："迁文章体例，则参诸《吕氏春秋》，而稍为变通，《吕氏春秋》为十二纪，八览，六论，此书为十二本纪，十表，八书，三十世家，七十列传。"

　　《文史通义》卷六和《州志列传总论》曰："《吕氏春秋》十二纪，似'本纪'所宗，八览，似'八书'所宗，'六论'，'似列传'所宗。"

　　以上为《史记》体例宗于《吕氏春秋》说。案《吕氏春秋》，汉书《艺文志》著录二十六篇，今本凡十二纪，八览，六论，与《汉志》合，而为杂家子部之书，与《史记》之属乙部者不相类，安得谓其体例之所宗乎？清《四库提要》谓纪犹内篇；览与论，似犹内篇与杂篇，则其组织，似更与史记之纪传不相同；至于八书，十二本纪，其数与八览，十二纪相同，便谓二书前后相仿，此皮相之论，益不足道，其详亦当于各体中分论之。

　　更有散论其"本纪"仿于某，"表""书""世家""列传"宗于某者，仁智之见，说殊纷纭，今将此五体，分而覶之于下：

(一)本纪

太史公"本纪"一体,言其体例渊源者,莫先于刘彦和《文心雕龙》:

> 《史传篇》曰:"子长继志,甄叙帝比绩,尧称《典》,则位杂中贤,法孔题经,则文非玄圣,故取式《吕览》,通号曰纪,故'本纪'以述皇王。"

此以史记之十二本纪,乃宗法《吕氏春秋》。邵晋涵章学诚诸人承其说,为之张目。邵之说已见前,章学诚等曰:

> 《文史通义·永清县志》皇王纪叙例曰:"纪名肇于《吕氏春秋》十二月纪,司马迁用以载述帝王行事,冠冕百三十篇。"

沅湘通《艺录》卷三《晏世澍太史公本纪取式吕览辩》曰:

> 本纪之本规仿,其必有所自来者矣,《文心雕龙》曰"取式《吕览》,通号曰纪",纲纪之号,亦宏称也。按《吕览》凡十二纪,八览,六论。大抵据儒书者十之八九,参以道家墨家之书理者,十之一二,二十余万言,颇为有识者所推崇,盖不韦宾客之所集也。观其《报任安书》曰"不韦迁蜀,世传《吕览》",又曰"恨私心有所未尽,鄙没世而文采不表于后也",言为心声,自比如此,岂非有所欣羡于其素哉。以此知刘舍人之言为有据,其为取式《吕览》,无疑也。

案章氏以纪名始于《吕氏春秋》之十二纪,遂以为《史记》"本纪"体例之源。夫十二纪与十二本纪,数虽相同,而一名"本纪",一名为"纪";一述皇王之行事,一述十二月令节候,名曰不同,事义亦异,安得谓本纪之体仿于《吕览》乎?至晏氏引史公《报任安书》之言,以为《史记》取式《吕览》欣羡有素之证,说尤谬妄。《报任安书》中,历述不韦迁蜀,韩非囚秦,世传其书诸语,原与事实不合,《史通·杂说》篇,朱珔《文选集释》诸书,皆已言之,无烦再为之赘。而子长引而言之者,乃所以道其著书旨趣,引吕氏诸人著书传世,以喻己志而已,固不得谓为其体例规仿之证也。必如所云者,则书中所云韩非囚秦,《说难》、《孤愤》,孙子膑脚,兵法修列。则史公为书,其体例亦效韩非《说难》、《孤愤》与孙子十三篇耶?赵翼《陔余堂丛考》卷五曰:

《文心雕龙》曰："迁取式《吕览》，著本纪以述皇王，则迁之作纪，固有所本矣，今按《吕览》十二纪，非专述帝王之事"云云。

此可谓明确爽快之论矣。秦嘉谟又以为《史记》"本纪"之体，乃因于《世本》中之"纪"而来：

《世本辑补》卷二纪下注曰：按《左传》襄二十一年《正义》，引《记》文曰："太甲汤孙，《史记》《索隐》及路史注，亦引《世本》'纪'文，'记'与'纪'古音同，此即史记'本纪'之所本。"

考《尚书伪传叙》孔氏《正义》曰：

世本帝系及大戴礼五帝德，并家语宰我问，太史公五帝本纪，皆以黄帝为五帝，大戴礼本纪出于世本。

又欧阳修《帝王世次图叙》曰：

司马迁作"本纪"，出于《大戴礼》《世本》诸书。

又《史记测议》引唐顺之曰：

司马迁修《史记》，采《世本》世系，而作帝纪。

此皆谓《史记》"本纪"中史料之原，有采自《世本》者耳，未有谓本纪体例，出于《世本》者。且雷学祺、茅泮林、张澍、陈其荣诸人所辑《世本》之书，均无本纪之目，即唐人所引《世本》之文，亦只曰"纪"，而不称"本纪"。

《左襄二十一年传》曰："伊尹放太甲而相之，"《杜注》曰"太甲汤孙也"，孔氏《正义》曰"太甲，汤孙"，《世本》纪文也。

秦氏《世本辑补》卷二，即据此条而为言曰："此即《史记》'本纪'之所本"，夫一名"本纪"，一名为"纪"，名称不同，体例更不能悬定其相似，而必谓其前后相规仿，则宁非傅会乎？秦氏更于所辑纪中，采自《国语·鲁语·韦氏注》所引者一条曰：

> "按《史记·五帝本纪》，未知其全采《世本》否，不敢全录其文"云云。

夫太史公采摘群书，而为《史记》"本纪"一体，即使之多采自《世本》，是乃其史料之所从出，尚不得谓为其体例之所由仿，又况秦氏于《五帝本纪》，不知其全采《世本》与否，而不敢全录其文，以为其《世本》辑补之纪，是其未能确定《世本》纪之为体也。既于其体例不能定矣，而必曰《史记》本纪之体，因于《世本》，宁非诬妄乎？故其所辑《世本》纪文，杂采《国语》韦注及《史记》诸文，定多谬误，绝非本来面貌，可断言也。而孙冯翼诸人之所辑者，更无纪之篇目，其为附会，盖属必然。然则史公本纪之体，非本之《世本》与《吕览》矣，亦何所从来乎？张照以为史公所独创：

> 清官本《考证》张照曰："按史法天子称本纪者，盖祖述马迁之文，马迁之前，固无所谓本纪也。"

张氏以为天子称本纪为祖述太史公，太史公之前无所谓本纪之礼，二说均妄。太史公为《项羽本纪》，《秦本纪》，《吕后本纪》，其人均非天子，史公为之本纪者，此则独有见地，别具只眼，与后世史家不同，今不详论。其必为天子始得列之本纪者，推其义例，则应创自班固，不宜归之太史公也。且太史公之前，固已有"本纪"之体，太史公曾自言之：

> 《史记·大宛传》曰，太史公曰："《禹本纪》言河出昆仑，其高二千五百余里，日月所相隐避为明也，其上有醴泉瑶池，今自张骞使大夏之后也，穷河源，恶睹夫所谓昆仑者乎？故言九州岛山川，《尚书》近之矣；至《禹本纪》山海经所有怪物，余不敢言也"。

太史公所谓禹本纪者，不著录于《汉书·艺文志》，而史公绌史记石室金匮之书，此当为其中物，太史公此自道其所涉览者，盖可信也。而其书又与《山海经》并举，俱属大名，而决非《世本》中之小题，亦可断言。惟其不见于《汉书·艺文志》也，前人因有附会之论：

> 《困学纪闻》卷十曰："《三礼义宗》引《禹受地记》，王逸注《离骚》
> 引《禹大传》，岂即太史公所谓《禹本纪》者钦"？
> 《史记志疑》卷三十五曰："《困学纪闻》卷十云云，余因考郭璞《山海
> 经注》，亦引《禹大传》，《汉书·艺文志》有《大命》三十七篇，师古曰：
> 命古禹字，列子汤问篇引《大禹》，疑皆一书而异其篇目尔。"

考《三礼义宗》为梁崔灵恩撰，书已久佚，则《禹受地记》之书，无由引为明
证。《禹大传》见于王逸注《离骚》"朝濯发乎洧盘"句下，文曰"洧盘之
水，出崦嵫山。"《山海经》见卷二崦嵫山下，其文与王氏所引者同，而似为
地志一类之书，大抵古书之言地理者，多附会于大禹。而果与《禹本纪》为一
书否，后人实无由断定，《列子·汤问》所引《大禹》之文曰："六合之间，
四海之内，照之以日月，经之以星辰，纪之以四时，要之以太岁。神灵所生，
其物异形，或夭或寿，唯圣人能通其道"云云。则似即《汉书·艺文志》子部
杂家《大命》三十七篇之文，（《汉志·大命》三十七篇原注曰：传言禹所作，
其文似后世语。）而列于子部，恐亦非太史公所谓《禹本纪》之书？盖古时别
有"禹本纪"之书，为述禹之行事，太史公盖放其体以述皇王也。赵翼《陔余
丛考》卷五曰：

> 《史记·大宛传赞》则云《禹本纪》言河出昆仑，又云《禹本纪》及《山
> 海经》所有怪物，余不敢言也。是迁之作纪，非本于《吕览》，而汉以前，
> 则有《禹本纪》一书，正迁所本耳。

又《二十二史札记》卷一曰：

> 古有《禹本纪》《尚书》《世纪》等书，迁用其体以述皇王。

王筠《史记校》卷下曰：

> 《史记》所采之书，如《尚书》《左传》《国策》，皆直书之，未尝言某曰，
> 史体固当然耳，惟《大宛传赞》引《禹本纪》、《山海经》，以其荒唐而著其名。

尚镕《史记辩证》卷一曰：

> "本纪"以述皇王，《大宛传》引《禹本纪》，此迁之所本也。刘勰谓取式《吕览》通号曰纪，盖未覆案《大宛传》耳。

则均可为吾说之助矣。然则纷纷之论，辨其所不必辨者，亦可以息矣，至赵氏又引《尚书世纪》之书，亡佚已久，莫得知其体要，赵氏以其名纪，与本纪之名略同，故尔言之，盖亦附会之谈，不足据也。

（二）表

《史记》"十表"，其体例前人亦有谓为史公创立者：

> 《史通·杂说篇》曰"太史公创表，列行萦纡以相属，编字戢篡而相排，使读者阅文便睹，举目可详。"
>
> 《抱经堂文集》卷四《校定能方后汉书年表叙》曰"表创于子长，而沿于孟坚。"

然汉人已谓史公十表，仿于周谱，则史公创立之说，不足信也。

> 《梁书·刘杳传》曰："杳曰：桓谭《新论》云，《三代世表》，旁行邪上，并效《周谱》。"
>
> 赵翼《二十二史札纪》卷一曰："史公作十表，仿于周之谱牒，与纪传相为出入也。"
>
> 章实斋《和州志与地图叙例》曰："图谱之学，古有专门，郑氏樵论之详矣，司马迁独取旁行邪上之遗，列为十表。"

章氏、赵氏之说，当亦本桓君山之言，考《后汉书·桓谭传》曰："谭著书言当世行事二十九篇，号曰《新论》，"《隋书·经籍志》著录之为十七卷，新旧唐书志同，《史记》《索隐》于《武帝本纪》、《封禅书》、《外戚世家》、《太史公自序》诸篇，皆引其文；则其书唐世犹未亡佚，而桓氏为后汉初时之人，必亲见《周谱》之书，故言之凿凿，可信如此。又《春秋正义》曰：

杜预采太史公书《世本》，旁引传记，以为《世族谱》。

杜元凯《世族谱》之书，亡佚已久，其所采太史公书，究属《史记》中之何体何部，虽无方取为明证，而要为书中之表与世家等部分为多。《世本》所以明其世系，表所以立其规模。盖太史公之表，从古谱牒而来，元凯深识其故。则其采太史公以为谱者，为还表于谱也。不宁惟是，即于《史记》书中，亦可推见其表为因于谱牒之迹象：

> 《三代世表叙》曰："自殷以前诸侯不可得而谱，周以来乃颇可著"云云。
> 又曰："余读牒记，黄帝以来，皆有年数，稽其历谱牒终始五德之传"云云。《十二诸侯年表叙》曰："太史公读春秋历谱牒，至周厉王"云云。
> 又曰："谱牒独记世谥，其辞略，欲一观诸要难，于是谱十二诸侯，自共和讫孔子"云云。

太史公之为表，首为《三代世表》，次则周之《十二诸侯表》，而殷以前之诸侯不著焉。太史公自释之曰，自殷以前不可得而谱，周以来乃颇可著者，谓殷代之前诸侯，不可得而表之也，周世可著，故次以周世诸侯及十二诸侯。《三代世表叙》下又曰："稽其历谱牒"，谓考其谱牒之书，《十二诸侯年表》所谓读《春秋历谱牒而谱》十二诸侯，皆可证其表之为体，乃仿自古谱牒之书也。惟桓氏之所谓"周谱"，而太史公则自谓"谱牒"，是果为一书否，抑或非是一书，而为同性质体例之书否？是又应明了者也。《汉书·艺文志》、《数术略》所著录者：

> 《汉元殷周牒历》十七卷。（王先谦补注曰："牒历当为历牒之误。"）
> 《帝王诸侯世谱》二十卷。
> 《古来帝王年谱》五卷。

均无桓氏所谓"周谱"之名，而或曰"历牒"，或曰"世谱"，"年谱"，与太史公所自称之"历谱牒"，"牒记"盖属同类。太史公之所指或即此书，所谓历牒者，世谱，与年谱者，当与今《史记》之表体相同，有世有年有代，桓君山之所谓"周谱"者，即周代之谱牒，当亦在《汉志》所载三种牒谱之中者。盖《周谱》较前详密精善，汉世犹存，桓氏两见其书，言固有据也。尚镕《史记辩证》卷二曰：

> 《汉志》，《帝王世谱》二十五卷(案当云二十卷)，《古来帝王年谱》五
> 卷，今皆不传，桓君山谓太史公《三代世表》，旁行邪上，并效周谱，其即
> 世谱年谱欤？

尚氏虽不坚定其语，实则即承认史公之所效者，为此世谱年谱之书。而《帝王
诸侯世谱》，叶德辉氏以为即《隋志》之《世本王侯大夫谱》，但《汉志》亦著
录《世本》之书，《隋志》两书亦均著录，今两书全佚，而《隋志》之《世本
王侯大夫谱》，果即《汉志》之《帝王世谱》与否实无由悬定，叶氏之言，亦
出之揣测耳。秦嘉谟以《隋志》之有《世本王侯大夫谱》也，遂以为《史记》
"表"之一体，仿自《世本》：

> 《世本辑补》卷三曰："按《隋书·经籍志》有《世本王侯大夫谱》二
> 卷，《世本》之有谱可知，马融《尚书注》引《王侯世本》，则《世本》谱
> 之分王侯可知。《史记三代世表》曰："余读《牒记》，黄帝以来皆有年数，
> 稽其《历谱牒终始五德》之传"。《十二诸侯年表》曰"读《春秋历谱牒》"。
> 二篇之说略同，盖太史公采《世本》、《战国策》、《楚汉春秋》以成书，所
> 云谱者，即《世本》之谱也，桓谭《新论》及刘杳，皆云"太史公诸世表，
> 旁行邪上，并效周谱"，《史记》《索隐》则又云"《三代系表》，依帝系及
> 系本（唐人避世作系）"所云依帝系者，《三代世表》之世数，与帝系同也。
> 所云依《系本》者，《三代世表》旁行邪上，与《世本》之谱同也"。

案秦氏据《隋志》《世本王侯大夫谱》，以为《世本》中有谱之一体，或
属事实，而谓《史记》"表"之一体，纯仿《世本》之谱而成。盖秦氏之意，
必欲《史记》中各体，均从《世本》中出故不得不谓《世本》之谱，即桓君山
所说之《周谱》耳。夫《汉志》所录谱牒之书，不只《世本》中之一种，太史
公稽《历谱牒》以为表者，则何必专依仿《世本》之谱以为表乎？是何拘泥之
甚也。

(三)书

八书之体，唐刘知几以为仿于《礼经》。《礼经》者，其意谓仪礼也。《史通·
书志篇》曰：

夫刑法礼乐，风土山川，求诸文籍，出于"三礼"，及马班等书，别裁书志，考其所纪，多效礼经。

而郑樵以为原于《尔雅》。《通志叙》曰：

修史之难，无出于志，志之大原，起于《尔雅》，司马迁曰"书"，班固曰"志。"

章学诚则又以为仿于《吕览》及《淮南子》诸书，《文史通义·亳州志·掌故例议》曰：

马班书志，当其创始，略存诸子之遗，《管子》、《吕览》、《鸿烈》诸家，所述天文地圆官图乐制之篇，采掇制数，运以心裁，勒成一家之言，其所仿也。

案以上诸人，以《史记》"八书"所述典章文物诸事，为类次之记叙，故取太史公前古书之有类次叙述者，谓为八书体例之所从出。郑樵以为出于《尔雅》，考《尔雅》为通古今雅俗名物训诂之书，其为体，实与太史公之叙礼乐律历兵权山川祭祀食货诸事变迁情况者不同；则八书之制，自非从《尔雅》所出。刘子玄以为出于《礼经》，而《仪礼》所述，乃一代之礼仪，吉凶军宾嘉五者之规制，亦与《史记》"八书"性质不同。而更不足以括《河渠平准》之事，即《周礼》司徒师氏保氏之官，虽掌六书七音之事，究与《乐书·礼书》不同，（案《礼》、《乐》、《律》三书乃后人补），刘氏之说，亦不足以服人心也。章氏以《史记》"八书"为史公所创，而又以《管子》、《吕览》、《鸿烈》子书为史公八书体例所仿，是已不能坚定其说，盖章氏之意，以史公所记典章文物山川食货之事，名之为书，前此所无，故以八书为史公所首创。而八书各篇，均为类次之叙述，而《管子》书中，有《五行》、《封禅》、《地数》诸篇，章氏以为史公《封禅》平准书诸篇之所仿。《吕览》书中，有《十二纪》及《侈乐适音》、《古乐》诸篇，为史公《律书》《历书》《乐书》诸篇之所仿；《淮南鸿烈》书中，有《天文》、《地形》、《兵略》诸篇，为史公《天官书》《律书》诸篇之所仿；然《管子》、《吕览》、《淮南》为子部之书，与《史记》一书性质不同，名目亦异，谓为所仿，究非至论。如谓史公八书资料之原，有采自三书者，或无章氏执着之病，惟《史记》八书之叙述为"类次"，而其名又前此所无也，故赵翼又以为史公之所创立。

《二十二史札记》卷一曰"八书乃迁所创，以纪朝章国典。"然《史记》八书之名，前实有之，《尚书》是已，其所叙述，盖因《尚书》之篇，扩而充之，如《河渠》一书，以河为经，诸渠为纬，从禹之治水叙起，迄于战国秦汉水利渠田之事，则固继《尚书》、《禹贡》之后，而仿于《禹贡》者也。《尧典》中，所言律历，柴祀，巡狩，礼乐，刑律，谷殖之事，太史公皆为之专论，扩而充之，如《尧典》曰：

> 乃命羲和，钦若昊天，历象日月星辰。敬授人时；分命羲仲，宅嵎夷曰旸谷，寅宾出日，平秩东作，日中星鸟，以殷仲春，厥民析鸟兽孳尾；申命羲叔，宅南交，平秩南讹敬致，日永星火，以正仲夏，厥民因鸟兽希革；分命和仲，宅西曰昧谷，寅饯纳日，平秩西成，宵中星虚，以殷仲秋，厥民夷鸟兽毛毨；申命和叔，宅朔方，曰幽都，平在朔易，日短星昴以正仲冬，厥民隩，鸟兽氄毛。帝曰"咨汝羲暨和，期三百有六旬有六日，以闰月定四时成岁"。

所述皆天文历象之事，则《史记》律书、历书、天官书之所由仿也。《尧典》曰：

> 岁二月东巡狩，至于岱宗柴望秩于山川……明试以功，车服以庸。

所述均为巡省柴祀之事，则《史记·封禅书》之所由仿也。《尧典》曰：

> 咨四岳，有能典朕三礼……夙夜惟寅，直哉惟清。

此所言为天地人之礼，则《史记·礼书》之所仿也。《尧典》曰：

> 帝曰，夔、命汝典乐，教胄子……百兽率舞。

此所言皆为乐之事，则《史记·乐书》之所由仿也，《尧典》曰：

> 帝曰，弃，黎民阻饥，汝后稷，播时百谷。

此所言为食货之事，则《史记·平准书》之所仿也（伪古文分尧典为《尧典》、《舜典》两篇，今不从）。又《礼书》、《乐书》、《律书》（又《律书》即《兵书》，前人言之详矣），乃后人所补，史公原书真象虽不可知，然以其它五书及今所补者推之，要为仿自《尚书》也。

（四）世家

三十世家，其所记者，虽非帝王之尊，然亦世代相承，以有其国，其体，唐刘子玄以为史公所独创：

> 《史通·世家篇》曰："司马迁之记诸侯也，其编次之体，与《本纪》不殊；盖欲抑彼诸侯，异乎天子，故假以它称，名为《世家》。"

观刘氏之言，似以《世家》之名，为史公所自命，则其体为史公自创。然《史记》书中，太史公曾自言读"世家言"，则史公之前，已自有"世家"之体，而非史公之所创立也。

> 《卫世家》，太史公曰："余读'世家言'至于宣公之太子，以妇见诛，弟寿争死以相让。此与晋太子申生不敢明骊姬之过同，俱恶伤父之志，然卒死亡，何其悲也。"

案此与《孔子世家》之"余读孔子书"云云，《孟荀列传》之"余读孟子书"云云，同一句法，《史记》中如此者不一而足，固无可疑者，而梁耀北疑之：

> 《史记志赞》卷二十曰："世家言，即史公所作也，而曰余读何哉？岂卫世家是司马谈作，而迁补论之欤？"

梁氏之意，盖误以此"世家言"，与《周本纪》中之"周公旦，其后有《鲁世家》言，蔡叔度其后有《蔡世家》言"之语相同。夫《卫世家》之"世家言"，乃世家之语，世家之文之意，故曰"余读云云"。《周本纪》之"世家言"，乃为有"世家"以言说叙述之也。《卫世家》中之"世家"，盖太史公所绌史记石室金匮书之一种，《周本纪》中之《鲁世家》、《蔡世家》，乃太史公之所自撰；然则《史记》"世家"之体，太史公固有所依仿也。赵翼《二十二史札记》卷一曰：

《史记·卫世家赞》，余读世家言云云，是古来本有"世家"一体，迁用之以纪王侯诸国。

崧云所言，信不诬矣。而秦嘉谟以《史记》"世家"一体，出于《世本》书中之"世家"，而依《史记》世家之例，采撷诸书注中所引《世本》之文，演以为《世本》之"世家"，为其所辑《世本辑补》中之一篇。夫《世本》之有"世家"，盖信然矣。唐人犹能言之：

《左桓三年传》曰："曲沃武公伐翼"。杜预《注》："武公曲沃庄伯子也，韩万庄伯弟也。"孔颖达《正义》曰："武公庄伯子，韩万庄伯弟，《世本·世家》文也。"

《左襄十一年传》曰："七姓十二国之祖。"杜预《注》："七姓晋鲁卫邹曹滕姬姓，邾小邾曹姓，宋子姓，齐姜姓，莒己姓，杞姒姓，薛任姓，实十三国。"孔颖达《正义》曰："十三国为七姓，《世本·世家》文也。"

秦氏以《世本》之有世家，故以为《史记》"世家"之体，出于《世本》。然《卫世家》中之"余读世家言"，果为《世本》中之文否，今人实不敢断言；如其信为世本之《世家》，则秦氏之言为不虚矣。今秦氏不能证《卫世家》之"世家言"，即《世本》之"世家言"，则安得谓《史记》之"世家"一体，为出于《世本》乎？盖当时《世本》之外，犹复有"世家"之书，为史公世家之所依仿者。虽其不见于《汉艺文志》，而必为石室金匮中之书，《六国表叙》曰："太史公读《秦记》"，《惠景间侯者年表》曰："太史公读《列封》"，《秦记》、《列封》，皆不见《汉志》，固不只此世家一种也。

（五）列传

《史记》七十列传，后世正史单称曰"传"，而皆以此列传之体，为太史公所首创：

《史通·列传篇》曰："纪传之兴，肇于《史》、《汉》，传者，列事也，列事者，录人臣之行状，犹《春秋》之传，《春秋传》以解经，《史》、《汉》则传以释纪。"

赵翼《陔余丛考》卷五曰："古人著书，凡发明义理，记载故事，皆谓之传，《孟子》曰'于传有之'，谓古书也。左、公、谷作《春秋》传，所以传《春秋》之旨也，伏生为弟子作《尚书》大传，所以传《尚书》之义也，其传以叙事，而人各一传，则自史迁始。"

又《二十二史札记》卷一曰："古书凡记事立论及解经者，皆谓之传，非专记一人事迹也，其专记一人为人传者，则自迁始。"

《文史通义繁称篇》曰："史迁创列传之体，列之为言，排列诸人为首尾，所以标异编年之传也。"

《史记辩证》卷六曰："刘勰谓左丘明得《春秋》微言，原始要终，创为传体，传者转也，转受经旨，以授于后，《公》、《谷》及《韩诗内外传》，亦犹是也。然史家以传制名，则自迁始。"

章学诚《湖北通志》凡例曰："记事出左氏，记人原史迁。"

案以上诸人所说传义，有广有狭，《陔余丛考》所举《孟子梁惠王》章之"于传有之"之传，乃指一切古书而言。赵岐《注》曰："传，谓书传是也"。《释名·释典艺》曰："传，传也，所以传示后人也"。亦指一切载籍之总称，此所谓广义之传也。刘子玄尚镕章学诚及赵翼所举《左氏》、《公》、《谷》、《尚书·大传》《诗传》之书，所以解说经义者，则所谓狭义之传也。《礼记·曲礼》上孔颖达《疏》，所谓"传谓传述经义"者是也。然书传与经传二者，均非本文之所及，兹不深论；而史传之体，诸人皆以为史公之所首创，是又不然；盖史公之前，已有此传之书矣。《穆天子传》为晋太康中发魏王墓所得书，其不录于《汉志》，姑不之计，即《史记》书中，亦有明证：

《伯夷列传》曰：夫学者载籍极博，犹考信于六艺，诗书虽缺，然虞夏之文可知也。……而说者曰尧让天下于许由，许由不受，耻之逃隐；及夏之时，有卞随务光者，此何以称焉。……孔子曰："伯夷叔齐，不念旧恶，怨是用稀。求仁得仁，又何怨乎?"余悲伯夷之意，睹轶诗而可异焉!其传曰：伯夷叔齐孤竹君之二子也，父欲立叔齐，及父卒，叔齐让伯夷，伯夷曰："父命也"，遂逃去；叔齐亦不肯立而逃之；国人立其中子，于是伯夷叔齐闻西伯昌善养老，盍往归焉。及至，西伯卒，武王载木主，号为文王，东伐纣，伯夷叔齐叩马而谏曰："父死不葬，爱及干戈，可谓孝乎? 以臣弑君，可谓仁乎?"左右欲兵之，太公曰："此义人也。"扶而去之。武王已平殷乱，天下宗周，而伯夷叔齐耻之，义不食周粟，隐于首阳山，采薇而食之；及饿且死，作歌，其辞曰："登彼西山兮，采其薇矣。以暴易暴兮，不知其非矣。神农虞夏忽焉没兮，我安适归矣。于嗟徂兮，命之衰矣。"遂饿死于首阳山。由此观之，怨邪非邪？云云。

此传文中所谓其传云云者，司马贞《索隐》不解所谓，而释之曰：

> 按其传盖《韩诗外传》及《吕氏春秋》也。

如小司马所谓《吕氏春秋》，则史公所举为广义书传之总称，如其为《韩诗外传》，则史公所举为狭义经传之文。然二书中皆无此文，《吕览》卷十二《诚廉篇》虽言伯夷叔齐事，其文亦不与此同，即《韩诗外传逸文》，为近人之所搜采者，亦均无此文。而小司马于其下又缀之曰：

> 其传云："孤竹君是殷汤三月丙寅所封，相传至夷齐之父名初，字子朝；伯夷名允，字公信；叔齐名智，字公达。解者云，夷、齐，谥也，伯、仲又其长少之字。"

梁耀北《史记志疑》卷二十七，于史公所述夷齐之事，多所疑难，而于谥号，以为靖宫封墓特褒志节之事，固似穿凿；盖夷齐之别有名号，必为后人传会者。小司马所举之传，绝非史公所见之书，《路史后纪》卷四注云：

> 父初，字子朝，见《韩诗外传》。

而《韩诗外传》中亦无此文，小司马所言传云"孤竹君是殷汤三月丙寅所封"一语，《论语·公冶篇》皇《疏》则作"正月三日丙寅所封。"《释文》又载夷齐名字，与《史记》小司马所述者同，而云见《春秋·少阳篇》，邢《疏》亦引之，文义略同，盖《路史注》及邢昺疏皆依小司马为说，而小司马见其传中有《采薇》之诗，因疑其《外传》之文，或又以为《吕览》中载有其事，皆属揣测之辞，实未有征验也。皇氏云"见《春秋》《少阳篇》，今亦不能取证。要之，史公所举之传，绝非唐人所谓之传，亦绝非《吕氏春秋》与《韩诗外传》之文，先师高阆仙先生曰：

> 二书（《吕览》与《外传》）恐非史公所据，盖别有博记载其事，故曰其传耳。

确识的论，实破众说，然则章学诚所谓记事左氏，记人原史迁，与诸人之所谓史传创自史迁者，其为不足信矣。王筠《史记校》卷下曰：

> 伯夷之事，不传所传之传，荒唐不足信。惟让国得其实，史公不得已而以其传曰三字冠之。夫《史记》所采之书，如《尚书》、《左传》、《国策》皆直录之，未尝言某曰，史体固当然耳。惟《大宛传》替引《禹本纪》、《山海经》，以其荒唐而著其名，则所云"其传曰"者，可以例观矣。

王氏之意，以为史公以旧传荒唐，故著其名，亦是承认史公之前，自有史传之体。而其所谓其传曰者，为别有传记之书，与先师高先生之意相同，乃秦嘉谟别有成见，以为史公列传之体，本于《世本》之书。今按《史记·魏世家》曰：

> 魏侈之孙，曰魏桓子，与韩康伯，赵襄子，共伐灭智伯，分其地，桓子之孙曰文侯都云云。《集解》曰"《世本》云斯也"，司马贞《索隐》曰《系本》（避唐讳改世曰系。）桓子生文侯斯，其《传》云"孺子疾，是魏驹之子，"与此系代亦不同也。

此小司马所举《世本》书中，实有传之一体，且其传亦属记人，非专记事，《世本》唐世犹存，唐人所说，自是可信。而秦嘉谟《世本辑补》，即据《魏世家》，小司马所引此文言曰：

> 此条可以推见太史公作七十列传，其名亦本于《世本》也。

夫以小司马所引《世本》证之，《世本》中有传，则为实事。虽前人之辑《世本》者，如雷学淇诸人，不列传体，与秦氏所辑者异，而《世本》有传，要为可信。然《史记·伯夷列传》，明言传曰云云，其上不冠"世本"二字，则秦氏如不能证明《伯夷列传》中之传曰，为《世本》中之文者，又岂得即谓史公传之一体，必本自《世本》乎？武断鲁莽，牵强傅会，是秦氏之失也。

（六）结论

《史记自叙》曰："迁为太史令，绌史记石室金匮之书"，《汉书·司马迁传》"迁与任安书曰"，"仆窃不逊，近自托于无能之辞，网罗天下放失旧闻，考之行事，综其终始，稽其成败兴坏之理，上计轩辕，下至于兹，为十表，本

纪十二，书八章，世家三十，列传七十，凡百三十篇。"夫所谓史记石室金匮
之书，与天下放佚旧闻者，今皆囊括于《史记》百三十篇中矣；融铸化一，难
得尽寻其迹象，虽不必如王菉友所说,史体固所当然,要其为著述家之所应尔。
虽然，史记百三十篇中，其资料之采于载籍，而治铸晐研以成其一家之学者，
太史公之所自言，亦有可见其端倪者：

《平准书》曰："《书》道唐虞之际，《诗》述殷周之世。"

《外戚世家》曰："《易》基乾坤，《诗》始《关雎》，书美厘降，《春
秋》讥不亲迎，夫妇之际，人道之大伦也；礼之用，惟婚姻为竞竞。夫乐调
而四时和，阴阳之变，万物之统也，可不慎与？"

《司马相如列传》曰："《春秋》推见至隐，《易》本隐以之显，《大
雅》言王公大人而德逮黎庶，《小雅》讥小己之得失，其流及上，所以言虽
外殊其合德一也。"（雄云以下乃后人羼入者，非史公之文故不录。）

《滑稽列传》曰："六艺于治一也，《礼》以节人，《乐》以发和，
《书》以道事，《诗》以达意，《易》以神化，《春秋》以道义。"

《自叙》曰："《易》著天地阴阳四时五行，故长于变；《礼经》纪人伦，
故长于行；《书》记先王之事，故长于政；《诗》记山川豁谷禽兽草木牝牡
雌雄，故长于风；《乐》所以立，故长于和；《春秋》辩是非，故长于治。"

案此综言六艺，其单言易诗书经传者，兹不详。

《天官书》曰："余读史记考行事。"

《六国表叙》曰："太史公读《秦记》。"

《秦楚之际月表》曰："太史公读《秦楚之际》。"

《高祖功臣年表》曰："余读《高祖功臣》察其《列封》。"

《卫康叔世家》曰："太史公曰'余读《世家言》。'"

《三代世表叙》曰："余读《牒记》。"

《十二诸侯年表》曰："太史公读《春秋历谱牒》。"

《儒林列传》曰："余读《功令》。"

《大宛列传》曰："《禹本纪》言河出昆仑。"

《伯夷列传》曰："其传云云。"

又《十二诸侯年表》曰："吕不韦亦上观上古，删拾《春秋》，集六国

时事，以为八览六论十二纪，为《吕氏春秋》。"

《虞卿列传》曰："虞卿乃著书，上采《春秋》，下观近世，曰节义，称号，揣摩，政谋，凡八篇，以刺讥国家得失，世传之曰《虞氏春秋》。"

《管晏列传》曰："吾读《管氏》、《牧民》、《山高》、《乘马》、《轻重九府》，及《晏子春秋》。"

《老庄申韩列传》曰："于是老子乃著书上下篇言道德之意。"

又曰："老莱子亦楚人也，著书十五篇，言道家之用。"

又曰："庄子者，其学无所不窥，然其要归本于老子之言。"

又曰："申子之学，本于黄老，而主刑名；著书二篇，号曰《申子》。"

又曰："韩非作《孤愤》、《五蠹》、《内外储说》、《说林》、《说难》十余万言。"

《商君列传》曰："余读《商君开塞耕战》书。"

《孟荀列传》曰："余读《孟子》书。"

又曰："驺衍乃深观阴阳消息，而作怪迂之变。《终始大圣》之篇，十余万言，如燕昭王亲往师之，作《主运》。"

《封禅书》曰："自齐威王之时，驺子之徒，论著《终始五德》之论。"

《孟荀列传》曰："齐之稷下先生，如淳于髡，慎到，环渊，接子，田骈，驺奭之徒，各著书言治乱之事，慎到著十二论，环渊著上下篇，而田骈、接子皆有所论焉。"

又曰："荀卿推儒墨道德之行事兴坏，序列数万言而卒。而赵亦有公孙龙，为坚白同异之辩，剧子之言。魏有李悝尽地力之教，楚有尸子长卢阿之吁子焉。"

又曰："墨翟，宋之大夫，善守御，为节用云云。"

《郦生陆贾传》曰："余读《陆生新语》十二篇。"

《田儋列传》曰："蒯通者，善为长短说，论战国之权变，为八十一首。"

《十二诸侯年表》曰："及如荀卿孟子，公孙固韩非之徒，各往往据摭《春秋》之文以著书。"（《汉志·公孙固》一篇一十章）

《司马穰苴列传》曰："余读《司马兵法》。"

《孙子吴起传》曰："世俗所称，师旅皆道《孙子》十三篇。"

又曰："《吴起兵法》世多有。"

《信陵君列传》曰："诸侯之客进兵法，公子皆名之，故世称《魏公子兵法》。"

    《自叙》曰:"《司马法》所由来尚矣,太公、孙吴、王子能绍而明之。"

    《屈原贾生列传》曰:"余读《离骚》、《天问》、《招魂》、《哀郢》"云云。

    又曰:"后楚有宋玉、唐勒、景差之徒,皆好辞而以赋见称。"

其单篇零什,如《上林》、《子虚》诸赋,《李斯谏秦王》、乐毅报燕惠诸书,姑不计焉。太史公之所涉览而融铸,以成其一家之言者,盖囊括一代书籍,笔削采择,其事弥多,故能包罗古今,融铸万有,宁得如郑樵之所谓局蹐七八种书耶?夫其既能网罗一代之典籍矣,则其名山之作,必于其所涉览千百群书之中,选择体类,以成其书,古有"禹本纪"之书,太史公故仿以为"十二本纪"。古有"谱牒"之书,故仿以为"十表",不名谱而名"表"者,"表""谱"二字双声而音近,善乎沈涛《铜熨斗斋随笔》(卷之四)之所谓"表犹言谱,表谱一声之转者"是也。"八书"为类次之叙述,太史公衍《尚书》文体而名之曰"书",诸侯世家,国别有史,太史公故仿古"世家"之体以为"三十世家",古有"记人之传",太史公故仿以为七十列传。凡此五体,均非自创,乃仿自前人,而非有仿于《吕氏春秋》、《淮南》、《管子》与《世本》之书也。盖前世之书,为数千百,体例众多,苟其有可因用者,则太史公撰为一书,亦何必为之凿空创立哉。虽然,如其勒此五体为一书,使虚实相资,详略互见,彼此裨补,而各尽其用,以为历史之记载者,则史公固为不祧之宗也。

原载《燕京学报》第 37 期,1949 年

试论司马迁的散文风格

苏仲翔

一 作为文史学家、社会批评家的司马迁

公元前一世纪左右，正当西汉封建帝国全盛时期，由于汉初七十年间实施"生养休息"政策的结果，社会经济文化各方面导向全面的发展，随着生产力的上升，国力的膨胀，因而引起国内外军事、外交、贸易等大规模的活动，以汉武帝及其左右统治集团为中心的西汉帝国，五十年间，对于四邻外族，展开频繁的接触和周旋，通过蒲萄、天马、枸酱竹杖异方风物的感发，于是"南开两越、东定朝鲜、北逐匈奴、西伐大宛"；接着封禅、巡游、打猎、求仙、采诗种：戏剧性、展览性、粉饰性的活动，随着整个"狂飙突起"的时代，都一幕幕地映现出来了。恰恰与此同时，我们历史上最伟大的思想家、历史家、文学家之一的司马迁，便以古代文化的继承者和时代批评家的姿态出现。凭他深厚的家学渊源(世代为天官太史)，丰富的生活体验(耕牧、壮游、出使、侍从)，广博的科学知识(天文、历数、六艺、诸子百家)，累积的专业资料(遗稿、图书、档案)，加上他那与人民苦乐息息相关的洋溢的同情和强烈的正义感，映发着"时代批判"的精神，使他得有条件，从传说中的黄帝起直到同时并世的汉武帝时代止，把三千多年来劳动人民在政治、经济、文化各方面的斗争历史(包括周围兄弟民族在内)，进行了批判性的总结工作。他运用敏锐的观察力，高度的概括力，谨严的组织形式，而又出以"笔端挟有感情"的笔调，二十年间，发愤著书，上下三千年，纵横数万里，写下了五十二万言的中国第一部通史——《史记》，为那个大转变、大波动时代，提供一部纪念碑式的长篇巨制，实在具有深刻的政治现实意义；而且以百科全书式的体载，囊括三千年来我们祖先的辛勤劳动所积累下来的生产和斗争知识，更为此后国民修养、文化抉择，尽了极深远的启蒙教育作用。史记无疑的是一部划时代的巨著。

用司马迁自己的话，他写史记的主旨是在："述往事，思来者"；是在："网罗天下放失旧闻，考之行事，综其终始，稽其成败兴坏之理……亦欲以究

天人之际，通古今之变，成一家之言"。他是以"经世"的"春秋"来比方
"史记"，以五百年后的第二孔子自任的。毫不夸张，司马迁在《史记》这一巨
著中所体现出来的进步的世界观、史识和文心，正是他广泛地吸收齐鲁楚文化
的精神(道家的自然唯物观点，儒家的人本礼治思想，屈原的悲天悯人精神)，
饱参当世与政治紧相结合反映时代一定要求的新兴学说(黄老和董仲舒的新儒
学、贾谊的政论)，加上他因李陵案下狱受刑、"意有所郁结"的身世感，和他
那对于历史上高义奇节之士的向往、对于失败者与受侮辱被损害者的同情，以
及对于汉武后期穷兵黩武、消耗国力、严刑峻法、陷民于死的种种政治现实的
不满，错综复杂、互映交织而成的。不但这样，司马迁高瞻远瞩，在他那发展
的具有素朴辩证法的世界观基础上，负有独立苍茫、承先启后的历史使命；他
想及身完成对于古代文献和当代史迹的整齐编次，作出批判性、总结性的"实
录"，成为"春秋"以后唯一的创造性的史学巨著。事实上，史记的"藏之名
山传之其人"的大业，没有辜负他的愿望；而他的艰苦写作过程："隐忍苟
活，幽于粪土之中而不辞"的心情，也已昭然大白于天下后世，引起千百万读
者的感叹敬慕、歆歆而不能自已了。

《史记》之所以能够获得后世史家的推崇，取得"六经之后惟有此作"的
最高评价，决不是偶然的。我们今天来纪念司马迁，研究《史记》，正如他自
己所说："非好学深思，心知其意，固难为浅见寡闻道也。"主要的，我想应
当从他的整部著作出发，看他在书中怎样贯穿着三千年来中华人民社会活动的
发展红线，又怎样充分反映出那个一统向上时代的人民要求，以及他们怎样从
事生产斗争等活动，通过各阶层杰出人物的典型塑造，他又怎样体现出丰富多
采的人类文化生活的内心。在哲学思想上，他是怎样从道家的自然主义出发，
接受了儒家学说中进步的一面(即人本思想和春秋的批判性)。在史学上，他又
怎样继承"春秋经世"的旨趣，把历史著作提高到作为"批判的武器"的地
位；改"断烂朝报"的编年体为以人物的线索的血肉停匀的纪传体，而"通古
为书"，强调历史长流的不可分割性。在文学上，他又怎样继承着现实主义的
文学传统，确立传记文学的典范，为后代散文学开辟出无数清新的风格和刺激
淋漓、笔歌墨舞的境界。一句话，史记全书内容既如此其繁富，人物性格、时
代脉络又如此其鲜明，我们要想一览无余地、"鸟瞰式"地来研究它，叙述
它，是比较困难的。现在，我仅想从他的散文风格和精神实质方面，以及他怎
样影响后来的作家，试作初步的重点的论述。

二 洋溢着人民性和斗争性的史记

《史记》这部伟大著作，不仅是一部历史"实录"，同时也是一部"脍炙人口"的传记文学。它包含着不少的奇节、壮采、伟行，处处流露出至性、真情、实感，兼有《左传》的富艳，《国策》的雄辩，《小雅》的哀怨，《离骚》的悱恻。一方面继承现实主义的传统，同时和那个动荡着的历史现实以及分担着时代苦难的人民生活，又有密切的血缘关系。要理解史记为什么被认为伟大的现实主义文学，我想，首先应当从他的人民性、斗争性说起。

《史记》一百三十篇，除了八书十表外，本纪、世家、列传共一百十二篇，几乎全以三千年来历史上典型人物为中心(包括四邻外族首长的记载)。他笔下所涉及的人物，已是不仅仅限于"发号施令"的历代帝王、贵族和官僚们的个人身边琐事，而是牵涉着对整个社会人民生活有影响的重大问题；对于分布在社会各阶层的代表人物，特别是出身于平民的城市小市民和贫雇农，以及商人和知识分子，诸如贤相、名将、策士、说客、文人、学者、刺客、游侠、隐逸、豪强，乃至医卜星相，俳优侏儒，在他的选择下，都成为代表一定历史阶段的主角，司马迁是用十二万分的同情和千钧的笔力，来把他们加以刻划、特写和塑造的。只要看看他如何把失败的英雄——反秦军青年统帅项羽列入"本纪"；把历史上第一次农民起义的首领、出身贫雇农的陈涉列入"世家"；在《酷吏传》里怎样切齿于一般"如狼牧羊"的官吏；在《平准书》里怎样抨击"残民以逞"的一批"兴利之臣"，处处都流露出他那深厚的同情来，就知道它的人民性是如何强烈的了。至于继承春秋"明是非"、"采善贬恶"的战斗传统，对不合理制度和凶残的封建统治者，连"今上"汉武在内，——都施以辛辣的讽刺和无情的鞭挞，更是司马迁卓立千古的闳识孤怀。难怪后来《史记》一直成为统治阶级的眼中钉，后汉王允竟目之为"谤书"了。从这些事实看来，《史记》一书的富于人民性和斗争性，可想而知了。为了进一步阐明作为人民历史家的司马迁以及作为反映历史特定阶段人民生活的《史记》的精神面貌，我想，更就下列五点，举例加以说明。

三 爱憎分明、笔端挟有感情

秉笔直书，不避权贵，是我国古代史家的优良传统。晋史臣董狐直书"赵盾弑其君"，孔子赞为"古之良史"。孟子也说："孔子作《春秋》而乱臣贼子惧"。历史被用来作为战斗武器，司马迁是体会得十分深切的。他身为史官，负有是非"当世得失之林"的职责。不可能是个白眼看世无动于衷的旁观者或历史的客观主义者；应是一个赋有极强烈的正义感和斗争性的战士。对于特定历史人物和事件的评价，他是完全从人民利益和社会发展的角度来着眼的，所以能爱憎分明，是非厘然!

他爱才如命。写项羽就说"才气过人"，写韩信就说"国士无双"，写李广就说"才气天下无双"；但对他们后来的失败和不幸，则又不胜其惋惜之情：于项羽则惜其"背关怀楚"为非计，于韩信则责其"天下已集、乃谋叛逆"为失时，于李广则悯其"终不能复对刀笔之吏，遂引刀自刭"，然而"死之日天下知与不知，皆为尽哀"，足见李广的"忠实心诚信于士大夫"了。言外之意，宛然可寻。

他嫉恶如仇。写酷吏总括一句："皆以酷烈为声"。就中特别提出：宁成"其治如狼牧羊"，人们甚至说"宁见乳虎、无见宁成之怒"；王温舒杀人，"至流血十余里"，杀人不够，竟"顿足叹曰：嗟乎，令冬月益展一月，足吾事矣"，司马迁补插一句："其好杀伐、行威、不爱人如此!"心中的痛恨可知。张汤杜周更会揣摩主子的心理，"舞文巧诋以辅法"。一个是"为人多诈，舞智以御人"，一个是"重迟外宽，内深次骨。上所欲挤者，因而陷之，上所欲释者，久系待问，而微见其冤状"。这些酷吏，以张汤为首，互相仿效，都"以斩杀缚束为务"，天子反称之为"能"，"赵禹张汤以深刻为九卿矣"。结果，"百姓不安其生，骚动"，于是"盗贼滋起……发兵以兴击……散卒失亡复聚党山川者，往往而群居，无可奈何……"司马迁就这样集中地、铁面无情地刻划出一般酷吏恶毒狠辣的面目，语带有"噤龄"之声。

在《平准书》里，他同样对汉武帝时代"残民以逞"的政治现实，给以无情的暴露。由于"通西南夷道"，"筑卫朔方"，"迎降赏赐"，"穿渠转漕"，"伐胡养马"，"大出击胡"等大量人力物力的消耗，于是先后推行"铸钱"、"牧马"、"转粟"、"算商"、"造缗"、"卖官鬻爵"乃至"均输平准"一系列的财政措施，造成人民与统治者间不可调和的矛盾，驯至天下汹汹，饥馑频仍，司马迁站在卫护人民利益的立场，掀床露柱、刺激淋漓，全面地揭露出这些政治现实的本质，最后借农民出身的卜式之口，说出"烹弘羊、天乃雨"的愤语，从此可见，司马迁对于所谓"兴利之臣"剥削能手的桑弘羊，是如何憎恨了。

他不但憎恨酷吏，而且也憎恨佞臣；他不但爱才气纵横的名将，而且也爱

"言必信行必果、已诺必诚不爱其躯"的游侠和"谈言微中、亦可以解纷"的滑稽家。皇家权贵，尤其是他讽刺鞭责的对象，甚至皇帝，汉高祖的"流氓相"，文帝的"阴忍"，景帝的"刻薄相"，汉武帝的"内多欲而外施仁义"的一套作风，都被司马迁声东击西、详彼略此的高超手法所彻底暴露出来了。

所有这些爱憎，都具有极强烈的社会意义，经过司马迁的笔下写出，更完整地代表了广大被压迫被剥削人民的呼声。他的感情是如此丰富，对于孔子，屡说"心向往之"，"想见其为人"；对于屈原，老是"悲其志"，"未尝不垂涕"。他写项羽英雄末路的悲剧时，不但写出"左右皆泣，莫能仰视"，而且还拖出政敌刘邦来，也使他"为发哀、泣之而去"，这样，就显得项羽的为人更值得人民敬爱了。同样，他一面描绘张汤严刑峻法以邀功的种种劣迹，同时也不放松隐在背后发踪指使的汉武帝，一则曰"上以为能"；再则曰"汤每朝奏事，语国家用，日晏，天子忘食"；三则曰"汤尝病，天子至自视病"，这样看来，汉武帝"残贼民命"的罪恶，显然浮于张汤了。司马迁就是这样地"诛心察影"来刻划统治者的丑恶面貌，因而达到"笔伐"的作用。

四 具体问题的具体分析

现实主义手法之一，就是要我们进行问题分析时，通过一定的形象，来反映事物的本质及其关联。在这方面，司马迁的《平准书》和《货殖传》，恰好提供我们一个生动的例子。他为了描叙汉初至景帝时期财政经济由匮乏到繁荣的情况，首先从许多事物中找出几个线索来，加以穿插：第一是马，先是"天子不能具钧驷，而将相或乘牛车"，继则"益造苑马以广用"，最后则"街巷有马、阡陌之间成群"。第二是钱，先是"秦钱重难用，更令民铸钱"，继则"荚钱益多轻，乃更铸四铢钱……令民纵得自铸钱"，最后则"京师之钱累巨万，贯朽而不可校"。第三是粟，先是"米至石万钱"，继则"漕转山东粟以给中都官，岁不过数十万石"，最后则"太仓之粟陈陈相因，充溢露积于外，至腐败不可食"。马钱粟三物，都是军事上不可缺的要素，既然样样俱全，这就替汉武帝后来的对外扩张创设了条件。司马迁通过这些具体事物的分析，形象化地就将那个时期的财政情况全盘托出来了。

《货殖传》又是一种手法。他先从各地区物产分布说起，次则社会的分业分工，再次则市场活动商品供应等等。司马迁不惮烦地用生动、尖锐、确切之笔，把当时都市的繁荣极力描绘为这样一个轮廓：

每个市场酿造酒酤，一年有一千次。酰醋醯一千瓨 (长颈罂)，酱一千担。屠杀牛羊各一千头。贩枲米谷一千石。柴和稻藁各一千车。船联接着一千丈……厄茜等染料一千石 (一百二十斤为一石)。……僮以手指计算一千个。动物的筋角和丹砂颜料各一千斤。丝织帛絮、细布各一千钧。文采一千匹。榻布、皮革各一千担。漆一千斗。糵曲、盐豉一千瓵 (一斗六升为一瓵)。鲐鮆一千斤，鲰鱼一千石，鲍鱼一千钧。枣栗千石的三分一。狐貂一千领，羔羊裘一千担，旃席一千具，佗果菜一千钟。

又说：当时做这些买卖，大概分做两类，就是"贪贾"和"廉贾"。"廉贾"对于商品，未当卖的卖了，未当买的买了，因此赢利比较少，只得十分之三。"贪贾"是贵卖贱买的，因此赢利比较多，达到十分之五。此外，市场上另有两种人：一种是"马侩"，代贩马客做仲侩的，在市场里酌定马价的高下，从中抽取仲钱。另一种是放高利贷的，每年可得利一千贯的金钱。贪贾、廉贾、马侩和放高利贷的四种商人，都变成大富翁，他们的财产，和千乘的诸侯是一样的富厚。此外，许多杂业，赢利不到十分之二的，还没有统计在内。

司马迁花了这许多篇幅，完全是为了要具体地反映出秦统一后各地市场的复杂情况，同时点出了当时新兴阶级所谓"素封"之家的社会经济力量，这就为我们提供了确实可靠的经济史料，实在是一篇极好的调查统计的典型文字，与《汉书·食货志》所载"李悝尽地力之教"那段统计材料，有异曲同工之妙。明代批评家何乔新指出司马迁叙事的"辨而不华，质而不俚"的特点时，曾说：

> 如叙游侠之谈，而论六国之势，则土地甲兵以至车骑积粟之差，可谓辨矣，而莫不各当其实，是辨而不华也。叙货殖之资，而比封侯之家，则枣栗添竹以至借藁鲐鮆之数，可谓质矣，而莫不各饰以文，是质而不俚也。

正可移作上文的注脚。

五 人物典型的塑造和刻划

史记以前，有关人物典型的形象塑造，如诗《卫风》的描写"硕人"的美，《左传》的刻划郑庄公的阴险、晋灵公的暴虐，都是比较著名的例子，可是篇幅有限，比重不大，远不如《史记》对于历史人物形象塑造和性格描绘的多而且好，而且还具有文学上的典范的意义。

司马迁的雕塑形象、刻划性格，是从三方面来进行的。一是社会的，即从本人的阶级出身和社会基础上发掘他的典型性格(如汉初将相多出平民，《史记》——写出他们贱时的职业，如屠狗、贩鱼等)；二是外形的，即从本人的形貌上透露出他的特征(如张良貌如好女子，陈平美如冠玉，武安貌寝等)；三是写他的内心，即通过他本人的言语和生活细节的表现上，勾勒出他的灵魂(如写项羽的不忍、妇人之仁，刘邦的开口乃翁、闭口乃翁)。三者交融，不可强为分割。更重要的还是他在选择人物对象时，总是首先要有广泛的代表性；其次要抓住这个人一生的重大情节，再其次是要有插曲，在错综复杂的斗争场面中插入一两段小故事，豁人耳目，使读者为之观感一新，对于这一特定人物的印象，就显得更加鲜明生动了。从"实录"到典型化，从历史到传记文学，艺术加工的过程大体是这样的。

例如，在《陈涉世家》里，司马迁一开始就从"辍耕太息"、"篝火狐鸣"、"自立为王"一直写到"内部摩擦"、"失败身死"，最后才插入一段"故人晤见"的故事，点出陈涉从起义到失败，是经历了怎样的阶级变化，因而说明一个农民起义军首领怎样从团结、机智、坚定，走向猜忌、骄傲自满以致脱离群众而失败的教训。全文结束时，司马迁用回头振起的笔法，照顾全局，写了下面一段生动而含意深刻的故事。

> 陈胜王凡六月。已为王，王陈。其故人尝与佣耕者闻之，之陈，扣宫门曰："吾欲见涉"。宫门令欲缚之，自辨数，乃置，不肯为通。陈王出，遮道而呼"涉"。陈王闻之，乃召见，载与俱归。入宫，见殿屋帷帐。客曰："伙颐!涉之为王沉沉者"!楚人谓多为伙，故天下传之，"伙涉为王"，由陈涉始。客出入愈发舒，言陈王故情。或说陈王曰："客愚无知，专妄言，轻威"。陈王斩之。诸陈王故人皆自引去，由是无亲陈王者。……

从这里，旧伙伴的天真，上层与群众的隔阂，陈王的落后，左右的逢迎，以及群众的不满，司马迁只用几行疏疏朗朗的粗线条的笔触，就曲曲传出农民革命阵营内部朽腐的一面，使我们读后，不但认识了陈涉，而且通过他，还可以找出我国历史上的农民起义为什么老是失败的共同原因。这篇文章的典型性是非常鲜明突出的。

又如《魏公子列传》，这一向被称为完全是司马迁的创作，很少因袭《战国策》的地方，可能是游大梁时得之于故老传闻，因而加以穿插成篇的。全篇刻划出一位尊贤养士、爱国重义的贵公子,为了却秦、救赵、存魏,通过侯嬴、朱亥、毛公、薛公四人的献计活动,终于助成信陵君的事业。其中以"公子置酒车迎侯生"一节最为逶迤宛转、抑扬顿挫,活画出信陵君谦虚诚挚的性格来:

> 公子于是乃置酒大会宾客。坐定,公子从车骑,虚左,自迎夷门侯生。侯生摄敝衣冠,直上载公子上坐,不让,欲以观公子。公子执辔愈恭。侯生又谓公子曰:"臣有客在市屠中,愿枉车骑过之。"公子引车入市,侯生下见其客朱亥,俾倪,故久立,与其客语。微察公子,公子颜色愈和。当是时,魏将相宗室宾客满堂待公子举酒。市人皆观公子执辔,从骑皆窃骂侯生。侯生视公子色终不变,乃谢客,就车至家,公子引侯生坐上坐,遍赞宾客,宾客皆惊。

战国四公子都好客,司马迁特别推重信陵君,而且尊称为魏公子,不名。因为他"能以富贵下贫贱,贤能屈于不肖,唯信陵君为能行之"。又说:"天下诸公子,亦有喜士者矣。然信陵君之接岩穴隐者,不耻下交,有以也。名冠诸侯,不虚耳。高祖每过之而令民奉祠不绝也"。信陵君能够深入下层社会,不摆臭架子,正是他自别于好客"徒豪举耳"的平原君之处。这也就和司马迁早岁想"推贤"、晚年渴望友情的心理有共同之点。"信陵君是太史公胸中得意人,故本传亦太史公得意文"。(茅坤说)

此外,《史记》中描绘外戚豪门争权夺利因而牵涉到整个统治阶级上层内部矛盾的总暴露,结果酿成两败俱伤的悲剧;在文字上达到沉郁顿挫、刺激淋漓的最高境界的,我想无过《魏其武安侯列传》一篇。

这篇文章,情节非常紧凑,主要是写外戚豪门田(蚡)窦(婴)两家的倾轧,插入以将门子起家的灌夫,这就使关系复杂起来了。由于他们当中互相倚重,加之宾客的倾移,"主上"的喜怒,于是展开统治阶级内部矛盾斗争极紧张的场面,那就是全篇中田蚡的"会饮宾客"和"东朝廷辩"两次高潮。在司马迁笔下,窦婴是个"沾沾自喜,多易,难以为相持重"的权奇自喜的人物;田蚡则是"貌寝"、"为诸郎,未贵,往来侍酒魏其,跪起如子姓"的逢迎小人;后来因缘时会,爬上高位,则又表现为极其"贪鄙"与"骄横"的权贵,甚至"荐人或至二千石,权移主上",迫得武帝不得不说:"君除吏已尽未?吾亦欲除吏"。灌夫不喜文学,好任侠,是个功名意气之士,与窦婴最为接近。司马迁描述他的性格,是:"为人刚直,使酒,不好面谀。贵戚诸有势在己之右,不欲加礼，必陵之；诸士在己之左，愈贫贱，尤益敬；与钧，稠人广众，荐宠下辈，士亦以此多之"。下语概括集中，各如其人。

兹引文中田蚡会饮一段，以见司马迁处理紧张的斗争场面和复杂的人物性格时，是怎样运用精炼、确切、概括、集中的语言来达到"惊心动魄"的艺术效果：

> 酒酣，武安起为寿，坐皆避席伏。已，魏其侯为寿，独故人避席耳。余半膝席。灌夫不悦。起行酒至武安，武安膝席，曰："不能满觞。"夫怒，因嘻笑曰："将军，贵人也。属之。"时武安不肯。行酒次至临汝侯。临汝侯方与程不识耳语，又不避席。夫无所发怒，乃骂临汝侯，曰："生平毁程不识不直一钱，今日长者为寿，乃效女儿咕嗫耳语。"武安谓灌夫曰："程李俱东西宫卫尉，今众辱程将军，仲孺独不为李将军地乎？"

这就是有名的"使酒骂座"的故事。原来田窦二家的相倾，既由窦婴之待田蚡幸临、田蚡之向窦婴求田而逐步加深矛盾，更由灌夫的失势家居，窦婴引以为重："引绳批根，生平慕之，后弃之者。"杯酒之间，遂起风波。结果演成田蚡对灌夫施用暴力，麾骑缚置传舍而至于不可收拾。东朝廷辩，大臣局促如辕下驹，在田蚡多方陷害下，终使窦婴、灌夫二人走向被判弃市的一幕。这是一个封建统治阶级内部争权夺利的必然结局。通过这个事例，可以充分揭露出特定历史人物生活冲突的内部规律。这些人物的存在，决非偶然，恰恰是二千年来整个封建统治阶级内部诸种矛盾不得调和的产物。自然，这是一个大悲剧。在司马迁笔下，窦婴和灌夫二人的性格，比起田蚡那样势利来，还是值得同情的。这也就是司马迁塑造形象，刻划性格取得成功的地方。他对三人所下的最后结论，也还是正确的。

有人说："武安势力盛时，以魏其之贵戚元功，灌夫之强力盛气，无如之何；内史等心非之，主上不直之，而亦无如之何。子长深恶势利之足以移易是非，故叙之沉痛如此。"这是较有现实意义的评语。

六　生活体验的深广，语汇的新鲜

创作要有丰富的生活体验，语言要有新鲜的生命。前者决定题材的实质，后者助成主题的表达。一篇文学作品，是具有多种因素的复合体，结构和语言更是不可分的一体两面。司马迁善于选择题材，处理人物，重要的还应归功于他的生活经验的深广和掌握语言艺术的纯熟。说到他的写作素材，不外纸上的文献，实地的调查，口头的访问三种，这些原是古人所能做到的，不算希奇；其中最能起主导作用的，还是贯穿他全部作品中的一股强烈的人民感情和对生活的批判精神。

司马迁少时耕牧河山之阳，习惯劳动生活。二十以后浪游四方，据王国维《太史公行年考》，这一年他所游历过的地方，按先后排列是这样的：

> 适长沙，观屈原所自沉渊(《屈原贾生列传》)。浮于沅湘(《自序》)。窥九疑(《同上》)。南登庐山，观禹疏九江，遂至会稽大湟(《河渠书》)。上会稽，探禹穴(《自序》)。上姑苏，望五湖(《河渠书》)。适楚，观春申君故城宫室(《春申君列传》。《越绝书》，则春申君故城宫室在吴)。适淮阴(《淮阴侯列传》)。行淮泗济漯(《河渠书》)。北涉汶泗，讲业齐鲁之都，观孔子之遗风，乡射邹峄(《自序》)。适鲁，观仲尼庙堂车服礼器，诸生以时习礼其家(《孔子世家》)。厄困鄱薛彭城(《自序》)。过薛(《孟尝君列传》)。适丰沛(《樊郦滕灌列传》)。过梁楚以归(《自序》)。适大梁之墟(《魏世家》及《信陵君列传》)。

这一次有计划的全国性旅行，实在是司马迁精神成长过程最重要的一环。二十六岁以后，扈驾西至空峒。后又奉使蜀滇，并得参与百年未行的封禅大典礼，开始北中国的遨游。中间负薪塞河，亲自参加水利工作；回来继承父任——作太史公，直至李陵案起，下蚕室而隐忍著书。这些不平凡的经历，使得司马迁的生活内容更加丰富和深刻起来。至于漫游期间，访问故老，勘踏遗迹，得江山之助，以疏畅其文气，那是古人早有此论了。可以说，关系最深切的，乃在司马迁能够见人所未见，发人所未发，深入民间，遍求民隐，对当时苛察为政、厚敛于民的现实，最所疾首腐心，因而发为文章，尤多悲凉激楚之调；借秦皇以讽汉武的地方更是不少。他那素朴辩证法的运用，能见事物内在的关联，和"时势之流，相激依然"(《平准书》结语)的矛盾发展，所以在写作过程中更能提高认识，加强了作品的"现实意义"。这里，茅坤的说法可以帮助我们说明问题：

> 其入汉以后，太史公所最不满当时情事者，汉开边衅及酷吏残民，故次"匈奴"、"大宛"，并"郅都"以下，文特精悍。太史公自以救李陵犯主上，

并无故人宾客出救，又贫不能赎，卒下蚕室；故于剧孟、鲁朱家之"任侠"，于猗顿、卓氏辈之"货殖"，俱极摹画。诸将中所最怜者李广之死，与卫霍以内宠益封，故文多感欷。淮阴鲸布之特将，樊灌以下之偏裨，详画以差。他如张耳、陈余，则感其两人以刎颈之交相贼杀；窦婴、田蚡、灌夫，则感其三人以宾客之结相倾危；郦食其、陆贾、朱建之客游；刘敬、叔孙通之献纳，季布、栾布之节侠；袁盎、晁错之刑名；张释之、冯唐、韩长孺之正议；石奋、卫馆、直不疑之谨厚；淮南衡山之悖乱；汲黯、郑当时之伉声：此皆太史公所溉于心者，言人人殊，各得其解。譬如善写生者。春华秋卉；并中神理矣。(见《史记评抄》。宋晁无咎也有同样看法)

正因为司马迁有过丰富深厚的生活体验和人民感情，所以在语汇创造和文体采择上，有可能继承战国以来嫖姚跌荡、酣畅纵恣的文体；而民间语言的生动有力，更助长了司马迁抒情说理、夹叙夹议、一唱三叹、徘徊流荡多样性风格的形成。另一方面，文字上素朴质直、浑厚大方的优点，依旧保存下来，对于古史像《尚书》那样"诘屈聱牙"的文章，司马迁引用时总是经过一番语译的，如把"克明峻德"写作"能明驯德"、"钦若昊天"写作"敬顺昊天"，这就不难看出他的进步倾向来。郑樵曾经叹恨过司马迁的文章"雅不足"，实在是多余的。殊不知他的质直俚俗处，正是使有感到亲切有味处。随便引几段如下：

项王则受璧置之坐上。亚父受玉斗，置之地，拔剑撞而破之。曰：唉！竖子不足与谋。夺项王天下者，必沛公也。吾属今为之虏矣!(《项羽本纪》)

帝欲废太子，而立戚姬子如意为太子。大臣固争之，莫能得。上以留侯策即止，而周昌廷争之，强，上问其说。昌为人口吃，又盛怒，曰："臣口不能言，然臣期期知其不可，陛下虽欲废太子，臣期期不奉诏"。上欣然而笑。(《张丞相列传》)

一个"唉"字，两个"期期"，绘声绘影，如见其人。至于描写对话，夹着小动作的，有如下面二例：

万石君少子庆为太仆，御出，上问："车中几马?"庆以策数马毕，举手曰："六马。"庆于诸子中最为简易矣，然犹如此。(《万石张叔列传》)

郦生至，入谒。沛公方倨床。使两女子洗足，而见郦生。郦生入，则长揖不拜。曰："足下欲助秦攻诸侯乎？且欲率诸侯破秦也？沛公骂曰："竖儒！夫天下同苦秦久矣。故诸侯相率而攻秦，何谓助秦攻诸侯乎？"郦生曰："必聚徒合义兵诛无道秦，不宜倨见长者。"于是沛公辍洗，起摄衣，延郦生上坐，谢之。(《郦生陆贾列传》)

明白如话，且合口语语法，正是司马迁的别调。其他语汇，如"千没"、"纵酒"、"暴露"、"天下汹汹"、"四海为家"、"后来居上"，"多多益善"、"公知其一未知其二"、"郁郁不得意"、"疎人图肉"等，为现在流行通用的，几乎俯拾即是，这些都是当时口语出遗留，从生活实验中提炼出来的。

说到运用"鄙语"、"谚曰"入文，来增加文气，尤为司马迁所擅长。有时他还借歌谣寄讽，如引"一尺布，尚可缝，一斗粟，尚可舂，兄弟二人，不能相容"的民谣，来讽文帝的摧折淮南王至死。引"颍水清，灌氏宁；颍水浊，灌氏族"的儿歌，以见人民对豪强横行不法的痛恨，都能恰当地增强主题的突出。这些应当是《史记》之所以被称为人民性现实性的历史文学的主因。比起《汉书》等专为统治阶级说话，并以"典雅整饬"的文字自命，实有本质的不同。

七　参差的句法、不同的节奏

语言是表达感情的工具。文学上的语言，更是贯彻着思想与艺术的统一体。每个作家的风格不同，首先表现在他掌握语言艺术的不同规律上。司马迁善于从民间吸取语源，因之，他所特有的语汇、句调、章法，就处处显现出参差错落的音节与葛藤之美来。先说句法：他惯用长句来集中表现复杂的事物关系。例如：

项羽怨怀王不肯令与沛公俱西入关而北救赵。(《高祖本纪》)
而李园女弟初幸春申君有身而入之王所生子者遂立。(《春申君列传》)

每个例子都包含着好几个子句连结而成。既无碍于表达一种复杂的情绪，也不违背我国传统的语法，流荡婉转、十分自然。司马迁驱遣语言的天才，古无前例。有时长短句相间，抑扬顿挫，更显得错落有致，而人物的动作，事态的发展，都跟着它在变化发展。例如：

> 秦王发图，图穷而匕首见。因左手把秦王之袖，而右手持匕首揕之。未至身，秦王惊，自引而起，袖绝。拔剑，剑长，操其室；时惶急，剑坚，故不可立拔。荆轲逐秦王，秦王环柱而走。……左右乃曰："王负剑！负剑！"遂拔以击荆轲，断其左股。荆轲废，乃引其匕首以擿秦王。不中，中铜柱。秦王复击轲，轲被八创。轲自知事不就，倚柱而笑，箕踞以骂。曰："事所以不成者，以欲生劫之，必得约契以报太子也"！（《刺客列传》）

短兵相接，生死一间，这是紧张的一例。又如：

> 窦皇后兄窦长君，弟曰窦广国，字少君。少君年四五岁时，家贫，为人所略卖，其家不知其处。传十余家，至宜阳，为其主入山作炭。寒，卧岸下百余人，岸崩，尽压杀卧者；少君独得脱，不死。自卜数日当为侯，从其家至长安。闻窦皇后新立，家在观津，姓窦氏。广国去时虽小，识其县名及姓；又常与其姊采桑堕，用为符信，上书自陈。窦皇后言之于文帝。召见，问之。具言其故，果是。又复问："他何以为验"？对曰："姊去我西时，与我诀于传舍中：丐沐、沐我，请食、饭我；乃去"。于是窦后持之而泣。泣涕交横下。侍御左右皆伏地泣，助皇后悲哀。（《外戚世家》）

家事琐屑，娓娓而谈。这是委婉的一例。司马迁句调的优美，上举二则，足见一斑。

再说节奏。亦即韵律，通于词句篇章之间。有时急促，有时流转，有时重复取势，有时摇曳生姿，有时奇峰突起，有时远意无尽。韵致悠扬，各极其妙。

急促的例子，如《项羽本纪》"巨鹿之战"一节及《刺客列传》"荆轲刺秦王"一节，急转直下，紧张处几使读者屏气绝息。有时为了冲淡主题，侧媚求姿，每于紧张中忽然放松，于正经处忽插闲文，使人得有一种快感。司马迁常用此法，(《伯夷列传》、《老子韩非列传》首段)，最为后代文家所追摹。

宋洪迈曾举《平原君列传》与毛遂对话一节，以为"重沓熟复，如骏马下驻千丈坡"；又举《魏世家》：魏公子无忌与王论韩事，说"韩必德魏、爱魏、重魏、畏魏，韩必不敢及魏"，十余语之间，五用"魏"字。《苏秦列传》，秦说赵肃侯："择交而得则民安,择交而不得,则民终身不安;齐秦为两敌而民不得安;倚秦攻齐而民不得安;倚齐攻秦而民不得安"等例,说明《史记》文字的流转和重复取势,都可帮助我们理解。

至《大宛列传》开始即说:"大宛之迹,见自张骞",下接"张骞汉中人",波澜壮阔,从此展开。突起硬接,文势自健。凌稚隆云:"退之送廖道士序、子厚游黄溪记,发端皆仿此法"。(《史记评林》)《封禅书》结尾:"自此之后,方士之祠神者弥众,然其效可睹矣!"对于汉武封禅、求仙种种愚蠢活动,正言若反,一语推翻,正足"发人深省"。又《封禅书》"三神山"一段:

> 自威宣燕昭,使人入海求蓬莱方丈瀛洲:此三神山者,其传在勃海中,去人不远,患且至,则船风引而去。盖尝有至者,诸仙人及不死之药皆在焉。其物禽兽尽白,而黄金银为宫阙。未至,望之如云;及到,三神山反居水下;临之,风辄引去,终莫能至云。世主莫不甘心焉。

最为历代文家所欣赏,正因它能于"要紧处多跌荡",大有"江上峰青"之概。这些都属于"远意无尽"一类的。

以上随举数例,已很可观。此外,如《魏其武安侯列传》,前言"灌夫亦持武安阴事",后言"夫系,遂不得告言武安阴事",迫出末句"及闻淮南王金事,上曰:使武安侯在者,族矣"!画龙点睛,跃跃然动,最为得神。又如:《平准书》中以卜式为"奇兵",《大宛传》中以张骞为"导游",在全篇中出没无常,互为主宾,收得"活着"之用,更是司马迁得意之笔。至于提笔振起文气,用"当是时"、"当此之时";否定时用"矣"字送韵;加重语气、连结动作时用叠字(《项羽本纪》军壁垓下一段连用十六个"乃"字,二十二个"骑",字;《樊郦绛灌列传》连用十一个"以"字,十五个"从"字;《淮阴侯列传》连用三个"奇"字,七个"亡"字),叠句(《张释之冯唐列传》言"久之"者五、"顷之"者三;《田叔列传》连用七个"长者")等,大都是司马迁运用语言艺术的独创规律,变化多端,不拘一格。

八 丰富多采的"文心"

最后要说他的文心,亦即文字所能达到的最高境界。这是思想与艺术上的创造性的统一,句调、节奏、文心三者合一,才是司马迁散文风格的全貌。

古今文评家，自唐韩愈柳宗元、宋苏辙以下拈出"雅"、"洁"、"奇气"等品藻以后，元明而下对于司马迁的风格及其"深意"，尤多新的见解，兹摘引几条，以当导引：

（1）太史公但若热闹处就露出精神来了。如今人说平话者然：一拍手又说起，只管任意说去，如说平话者，有兴头处就歌唱起来。

（2）《史记》如作游山记然：本是说本处景致，乃云前有某山，后有某水等，乃为大家文字。他人文字一条鞭的，他人之文如临小画，非不工致，子长之文如画长江万里图。（以上见归有光《史记总评》）

（3）文贵奇。有奇在字句者，有奇在意者，有奇在笔者，有奇在丘壑者，有奇在气者，有奇在神者。奇气最难识。大约忽起忽落，其来无端，其去无迹。读古人文字，于起灭转接之间，觉有不可测识处，便是奇气。

（4）文贵大。古文之大者莫如《史记》。震川论文，谓为大手笔。曰："起头来得勇猛"。又曰："连山断岭，峰峦参差"。又曰："如画长江万里图"。又曰："如大塘上打纤，千船万船不相妨碍"。此气脉洪大、丘壑远大之谓也。

（5）文贵远。远必含蓄。或句上有句，或句下有句，或句中有句，或句外有句，说出者少，不说出者多。昔人谓子长文字，微情妙旨，寄之笔墨蹊径之外。又谓如郭熙画，天外数峰，略有笔墨而无笔墨之迹。故子长文并非孟坚所知。

（6）文贵疏。孟坚文密，子长文疏。凡文力大则疏，气疏则纵、密则拒；神疏则逸、密则劳；疏则生、密则死。子长拿捏大意行文，不妨脱略。

（7）文贵变。上古实字多、虚字少。典谟训诰，何等简奥，然文法自是未备。孔子时虚字详备，左氏情韵并美，至先秦更加疏纵。汉人敛之，稍归劲质，惟子长集其大成。（以上见刘大櫆《论文偶记》）

上引二家，一用"说平话"、"作游记"来比方；一则提出"奇"、"大"、"远"、"疏"、"变"五个字来加以概括，都是非常亲切有味而妙于形容的。现在我想拈出下面几点，来分析司马迁散文风格所已到达的最高境界，并说明他对后人有了那些影响。

（1）悲歌感慨　无过《项羽本纪》、《伯夷列传》、《屈原贾生列传》、《李将军列传》。这是抒情的，处处有我在。《项羽本纪》中军壁垓下一段，最可代表。

（2）刺激淋漓 无过《酷吏列传》、《魏其武安侯列传》。这是暴露、讽刺的，见其愤世疾俗之情，是批判的现实主义的典范。灌夫骂座一段，最有声色。

（3）疏荡流转 无过《平原君虞卿列传》、《郦生陆贾列传》。叙事婉曲，说理明畅，对话流利。刻划形象尤其生动。毛遂定从一段最可代表。

（4）沉酣畅足 无过《刺客列传》、《魏公子列传》。前揭"刺激淋漓"一境，略偏于讽刺；此则重在摹绘人物，神理气味必求其十分尽致，如《荆轲传》中与高渐离歌泣于市及《滑稽传》中淳于髡饮酒一段，最为典型。欧阳修文往往规抚此种笔调。

（5）飘逸淡远 无过《封禅书》、《张释之冯唐列传》。如宋人淡笔画，远山无尽，风神绝佳。历来最为文家欣赏的，是《封禅书》中三神山一段（见前）及《张释之冯唐列传》中："是时慎夫人从，上指示慎夫人新丰道曰：此是邯郸道也。使慎夫人鼓瑟，上自倚瑟而歌，意惨凄悲怀，顾谓群臣曰：嗟乎！以北山石为椁，用纻絮错陈絮漆其间，岂可动哉！左右皆曰，善。释之前进曰：使其中有可欲者，虽锢南山犹有却，使其中无可欲者，虽无石椁，又何戚焉？文帝称善"。为最具远韵深致。

（6）委曲迂徐 无过《外戚世家》及《万石张叔列传》。刻划性格，叙述家常，如画工著色，曲尽其妙。后世文家如欧阳修、归有光等学《史记》，多从此处着手。林纾译言情小说，亦好以此种笔调出之。

司马迁文内容繁富，往往突破形式，人物连叙，情节交错，有时闲文与本事互相映发，有时本人与书中主人翁人格合抱，有时前后呼应，对比到底，使人读后，不觉为之移情。正如茅坤所说：

今人读《游侠传》即欲轻生，读《屈原贾谊传》即欲流涕，读《庄周鲁仲连传》即欲遗世，读《李广传》即欲立斗，读《石建传》即欲俯躬，读《信陵平原传》即欲养士，若此者何哉？盖各得其物之情而肆于心故也，而固非区区句字之激射者也。（《史记评抄》）

司马迁文字感染力的深远，可想而知。这是读者方面所得的印象。若从司马迁下笔时的心理活动和创造过程论，则又是一种情况：当他满怀同情，为心爱的特定历史人物形象，进行艺术加工而予以复制、特写时，那种迫切的创作冲动，常常使得他设身处地，不觉跃身其中，因而写出作品来也就"文如其所欲写之人"了。杨慎说："《屈原传》，其文便似《离骚》，其论作骚一节，婉雅凄怆，真得骚之趣者也"。又说："史公赞滑稽语，亦近滑稽"。茅坤说："李将军于汉最为名将而卒无功，故太史公极力摹写，淋漓悲咽可涕"。从此又可知道，司马迁对书中之主人翁的爱憎，又是如何分明的了。

他写《循吏传》，选的都是春秋时人，表示汉代官吏一无足纪。开头就说："奉职循理，亦可以为治，何必威严哉！"写《酷吏传》，尤不辞"口诛笔伐"，结尾罗列一批无能的酷吏，总的加以批判道："至若蜀守冯当暴挫；广汉李贞擅磔人；东郡弥仆锯项；天水骆壁推咸；河东褚广安杀；京兆无忌冯翊殷周蝮鸷；水衡阎举扑击卖请，何足数哉！何足数哉！"用同样"酷烈"的词句，来判决这批酷吏的罪状，斩钉截铁，可谓确切不移。司马迁所以能够成为人民的历史家，成为现实主义的大师，意义就在于此。

九　简短结论

为了结束上文，补充说明，我想，可以做出下面几点结论来：

（1）司马迁是我国第一个继承《国风》抒情、《小雅》讽刺、《春秋》谨严、《左氏》浮夸、《庄子》放恣、《离骚》悱恻等古典文学的优良传统，同时吸收战国以来嫖姚跌荡、酣畅淋漓的散文倾向，并且广泛地汲取民间语言，不断加以洗炼、简洁，因而自成一家独具风格的现实主义大师。

（2）由于他生长在那个动荡的时代，生活于广大人民群众中间，从而笔下挟有极强烈的人民感情和正义感；又因身为太史，"扬历中外"，所以得有条件搜罗古代文献、民间传说以及他所亲闻目睹可歌可泣的故事，通过一定的艺术形式，集中地概括地记录下三千年来我国人民种种斗争和活动事迹，而给以鲜明、生动、深刻、完整的表现；同时由于他在一定程度上反映出人民对于生活理想的不断追求和展望，因此更使他的作品饶有"多爱好奇"的浪漫特征。这样，就规定他不仅是个批判的现实主义者，而且也是个浪漫主义者！

（3）通过《史记》，由附庸蔚为大国的"传记文学"的确立，一方面总结了古代文学家的丰富经验，同时为后代文史学家提供许多光辉卓越的范例。那种通过形象、反映实质、集中表现、重点突出的现实主义创作方法，已为"传记文学"本身开拓出无数宽广的创造道路和艺术境界。这一人民性、现实性、斗争性的历代相承的文学传统,通过司马迁伟大人格的感召及其辉煌巨著《史记》的广泛传诵,千百年来已为我国古典文坛留下一份极为珍贵的遗产,它那丰富的宝藏,一直是我国文学家从事创作时汲取不尽的灵感的源泉。

(4)特别是司马迁独创并惯用了的新鲜语汇、参差句法、抑扬的韵律、雄奇飘逸的境界以及入木三分的性格描写、曲尽人情的生活摹绘,夹叙夹议、负责评论(太史公曰)的笔调,几乎打破了文史哲学的形式三分法,把抒情、叙事、说理的不同文体有机地综合起来,达到思想上艺术上高度的统一。这一系列的艺术上的卓越成就,以及贯注全部作品中的爱人民、爱祖国、爱才如命、嫉恶如仇与人民血肉相连的现实主义创作精神,仍然是一种富于启发性、示范性的指导原理,值得我们向他学习,并加以继承、发展和提高的。

无可否认,到现在为止,仅就文学范围说,司马迁仍然是,我国古典文学中创立传记文学规范,掌握语言规律达到艺术高峰的巨匠之一。不但在中国文学史上的地位如此,即在世界的意义上,也是如此。

原载《文学遗产增刊》1957年第4辑

司马迁是怎样写历史人物的传记的

——从"实录"到典型化

季镇淮

司马迁的《史记》，以"究天人之际，通古今之变，成一家之言"为目的，以本纪、表、书、世家、列传五种体例为形式，有组织有计划地整理了公元前一世纪以前的我国古代二千几百年发展的历史。这是一部伟大的、科学的历史著作，是前所未有，并世少见的创作。作为科学的历史著作的《史记》，它的五种体例互相区别而又互相联系和补充，形成了一个不可分割的整体。它的主要部分是本纪、世家和列传。它们系统地叙述了历代各式各样的人物活动的历史，因而形成了以人物为中心的我国古代二千几百年的历史画廊。在这个画廊里面——特别是在战国到著者当世这一段，一系列的生动鲜明的人物形象，反映了复杂丰富的历史内容。因此，《史记》不仅可以说是科学范畴的历史著作，其中许多篇人物传记也可以说是有艺术性的古典文学作品。《史记》流布以后，多少年来，被人们传诵不绝，家喻户晓，影响了无数的历史家和文学家。显而易见，这是和那些历史的而又是文学的人物传记有莫大的关系的。

两汉之际，由于《史记》人物传记的美妙，引起学者们的爱好和模仿，就产生了《史记》的许多续编。班彪"作后传数十篇"，成为班固《汉书》的基础。他的《略论》一篇，比较具体详细地评论了《史记》，也成为《汉书》《司马迁传》赞的直接来源。班彪父子严厉地批评司马迁"是非颇谬于圣人：论大道则先黄老而后六经，序游侠则退处士而进奸雄，述货殖则崇势利而羞贱贫，此其所蔽也"。但他们也不得不承认："自刘向扬雄博极群书，皆称迁有良史之材。服其善序事理，辨而不华，质而不俚。其文直，其事核，不虚美，不隐恶，故谓之实录。"

刘向、扬雄和班彪父子们所一致承认的"实录"，就是司马迁写历史人物传记的一个根本精神。

实录是历史著作的方法（著录事实），也是史家对待历史的的态度(不虚美，不隐恶)。它的根本精神在于承认客观事实的存在，并忠实于那些事实，按照事实的原有情况固定下来，著录下来。这种精神，在《史记》里，特别是在那些人物传记里，充分地表现出来了。不难看见，司马迁为帝王将相贵族士大夫一系列的上层统治人物作传，也为游侠、刺客、医生、卜者、商人、俳优等等广泛的社会各阶层人物作传；为中国的统治者作传，也为外民族的君长作传；为以材能立功的忠臣作传，也为"以色幸"的弄臣作传；为人民爱护的好人作传，也为人民憎恨的坏人作传：都是实录精神的表现。又如清人徐时栋说："天下号令在某人，则某人为本纪，此史公史例也。故《高祖本纪》之前，有《项羽本纪》，高祖以后，不立孝惠皇帝本纪，而独立《吕后本纪》，固以本纪为纪实，而非争名分之地也。此后无人能具此识力，亦无人敢循此史例矣。"① 司马迁的识力和史例所以卓绝千古，高出于后来那些"正统"史家，道理原很简单，只是贯彻了史家应该具有的实录精神。从写作实践来看，即以《项羽本纪》言之，他固然给项羽以最高的历史地位，并以许多具体生动的历史事实塑造了这个勇往无前摧毁暴力统治的英雄形象，但他对于项羽那种到处坑杀、以粗豪自满等等严重弱点，也都据事直录，并没勉强地修饰。

> 项王见秦宫室皆以烧残破，又心怀思，欲东归。曰："富贵不归故乡，如衣绣夜行，谁知之者？"说者曰："人言'楚人沐猴而冠耳！'果然。"项王闻之，烹说者。②

这个故事，实在揭穿了这位英雄人物思想庸俗，胸无大志，幼稚可笑的一面。同样地，在《高祖本纪》和其他某些有关人物的传记里，他固然给汉王朝的高祖刘邦写了许多神奇体面高出项羽的事情，可也写了不少庸俗丑恶甚于项羽的事情。所有那些事情当然是当时实有的事实或传说。可见在人物的写作实践中，司马迁也是坚持了实录精神的。

班彪父子肯定司马迁的实录精神，而批评他"是非颇谬于圣人"，这是一个矛盾。他们不知道一个正直的史家的"实录"和圣人的"是非"永远要发生矛盾的。在封建时代，所谓圣人的是非代表着统治阶级的道德观点，是维护统治阶级利益、压迫广大人民阶层的一种圈套。它是从主观观念出发的，一和客观现实相碰，就会发生严重的矛盾，遭到有力的打击。在现实社会中，封建统

---

① 《烟屿楼读书志》卷12。
② 《项羽本纪》。

治阶级和广大被压迫人民之间经常发生着利益的冲突，经常存在着是非的矛盾和斗争。广大被压迫人民对圣人所谓是非的虚伪性、欺骗性从来看得很清楚。"窃钩者诛，窃国者侯。侯之门，仁义存。"①侯门仁义即封建统治阶级的仁义，是从窃国来的。"人富而仁义附焉"，②有钱有势的人就有仁义。因此乡下人说："何知仁义，已向其利者为有德。"③广大被压迫人民从实际利益来看道德问题，他们是不管圣人口头上的仁义的。这是现实中广泛存在的矛盾，也就是真实的历史。由此可见，司马迁的实录反映了客观社会的错综复杂的真实情况，必然反映了封建统治阶级和广大被压迫人民之间的无数的矛盾和斗争，因而反映了客观实际的真实的历史。班固父子斥他"是非颇谬于圣人"，正是司马迁严肃的实录精神的结果。

统治阶级对史家的实录，从来是很厌恶和骇怕的。因为在实录里面虽然有许多对统治者有利的东西，但必然也有许多对统治者不利的东西。统治者对人民的严重压迫和残酷剥削以及人民的不平呼声和起义反抗，统治者的偏私愚蠢和奢侈荒惰等等，通过实录，不可避免地都要揭露出来。这种揭露对统治阶级是一种严重的打击，是很不利的，因而统治者就不能容忍。但统治阶级需要历史，原是希望从历史里取得足够的教训以便维持其长期剥削统治的。这样，统治阶级就不能绝对地排斥史家的实录，因为只有在实录里面才能看见客观事实发展的真相原委，才能"原始察终，见盛观衰"，④才能"通古今之变"，得到历史的鉴戒作用。统治阶级对史家实录那种无可奈何的矛盾的态度，就是司马迁历来遭到统治阶级及其士大夫种种毁誉的根源。他既被一些人毁为"作谤书"，"非贬孝武，令人切齿"，该杀，又被另一些人誉为"有良史之才"，"有奇功于斯世"，只是"不隐孝武之失，直书其事耳，何谤之有乎？"⑤这些人的争执都是由于对司马迁的实录所持不同的态度而起的。

还应指明，司马迁的实录并不是无动于衷地、完全被动地直录事实，而是和他的著述理想有密切联系的。他的著作《史记》的最高理想在于取法《春秋》，继承孔子的述作事业。《春秋》"明是非"，"采善贬恶"，⑥他作《史

① 《史记·游侠列传》，本《庄子》《胠箧》篇。
② 《史记·货殖列传》。
③ 《游侠列传》。
④ 《史记·太史公自序》。
⑤ 参看《三国志·魏志》卷6《董卓传》注，卷13《王肃传》。
⑥ 《太史公自序》。

记》也正是这样的。固然"据事迹实录，则善恶自见"①，但作者自觉地表明对那些事迹的态度，就能使是非善恶的本来面貌更加鲜明。《史记》的许多人物传记显示了作者的褒贬爱憎的态度，是和作者自觉地寓理想于实录之中有很重要的关系的。

这样，司马迁从根本的实录精神出发，他又是怎样具体地写那些人物传记的呢？

选择或识别人物是他首先要考虑的问题。司马迁写的是历史，一系列的王朝中央和地方的当权统治人物他必须写，没有选择的余地。除此以外，人物还是很多的，不可能也没有必要为他们个个都作传，他必须有选择地写。在《张丞相列传》里，他写了张苍等四个丞相后，就概括地说："自申屠嘉死之后，景帝时，开封侯陶青、桃侯刘舍为丞相，及今上(武帝)时，柏至侯许昌、平棘侯薛泽、武强侯庄青翟、高陵侯赵周等为丞相，皆以列侯继嗣，娖娖廉谨，为丞相备员而已，无所能发明，功名有著于当世者。"这清楚地表明司马迁对那些"备员而已"的丞相，并不为他们一律作传。相反，对于那些没有地位的俳优，因为他们的"谈言微中，亦可以解纷"，他却写了一篇《滑稽列传》。有些下层人物，流品复杂，鱼目混珠，他也严格地加以区别。例如他作《游侠列传》，说明他所称道的朱家、郭解等"乡曲之侠"既和上层的那些慷慨好义的贵族公子有区别，也和下层的那些"侵凌孤弱"的土豪恶霸有区别。最后在传末又着重地说："至若北道姚氏、西道诸杜、南道仇景、东道赵他羽公子、南阳赵调之徒，此盗跖居民间者耳，曷足道哉？此乃乡者朱家之羞也。"对于那些严酷的官吏，他也不是一概唾弃，而是挑选一批有代表性的来写。他在《酷吏列传》里写了郅都杜周等十人，并说这些"以酷烈为声"的人物，"虽惨酷斯称其位矣"。又说："至若蜀守冯当暴挫，广汉李贞擅碟人，东郡弥仆锯项，天水骆璧推减，河东褚广妄杀，京兆无忌、冯翊殷周蝮鸷，水衡阎奉扑击卖请，何足数哉！何足数哉！"对于这些不足数的酷吏，他就这样一笔带过了。由此可见，司马迁写人物传记，无论写丞相、倡优、好人或坏人，首先总要具体地考虑那个人物某些突出的、有代表意义的重要方面，因而形成那篇传记的中心思想或主要倾向。

随着具体人物的选择，当然要有具体事件的选择。孔子说："我欲载之空

---

① 韩愈《答刘秀才论史书》。

言，不如见之于行事之深切著明也。"①孔子作《春秋》企图以具体的历史事件反映是非善恶，司马迁写历史人物传记也基于这种自觉。《管晏列传》赞："吾读管氏《牧民》、《山高》、《乘马》、《轻重》、《九府》，及《晏子春秋》，详哉其言之也。既见其著书，欲观其行事，故次其传。"司马迁对历史人物，不仅要"听其言"，而且要"观其行"的。但一个人物的历史事件不可能也没有必要统统写在传记里，还必须适当地选择。而且从积极意义的褒贬来说，也有选择的必要。怎样选择呢？首先是那些可信的事。司马迁写的是历史，不是传奇小说，他必须这样做。例如他说："苏秦被反间以死，天下共笑之，讳学其术。然世言苏秦多异，异时事有类之者，皆附之苏秦。夫苏秦起闾阎，连六国从亲，此其智有过人者。吾故列其行事，次其时序，毋令独蒙恶声焉。"②又说："世言荆柯，其称太子丹之命天雨粟、马生角也，太过。又言荆轲伤秦王，皆非也。"③这就表明司马迁对许多世俗流言不甚可信的传说是采取了慎重的态度的，他所写的人物事件是经过选择，取他自己以为可信的。除了"考信"之外，他还要进一步选择那些重要的事件。所谓重要事件当然指的是那些具有较大的社会意义的事件。对于一个人物的塑造，这类事件的选择是完全必要的。因为通过某些重要的事件的叙述，才能突出这个人物的重要方面，因而使这个人物的特点显著起来。譬如为张良作传，他声明不写张良的那些与天下兴亡无关的话，这是很对的。因为不这样，这个对统一楚汉纷争有重要贡献的著名人物的特点就不能表现。但我们不能由此就说，司马迁写人物传记，完全不写小事件。相反，他在许多篇传记里，不断地写些小事件，而且由于那些小事件的叙述，人物的基本特点往往更为显著。这种例子也是很多的。《万石君传》写石奋父子的恭谨道：

> 万石君少子庆，为太仆，御出，上问"车中几马？"庆以策数马毕，举手，曰："六马。"庆于诸子中最为简易矣，犹然如此。

这个小故事，使我们知道，石奋父子日常那种伴君如伴虎、诚惶诚恐、唯恭唯

---

① 《太史公自序》。
② 《苏秦列传》。
③ 《刺客列传》。

谨的态度达到怎样可笑的程度。又如《酷吏列传》写张汤小时候一个故事：

> 其父为长安丞，出，汤为儿守舍。还而鼠盗肉。其父怒笞汤。汤掘窟，得盗鼠及余肉；劾鼠掠治，传爰书，讯鞫论报，并取鼠与肉，具狱磔堂下。其父见之，视其文辞，如老狱吏，大惊，遂使书狱。

张汤这个儿时故事虽属游戏性质，但我们对于张汤后来善于揣摩汉武帝意旨，巧立法令名目的基本面貌，却由此早得到了初步的印象。司马迁写人物的小故事，不是随意点缀，而是基于对人物的理解，借以更好地塑造人物形象的。

经过选择的步骤，一个人的历史事件可能还是很多的。而且某些重要的事件往往要关系到其他的人。司马迁处理这样的问题，依然是从对各个有关人物的基本认识出发，安排或剪裁某些事件，使它们服务于各个人物形象的塑造。《魏公子列传》主要要写出一个谦虚下士的贵族公子形象，因而他就集中地叙述了这位公子怎样"自迎夷门侯生"和"从博徒卖浆者游"的故事。至于信陵君还有因为不肯容纳亡命的虞卿和魏齐，既为侯嬴所指责，终至引起魏齐"怒而自刭"一事，又有说魏安釐王不杀范痤及不可亲秦伐韩等事，都没有写。显而易见，信陵君的这些事，如果都写于本传，就要破坏这篇传记的意图，模糊这位贵族公子的主要特征。相反，前者写于《范雎传》，却使范雎终于报仇的故事得以完整；后者写于《魏世家》，也充实了昏庸的安釐王的历史。又如《项羽本纪》写的是一位勇猛无前、摧毁暴力统治的盖世英雄；《淮阴侯列传》写的是一位善于将兵、多多益善的神奇将军。淮阴侯论项羽的许多个人弱点和政治军事上的错误，不写于《项羽本纪》而写于《淮阴侯列传》，真正是两全其美的写法。这样写既显示了军事家的韩信的非凡才能，也掩护了项羽的英雄威望遭受内行的敌手打击。拿鸿门之宴这件事说，他重复地写于《项羽本纪》、《高祖本纪》、《留侯世家》和《樊哙列传》，但详略不同，互为补充，也都是为各人物不同情况、不同特征决定的。司马迁这种安排和剪裁事件的方法，实质上也是一种褒贬的方法，《范雎传》出信陵君不救魏齐一事，使我们恍然知道信陵君接交天下士还是有限度的。《淮阴侯列传》出韩信论羽一事，也使我们看项羽的英雄气概打了折扣。对于一般的历史人物，无论褒贬，他都要集中事件，以便突出那些人物的形象；但对于当代的统治人物，如汉武帝及其祖先汉高帝，为了贬，他往往是分散事件的。

具体地描写事件，增强故事性，是司马迁写历史人物传记更为出色的一个方法。这种故事性的描写很多，以至我们可以无须举例。那些家喻户晓在文学艺术上发生长远而深刻的影响的历史事件，固然和它们的历史意义有极大关系，但是不可否认也一定和它们的故事性有重要关系。因为通过那样的有细节有场面的具体描写，使那些历史事件鲜明起来，使某些人物形象生动起来，因而给人们以深刻的、难忘的印象。比较一下鸿门之宴的几处详略不同的记事，就知道简单的梗概叙述和具体的故事描写，它们的动人力量是不能相比的。司马迁的许多篇人物传记的成功是和他在许多事件上的具体描写分不开的。《廉颇蔺相如列传》着重写的是廉蔺二人怎样从初不相关到友爱团结、齐心抗秦的故事；其中写蔺相如完璧归赵和秦赵渑池之会，都是有声有色的场面描写。《魏其武安侯列传》着重写的是窦婴、田蚡两代贵戚之间争权夺利的故事；它原原本本地写出了窦婴、田蚡怎样先后得势，明争暗斗，终于招致同归于尽的祸害。其中田蚡拜会窦婴、田蚡婚礼宴客和东朝廷辩论几个场面，也都是生动的描写。通过这些描写，封建统治者内部这一斗争诸有关人物的嘴脸，也都刻画得清楚了。其他如著名的《刺客列传》、《游侠列传》、《魏公子列传》、《李将军列传》等也都是故事性很强的作品。

模拟或运用口语，在司马迁具体地描写事件中起了极大的作用。一般看来，《史记》的语言诚然是"文言"，不是"白话"，但它是接近口语的，是在口语的基础上产生的一种"文言"。元人王若虚曾经收集了某些例句，证明司马迁在写作上存在着"字语冗复"的毛病。[1] 例如：

> 诸侯军无不人人惴恐。[2]
> 王欲召信拜之。……诸将皆喜，人人各自以为得大将。[3]

王若虚认为第一句里"无不人人"字意重；第二句里多"各自"字。如果依照王若虚的意见，把"诸侯军无不人人惴恐"改为"诸侯军无不惴恐"或"诸侯军人人惴恐"或"诸侯军惴恐"，把"人人各自以为得大将"改为"人人以为得大将"，虽然"简洁"些，但司马迁的通俗有力、接近口语的语言特点也就

[1]《滹南遗老集》卷15。
[2]《项羽本纪》。
[3]《淮阴侯列传》。

改掉了。王若虚所举的许多例子，恰恰证明司马迁的"文言"是在口语的基础上产生的，那些重复的词句是和口语习惯有关系的。许多事实证明，司马迁运用口语在描写人物上，是一种自觉的努力。他往往努力模拟人物的口吻，生动地刻画了人物的形象。

> 陈胜吴广乃谋曰："今亡亦死，举大计亦死，等死，死国，可乎？"
> 召令徒属曰："公等遇雨，皆已失期。失期当斩。借第令毋斩，而戍死者固十六七。且壮士不死即已，死即举大名耳！王侯将相宁有种乎！"①

这里，洪迈盛赞"叠用七死字""而不为冗复，非后人笔墨畦径所能到也"。②其实它们并没有什么奥妙，只是运用口语的自然语调，描写了农民起义的最初两个领袖下决心、鼓动"徒属"不要去送死而要起来反抗那种奋臂高呼的动人景况。司马迁写的许多人物，过了几千年，人们依然觉得如闻其声，如见其人，这是和他的模拟或运用口语的努力有极大的关系的。

综上所述，司马迁从根本的实录精神出发，首先他要选择或识别人物，从而选取其可信的和重要的事件，适当地安排、剪裁，并加以一定的具体描写：这是司马迁写作历史人物传记的一个创造性的、典型化的过程。他给历史人物不是写履历表，而是塑造形象。他写的许多人物不仅是实有的、互不相同的个别人物，而且是一定社会条件下具有典型意义的代表人物。他突出地写出了人物的重要方面，反映了复杂的、丰富的历史内容。由于他努力模拟或运用口语来描写人物，许多人物的个性和典型性更明显了，更加强了。因此，他的许多篇历史人物传记，不只是可信的、卓越的历史文献，而且也是可欣赏的、优秀的古典文学作品。司马迁真正第一次把文史巧妙地结合起来了。

原载《语文学习》1956年8月

---

① 《陈涉世家》。
② 《容斋随笔》卷7。

试论司马迁《史记》中的语言

殷孟伦

一

被鲁迅先生称为"史家之绝唱""无韵之离骚"的《史记》，是二千年来广大人民最熟悉，最喜爱的作品之一。这部伟大著作所刻画的人物性格、所描绘的事件和现象，反映出丰富而多样的现实，对于广大人民有着巨大的教育力量。就其语言艺术而论，作者在这方面所获得的成就，可以说是非常卓越的。它对于二千年来的文学语言所曾发生的影响，也是非常巨大，同时并有着一定的典范意义。

司马迁是一个伟大的语言艺术家，他的语言，有着鲜明的美学色彩的渲染，大大为他的著作增强了思想性和艺术性。作者的语言有着一种耐人寻味、百读不厌的鼓动力量，激荡着每个读者的心灵。这种激荡，不是使人逸气横溢，便是使人慷慨悲歌。有的更使人对书中人物感到忻慕、向往。有的从其艺术手法表面来看，虽然所刻画和描写的对象显得极其细微，可是稍加体会，便使人感到作者那种以小喻大的精神，触处皆是。用比喻来说，这却不是一溪一壑，而是长江大河。

这部伟大著作的出现，在作品本身各种因素的交织错综之中，不仅作者现实主义的写作态度符合了时代的要求和人民的愿望，而在语言的运用和适应上更是闪耀着非常巨大的光芒，使得"来者"对于"往世"生活世界的理解，能够获得亲切、深刻的认识。因此，在语言艺术方面，也就成为这部伟大著作成功的重要原因之一。

司马迁《史记》的语言艺术，是跨进了一个新的时代的新标志。它的语言的美，是通过许多不同的人物形象的刻画和社会现象的描绘，在若干巨幅的社会生活图景中显现出来的。我们知道：每一部有价值的艺术作品都有它自己的语言的多样性和优美性。司马迁的"史记"正是如此。

文学语言是服从于形象创造、艺术概括这个规律的。司马迁语言的特色，正在于他创造了许多活灵活现的历史人物的形象，深刻地揭露了现实社会中错综复杂的矛盾和冲突。他赋予了这些人物以非常正确、精炼、集中、概括、灵活、形象的文学语言。不为人物的时代和所代表的阶层所限，他都以最精辟的语言深刻地描绘出各个人物性格的内在的真实，以及形成人物性格的具体的历史时代和生活环境的内在的真实。同时复杂多样的社会现象，他也是有条不紊地、具体完整地使它再现在我们的面前。

司马迁《史记》的语言既有如此动人的感染力和说服力，使我们特别易于感受和理解。因此，我们阅读这部作品，不仅对作者所提出的问题应该从现实性的角度出发加以判断，同时分析它在语言艺术上的表现，也非常重要。而司马迁在语言艺术上的成就，确是一个值得研究和学习的光辉的范例。作者对古代语言的处理和对口语、谣谚方面的运用，拙作"略谈司马迁现实主义的写作态度"一文中（载《文史哲》1955,12期）已略有说明，这里不再述及。本文所要进一步探索和体认的是在人物语言和叙述者语言的表达等方面。

二

《史记》全书中所出现的人物是复杂的，多样的，在悠长的岁月里，人物的社会活动，也是复杂的，多样的。但司马迁对这些人物的刻画，事件和现象的描绘，并不因此感到缩手，或至表现无力。相反地他在进行这方面的写作上，对于每个人物特有的活动领域和他们的内心世界、精神面貌，都以突出的艺术手法表现出来。这就说明远在二千年前，作者已经理会到人物语言是表现人物的社会和心理特征这个艺术的原则了。

人物语言有独白、有对话。不论其语句的多少，最能表现出人物特有的性格。司马迁在独白的运用和适应上，是熟练精辟地掌握了这个主要环节。我们可以看一看下面的几个例子：

　　陈涉太息曰："嗟乎，燕雀安知鸿鹄之志哉！"（《陈涉世家》）
　　（项）籍曰："彼可取而代也。"（《项羽本纪》）
　　（高祖）喟然太息曰："嗟乎，大丈夫当如是也。"（《高祖本纪》）
　　于是李斯乃叹曰："人之贤不肖，譬如鼠矣！在所自处耳。"（《李斯列传》）
　　管仲曰："吾始困时，尝与鲍叔贾，分财利，每自与，鲍叔不以我为贪，知我贫也。吾尝与鲍叔谋事而更穷困，鲍叔不以我为愚，知时有利不利也。吾尝三仕三见逐于君，鲍叔不以我为不肖，知我不遭时也。吾尝三战三走，鲍叔不以我为怯，知我有老母在也。公子纠死，召忽死之，吾幽囚受辱，鲍叔不以我为无耻，知我不羞小节，而耻功名不显于天下也。生我者父母，知我者鲍叔也。"（《管晏列传》）

陈涉在未起义前的这种感叹，已透露出他那种十分非凡的理想。项羽和刘邦同样看秦始皇帝的出游，可是在他们彼此的独白中便表现出各人身份、环境和思想、情感的不同。试把两人独白相互掉换，那就显得很不相当了。因为项羽是出身于没落的贵族阶级，而刘邦原是一个平民，所以同样观场，作者在语言的运用和适应上就采取了截然不同的两种形式来作表达。

对于结束战国"七雄"相争的局面，建立所谓"统一"的秦帝国，李斯是秦始皇帝有力的"谋首"。综括他的生平，在他少年时代就已经有这样的感叹发出，这种思想多么龌龊。作者形象地刻画出了李斯为人的可鄙，由此给予了读者一定的认识。

管鲍交谊，成为二千年来封建社会所称道的友情典范，作者从管仲对鲍叔知己之感的慨叹中，从这些不厌其详的叙述中，深刻地展现了人物的性格，以及他们的社会观念和道德观点。

再如为后人所歌颂的刺客聂政，在他为严仲子报仇，刺死韩相侠累，并牺牲了自己性命之后，其姊聂嫈有这样的独白：

（聂嫈）乃于邑曰："其是吾弟与！嗟乎，严仲子知吾弟！"（《刺客列传》）

透过人物悲壮的慨叹，说明了她对这一可歌可泣的事件的正确认识，有力地表明了她的坚强性格。

从人物的独白中还可反映出封建社会中各种不合理的社会现象，如下面所引石建的独白，可算一个典型的例子：

建为郎中令，书奏事。事下，建读之，曰："误书，马者与尾为五，今乃四，不足一，上谴死矣。"甚惶然。（《万石张叔列传》）

在这简短的独白中，活现出石建这个极其谨慎、忠于皇帝的人物形象。像他这样连写字的笔画差一点儿都怕得要死的人，其余事例，可想而知。同时在这简短的独白中，还透露出封建统治者对于臣下就是这样。

作者对独白语言的运用和适应，是完全符合着具体人物的社会生活，和心理状态来进行描绘的，所以作者笔下的人物性格也都由此恰如其分地表现出来。

为了表现人物的性格以及人物相互间的关系和冲突，对话在文学语言中更起着非常巨大的作用。司马迁在这方面的运用和适应，同样是成功的。例如平原君和毛遂的对话：

> 门下有毛遂者，前，自赞于平原君曰："遂闻君将合从于楚，约与食客门下二十人偕，不外求。今少一人，愿君即以遂备员而行矣。"平原君曰："先生处胜之门下，几年于此矣。"毛遂曰："三年于此矣。"平原君曰："夫贤士之处世也，譬于锥之处囊中，其末立见。今先生处胜之门下，三年于此矣。左右未有所称诵，胜未有所闻，是先生无所有也。先生不能。先生留。"毛遂曰："臣乃今日请处囊中耳。使遂蚤得处囊中，乃脱颖而出。非特其末见而已。"（《平原君列传》）

这段对话活现出一个不得意的食客，和一个"徒豪举耳"的贵公子的身份、神态、性格以及他两人间的关系和冲突。对话中采用"锥处囊中"这个形象、新颖的比喻，使得对话更为精炼、有力。

蔺相如同他的舍人的对话，也不失其有典型的意义：

> 于是舍人相与谏曰："臣所以去亲戚而事君者，徒慕君之高义也。今君与廉颇同列，廉颇宣恶言，而君畏匿之，恐惧殊甚。且庸人尚羞之，况于将相乎？臣等不肖，请辞去。"蔺相如止之，曰："公之视廉将军孰与秦王？"曰："不若也。"相如曰："夫以秦王之威，而相如廷叱之，辱其群臣。相如虽驽，独畏廉将军哉。顾吾念之，强秦之所以不敢加兵于赵者，徒以吾两人在也。今两虎相斗，其势不俱生。吾所以如此者，以先国家之急而后私仇也。"（《廉颇蔺相如列传》）

舍人置疑的提问，反映了一般人对廉蔺关系的看法。可是蔺相如的答话首先委婉而有力地予以驳斥，而后义正词严地说服了对方。这样的对话比之用作者口气来描绘，在效果上说，对表达人物的思想、情感是有力的多。

赵括母和赵王的对话，更显现出一个有坚强性格的妇女形象：

> 赵括自少时学兵法，言兵事，以天下莫能当。尝与其父言兵事，奢不能难。然不谓善。括母问奢其故。奢曰："兵，死地也，而括易言之。使赵不将括则已，若欲将之，破赵军者必括也。"及括将行，其母上书言于王曰："括不可使将。"王曰："何以？"对曰："始妾事其父时，为将，身所奉饭饮而进食者以十数，所友者以百数，大王及宗室所赏赐者，尽以予军吏士大夫。受命之日，不问家事。今括一旦为将，东向而朝，军吏无敢仰视之者。王所赐金帛，归藏于家，而日视便利田宅可买者买之。王以为何如其父？父子异心，愿王勿遣。"王曰："母置之，吾已决矣。"括母因曰："王终遣之，即有如不称，妾得无随坐乎？"王许诺。（《廉颇蔺相如传》）

在这段文字中，赵奢对其妻的谈话，已经见得他是一个极有远识，毫不夸夸其谈的人物。而他妻子的言行更给我们留下了值得使人崇敬的印象。从她和赵王的谈话中说明了这个封建社会的妇女，她能从赵奢父子俩不同的行径上，从赵括性格和行为的发展上，洞察赵括将来必然的遭际。末了括母向赵王的请求也有力地表现了她坚强的性格。相反地从赵王的答话中反映出来的却是一个昏庸、主观而又专断的封建主的形象。不难看出，作者在这一段语言的选择和提炼上，也同样清楚地表现了他的先进的世界观和对人物显明的憎和爱。

《史记》往往使用语句极少的对话，把人物特有的性格和内心世界、精神面貌表现得惟妙惟肖的。我们可举出下面三个例子来说。

苏秦出游数载，大困而归，他的兄弟嫂妹妻子等都嗤笑他。后来他做了从约长，并相六国，而他的昆弟妻嫂却用另外一副面孔来对待他，以至"侧目不敢仰视，俯伏侍取食"。他和他嫂子的对话，极含有一种辛辣的讽刺味。他们的对话便是这样：

> 苏秦笑谓其嫂曰："何前倨而后恭也？"嫂委蛇蒲服，以面掩地而谢曰："见季子位高而多金也。"（《苏秦列传》）

这几句对话，活画出一幅当时封建社会的世态。同时人物的姿态也附带写出，对苏秦的表情是用了一个"笑"字，对他嫂子的一副尴尬相，则是"委蛇蒲服，以面掩地"八字。所以苏秦接着便有这样的感叹："此一人之身，富贵则亲戚畏惧之，贫贱则轻易之。说众人乎？"作者就这样通过这个场面对苏秦和他的嫂子予以巧妙的讽刺。

张仪曾经在楚相那里饮酒，楚相有了亡璧事件的发生，楚相的门下就疑心到他，因此共执张仪，掠笞数百。事后张仪和他妻的对话也极精彩：

> 其妻曰："嘻，子毋读书游说，安得此辱乎？"张仪谓其妻曰："视吾舌，尚存否？"其妻曰："舌在也。"仪曰："足矣。"（《张仪列传》）

作者在这一事件上，选择这样的语言来刻画，对于靠"三寸不烂之舌"作武器的说客有了很大的讽刺意味。"足矣"这样的语言，不仅干脆利落，而且很深刻地传达出人物的心理状态。

李广曾经有一天晚上带着个骑兵出门，应人约会到田间去饮酒。回来到霸陵亭，因为亭尉喝酒醉了，就呵止他，不得通过。广骑和亭尉的对话，也强烈地反映了失势人物的遭遇：

> 广骑曰："故李将军。"尉曰："今李将军尚不得夜行，何乃故也！"（《李将军列传》）

亭尉这种答话刻画出了他醉后的神态，同时作者所刻画的作威作福的亭尉，也反映像亭尉这种人在当时是不少的，这只是一个典型的例子。作者对这种人物的憎恶，也是溢于词表的。

如所周知：人物的语言可以透露出他的特殊的生活经验、教养和心理，是他的全部生活的反映。因此，人物的讲话，必须说着独自的、和他性格相符的、具有一定历史背景的语言。《史记》中人物的语言，无论独白或对话，没有不和这一原则相吻合处。所以作者在这方面的表达，从上面所举例子来看，其生动形象，丰富多姿，复杂多样，已可概见。而人物语言的个性化，正反映出一定类型的人物和他们的语言风格。

在人物的特有的活动领域和他们各个的内心世界、精神面貌，既已为作者熟察、深悉、渗透、体认，所以对他们口中所说出的语言的选择，可以完全根据各别人物的事件的特征来处理。作者的人物的对话，处处都是针锋相对，尖锐有力，能深刻地写出对话双方的性格和他们复杂的利害关系。

作者运用语言来刻画这些人物的性格，完全不是采用速记或照相的方式。

虽然他所写的是历史人物，可是在他的笔触，绝不是毫无择别地使得每个人物说着相同、死板、生硬的语言，使它流入于公式化、概念化、简单化。

司马迁在人物语言的运用和适应，从艺术上来体现，他不仅是熟察深悉人物的用语（如那些人要用那样的话才适合），而是洞明参透了人物的生活，正确地了解人物的生活。所以才有这样提炼的概括的语言。

三

叙述语言是作品中的粘结素，人物的语言则从属于它而结合成为一个语言整体。因此，叙述语言在作品中居于积极的领导地位。《史记》中的叙述语言，正符合这个文学语言的规律。由于作者所叙述的社会生活特别深广，历史人物特别复杂多样，所以他在各种不同的场合中，都广泛地使用叙述语言来表现他对生活的态度和思想。这就构成作者的语言特征。作者的叙述语言，综括来说：有的用于刻画人物性格，有的用于描写事件和现象，有的在叙述中表达作者自己对于所叙人物、事件和现象的态度。用于刻画人物性格的语言，更为其语言运用之核心所在。作者对人物、事件和现象的态度，更突出的是采用客观的内容和主观的评价一起出现的语言形式。

作者语言表达的多样性和优美性，在叙述语言中更得到证明。作者是善于指事类情的，随着各别主题、人物体系、情节安排的不同，他在语言的运用和适应上，也就有着极其变化之妙的艺术手段。总计《史记》全书文字，在五十二万以上。作者用于不同的叙述占着最大数量，在这不同的叙述中正体现出作者的语言特征。同时他所说到的人物、事件和现象，不论怎样，都有他的一致态度，并且充分地表现全部作品的思想倾向及其一切丰富的色彩。

"艺术作品有三个要素：语言、主题、情节。"这是高尔基曾经这样告诉我们的。但是主题之所以明确，情节之所以展开，必须有赖于语言的中介作用，而语言艺术的研究，也不是可以剥掉语言所表达的内容和情节所能孤独地进行的。《史记》中的叙述语言，正表现了作者思想和艺术的统一性，它以复杂错综的表达方式特别给人物形象涂上了鲜明的色彩，描绘出人物形象的本质特征，使得读者感到这些人物形象好像活生生的真实一样。因而作者的语言有着重大的美学价值和他的特殊风格。

人物性格的刻画，在司马迁的叙述语言中，往往不用正面描写的手法，而是用了参差错落、穿插变化的笔调来进行。或者通过某一事件和某一现象，或者便借用了其他人物的口吻。比如秦始皇帝这一人物，作者就借用了尉缭和侯生卢生的口吻对他作了更深细的刻画，给予读者以不可磨灭的印象：

> 缭曰："秦王为人，蜂准，长目，鸷鸟膺，豺声。少恩而虎狼心。居约，易出人下；得志，亦轻食人。我布衣，然见我，常身自下我。诚使秦王得志于天下，天下皆为虏矣。不可与久游。"（《秦始皇本纪》）

> 侯生卢生相与谋曰："始皇为人，天性刚戾自用。起诸侯，并天下，意得欲从，以为自古莫及己。……天下之事，无大小，皆决于上，上至以衡石量书，日夜有呈。不中呈，不得休息。"（同上）

作者对项羽的某一性格的暴露，也从另一列传中借韩信的口吻来补明本纪中之不足：

> ……请言项王之为人也。项王喑噁叱咤，千人皆废，然不能任属贤将，此特匹夫之勇耳。项王见人，恭敬慈爱，言语呕呕，人有疾病，涕泣，分食饮。至使人有功，当封爵者，印刓弊，忍不能予，此所谓妇人之仁也。……（《淮阴侯列传》）

通过某一事件和某种现象来刻画人物性格，在作者全部作品中，可以作为典范的例子，实在不胜枚举。我们且看大家所最熟悉如下面所引的一段文字：

> 魏有隐士曰侯嬴。年七十，家贫，为大梁夷门监者。公子闻之，往请，欲厚遗之。不肯受。曰："臣修身洁行数十年。终不以监门困故而受公子财。"公子于是乃置酒大会宾客。坐定。公子从车骑虚左，自迎夷门侯生。侯生摄敝衣冠，直上载公子上坐，不让，欲以观公子。公子执辔愈恭。侯生又谓公子曰："臣有客在市屠中，愿公子枉车骑过之。"公子引车入市。侯生下见其客朱亥，俾倪，故久立与其客语，微察公子。公子颜色愈和。当是时，魏将相宗室宾客满堂，待公子举酒。市人皆观公子执辔。从骑皆窃骂侯生。侯生视公子色终不变，乃谢客就车。至家，公子引侯生坐上坐，遍赞宾客。宾客皆惊。酒酣，公子起为寿侯生前。侯生因谓公子曰："今日嬴之为公子亦足矣。嬴乃夷门抱关者也。而公子亲枉车骑，自迎嬴于众人广坐之中。不宜有所过。今公子故过之。然嬴欲就公子之名，故久立公子车骑市

中，过客以观公子。公子愈恭。市人皆以嬴为小人，而以公子为长者能下士也。"于是罢酒。侯生遂为上客。 (《魏公子列传》)

我们从这一段生动的叙述语言中，看出司马迁以极其精致的笔触，一层深一层地刻画出侯生和魏公子这两个人物的性格，并且透露出他自己的个性，以及他对所叙述的人物和事件的态度。他对侯生和信陵君的评价，也不是用评论的方式，而是用了一种形象的描写，通过所描写的人物的语言和动作、环境来传达给读者的。

全段文字分五层来叙述。首先揭出侯嬴的身份是隐士，是一个地位极低的夷门监者。把他和地位极尊的贵公子信陵君作对比，反衬出信陵君能够以富贵下交贫贱。信陵君之所以下交侯嬴，正是为了解赵之厄，同时也为了解除祖国的灾难，不是装作好事，徒为豪举。基于这种思想来刻画人物，运用语言，因而"这种语言在一般语言发展上便有了特别显著的教育作用"。作者在层层展开事件的叙述中给予了读者一种引人入胜的感觉。

信陵君见着侯嬴生活困难，打算厚厚地向他馈送，但侯嬴却不肯受，这就见得侯嬴是一个不妄取，不妄予的人物。侯嬴自己的话也说明他一贯修身法行的品质，他是配得上"隐士"这一称号的。所以司马迁在《魏公子列传》里对侯生渲染、叙述，也就等于为他作了一个附传。下面使用"于是"二字，语势较缓，一方面引起下文，同时更透露出信陵君在这时候的心理活动，他对侯生已经有了深刻的认识。

"置酒大会宾客"中的这些宾客，不是寻常人物，而是满堂将相。所下"坐定"二字，不仅是生动形象地描绘出大会宾客的情况，并且使得读者产生急于知道将要发生什么事件的愿望。作者在"侯生"上又特别注明"夷门"一词，使读者更深一步体会到二人身份尊卑的悬殊，和魏公子的隆情厚谊。这样精简的语言已把侯生和信陵君的为人写得非凡了。

及到信陵君见到侯生，侯生是"摄弊衣冠，直上载公子，上坐不让"，所谓"弊衣冠"，自是缘于侯生家贫，也就见得侯生并不因为信陵君之往迎，把它作为莫大光宠，而有所矜持。他那一种"直上载公子"一点不谦不让的神态，也表现出侯生的兀傲不群，不是庸俗之辈所可比拟。而他这一种神态的表出，又完全在探试信陵君对他是否真的崇敬。作者在这里用了一个"欲"字，也是非常有斟酌的。作者用了"公子执辔愈恭"一句刻画出信陵君的真诚，使得读者对信陵君的形象更深深地留在脑际。这一节的描绘作者还认为不够，所以又从另一个典型环境中来表现他所刻画人物的典型性格。这样使得他所叙述的人物，不仅是历史人物，同时也是经过一定程度艺术概括的有血有肉的人物。所谓"俾倪，故久立与其客语，微察公子，公子颜色愈和"，微察二字刻画细致，这一段不仅写出人物的声音动作，而且还写出人物的容貌颜色，自然这是历史真实，但经过作者的艺术概括，这活现在纸上的艺术的真实更使所刻画的人物富有代表性和深厚的教育意义。

以下作者又从侧面写出坐客、市人、从骑等对这一事件所抱的各种不同的心理：这时的坐客是狐疑不定，不明底里；这时的市人是以惊异的眼光投射在信陵君身上；这时的从骑则是一肚子等待得不高兴，在暗骂侯生。这种面面俱到的刻画手法，是何等难能可贵。而所用的语言又是这样的精当简炼。魏公子的"色终不变"，不是作者用了正面的直叙，而是从侯生的观察，这又可以省下一番语言，也见出侯生对魏公子始终采用一种察言观色的试探和慎于出处的态度。作者这样摹绘，一层比一层深，在词语的驱遣上，每下一个就有一个的力量。这时全面人物的形象，总括一句，真如前人所说："将相宾客、市人、从骑、四面照耀，遂令一时神采，千古如生。"

上面既极力摹绘，已经把一个复杂的人物、事件、现象用极少的语句来表达，以下至家的一段情景，也是描绘得非常出色。"乃谢客"的这一虚词的"乃"，在情景的表达上，就显出了前面极其复杂的现象。对侯生说，在前面的两种环境下和时间上，对信陵君的考验已经达到相当的满意，所以才"谢客就车"，而信陵君因为真心的礼贤下士，所以经得起考验，是真诚地敬重侯生。他能请侯生到他家中，不是一件容易的事，所以一到家，就引侯生坐上坐，并且还遍赞宾客。这时满堂等待公子的宾客，在经过长长的时间后，才明白是这么一回事，所以"宾客皆惊"。在宾客们的意思以为信陵君必然延请一位了不得或者地位比他们更高的人物，那知还是一位夷门监者的老头儿侯生，这当然使他们不免大吃一惊了。及到酒酣之后，信陵君"起为寿侯生前"，可见满堂的将相在这时没有一个能获得信陵君这样的敬重的。我们知道，信陵君对侯生的敬重，不是出于偶然，而是对他有着救国扶危的厚望的原故。其次侯生所说："今日嬴之为公子亦足矣"一句，更觉反掉有力，信陵君的这一举动，固然表露出他的礼贤下士的衷忱，而能成就他的礼贤下士的声名的，则在侯生一面。所以下文便从侯生口中总叙一遍，说出这一事由过程的所以然。全文结构既周密精细，情节开展也非常生动感人，因此语言的粘结作用，把人物性格的刻画和事件描绘凝结成为一个整体，并对人物和事件给予了适当的评价。作者语言的风格，就是以这样个性的色彩在作品中表现出来的。

像这样的叙述语言用来刻画人物性格和描绘事件，在《史记》全书中所重视的巨幅图景，触目皆是。我们读到《项羽本纪》中叙述鸿门之宴一段，通过作者的描绘已能体现出一幅紧张而又从容的图景，这是任何读者都有同感。在这段叙述中，作者的爱憎也随着所运用和适应的语言表现得非常强烈。相类的事件，作者又在《南越尉佗列传》中刻画出来。虽然这一事件的刻画不比鸿门之宴的场面那样伟大、惊险，但也非寻常可比。吕嘉和王太后间的矛盾以及汉武帝如何利用局势，如何相机控制南越的情况，作者也用极精炼的语言把极复杂的人物、事件都毫发无遗地刻画出来。我们试看在这一段里，前面写王太后如何发言以激怒使者，使者反狐疑而不敢发，吕嘉见情势对己不利，便即抽身走出，以至太后发怒，欲以矛锹嘉，这都是从人物的心理状态去描绘的，是层层折入的。"耳目非是"四字，也是用了极精简的语言来概括了极复杂的现象。后面则从事件的变化上去描绘，一层逼进一层，也就透露出当时情势在矛盾中的发展。这样绝妙的摹绘刻画，使人不能不感到司马迁语言的感染力和说服力达到了惊人的程度。

《史记》中像这样动人的场面非常丰富多样，同时也使读者从作者的叙述语言中理会到许多的人物形象。例如：陈涉在起义时所设的狐鸣篝火，张良之为圯上老父纳履，孙子之斩吴王爱姬，蔺相如之完璧归赵，廉颇之负荆请罪，田单之用火牛攻燕军，鲁仲连之义不帝秦，荆轲之去燕刺秦王，高渐离之匿作于宋子，李斯之观厕中鼠和仓中鼠，韩信之拔赵旗、立汉赤帜，万石君之恭谨无与比，灌夫之使酒骂坐，李广之与程不识治军和他之射石没羽，叔孙通之曲学阿世，公孙弘之虚伪多诈，司马相如之纵诞浪漫，汲黯之伉厉守高，朱家、郭解之为任侠等等，不胜枚举。作者生动逼真地刻画出多种多样的人物性格，通过这些真实的性格有声有色地描绘出各个复杂的场景，并从人物性格上表现出具体历史时代的特征。

对于人物性格的刻画，既然司马迁在叙述语言上，不用正面直笔，而用一种旁面衬托的方式来描绘，所以他的爱和憎也就表现在这样的语言的运用和适应上。例如他不喜欢叔孙通这样希世求荣的人物，首先描绘叔孙通怎样改装：叔孙通降汉王，汉王败而西，因竟从汉。叔孙通儒服，汉王憎之，乃变其服，服短衣，楚制，汉王喜。作者抓着这个虽然极为细微但有代表性的事件，深刻地写出叔孙通希世求荣的本质。不仅如此，在刘邦做了皇帝之后，叔孙通为了博得刘邦的欢心，愿意给刘邦制一套皇帝的仪法，他曾派人到鲁国去找帮手，司马迁又使用了极其尖锐的语言来揭露叔孙通卑鄙的心迹。因为叔孙通是一个历事十主，以面谀得亲贵的人物，作者就在叙述语言中穿插着鲁两生的话来揭露叔孙通的行径，两相对比，更表明了作者对这样人物的评价。

司马迁在刻画管仲和晏婴这样的人物性格所取的方式又是另外一种。他在《管仲传》里，特别强调管仲对鲍叔的知己之感，在《晏婴传》里，也特别提出晏婴和越石父以及御者的轶事来歌唱，这便使历史人物管仲、晏婴的形象，加以艺术概括之后，就在叙述语言的运用和适应上，得到了高度的表达。而这两个人物也就成为人人所喜爱的人物。在司马迁更发出"假令晏子而在，余虽为之执鞭，所忻慕焉"的感慨，他所以这样来刻画管仲、晏婴，其用意可想而知。

在人物、事件的丛杂纠纷的情状下，司马迁的叙述语言又采用了另外一种简括的表达方式。例如曹参这个人物，是所谓汉兴的功臣，他平生所立的战功和所受的赏爵，如果逐一细写，不免拖沓冗泛之病。司马迁则在情节逐步开展当中，概括事件的性质，运用了一些适合事象内容的动词、短语如攻、击、守、追、围、战、下、破之、大破之等来造句以为表达说明，人物的行动也运用了定、得、取、守、卤、斩、先登、陷阵等动词和短语来造句，以说明曹参所立的战功。这样就可以简御繁，而曹参是怎样一个人物，也就从这些语言中使人得到认识。

司马迁的叙述语言，对于情节的开展，或者上下承递，或者从中穿插，往往使用"是时""当时是""于是"等词以为关联，使得语言的表达更为突出、集中，并显现出其关键性之所在，在《项羽本纪》、《高祖本纪》中，不乏其例。如说"是时汉还定三秦"，"当时是楚兵冠诸侯，诸侯军救巨鹿下者十余壁，莫敢纵兵"，"于是楚军夜击阮秦军二十余万人新安城南，行略定秦地"（以上并见《项羽本纪》）之类皆是。这些用词在叙述语言中是掌握住故事章节前后衔接的关键，《史记》在这些地方都是用了极其适当的词语来作关联的。

司马迁对所叙人物、事件和现象的态度，往往采用客观的内容和主观的评价一起出现的语言形式。突出的例子，是《伯夷列传》。这种在叙述语言中渗杂着评价的语言，在《史记》全书中，除《伯夷列传》外，如《孟子荀卿列传》、《屈原列传》都是这样。我们看一看下文便可明白：

……是以驺子重于齐。适梁，梁惠王郊迎，执宾主之礼；适赵，平原君侧行撇席；如燕，昭王拥彗先驱，请列弟子之座而受业，筑碣石宫，身亲往师之。作主运。其游诸侯见尊礼如此。岂与仲尼菜色陈蔡，孟轲困于齐梁同乎哉！故武王以仁义伐纣而王，伯夷饿不食周粟，卫灵公问陈，而孔子不答，梁惠王谋欲攻赵，孟轲称太王去邠，此岂有意阿世俗苟合而已哉！持方枘，欲内圆凿，其能入乎？或曰：伊尹负鼎而勉汤以王，百里奚饭牛车下，而缪公用霸，作先合然后引之大道。骃衍其言虽不轨，傥亦有牛鼎之意乎？……（《孟子荀卿列传》）

从"其游诸侯见尊礼如此"以下的一番话，完全鲜明地表达出作者对人物、事件的态度，在叙述语言中加上了一定的评价。作者语言特殊的个性色彩，也就强烈地表达在这种形式之中。

其他列传的叙述语言中，也有不时插入评价语言的，如《赵世家》、《万石张叔列传》、《汲郑列传》之类。又如《封禅书》、《平准书》等等，更是把叙述的语言和作者评价的语言作了有机的粘结。一般说来，评价的语言，在《史记》以安置在叙述语言完了之后的为多，无论本纪、世家、以及管晏以下列传都往往如此。至于像儒林、酷吏等传，便在叙述语言的前后安置评价的语言，所谓"既述其事，又发其义"。这种纷繁综错的情况，完全看作者的笔触，不能单单地从形式上去区分，所以说："变化离合，不可名物。"这样的运用语言，正是作者惊人才华的流露。如果有人拘于习惯而有正体、变体的说法，这完全是与事理相违背的。

在叙述语言中，不必着上一点议论，读者顺文一读，自会明白作者主观评价之所在，这在《史记》中也颇属常见之事，其中尤以通过人物对比的刻画更显现出作者叙述语言的艺术手法。我们试看下面一段文字：

程不识故与李广俱以边太守将军屯。及出击胡，而广行军无部伍行阵，就善水草屯，舍止，人人自便。不击刁斗以自卫。莫府省约文书籍事。然亦远斥候，未尝遇害。程不识正部曲行伍营阵，击刁斗、士吏治军簿，至明，军不得休息，然亦未尝遇害。不识曰："李将军极简易，然虏卒（猝）犯之，无以禁也。而其士卒亦佚乐，咸乐为之死。我军虽烦扰，然虏亦不得犯我。"是时汉边郡李广、程不识皆为名将。然匈奴畏李广之略，士卒亦多乐从李广而苦程不识。（《李将军列传》）

按照军法，是要"师出以律"、严明整肃的。这里描绘程不识的行军是一种正常现象，李广的行军则是一种非常现象。李广之远斥候，大抵是和匈奴的行军相类，说明他不是毫无戒备。他之长获胜利，主要关键是他能够得到士卒的拥护。在下文"广之将兵，乏绝之处，见水，士卒不尽饮，广不近水，士卒不尽食，广不尝食，宽缓不苛，士以此爱乐为用"这些话里，我们是可以理会的。这里所用对比描绘的语言，加强了作者对李广的评价。他初先借程不识作为陪衬，是以客形主；后来又插入从程不识口中所叙出的两人行军的比较，这又是反客作主；最后作者提出自己意见，对两人作一比较，仍然对李广给予很高的评价。这样并叙、较量的艺术手法，可算极尽抑扬变化之妙。因此，李广的神采，在读者的印象中是永远不会忘掉的。

在同一传里，作者又把李广同他的从弟李蔡作了一个对比：

> 初，广之从弟李蔡与广俱事孝文帝。景帝时，蔡积功劳至二千石。孝武帝时，至代相。以元朔五年为轻车将军，从大将军击右贤王，有功，中率，封为乐安侯。元狩二年中，代公孙弘为丞相。蔡为人在下中，名声出广下甚远。然广不得爵邑，官不过九卿，而蔡为列侯，位至三公。诸广之军吏及士卒，或取封侯。

作者在这里极意描绘李广的不幸，所以引出李蔡首末侥幸，位至列侯三公的一段语言，正是作者对李广深厚的同情。李广屡经百战，而终不能得一当以封侯，当然有他客观的原因，这原因不是别的，就是受到卫青的扼制和刘彻（武帝）的迷信所致。所以作者在下文又沉痛地把这个为匈奴所畏的名将的牺牲经过，加以描绘，前后比照，这更能使读者增加对李广的爱护和对统治者的痛恨。并且作者对李广死后，还写出这样的语句："广军士大夫一军皆哭，百姓闻之，知与不知无老壮皆为流涕。"在传末结尾也说："及死之日，天下知与不知，皆为尽哀。"可见作者对李广这样人物的态度了。

本来随从卫青抵抗匈奴的将校，在《史记》里没有给他们另列专传的很多，司马迁一并都附在《卫将军骠骑列传》后面来叙述，可是作者特别同情李广，所以给他另列专传。就是作者在描绘卫青霍去病如何得到封爵等等，这也是用来和李广作对照说明，所谓他们的丰功伟绩，作者认为不过是以内宠益封而已。其余封侯的，不是两将军的亲戚，便是他们的门下人。宋人黄震曾评论过这段史实（见《黄氏日钞》卷四十六），就看到这一点。的确，司马迁这样叙述的语言艺术手法，是值得注意的。

在《史记》全书中，像这样使用语言艺术来刻画人物，是屡见而不一见的。比如在《孟子荀卿列传》里写孟轲之与驺衍，一方是所如不合，一方是大为诸侯所尊礼；在《廉颇蔺相如列传》里写蔺相如之与廉颇，一方是先国家之急，一方是自矜功伐；而赵括之与其母，一方是嚣陵少年，易言兵事，一方是深察子短，忠心为国；在《项羽本纪》里，写鸿门宴中的项羽和刘邦，一方是轻敌、不忍，一方是沉着、机智；在《刘敬叔孙通列传》里，一方写刘敬见刘邦是不肯着鲜衣，一切主张，全由心发，一方写叔孙通则投刘邦之好，改着楚制短衣，处处面谀，希世求荣；在《平准书》里，一方写兴利之臣如桑弘羊等榨取民财，利析秋毫，无所不至，一方则写黎民重困，不得粮食衣着，隐忍苟活，以至天下骚动，反抗四起。我们稍加注意，对作者这种语言艺术的手法即可体会得到。这种艺术手法，是司马迁最常用也是最重要的部分。

在人物评价上，司马迁又常常用较量口气来肯定人物的长短得失，或者用一二句概括、集中的语言把人物作一比较，因而就可省下许多语言来。例如作者对周昌、任敖、申屠嘉等人的评价，则说："周昌，木强人也。任敖以旧德用。申屠嘉可谓刚毅守节矣。然无学术，殆与萧、曹、陈平异矣。"（《张丞相列传》）他对酷吏的评价，也采用这种叙述，内中如对杜周则说："其治与（咸）宣相放（仿），然重迟，外宽，内深次骨。"（《酷吏列传》）这种语言艺术手法，用来刻画人物，比较正面直捷，而篇幅也不甚长。这样毫无隐藏的方式，对读者都会给予以强烈的印象的。

司马迁的叙述语言，也常常采用了"本传晦之、他传发之"的一种艺术手法。例如《魏公子列传》中的主人公是信陵君，作者把他写成一个能以富贵下交贫贱的贵族，全篇所写，是以信陵君的好士救赵、热爱祖国作为主题思想，所有文字叙述、烘染，都是为了人物形象的完整，统一在这个主题思想下来进行描绘的。因此在语言教育上给人以巨大的影响。其他如谏书则不载在本传，而载在魏世家，畏秦不敢收留魏齐，不能赏识虞卿为友牺牲相印，则写在《范睢蔡泽列传》中。作者所以使用这样的艺术概括，是为了要极力凸出人物的个性，为了采用对人物"与善"的态度。

在事件和现象中，把人物安放在对立方面，或者作为比照，或者用来作为陪衬，这样的语言艺术手法，完全是以社会现实作为它的基础的。根据这个基础去进行精细的分析，然后在作品中表现，才能凸露人物的性格。司马迁写人物所采用的语言艺术手法，即是符合于这个艺术原则的，所有对照和较量方式的运用，完全从客观实际出发。由于这样的刻画比之单独刻画人物形象，在效果上所给予读者的影响就有所不同。本来认识事物的发展，即在从一事物对他事物的关系上去进行的。作者的语言艺术也是不能够离开这个规律的。

四

总的说来，司马迁《史记》的语言，是符合于文学语言一般的特征的。就时间上说，作者的取材既然"驰骋古今上下数千年间"，就空间上说，他的写作范围又涉及到整个中国和中国的四邻。在这一个具体的历史时代中间，作者所刻画的人物、所描绘的事件和现象，很深切地渗透到社会的各个阶层，像他这样的著作在他以前是不曾有过的。作为创造文学形象的特殊手段的语言，在作者这部伟大著作中的运用和适应，可以说综括的语言现象最为复杂多样、丰富多姿，标志着他所反映的所有的生活面。他这部伟大著作的本身性质，虽然属于历史范畴，可是它反映了社会语言文化的一切方面，不像其他作品只限于某一时间或某一角落。因此，我们说作者的语言是跨进了一个新时代的新标志，这不是言过其实的。二千年来，在用文字、用语言来创造艺术形象的高度的艺术形式发展的长期过程中，作者的语言艺术起了一定的典范作用，这是众所共知的事实。

为了表现人物性格和心理特征，在人物语言方面，作者几乎每篇都抓着这个要点来运用和适应，不但表现出他所复制、塑造的人物特有的活动领域，各有不同，而且表现出人物的心理状况也各有不同。前面所举各例，已可说明这点。在叙述语言方面，作者在各种不同的场合中，随着事件情节的开展变化，又有了极其生动、形象的运用和适应，并且有着丰富多样的美学色彩的渲染。因此，作者所刻画的人物性格，以及对环绕在人物周围的场景及至错综复杂的不同的人与人间的利害关系的描写，使得读者受到很大感动，同时也给予了人们以最为深厚的教育力量。

司马迁是一个"于学无所不窥"，又"善指事类情"的文学大师、语言巨匠。他的伟大著作《史记》所反映出实际观察的三千年来的生活真实的全貌，使得我们对人民的潜力不断地向着新生的道路伸长前进有所认识。我们向作者学习，一方面在写作态度上要承继他现实主义的精神，同时对他的语言艺术的高度成就，一定还要把它当做艺术的宝藏来发掘。

原载《文史哲》1956年第2期

西汉文论概述

段凌辰

八代文论史之一篇

历代文学，各有专至。方一体之盛也，文人心力，争萃于此。其著作既多，妍媸利病，自有可言。故文士论文，恒与当时文体，互为表里，前为八代文论史引论，已略述及；证于西汉，斯理益信。《文心雕龙·诠赋篇》曰："赋也者，受命于诗人，拓宇于楚辞也。……秦世不文，颇有杂赋。汉初词人，顺流而作。陆贾扣其端。贾宜振其绪。枚马同其风。王扬骋其势。皋朔已下，品物毕图。繁积于宣时，校阅于成世，进御之赋，千有余首。讨其源流，信兴楚而盛汉矣。"此谓西汉之文，赋为最盛，《文心雕龙·时序篇》曰："爰自汉室，迄至成哀。虽世渐百龄，辞人九变；而大抵所归，祖述楚辞。灵均余影，于是乎在。"是知西汉之赋，多本楚骚。惟其盛于赋也，故汉人多论赋；以其赋之步武灵均也，故汉人兼论楚辞。旧籍所存，足资证验。二者之外，鲜有论及者矣。

《西汉杂记》称司马相如有友人盛揽，字成通，牂柯名士。尝问以作赋之方。相如曰：

> 合綦（一作纂。）组以成文，列锦绣而为质，一经一纬，一宫一商。此赋之迹也。赋家之心，包括宇宙，总览人物。斯乃得之于内，不可得而传。

《西京杂记》虽为伪书，其称相如此言，或有所据。既非长卿之语，亦非深于赋者不能道也。察其意旨，前数语盖就赋之外形而言，后数语则即其内容立论。"綦组锦绣"，谓赋之修辞，以绮丽为归；"一经一纬"，谓赋之辞采，宜有变化；"一宫一商"，谓赋之声律，非可专一。其论赋之外美，至矣尽矣。

至于赋之内蕴，则大自天地日月山川人物，小至草木鸟兽鱼鳖昆虫，凡宇宙间形形色色，耳目口鼻心意所能及者，无不可萃之于楮墨之间。然此皆视一己平日之修养，非可期诸一朝一夕。故曰："得之于内，不可得而传也。"观此寥寥数语，实为汉人之赋，足以当之。若夫魏晋以还，则文辞绮丽，固近似矣。然而比辞成语，字有定数；浮前切后，韵有定位。论及经纬宫商，较之汉人神变多方，终不可同日而语。至其取题狭小，谋篇短促，更不足以言苞括总览矣。故汉人之赋，自一方论之，不本性情，侈伪艳藻，难免诡异联边之诮。更自他方观之，则一家皆有一家之学，其学皆自勤苦博览中来，非可以旦夕几及也。世徒知长卿之著凡将，子云之撰训纂，皆为小学之书。不知此实其平日储蓄之资料，以供临文之用。积蓄既富，及操柧染翰，始能洋洋洒洒，取用不竭。盖当时既无类书字典，可备驱使，欲收"包括总览"之效，不得不多识奇字（见《汉书·扬雄传》），预为存储。甚难事也。后生睹其复文隐训，苦为难能，束而不观，继以诟骂。不知裁文匠笔，本非易事；扬马初作，已费苦心。《西京杂记》言："司马相如为《子虚》、《上林》赋，意思萧散，不复与外事相关。控引天地，错综古今。忽然如睡，焕然而醒，几百日而后成。"桓谭《新论》云："子云亦言：成帝时，赵昭仪方大幸，每上甘泉，诏令作赋。为之卒暴，思精苦。赋成，遂困倦，小卧，梦其五脏出在地，以手收而纳之。及觉。病喘悸，大少气，病一岁。"(严可均《全后汉文》卷十四)由是观之，则扬马大赋，构思至苦，迥非后世纵笔直书者可比。自后汉以来，小学转疏。文士为文，字有常检。追观汉作，翻成阻奥，故曹植已言"扬马之作，趣幽旨深，读者非师傅不能析其辞，非博学不能综其理。"（《文心雕龙·练字篇》）是则汉赋难读，已不自今日始。事有不能为，宜期其能，若畏难不为，施以恶声，则不可也。嗟呼！楮叶无值，自易为言；良工巧费，反足为累。其为不情，不亦甚乎。章学诚曰："刘班诗赋一略，区分五类。而屈原陆贾荀卿，定为三家之学也。马班二史，于相如扬雄诸家之著赋，俱详载于列传……汉廷之赋，实非苟为长篇，录入于全传，足见其人之极思，殆与贾疏董策为用不同，而同主于以文传人也"（《文史通义·诗教下》）。又曰："古之赋家者流，原本诗骚，出入战国诸子。……虽其文逐声韵，旨存比兴；而深探本原，实能自成一子之学。与夫专门之书，初无差别。故其叙列诸家之所撰述，多或数十，少仅一篇。列于文林，义不多让。为此志也。然则三种之赋，亦如诸子之各别为家，而当时不能尽归一例者耳。"（《校雠通义·汉志诗赋》十五之二）实斋之言，别有其指。然辞赋之价值，亦于斯见矣。

司马迁博物洽闻，有良史之材。《史记》一书，善序事理。贯穿经传，驰骋古今。辨而不华，质而不俚。其文直，其事核。不虚美，不隐恶。故前世谓之实录。（略本《汉书·司马迁传赞》）其论文学，亦有卓识。《史记·屈原贾生列传》曰：

> 屈平疾王听之不聪也，谗谄之蔽明也，邪曲之害公也，方正之不容也，故忧愁幽思而作《离骚》。离骚者，犹离忧也。夫天者，人之始也，父母者，人之本也。人穷则反本，故劳苦倦极，未尝不呼天也；疾痛惨怛，未尝不呼父母也！屈平正道直行，竭忠尽智，以事其君，谗人间之，可谓穷矣。信而见疑，忠而被谤，能无怨乎！屈平之作《离骚》，盖自怨生也。国风好色而不淫，小雅怨诽而不乱。若《离骚》者，可谓兼之矣。上称帝喾，下道齐桓，中述汤武，以刺世事。明道德之广崇，治乱之条贯，靡不毕见。其文约，其辞微，其志洁，其行廉，其称文小而其指极大，举类迩而见义远。其志洁，故其称物芳；其行廉，故死而不容自疏。濯淖污泥之中，蝉蜕于浊秽，以浮游尘埃之外，不获世之滋垢，皭然泥而不滓者也。推此志也，虽与日月争光可也。

此段文字，虽多本刘安《离骚传序》，然迁既引以入传，即无异己所张主矣。详察此文，应注意者，盖有三端：一为《离骚》本文之评论，二为文人之道德问题，三则文人为文之动机也。其引国风小雅为比，是直欲跻《离骚》于经典，推崇可谓至矣。夫"好色""怨诽"，发乎情者也；"不淫""不乱"，止乎礼义者也。"发乎情，民之性也；止乎礼义，先王之泽也。"（《毛诗·关雎序》）《离骚》之文，实足当之而无愧矣。"文约辞微"，"文小指大"，"类迩义远"，非洞察《离骚》精微者，弗能道及。屈原之为此文，本以讽刺世事，冀君终悟。故取譬附类，设为比兴，亦与诗人"主文谲谏"无异也。子长自许为"慷慨之士，倜傥非常之人"（《报任少卿书》），既陷极刑，发愤著书。故每于论述古人，自寓其身世之感，所谓"志洁行廉，不获世之滋垢，皭然泥而不滓。"实无异自传其志行也。"其志洁，故其称物芳。"则谓文人必有超人之道德，始能有优美之文辞。苟内怀淫僻，外为庄重，真宰弗存，文亦难善。王充所谓"笔集成文，文具情显。足蹈于地，迹有好丑；文集于札，志有美恶，占迹以睹足，观文以知情。"（《论衡·佚文篇》）屈原所以能"与天地比寿，与日月齐光。"（《九章·涉江篇》）岂独以其文辞哉？亦其"绝世之行"然也。(王逸《楚辞章句序》)夫文学何为而作乎？解释之者，言人人殊。盖宇宙事物，千差万别；人之所感，随遇而异；欲本其见于楮墨之间者，而寻一共通之标准，实至难之事也。然昔人之释之者，或曰："不得其平则鸣"(韩愈《送孟东野序》)，或曰："诗必穷而后工"（欧阳修《梅圣喻诗集序》)。今人之释之者，或以文学为痛苦之呼吁，或以为悲哀之呻吟，更有人以"失意的"为文学唯一之情感。(梅光迪《文学概论》第四章)是虽未必尽是，然持是以验古今名篇，固已得十之六七矣。子长谓"屈平之作《离骚》，盖自怨生。"又谓"忧愁幽思而作《离骚》。"视《离骚》为"穷极反本""劳苦倦极""疾痛惨怛""呼天""呼父母"之音，其体察灵均中情，固已尽至。实则古今著名诗文，足使情感摇荡，热泪进流者，无不如是，不独《离骚》为然也。故史迁此论，在其自身。虽似有为而发；而在今日视之，实能抉出文学之神髓，更千百世，不易此也。迁更于其《报任少卿书》，畅论斯旨。其言曰：

> 且勇者不必死节，怯夫慕义，何处不勉焉？仆虽怯懦，欲苟活，亦颇识去就之分矣，何至自沉溺缧绁之辱哉！且夫臧获婢妾，犹能引决，况仆之不得已乎？所以隐忍苟活，幽于粪土之中而不辞者，恨私心有所不尽，鄙陋没世而文采不表于后世也。古者富贵而名磨灭，不可胜记，惟倜傥非常之人称焉。盖文王拘而演《周易》；仲尼厄而作《春秋》；左丘失明，厥有《国语》；孙子膑脚，兵法修列；不韦迁蜀，世传《吕览》；韩非囚秦，《说难》《孤愤》；《诗》三百篇，大氐圣贤发愤之所为作也，此人皆意有所郁结，不得通其道，故述往事，思来者。乃如左丘无目，孙子断足，终不可用；退而论书策以舒其愤，思垂空文以自见。仆窃不逊，近自托于无能之辞，网罗天下放失旧闻，略考其行事，综其始终，稽其成败兴坏之纪。上计轩辕，下至于兹。为十表，本纪十二，书八章，世家三十，列传七十，凡百三十篇。亦欲以究天人之际，通古今之变，成一家之言。草创未就，会遭此祸，惜其不成，已就极刑，而无愠色。仆诚以著此书，藏诸名山，传之其人通邑大都。则仆偿前辱之责，虽万被戮，岂有悔哉！然此可为智者道，难为俗人言也。

观此知迁忍辱苟活，用心良苦，其论叙古人，时寓愤惋不平之气，亦所谓"诗书隐约，欲遂其志之思也。"(《太史公自序》)至所引古人遭变著书，则直视一切述作，皆由忧愤而成，不独文学为然矣，子长之为司马相如列传，实因其文而传其人，故于篇终赞语，惟论辞赋。其言曰：

　　春秋推见至隐，易本隐以之显。大雅言王公大人，而德逮黎庶；小雅讥小己之得失，其流及上。所以言虽外殊，其合德一也。相如虽多虚辞滥说，然其要归引之节俭，此与诗之风谏何异？（今史记此下有"扬雄以为靡丽之赋，劝百讽一。尤驰骋郑卫之声，曲终而奏雅，不已亏乎？余采其语可论者著于篇。"当是后人取《汉书·司马相如传赞》妄加，非史公原文。）

　　夫人之持论，取方各别：所取之方，亦因人而异。相知之赋，本供皇帝阅览。不中上意，则所说不久，或遭重罪。故不能不揣摩人主之好尚，冀其说之渐入也。后人读《子虚》《上林》，惟见其虚辞滥说，忘其卒章节俭之意。遂谓劝多于讽，用此少之。不知此实说人主之善法，舍是不足以入也。史公洞识此理，故举春秋易诗为例。以见人之为言，殊途同归。深许相如之赋，与诗之风谏无异。杨慎集中节录程泰之论《上林赋》三条，其见超迈，得作者之意；今录于后，用破世俗之见焉。其上篇曰："相如之赋《上林》，曰亡是公者，明无是人也。既本无此人，则所赋之语，何往而不乌有也？知其乌有，而以实录之，故所向驳碍。上林本秦故地，始皇隁隘先王之宫庭，而大加创治。东既枸河，西又抵汧，终南之北，九嵕之阳，数百里开宫馆二百七十。复甬相连，穷年忘返，犹不能遍。而又表南山以为阙，立石胸山以为东门。其意若曰：阙不足为也，南山吾阙也；门不足立也，胸山吾门也。此固武帝之所师。所师在是，苟有谏者，彼有坐睡唾掷而已，无自而入也。故相如始而置辞，包四海而入苑内，夸张飞动，意若从谀，故扬雄指之为劝也。夫既劝之以中帝欲，帝将欣欣乐听，而后徐徐讽谕，以为苑囿之乐有极，而宇宙之大无穷，则讽或可入也。夫讽既不为正谏，凡其所劝，不容不出于寓言。此子虚乌有无是所以立也。"其中篇曰："左苍梧，右西极。日出东沼，入乎西陂。此赋《上林》所抵也。数百里间，其能出没日月于东西乎？又曰：其南则隆冬跃波，其北则盛夏含冻。信斯言也，必并包夷夏，缩地南北而始有此。古今读者，偶不致思，故主文谲谏之义，晦于不传耳。其曰八水分流，则长安实有此水，不为寓言。然而上林东境，极乎宜春下苑，即曲江也。曲江仅得分流为派，而流灞会合之地，已在宜春之北，则其地出上林之外矣。然则虽其实有之水，亦复不能真确，况其紫渊丹水，欲傅会而强求乎？"其下篇曰："古惟扬雄能知此意，故其校猎之赋曰：御自汧渭，经营丰镐。此则明命其实矣。至于出入日月，天与地沓，则关中岂能辩此也？又曰：虎路（本作落）三嵏，围经百里。此则可得而有也。至谓正南极海，邪界虞渊。此又岂关境所能包络哉？雄之此意，正仿相如，讽劝相参，不皆执实，两赋一意也。说者不知出此，乃从地望土毛，枚举细较，是痴人说梦也。班固曰：亡是公言上林广大，水泉万物，多过其实，非义理所止，故删存其要，归正道而论之。推此言也，则虽班固亦自不解也。予观庄子云：魏罃与田候牟约，牟背之，罃怒，将伐之。华子闻而丑之曰：善言伐齐者，乱人也。善言勿伐者，亦乱人也。谓伐之与不伐乱人也者，又乱人也。君曰：然则若何？曰：君求其道而已矣。有所谓蜗者，君知之乎？曰：然。有国于蜗之左角者，曰触氏。有国于蜗之右角者，曰蛮氏。时相与争地而战，伏尸数万，逐北旬有五日而后反。君曰：噫！其虚言与？曰：臣请为君实之。君以意在四方上下有穷乎？君曰：无穷。曰：知游心于无穷，而返在通达之国，若存若亡乎？君曰：然。曰：通达之中有魏，于魏中有梁，于梁中有王，与蛮氏有辨乎？客出，而君惝然若有亡也。盖自悼其所争之细也。东坡曰：淳于髡言一斗亦醉，一石亦醉。至于州闾之会，男女杂坐，几于劝矣；而何讽之有？以吾观之，盖有深意。以多方之无常，知饮酒之非我。观变识妄，而平生之嗜，亦少衰矣。是以自托于放荡之言，而可止荒主长夜之饮。世未有识其趣者。愚谓长卿上林之赋，意实若此。能通庄氏之寓言，兼战国之游说，而后可以得其旨也。司马长卿去战国之世未远，故其谈端说锋，与策士辩者相似，然不可谓之非正也。孔子论五谏曰：吾从其讽。《说苑》及《晏子春秋》所载，以讽而从者，不可胜数。苏洵作谏论，欲以仪秦之术，而行逢干之心，是或一道也。故战国讽练之妙，惟司马相如得之；司马《上林》之旨，惟扬子校猎得之。予尝爱王维《温泉寓目赠韦五郎诗》云：汉主离宫接露台，秦川一半夕阳开。青山尽是朱旗绕，碧涧翻从玉殿来。新丰树里行人度，小苑城边猎骑回。闻道甘泉能献赋，悬知独有子云才。唐至天宝，宫室盛矣。秦川八百里，而夕阳一半开，则四百里之内，皆离宫矣。此言可谓肆隐。奢丽若此，而犹以汉文惜露台之费比之，可谓反而讽。末句欲韦郎效子云之赋，则其讽谏可知。言之无罪，闻之可戒，得扬雄之旨者，其王维乎？"（《升庵合集》卷一百二十九论骚赋上林赋条）读程氏此文，可识相如辞赋之妙。然淫靡之论，汉世已炽。故马迁特标经典为例，谓言虽外殊，合德则一，与以诗之讽谏，用破世俗之见，于知子长卓识，非子云孟坚所能及矣。

　　汉世文体，辞赋为大。当时赋篇多虚辞滥说，读相如赋已可见一斑。故西汉论辞赋者，多讥其淫靡之失。考《史记·司马相如列传》载上林赋既毕，又继之曰："亡是公言上林广大，山谷水泉万物，及子虚言楚云梦所有甚众。侈靡过其实，且非义理所尚。故删取其要，归正道而论之。"《汉书·司马相如传》亦载此数语。颜师古注曰："言不尚其侈靡之论，但取终篇归于正道耳，非谓削除其辞也。而说者便谓此赋已经史家刊刬，失其意矣。"是知子长之篇末论语，实有为而发也。又《汉书·王褒传》云：宣帝时，修武帝故事。讲论六艺群书，博尽奇异之好。征能为楚辞，九江被公，召见诵读。益召高材刘向张子侨华龙柳褒等待诏金马门。……上令褒与张子侨等并待诏。数从褒等放猎。所幸宫馆，辄为歌颂，第其高下，以差赐帛。议者多以为淫靡不急，宣帝曰：

> 不有博奕者乎？为之犹贤乎己！辞赋大者与古诗同义，小者辩丽可喜。辟如女工有绮縠，音乐有郑卫，今世俗犹皆以此虞锐耳目，辞赋比之；尚有仁义风谕鸟兽草木多闻之观，贤于博奕远矣。

此语与马迁之言，同为当时议者而发。于此可知当时这种文体盛行之时，必有出而抨击之者，同时又必有拥护之者。非拥护不足以极旧体之所长，非抨击不足以促新体之产生。验之历世，莫不然矣。惟子长必引易诗春秋为例，谓相如之赋，与诗之风谏无异。宣帝必谓辞赋大者与古诗同义，有仁义风谕鸟兽草木多闻之观，实以此等皆传统学说，人所深信不疑者；非作如是论，不能使人确信其价值也。古人论文，每好牵涉经传，其理亦同于此。前为八代《文论史·引论》已详论之，兹不多述。

扬雄为西汉文学之殿军，此尽人所知也。《汉书》本传称雄"以为赋莫深于《离骚》，反而广之，辞莫丽于相如，作四赋。皆斟酌其本，相与放依而驰骋云。"又言雄"当好辞赋。先是时，蜀有司马相如，作赋甚弘丽温雅，雄心壮之。每作赋，常拟之以为式。又怪屈原文过相如，至不容，作离骚，自投江而死。悲其文，读之未尝不流涕也。以为君子得时则大行，不得时则龙蛇。遇不遇，命也，何必湛身哉！乃作书往往摭《离骚》文而反之，自岷山投诸江流，以吊屈原，名曰《反离骚》。又旁《离骚》作重一篇，名曰《广骚》。又旁《惜诵》以下至《怀沙》一卷，名曰《畔牢愁》。"是雄少时尝好辞赋，其辞赋实取则于屈原相如二家。其于二家辞赋，得力既深；故于二家优劣，品评最当，《文选注》引《法言》云：

> 或问屈原相如之赋孰愈？曰：原也过以浮，如也过以虚。过浮者蹈云天，过虚者叶无根。然原上援稽古，下引鸟兽，其著意于虚，长卿亮不可及。(今《法言》无此条，当是逸文，《升庵合集》卷一百二十九《论骚赋》

引此条特著《法言》论屈原相如一目。)

及其晚年，思想转变，始行非毁辞赋之论。《法言·吾子篇》曰：

> 或问："吾子少而好赋？"曰："然。童子雕虫篆刻。"俄而曰："壮夫不为也。"

子云此言，后人颇有议之者。杨修《答临淄侯笺》有曰："今之赋颂，古诗之流。不更孔公，风雅无别耳。修家子云，老不晓事，强著一书，悔其少作。若此，仲山周旦之俦为皆有訾耶？"萧纲答张缵谢示集书云："不为壮夫，扬雄实小言破道；非谓君子，曹植亦小辩破言。论之科刑，罪在不赦。"颜之推《颜氏家训·文章篇》曰："或问扬雄曰：吾子少而好赋；雄曰：然。童子雕虫篆刻，壮夫不为也。余窃非之曰：虞舜歌南风之诗，周公作鸱鸮之咏，吉甫史克，雅颂之美者，未闻皆在幼年累德也。孔子曰：不学诗，无以言。自卫返鲁，乐正，雅颂各得其所。大明孝道，引诗证之。扬雄安敢忽之也。若论诗人之赋丽以则，辞人之赋丽以淫，但知变之而已，又未知雄自为壮夫何如也。著剧秦美新，妄投于阁。周章怖慑，不达天命，童子之为耳。桓谭以胜老子，葛洪以方仲尼，使人叹息。此人直以晓算术，解阴阳，为数子所惑耳。其遗言馀行，孙卿屈原之不及，安敢望大圣之清尘？且太玄今竟何用乎？不啻覆酱瓶而已。"然子云菲薄辞赋，亦自有其理由。《汉书·司马相如传赞》曰：

> 扬雄以为靡丽之赋，劝百而风一。（《史记·司马相如列传赞》无而字。）犹骋郑卫之声，（《史记》骋上有驰字。）曲终而奏雅，不已戏乎？（《史记》戏作亏）（张揖曰："不亦轻戏乎哉？"）

《法言·吾子篇》曰：

> 或曰："赋可以讽乎？"曰："讽乎！讽则已，不已，吾恐不免于劝也。"或曰："雾縠之组丽。"曰："女工之蠹矣。"（李轨注云："雾縠虽丽，蠹害女工，辞赋虽巧，惑乱圣典。"）剑客论曰："剑可以爱身。"（李注："言击剑可以卫护爱身，辞赋可以讽谕劝人也。"）曰："狴犴使人多礼乎？"（李注："言狴犴使人多礼，辞赋使人放荡惑乱也。"）

《汉书·扬雄传》亦曰：

> 雄以为赋者，将以风也。必推类而言，极丽靡之辞，闳侈钜衍，竞于使人不能加也，既乃归之正，然览者已过矣。往时武帝好神仙，相如上《大人赋》，欲以风，帝反缥缥行陵云之志。繇是言之，赋劝而不止明矣。又颇似俳优淳于髡优孟之徒，非法度所存，贤人君子诗赋之正也。

赋之作用，本在于讽，西汉人对辞赋之观念，大抵如是。而在子云视之，赋不惟不可以讽，反资于劝，故极力非毁之也。《吾子篇》又曰：

> 或问："景差唐勒宋玉枚乘之赋也，益乎？"曰："必也淫。""淫则奈何？"曰："诗人之赋丽以则，辞人之赋丽以淫。如孔氏之门用赋也，则贾谊升堂，相如入室矣。如其不用何！"

是子云视赋，不独"无益于正"，（李轨注）且足导于淫，又非孔门所用，故鄙弃之。以为不足道也。详察扬氏诋毁之语，殆全注意于赋之作用一端，与孔门论诗，大体相似。实则文学是否为惩恶劝善之物，尚属问题。论文者，固宜即其本体，评其是非妍媸。不当专以其作用，定其价值。故子云之言，非笃论也。《吾子篇》又曰：

> 或问："屈原智乎？"曰："如玉如莹，爰变丹青。如其智，如其智。"（李轨注：大智者达天命，审行废，如玉如莹，磨而不磷。今屈原放逐感激爰变，虽有文采，丹青之伦尔。）

观其此语，于贬中实有褒意。更寻前段论赋之言，古来名家，几尽及之，而惟遗灵均。意者景差以下诸人所为，不过辞人之赋；屈原之作，所谓"丽以则"者乎？是则子云之微意矣。子云晚年，专意拟经。作《太玄》以放《易》，作《法言》以象《论语》。故其思想，以儒家为宗。凡非先王之法，孔门所用，皆遭屏弃，不独鄙薄辞赋，于一切学说，皆深恶而痛绝之。《吾子篇》曰：

> 或问："公孙龙诡辞数万以为法，法与？"曰："断木为棋，捖革为鞠，亦皆有法焉。不合乎先王之法者，君子不法也。观书者譬诸观山及水。升东

岳而知众山之峛崺也，况介丘乎？浮沧海而知江河之恶沱也，况枯泽乎？舍舟航而济乎渎者末矣，舍五经而济乎道者末矣。弃常珍而嗜乎异馔者，恶睹其识味也，委大圣而好乎诸子者，恶睹其识道也？山径之蹊，不可胜由矣；向墙之户，不可胜入矣。"曰："恶由入？"曰："孔氏。孔氏者户也。"曰："子户乎。"曰："户哉户哉！吾独有不户者矣。"

又曰：

> 好书而不要诸仲尼，书肆也；好说而不要诸仲尼，说铃也。（李轨注："铃以喻小声，犹小说不合大雅。"）

又曰：

> 或曰："人各是其所是而非其所非，将谁使正之？"曰："万物纷错，则悬诸天；众言淆乱，则折诸圣。"或曰："恶睹乎圣而折诸？"曰："在则人，亡则书，其统一也。"

略引数节，足以为例。其主张既已如是，何怪其诋诃辞赋哉？然子云所以诋诃辞赋，实以其无益于用，丽而不则耳。观其评相如有云："文丽用募，长卿也。"（《君子篇》）盖其晚年对于文辞之主张，一以实用为归矣。《问神篇》曰：

> 君子之言，幽必有验乎明，远必有验乎近，大必有验乎小，微必有验乎著。无验而言之谓妄。君子妄乎？不妄。言不能达其心，书不能达其言，难矣哉！惟圣人得言之解，得书之体。白日以照之，江河以涤之，灏灏乎其莫之御也。面相之辞相适。捈中心之所欲，通诸人之嚍嚍者，莫如言。弥纶天下之事，记久明远，著古昔之唱唱，传千里之忞忞者，莫如书。故言，心声也。书，心画也，声画形，君子小人见矣。声画者，君子小人之所以动情乎？圣人之辞，浑浑若川，顺则便逆则否者，其惟川乎！

言者所以明心，文者所以代言，文与心必相称，始足以为有价值之文。子云之文学主张，殆如是也。

新序试论

赵仲邑

谈到汉代的散文，《新序》是值得介绍的一本散文集。

《新序》汉刘向编著，从汉代到现在，大家都无异议，只有唐司马贞《史记·商君列传·索隐》说"《新序》是刘歆所撰"。"歆"应是"向"字之误。虽则刘歆在成帝"河平中受诏与父向领校秘书"①，《新序》的编著，刘歆也可能参与其事，但《汉书·艺文志》、《刘向传》，《隋书·经籍志》，《旧唐书·经籍志》，《新唐书·艺文志》等都说《新序》是刘向"所序"、所著或所撰；同时在《新序·杂事》第四中也有"臣向愚以《鸿范传》推之"的话：知为刘向所编著无疑。

据《汉书·王子侯表》及《楚元王传》、《刘向传》，刘向是楚元王交的四世孙，字子政，原名更生，历事宣帝、元帝、成帝。至成帝时，才改名向。"年七十二卒，卒后13岁而王氏代汉。"王先谦《汉书·刘向传补注》引钱大昕曰："依此推检，向当卒于成帝绥和元年。"即公元前8年。据此则当生于昭帝元凤二年，即公元前79年。

刘向所处的时代是汉帝国由宣帝的中兴走向哀、平的衰亡的过渡时期。武帝倾全国之力来征伐匈奴，虽然把匈奴赶到了外蒙古和新疆北部，但汉帝国也元气大伤，惠帝、吕后、文帝、景帝几代所积蓄的财富，消耗殆尽，弄到"兵凋民劳，百姓空虚，道殣相望，槽车相属，寇盗满山，天下摇动。"②虽然以后对外没有什么大的战争，生产逐渐恢复。到"昭帝时，流民稍还，田野益辟，颇有畜积。宣帝即位，用吏多选贤良，百姓安土，岁数丰穰。"③但到了宣帝本始二年，又进行对匈奴的战争了。汉派了军队十五万骑，配合乌孙对匈奴进击。宣帝神爵元年，又从事于对西羌的战争。这次战争的规模不算很大，但军费支出的数目已够惊人。《汉书·贾捐之传》："元帝初元元年，珠崖又反，发兵击之，诸县更叛，连年不定，上与有司议大发军，捐之建议，以为不当……曰……臣窃以往者羌军言之，暴师曾未一年，兵出不踰千里，费40余万万，大司农钱尽，乃以少府禁钱续之。"

军费的支出这样庞大，财政这样困难，但从武帝时开始，反而"争为奢侈，转转益甚，臣下亦相放效。" "诸侯妻妾或至数百人；豪富吏民蓄歌者至数十人"。元帝 "厩马食粟将万匹"。元帝初元元年，关东饥馑， "人至相食"，但这些 "厩马食粟" 却吃得 "苦其大肥"，精力过于充沛，火气猛，天天要散散步，精力才能发泄，气才能消。④

战争和封建统治阶级奢豪的生活，费用浩繁。沉重的担子，当然要落在人民的肩上了。元帝初元五年，御史大夫贡禹上书， "以为古民亡赋算口钱，起武帝征伐四夷，重赋于民。民产子，3 岁则出口钱，故民重困，至于生子辄杀，甚可悲痛。"⑤ 王鸣盛说： "案食货志，田租口赋，二十倍于古。汉取民所以比古若是之重者，半由增加口赋故也。"⑥ 元帝虽然采纳了贡禹的建议， "令民产子 7 岁乃出口钱"，⑦ 但对人民负担的减轻来说，也只是杯水车薪。

随着对人民剥削的加深，人民的生活越来越苦，对于封建统治者为了要保护自己的利益而制订的法律也越来越不愿意遵守，而统治者为了要强迫人民就范，法律条文也订得越来越苛刻了。武帝时因为 "外事四夷之功，内盛耳目之好，征发烦数，百姓贫耗，穷民犯法，酷吏击断，奸轨不胜"，所以禁网渐密。大辟之刑，已有四百零九条了。虽然宣帝有意删订，元帝也屡次下诏减削，但到了成帝的时候，大辟之刑，反而 "千有余条"。⑧

统治阶级和人民的矛盾越来越深，虽然宣帝在民间长大，对这种矛盾了解得比较多些，即位以后， "用吏多选贤良"，想调和这种矛盾，但还是调和不了，汉帝国的危机还是挽救不了。至于元、成两代，宦官外戚，交相用事，那就更不必说了。元帝宠任宦官弘恭、石显，以恭为中书令，显为太仆。 "显为人巧慧习事，能探得人主微指。内深贼，持诡辩以中伤人"。⑨ 对于仇视他反对他的人一定进行狠狠的打击和报复。为元帝所器重，曾为元帝太傅的名儒萧望之和当时以研究 《易经》 著名的京房都死在他的手上。刘向是汉之宗室，精忠于汉。他以文学作为政治斗争的武器。元、成两代，他不屈不挠地通过上书、著书的方式和专权的宦官、外戚作无情的斗争。元帝初元二年正月，刘向为散骑谏大夫，和前将军光禄勋萧望之、光禄大夫周堪，以恭、显弄权，商议请求元帝罢退恭、显，语泄，反为恭、显诬告而下狱，望之被赦，堪、向免为庶人。七月，元帝再度起用萧望之、周堪、刘向。堪、向用为中郎；元帝器重望之，想用望之为相；都为恭、显等所仇视。刘向便托他的亲戚替他上书，说当时的地震和恭、显在位有关，应予罢退。恭、显查出又是向之所为，向因此再度被捕下狱，免为庶人。这年弘恭病死了，石显为中书令。初元三年，元帝又用周堪为光禄勋，张猛为光禄大夫，和石显的矛盾当然继续发展下去。到了永光元年九月，石显因忌惮堪、猛，屡次在元帝面前诋毁他们。刘向虽然被废，但这时还是支持堪、猛，上书希望元帝任贤退不肖。当然更引起了石显对他的憎恨了。永光四年，猛为太中大夫，被显诬告，令自杀于公车门。向为此依托古事，作了《疾谗》、《摘要》、《救危》及《世颂》一共八篇作品，以哀悼自己和他的同类。一直到成帝建始元年，石显罢免，刘向才再被任用，拜为中郎，领护三辅都水，不久迁为光禄大夫。但成帝以帝舅王凤辅政，以凤为大司马大将军录尚书事；河平二年，封凤弟谭、商、立、根、逢时为侯，世谓之五侯。王氏代汉的局势，由此形成。河平三年，诏令刘向领校秘府内的经传诸子诗赋。向因王氏权位太盛，于是编著《洪范五行传论》，把上古以来下至秦、汉的符瑞灾异和政治得失联系起来，献给成帝，希望成帝感悟。成帝看了也明白刘向的用意，但始终不能递夺王氏的权柄。从这里面可以看出统治阶级内部的矛盾也越来越深，和也是越来越深的主要矛盾即人民和统治阶级的矛盾纠缠在一起。虽然离刘氏政权的崩溃还有一段时期，但已经是"山雨欲来风满楼"的时候了。正在这期间，刘向编著了他的《新序》、《说苑》和《列女传》。

《新序》成书的年代有三说。《资治通鉴》卷三十一以为在成帝永始元年（公元前16年）六月，所根据的大概是《汉书·成帝纪》和《刘向传》。因《成帝纪》说永始元年立赵氏即赵飞燕为皇后，而《刘向传》则说"向睹俗弥奢淫，而赵、卫之属起微贱，逾礼制。向以为王教由内及外，自近者始，故采取诗书所载贤妃贞妇，兴国显家可法则及孽嬖乱亡者，序次为《列女传》，凡八篇，以戒天子；及采传记行事，著《新序》、《说苑》凡五十篇奏之。"此说钱穆《刘向歆父子年谱》[⑩]从之。但在同一个时间编著完了三部书是不可能的。马总《意林》引《新序》说"《新序》三十卷，河平四年（即公元前25年）都水使者谏议大夫刘向上言。"所引大概是隋、唐三十卷的《新序》。但隋、唐三十卷的《新序》驳杂不纯。据《太平御览》卷二百七十六所引，其中竟有后汉初吴汉的事；卷二百七十一所引，其中竟有曹操的事；可知已不是刘向原书了。而且刘向那时叫"篇"，不叫"卷"；向编著《新序》时做光禄大夫，不是谏议大夫；可知《意林》所引的这句话也不是原书所有，因此说《新序》成书的年代在河平四年也未必可靠。铁华馆校宋本《新序》每卷的开头都有"阳朔元年（即公元前24年）二月癸卯护左都水使者光禄大夫臣刘向上"二十二字。虽然不能证明是否即刘向《新序》原书所有，但王应麟《玉海》卷五十五及《汉书艺文志考证》卷五也说"《新序》阳朔元年二月癸卯上，《说苑》鸿嘉四年三月己亥上。"《玉海》所引《中兴书目》《杂家》也说《新序》"汉阳朔元年刘向撰"，《说苑》"汉鸿嘉四年刘向撰"。晁公武《郡斋读书志》卷十、马端临《文献通考》卷二百零九《经籍考》三十六也说《新序》"阳朔元年上"《说苑》"鸿嘉①四年上"。则成书的先后，和《汉书·艺文志》所说"刘向所序六十七篇，《新序》、《说苑》、《世说》、《列女传颂图》也"的次序相符，因而此说也最可靠。但三说都说《新序》成书的日期是在河平三年刘向开始典校秘书以后，这点是相一致的。至于他开始编著《新序》的年代，似乎也不能早在河平三年以前；因为编著《新序》所根据的材料广博得很，他在典校秘书以前不可能全部搜集得到。

《晋书·陆喜传》：陆喜说"刘向省《新语》而作《新序》"。陆贾《新语》和刘向《新序》的政治思想是相一致的，都希望人君怀仁仗义，崇俭爱民；举贤能，退谗佞；省刑罚，薄赋敛；正身以化民，见妖而修德。陆喜所说的话是有道理的。但应该说《新序》是刘向在河平三年开始典校秘书以后至阳朔元年，受了当时主要是他曾经经历过的宣、元、成三代的社会现实的刺激，才对陆贾《新语》的政治思想有所感悟而编著出来的。它和《新语》在政治思想上一脉相承，但它的思想内容比《新语》丰富得多。

从《新序》中刘向所编选的故事里面所体现出来的思想以及刘向自己的评论看来，可以体会到刘氏政权能否维持，刘向非常关心。他知道要维持封建地主阶级的政权或体现着这政权的封建君主的统治地位，必须使人民服从于这个政权的统治。人民的力量是强大的，人民可以服从于这个政权的统治，也可以起来推翻这个政权。在《新序》《杂事》第四《哀公问孔子曰》章中，孔子对鲁哀公回答得很好："丘闻之：君者，舟也；庶人者，水也；水则载舟，水则覆舟。"

人民和统治者之间存在着不可调和的矛盾，因为统治者须要靠剥削人民的劳动来过活。刘向觉得只有缓和这种矛盾，才能防止人民起来推翻这个政权。因此他认为要对人民宽厚仁爱。《杂事》第四《梁尝有疑狱》章，说梁国曾有疑难的讼案，不知怎样判决，找陶朱公来帮忙："朱公曰：'臣鄙民也，不知当狱。虽然，臣之家有二白璧：其色相如也，其径相如也，其泽相如也；然其价一者千金，一者五百金。'王曰：'径与色泽相如也，一者千金，一者五百金，何也？'朱公曰：'侧而视之，一者厚倍，是以千金。'梁王曰：'善。'故狱疑则从去，赏疑则从与，梁国大悦。"刘向接着这样评论："由此观之，墙薄则亟坏，缯薄则亟裂，器薄则亟毁，酒薄则亟酸。夫薄而可以旷日持久者，殆未有也。故有国畜民施政教者，宜厚之而可耳。"他认为人君只有爱民，反过来才能得到人民的敬爱。《杂事》第一《卫国逐献公》章："良君将赏善而除民患，爱民如子，盖之如天，容之若地。民奉其君，爱之如父母，仰之如日月，敬之如神明，畏之如雷霆。"因此他在《杂事》第五《汤见祝网者置四面》章和《周文王作灵台》章中歌颂了商汤和周文王的仁厚。汤教张网捕鸟者"解其三面，置其一面"，"德及鸟兽"。"文王作灵台及为池沼，掘地得死人之骨"，"令吏以衣棺更葬之"，"泽及朽骨"。对人就更不必说了，因此天下归心。他也批判了梁君的狠心。《杂事》第二《梁君出猎》章："梁君出猎，见白雁群。梁君下车彀弓欲射之。道有行者，梁君谓行者止。行者不止，白雁群骇。梁君怒，欲射行者。"他的御者说他"无异于虎狼"。他认为在政治上很好的策划是需要的，但不能离开对人民宽厚仁爱这一个基本原则。他在《善谋》第九《秦孝公欲用卫鞅之言》章中说："故仁恩，谋之本也。"

刘向认为对人民宽厚仁爱的具体表现也就是省刑罚，薄赋敛。在《节士》第七《晋文公反国，李离为大理》章，李离认为刑罚的执行，应该是"宁过于生，无失于杀"。这也是刘向对于统治者的希望。在《善谋》第九《秦孝公欲用卫鞅之言》章，他认为秦孝公相信商鞅的话，"更为严刑峻法"，"共患流渐，至始皇赤衣塞路，群盗满山，卒以乱亡"。在《杂事》第五《颜渊侍鲁定公于台》章，颜渊对鲁定公说："舜工于使人，造父工于使马；舜不穷其民[12]，造父不尽其马；是以舜无失民，造父无失马。"相反的例子则是中行氏。《杂事》第一《赵文子问于叔向曰》章："赵文子问于叔向曰：'晋六将军孰先亡乎？'对曰：'……中行氏之为政也，以苛为察，以欺为明，以刻为忠，以计[13]多为善，以聚敛为良。譬之其犹鞟革者也，大则大矣，裂之道也；当先亡。'"刘向企图通过了这些叙述或评论，使汉代统治者明了刑罚赋税徭役的轻重，直接影响着政权的存亡。

要减轻人民对赋税徭役的负担，剥削者也就必须降低自己生活的享受。因此刘向在《刺奢》第六中，对统治者穷奢极侈、荒淫无耻的生活，给予了有力的批判或讽刺。《桀作瑶台》章："桀作瑶台，罢民力，殚民财，为酒池糟堤，纵靡靡之乐，一鼓而牛饮者三千人。"《纣为鹿台》章："纣为鹿台，七年而成，其大三里，高千尺，临望云雨。"他们结果都弄到众叛亲离。《赵襄子饮酒》章说赵襄子喝酒喝了五天五夜不停止，还自诩为"邦士"，优莫却拿他和纣相比，因为纣喝酒能够连喝七天七夜。另一方面，刘向则热情地歌颂了能够崇俭爱民的贤君。《邹穆公有令》章："邹穆公有令：食凫雁必以粃，无得以粟。于是仓无粃而求易于民，二石粟而得一石粃。吏以为费，请以粟食之。穆公曰：'去！非汝所知也。……夫君者，民之父母。取仓之粟，移之于民，此非吾之粟?乌苟食邹之粃，不害邹之粟也。粟之在仓与在民，于我何择?'邹民闻之，皆知私积与公家为一体也。"

战争在人力和物力方面的消耗，沉重的担子都要落到人民的肩上；随着战争而来的必然是生产力的破坏，赋税徭役的加重，人民生活的更加困苦，被迫铤而走险等恶劣的后果，使被统治阶级和统治阶级的矛盾尖锐化，对于既有政权的维持起着很大的破坏作用。因此刘向对于战争一般说来是坚决反对的。在《杂事》第五《田赞衣儒衣而见荆王》章，田赞讥刺楚王说："今大王万乘之主也，富厚无敌，而好衣人以甲，臣窃为大王不取也。意者为其义耶?甲兵之事，析人之首，刳人之腹，堕人城郭，系人子女，其名尤甚不荣。意者为其实⑬邪?苟虑害人，人亦必虑害之；苟虑危人，人亦必虑危之；其实人甚不安。之二者为大王无取焉。"刘向借此说明了战争从名、实两方面来说都有害无益。战争的祸害，在《杂事》第五《魏文侯问李克曰》章中说得更加深刻："魏文侯问李克曰：'吴之所以亡者何也?'李克对曰：'数战数胜。'文侯曰：'数战数胜，国之福也；其所以亡者何也?'李克曰：'数战则民疲，数胜则主骄；以骄主治疲民，此其所以亡也。'"刘向以为最好是防止战争的发生。如《杂事》第五《魏文侯过段干木之闾而轼》章，写魏文侯因为礼贤敬段干木，使秦国"案兵而辍不攻魏"。刘向在故事后面加上了评语说："魏文侯可谓善用兵矣!夫君子之用兵也，不见其形而攻已成，其此之谓也。野人之用兵也⑮，鼓声则似雷，号呼则动地；尘气充天，流矢如雨；扶伤举死，履肠涉血；无罪之民，其死者已量于泽矣；而国之存亡，主之死生，犹未可知也：其离仁义亦远矣。"如果战争已经发生了，他认为应该使战争赶快结束。《善谋》第十《郦食其号郦生》章：郦生说汉王曰："楚汉久相持不决，百姓骚动，海内摇荡，农夫释耒，工女下机，天下之心，未有所定也。愿陛下急复进兵收取荥阳，据敖仓之粟，塞成皋之险，杜太行之路，距蜚狐之口，守白马之津，以示诸侯形制之势，则天下知所归矣。"刘向肯定郦生的善谋，和郦生这种谋划能使汉王早日结束战争这点有关。当然刘向对于战争也不是无原则地一律反对的；象《善谋》第九《晋文公之时》章所说的晋文公率师勤王，平定了周室的内乱，由此以成霸业，《秦惠王时》章所说的秦惠王因蜀乱而起兵伐蜀，有禁暴正乱之名，有广国富民之实，象这样的战争刘向是予以肯定的；同时在《杂事》第三《孙卿与临武君议兵于赵孝成王前》章和《善谋》第十《孝武皇帝时，大行王恢数言击匈奴之便》章中，通过孙卿和韩安国的话也谈到用兵之术；不过这些并没有妨碍以上所作的分析。

　　缓和人民和统治阶级之间的矛盾,解决或缓和统治阶级内部的矛盾,刘向以为主要的责任要靠最高的统治者人君肩负。但他也认识到光靠人君一个人是无能为力的。《杂事》第五《君子曰》章:"君子曰:天子居闻阙之中,帷帐之内,广厦之下,旃茵之上,不出襜幄而知天下者,以有贤左右也。故独视不如与众视之明也,独听不如与众听之聪也。"因此他要求人君进用贤能。在《杂事》第二《昔者唐虞崇举九贤》章中,他认为尧、舜、商汤、周文王、武王、成王、齐桓公、秦穆公、吴王阖庐、燕昭王、汉高祖等圣君贤主,其功业的成就和用贤是分不开的,反过来虞公、吴王夫差、燕惠王、胡亥、项羽的失败也和不能用贤密切相关。要怎样才能用贤呢? 人君只要礼贤下士,贤士一般便会乐意跟他合作了。《杂事》第三《燕易王时》章:郭隗对燕昭王说:"今王诚欲必致士,请从隗始!隗且见事,况贤于隗者乎? 岂远千里哉?""于是昭王为隗筑宫而师之。乐毅自魏往,邹衍自齐往,剧辛自赵往,士争走燕。"但用贤的问题也是很复杂的。因为贤能和谗佞彼此不能相容,人君要不相信谗佞而始终信任贤能也很困难。《杂事》第二《魏庞恭与太子质于邯郸》章:"魏庞恭与太子质于邯郸,诏魏王曰:'今一人来言市中有虎,王信之乎?'王曰:'否。''二人言,王信之乎?'曰:'寡人疑矣。'曰:'三人言,王信之乎?'曰:'寡人信之矣。'"因此在《杂事》第二《甘茂,下蔡人也》章中,甘茂虽然尽忠竭智,为秦拔取韩之宜阳,打通秦国向东发展的道路,但在"伐宜阳五月而宜阳未拔"时,秦武王还是听信了樗里子和公孙子的谗言,召回甘茂,想就此罢兵。宜阳攻下以后,秦武王死了,秦昭王终于听信樗里子、公孙子的坏话,害得甘茂待不下去。因此刘向接着感慨地说:"故非至明,其孰能毋用谗乎!"刘向希望人君能进贤能,退谗佞。象《杂事》第四《昔者齐桓公出游于野》章所说,郭君就是因为"善善而不能行,恶恶而不能去"而弄到亡国了。但所用的是否贤能,人君也不易辨别,所喜爱的往往似贤而其实非贤。在《杂事》第五《子张见鲁哀公》章,子张对鲁哀公的讽刺真是一针见血:"君之好士也,有似叶公子高之好龙也。叶公子高好龙,钩以写龙,凿以写龙,屋室雕文以写龙。于是天龙㉟闻而下之,窥头于牖,拖尾于堂。叶公见之,弃而还走,失其魂魄,五色无主。是叶公非好龙也,好夫似龙而非龙者也。今臣闻君好士,故不远千里之外以见君,七日不礼;君非好士也,好夫似士而非士者也。"因此刘向在《杂事》第二《昔者唐虞崇举九贤》章中说:"人君莫不求贤以自辅,然而国以乱亡者,所谓贤者不贤也。或使贤者为之,与不肖者议之;使智者图之，与愚者谋之。不肖嫉贤，愚者嫉智，是贤者之所以隔蔽也……然其要在于己不明而听众口。"

既然是不是贤能不好辨别，那么提出什么样的人才是贤能就非常必要了。因此刘向在《新序》中以大量的篇幅提出一系列的忠良之臣和才智之士而加以歌颂。象孔子的以德化民，关龙逄、比干的直言敢谏，孙叔敖的恕，石奢的直，邹忌的敏捷，屈原的忠贞，柳下惠的诚信，公孙杵臼、程婴的侠义，申包胥的爱国精神，苏武的民族气节，季札的仁德和信交，乐毅的明智和宽厚，赵文子的好学受谏、知人善任、大公无私，晏子的习礼明诗、怀仁仗义、礼贤下士，子产对舆论的听取，宋就对邦交的敦睦，孟献子的以养贤为富，子罕的以不贪为宝，子渊栖、仇牧、田卑、易甲、屈庐、王子闾、庄善、陈不占、长儿子鱼、弘演等的义勇，管仲、狐偃、烛之武、司马侯、伍子胥、司马错、黄歇、虞卿、陈恢、韩信、赵斯养卒、郦食其、张良、娄敬、齐内史、韩安国、主父偃等的智谋，刘向都予以热情的歌颂是很容易理解的，因为正是具有这种品质或才智的人才能成为人君可靠的有力的助手。但为什么对《节士》第七《原宪居鲁》章中"天子不得而臣"，"诸侯不得而友"的原宪这样的高士也予以歌颂呢?那是因为他认为人君尊敬这些高士，在政治上可以发生良好的影响。譬如《杂事》第五《齐桓公见小臣稷》章：齐桓公去拜访小臣稷，"五往而后得见。天下闻之，皆曰：'桓公犹下布衣之士，而况国君乎。'于是相率而朝，靡有不至。"

儒家的思想对缓和统治阶级和人民之间的矛盾以及统治阶级内部的矛盾作用很大。刘向继承了儒家的思想，在《新序》中对儒者也极力推崇，《秦昭王问孙卿曰》章是最明显的例子。《汉书·艺文志》也把《新序》列为儒家的著作。因此他品评人物的才德也主要以儒家的伦理观点为根据。他在《节士》第七《卫①献公太子之至灵台》章中批评卫献公太子"为一愚御过言之故，至于身死，废子道，绝祭祀，不可谓孝。"在《申徒狄非其世》章中批评申徒狄因"非其世"，"负石沉于河"说："廉矣乎!如仁与智，吾未见也。"在《鲍焦衣弊肤见》章中批评鲍焦因"污其君"而"立槁死于洛水之上"说："廉夫!刚哉!夫山锐则不高，水狭则不深，行特者其德不厚，志与天地疑(拟)者其为人不祥，鲍子可谓不祥矣。"在《善谋》第九《虞、虢皆小国也》章中批评向晋献公提出假途灭虢之计的荀息"非霸王之佐"，而是"战国并兼之臣"。但《新序》也搀杂有纵横家的思想。在《善谋》第九《善谋》第十中，刘向也肯定了战国游说之士黄歇、虞卿等及汉代类似战国游说之士如郦食其、张良等的智谋，那也是时代使然。刘向在《战国策·书录》中说："战国之时，君德浅薄，为之谋策者，不得不因势而为资"。他们"皆高才秀士，度时君之所能行，出奇策异智，转危为安，运亡为存，亦可喜，皆可观。"这也就是刘向辨别贤能的另一个根据。

人君应该任用的，按照刘向的意思，只须是根据儒家的观点和实际的作用所确定下来的贤能。其他的条件是不必计较的。行年七十的楚丘先生、年仅十八的间丘印，都是贤能。只要是贤能，夷狄甚至是仇人也都可以用。《杂事》第三《齐人邹阳客游于梁》章："秦用(戎人)由余而霸中国，齐用越人子臧而强威、宣。""晋文公亲其仇而强霸诸侯，齐桓公用其仇而一匡天下。"⑬用贤也不要求全责备。《杂事》第五《宁戚欲干齐桓公》章：齐桓公知宁戚是"非常人"，想任用宁戚，"群臣争之曰：'客卫人，去齐五百里，不远，不若使人问之，固贤人也，任之未晚也。'桓公曰：'不然，问之恐其有小恶。以其小恶忘人之大美，此人主所以失天下之士也。且人固难全，权用其长者。'"

没有疑问，刘向是站在封建统治阶级的立场来编著《新序》的，他的企图就是要巩固刘氏的政权，但他的思想和人民的利益是相符合的。人民当中，有谁不反对战争和爱好和平呢?有谁不希望省刑罚、薄赋敛呢?有谁不愿意贤良在位而愿意邪伪当朝呢?当封建制度的社会内资本主义的生产力和与之相适应的生产关系还没有发生时，人民对封建统治者所希望或所反对的也只能是这些了。至于《新序》所歌颂的人物，其崇高的品质，也可以代表我们民族的性格。我们人民在社会主义制度内所形成的新的道德品质，和他们的道德品质有着历史的继承关系。

是不是《新序》的思想也有其不健康的一面呢?有的。刘向是元、成之间谈符瑞灾异的代表人物，这种五行家的思想也搀杂到《新序》里面。他把自然界的妖祥和政治上的得失联系起来。《杂事》第四《宋康王时》章：宋康王时，有雀生鹯于城隅，"使史占之，曰：'小而生巨，必霸天下。'康王大喜。于是灭滕伐薛……射天笞地"。结果为齐国所灭。刘向批评宋史和宋康王说："臣向愚以《鸿范传》推之，宋史之占非也。此黑祥，传所谓黑眚者也，犹鲁之有鹳鸲为黑祥也；属于不谋，其咎急也。鹯者黑色，食爵(雀)，大于爵，害爵也。攫击之物，贪叨之类。爵而生鹯者，是宋君且行急暴击伐贪叨之行，距谏以生大祸，以自害也。故爵生鹯于城隅者，以亡国也，明祸且害国也。康王不悟，遂以灭亡，此其效也。"这真是以五十步笑百步。虽然在《杂事》第二《武王胜殷》章中他认为妖之大者在人事方面，在《晋文公出猎》章中认为人君见妖而修德，可以转祸为福，但他这种思想还是唯心主义的，在《新序》所体现出来的思想当中是落后的部分，不能和《荀子》《天论》中的思想同日而语。不过这些部分在《新序》中所占的篇幅极少，还是不能掩盖《新序》中丰富的人民性。

《新序》中的作品以历史故事为主，甚至说《新序》是一部历史故事集也未为不可。所编选的作品不是历史故事的很少，每个故事后面刘向所加的评语也很简单，有些甚至没有评语。刘向跟据历史事实或故事传说所作的综合叙述则更少。绝大部分都是小型的故事，这些故事的作者不可考。譬如《杂事》第二《靖郭君欲城薛》的故事，也见于《韩非子·说林》下，但不能说故事的作者就是韩非。这些故事有很多如果联系其他载籍所记载的相类或相同的故事来比较观察，我们可以看到它的集体性、口头性和变动性。往往是同一个主题、同一个类型的故事，其人物和情节有所变动。至于语言，那就更不必说了。譬如《杂事》第一《晋大夫祁奚老》章：

> 晋大夫祁奚老，晋君问曰："孰可使嗣？"祁奚对曰："解狐可"。君曰："非子之仇耶？"对曰："君问可，非问仇也。"晋遂举解狐。后又问"孰可使以为尉？"祁奚对曰："午也可。"君曰："非子之子耶？"对曰："君问可，非问子也。"

《左传》襄公三年作：

> 祁奚请老，晋侯问嗣焉，称解狐，其仇也。将立之而卒。又问焉。对曰："午也可。"于是羊舌职死矣。晋侯曰："孰可以代之？"对曰："赤也可。"于是使祁午为中军尉，羊舌赤佐之。

《国语·晋语》七作：

> 祁奚辞于军尉，公问焉，曰："孰可？"对曰："臣之子午可。人有言曰：'择臣莫若君，择子莫若父。'午之少也，婉以从令，游有乡，处有所，好学而不戏。其壮也，强志而用命，守业而不淫。其冠也，和安而好敬；柔惠小物而镇定大事；有直质而无流心；非义不变，非上不举；若临大事，其可以贤臣。臣请荐所能择而君比义焉。"公使祁午为军尉，殁平公，军无秕政。

《吕氏春秋·去私》作：

> 晋平公问于祁黄羊曰："南阳无令，其谁可而为之？"祁黄羊对曰："解狐可。"平公曰："解狐非子之仇邪？"对曰："君问可，非问臣之仇也。"平公曰"善。"遂用之，国人称善焉。居有间，平公又问祁黄羊曰："国无尉，其谁可而为之？"对曰："午可。"平公曰："午非子之子邪？"对曰："君问可，非问臣之子也。"平公曰："善。"又遂用之，国人称善焉。

《史记·晋世家》作：

> 悼公问群臣可用者，祁傒举解狐。解狐，傒之仇。复问，举其子祁午。

以上情节不完全相同，语言和表现方法更相差很远，但人物则除了《吕氏春秋》的晋平公和《史记》的晋悼公不同外，其余都没有变动。至《韩非子·外储说》左下所载，则人物也几乎全变了：

> 中牟无令，晋平公问赵武曰："中牟，三国之股肱，邯郸之肩髀，寡人欲得其良令也，谁使而可？"武曰："邢伯子可。"公曰："非子之仇也？"曰："私仇不入公门。"公又问曰："中府之令，谁使而可？"曰："臣子可。"

根据故事中的人物、情节和语言的变动性，同时也就可以看出它的口头性和集体性了。同一个主题、同一个类型的故事，如果一开始就在书面上固定下来，那它是不会有那么大的差别的。分明它是在某些人的口头上流传。故事的讲述者对别人讲述这故事的时候，不能把故事的人物、情节和语言原封不动的保存在自己的记忆里，因而只能根据自己的才能无意地给予删改或补充；或者虽然记住，但由于某一种企图或由于想把故事说得生动一些而有意地给予删改或补充；因而故事从内容以至于形式就有很大的变动了。这故事被编选进《史记》里面，由于"世家"这种体裁的限制，当然曾被《史记》的作者加以压缩。被编选进《新序》里面也可能经过刘向加工。但即使是这样罢，由于故事是集体创作的，同一个主题、同一个类型的各个不同的故事，都凝结着故事讲述者的智慧，这在《新序》里面被加工过的故事，那也还是集中了故事讲述者的智慧而改写出来的。

那么，是不是可以说这些故事就是人民口头创作呢？当然也不能这样说。因为这些故事的内容，所写的都是封建主及其臣属的生活、处士或游士的生活，而不是劳动人民的生活。它们一般不会在劳动人民中间流传，而主要是流传在封建主的臣属及游士内部；因为他们要说服人君以取得或提高他们的政治地位，就得学会这些历史故事。当然不是说他们学会了历史故事每次跟人君说话都把它搬出来，不过在必要时他们利用这些故事以加强说话的说服力却是事实。譬如在《杂事》第一《昔者魏武侯谋事而当》章中，吴起就用了楚庄王和申公巫臣的故事来讽谏魏武侯，在《杂事》第二《梁君出猎》章中，梁君的御者就用了齐景公的故事来讽谏梁君，都收到很好的效果。这种例子在《战国策》和先秦诸子中也很多。

由于故事的口头性和变动性，其内容不一定符合于历史的事实。如昭奚恤是楚宣王时人，叶公子高、令尹子西是楚昭王、惠王时人，司马子反是楚共王时人，但在《杂事》第一《秦欲伐楚》章中，他们却在秦使者的面前同时出现。乐王鲋是晋大夫，楚康王时人，但在《杂事》第四《叶公诸梁问乐王鲋曰》章中却和叶公诸梁即叶公子高对话。这在故事、传说中是可以容许的。全祖望《经史问答》《答卢镐问》《大学楚书》条因此批评刘向大抵根据"道听涂说，移东就西，其于时代人地，俱所不考。"那是由于没有辨别故事、传说和史书性质不同，把对史书的要求硬加到故事、传说头上的缘故。

对于这些故事，既不能以对史书的要求来要求它，也不能以对小说、戏剧的要求来要求它。在艺术形式上它有着自己的特点。它虽然是故事，但一般说来没有或没有明确的故事发生的时间和地点，只有人物和对话，叙事的部分很少。人物也往往只有姓名，性格单纯。对话一般也很简短；但语言简炼，富于理趣或情趣，从这里面表现了人物的品质和修养，展示了人物的内心世界，塑造了人物的形象，从而也形象地突出了故事的主题思想。譬如《杂事》第一《晋平公闲居》章：

> 晋平公闲居，师旷侍坐。平公曰："子生无目眹，甚矣！子之墨墨也！"师旷对曰："天下有五墨墨，而臣不得与一焉。"平公曰："何谓也？"师旷曰："群臣行赂以采名誉，百姓侵冤无所告诉，而君不悟，此一墨墨也。忠臣不用，用臣不忠，下才处高，不肖临贤，而君不悟，此二墨墨也。奸臣欺诈，空虚府库，以其少才，复塞其恶，贤人逐，奸邪贵，而君不悟，此三墨墨也。国贫民疲，上下不和，而好财用兵，嗜欲无厌，谄谀之人，容容在

旁，而君不悟，此四墨墨也。至道不明，法令不行，吏民不正，百姓不安，而君不悟，此五墨墨也。国有五墨墨而不危者，未之有也。臣之墨墨，小墨墨耳，何害乎国家哉？"

师旷的对话，虽然比较长些，说的又是政治上的大问题，但我们读了一点也不觉得他在说教，我们只是感到他的机敏以及他对于人民和国家的关怀。晋平公只想跟他开一个玩笑，结果反而给他回敬以对包括晋平公在内的统治者的一番无情的讽刺。又如《刺奢》第六《鲁孟献子聘于晋》章：

鲁孟献子聘于晋，韩宣子[19]觞之。三徙，钟石之悬，不移而具。献子曰："富哉家！"宣子曰："子之家孰与我家富？"献子曰："吾家甚贫，惟有二士，曰颜回、兹无灵者，使吾邦家安平，百姓和协，惟此二者耳。吾尽于此矣。"客出，宣子曰："彼君子也，以养贤为富；我鄙人也，以钟石金玉为富。"

这些对话，互相烘托。在这里面孟献子和韩宣子的性格成了鲜明的对比。韩宣子最后的话说得已很清楚。这一方面讽刺了韩宣子奢豪的生活和庸俗的观点，另一方面又歌颂了孟献子高贵的感情和伟大的人格，从而体现了对统治者要求尊贤崇俭的思想。

文学是语言的艺术，《新序》中的语言，正如其他优秀的文学作品中的语言一样，有着它的明了性、准确性和生动性。譬如《杂事》第四《楚庄王伐郑》章：

卒争舟而以刃击引，舟中之指可掬也。

比起《左传》宣公十二年的：

中军下军争舟，舟中之指可掬也。

《公羊传》宣公十二年的：

晋众之走者，舟中之指可掬矣。

《韩诗外传》卷六的:

> 士卒奔者争舟而指可掬也。

等就明了得多了。又如《节士》第七《宋人有得玉者》章:

> 我以不贪为宝。

比较《韩非子·喻老》的:

> 我以不受子玉为宝。

和《吕氏春秋·异宝》的

> 我以不受为宝。

用词准确得多,它所代表的意义丰富和深刻得多。再如《善谋》第十《赵地乱》章,写赵厮养卒为了要燕国释放赵王归赵,往见燕王:

> 燕王问之,对曰:"贱人希见长者,愿请一卮酒!"已饮,又问之,复曰:"贱人希见长者,愿复请一卮酒!"与之酒。

请求赐酒压惊这一段,《史记·张耳陈余列传》和《汉书·张耳陈余传》都没有,没有《新序》写得那么具体、生动。又《义勇》第八《佛肸以中牟叛》章,写佛肸置鼎于庭,强迫田卑附逆,田卑坚决不肯,褰衣即将就鼎:

> 佛肸脱履而止③之。

比《太平御览》卷六百三十三引《说苑》和《资治通鉴·外纪》卷九作:

> 佛肸止之。

也更加生动和富有形象性。

我们可以说：《新序》虽然是刘向站在封建统治阶级的立场，为了挽救刘氏所建立的封建统治政权的崩溃而在河平三年至阳朔元年这一段期间所编著出来的一本故事集，他所选用的故事也不是劳动人民的创作，但它的内容还是反映了劳动人民对于统治者的要求和愿望，它还是一部富有人民性，以及有着一定高度的思想性艺术性和有着特殊风格的作品，在中国文学史中应占有一定的位置。

---

① 《汉书·刘歆传》。

② 《新序·杂事》第十《孝武皇帝时，太行王恢数言击匈奴之便》章。

③ 《汉书·食货志》。

④⑤⑦ 《汉书·贡禹传》。

⑥ 王鸣盛《十七史商榷》卷二十六。

⑧ 《汉书·刑法志》。

⑨ 《汉书·石显传》。

⑩ 顾颉刚编《古史辨》第五册上编。

⑪ 鸿嘉：《文献通考》卷二百零九原作"阳嘉"，应为"鸿嘉"之误。

⑫ 舜不穷其民："其"上原有"于"字，今从"荀子""哀公"、"韩诗外传"卷二、"孔子家语""颜回"删。

⑬ 计：指收入之数。

⑭ 实：原作"贵"，今从《吕氏春秋·顺说》改。

⑮ 夫君子之用兵也："之"原作"善"，今从《北堂书钞》卷一百一十三引、《群书治要》卷四十二引、及《吕氏春秋·期贤》改。野人之用兵也：原无"也"字，今从以上三书补。

⑯ 天龙：原作"夫龙"，今从《群书治要》卷四十二引、《文选》任昉"天监三年策秀才文"李善注引、《后汉书·襄楷传》章怀太子注引、《崔駰传》章怀太子注引、及《艺文类聚》卷九十六引《庄子》、《事类赋》《龙赋》引《庄子》、《太平御览》卷四百七十五引《庄子》、《困学纪闻》卷十引《庄子》改。

⑰ 卫：原作"晋"，今从《论衡》《异虚》改。

⑱ 指晋文公亲里兔须，齐桓公用管仲。

⑲ 韩宣子：原作"宣子"，今从《文选·西京赋》李善注引、《白孔六帖》卷九十一引、《太平御览》卷四百七十二引改。

⑳ 止：原作"生"，今从《太平御览》卷六百三十三引《说苑》、及《资治通鉴·外纪》卷九改。

原载《中山大学学报》1957年第3期

论《吴越春秋》为汉晋间的说部及其在艺术上的成就

陈中凡

中国古代小说，自两汉以后才有传书。考其内容，不外杂录和志怪两类①，其中"又杂入本非依托之史"，而又不容它归于史部的，如《穆天子传》一类"多含传说之书"，至清代撰《四库全书总目提要》，才把它"退置于小说家"中。现在考《吴越春秋》一书，也不出于后汉赵晔之手。而为汉晋间人讲述古史并附会民间传说的一种说部，试分别证明如下。

一　《吴越春秋》非后汉经师赵晔所著的史书

《吴越春秋》始见著录于《隋志》。《隋书·经籍志》载："《吴越春秋》十二卷，赵晔撰。"《旧唐书·经籍志》、《新唐书·艺文志》所录略同。自唐人编纂《隋书》以来，都以它为后汉赵晔的著作。今考《后汉书》，赵晔是会稽山阴人，耻为县吏，到犍为、资中，从杜抚受《韩诗》，积二十年，著《吴越春秋》、《诗细》。后来蔡邕到会稽，读《诗细》而叹息，以为长于《论衡》②。赵晔的生卒年月不可考，只知道他曾从杜抚受学。《后汉书》载杜抚"建初中（公元七六—八三）为公车令，数月卒。"他死于一世纪的九十年代。由此推知，赵晔当为一世纪中期到二世纪初期的人。他生当后汉中叶黑暗时期，耻为厮役的县吏，不远数千里，到四川的资中，从杜抚学《韩诗》，潜心经籍，积二十年如一日，故其著书为蔡邕（133—192）所激赏，说他长于王充的《论衡》。其著述的精湛，自不待言。今读《吴越春秋》，其中纰缪层见迭出，似绝非出于经师之手，实杂糅民间小说家言。试举例来证明。

首就书中序事的年代说：《吴越春秋》是根据《左氏春秋传》、《国语》和《史记》等书编写的。书为纪传体，依吴、越两国诸王各自为传。传中以年系事，其年月或据《春秋经》与《左传》，或据《史记》，有时与两书完全不符，不知何所依据？

如吴国自寿梦以后，才有纪年。书中所述吴王寿梦始通中国，与鲁成公会于钟离，《春秋经》和《左传》并系于鲁成公十五年，《史记·十二诸侯年表》推为寿梦十年，是符合《春秋经》和《左传》的。而本书以为寿梦元年，则提前了十年，致与上述三书都不合。至寿梦二年楚申公巫臣自晋入吴，教吴人伐楚，这是吴、楚结怨开始的一件大事，反倒置在二年之后，与《春秋经》和《左传》比勘，其错误不难立见。

其他如把吴王余祭及余昧的年代倒错，尚属沿袭《史记》所致，而把楚灵王三次伐吴的年代任意提前或退后，又与《史记》不符，更属错中之错。

其最显著的莫如越灭吴的年岁。这是本书中的重大事件，绝不容轻率安排的。考《春秋经》和《左传》记吴越这次战争，前后共经四大战役：一为鲁哀公十三年，《经》书"于越入吴"，《传》记"吴及越平"。由勾践立于鲁定公十四年推之，当为勾践十五年事。本书《勾践伐吴外传第十》开篇所说是正确的。二，鲁哀公十七年，"越伐吴，吴子御之笠泽"。这是勾践十九年事，本书则误为二十一年，延迟了两年。三，鲁哀公二十年十一月，"越围吴"，这是勾践二十二年事，本书仍记于勾践二十一年，又提前了一年。四，鲁哀公二十二年，冬十二月，"越灭吴"，这是勾践二十四年事，本书则记于二十二年，更提早了二年。考其前后三次记载错乱的原因，实由于误读《史记·越世家》所致。《越世家》载范蠡说："谋之二十二年，一旦而弃之。"本书作者以为勾践二十一年围吴，守一年，至二十二年遂灭吴了。不知《越世家》明言："吴王已盟黄池"之年，"越乃与吴平"。这是勾践十九年事。"其后四年，越复伐吴"，则为勾践二十二年。下文又接着说："越大破吴，因而留围之三年，吴师败，越遂复栖吴王于姑苏之山。"是越灭吴在"留围三年"之后，当为勾践二十四年，文义甚明。作者未加推算，固执着"谋之二十二年"一语，竟不顾上文一段详细的记载，致所述与《左传》、《史记》都不能吻合，其乖舛遂至于此。这绝不是潜心经籍的学人所应有的错误。

次就地理说：本书所举地名，多未见经传，还有不详今地所在的。试看《国语·越语》所载勾践之地，南至句无，北至御儿，东至于鄞，西至于姑蔑，广运百里。今并有地可指③。本书记吴王封地于越，前后凡两次：第一次"封地百里于越，东至炭渎，西止周宗（朱宝），南造于山，北薄于海"。考《越旧经》、《会稽志》及《水经·浙江水》注，前两地现在都不能详。后两者所谓"山""海"则泛指而无实地。第二次增封的疆域："东至于句甬，西至于携李，南至于姑末，北至于平原（武原），纵横八百余里。"句甬，《国语·吴语》作甬句东，为今定海东北海中的舟山，确为越国的东境。携李又名御儿，在今嘉兴县境，《国语》以为越之北境。姑末，《左传》作姑蔑，今衢县境。平原，《越绝书》作武原，今为海盐，并不是越国的南北境。以上所述四至，除句甬外，其余则方向不符（以上见《勾践外传第八》）。

至书中述越人北伐的途径，先"溯江而上"，"入于江阳、松陵、欲入胥门"，见伍子胥显灵退师。"于是越军明日更从江出，入海阳，于三道之翟水，乃穿东南隅以达"《勾践伐吴外传第十》）。这里除松陵据《吴地记》在松江而外④，其余所谓"江阳"、"海阳"、及"三道之翟水"，作者既未能确指其地，并不详今地所在，近于涵浑，令读者无法确认越人两次进兵的路线。

再次就人物说：《左传》成公七年，记楚亡臣申公巫臣由晋入吴，"置其子狐庸焉，使为行人于吴"。这是以战阵教吴伐楚，"蛮夷属于楚者，吴尽取之，是以始大通吴于上国"的一个重要人物。其子狐庸也由行人而为吴相。而《寿梦传第二》则说："巫臣适吴以为行人"，竟误认父子为一人。又《王辽传第三》篇末说："公子盖余、烛庸二人以兵降楚，楚封之于舒。"《阖闾内传第四》又说阖闾"使子胥、屈盖余、烛庸习战术"。把同一个人同时置于敌对的两个国中，苟无分身之术，其事是不可能的。

又《左传》昭公元年，楚公子围"杀太宰伯州犁于郏"，昭公二十七年，《春秋经》书"楚杀其大夫郤宛"。郤宛是伯州犁的儿子，白喜的父亲，他也姓白，又别氏郤，故《史记·吴世家》载："楚杀伯州犁，其孙白嚭亡奔吴。"祖父孙三代，显系三人，而《阖闾内传第四》载子胥说："白州犁楚之左尹，号曰郏（郤）宛。"竟把父子混为一人，更属离奇。

又《太伯传第二》述吴国的世系，与《史记》颇有出入。《吴世家》说自太伯、仲雍、季简、叔连、五传至于周章，才列为诸侯。周章卒，子熊遂立，这是吴君的第二代；本书《太伯传》则说："章子熊，熊子遂。"把熊遂分为两人。则《史记》所说，"大凡从太伯至寿梦十九世"者，依本书计之，增为二十世，较《史记》多出一世了⑤。

又《勾践伐吴外传第十》把勾践至无疆七世变为五世。⑥无疆为楚威王所灭，失伯身死，越从此绝。本书在他之下又增山无玉、王尊、王亲三世，合计共成八君。这既与《史记》不符，较之司马贞《索隐》所引《纪年》，也互相龃龉，徒令读者迷惑。

最后，再谈关于引用古书文字的解释。以上所述时序、地理、人物的舛误，作者或别有依据，其错误即出于所据之书，也未可知。至书中引用古籍，关于字句的解释，应不致发生绝大的分歧，致有"郢书燕说"的笑柄，哪知竟有出人意外的。如《诗·大雅·生民》述姜嫄生后稷说："生民如何？克禋克祀，以弗无子。"《毛诗》作"弗"，齐、鲁、韩三家诗作"祓"，"弗"乃"祓"之借字，意为除恶的祭祀。这三句诗的大意是：姜嫄怎样生后稷呢？由于她禋祀上帝，以祓除其无子之疾。下文即接着说："履帝武敏歆，攸介攸止，载震载夙，载生载育，时维后稷。"依《毛传》、《郑笺》的解释："履，践也。帝，高辛氏之帝也。武，迹也。敏，拇也。介，左右也。"言姜嫄祀郊媒时，见野有上帝之迹，姜嫄践之，足仅满其拇指，心中歆然，如有人道感己者，遂为左右所止，震肃不复御，由是而生后稷。这是《生民》诗的原意。本书的解释，大致相同，而其下文竟说："后妊娠，恐被淫佚之祸，遂祭祀以求，谓无子履上帝之迹，天犹令有之。"《吴太伯传第一》由这说看来，则履大人迹在前，祭祀在后；姜嫄不是因无子去祭祀，其祭祀的目的也不是求子，而是因未受胎而妊娠，"恐被淫佚之祸"，惹起当时的物议。乃把后稷"怪而弃之于阨狭之巷"。这不仅与齐、鲁、韩、毛四家诗说不同，而且颠倒了诗句的顺序，又横增出"恐被淫佚之祸"的诬罔之谈。在研究二十年《韩诗》的赵晔岂应出此？

这还可以说"诗无达诂"，至《国语·越语》上说："（今寡人）将帅二三子夫妇以蕃，命壮者无娶老妇，令老者无娶壮妻。"这里明言"二三子夫妇以蕃"，则"蕃"常为"蕃息"之义，即指国人的蕃息而言。故下文说"壮者"与"老妇"，及"老者"与"壮妻"的年龄不相当，将妨碍国民的蕃殖。文义明确，不致有其他歧义。本书《勾践伐吴外传第十》引用此文，竟解释为"将率二三子夫妇以为藩辅"，把"蕃息"或"蕃殖"之"蕃"，误解为"藩辅"之"藩"。

又《国语·吴语》载勾践召五大夫询问战术，大夫舌庸以"审赏"对。大夫苦成以"审罚"对，所谓"赏""罚"，并指军令严明。其次大夫种对以"审物"，"物"当然是指军中的旌旗物色徽帜之属，故勾践称他能"辨"，也是说士卒能辨别这类物色[⑦]。而本书竟说："审物则别是非，是非明察，人莫能惑。"不知道这与战术有何密切关系？

又大夫皋如说："审声则可以战。"这里所谓"声"，仍然是指军中钟鼓进退之声，声不审则进退无据[⑧]。本书竟说："蕃于声音以别清浊。清浊者，谓吾国君名闻于周室，令诸侯不怨于外。"把军中钟鼓进退之声，认为声闻令誉之声，这样望文生训的解释，简直未读懂《国语》，而支离其词，妄加揣测，通经博览的赵晔，岂应荒谬至此？

总上所述，《吴越春秋》序述古代史实，竟错误百出至此，其不出于后汉经师赵晔之手，昭然易见。这样，将如《四库提要》所说："以为信史而录之，则史体杂，史例破矣。"故说它不是后汉赵晔所著的史书，可以断言。

二 《吴越春秋》为汉晋间的说部

《四库总目提要》说《吴越春秋》"近小说家言，自是汉晋间稗官杂记之体"。这种推论可信与否，容为继续证明：

试看《后汉书》说：蔡邕至会稽，读《诗细》而叹息，以为长于《论衡》。《诗细》为解经之书，蔡邕读到尚如此称扬，晔如著有此等国别史，蔡邕亲至会稽，岂容不知？读到后岂能无一语涉及？则晔未著此书，或着而身后业已散佚，并未可知。总之，在后汉末年的蔡邕亲到会稽访晔遗著而未见此书，则今日传本的《吴越春秋》出于后人依托，可以概见。而且晔为会稽山阴人，著此书以传乡邦史迹，而书中却内吴外越，疏本国而亲敌国，越籍人的著述岂容如此？

再看《阖闾内传第四》载楚乐师扈子为楚作《穷劫（衄）之曲》，其词如下：

> 王耶王耶何乖烈（劣），不顾宗庙听谗孽，任用无忌多所杀，诛夷白氏族几灭。二子东奔适吴越，吴王哀痛助忉怛，垂涕举兵将西伐，伍胥、白喜、孙武决，三战破郢王奔发，留兵纵骑虏荆阙，楚荆骸骨遭发掘，鞭辱腐尸耻难雪。几危宗庙社稷灭，严王何罪国几绝。卿士凄怆民恻恨；吴军虽去怖不歇。愿王更隐抚忠节，勿为谗口能谤亵。

这类纯粹七言长诗，到建安以后才普遍流行，曹丕的《燕歌行》以外尚不多见，后汉尚无此试作。

据王先谦《诗三家义集疏》考："刘向《列女传》乃不著姜嫄之夫，张华遂谓为'思女不夫而孕'，可谓愖矣！"⑨则"姜嫄妊娠恐被淫佚之祸"，也是魏晋人的谬妄之谈。我们固然不能因此即断定本书为魏晋人的作品，但说它是一世纪中期到五世纪初期汉晋间人的传作，似乎是可信的吧！

再就当时的说部来看：汉晋间的小说略分志怪及志人两类，《穆天子传》则综合两者为一书，昔人"以为信史而录之"者，《四库总目提要》拟"退为小说"。鲁迅《中国小说史略》已赞成其说了。本书体例和它大致从同，而内容较为繁复。因为春秋末期吴越争伯，改变了中原形势，而吴王夫差使人立庭而呼，不忘父仇，三年遂败越军，及越王勾践握火抱冰、卧薪尝胆，终得复国的故事，尤为史家所艳称。本书又缘饰以小说家志怪之谈，故神其说，使伍员不仅为兵家，谋臣，而且上识"天气之数"，下善"因地制宜"。乃能"相土尝水，象天法地"，以神机妙算战胜敌人（《阖闾内传第四》）。范蠡在越，也以卜日占时，"承天门制城，合气于后土"，以此佐越王图伯（《句践归国外传第八》）。宋元说部中塑造的军事形象多本于此。还有公孙胜"多见博观，知鬼神之情状"，夫差因为不信他的卜梦之谏，至于败亡（《夫差内传第五》）。这类记鬼神术数的妖道，尤为后来小说中不可缺少的人物。

他如阖闾铸剑，干将说其"师作冶，金铁之类不销，夫妻俱入冶炉中，然后成物"。干将与其妻莫邪，也"断发剪爪，投于炉中，使童男童女三百人鼓橐装炭，金铁乃濡，遂以成剑"。阖闾"复命于国中作金钩"，"有人贪王之重赏，杀其二子，以血衅金，遂成二钩"（《阖闾内传第四》）。勾践访问剑戟之术，越"处女将北见王"，道逢袁公，"化为白猿"。陈音谈射术，谓"道出于天，事在于人，人之所习，无有不神"（《勾践阴谋外传第九》）。凡此所述种种占验之术与神怪之谈，前汉辕固已斥之为"家人言"⑩后汉儒生更摈斥不屑一道，赵晔著书胜于"疾虚妄"的王充《论衡》，岂能以这样夸饰怪诞之词，附会古史？这惟汉晋间的稗官杂记，才以民间传说与信史混为一谈。至唐代俗讲，乃有《伍子胥变文》四卷，即根据本书上卷，改编为讲唱文学。宋元话本有《吴越春秋连像评话》，又根据此书改编为说话人的底本。明代梁辰鱼《浣沙记》则根据本书下卷，改编为传奇剧。可见唐、宋、元、明四代艺人都以它为祖本，用各种文艺形式把它表现在讲坛或舞台之上，使古代民族典型人物，永远保存在后代人民记忆之中。鲁迅也说："汉前之《燕丹子》，汉扬雄之《蜀王本纪》，赵晔之《吴越春秋》，袁康、吴平之《越绝书》，虽本史实，并含异闻。"鲁迅虽未把此书正式归入小说部门，但已说它"本史实"而"含异闻"，"于是小说之志怪类中又杂入本非依托之史"而成为历史小说了。

三 书中的人物塑造

本书所述史实，虽考之《春秋经》、《左传》与《史记》，不免有重大的舛误，或失之浮夸，不符于历史的真实，若以艺术的真实来衡量，则全书通过写出的人物，表现了特定时期的社会生活及深刻的思想内容，足称为古典小说中思想性较强的一部。

现就书中所写出的人物的成就来说，第一当推伍员子胥。

《左传》昭公二十三年，记伍奢被害、伍员奔吴；定公四——五年，伍员谋楚，及率吴师入楚；定公十四年，阖闾伐越死，子夫差绝意复仇；哀公元年，夫差败越于夫椒，越王赂宰嚭以求和，伍员切谏不从；哀公十一年，员自杀身死。虽故事的首尾毕具，但只见轮廓而已。《国语·吴语》和《国语·越语》所述略同，惟将员临死遗言，改为："悬吾目于东门，以见越之入，吴之亡！"尤为警切。《吴氏春秋》孟冬纪《异宝篇》伍员过郑入吴，路经楚境，涉江得到捕鱼丈人的引渡，增加这段插话，加强了故事侧面的描写。至《史记》的《吴太伯世家》、《楚世家》及《越世家》分述伍子胥事迹，又综合上述三书的记载，写成专传，可说是集伍子胥故事的大成，最后司马迁对他的评价说：

> 怨毒之于人甚矣哉！王者尚不能行之于臣下，况同列乎？向令伍子胥从奢俱死，何异蝼蚁，弃小义，雪大耻，名垂于后世。悲夫，方子胥窘于江上，道乞食，志岂尝须臾忘郢耶耶？故隐忍就功名，非烈丈夫孰能致此哉！

对于子胥描写所具有的认识价值及教育意义，加以概括的说明，并感叹他的伟大的性格，是把他当作封建社会的斗士形象来称赞的。

这一故事，传到秦汉间，成为《伍子胥》八篇，班固《汉书·艺文志》列于杂家，不著撰人姓名，当由民间传说汇集成书。《汉志》又著《伍子胥》十篇、《图》一卷于"兵技中"。可见子胥除擅长战术而外，其壮烈的复仇故事，为秦汉间人民所称颂。

本书继承《春秋经》、《左传》、《国语》、《史记》本传，并综合秦汉以来民间传说，以丰富其内容，增强其意义。书中对于这一复仇故事，是作为一个实际的道德问题及个人的性格问题而提出的。故对于问题的解决随着各人对于古代道德范畴认识的不同，而表现出各自不同的性格。如楚昭王奔郧，郧公辛预备护送他出国，其弟怀愤恨不平，说："昔平王杀我父，我杀其子，不亦可乎？"辛反驳他说："君讨其臣，敢仇之者？"即阴与其季弟巢以王奔随（《阖闾内传第四》），郧公辛根据封建道德，以为君杀其臣，臣属只有缄默忍受，不应有报复的思想，即表现出愚昧、软弱的性格。

继伍子胥之后，楚人以父仇避难入吴的还有白喜（伯嚭）。喜祖父白州犁、父郤宛并以无罪见诛，归命于吴，及至吴兵破楚，即以为大仇已复，无复他求。到夫差当政，竟贪越王的厚献，日夜为言于吴王。白喜对于复仇仅限于敌对者的本身，至敌人已得到应得的惩戒，即以为复仇的责任已尽，不复再顾及其他。对于为他出力的吴国便不负任何道德责任，反以怨报德，陷同仇敌忾的难友于死地，遂表现出阴毒险狠、贪残的性格。

子胥对复仇的看法则绝不这样简单。他听到楚使诈传父命，即以为"君欺其臣，父欺其子"。断然加以否认，不受这种封建道德的束缚，表现出坚决与明智的性格。至平王遣使追捕，他更"张弓布矢，欲害使者"。表现出勇敢、果断的性格。遂追随太子建北走宋、郑，以宋有内乱，郑人不能兼容，不惜冒绝大的危险，偕建子胜经楚入吴，沿途得到江上渔父及濑水女子的救援，激起了他感叹振奋的心情，跄踉达到吴市。市人没有认识这位末路英雄，王僚只从皮相"怪其状伟"，公子光则从本质上认识他"勇而且智"，难怪他引光为知己，即推荐他在底层社会所结识的两个勇士——专诸与要离，为光清除了政治上的障碍，使他得享有吴国的政权。这段艰苦曲折的过程，充分表现出子胥智深勇沉、坚贞不拔的性格。司马迁称之为"烈丈夫"，从他的生活、行为及感情、思想上指出他的性格特征。

阖闾亲政以后，首先与谋国政，即提出"强国伯王"之道，征询子胥的意见，他的答词，也以"安君治民"为"兴伯成王"的两大方针。因"七荐"善治兵的孙武，先"小试于后宫之女"，使"左右进退，回旋规矩，不敢瞬目"。这样整军经旅，严格训练了两年，使楚国君臣闻风胆落，"共诛费无极而灭其族"，藉以消除国内的矛盾。他犹不敢大兴干戈，直指暴楚，先试其锋芒于越，以除后顾之忧。到阖闾六年（前五〇九），楚师东侵，伍员、孙武出兵迎击，围之于豫章。吴王想乘机入楚，子胥仍主张审慎。再到九年（前五〇六），才联合唐、蔡大举西征，五战径入郢都，乃"掘墓鞭尸，藉馆以辱楚之君臣"。子胥积年愤恨，病入骨髓，至此可说是一朝倾吐，快心适志了。而在深思远虑的子胥，对于复仇的看法，尚不如此单纯，又进一步提出了新的要求与任务。

因为子胥深刻地认识到他之所以能报父兄之仇，其关系是复杂的。如果没有吴王阖闾的大力支持及新兴的吴国为后盾，仅靠子胥或白喜等数人的力量，兴兵覆楚是不可想象的事实。故子胥对吴王与吴国的感激，终生不能忘怀。子胥至此把个人复仇的志愿发展为对吴王与吴国的任务，必须竭忠尽智效力于吴王与吴国，才不怕敌人复起，使吴国濒于危殆。这不仅是单纯的个人复仇问题，同时也是他对吴应负的报君爱国的义务了。

不幸吴越启衅，彼此报复不已，阖闾终以携里之役负伤道死（前四九六），此后对越报怨，是夫差的责任，也就是子胥的责任。及至三年以后败越于夫椒（前四九四），与白喜思想同样简单的夫差，以为越既服罪，率众来降，复仇的目的已达，对先王对国家的责任可以告一结束了。其时中原无主，内外不安，不如乘机北进，称伯当世，较为得计。这在浅见的夫差和白喜拟计之中，似乎从全局着眼，对于后方区区的蕞尔小邦，是不值得注意的。而在智虑周详的子胥，则始终认越为"心腹之病"，不"剪除其疾"，而欲北伐齐国，是"犹治救病疥而弃心腹之疾，发当死矣"。这样正确的判断，是有先见之明的。奈夫差见不及此，反斥他"昏耄而不自安"，"乃欲专权擅威，独倾吾国。"子胥至此，本可听被离之劝，出亡他邦，他为什么不"自惜祸将及身"，而不肯远适？他对被离说得很明白："前王听从吾计，破楚见凌之仇，欲报前王之恩而至于此。"阖闾为他"破楚见凌之仇"，他就应当"报前王之恩"，以尽他对吴国应尽的责任。那料夫差竟"使人赐属镂之剑……急令自裁"。那子胥只有"伏剑而死"，含冤地下了（以上见《夫差内传第五》）。

著者至此，以想象的手法作神话式的描写，说：

> 吴王乃取子胥尸，盛以鸱夷之器，投之于江中……子胥因随流扬波，依潮来往，荡激崩岸（同前引书）。

这是据当时民间传说，藉以安慰烈士不朽的英灵的。后来越军围吴，将入胥门，更有如下一段的记载：

> 越王追奔，攻吴兵，入于江阳、松陵，欲入胥门，未至六七里，望吴南城，见伍子胥头，巨若车轮，目若耀电，须发四张，射于十里（《句践伐吴外传第十》）。

这样显灵，气概尤为显赫，遂阻止了越兵的前进，文种、范蠡只得稽首谢罪，遵照他梦中的指示，改道由东南进兵。如此鲜明突出的描绘，显示出子胥英灵不泯，成了封建社会崇拜的人物。当时吴人即为他作祠于江上①。历两汉、三国、六朝，庙貌犹新，隋唐以后，历久不废②。汉晋间的小说家乃汇集民间传说，写出封建社会斗士特有的气魄与精神，是可以理解的。因伍员生当封建社会初步形成的时期，他对于出生的楚国，能不顾封建道德的小节，毅然出走，备尝险阻艰难，亲为父兄复仇；又不计个人利害，直言极谏，以报效为他复仇的吴王，虽至杀身，在所不辞。为着家族与民族的恩怨与光荣，贡献出自身的全力与生命，这样的英雄形象，在当时是有他的时代意义的。

有人以为如上所述，伍子胥先以报父兄的仇恨，不惜覆亡了祖国；后以报私人的知遇，又不惜以身殉异国，这以封建道德标准看来，前后是矛盾的。如果说后者为是，则前者就只有加以否定，不能同时肯定了。如果用后代的封建道德衡量他确是这样，若在社会转型时期，士人阶层初步形成之际，一般士人如得不到本国统治者的任用，则惟有奔走四方，游说诸侯，所谓"出疆载贽"，献出手中所执的野鸡（士执雉），求主人的任用，表示为主人守介而死，绝不失节⑬。故豫让说："范中行氏众人遇我，我故众人报之；智伯国士遇我，我故国士报之。"⑭孟轲说："君之视臣如手足，则臣之视君如腹心；君之视臣如犬马，则臣之视君如国人；君之视臣如土芥，则臣之视君如寇仇。"这都是战国初期人的见解。则子胥视楚王"如寇仇"，而以"国士报吴"，在那个历史时期看来，绝对无可非议，不能以后代封建社会的国家观念与"君臣大义"来责备他了。

然则子胥在吴，是否可以说毫无可议之处？则又不然。我们看句吴虽属新兴国家，但在愚昧之世，使屈狐庸聘于晋，他对晋君臣称其君"甚德而度，德不失民，度不失事，民亲而事有序，其天所启也。⑮尚知道使人民群众亲附，国内一切措施才有秩序，这是吴国先民的遗训。阖闾初用子胥时也说：

> 吾国僻远，顾在东南之地，险阻润湿，又有江海之害，君（内）无守御，民无所依，仓库不设，田畴不垦，为之奈何？（《阖闾内传第四》）

当封建割据列国并立的时代，其谋国之道在备守御、实仓库，辟田畴，使民众有所依据。这几项根本大计，阖闾已一一接触到了。子胥其时的答词，也以"安君治民"为言，已如前述。又详陈其政策说：

> 凡欲安君治民，兴伯成王，从近制远者，必先立城郭，设守备，实仓廪，治兵库，斯则其术也。（同前引书）

所举四大政纲，与阖闾是一致的。惜后来他在政治上的措施，只注意于"立城郭，设守备，治兵库"三事，独于"实仓廪"一项，略去不谈，"垦田畴"更非其所重。对于阖闾所说"民无所依"一语，遂不屑加意。子胥只订出舍本逐末的政纲，便于急功近利，收到胜楚的速效，终经不起秦兵反击，即不能久支，仓皇东退。阖闾返国后，依然不恤民力物力，大治姑苏之台，引起国内外的矛盾，又未闻子胥一言谏阻，遂以携李一败，伯业告终。夫差报越以后，更野心勃勃，妄欲图伯中原，又引起内部的人心不安，越人乘其敝，遂一举而灭吴。子胥于此，惟津津以越患为心腹之忧，曾不愧于谋国之忠，独于吴国内部的矛盾，则熟视无睹，未尝一言，终至国破家亡。追原祸始，子胥是不能完全推诿责任的。即舍此不谈，专论他的功绩，子胥也只是个军事家，不足当政治家的称号。其性格虽英勇、果决、沉着、机警，终不能掩其对于政治的短见。本书只刻划其性格表现在军事上的特征，于其政见则略而不谈，其描绘是符合实际的。

书中第二个主要人物为越王勾践。

越自无余立国，传二十余世而至允常，称雄于南方蛮夷之间，与吴国原为盟邦，而且有"贡""赐"的关系。至阖闾伐楚，以允常未能从征，乃背盟伐越，战端是由吴人启衅的。允常当然怀恨，及吴军入郢，遂兴兵掩袭吴的后方（前五○五）。从此开罪强邻，阖闾败楚后乃大举伐越。越人又以诈术取胜，致阖闾不能终其天年（前四九六）。夫差锐意复仇，三年后大败越军（前四九四），勾践仅剩甲兵五千人，栖于会稽，当此残破之余，惟有委国入臣，向吴屈膝求和了。

勾践入吴，起初是不甘心的，经诸大夫恳切的劝勉，与自己的思想斗争，又得到范蠡的追随并时加指导，才耐心拘囚石室，"服犊鼻，着樵头，夫人衣无缘之裳，施左关之襦，夫斫剉养马，妻给水除粪洒扫，三年不愠怒、面无恨色"。这样奴颜婢膝，甘为臣妾，已非常人之所能堪；范蠡又教他向吴王问疾，亲尝便粪，以决吉凶。因此感动了夫差，才不听子胥的忠告，而用太宰嚭（白喜）的谀词，轻率地许与越平，使勾践得生全归国。这场出死入生的屈辱，把他意志锻炼得更加沉着坚定了。返国以后，乃"苦思劳心，夜以接日"，朝夕思得一间，报此宿仇。除奉行文种的"九术"，削减敌人的实力而外，他深知非训练全国人民，使万众一心，同仇敌忾，不能战胜国势方张的强吴。而欲训练民众，又必须先从爱护民众做起。文种因陈"爱民"之道，在"无夺民所好"，"不失其时"及"省刑去罚，薄其赋敛"等诸大端的政治措施。进而与人民同甘苦，共患难，"遇民如父母之爱其子，如兄之爱其弟，闻有饥寒为之哀，见其劳苦为之悲"。乃能与人民打成一片，发挥民众的力量。勾践实行他这种建议，"乃缓刑薄罚，省其赋敛，于是人民殷富，皆有带甲之勇"（《勾践归国外传第八》)。这些富强的效果,确不是一朝一夕就能做到的。

勾践平日除"葬死问伤,吊忧贺喜,送往迎来,除民所害",不断与人民进行紧密的团结而外,又进而实施其训练儿童与青年的政策,先从奖励生育着手:规定男女嫁娶的年龄,逾龄则罪其父母。产妇分娩,令医生守护,生子二人,予以给养,生三子则由国家哺育。平日对儿童加意爱抚,登记姓名,给以饮食。青年都吃勾践所制的标准饮食,被夫人所制的标准衣服;其中才能出众的优先选拔,四方青年来投效的同样加以接待。这就是所谓"十年生聚"的政策。

其对青壮年的军事训练,则用申包胥的建议,以"智、仁、勇"为三大德目。"不智则无权变之谋","不仁则不能与三军同饥寒,齐苦乐","不勇则不能断去就,决可否"。进而慎赏"以明其信",审罚使"不敢违命",并使其辨别旌旗物色的部署,钟鼓进退的声音以及防御的工程设备,军法的严明节制。这就是所谓"十年教训"的规模。

最后勾践才下令国中,于"五日之内",会师出征,临行又命有司大徇于军中:有父母无昆弟者,来告……父母昆弟有疾病者为其治疗,死亡者葬埋殡送;本身有病者予以医药,给以糜粥,与之同食;筋力不足以胜甲兵者减轻其负担。因此,更能使"军士莫不怀心乐死,人致其命"。然后陈师鞠旅,"一战而败吴师于囿,又败之于郊,又败之于津"。如是三战三北,径围吴于西城,终于灭吴而还(以上并见《勾践伐吴外传第十》)。

勾践"早朝晏罢,切齿铭骨,谋之二十余年",其结果不仅湔涤了自身的耻辱,而且"以淮上地与楚,归吴所侵宋地,与鲁国泗水东方之地百里",恢复了江淮间原有的秩序。乃与齐晋诸侯会于徐州,致责于周王朝。对于中原的安定,贡献了一定的力量。

书中第三个主要人物是范蠡。

范蠡原属楚人[16],入臣于越。正当越国危急之秋,他抱着"辅危主,存亡国"的决心,不顾身蹈危机,与勾践夫妇同入强吴,过着奴虏的生活。这固是封建国家忠臣的本职,故他对勾践说:"往而必返,与君复仇者,臣之事也"。但是,对于范蠡,却不能以单纯的"为君复仇"看他。因为"越王为人,长颈鸟喙,鹰视狼步,可与共患难,而不可与共处乐,可与履危,不可与安",他是有深刻认识的。而他却追随勾践,"虽在穷厄之地,不失君臣之礼",深深地感动了夫差。夫差劝他"改心自新,弃越归吴"。他终"不移其志",趋入石室,愿"入备扫除,出给趋退"(《勾践入臣外传第七》)。这岂是效忠勾践一人所能说明？试看夫差失败以后，使王孙骆请成于越，但求能赦其大罪，愿长为臣妾，勾践不忍其言，将许其成，范蠡独坚决加以拒绝，即刻鸣鼓进兵，逼得使者急去，夫差只有伏剑自刎。可见他的最后目的，实在于除恶务尽，把楚越两民族当前的灾难根本消除，而后甘心，于此足见范蠡的志愿不仅为勾践一人复仇，而且为楚越两国彻底消除祸乱的根源，他只有行使这断然的手段，逼令夫差自杀，使勾吴成为历史上的名词。

不过，凡属封建统治阶级，不论为吴为越，其本质是没有区别的。何况"藏心不测"的勾践，其得志以后，何能对他有远大的期望？范蠡至此，惟有功成身退，萧然远引，浮于江湖，变名易姓。发挥其"治产积居"之术，以陶朱公名于世了⑰。范蠡退隐海滨，从事货殖，当然是为的个人，推而至于家室，至于"贫交，疏昆弟"，而不是为的民众。这在封建社会的范蠡，其受阶级的局限是不能避免，也不应予以苛求的。

奔走吴越之间的还有一个重要人物，就是孔丘的高足弟子端木赐子贡。由于齐大夫成桓欲伐鲁，孔子急召门人，说："鲁，父母之国也，丘墓在焉。"要弟子们设法挽救。子路、子张、子石请行，孔子都不许，独遣子贡。子贡遂使吴救鲁伐齐，以兵临晋，又使越袭吴的后方。司马迁说："子贡一出，存鲁，乱齐，破吴，强晋，而伯越。子贡一使，使势相破，十年之中五国各有变。"⑱盛称子贡的功绩，不过"倾人之邦，以存宗国，何以为孔子?纵横捭阖，不顾信义，何以为子贡？"后代治史者多为之辩诬⑲，以为"战国说客设为子贡之词，以自托于孔子，而太史公信之"。本书既为说部，原不足据为信史；然此段记载本于《史记》，《史记》又本于《墨子·非儒》下，都不是毫无根据的影响之谈，作者也就直言不讳地描绘出儒家的本来面貌了。

四　书中主题、思想的历史意义

由上所述，《吴越春秋》虽为汉晋间的说部，而其主题、思想实具广泛而概括的历史意义，试略述之：

春秋二百四十余年（前七二二——前四八一）为中国古代社会的转型时期。西周沿袭殷商的奴隶制，自厉王、幽王以后，逐渐由动摇至于崩溃，东周的割据诸侯演成互相吞并的形势，表现了周王朝分封的中原民与南方蛮族楚人的盛衰。楚原僻处在荆山，至春秋初期，迁于郢都，遂称强于江汉，慑服了江汉间的弱小部族或民族，即不断扩张其势力于中原。齐桓公、晋文公虽曾一度服楚（前六五八——前六三二），楚人的实力并未因此削弱。接着秦穆公败晋，称伯西戎（前六四二），中原民族由此日趋衰微，到前七世纪初期，楚庄王继起，竟至观兵于周王朝的京畿（前六○六），中原郑、宋、陈、蔡诸国遂无一日安宁。这是春秋前半期一百五十余年（前七二一——前五七○）的形势。自此以后，楚由共王、灵王、至于平王（前五四四——前五一六），因不断地向国外扩张引起国内不安，而东南蛮族的吴人通于上国，越人继入江淮，使春秋后期的形势为之改观。这就是本书所序的史实。

因为楚在春秋初期已成了侵略的国家，到了前四世纪后期，更加紧对外侵略，人民苦于劳役，致国内的阶级矛盾与对外的民族矛盾同时并起，其由统治集团内部分裂出来的人物，如申公巫臣、伍员、白喜等相继出亡，即利用敌人共同击败了楚国的腐朽政权。句吴为东南新兴的民族，在愚昧之世，"民亲而事有序"，虽楚人时时侵扰，不足为患。至王僚与公子光争位，曾引起一度内部的纠纷，阖闾又利用对外的民族战争，克服了国内的阶级矛盾。及至他胜楚以后，乃大治宫室，出入游冶，致有携李之败。夫差报越以后，不知引为前车之戒，又伐齐盟鲁，北会诸侯于黄池，妄欲与晋争长，图伯中原。至于士卒疲弊，国人怨嗟，这时国内的阶级矛盾又处于主导地位。越国乘其敝，遂使吴继楚人之后归于灭亡。

越在前五世纪末期，是被吴人压迫的国家，勾践为了抗拒强敌，发动了广大民众为防御而进行的战争是合于正义的，其结果自然锋不可当，所至摧陷。吴军节节败走，终于全部崩溃。也是势有必至的。由此可知，全书主旨在说明历史上部族或民族间的战争，属于自卫防御性的多成功，属于侵略性必至失败。其由防御性转为侵略性的则暂时成功，而最后仍归于失败，成了历史的规律。在吴越两族的战争中表现得最为清楚。因此，养成中国各族人民的习性，"都反对外来民族的压迫，都要用反抗的手段，解除这种压迫。"[20]成了经典式的教训。本书即通过吴越兴亡的故事阐明了这一点。

由后汉中期到魏晋，是中国历史上的扰乱时期。自汉武帝击溃了对中国历年侵略的匈奴，开始了胡、羌各族入居中国的先例。到后汉末年，西北各族大量向内地迁徙，经三国到晋初数十年，自辽东至陇西一带，匈奴、鲜卑、乌桓等族杂居的达四十余万人，氐、羌在关中的达五十余万人，占关中人中的半数。当时的封建统治者及官僚、地主不可能用合理的民族政策，使各族人民和平共处，而对移入的各族劳动人民进行残酷的剥削与奴役，给各族的领导层制造煽动种族仇恨的机会。到四世纪之初，山西的匈奴各部即首先形成了独立的势力，至四世纪初（三一一年）遂有永嘉之乱，洛阳、长安相继沦陷。继其后而来的羯、鲜卑、氐、羌的铁骑遂纵横于黄河流域，把汉民族原有的生产组织破坏无余，使中国北部人民陷于民族混乱的灾难之中，凡一百三十余年。当此纷扰期间，南中的士人偏安江左，多以志怪之书，寄托其荒诞不经的想象。其中即有记述见闻之书，也多属于杂史一类，撮拾遗闻逸事，供读者茶余的谈资而已。本书独敷陈春秋末期历史事实，说明民族的战争同时引起国内的阶级矛盾，两者交织在一起，每足以自取灭亡，其中惟有内部团结一致，才能转危为安，转败为胜。书中虽以民间传说的鬼神术数之谈，渲染点缀，藉以动人听闻，但从叙述民族斗争的主题、思想来说，实为有社会意义与教育意义的一部小说，在艺术上的成就也是相当高的。

————————

① 鲁迅《中国小说史略》二十五页。

② 见《后汉书》卷一〇九下《儒林传》。

③ 详见徐元浩《国语集解》引徐镕说。

④ 徐氏《集解》引《吴地记》逸文。

⑤ 俞樾《读越绝书》辩之甚详，见《曲园杂纂》第十九。

⑥《勾践伐吴外传》述越世系，自勾践、兴夷、翁、不扬、无疆，凡五世，较之《史记·越世家》，去不寿、王翳、之侯，而增不扬，把七世变为五世。

⑦ 原文作"辩"，系"辨"之借字，本韦昭注说。

⑧ 用韦注说。

⑨ 见王先谦《三家义集疏》卷二十二《生民之什》疏（湖南思贤书局刊虚受堂本）。

⑩《汉书》卷八十八《儒林传》，辕固斥老子书为"家人言"。俞正燮《癸巳存稿》卷七说："家人言似妪媪语。"汉代民间盛行占验之术，皆谓之《黄帝书》，黄老学者即以此等书合之老子。见夏曾佑《中国古代史》三三九页。

⑪ 见《史记》卷六十六《伍子胥传》。

⑫ 王充《论衡·书虚篇》，《后汉书·张禹传》，《三国志·吴志·孙琳传》，《隋书·高劢传》，《唐书·狄仁杰传》，赵翼《陔余丛考》卷三十三《伍子胥神》条详考之。

⑬《周礼·大宗伯》："士执雉"郑玄注："取其守介而死，不失其节"。

⑭ 见《史记》卷八十六《刺客列传》。

⑮ 见《左传》襄公三十一年传。

⑯《越绝书外传·纪策考第七》，《史记·越世家正义》引《会稽典录》，《吕氏春秋》高诱注，并以范蠡为楚人。

⑰ 详见《史记》卷一百二十九《货殖列传》。

⑱ 见《史记》卷六十七《仲尼弟子列传》。

⑲ 见刘恕《通鉴外纪·周纪》七，苏辙《古史》三十三《子贡传》，黄震《史记日钞》，王应麟《困学纪闻》卷十一《考史》，梁玉绳《史记志疑》卷二十八。

⑳ 见《毛泽东选集》第二卷《中国革命和中国共产党》。

原载《文学遗产增刊》1959年第7辑

汉镜铭文学上潜在的遗产

陈　直

现在发现的铜镜，以洛阳金村墓葬中镜，及长沙楚镜为最古，皆战国时物；次就是秦镜，秦镜包括战国及始皇并灭六国后两个时期的：这三种古镜上面，都是铸的图象画与圈案画，有文字者绝少。到了两汉，铸造的艺术更加发展，有纯用图画的、有铭词兼图画的。收藏家一般是最珍贵有纪年的，其他，也有的偏重于花纹的研究，也有的偏重于书法的演变，独于汉镜的铭词，考古者既不甚注意，文学家亦多忽略不谈；其实汉镜的铭词，是两汉文学上最美丽的作品，也是两汉文学上潜在的遗产。兹选择三十首类型不同，可以朗诵者，略加注解，以为举例发凡。

两汉镜铭，其体例有三言、四言、六言、七言及乐府歌辞式五种。何以独无"五言"？或因当时五言歌谣流行，作者为了有别于这些通俗作品，所以就避免了五言；实际四言、七言皆是"诗"，六言类于"赋"，尤其七言是当时创作的新体，故镜铭文作者自称为"柔(七)言之纪从镜始"(《小校经阁金文》卷十五)。其实，汉代镜铭通体七字句叶韵的，根据罗振玉，"汉两京以来镜铭集录"，还不在少，那么，镜铭对七言(七言与七言诗有别)有着一定的影响。

古代"言公"(见刘知几：《史通》)，器物上不写作者姓名，汉镜亦同此例，最多只说明为龙氏作镜、张氏作镜、周仲作镜等类，未有正式题名为某人作的。自东汉时文集之风盛行，作家的姓名始显著；然汉碑文中，还几乎是完全不写姓名的，是其明证(现存司马相如、扬子云等赋，是著名的钜制，恐在当时传抄已特标以姓名)。汉镜铭既无作者姓名，但作者必为当时文学专家；铸镜的铜工，必然广为搜罗，成为类稿，造镜范时随取随用，略为增减。其增减情况，一是视周围铭文多少而定，遇有不能再刻时，即一句不完，亦必然中断；二是视图案花纹而定。例如尚方镜铭有"青龙白虎辟不祥，朱鸟玄武顺阴阳"，图象中必然有龙虎龟雀四神，方用这等铭句，设或只有两种，则必减省一句。至于大同小异，当是传稿的文字不同，或作家自己的修改；至于有脱字有误字，又当是作家本来不误，由于铜工刻范时之误。还有，汉镜铭流传最广的，如尚方镜通例是"尚方作镜大无伤"，及"尚方作镜真大好"两种，未必皆属于尚方令的官造。其情形可能是各地仿铸的，也可能是尚方令自铸的一部分，剩余分售于各地。时风所尚，所以市面充斥。所谓地方性、时代性多属于花纹形式变化，对于镜铭，则变化不大。

三言举例如下：

长富贵，乐无事，日有喜，宜酒食（《小校经阁金文》卷十五）。

常富贵，宜酒食；竽瑟会，美人侍（《拓本》）。

日有喜，月有富，乐无事，常得意。美人会，竽瑟侍；商市程，万物平；老复丁，复生宁（《浣花拜石轩镜录》卷一）。

乐未央，日富昌，宜侯王（《小校经阁金文》卷十五）。

上泰山，见神人。食玉英，饮醴泉；驾飞龙，乘浮云；宜官秩，保子孙（《小校经阁金文》卷十五）。

以上镜铭五首皆表现汉代贵族享乐求仙，长保富贵思想。

君行卒，予志悲，久不见，侍前希（《拓本》）。

秋风起，予志悲，久不见，侍前希（《浣花拜石轩镜录》卷一）。

道路远，侍前希；昔同起，予志悲（《小校经阁金文》卷十五）。

此镜铭三首，皆为夫远戍边塞，妻子相思相念之词，反映出汉代戍边之苦的哀音。案：应劭《汉官仪》："民年二十三为正卒，一岁以为卫士，一岁为材官骑士，年五十六老衰乃得免为民"，合选为亭长，内郡人为材官，边郡人为骑士，皆包括戍卒而言。现从"居延木简"中，观之，戍卒的籍贯，征调遍于各郡国，年龄有至五十七岁，还不得退伍的。镜铭不一定出于戍卒妻子的作品，或为文学专家所代拟；也不一定出于铜工的专造，或为市鬻任人所选购；不然出土者何其多，铭文又何以大同小异如此·(洪亮吉《北江诗话》，谓在关中亦得一品，与第三首同文)。因连忆及汉诗之"藁砧今何在，山上复有山。何当大刀头，破镜飞上天"一首，亦必为戍卒妻子所作，与此镜铭同一类型。合上五首镜铭，互相对比，一为享乐、一为诉哀，可以见汉代阶级矛盾之尖锐。

四言举例如下：

昭阳镜成，宜佳人兮（《拓本》）。

此西汉昭阳宫中所用之镜，"阳成"二字为韵、"佳兮"二字为韵。

见日之光，天下大明（《小檀栾室镜影》卷三）。

案："见日之光镜"，在汉代镜铭中，最为普遍：有作"见日之光，长毋相忘"的；有作"见日之光，长乐未央"的；有作"见日之光，美人在旁"的(均见《小檀栾室镜影》卷三)。并可看出：第一句式是固定的，第二句式是灵活更变的。

延年益寿，大乐未央（同上）。
大乐富贵，千秋万岁，宜酒食鱼（《小校经阁金文》卷十五）。

此首与三言的"长富贵，宜酒食"词意相似。

不日可曾，不日可思（《拓本》）。

此镜铭颇难领会，试作两解："曾"为"憎"字省文，即面目有时可憎，有时可思；或者"曾"指曾参，"思"指子思而言。谓不日可以比曾子，不日又可以比子思。
六言举例如下：

内清质以昭明，光辉象夫日月。心忽扬而愿忠，然难塞而不泄。洁清白而事君，口椀欢之弇明。彼玄锡之流泽，恐疏远而日忘；怀气美之穷嗤，外承欢之可说；慕窈窕之灵贵，愿永思而毋绝（《小校经阁金文》卷十六）。

此镜出土最多。有只用首四句的；又有并四句不完全的；又有以"洁清白而事君"为起句的。每字中隔"而"字，不甚可解，纵有全文，脱落亦多。兹参照严可均《全后汉文》卷九十七的释文，及其他同文各镜，互相稽考、略通句读；就可解者而论，气势完全与汉赋相近。去年洛阳汉墓葬群，出"昭明镜"多片，多为西汉时物。然传世各镜，有似武帝时丰腴宽博字体者，又有似东汉末期字体者，流传普遍，不能判定为同一个时期作品。
七言举例如下：

　　七言之纪从镜始，炼冶铜华去其宰，长葆二亲利孙子（《小校经阁金文》卷十五）。

　　七言之纪从镜始，苍龙居左白虎右，长葆孙子宜君子（同上）。

　　案：原镜铭七字作桼，谓七言铭词，从此镜开始。"去其宰"，当谓去其渣滓；若释七言为来言，便不可诵。

　　新兴辟雍建明堂，然于举土比侯王，子孙复具治中央（《古镜图录》卷中）。

　　案：此王莽时作品。辟雍明堂，同时兴建。然于为匈奴王名。综观七言镜铭诸作，当在王莽先后时代。

　　尚方作竟真大巧，上有仙人不知老：渴饮玉泉饥食枣，浮游天下敖四海（《古镜图录》卷中）。

　　尚方作竟大毋伤，巧工刻之成文章，左龙右虎辟不祥，朱雀玄武顺阴阳（同上）。

　　尚方镜传世最多，一仄声，一平声，千变万化，大同小异，皆不出此范围。

　　张氏作镜宜侯王，家当大富乐未央。子孙备具居中央，长保二亲世世昌（《金石索》金文卷六）。

　　李氏作镜四夷服，多贺国家人民息。胡虏殄灭天下服，风雨时节五谷熟（《小校经阁金文》卷十五）。

　　某氏作镜，亦有仄韵、平韵两种规格。

　　汉有嘉铜出丹阳，和以银锡清而明。左龙右虎辟不祥，朱鸟玄武顺阴阳（《拓本》）。

　　新有善铜出丹阳，和以银锡清且明。左龙右虎掌三彭，朱鸟玄武顺阴阳（《善斋吉金录》卷二）。

第一首为汉代作品，第二首为王莽时作品。"掌三彭"博古图卷二十八又有一镜作"掌三光"，比较易于了解。

> 许氏作镜自有纪，青龙白虎居左右。圣人周公鲁孔子，作吏高迁车生耳。郡举孝廉州博士，少不努力老乃悔。（《古镜图录》卷中）

此镜铭旧说为东汉士孙瑞作，恐不可信。出土地址多在齐鲁，陕甘地区还未见有发现的。

乐府歌辞式举例，如：

> 清冶铜华以为镜，照察衣服观容貌，宜佳人（《长安获古编》卷二）。
>
> 清冶铜华以为镜，照察衣服观容貌。丝组杂遝以为信，宜佳人兮（《拓本》）。

"宜佳人镜"铜质、文字、铭词，三者均极精。

> 愁思曾结，欲见毋说，相思愿毋绝（《古镜图录》卷中）。
>
> 君有行，妾有忧；行有日，反无期；愿君强饭多勉之，仰天太息长相思（《小校经阁金文》卷十五）。

此两镜皆为妻赠夫远戍之词，与上述"君行卒"三言铭文同一类型。缠绵悱恻，哀艳绝伦，比之江淹《别赋》"送君南浦，伤如之何"！陈义更深远，措词更高古。

> 侯氏作镜世未有，令人吉利宜古市，当得好妻如旦己兮（《长沙古物闻见记》卷下）。

案：《长沙古物闻见记》又有残镜，存"当得好妻如威央兮"八字。此两镜恐为汉代婚姻不自由反映出来的作品，把它钩稽出来，也是陶诗所谓"奇文共欣赏，疑义相与析"的意思。"威央"当读如"威英"，无考，疑为用晋文公得南之威事(南之威见《战国策·魏策》)。"古市"即贾市，《小校经阁金文》卷十五载有"史氏镜"铭云："辟去不祥宜贾市"可证。

上述各汉镜铭，不但为优秀古朴的作品，主要可以看出两汉社会情况，尤其是戍边的痛苦，哀怨连篇，这些宝贵的材料，在汉书里是看不出来的。仅在《盐铁论·备胡篇》中，有简单的叙述，发扬搜罗，还是有必要的。至于六朝镜铭如"鸾镜晓匀妆，漫把花钿饰，真如绿水中，一朵芙蓉出"；唐镜铭如"照日菱花出，临池满月生，官看巾帽整，妾映点妆成"；(六朝镜见《金石索》金文卷六、唐镜见《古镜图录》卷中)神韵在"玉台""香奁"之间，已失去社会意义，故略而不论。

原载《文史哲》1957年第4期

图书在版编目（CIP）数据

20世纪中国文学研究论文选. 汉代卷/张燕瑾，赵敏俐丛书主编；赵敏俐选编.
—北京：社会科学文献出版社，2010.1
ISBN 978-7-5097-1166-8

Ⅰ.①2… Ⅱ.①张… ②赵… Ⅲ.①古典文学–文学研究–中国–汉代–文集
Ⅳ.①I206-53

中国版本图书馆 CIP 数据核字（2009）第 201343 号

20世纪中国文学研究论文选·汉代卷

丛书主编 / 张燕瑾　赵敏俐
选　　编 / 赵敏俐

出 版 人 / 谢寿光
总 编 辑 / 邹东涛
出 版 者 / 社会科学文献出版社
地　　址 / 北京市西城区北三环中路甲 29 号院 3 号楼华龙大厦
邮政编码 / 100029
网　　址 / http://www.ssap.com.cn
网站支持 / （010）59367077
责任部门 / 人文科学图书事业部　（010）59367215
电子信箱 / bianjibu@ssap.cn
项目经理 / 宋月华
责任编辑 / 薛　义　段景民　宋荣欣
责任校对 / 李去寒　李秀军
责任印制 / 岳　阳　郭　妍　吴　波

总 经 销 / 社会科学文献出版社发行部
　　　　　　（010）59367080　59367097
经　　销 / 各地书店
读者服务 / 读者服务中心（010）59367028
排　　版 / 北京春晓伟业
印　　刷 / 三河市文通印刷包装有限公司

开　　本 / 787mm× 1092mm　1 / 16
印　　张 / 40.25
字　　数 / 721 千字
版　　次 / 2010 年 1 月第 1 版
印　　次 / 2010 年 1 月第 1 次印刷

书　　号 / ISBN 978-7-5097-1166-8
定　　价 / 1680.00 元（共十卷）

主编：刘思然

化学

上册

吉林摄影出版社

化　学

吉林摄影出版社